D1625366

La Forêt des Mânes

Jean-Christophe Grangé

La Forêt des Mânes

ÉDITIONS FRANCE LOISIRS

Édition du Club France Loisirs,
avec l'autorisation des Éditions Albin Michel.

Éditions France Loisirs,
123, boulevard de Grenelle, Paris
www.franceloisirs.com

© Éditions Albin Michel, 2009.
ISBN : 978-2-298-03308-3

Pour Alma,
la lumière au fond des ténèbres.

I

Les proies

1

C'était ça. Exactement ça.

Les escarpins Prada repérés dans le *Vogue* du mois dernier. La note discrète, décisive, qui achèverait l'ensemble. Avec la robe qu'elle imaginait – un petit truc noir qu'elle avait acheté trois fois rien rue du Dragon –, ce serait parfait. Tout simplement *dégaine.* Sourire. Jeanne Korowa s'étira derrière son bureau. Elle avait enfin trouvé sa tenue pour le soir. À la fois dans la forme mais aussi dans *l'esprit.*

Elle vérifia encore une fois son portable. Pas de message. Une pointe d'angoisse lui crispa l'estomac. Plus aiguë, plus profonde encore que les précédentes. Pourquoi n'appelait-il pas ? Il était plus de 16 heures. N'était-il pas déjà trop tard pour confirmer un dîner ?

Elle balaya ses doutes et téléphona à la boutique Prada de l'avenue Montaigne. Avaient-ils les chaussures ? en 39 ? Elle serait là avant 19 heures. Bref soulagement. Aussitôt rattrapé par une autre inquiétude. Déjà 800 euros de découvert sur son compte… Avec ce nouvel achat, elle passerait au-delà des 1 300 euros.

Mais on était le 29 mai. Son traitement lui serait versé dans deux jours. 4 000 euros. Pas un cent de plus, primes comprises. Elle allait donc attaquer son mois, encore une fois, avec un tiers de ses revenus amputés. Elle avait l'habitude. Depuis longtemps, elle pratiquait la claudication bancaire avec une certaine agilité.

Elle ferma les yeux. S'imagina juchée sur ses talons vernis. Ce soir, elle serait une autre. Méconnaissable. Flamboyante. Irrésistible. Le reste ne serait qu'un jeu d'enfant. Rapprochement. Réconciliation. Nouveau départ…

Mais pourquoi n'appelait-il pas ? C'était pourtant lui qui avait repris contact la veille au soir. Pour la centième fois de la journée, elle ouvrit sa boîte aux lettres électronique et consulta l'e-mail.

« Les mots nous font dire n'importe quoi. Je n'en pensais pas un seul, évidemment. Dîner à deux, demain ? Je t'appelle et passe te prendre au tribunal. Je serai ton roi, tu seras ma reine… »

Les derniers mots étaient une référence à *Heroes*, une chanson de David Bowie. Une version collector, où la rock-star chante plusieurs couplets en français. Elle revoyait la scène, le jour où ils avaient découvert le disque vinyle chez un marchand spécialisé du quartier des Halles. La joie dans ses yeux, à lui. Son rire… À cet instant précis, elle n'avait plus rien souhaité d'autre. Susciter toujours, ou simplement préserver, cette flamme dans ses yeux. Comme les vestales de la Rome antique devaient toujours entretenir le foyer sacré du temple.

Le téléphone sonna. Pas son portable. Le fixe.

— Allô ?

— Violet.

En une fraction de seconde, Jeanne réintégra sa peau officielle.

— On en est où ?

— Nulle part.

— Il a avoué ?

— Non.

— Il l'a violée, oui ou merde ?

— Il dit qu'il ne la connaît pas.

— Elle n'est pas censée être la fille de sa maîtresse ?

— Il dit qu'il ne connaît pas non plus la mère.

— Le contraire est facile à démontrer, non ?

— Rien n'est facile sur ce coup.

— Combien d'heures il reste ?

— Six. Autant dire que dalle. Il a pas bronché en dix-huit heures.

— Chiotte.

— Comme tu dis. Bon. J'y retourne et je fais monter la sauce. Mais à moins d'un miracle…

Elle raccrocha et mesura sa propre indifférence. Entre la gravité du dossier – viol et violences sur une mineure – et les enjeux dérisoires de sa vie – dîner ou pas dîner ? –, il y avait un gouffre. Pourtant, elle ne pouvait penser à rien d'autre qu'à son rendez-vous.

Un des premiers exercices à l'École de la magistrature était le visionnage d'une séquence vidéo : un flagrant délit filmé par une caméra de sécurité. On demandait ensuite à chaque apprenti juge de raconter ce qu'il avait vu. On obtenait autant de versions que de témoignages. La voiture changeait de marque, de

13

couleur. Le nombre des agresseurs différait. La succession des événements n'était jamais la même. L'exercice donnait le ton. L'objectivité n'existe pas. La justice est une affaire humaine. Imparfaite, fluctuante, subjective.

Machinalement, Jeanne scruta encore l'écran de son portable. Rien. Elle sentit les larmes lui monter aux yeux. Depuis le matin, elle n'avait cessé d'attendre cet appel. D'imaginer, de divaguer, tournant et retournant les mêmes pensées, les mêmes espoirs, puis, la seconde d'après, sombrant dans une détresse totale. Plusieurs fois, elle avait été tentée d'appeler elle-même. Mais non. Pas question. Il fallait tenir...

17 h 30. Soudain, la panique s'engouffra en elle. Tout était fini. Cette vague promesse de dîner, c'était l'ultime sursaut du cadavre. Il ne reviendrait pas. Il fallait l'admettre. « Faire son deuil. » « Se reconstruire. » « S'occuper de soi. » Des expressions à la con qui ne signifient rien sinon la détresse de pauvres filles comme elle. Toujours larguées. Toujours en peine. Elle balança son stabilo et se leva.

Son bureau était situé au troisième étage du TGI (tribunal de grande instance) de Nanterre. 10 mètres carrés encombrés de dossiers qui puaient la poussière et l'encre d'imprimante, où se serraient deux bureaux –, le sien et celui de sa greffière, Claire. Elle lui avait donné congé à 16 heures pour pouvoir flipper tranquille.

Elle se posta devant la fenêtre, observa les coteaux du parc de Nanterre. Lignes douces des vallons, pelouses dures. Des cités aux tons d'arc-en-ciel sur la droite et, plus loin, les « tours-nuages » d'Émile

Aillaud, l'architecte qui disait : « La préfabrication est une fatalité économique mais elle ne doit pas donner l'impression aux gens qu'ils sont eux-mêmes préfabriqués. » Jeanne aimait cette citation. Mais elle n'était pas certaine que le résultat soit à la hauteur des espérances de l'architecte. Chaque jour, elle voyait se déverser dans son cabinet la réalité produite par ces cités de merde : vols, viols, voies de fait, deals... Pas du préfabriqué, c'est sûr.

Elle revint s'installer derrière son bureau, nauséeuse, se demandant combien de temps elle tiendrait encore avant de s'enfiler un Lexomil. Ses yeux tombèrent sur un bloc de papier à lettres. Cour d'appel de Versailles. Tribunal de grande instance de Nanterre. Cabinet de Mme Jeanne Korowa. Juge d'instruction près le TGI de Nanterre. En écho, elle entendait les formules qui la caractérisaient habituellement. La plus jeune diplômée de sa promotion. La « petite juge qui monte ». Promise à devenir l'égale des Eva Joly et autres Laurence Vichnievsky. Ça, c'était la version officielle.

La version intime était un désastre. Trente-cinq ans. Pas mariée. Pas d'enfants. Quelques copines, toutes célibataires. Un trois-pièces en location dans le VIᵉ arrondissement. Aucunes économies. Aucun patrimoine. Aucune perspective. Sa vie avait filé, de l'eau entre ses doigts. Et maintenant, au restaurant, on commençait à l'appeler « madame » et non plus « mademoiselle ». Merde.

Deux ans auparavant, elle avait sombré. L'existence, qui avait déjà un goût amer, avait fini par ne plus avoir de goût du tout. Dépression. Hospitalisation. À cette époque, vivre signifiait seulement

15

« souffrir ». Deux mots parfaitement équivalents, parfaitement synonymes. Bizarrement, elle gardait un bon souvenir de son séjour en institut. Chaud, en tout cas. Trois semaines de sommeil, nourrie aux médocs et aux petits pots pour bébés. Le retour au réel s'était fait en douceur. Antidépresseurs. Analyse... Elle conservait aussi de cette période une faille invisible à l'intérieur d'elle-même, qu'elle prenait soin d'éviter au quotidien à coups de psy, de pilules, de sorties. Mais le trou noir était là, toujours proche, presque magnétique, qui l'attirait en permanence...

Elle chercha dans son sac ses Lexomil. Plaça sous sa langue une barrette entière. Jadis, elle n'en prenait qu'un quart mais, accoutumance oblige, elle s'assommait maintenant avec une dose complète. Elle s'enfonça dans son fauteuil. Attendit. Très vite, le poing se dénoua sur sa poitrine. Sa respiration devint plus fluide. Ses pensées perdirent en acuité...

On frappa à la porte. Elle sursauta. Elle s'était endormie.

Stéphane Reinhardt, dans sa veste pied-de-poule, apparut sur le seuil. Décoiffé. Chiffonné. Pas rasé. Un des sept juges d'instruction du TGI. On les appelait les « sept mercenaires ». Reinhardt était de loin le plus sexy. Plutôt Steve McQueen que Yul Brynner.

— C'est toi qui assures la permanence financière ?

— Si on veut.

Depuis trois semaines, on lui avait attribué ce domaine, dont elle n'était pas spécialiste. Elle aurait pu tout aussi bien hériter du grand banditisme ou du terrorisme.

— C'est toi ou non ?

— C'est moi.

Reinhardt brandit une chemise de papier vert.

— Ils se sont gourés au parquet. Ils m'ont envoyé ce RI.

Un « RI » est un réquisitoire introductif rédigé par le procureur ou son substitut, suite au premier examen d'une affaire. Une simple lettre officielle agrafée aux premières pièces du dossier : procès-verbaux des policiers, rapport des services fiscaux, lettres anonymes... Tout ce qui peut aiguiller les premiers soupçons.

— Je t'ai fait une copie, continua-t-il. Tu peux l'étudier tout de suite. Je leur renvoie l'original ce soir. Ils te saisiront demain. Ou j'attends quelques jours et ce sera pour le prochain juge de permanence. Tu prends ou non ?

— C'est quoi ?

— Un rapport anonyme. A priori, un bon petit scandale politique.

— Quel bord ?

Il dressa sa main droite en direction de sa tempe, en un garde-à-vous comique.

— À droite toute, mon général !

En un souffle, sa vocation lui traversa le corps, l'emplissant d'un coup de certitudes et de promesses. Son boulot. Son pouvoir. Son statut de juge, par décret présidentiel.

Elle tendit le bras au-dessus de son bureau.

— Envoie.

2

Elle avait connu Thomas lors d'un vernissage. Elle se rappelait la date exacte. Le 12 mai 2006. Le lieu. Un vaste appartement de la rive gauche abritant pour l'occasion une exposition de photographies. Son look à elle. Tunique indienne. Jean gris moiré. Bottes à boucles d'argent façon motard. Jeanne n'avait pas regardé les photos aux murs. Elle s'était concentrée sur sa cible : le photographe lui-même.

Elle avait multiplié les coupes de champagne jusqu'à balayer toute résistance à l'intérieur d'elle-même. Elle aimait, lorsqu'elle avait choisi sa proie, se laisser dériver et devenir proie à son tour. *Killing me softly with his song*. La version des Fugees résonnait au-dessus du brouhaha. Parfaite musique pour son strip-tease mental, où elle se débarrassait successive-ment de ses peurs, de ses réserves, de ses pudeurs... Tout cela volait au-dessus de sa tête, à la manière d'un bustier ou d'un string, pour atteindre à la vraie liberté : celle du désir.

En même temps, Jeanne entendait les avertisse-ments des copines : « Thomas ? Un coureur. Un baiseur. Un salaud. » Elle souriait. Il était déjà trop tard. Le champagne anesthésiait son système immunitaire. Il s'était approché. Avait attaqué son numéro de séducteur. Assez nul, en fait. Mais sous les plaisanteries brillait son désir. Et sous ses sourires à elle se reflétait la réponse.

Dès cette rencontre, les malentendus avaient commencé. Le premier baiser avait été trop rapide. Dans la voiture, le soir même. Et, comme disait sa mère quand elle n'avait pas encore perdu la boule : « Le premier baiser, pour la femme, c'est le début de l'histoire. Pour l'homme, c'est le début de la fin. » Jeanne s'en voulait d'avoir cédé aussi vite. De ne pas avoir su faire monter la sauce à petit feu...

Pour faire bonne mesure, elle s'était ensuite refusée durant plusieurs semaines, créant entre eux une tension inutile. Ils s'étaient cristallisés dans leurs rôles respectifs. Lui, en appel. Elle, en refus. Peut-être se protégeait-elle déjà... Elle savait qu'au moment où elle donnerait son corps, le cœur viendrait avec. Et que la vraie dépendance commencerait.

Thomas était bon photographe, il fallait lui reconnaître ça. Mais pour le reste, le désert. Il n'était ni beau ni laid. Sympa, certainement pas. Radin. Égoïste. Lâche, oui. Comme la plupart des hommes. En réalité, Jeanne et lui n'avaient qu'un seul point commun : leurs deux séances de psy hebdomadaires. Et les blessures profondes qu'ils tentaient de soigner. Quand elle y réfléchissait, elle ne pouvait expliquer son coup de foudre que par les circonstances extérieures. Le bon endroit. Le bon moment. Rien de plus. Elle savait tout cela et pourtant, elle continuait à lui trouver toutes les qualités, pratiquant une autohypnose permanente. L'amour féminin : le seul domaine où c'est l'œuf qui pond la poule…

Elle n'en était pas à sa première erreur. Elle avait le don pour tomber sur les mauvais numéros. Et même les cinglés. Comme cet avocat qui éteignait son ballon d'eau chaude quand elle venait coucher chez lui. Il avait remarqué qu'après une douche brûlante, Jeanne s'endormait sans faire l'amour. Ou cet ingénieur en informatique qui lui demandait des strip-teases via sa webcam. Elle avait tout arrêté quand elle avait compris qu'il n'était pas seul à regarder. Ou encore cet éditeur obscur qui prenait le métro avec des gants de feutre blanc et volait des livres d'occasion dans les librairies. Il y en avait eu d'autres. Tellement d'autres… Qu'avait-elle fait pour récolter tous ces tarés ? Tant d'erreurs pour une seule vérité : Jeanne était amoureuse de l'amour.

Quand elle était gamine, Jeanne écoutait une chanson en boucle : « *Ne la laisse pas tomber / Elle est si fragile / Être une femme libérée / Tu sais c'est pas si facile…* » À l'époque, elle ne comprenait pas l'ironie implicite des paroles, mais elle pressentait que cette chanson, mystérieusement, scellerait son avenir. Elle avait raison. Aujourd'hui, Jeanne Korowa, parisienne, indépendante, était une femme libérée. Et, non, ce n'était pas si facile…

Elle courait de procédure en procès, de perquise en audition, se demandant toujours si elle était sur la bonne voie. Si tout cela était bien l'existence dont elle avait rêvé. Parfois même, elle soupçonnait une monstrueuse arnaque. On l'avait convaincue qu'elle devait être l'égale de l'homme. S'acharner au boulot.

Reléguer ses sentiments à l'arrière-plan. Mais était-ce bien son chemin, *à elle* ?

Ce qui la mettait en rage, c'était que cette situation était encore un coup des hommes. Ils avaient à ce point imposé le désespoir amoureux dans les villes qu'ils avaient poussé les femmes à abandonner leur grand rêve sentimental, leur *Liebestraum*, leur mission de procréation. Tout ça pour quoi ? Pour ramasser leurs miettes sur le terrain professionnel et rêver le soir devant des séries télévisées, en faisant passer leur Lexomil avec un verre de vin blanc. Bonjour l'évolution.

Au début, avec Thomas, elle formait le parfait couple moderne. Deux appartements. Deux comptes en banque. Deux feuilles d'impôt. Quelques soirées communes par semaine et, pour faire bonne mesure, un week-end en amoureux de temps en temps, Deauville ou autre.

Quand Jeanne avait risqué les mots qui fâchent – « engagement », « vie commune », ou même, soyons fous, « enfant » –, elle s'était pris une fin de non-recevoir. Un rempart serré d'hésitations, d'atermoiements, de délais... Et comme un malheur n'arrive jamais seul, ses soupçons avaient commencé. Que faisait au juste Thomas les autres soirs, quand il ne la voyait pas, elle ?

Dans les incendies, survient parfois un phénomène que les spécialistes appellent le *flashover*. Dans une pièce fermée, les flammes consomment tout l'oxygène puis se mettent à sucer l'air du dehors, sous les portes, par les rainures des chambranles, par les failles des murs, créant une dépression, aspirant les cloisons, les châssis des fenêtres, les vitres, jusqu'à tout faire voler en éclats. Alors, le brusque afflux d'oxygène du dehors nourrit d'un coup l'incendie qui redouble et explose. C'est le *flashover*.

Exactement ce qui était arrivé à Jeanne. À force d'avoir fermé son cœur à toute espérance, elle avait consumé ses ressources. Chaque porte, chaque verrou tiré sur ses attentes avait été finalement soufflé, libérant une rage, une impatience, une exigence sans merci. Jeanne s'était transformée en furie. Elle avait mis Thomas au pied du mur. Elle avait posé des ultimatums. Et elle avait obtenu le résultat prévisible. L'homme avait tout simplement disparu. Puis il était revenu. Puis reparti… Les discussions, les esquives, les fuites s'étaient ainsi répétées jusqu'à ce que leur relation ne soit plus qu'un torchon usé jusqu'à la trame.

Aujourd'hui, où en était-elle ? Nulle part. Elle n'avait rien gagné. Ni promesse. Ni certitude. Au contraire, elle était juste un peu plus seule. Prête à tout accepter. La présence d'une autre, par exemple. Tout, plutôt que la solitude. Tout, plutôt que de le perdre. Et de se perdre, elle, tant cette présence avait fini par l'intégrer, la constituer, la ronger…

Depuis plusieurs semaines, elle faisait son boulot à la manière d'une convalescente, le moindre geste, la moindre pensée lui demandant un effort surhumain. Elle étudiait ses dossiers avec distance. Elle faisait semblant d'exister, de travailler, de respirer, mais elle était entièrement possédée par sa hantise. Son amour carbonisé. Sa tumeur.

Et cette question : y avait-il quelqu'un d'autre ?

Jeanne Korowa rentra chez elle aux environs de minuit. Retira son manteau, sans allumer. S'allongea sur le canapé du salon, face aux lueurs des réverbères qui luttaient contre les ténèbres.

Là, elle se masturba jusqu'à ce que le sommeil soit le plus fort.

3

— Nom. Prénom. Âge. Profession.

— Perraya. Jean-Yves. Cinquante-trois ans. Je dirige un syndic d'immeubles. La COFEC.

— Quelle adresse ?

— 14, rue du Quatre-Septembre, dans le IIe arrondissement.

— Quelle est votre adresse personnelle ?

— 117, boulevard Suchet. XVIe arrondissement.

Jeanne attendit que Claire, sa greffière, note ces éléments. Il était 10 heures du matin. La chaleur était déjà là. Elle auditionnait rarement en matinée. D'ordinaire, elle consacrait les premières heures de la journée à étudier ses dossiers et à passer des coups de fil en vue des actes judiciaires – auditions, interrogatoires, confrontations – de l'après-midi. Mais cette fois, elle voulait prendre son client de vitesse. Elle lui avait fait envoyer la convocation la veille au soir. Elle avait requis sa présence en qualité de simple témoin. Une ruse classique. Un témoin n'a pas droit à la présence d'un avocat ni à l'accès au dossier. Un témoin est deux fois plus vulnérable qu'un suspect.

— Monsieur Perraya, dois-je vous rappeler les faits ?

L'homme ne répondit pas. Jeanne dit d'une voix neutre :

— Vous êtes appelé ici dans le cadre de l'affaire du 6, avenue Georges-Clemenceau, Nanterre. Sur plainte de M. et Mme Assalih, de nationalité tchadienne, domiciliés aujourd'hui à la Cité des Fleurs, 12, rue Sadi-Carnot, à Grigny. Une autre plainte, conjointe à la première, a été déposée par Médecins du monde et l'AFVS (Association des familles victimes du saturnisme).

Perraya s'agitait sur sa chaise, les yeux fixés sur ses chaussures.

— Les faits sont les suivants. Le 27 octobre 2000, Goma Assalih, six ans, domiciliée avec sa famille au 6, avenue Georges-Clemenceau, est hospitalisée à l'hôpital Robert-Debré. Elle se plaint de violentes douleurs abdominales. Elle souffre aussi de diarrhées. On découvre dans son sang un taux de plomb anormal. Goma est atteinte de saturnisme. Elle doit subir un traitement de chélation d'une semaine.

Jeanne s'arrêta. Son « témoin » retenait son souffle, le regard toujours rivé sur ses pompes.

— Le 12 mai 2001, Boubakar Nour, dix ans, également domicilié au 6, avenue Georges-Clemenceau, est hospitalisé à son tour à l'hôpital Necker-Enfants malades. Même diagnostic. Il suit un traitement de chélation durant deux semaines. Ces enfants ont été empoisonnés par la peinture des murs des appartements dans lesquel ils vivent – de véritables taudis. Les familles Assalih et Nour se tournent vers votre

syndic pour qu'on effectue des travaux d'assainissement. Vous ne répondez pas à leur requête.

Elle leva les yeux. Perraya était en sueur.

— Le 20 novembre de la même année, un autre
enfant du 6, avenue Georges-Clemenceau, Mohamed
Tamar, sept ans, est hospitalisé. Encore un cas de
plombémie. Souffrant de violentes convulsions, le
petit garçon meurt à Necker deux jours plus tard.
À l'autopsie, des traces de plomb sont découvertes dans
son foie, ses reins, son cerveau.

Perraya desserra sa cravate. S'essuya les mains sur
ses genoux.

— Cette fois, les habitants de l'immeuble se
constituent partie civile, soutenus par l'AFVS. Ils
vous demandent à plusieurs reprises d'effectuer les
travaux d'assainissement. Vous ne daignez toujours
pas répondre. Exact ?

L'homme se racla la gorge et marmonna :

— Ces familles avaient fait des demandes pour
être relogées. La ville de Nanterre devait les prendre
en charge. Nous attendions qu'elles soient déplacées
pour attaquer les travaux.

— Vous savez combien de temps prennent de
telles requêtes ? Vous attendiez que tout le monde
soit mort pour agir ?

— Nous n'avions pas les moyens, nous, de les
reloger.

Jeanne le considéra un instant. Grande taille, forte
carrure, costume de marque, cheveux gris frisés for-
mant une auréole au-dessus de sa tête. Malgré sa
masse imposante, Jean-Yves Perraya produisait une
impression d'effacement, d'humilité sourde. Un rug-
byman qui aurait voulu jouer les hommes invisibles.

Elle ouvrit une autre chemise.

— Deux années plus tard, en 2003, un rapport d'expertise est rédigé. Le constat est affligeant. Les murs des appartements sont badigeonnés de peinture à la céruse, un produit interdit depuis 1948. Entre-temps, quatre autres enfants de l'immeuble ont été hospitalisés.

— Les travaux étaient prévus ! La ville devait nous aider.

— Le rapport d'expertise parle aussi d'insalubrité. Aucune des normes de sécurité n'est respectée. Chaque appartement, en réalité des studios, ne dépasse pas 20 mètres carrés de surface et aucun ne possède de sanitaires. Pour des loyers toujours au-dessus de 600 ou 700 euros. Votre appartement du boulevard Suchet fait quelle surface, monsieur Perraya ?

— Je refuse de répondre.

Jeanne regrettait cette attaque personnelle. *S'en tenir aux faits, toujours.*

— Quelques mois plus tard, reprit-elle, en juin 2003, un autre enfant du 6, avenue Georges-Clemenceau meurt du saturnisme. Vous n'êtes toujours pas venu évaluer les travaux à mener.

— Nous sommes venus.

Elle ouvrit les mains.

— Où sont les rapports ? Les devis des entreprises ? Vos bureaux ne nous ont rien fourni.

Perraya se passa la langue sur les lèvres. S'essuya encore les mains sur son pantalon. De grosses mains calleuses. Ce type venait du bâtiment, pensa Jeanne. Il savait donc à quoi s'en tenir.

— Nous n'avons pas mesuré l'importance de l'intoxication, mentit-il.

— Avec le rapport d'expertise ? Les bilans médicaux des victimes ?

Perraya déboutonna son col de chemise.

Jeanne tourna une page et reprit :

— « Pour ces morts, pour ces vies à jamais gâchées, la Cour d'appel de Versailles a décidé, par un arrêt rendu le 23 mars 2008, d'allouer des réparations financières aux victimes. » Les familles ont été finalement dédommagées et relogées. Parallèlement, les experts ont statué que les travaux de rénovation ne valaient pas la peine d'être effectués dans votre immeuble, trop vétuste. Il est d'ailleurs apparu que vous comptiez en réalité le démolir en vue de reconstruire un immeuble de bureaux. Ce qui est ironique, c'est que la ville de Nanterre va vous aider financièrement pour la destruction et la reconstruction du 6, avenue Georges-Clemenceau. Cette affaire vous a donc permis de parvenir à vos fins.

— Arrêtez de dire « vous ». Je ne suis que le patron du syndic.

Jeanne ne releva pas. La chaleur du bureau confinait à la fournaise. Le soleil dardait à travers la baie vitrée et remplissait la pièce comme de l'huile une friteuse. Elle fut tentée de demander à Claire d'abaisser les stores mais l'étuve faisait partie de l'épreuve…

— Les choses auraient pu en rester là, continua-t-elle, mais plusieurs familles, soutenues par deux associations, Médecins du monde et l'AFVS, se sont portées partie civile. Contre vous et les propriétaires. Pour homicide involontaire.

— Nous n'avons tué personne !

— Si. L'immeuble et ses peintures ont été l'arme du crime.

— Nous n'avons pas voulu ça !

— *Homicide involontaire.* Le terme est explicite.

Perraya secoua la tête, puis grogna :

— Qu'est-ce que vous voulez ? Pourquoi je suis là ?

— Je veux identifier les vrais responsables. Qui se cache derrière les sociétés anonymes qui possèdent l'immeuble ? Qui vous a donné des ordres ? Vous n'êtes qu'un pion, Perraya. Et vous allez payer pour les autres !

— Je ne sais pas. Je ne connais personne.

— Perraya, vous risquez, au bas mot, dix années de prison. Avec une peine de sûreté ferme. Qui peut commencer dès aujourd'hui, si je le décide, sous forme d'une détention provisoire.

L'homme releva les yeux. Deux éclats dans la broussaille grise des sourcils. Il était au bord de parler, Jeanne le sentait. Elle ouvrit un tiroir et saisit une enveloppe kraft, format A4. Elle en sortit un tirage noir et blanc de même format.

— Tarak Alouk, huit ans, mort six heures après son hospitalisation. Ses convulsions l'ont asphyxié. Lors de l'autopsie, le taux de plomb dans ses organes était vingt fois supérieur au seuil considéré comme toxique. À votre avis, quel effet ces photos vont faire au tribunal ?

Perraya détourna les yeux.

— La seule chose qui puisse vous aider aujourd'hui, c'est de partager la responsabilité. De nous dire qui se cache derrière les sociétés anonymes dont vous recevez les ordres.

L'homme ne répondit pas, front baissé, cou luisant. Jeanne pouvait voir ses épaules trembler. Elle-même frissonnait dans son chemisier trempé de sueur. La bataille, la vraie, avait commencé.

— Perraya, vous allez croupir au moins cinq années en prison. Vous savez ce qu'on fait aux tueurs de mômes dans les prisons ?

— Mais je suis pas...

— Peu importe. La rumeur aidant, on vous prendra même pour un pédophile. Qui se cache derrière les sociétés anonymes ?

Il se frotta la nuque.

— Je ne les connais pas.

— Quand les choses se sont gâtées, vous avez forcément informé les décideurs.

— J'ai envoyé des mails.

— À qui ?

— Un bureau. Une société civile immobilière. La FIMA.

— On vous a donc répondu. Ces réponses n'étaient pas signées ?

— Non. C'est un conseil d'administration. Ils ne voulaient pas bouger, c'est tout.

— Vous ne les avez pas mis en garde ? Vous n'avez pas cherché à leur parler de vive voix ?

Perraya enfonça la tête dans les épaules sans répondre. Jeanne extirpa un procès-verbal.

— Vous savez ce que c'est ?

— Non.

— Le témoignage de votre secrétaire, Sylvie Desnoy.

Perraya eut un mouvement de recul sur sa chaise. Jeanne enchaîna :

— Elle se souvient que vous vous êtes rendu au 6, avenue Georges-Clemenceau le 17 juillet 2003, avec le propriétaire de l'immeuble.

— Elle se trompe.

— Perraya, pour vos déplacements, vous utilisez un abonnement à la compagnie G7. Ce qu'on appelle un abonnement « Club affaires ». Toutes les courses sont mémorisées informatiquement. Je continue ?

Pas de réponse.

— Le 17 juillet 2003, vous avez commandé un taxi, une Mercedes gris clair immatriculée 345 DSM 75. Vous aviez reçu le premier rapport des experts deux jours auparavant. Vous avez voulu évaluer les dégâts par vous-même. L'état de santé des locataires. Les travaux à réaliser.

Perraya lançait de brefs coups d'œil vers Jeanne. Son regard était vitreux.

— D'après la compagnie G7, vous avez d'abord fait un détour avenue Marceau. Au 45.

— Je me souviens plus.

— Le 45 avenue Marceau est l'adresse de la FIMA. On peut donc supposer que vous êtes passé voir le patron de la SCI. Le chauffeur vous a attendu vingt minutes. Sans doute le temps de convaincre l'homme de la gravité de la situation et de le persuader de venir avec vous sur place. Qui êtes-vous allé chercher ce jour-là ? Qui couvrez-vous, monsieur Perraya ?

— Je ne peux donner aucun nom. Secret professionnel.

Jeanne frappa sur le bureau.

— Foutaises. Vous n'êtes ni médecin, ni avocat. Qui est le patron de la FIMA ? Qui êtes-vous allé chercher, nom de Dieu ?

Perraya se mura dans son silence. Il semblait tout fripé dans son costume de prix.

— Dunant, murmura-t-il. Il s'appelle Michel Dunant. Il est actionnaire majoritaire d'au moins deux des sociétés anonymes qui possèdent l'immeuble. Dans les faits, le vrai propriétaire, c'est lui.

Jeanne fit un signe explicite à Claire, sa greffière. Il fallait écrire : le témoignage commençait.

— Ce jour-là, il vous a accompagné ?

— Bien sûr. Cette putain d'histoire puait le soufre.

Elle imaginait la scène. Juillet 2003. Le soleil. La chaleur. Comme aujourd'hui. Les deux hommes d'affaires transpirant dans leur costard Hugo Boss, craignant qu'une bande de nègres viennent perturber leur confort, leur réussite, leurs combines...

— Dunant n'a pris aucune décision ? Il ne pouvait pas ne pas réagir.

— Il a réagi.

— Comment ça ?

L'homme hésitait encore. Jeanne souligna :

— Je n'ai pas le moindre document qui démontre que vous ayez pris en compte le problème à cette époque.

Nouveau silence. Malgré sa carrure, Perraya paraissait rabougri.

— C'est à cause de Tina, marmonna-t-il enfin.

— Qui est Tina ?

— La fille aînée des Assalih. Elle a dix-huit ans.

— Je ne comprends pas.

Jeanne sentait une révélation se profiler. Elle se pencha au-dessus du bureau et dit d'une voix moins dure :

— Monsieur Perraya, que s'est-il passé avec Tina Assalih ?

— Dunant a flashé sur elle. (Il s'essuya le front avec sa manche, reprit :) Il voulait la sauter, quoi.

— Je ne comprends pas le rapport avec les travaux d'assainissement.

— C'était un chantage.

— Un chantage ?

— Tina lui résistait. Il voulait... Il a promis de mener les travaux si elle lui cédait.

Jeanne sentit son estomac faire un bond. Un mobile existait donc. D'un coup d'œil, elle vérifia que Claire écrivait toujours. Toute la pièce paraissait brûler.

— Elle a cédé ? s'entendit-elle demander d'une voix blanche.

Une lueur sinistre passa dans le regard de l'homme.

— Les travaux ont été faits ou non ?

Jeanne ne répondit pas. Un mobile. *Un homicide volontaire.*

— Quand a-t-il connu Tina ? demanda-t-elle.

— Ce jour-là. En 2003.

Plusieurs intoxications auraient donc pu être évitées. Ou au moins soignées plus tôt. Jeanne ne s'étonnait pas de l'ignominie du propriétaire. Elle en avait vu d'autres. Elle s'étonnait plutôt que la jeune femme ait résisté. La santé de ses frères, de ses sœurs, des autres enfants de l'immeuble était en jeu.

— Tina avait-elle mesuré les conséquences de son refus ?

— Bien sûr. Mais elle n'aurait jamais cédé. Je l'ai dit à Dunant.

— Pourquoi ?

— C'est une Toubou. Une ethnie très dure. Au pays, les femmes portent un couteau sous l'aisselle. En temps de guerre, elles divorcent de leurs maris s'ils sont blessés dans le dos. Vous voyez le genre.

Jeanne baissa la tête. Les notes, qu'elle griffonnait toujours durant ses auditions, dansaient devant ses yeux. Il fallait continuer. Dérouler la pelote. Retrouver cette Tina Assalih et confondre le vrai salopard : Dunant.

— Je vais en prison ou quoi ?

Elle leva les yeux. L'homme paraissait effondré. Liquéfié. Pathétique. Songeant avant tout à sa petite peau, sa famille, son confort. Le dégoût lui barrait la gorge. Dans ces moments-là, elle renouait avec le nihilisme de sa dépression. Rien ne valait la peine d'être vécu...

— Non, fit-elle sans réfléchir. Je renonce à vous mettre en examen malgré des indices graves et concordants de culpabilité. Je tiens compte de vos aveux, disons, spontanés. Signez votre déposition et cassez-vous.

Les feuillets tapés par Claire sortaient déjà de l'imprimante. Jean-Yves Perraya se leva. Signa. Jeanne considéra les photos étalées sur son bureau. Des gamins sous perfusion. Un gosse avec un masque à oxygène. Un corps noir prêt pour l'autopsie. Elle fourra les clichés dans l'enveloppe kraft. Glissa le tout dans le dossier, qu'elle posa à droite de son bureau. Perraya était parti. *Au suivant.*

Les deux femmes passaient leurs journées ainsi. Essayant de mener une vie normale, de songer à des enjeux ordinaires, à voir l'humanité, disons, en gris, jusqu'au prochain effarement. La prochaine horreur.

Jeanne regarda sa montre. 11 heures. Elle fouilla dans son sac et attrapa son portable. Thomas avait sans doute appelé. Pour s'excuser. S'expliquer. Lui proposer une autre date... Pas de message. Elle éclata en sanglots.

Claire se précipita, lui tendant un Kleenex.

— Faut pas se laisser aller, se méprit-elle. On en a vu d'autres.

Jeanne acquiesça. *Sunt lacrimae rerum.* « Il y a des larmes pour nos malheurs. » Comme disait Emmanuel Aubusson, son mentor.

— Faut vous dépêcher, fit la greffière. Vous avez une audience.

— Et après ? Un déjeuner ?

— Oui. François Taine. À l'Usine. 13 heures.

— Chiotte.

Claire lui pressa l'épaule.

— Vous dites ça à chaque fois. Et vous revenez à 15 h 30, bourrée et contente.

4

— Alors, t'as lu ?

Jeanne se retourna vers la voix. 12 h 30. Elle se dirigeait vers le portail de sortie, en rêvant d'une douche fraîche et en maudissant la radinerie du tribunal – les défaillances de la climatisation au TGI étaient quotidiennes.

Stéphane Reinhardt marchait derrière elle. L'homme qui lui avait refilé l'obscur dossier la veille au soir. Chemise en lin, sac en bandoulière : toujours l'air aussi chiffonné. Et toujours aussi sexy.

— Tu as lu ou non ?

— J'ai rien compris, avoua-t-elle en reprenant sa marche.

— Mais tu as saisi que c'était chaud ?

— Les éléments n'ont pas vraiment de lien entre eux. Et puis, un rapport anonyme... Il faudrait relier les fils.

— Exactement ce qu'on te demande.

— Je ne connais rien au domaine des armes. Ni des avions. Je ne savais même pas que le Timor oriental était un pays.

— C'est la partie est d'une île, en Indonésie. Un État indépendant. Un des points les plus violents de la planète.

Ils étaient parvenus devant les portiques de sécurité. Le soleil inondait le hall. Les plantons semblaient cuire comme des saucisses. Reinhardt souriait. Avec son cartable sous le bras, il avait l'air d'un prof à la coule, toujours partant pour un petit joint avec ses élèves.

— Je ne sais pas non plus ce qu'est un Cessna, fit-elle d'un ton buté.

— Un avion civil. Bon sang : un zingue sans le moindre signe particulier, qui transporte des armes automatiques ! Des armes qui ont servi dans une tentative de coup d'État !

C'était bien ce qu'elle avait lu la veille, mais sans approfondir. Ni même envisager ce que cela signifiait. À ce moment-là, comme aujourd'hui d'ailleurs, elle attendait surtout un coup de fil. Pour le reste...

— Cette histoire de fusils, fit-elle pour avoir l'air intéressée, ça ne m'a pas convaincue. Comment être sûr qu'il s'agit bien de fusils français ? Et justement fabriqués par cette boîte ?

— T'as rien lu ou quoi ? Les armes ont été retrouvées entre les mains des insurgés abattus. Des fusils semi-automatiques Scorpio. Avec des munitions standard de l'OTAN. Du 5.56. Rien à voir avec le matériel habituel de rebelles dans un pays pauvre. Des armes qui sont la spécialité exclusive d'EDS Technical Services.

Jeanne haussa les épaules.

— T'as pas trouvé que le corbeau avait l'air sacrément informé ? reprit le juge.

— Plus que moi, en tout cas. Je n'avais même pas entendu parler de ce coup d'État.

Reinhardt prit un air fataliste.

— Personne n'en a entendu parler. Comme tout ce qui touche au Timor oriental. Mais il suffit d'aller sur le Net pour vérifier. En février 2008, les rebelles ont tenté d'assassiner José Ramos-Horta, le président du pays. Un type qui a reçu le prix Nobel de la paix en 1996. Un prix Nobel grièvement blessé par des fusils d'assaut français ! Merde, je sais pas ce qu'il te faut. Sans compter le versant politique du dossier. Les gains de cette combine ont servi à financer un parti politique français !

— Que je ne connaissais pas.

— Un parti émergent. De droite ! C'est une affaire en béton. Tu sales, tu poivres, et tu nous le sers bien chaud. C'est dans tes cordes, non ?

Jeanne avait toujours été socialiste. Jadis, Aubusson lui répétait : « Quand on est jeune, on est de gauche. Les années remettent les idées en place, c'est-à-dire à droite. » Elle n'était pas encore assez vieille pour avoir basculé. D'ailleurs, Aubusson était lui aussi resté à gauche.

Reinhardt traversa le portique, faisant sonner le système alors que les sentinelles le saluaient.

— Tu déjeunes avec moi ?

— Non, désolée. J'ai déjà un truc.

Le juge fit mine d'être déçu mais Jeanne ne se faisait pas d'illusions. C'était pour continuer à parler du Timor oriental.

Elle franchit le détecteur de métaux à son tour.

— Si ce coup t'excite autant, pourquoi tu n'essaies pas de te faire saisir ?

— Je ne peux même plus ouvrir la porte de mon bureau avec mes dossiers en retard !

— Je te prêterai mon pied-de-biche.

— Bon. T'es sur le coup, on est d'accord ? Tu me remercieras plus tard.

Il l'embrassa. Près des lèvres. Ce simple contact lui fit chaud au cœur. Elle prit la direction du parking. Légère comme du pollen dans le soleil. Se sentant belle, radieuse, invincible. Au simple frôlement de ce charme masculin, sa détresse s'était évaporée. Elle se demanda si elle ne devenait pas bipolaire.

Ou simplement vieille fille.

5

— Je sais pas ce que j'ai en ce moment, j'ai envie de piner tout ce qui passe.

— Charmant.

Jeanne s'efforça de ne pas avoir l'air choquée. François Taine contemplait le cul de la serveuse qui s'éloignait. Il quitta des yeux le petit postérieur pour fixer son interlocutrice, sourire aux lèvres. Ce sourire disait clairement que Jeanne était comprise dans son appétit global. Elle ne s'en offusqua pas. Leur amitié avait commencé sur les bancs de l'École de la magistrature, à Bordeaux, dix ans auparavant. Taine avait tenté sa chance, une fois, du temps de l'ENM. Puis une autre fois, quelques années plus tard, après son divorce. Chaque fois, Jeanne avait décliné l'offre.

— Qu'est-ce que tu prends ? demanda-t-il.

— On va voir.

Comme toutes les Parisiennes, Jeanne faisait semblant de manger depuis la puberté. Elle parcourut la carte, fit son choix puis lança un regard autour d'elle. L'Usine était un restaurant à la mode situé près de l'Étoile. Des murs revêtus de bois clair cérusé. Du béton vernis au sol. Un lieu apaisant, malgré le brouhaha ordinaire du déjeuner. Ce que Jeanne appréciait surtout, c'était que le restaurant avait deux visages. Le midi, il était fréquenté par des hommes d'affaires cravatés. Le soir, par la faune de la mode et du cinéma. Cette ambivalence lui ressemblait.

Elle revint à Taine qui lisait la carte, sourcils froncés, comme s'il s'agissait d'un réquisitoire brûlant. Physiquement, l'homme était aussi raide qu'une antenne télescopique. Des cheveux de paille. Des traits saillants. Un air d'éternel étudiant qui ne cadrait pas avec sa stature de magistrat expérimenté. François Taine, trente-huit ans, juge d'instruction à Nanterre – il occupait le bureau voisin de Jeanne –, était un de ceux qui avaient convoqué Jacques Chirac au terme de son mandat présidentiel.

Depuis qu'il avait quitté sa femme, Taine avait opté pour une élégance tapageuse, luttant à la fois contre son air juvénile et sa raideur naturelle. Costumes sur mesure Ermenegildo Zegna. Chemises Prada en stretch. Chaussures Martin Margiela. Jeanne le soupçonnait de payer ses fringues par traites mensuelles. Comme des dettes de jeu.

Il contrecarrait aussi son air de premier de la classe en usant d'un langage volontairement grossier. Il pensait faire chic. La méthode aurait pu marcher à Paris, capitale du second degré, mais il y avait quelque chose en lui de trivial qui entrait en secrète cohérence avec ce vocabulaire. Malgré ses efforts, Taine ressemblait le plus souvent à ce qu'il était. Un plouc endimanché originaire d'Amiens. Ni très chic, ni très fin.

41

Bien sûr, Jeanne l'aimait pour une raison secrète. Sous l'autorité, l'élégance ostentatoire, la vulgarité, il y avait un être timide qui en rajoutait pour s'imposer. Deux détails trahissaient cette fragilité. Son frêle sourire qu'il lançait d'un coup de menton, comme un caillou à la surface de l'eau. Et sa pomme d'Adam proéminente qui faisait mal à voir mais fascinait en même temps Jeanne.

Ils commandèrent, puis Taine se pencha vers elle.

— Tu connais Audrey, la stagiaire qui bosse à la chambre correctionnelle ?

— La grosse ?

— Appelle-la comme ça si tu veux, fit le magistrat d'un air vexé.

— Il y a quelque chose entre vous ?

Il acquiesça d'un sourire goguenard.

— Je ne comprendrai jamais, soupira Jeanne.

Taine joignit ses mains paume contre paume. Un geste de patience, comme lorsqu'il donnait sa dernière chance à un mis en examen avant qu'il soit écroué.

— Jeanne, tu dois saisir une vérité. L'essence du désir chez les hommes.

— Je suis impatiente.

— La plupart d'entre nous courent après la beauté, l'élégance, la minceur. Le genre mannequin. Mais c'est pour épater la galerie. Quand il s'agit de prendre son pied, quand plus personne ne nous regarde, alors on se tourne vers des femmes rondes, aux formes lourdes. Les hommes préfèrent les grosses. Tu piges ?

— En tout cas, je sais à quel groupe j'appartiens.

Jeanne, 1,73 mètre, oscillait sur la balance entre 50 et 52 kilos.

— Plains-toi. Tu es de celles qu'on épouse.

— Je n'avais pas remarqué.

— Tu es la femme qu'on est fier d'avoir à son bras. Qu'on emmène au restaurant. Celle à qui on fait des enfants.

— La maman, quoi.

Taine éclata de rire.

— Tu voudrais être aussi la putain ? Tu es trop gourmande.

Mi-flattée, mi-vexée, Jeanne demanda :

— Bon. Ton histoire, c'est quoi ?

— Dimanche dernier, l'après-midi, je vois la fameuse Audrey. Chez moi. Tu te souviens de la chaleur ce jour-là ? On avait fermé les volets. Les draps étaient à essorer. Il y avait une ambiance vraiment... Enfin, tu vois.

— Je vois.

— À 17 heures, mon interphone sonne. Mon ex-femme, Nathalie, me ramenait les mômes. Tous les dimanches soir, je dîne avec mes gosses et je les conduis à l'école le lendemain. Le problème, c'est que mon ex arrive d'ordinaire à 19 heures. Pour une sombre histoire de spectacle annulé, elle avait deux heures d'avance. Avec Audrey dans mon lit, j'ai paniqué.

— Tu es divorcé, non ?

— Tout ça est encore très frais. À chaque fois, Nathalie rentre quelques minutes et inspecte les lieux, histoire de flairer la femelle. Elle n'aurait pas mis trois secondes à comprendre qu'il y avait quelqu'un dans ma chambre.

— Qu'est-ce que t'as fait ?

— J'ai enfilé un caleçon et j'ai dit à Audrey de se rhabiller fissa. J'habite au cinquième, au dernier étage. Et il n'y a pas d'ascenseur. Sur mon palier, il y a un réduit de service. Je l'ai foutue à l'intérieur.

— Ça a marché ?

— Limite. Sur le seuil, un bref instant, j'ai eu, dans le même champ de vision, les pieds nus d'Audrey qui disparaissaient dans le local et les têtes de mes enfants qui arrivaient d'en bas.

Taine se tut un instant, ménageant son suspense. Jeanne joua le jeu :

— Et alors ?

— Alors, mes gosses ont filé dans leur chambre et Nathalie est entrée, jetant ses petits regards fouineurs. Elle m'a expliqué deux-trois trucs à propos des vêtements des gamins puis a conclu sur le chèque de la cantine. Les éternelles histoires. Pour moi, le tour était joué. Jusqu'au moment où j'ai aperçu les lunettes de soleil d'Audrey posées sur la bibliothèque de l'entrée.

— Elle les a vues ?

— Non. J'ai profité qu'elle regardait sa montre pour les fourrer dans ma poche.

— Si elle n'a rien vu, quelle est la chute ?

— Je l'ai raccompagnée jusqu'au seuil. J'allais refermer la porte quand elle m'a demandé : « T'as pas vu mes lunettes de soleil ? J'ai dû les poser quelque part. »

Jeanne sourit.

— Une vraie vie d'aventurier. Comment tu t'en es sorti ?

— Pendant cinq bonnes minutes, on a cherché les lunettes que j'avais dans la poche. Puis je les ai sorties discrètement et j'ai fait mine de les dénicher sur une étagère.

Les entrées arrivèrent. Salade de sucrines pour Jeanne. Sushis de thon rouge pour Taine. Il y eut quelques secondes de dégustation silencieuse ponctuées par le seul cliquetis des fourchettes. Autour d'eux, la rumeur des hommes d'affaires était à l'image de leur tenue : neutre, lisse, anonyme.

— Tu bosses sur quoi en ce moment ? demanda Taine.

— Rien de spécial. Et toi ?

— Moi, je suis sur du lourd.

— Quel genre ?

— Un meurtre. Un corps découvert il y a trois jours. Un truc gore. Dans un parking, à Garches. Victime démembrée. Traces de cannibalisme. Murs tapissés de signes sanguinolents. Personne n'y comprend rien.

Jeanne posa sa fourchette. Croisa les doigts, coudes plantés sur la table.

— Raconte-moi.

— Le proc m'a appelé. Il était sur place. Il m'a demandé de venir tout de suite. J'ai été saisi illico.

— Et le délai de flagrance ?

— Article 74 du code pénal. « Recherches des causes de la mort. » Vu le carnage, le parquet voulait foutre tout de suite un juge sur le coup pour coordonner les opérations.

Jeanne était de plus en plus intéressée.

— Décris-moi les circonstances.

45

— Le cadavre a été retrouvé au dernier sous-sol. Une infirmière.

— Quel âge ?

— Vingt-deux ans.

— Infirmière où ?

— Dans un centre pour attardés mentaux. Le parking est celui de l'établissement.

— L'enquête de proximité ?

— Aucun témoin. Ni dehors, ni dedans.

— Les caméras de sécurité ?

— Pas de caméra. Pas à ce niveau, en tout cas.

— L'entourage de la fille ?

— Que dalle.

— Tu parles d'un centre pour attardés mentaux. Elle ne peut pas avoir été victime d'un des patients ?

— C'est un institut pour enfants.

— D'autres pistes ?

— Zéro. Le groupe d'enquête vérifie son ordinateur. Pour voir si elle ne fréquentait pas des sites de rencontres. Mais tout ça ne nous mènera nulle part. Pour moi, c'est un tueur en série. Un fou l'a choisie, visuellement. Et l'a chopée par surprise.

— Elle avait un trait physique particulier ?

Taine fit une moue hésitante.

— Plutôt jolie. Rondouillarde. Ses traits correspondent peut-être à un type. Un truc qui attire le tueur. Comme toujours dans ces cas-là, on en saura plus s'il y a une autre victime.

— Donne-moi d'autres détails.

Jeanne en avait oublié sa salade. Le brouhaha du restaurant. La fraîcheur de la climatisation.

— Pour l'instant, c'est tout. J'attends les résultats de l'autopsie et les analyses de l'IJ. Sans illusions. La

46

scène de crime, c'était un mélange de sauvagerie intense et de préparation sophistiquée. Je suis sûr que le mec a pris ses précautions. Le truc bizarre, c'est les empreintes de pieds.

— Des chaussures ?

— Non. De pieds nus. Les flics pensent qu'il se fout à poil. Pour se livrer à son rituel.

— Pourquoi « rituel » ?

— Y a des signes sur les murs. Le genre préhistorique. Et puis, cette histoire de cannibalisme…

— Sur ce point, tu es sûr de ton coup ?

— Les membres ont été arrachés puis bouffés jusqu'à l'os. Des restes d'organes traînaient sur le sol. Le corps porte des marques de dents humaines un peu partout. Vraiment la merde : je ne suis même pas sûr que le délit d'anthropophagie existe dans notre droit.

Jeanne regarda la salle sans la voir. La description de la scène de crime lui rappelait des souvenirs. Des fragments d'elle-même enfouis, soigneusement dissimulés sous la magistrate présentable.

— Et les signes sur les murs, qu'est-ce qu'ils représentent ?

— Des formes bizarres, des silhouettes primitives. Le tueur a mélangé le sang avec de l'ocre.

— De l'ocre ?

— Ouais. Du pigment qu'il a dû apporter. On a affaire à un vrai malade. Si tu veux, je te montrerai les photos.

— Vous allez soumettre ces dessins à des anthropologues ?

— Les flics s'en occupent, oui.

— Qui dirige le groupe d'enquête ?

— T'as pas intérêt à les appeler, je...

— Le nom.

— Patrick Reischenbach.

Jeanne le connaissait. Une des pointures du 36. Dur. Efficace. Laconique. Et aussi bon vivant. Elle se souvenait d'un détail : mal rasé, il avait toujours les cheveux collés de gel. Elle trouvait ça dégueulasse.

— Pourquoi les médias n'en ont pas parlé ?

— Parce qu'on fait notre boulot.

— Le secret de l'intruction, sourit Jeanne. Une valeur en hausse...

— Je veux. Sur un truc pareil, on a surtout besoin de calme. On doit bosser en toute tranquillité. Étudier chaque détail. J'ai même mis un profiler sur l'affaire.

— Officiellement ?

— Je l'ai saisi, ma vieille. À l'américaine.

— Qui c'est ?

— Bernard Level. Le seul qu'on ait, en réalité... On cherche aussi dans les archives criminelles. Des meurtres qui rappelleraient de près ou de loin cette affaire. Mais je n'y crois pas. Ce truc est complètement inédit.

Jeanne s'imaginait immergée dans un tel dossier. Elle aurait retourné les fichiers. Plongé dans les coupures de presse. Punaisé dans son bureau les clichés de la scène de crime. Elle baissa les yeux. Sans s'en rendre compte, elle manipulait son pain au point d'en détacher de minuscules débris. Malgré la climatisation, elle était toute moite.

Taine éclata de rire. Jeanne sursauta.

— Qu'est-ce qui te fait rire ?

— Tu connais Langleber, le légiste ?

— Non.

— Un superintello. À chaque fois, il t'en sort une pas possible.

Jeanne lâcha ses miettes et se concentra sur les paroles de Taine. Elle redoutait d'avoir une crise d'angoisse. Comme au temps de sa dépression. Quand elle sortait des tunnels en abandonnant sa voiture sur place. Ou quand elle passait ses déjeuners à pleurer dans les toilettes du restaurant.

— Sur la scène de crime, Langleber me fait signe de venir. Je m'attends à ce qu'il me livre un scoop. Le détail qui tue, genre téléfilm. Là, il me dit à voix basse : « L'homme est une corde tendue entre la bête et le Surhumain. » Je lui dis : « Quoi ? » Il continue : « Une corde au-dessus d'un abîme ».

— C'est du Nietzsche. *Ainsi parlait Zarathoustra.*

— C'est ce qu'il m'a dit, ouais. Mais qui a lu Nietzsche à part ce con ? (Il ajouta, sourire aux lèvres :) Et toi, bien entendu.

Jeanne lui rendit son sourire. Le malaise passait.

— Tu aurais dû lui répondre : « La grandeur de l'Homme, c'est qu'il est un pont et non un terme. » C'est la suite du passage. Mais je t'accorde que pour l'enquête, Nietzsche n'est pas d'un grand secours.

— J'aime bien quand tu fais ce geste.

— Quel geste ?

— Quand tu te masses la nuque en passant les doigts sous tes cheveux.

Jeanne rougit. Taine regarda autour de lui comme si quelqu'un risquait d'entendre puis s'inclina vers elle.

— Il faudrait peut-être qu'on songe à dîner ensemble, non ?

— Chandelles et champagne, c'est ça ?

— Pourquoi pas ?

Les plats arrivèrent. Tournedos Rossini pour Taine. Carpaccio de thon pour Jeanne. Elle repoussa son assiette.

— Je crois que je vais enchaîner direct sur un thé.

— Alors, ce dîner ?

— Il me semble que tu as déjà tenté ta chance. Plusieurs fois même, non ?

— Comme dit Audrey : « Du passé, faisons table basse. »

Jeanne éclata de rire. Elle aimait bien ce mec. Il n'y avait pas dans sa drague la roublardise habituelle, le côté « pillage hypocrite » des autres prédateurs. Au contraire, on sentait derrière son rire une vraie générosité. Cet homme-là avait quelque chose à donner. Cette pensée en appela une autre.

— Excuse-moi.

Elle fouilla dans son sac. Saisit son portable. Pas de message. *Bordel de Dieu de merde.* Elle ravala une vague amère au fond de sa gorge. La vraie question était : pourquoi attendait-elle encore ce coup de fil ? Tout était fini. Elle le savait. Mais elle ne parvenait pas à s'en convaincre. Comme disaient les mômes, elle « n'imprimait pas ».

6

Sur la route du retour, Jeanne réfléchit à l'affaire de Taine. Elle était jalouse. Jalouse de cette enquête. De la violence du meurtre. De la tension, de la complexité qu'impliquait une telle investigation. Elle avait choisi d'être juge d'instruction pour élucider des crimes de sang. Son objectif intime était de poursuivre les tueurs en série. De décrypter leur démence meurtrière. De combattre la cruauté à l'état pur.

En cinq années au TGI de Nanterre, elle n'avait traité que des faits divers minables. Trafic de drogue. Violences conjugales. Arnaques aux assurances. Et quand elle instruisait un assassinat, le mobile était toujours l'argent, l'alcool ou une quelconque pulsion issue de la haine ordinaire...

Elle traversa la porte Maillot et emprunta l'avenue Charles-de-Gaulle en direction du pont de Neuilly. Le trafic était dense. La circulation lente. Malgré elle, Jeanne sentit sa mémoire se mettre en mouvement. L'affaire de François Taine réveillait un souvenir. Le pire de tous. Celui qui expliquait sa vocation. Sa solitude. Son goût du sang.

Elle serra les mains sur son volant et s'apprêta à affronter le passé. Quand elle pensait à Marie, sa sœur aînée, elle songeait toujours à une partie de cache-cache. Celle qui ne s'était jamais achevée. Dans la forêt de silence...

En réalité, rien ne s'était passé de cette façon, mais dans son souvenir, c'était elle, Jeanne, qui s'y collait. Elle comptait, front contre un arbre, paumes posées sur les yeux. Et elle revoyait les événements, scandés par sa propre voix qui chuchotait :

1, 2, 3...

Un soir, Marie, dix-sept ans, n'était pas rentrée à la maison. Sa mère, qui élevait seule ses deux gamines, s'était inquiétée. Elle avait appelé les amies de sa fille. Personne ne l'avait vue. Personne ne savait où elle était. Jeanne s'était endormie au rythme de ces coups de fil. Comptant à voix basse, afin de repousser l'inquiétude. *10, 11, 12...* Elle avait huit ans. Sa sœur s'était cachée. C'était le jeu. C'était tout.

Le lendemain matin, des hommes étaient venus. Ils avaient parlé de la gare de Courbevoie, d'un parking situé en contrebas. On avait retrouvé Marie dans cette zone d'ombre. Les flics pensaient que le corps avait été déposé à l'aube mais que la jeune fille avait été tuée ailleurs et... Jeanne n'entendait plus. Ni les hurlements de sa mère. Ni les paroles des policiers. Elle comptait plus fort. *20, 21, 22...* Le jeu continuait. Il fallait seulement garder les yeux fermés. Quand elle les ouvrirait, elle reverrait sa sœur.

Elle l'avait retrouvée trois jours plus tard, au commissariat, quand sa mère avait fait un malaise.

Les flics s'étaient occupés d'elle. Jeanne avait pu voir le dossier. En douce. Les clichés du corps : le cadavre à couvert de la balustrade, bras et jambes inversés, viscères déroulés sur le ventre, chaussettes blanches, ballerines de petite fille, cerceau.

Jeanne n'avait pas assimilé la scène dans son intégralité. Le grain des tirages. Le noir et blanc. La perruque blonde qui couvrait le visage de sa sœur. Mais elle avait lu. Les phrases du rapport. On disait qu'on avait tué Marie par strangulation – elle ne savait pas ce que cela voulait dire. Qu'on l'avait déshabillée. Qu'on l'avait éviscérée – encore un mot inconnu. Qu'on lui avait tranché les bras et les jambes et qu'on les avait placés à l'inverse – jambes à la jointure des épaules, bras à la base du tronc. On disait aussi que le tueur s'était livré à une « mise en scène macabre ». Mais qu'est-ce que ça voulait dire ?

31, 32, 33... Tout cela était *impossible*. Jeanne allait ouvrir les yeux. Elle allait découvrir l'écorce de l'arbre. Se tourner et plonger dans la forêt de silence. Marie serait là, quelque part, parmi les feuillages. Il fallait compter. Respecter les chiffres. Lui laisser le temps de se cacher. Pour mieux la débusquer...

Il y avait eu l'enterrement. Jeanne l'avait vécu comme une somnambule. Les visites des flics, avec leur tête de chien battu, leur odeur de cuir, leurs phrases qui tournaient en rond. Puis la dégringolade de sa mère. Un an plus tard, avec son élocution lente, empâtée, de droguée sans retour, elle lui avait révélé qu'elle avait toujours été sa fille préférée. *Tu es née du chaos et c'est pour ça que je t'ai toujours plus aimée...*

Jeanne et Marie n'avaient pas le même père. Celui de Marie était parti : on n'en parlait jamais. Celui de Jeanne était parti aussi : on en parlait encore moins. Le seul legs qu'il avait laissé, c'était son nom : Korowa. Bien des années plus tard, Jeanne avait cherché à savoir. Elle avait interrogé sa mère. Son père était polonais. Un drogué qui se prétendait cinéaste et racontait qu'il avait appartenu à l'école de Lodz, celle de Roman Polanski, Jerzy Skolimowski, Andrzej Zulawski... Un vrai tombeur. Et une grande gueule. À la fin des années soixante-dix, l'homme était rentré au pays. On n'avait plus jamais eu de nouvelles...

Jeanne était le fruit d'un accident hippie, dans la tradition des seventies. Deux défoncés s'étaient croisés autour de quelques acides ou un shoot d'héroïne. Ils avaient fait l'amour. La descente de trip avait été la naissance de Jeanne. Pourtant, comme le disait sa mère, elle avait toujours été sa préférée. Et cette position se retournait maintenant contre elle. C'était parce qu'on n'avait pas assez pris soin de Marie qu'elle était morte. Telle était la conviction de sa mère. C'était donc sa faute à elle, Jeanne, la « chouchoute ». La favorite. Celle qu'on protégeait. Celle qui était à l'abri alors que sa sœur avait été mutilée...

43, 44, 45...

Plus que le meurtre de Marie, ces paroles avaient décidé de la vocation de Jeanne. Elle se sentait redevable. Elle avait une dette morale. Envers Marie. Envers toutes les victimes de sexe féminin. Les femmes violées. Les épouses battues. Les inconnues assassinées. Elle serait juge d'instruction. Elle trouverait les salopards et réclamerait vengeance au nom de la loi. *54, 55, 56…*

C'est avec cette idée qu'elle avait décroché son bac. Avec cette obsession qu'elle avait passé son master de droit. Cette hantise qu'elle avait suivi une année de préparation à l'IEJ (Institut d'études judiciaires), puis était entrée à l'ENM. Après ses études, elle était partie une année en Amérique latine pour se libérer de cette pression, mais cela n'avait pas marché. Elle était revenue en France. Elle s'était cogné deux années à Limoges et trois à Lille avant d'atterrir à Nanterre.

De retour en Île-de-France, elle avait exhumé le dossier d'enquête du meurtre de sa sœur – tout s'était passé à Courbevoie, dans la juridiction du TGI de Nanterre. Elle s'était rendue au bureau d'ordre, là où sont remisées les archives du parquet.

Elle avait lu. Relu. Étudié. Le déclic ne s'était pas produit. Elle pensait, naïvement, que sa brève expérience de magistrate l'aiderait à comprendre. À déceler un indice. Mais non. Pas l'ombre d'un signe. Et le tueur n'avait jamais refait surface.

Le seul élément qui l'avait frappée était la remarque d'un journaliste du magazine *Actuel*. Une coupure de presse glissée dans le dossier, datée d'octobre 1981. L'homme avait noté des analogies entre la mise en scène du meurtrier et les « poupées » de l'artiste Hans Bellmer. Même agencement inversé des membres. Même perruque blonde. Même socquettes blanches et chaussures noires. Même cerceau…

Jeanne s'était renseignée. Bellmer était un peintre et sculpteur allemand du début du XXe siècle, passé à la photographie. Lorsqu'elle avait découvert ses poupées de taille humaine, elle avait reçu un choc. Exactement le corps de sa sœur mutilée. Elle s'était payé plusieurs voyages. Museum of Modern Art à New York. Tate Gallery de Londres. D'autres musées en Allemagne. Elle avait arpenté le Centre Pompidou. Elle avait vu les sculptures, les gravures, les dessins. Elle avait pleuré. Elle avait imaginé un tueur qui aurait suivi le même chemin qu'elle. Un dément qui se serait imprégné, dans chacun de ces musées, de ces assemblages démoniaques. Une sorte de voleur de délires qui n'aurait plus eu d'autre choix que de les réaliser à son tour, sur des corps humains.

Elle s'était rendue dans les différents lieux où avait vécu l'artiste. En Allemagne. En France – à Paris et en Provence. Elle avait contacté les postes de police ou de gendarmerie les plus proches. Elle cherchait le sillage du tueur. Un détail. Un indice. Sans résultat.

Enfin, elle s'était résignée à cette évidence. Elle serait toujours la petite fille qui compte à voix basse, les paumes sur les yeux. Impatiente de chercher la vérité à travers la forêt. Pour trouver, non pas sa sœur, ni son meurtrier, mais une *explication*. Un jour, elle trouverait la source du mal...

67, 68, 69...

Jeanne sursauta. On venait de taper à sa vitre. Elle regarda autour d'elle. Elle avait conduit en pilotage automatique jusqu'au palais de justice de Nanterre, avenue Joliot-Curie. Elle avait stoppé devant l'édifice par réflexe.

Un gardien de la paix se penchait à sa fenêtre.

— Vous pouvez pas rester là, madame. C'est...
Oh, pardon... Je vous avais pas reconnue, madame
la juge.

— Je... je vais au parking.

Jeanne enclencha une vitesse et se dirigea vers la
rampe du sous-sol. Elle jeta un bref regard dans son
rétroviseur. Son visage était couvert de larmes.

Plongeant dans les ténèbres du parking, elle finit
par identifier le bruit étrange qui emplissait l'habi-
tacle de sa voiture. C'était sa propre voix qui
comptait à voix basse :

— *81, 82, 83...*

La petite fille au pied de l'arbre.

Les mains plaquées sur ses paupières.

7

Quand Jeanne pénétra dans son bureau, Claire l'avertit : elle avait reçu un nouveau réquisitoire introductif à propos du Timor oriental. Le document la saisissait officiellement. Claire avait ouvert un dossier. Le 2008/123. Jeanne décida de s'impliquer à fond dans cette affaire. Après tout, là aussi le sang avait coulé. Et si elle pouvait éliminer du paysage politique quelques ripoux, ce n'était pas mal non plus.

Elle expédia ses auditions de l'après-midi. Congédia Claire à 17 heures. Se mit sur répondeur et verrouilla sa porte. Elle se plongea dans le dossier. La chemise ne contenait que quelques feuillets. Un résumé d'investigations qui n'avaient mené nulle part, en 2006, rédigé par un juge du tribunal de Pau. Un rapport anonyme dactylographié datant de février 2008. Une note des services fiscaux des Hauts-de-Seine démontrant certains faits décrits dans le texte de dénonciation.

Tout avait commencé en mai 2006.

Un contrôleur aérien à la retraite surveillait, sur Internet, les vols commerciaux français. L'homme avait une obsession : les ventes d'armes. Il suivait en priorité le trafic aérien des aérodromes civils situés dans les parages des fabricants de matériel de guerre. Il gardait surtout à l'œil sa propre région, le sud-ouest de la France, où est implanté un des leaders de ce marché : EDS Technical Services.

En mai 2006, il avait remarqué un vol bizarre. Un Cessna 750 immatriculé N543VP, appartenant à la compagnie CITA, qui avait décollé le 15 mai de l'aérodrome de Joucas, au-dessus de Biarritz, en direction de Banjul, en Gambie. La destination était inhabituelle. Mais surtout, aucun avion ne décollait plus de cette piste.

L'homme s'était renseigné sur la compagnie CITA. Premier scoop : la société n'existait pas. Il avait suivi, toujours sur Internet, le vol mystérieux. L'avion n'était jamais arrivé à Banjul. Aussitôt dans les airs, les pilotes avaient dû modifier leurs fréquences radio et s'étaient envolés vers une destination inconnue.

Le contrôleur avait épluché les factures liées à ce vol. Tout était mémorisé sur le Web. Le carburant. Le ravitaillement. Les salaires des pilotes. Nouveau scoop : l'intégralité des frais avait été réglée par la société Noron. Une filiale de la compagnie EDS Technical Services.

L'enquêteur tenait son affaire. Des armes françaises avaient été acheminées en douce quelque part dans le monde. Il avait envoyé des e-mails aux quatre coins de la planète à d'autres passionnés de trafic aérien mais n'avait obtenu aucun résultat. Sherlock Holmes avait atteint ses limites.

Septembre 2006. Il s'était rendu, muni de son dossier, au commissariat principal de Pau. Par chance, le flic qui l'avait accueilli avait prêté une oreille attentive à son histoire. Et avait transmis ce premier procès-verbal au parquet de Pau. Un juge avait été saisi. Un magistrat qui avait le pouvoir d'effectuer une vraie recherche, à l'échelle internationale, pour retrouver l'avion. Un homme qui pouvait aussi demander des comptes à la société Noron. Nouveau coup de bol : le juge, un dénommé Vittali, s'était passionné pour le dossier.

L'audition de Jean-Louis Demmard, P.-D.G. de Noron, spécialisée dans le matériel électronique de télécommunication, n'avait rien donné. L'homme ne se souvenait pas du vol. Il avait promis de vérifier ses comptes. Mais il n'était pas difficile de produire de faux documents – plan de vol, bons de commande, factures – qui placeraient l'expédition hors de tout soupçon. Le juge était allé trop vite. Pas assez de biscuits pour une première audition...

Parallèlement, l'enquête internationale avait porté ses fruits. En février 2007, Vittali avait reçu des nouvelles du Cessna. Le vol avait atterri le 15 mai 2006, à 22 heures, au Dubaï International Airport, Émirats arabes unis, afin de remplir ses réservoirs. Vers quelle destination était-il reparti ? Deux mois encore avaient été nécessaires pour que le juge obtienne une certitude. Le jet immatriculé N543VP était parvenu, le lendemain, au Timor oriental, État indépendant situé sur l'archipel de la Sonde, entre l'Indonésie et l'Australie. L'engin n'avait pas atterri à l'aéroport de Dili, la capitale, mais sur le deuxième aérodrome de l'île, à l'ouest, près de la ville de Bacau. Que contenaient les soutes de l'avion ?

Le magistrat avait arrêté les frais. Pas d'auditions ni de perquisitions ou d'écoutes téléphoniques. Jeanne devinait pourquoi. En moyenne, les juges gèrent 150 dossiers simultanément. Quand Vittali avait reçu des nouvelles de l'avion, six mois avaient passé. Entre-temps, une montagne d'affaires était arrivée sur son bureau. Et devant l'absence de plaintes et de données concrètes, le magistrat avait renoncé. Comme on dit chez les juges : « Un dossier chasse l'autre. »

Fin du premier acte.

Le suivant avait débuté un an plus tard, fin février 2008. Un rapport anonyme était parvenu au parquet des Hauts-de-Seine. Un vrai réquisitoire auquel on avait joint le premier dossier rédigé à Pau et des documents émanant des services fiscaux du département – signe que le corbeau était non seulement informé des combines d'EDS Technical Services mais avait aussi les moyens de se procurer des pièces officielles.

En guise d'introduction, le corbeau révélait le contenu des soutes du Cessna. Des mitrailleuses. Des lance-missiles. Des grenades. Des fusils d'assaut. Le document donnait des précisions sur ce dernier lot. Des fusils semi-automatiques Scorpio 56 × 45 mm OTAN avec aide à la visée et désignateur laser. Une spécialité exclusive de la société EDS Technical Services.

Le corbeau fournissait une autre information. Le Scorpio était l'arme qu'on avait retrouvée entre les mains des rebelles qui avaient tenté d'assassiner le président José Ramos-Horta, le 11 février 2008, à Dili. Ce dernier avait été grièvement blessé. Transféré dans un hôpital, à Darwin, en Australie, il était aujourd'hui tiré d'affaire.

Jeanne réfléchit. L'histoire était chaude. Brûlante, même. La France complice d'une tentative de meurtre contre un prix Nobel de la paix, président d'une démocratie balbutiante. Cela faisait désordre...

Pourtant, Jeanne n'était pas certaine qu'il y ait délit. Le Timor oriental n'était pas soumis à un embargo. Il n'était donc pas illégal d'exporter des armes là-bas. Le problème était l'identité des destinataires : des hors-la-loi. Mais il était toujours possible que les armes aient été détournées – qu'elles aient été vendues au départ aux troupes officielles ou aux forces de sécurité, principalement australiennes. C'est ce que prétendraient les dirigeants d'EDS. Jeanne imaginait déjà leurs auditions. Des patrons bardés d'avocats, protégés par des politiques, libres de raconter n'importe quoi. En face, elle n'aurait pas d'autre choix que de saisir un juge au Timor, en émettant une commission rogatoire internationale. Une démarche qui pouvait prendre plusieurs années.

De plus, l'affaire était plus compliquée encore.

Troisième acte du dossier.

Avec la note des services fiscaux, on basculait dans un autre domaine. Fausses factures et corruption politique. Le rapport anonyme, sans apporter de preuves directes, signalait que, parallèlement à cette livraison d'armes, la société EDS Technical Services avait payé près d'un million d'euros à la société de conseil RAS – le document fiscal confirmait les facturations successives de RAS à EDS Technical

Services. Or cette entreprise, implantée à Levallois-Perret, Hauts-de-Seine, était soupçonnée d'émettre des fausses factures à l'intention de différentes sociétés briguant des marchés publics. Jeanne notait l'ironie du nom de la boîte, sans doute volontaire. « RAS », en langage militaire, signifiait : « Rien à signaler. »

Tout le monde connaissait le système. Des élus monnayaient l'attribution de chantiers publics ou de commandes de fournitures auprès d'entreprises spécialisées. Les sociétés « achetaient » ces marchés en rémunérant une société fantôme qui transférait ensuite l'argent dans les caisses du parti politique de l'élu. Ou directement dans les poches de ce dernier, à travers des comptes à l'étranger ou des sociétés situées dans des paradis fiscaux. C'était ainsi que les partis politiques finançaient leurs campagnes et que les élus s'enrichissaient. En France, la combine avait été révélée dans les années quatre-vingt-dix avec l'affaire Urba. Première d'une longue série qui avait éclaboussé tous les partis, de gauche comme de droite.

Toujours selon la note, la société RAS était proche d'un nouveau parti politique centriste, le PRL (parti républicain pour la liberté). Jeanne en avait entendu parler, notamment lors des élections municipales de mars dernier. La question était : quelle faveur EDS Technical Services avait réglée avec ces factures ? La réponse était simple. La livraison d'armes en direction du Timor oriental avait été rendue possible grâce à Bernard Gimenez, conseiller, en 2006, auprès de la protection et de la sûreté au ministère de la Défense. Or Gimenez était un des fondateurs du PRL…

Jeanne lâcha son surligneur. *Tu sales. Tu poivres. Tu nous le sers bien chaud.* Reinhardt avait raison. Il y avait là matière à un vrai scandale politique. À condition de frapper juste. Et de rester discrète durant l'enquête. Jeanne avait vécu de très près l'affaire des écoutes au tribunal de Nanterre en 2004, quand les magistrats qui avaient jugé Alain Juppé avaient eu leurs bureaux visités, leurs ordinateurs fouillés, leurs lignes téléphoniques mises sur écoute, sans compter les pressions, les menaces et autres lettres anonymes…

Or il manquait ici le principal. Les preuves. Si Jeanne se lançait dans cette galère, elle allait devoir démontrer l'intervention de Gimenez au moment de l'exportation des armes auprès du ministère de la Défense. Prouver que les factures de RAS ne correspondaient à aucune prestation. Tracer cet argent dans les caisses de la société, puis dans celles du PRL. Et aussi, sans doute, dans les poches de Bernard Gimenez. Cela signifiait : écheveau de sociétés, virements sur des comptes numérotés en Suisse, transferts de fonds dans des paradis fiscaux. Autant dire un boulot de titan, qui prendrait des années sans la moindre certitude de résultats.

Jeanne était prête à s'y coller. Même si elle n'était pas optimiste. En France, ces affaires n'aboutissaient jamais. Depuis qu'elle était étudiante, elle suivait les fameux « scandales de la République ». Fausses factures, marchés truqués, caisses noires, racket financier, commissions occultes, emplois fictifs… Pas une fois un juge n'avait gagné contre les politiques. *Pas une seule fois.* Le scandale éclatait, oui. Occupait un temps les pages des journaux. Puis on oubliait. Quand le procès survenait – des années plus tard, dans le meilleur des cas –, justice et politique faisaient leur cuisine. Et chacun en sortait indemne. Comme disait Alain Souchon : « *Les cadors, on les retrouve aux belles places, nickel...* »

Elle décrocha son téléphone et contacta le huitième cabinet de délégation judiciaire qui a compétence pour les affaires de fausses factures. Au sein de ce bureau, elle connaissait le capitaine Éric Hatzel, qu'on appelait « Bretzel » et parfois aussi « Facturator » pour sa faculté à déchiffrer des comptes que personne ne comprenait.

— Bretzel ? Korowa.

— Tu vas bien, Korowa ?

— Pas mal. J'ai un coup sur le feu. Je te faxe l'intro et tu me dis ce que tu en penses.

— Jeanne, je te jure, on est complètement débordés...

— Lis d'abord.

— C'est quoi au juste ?

— Pas au téléphone. Lis et rappelle-moi.

— Tu voudrais commencer par quoi ?

— Des écoutes. En série.

— En plus ! On n'a pas d'équipes disponibles et...

— Lis le fax. Puis consulte ton mail. Je t'envoie la liste des mecs à sonoriser. Je vais chercher leurs coordonnées. Pour les autres, tu te démerderas.

Jeanne raccrocha. Elle n'était pas familière des écoutes. Une procédure lourde. Il fallait obtenir des opérateurs de téléphonie fixe agréés le branchement des lignes de dérivation. S'entendre avec les compagnies de cellulaires. Et Jeanne voulait plus. Des

65

micros dans les bureaux. Des sonorisations dans les appartements. Elle allait saisir le SIAT (Service interministériel d'assistance technique). Une poignée d'hommes qui se chargeaient d'installer, discrètement, les zonzons. En relais, des officiers de police transcrivaient les moments intéressants des enregistrements et les soumettaient au juge sous forme de procès-verbaux.

Tout ça pour finir souvent dans une impasse. Ou pour aboutir à une nullité de procédure pour ingérence dans la vie privée. C'était le premier réflexe des avocats de la défense. Il était facile de démontrer qu'un micro dans un appartement avait permis d'épier beaucoup plus la vie privée qu'une ou deux conversations suspectes. Du coup, le juge d'instruction se retrouvait en position illégale. Il avait outrepassé son territoire de saisine. Affaire classée. Jeanne était prête à prendre ce risque. De toute façon, elle ne voyait pas d'autre angle d'attaque.

En attendant le rappel de Bretzel, elle se connecta sur Internet et chercha les coordonnées des personnalités à écouter. Professionnelles. Personnelles. Au passage, elle vérifia un autre détail. Un détail qu'elle avait en tête depuis le début. Elle rédigea son mail et se plongea à nouveau dans le dossier.

Une demi-heure plus tard, son téléphone sonna. La ligne fixe. 19 h 30. Une sonnerie. Une pause d'une minute. Puis une nouvelle sonnerie. Jeanne décrocha : c'était bien Bretzel. Ils avaient mis au point ce code pour éviter les emmerdeurs. Les journalistes avaient pris l'habitude d'appeler les magistrats après 19 heures pour tomber sur eux et non sur leur greffière.

— C'est chaud, fit Bretzel. Je marche.

Sa voix vibrait d'excitation.

— Je passerai chercher lundi les commissions rogatoires. En attendant, je lance les écoutes sur les portables et les lignes fixes ce soir. On sonorisera demain, samedi, les bureaux. On aura la paix. J'envoie aussi des gars à Pau pour équiper les locaux des boîtes.

Jeanne frissonna. Le côté « machine de guerre » l'excitait, elle aussi. Et le débit précipité de Bretzel lui confirmait ce qu'elle savait déjà. Cet homme n'avait pas peur. Il ne pensait pas à son avancement ni à sa retraite. Ce type était *de son côté*.

— Mais y a un truc qui cloche, fit-il. Le dernier nom sur ta liste, Antoine Féraud. Qu'est-ce qu'il vient foutre dans cette histoire ?

Jeanne s'attendait à la question.

— T'en fais pas. Je gère.

— C'est un psychanalyste ou un psychiatre ?

— Les deux.

— Tu as avisé l'ordre des médecins ?

— Je gère, je te dis.

— Violation du secret médical. Tu vas droit dans le mur, ma belle.

— C'est mon dossier, d'accord ? Je ne veux pas de transcriptions pour ces écoutes-là. Tu m'envoies chez moi les données brutes. Sur copie numérique. Avec l'original sous scellés. Chaque soir. OK ?

— C'est quoi cette embrouille ?

— Tu me fais confiance ou non ?

— On équipera son cabinet demain après-midi.

Jeanne raccrocha, la bouche sèche. Elle venait de commettre la pire des fautes déontologiques. Un péché mortel pour un juge.

Elle avait placé sur la liste des personnes à écouter le psychanalyste de Thomas.

Elle connaissait son nom.

Elle avait trouvé l'adresse de son cabinet dans l'annuaire.

Elle écouterait les séances de Thomas et elle saurait.

8

Six jours avaient filé. Rien ne s'était passé comme prévu.

Samedi 31 mai, Bretzel avait lancé les réquisitions Orange et France Télécom pour les écoutes téléphoniques. De leur côté, les mecs du SIAT avaient placé les zonzons dans le bureau de Bernard Gimenez, au siège du PRL – l'homme politique avait quitté ses fonctions au ministère de la Défense en 2007 et rejoint le poste de trésorier du parti. Ils avaient aussi équipé le bureau de Jean-Pierre Grissan, secrétaire général, et celui de Simon Maturi, P.-D.G. de la société RAS. Pour les écoutes des compagnies EDS et Noron, Hatzel avait dépêché des hommes à Pau dès le vendredi soir. D'après l'article 18 du code pénal, alinéa 4, un juge d'instruction peut envoyer des flics partout en France, si cela est utile à « la manifestation de la vérité ». Les bureaux de Jean-Louis Demmard, patron de Noron, et de Patrick Laiche, directeur d'EDS, avaient été sonorisés durant le week-end. Les lignes fixes déviées. Les portables connectés sur un serveur.

Mardi 3 juin, Jeanne avait reçu les premières transcriptions. Quelques feuillets. Pour un résultat nul. Pas de conversation suspecte. Pas d'allusion à d'éventuels jeux d'influences. Encore moins à des transferts de fonds, consignes de virement ou remises d'espèces. Aucun vocabulaire elliptique qui puisse laisser supposer l'usage d'un code. Rien. Ces suspects utilisaient un autre mode de communication, Jeanne en était certaine.

Le même jour, elle avait saisi les services informatiques afin de pirater leurs e-mails. Rien non plus. RAS portait bien son nom. Pourtant, Jeanne sentait, à l'instinct, que les combines continuaient. Peut-être ces hommes avaient-ils été avertis des écoutes. Bretzel était de confiance. Les mecs du SIAT aussi. Mais les fuites existent toujours. Le monde de la justice est l'univers le plus poreux de toutes les instances administratives.

En vérité, depuis le début de ses grandes manœuvres, Jeanne Korowa s'intéressait à un autre versant du dossier. Les enregistrements bruts, réceptionnés dès le lundi soir, du cabinet d'Antoine Féraud, psychanalyste de Thomas. Deux disques numériques – un exemplaire sous scellés et une copie à écouter – placés dans une enveloppe kraft libellée au nom de Jeanne, glissée chaque soir sous la porte de son appartement. Une journée de consultation du psy.

De ce côté, la pêche avait été féconde.

Trop, pour tout dire.

Jeanne connaissait les jours et les horaires des séances hebdomadaires de Thomas. Lundi à 14 heures. Mercredi à 15 h 30. Dès le premier soir, elle avait fait défiler le disque du lundi sur son ordinateur jusqu'à reconnaître la voix de Thomas. Elle avait alors obtenu les informations qu'elle cherchait.

Thomas n'avait pas une autre maîtresse, mais deux.

Il parlait de mariage, d'enfants, hésitait entre l'une et l'autre.

Il avait, disait-il, l'âge de s'engager. De construire.

Mais Jeanne ne faisait pas partie du casting. Pas une seule fois, Thomas ne l'avait mentionnée. Elle n'appartenait pas au présent. Encore moins au futur. Elle n'avait été qu'une de celles qui lui avaient permis d'user ses désirs, d'épuiser sa soif de conquêtes – de se « vider les couilles », comme disent les hommes avec élégance –, pour pouvoir maintenant se caser, tranquille, guerrier repu. Quant aux deux candidates à marier, elles n'avaient ni l'une ni l'autre dépassé vingt-cinq ans. Argh...

Jeanne s'était repassé dix fois le passage, pleurant, rageant, jurant. Comment avait-elle pu consacrer tant de temps, tant d'espoir à ce salaud ? La même nuit, elle avait déchiré ses lettres, jeté ses photos, balancé ses e-mails et effacé son numéro dans la mémoire de son cellulaire. Elle n'aurait su dire si elle allait mieux, mais au moins, la place était nette.

Elle avait pourtant attendu le mercredi soir dans un état de fébrilité avec, il faut l'avouer, un vague espoir. Ce putain d'espoir qui creuse la tombe des filles. Peut-être qu'au cours de la prochaine séance, il l'évoquerait enfin ? Que dalle. Le nouveau disque avait confirmé le diagnostic. Deux femmes. Deux jeunettes. Un mariage avec l'une ou l'autre. Et toujours pas un mot sur elle. *La vieille.*

71

Jeanne, alors, avait noté les prémices d'une évolution. Un phénomène qui avait commencé dès le lundi soir... D'une certaine façon, le premier enregistrement avait été d'une violence salutaire. Une catharsis. Douloureuse, mais libératrice. *Elle devait passer son chemin.*

Maintenant, un autre processus se profilait. Mue par une curiosité malsaine, Jeanne s'était laissée aller, dès le mardi, tout en mangeant son riz debout dans son salon, à écouter les autres séances sur son ordinateur. Les voix. Les secrets des patients.

Ainsi, un passage l'avait frappée. Un prêtre qui devait avoir la cinquantaine :

« Ma foi décline, docteur. Je ne peux en parler qu'à vous. Ma conviction régresse... C'est comme si elle se consumait. Une mèche qui brûle, mais qui s'arrête toujours à un certain point...

— Quel point ?

— Je crois à tout, disons, jusqu'à la mort du Christ. Ensuite, ça ne passe plus. Impossible d'adhérer aux miracles ultérieurs. La réincarnation. Le retour de Jésus parmi ses apôtres. Impossible.

— Votre foi s'arrête donc à la crucifixion ?

— La crucifixion, c'est ça. »

Silence.

« Vous êtes né dans une famille nombreuse, non ?

— Sept frères et sœurs. En Alsace. Nous en avons souvent parlé : j'ai eu une enfance heureuse.

— Mais votre père préférait systématiquement le nouveau-né.

— Docteur, ça n'a jamais été un problème pour moi. J'étais l'aîné. Je comprenais ce penchant de mon père. D'ailleurs, ma foi a été précoce. Une foi

72

qui m'a comblé et m'a fait partir très tôt de chez moi. »

Antoine Féraud ne fait aucun commentaire. Le prêtre claque des lèvres. Il a sans doute la gorge sèche. Jeanne connaissait bien cette sensation. À force de parler la tête sur le coussin, on n'avait plus de salive dans la bouche et trop de sang dans la tête.

« Une foi qui s'arrête à la crucifixion du Christ, répète Féraud.

— Et alors ?

— Vous vous souvenez des dernières paroles de Jésus, non ? »

Nouveau silence. Puis la voix du prêtre qui prononce, vaincu :

« *Mon Père, pourquoi m'as-tu abandonné ?* »

Jeanne souriait, picorant toujours son riz blanc dans son bol. *Bien joué, Féraud...* Elle imaginait le cabinet. Les parquets vernis. Un kilim marocain. Des tons mordorés. Des livres sur des étagères. Un fauteuil près du divan, dos à la fenêtre. Un bureau à l'oblique, plus loin encore.

Toutes les séances n'étaient pas intéressantes. Mais toujours variées. Il y avait les pressés, qui finissaient avant l'heure. Les volubiles, qui parlaient à jet continu. Les silencieux, qui laissaient échapper un mot ou deux par minute. Les rationnels, qui n'en finissaient pas d'échafauder des analyses, d'organiser leurs souvenirs, leurs fantasmes. Les poètes, qui se berçaient de mots et d'émotions. Les nostalgiques, qui s'épanchaient sur leur passé avec des inflexions mélancoliques. Les récalcitrants, qui venaient à regret et dont chaque séance paraissait être la dernière...

73

Elle écoutait. Et écoutait encore.

« Je ne cesse de me masturber en pensant à elle, dit une voix grave. Pourtant, je l'ai larguée comme une malpropre l'année dernière. Et je ne la touchais plus depuis trois ans ! Pourquoi ce désir soudain ? Pourquoi cette obsession, alors que je ne voulais plus entendre parler d'elle ?

— Votre plaisir ne réside pas dans cet acte masturbatoire, dit Féraud. Votre plaisir est dans votre culpabilité. En vous masturbant, vous caressez votre remords et non le corps de cette femme. Ce que vous aimez, c'est votre délit. Vous êtes coupable et vous aimez ça. C'est ça qui vous fait jouir. »

Jeanne s'amusait comme une folle. Elle connaissait par cœur ces discours de psy. Deux années qu'elle se farcissait ce genre de répliques, toujours à contre-pied, toujours énigmatiques, mais qui tombaient juste parfois. En tout cas, qui vous forçaient à réfléchir, à vous enfoncer dans vos propres ténèbres, pour y chercher une vérité nouvelle.

Ce qui l'envoûtait le plus, c'était la voix d'Antoine Féraud. Médium, mais virile. Avec quelque chose de rauque dans le timbre. Son élocution était particulière aussi. Une lenteur solennelle, qui donnait un rythme, une gravité à chaque mot. Et surtout, il y avait la douceur. Sa voix possédait une inflexion suave, envoûtante, qui était un baume pour l'âme...

En trois disques – lundi, mardi, mercredi –, Jeanne avait déjà profité des bienfaits de cette voix. Elle avait mis au point un rituel. Chaque soir, elle se plongeait dans l'obscurité, s'installait sur son canapé et chaussait un casque audio. Enfouie dans la nuit, elle s'imprégnait de cette douceur, de cette séduction. La voix s'insinuait en elle et faisait levier, lui ouvrant les côtes, laissant respirer son cœur, qui semblait se dilater sous l'effet du timbre...

La veille au soir, Jeanne avait même senti quelque chose craquer en elle. Une poussée trouble... Elle avait glissé la main dans son boxer et s'était caressée au fil des séances. Regrettant déjà de tout salir. De souiller cette voix qui lui inspirait un pur sentiment...

Le jeudi 5 juin au matin, elle s'éternisait sous sa douche et s'engueulait à voix basse. Se masturber en écoutant la voix d'un psy, seule chez soi, dans le noir. Vraiment pathétique...

Elle s'essuya. Se peigna. La buée du miroir s'estompait. Elle n'était pas pressée de voir sa gueule. Les traits tendus. Le teint livide. Elle était belle, malgré tout. Visage mince. Peau blanche, pigmentée de rousseur. Pommettes hautes. Et ces yeux verts qui, dans les bons jours, brillaient comme des agates. Une fois, Thomas l'avait comparée à l'absinthe, boisson interdite aujourd'hui, qui faisait fureur au XIXe siècle et qu'on surnommait « la fée verte ». On faisait fondre un sucre à la flamme au-dessus du verre d'alcool vert pâle. Thomas, qui n'était pourtant pas un poète, avait noté les similitudes. Le vert pour les yeux. La flamme pour la rousseur. Quant à l'ivresse... Ce soir-là, il avait murmuré : « Tu es ma fée verte... » La métaphore s'était finie au lit. Jeanne était certaine qu'il avait pompé tout ça dans un magazine mais elle en conservait tout de même un souvenir ému.

Elle sortit de la salle de bains, les cheveux humides. But le café qu'elle s'était préparé. Grignota une tartine de pain complet. Avala sa dose habituelle d'Effexor 0,75 mg. Ouvrit son dressing et choisit ses vêtements d'un coup d'œil, comme on choisit un uniforme.

Jean blanc.

Chemisier blanc à motifs noirs.

Veste en lin.

Et des chaussures Jimmy Choo, pointues comme des poignards.

Elle attrapa ses clés, son sac, son cartable – et claqua la porte avec violence.

Au boulot, maintenant.

Dossiers. Auditions. Confrontations.

Et plus question de conneries de voix sans visage, de baume mental, de caresses nocturnes.

9

Dès qu'elle parvint à son étage, au TGI, elle comprit que quelque chose clochait. Deux flics se tenaient, de dos, dans le couloir. Carrures d'athlète. Brassards rouges. Automatique à la ceinture, bien en vue. Du sérieux.

L'un d'eux se retourna. Elle reconnut le visage mal rasé, un peu joufflu, du capitaine Patrick Reischenbach, chef de groupe à la Crime. Ses cheveux étaient toujours luisants de gel. D'un geste rapide, elle tenta d'ébouriffer sa propre chevelure encore humide. En vain.

— Salut, dit-elle en souriant. Qu'est-ce que vous foutez là ?

— On vient chercher Taine.

Jeanne allait demander des précisions quand Taine en personne sortit de son bureau, rasé de frais, enfilant sa veste, tenant son cartable de cuir d'une main. Sa greffière était sur ses pas.

— Qu'est-ce qui se passe ? demanda Jeanne.

— On en a un autre. (Taine joua des épaules pour ajuster sa veste.) Un autre meurtre. Le cannibale. J'y vais. C'est dans le 9-3. Le parquet de Bobigny se dessaisit au profit du parquet initial.

Jeanne considéra l'équipe. Reischenbach, indéchiffrable. L'autre flic, qu'elle ne connaissait pas, tout aussi fermé. Taine, arborant son expression standard de juge glacé. La greffière, sur ses pas, à l'unisson. *Du supersérieux.*

— OK, fit Taine, qui lisait dans les pensées de Jeanne. Tu veux venir ?

— Je peux ?

— Pas de problème. (Il regarda sa montre.) C'est à Stains. On fait la blague et on revient pour le déjeuner.

Jeanne fila dans son bureau. Vérifia ses dossiers. Donna des instructions à Claire et courut rejoindre le groupe dans l'ascenseur.

Dehors, l'averse qui couvait depuis l'aube avait éclaté. Une belle averse d'été. Chaude. Grise. Libératrice. Les gouttes claquaient sur le trottoir comme des pétards chinois. Le ciel ressemblait à un immense parachute de ténèbres moirées où le vent s'engouffrait, s'amusant à former des sculptures mobiles de vapeur sans cesse redéfinies.

Une voiture banalisée les attendait, stationnée en double file avenue Joliot-Curie. L'acolyte de Reischenbach, un dénommé Leroux, prit le volant. Le capitaine s'installa à ses côtés. Les magistrats et la greffière montèrent à l'arrière.

Taine n'attendit pas que la Peugeot démarre pour demander :

— Qu'est-ce qu'on a ?

— La victime s'appelle Nelly Barjac. Vingt-huit ans.

— Quel boulot ?

78

— Technicienne dans un laboratoire d'analyses médicales. Elle a été tuée dans le parking souterrain du labo.

Jeanne se tenait à droite, collée aux épaules de la greffière assise au centre.

— Elle a été assassinée au milieu de la nuit, continuait Reischenbach. Elle bossait tard et partait après tout le monde. Le tueur a dû l'attendre en bas. Il l'a surprise au moment où elle montait dans sa caisse.

— Il l'a tuée sur place ?

— Pas tout à fait. Il l'a emmenée dans un autre sous-sol. Plus bas. À l'évidence, il connaissait les lieux. Soit il y bosse, soit il est venu pour repérer chaque détail. En tout cas, il a su éviter les caméras de surveillance.

— Qui a découvert le corps ?

— Un vigile, ce matin très tôt. Il pleuvait. Il a vérifié ces parties souterraines, qui sont vouées aux écoulements. Il a mis du temps à comprendre qu'il avait affaire à une victime. Je veux dire : à un être humain.

Après chaque réponse, Taine marquait un bref silence. Comme s'il remisait l'info dans un tiroir particulier de son cerveau. Jeanne écoutait, tout en essayant de se repérer dans la banlieue. Impossible. Des axes. Des panneaux. Des chiffres. Le tout brouillé par la pluie. Au-dessus, le ciel semblait se dilater. Gonflé comme une éponge grise. Parfois, un éclair traversait le paysage avec une luminescence électrique.

Le chauffeur était parti pour une grande boucle autour de Paris, rejoignant la Seine-Saint-Denis, au nord. La seule chose claire dans cette tempête était l'écran du GPS fixé au tableau de bord, qui affichait les directions à prendre par à-coups.

— Ce labo, c'est quoi au juste ?

Reischenbach sortit de son blouson un carnet puis chaussa des lunettes.

— Un laboratoire de... cytogénétique. Ils analysent les embryons. Je sais pas quoi.

— Ma femme a fait un examen comme ça, intervint le conducteur. C'est pour voir si le fœtus est normal.

— Une amniocentèse.

Les regards convergèrent vers Jeanne qui venait de parler. Elle continua en s'efforçant de prendre un ton badin – surtout pas doctoral :

— Le gynécologue prélève un échantillon du liquide amniotique dans l'utérus de la femme enceinte. Ensuite, on isole les cellules desquamées du fœtus ou de la membrane qui l'entoure, puis on les met en culture et on analyse les chromosomes pour établir le caryotype du bébé en formation.

Taine demanda, observant le dehors comme si la réponse ne l'intéressait pas :

— Un caryotype, c'est quoi exactement ?

— La carte chromosomique de l'enfant. Les 23 paires de chromosomes qui définissent son être à venir. Ça permet de détecter une anomalie éventuelle sur une des paires. Comme la trisomie 21, par exemple. Très peu de labos font ça à Paris. Comment s'appelle celui-là ?

Reischenbach regarda son carnet puis se tourna.

— Pavois. Vous connaissez ?

Jeanne fit signe que non. Elle faillit ajouter qu'elle n'avait pas ce genre de problèmes. Qu'elle n'était pas enceinte. Qu'elle n'avait pas de mec. Et que sa vie, c'était de la merde. Mais elle s'abstint. Elle était ici en tant que juge. Pas vraiment le moment de balancer des confidences.

— La première victime, reprit Taine à l'attention du flic, elle bossait dans un centre pour enfants attardés, non ?

— Ouais. Des mômes qui souffrent de... (Reischenbach feuilleta son carnet) de TED, troubles envahissants du développement. (Il revint à Taine en baissant ses lunettes.) Vous pensez qu'il pourrait exister un rapport entre ces gosses pas normaux et les amnio-machins ?

— Il y a des points communs avec l'autre meurtre ? reprit Taine sans répondre. Je veux dire, dans le *modus operandi* ?

— Tout correspond. Un parking. Les inscriptions sur les murs. Et le corps, bien sûr. Dans le même état que le premier.

— Côté profil des victimes, des similitudes ?

— Trop tôt pour le dire. On a même pas vu le visage de la deuxième... avant.

Le crépitement de la pluie se referma sur ces paroles. Jeanne regardait toujours le paysage. La vue était troublée par l'averse mais pas assez pour qu'elle ne puisse en saisir la laideur. Comme chaque fois qu'elle traversait ces labyrinthes d'usines, de pavillons, de cités, elle s'interrogeait : comment avait-on pu en arriver à *ça* ?

Elle imaginait un lien entre le tueur et ces villes sordides. Des agglomérations. Des rues. Parmi lesquelles se trouvaient les points précis où la violence du meurtrier avait explosé. Comme des incendies volontaires. *1, 2, 3...* Il fallait remonter ce dédale, plonger dans cette forêt urbaine jusqu'à localiser le foyer d'origine. *4, 5, 6...* Comprendre pourquoi il frappait dans ces sous-sols. Des grottes primitives où il célébrait un rite. Un sacrifice...

— L'enquête de proximité a commencé ? demanda Taine.

— Tout juste. J'ai déjà des gars là-bas. Ils interrogent les vigiles. Les voisins. Pas beaucoup d'espoir de ce côté-là. C'est une zone industrielle. La nuit, y a personne. De toute façon, pour moi, le tueur a la tête froide. Il pense à tout avant de se lâcher.

— Sur la première, du nouveau ? Je n'ai toujours pas reçu le rapport du légiste.

— Moi non plus. J'ai parlé au toubib ce matin. On doit tout avoir aujourd'hui, avec les analyses toxico et l'anapath. A priori, rien de neuf. On savait déjà que le tueur avait égorgé la fille, l'avait vidée de son sang et avait dévoré certaines parties du corps. L'autopsie n'ajoute pas grand-chose à ça.

— Et côté suspects ? Les proches ? les collègues ? l'enquête de voisinage ?

— Que dalle. La fille avait un fiancé. On l'a interrogé. Inoffensif. Elle bricolait aussi sur le Net. Comme tout le monde.

— Des sites de rencontres ?

— Plus ou moins. Facebook. MSN. On remonte tout ça. On a aussi bossé dans l'autre sens.

— L'autre sens ?

— En partant du cannibalisme. C'est fou le nombre de sites qui traitent du sujet. Tous en anglais. Des forums, des chats délirants, des annonces pour participer à une séance de dépeçage, des recettes à base de chair humaine. Et même des candidats pour servir de plats aux cannibales amateurs ! C'est dingue. Des milliers de gens veulent se faire bouffer.

C'étaient les mots exacts qu'Armin Meiwes, le « cannibale de Roteburg », avait prononcés au moment de son procès. Cet homme, qui rêvait de dévorer un congénère, avait trouvé en 2001 un volontaire sur Internet, Bernd Juergen Brandes.

Dans la nuit du 9 au 10 mars 2001, Meiwes lui avait coupé le pénis devant une caméra. Ils l'avaient mangé ensemble puis Meiwes avait égorgé, dépecé et mangé Brandes, commentant à voix haute ce qu'il faisait à destination de la caméra.

— Résultat ? poursuivit Taine.

— Rien. Que du bluff, à mon avis. Et c'est difficile de retracer les auteurs de ces conneries. En tout cas, aucune trace de Marion Cantelau, la victime. Elle n'avait rien à voir avec ces givrés. Non, pour moi, elle s'est trouvée au mauvais endroit au mauvais moment. Comme d'habitude.

— Je pense plutôt que le type la suivait depuis pas mal de temps.

— On est d'accord. Mais au départ, elle a seulement eu la malchance de croiser sa route.

— Et les empreintes ? l'ADN ? On a ses paluches partout, si je me souviens bien. Sa salive…

— Et sa merde.

— OK. Alors ?

— Rien. Pour les empreintes, il n'est pas fiché. Pour l'analyse ADN, il est trop tôt pour les résultats. Mais a priori, on n'aura rien non plus. S'il ne prend aucune précaution, c'est qu'il n'est répertorié nulle part.

Le juge demanda un ton plus bas :

— La fille d'aujourd'hui, on a prévenu sa famille ?

Reischenbach désigna son voisin au volant de la Peugeot.

— Leroux va s'en occuper. Je le sens en forme aujourd'hui.

Le conducteur maugréa puis tapota de l'index l'écran du GPS.

— C'est bon, grogna-t-il. On y est.

10

Les laboratoires étaient situés dans une zone industrielle isolée. Des blocs puissants, tout en vitres et ciment, des bâtiments en préfabriqué, des hangars de fibre de verre. Chaque édifice disposait de plusieurs hectares de superficie : des terrains herbus, boueux, percés de flaques. Tout était désert.

Leroux ralentit aux abords d'une longue construction de deux étages aux fenêtres en série. L'enseigne indiquait : « LABORATOIRES PAVOIS. » L'immeuble était cerné par des fourgons de police, des voitures banalisées, des ambulances. Jeanne frissonna. Les lumières bleues des véhicules voletaient par intermittence, rebondissant contre les nuages chargés de pluie, frappant les vitres de la façade, pour y dégouliner ensuite comme de la peinture brillante. Des dos luisants, en ciré, allaient et venaient dans les bourrasques grises. Des rubans jaunes de non-franchissement délimitaient le cercle de l'enfer.

Ils stoppèrent à cent mètres du bloc et descendirent de voiture. L'air était chaud et visqueux. Les rafales s'obstinaient, se plaquant sur leurs flancs comme des paquets d'embruns. L'allée asphaltée était couverte de boue. Jeanne, en talons, manqua de tomber et s'appuya sur le bras de Taine. Ils marchèrent courbés jusqu'à la porte d'entrée, alors que Leroux brandissait sa carte pour franchir les barrages. Jeanne était désorientée. La flotte. La boue. L'atmosphère industrielle. Elle n'imaginait pas ainsi un laboratoire d'amniocentèse, lieu stérile par excellence.

Un capitaine de la brigade territoriale vint à leur rencontre. Le substitut du procureur était déjà reparti. On attendait Taine avant d'embarquer le corps. L'officier enchaîna avec un topo rapide sur la victime. Rien de neuf par rapport au briefing de Reischenbach.

— Faut passer sur la droite, prévint-il en tendant le bras. L'entrée du parking est à l'arrière de l'immeuble. Je vous préviens, c'est plutôt… *gore*.

Des flics se matérialisèrent. Des parapluies claquèrent. Ils contournèrent l'immeuble entre les allées de troènes. Chacun glissait et pataugeait sur le bitume. La scène avait un côté comique mais le plus ridicule, c'était encore Jeanne juchée sur ses Jimmy Choo, avec sa veste trempée et son jean blanc maculé qui ne ressemblaient plus à rien.

— On va entrer par là, fit le capitaine en désignant une rampe de béton qui plongeait dans les ténèbres. Le rideau de fer est ouvert. Sinon, on doit pénétrer dans l'immeuble et emprunter l'ascenseur. Faut des badges, des codes. Le labo est un vrai bunker.

Jeanne et Taine se regardèrent. Comment le tueur avait-il fait, lui, pour entrer ? L'eau de pluie s'engouffrait dans le boyau par vagues sombres, bruissantes. L'air était si humide qu'on respirait des

86

vapeurs d'eau. Elle avait l'impression de pénétrer dans une grotte surchauffée. Un lieu secret, immémorial, d'où auraient jailli des légendes urbaines.

Le parking était bas de plafond, ponctué de colonnes. Pas de voitures, à l'exception d'une Smart cernée par un ruban jaune de non-franchissement. Sans doute la bagnole de la victime. Des flics, toujours en ciré, sillonnaient le lieu, balayant le sol avec les faisceaux de leurs torches.

— Faut descendre encore, fit le capitaine. Deuxième niveau. Un mec de la mairie est venu nous expliquer le rôle de ce sous-sol mais j'ai rien compris. Le parking abrite un système d'écoulement qui date des années soixante et qui draine toute l'eau de la zone industrielle. Vous voulez des masques ? Ça pue grave en bas.

Les visiteurs déclinèrent l'offre. Nouvelle rampe. Ils croisèrent les premiers techniciens de la PTS – police technique et scientifique – en combinaison blanche marquée de la mention « IDENTITÉ JUDICIAIRE ». Leurs projecteurs balayant le sol, ils photographiaient des détails, collectaient des fragments dans des sacs à scellés.

Ils atteignirent un sas de ciment surveillé par deux plantons. Tous les flics d'Île-de-France semblaient avoir été appelés ici. À leurs pieds, des déchets, des papiers, des chewing-gums s'amoncelaient, charriés par l'eau qui coulait jusqu'ici et passait sous la porte.

On déverrouilla la paroi. Ils enjambèrent les détritus et empruntèrent un escalier de ciment. Jeanne s'appuya encore sur l'épaule de Taine. Une lampe tempête avait été fixée au plafond. Malgré cette source, les ténèbres étaient si épaisses qu'elles semblaient matérielles. Infranchissables.

— Y a quinze bons mètres de dénivellation pour arriver au fond. Il a dû la porter sur son dos...

Une odeur d'égout s'élevait, pleine de relents écœurants. Des effluves d'huile et d'essence flottaient aussi. Ainsi qu'une puanteur aiguë, prégnante, qui refusait de se mélanger. Un remugle de cochon grillé.

— C'est quoi cette odeur ? demanda Jeanne.

Le capitaine se tourna vers elle avec méfiance. Depuis le départ, il avait une question sur les lèvres. Deux juges d'instruction pour une seule affaire, c'était un de trop...

— Le tueur, fit-il à l'attention de François Taine. Il a cuit certains fragments du corps. Mais il y a autre chose.

— Autre chose ?

— On a retrouvé des restes bizarres. Selon les techniciens, ça pourrait être du suif.

— Qu'est-ce que vous appelez du suif ?

— De la graisse animale. Ça brûle bien, il paraît. Et longtemps. Le tueur s'est éclairé comme ça. Les techniciens vous expliqueront. C'est par ici.

Nouvelle porte. Quelques marches. Et le choc. Une pièce aveugle de deux ou trois cents mètres carrés au plafond mansardé. Des murs de ciment noir maculés d'humidité. Un sol brillant d'écoulements. Une vraie caverne datant d'une ère nouvelle. Celle du béton et de l'essence. Il y avait eu l'âge du fer. L'âge du bronze. Maintenant, c'était l'âge du pétrole.

Les projecteurs de l'Identité judiciaire dessinaient des auréoles dans les flaques. Les techniciens allaient et venaient, masque sur le visage. Ils lancèrent tour à tour un bref regard aux nouveaux arrivants, sans stopper leur activité.

Jeanne était frappée, encore une fois, par l'impression ambivalente que les scènes de crime lui inspiraient. La violence résonnait ici, mais aussi, plus encore, la paix, le soulagement. Celui du tueur. Ce sang, ce cadavre, ces éclats de chair constituaient le prix de sa sérénité. Le meurtrier s'était rassasié ici. Calmé. Apaisé...

— On peut voir le corps ? demanda Taine.

Le capitaine coinça sa torche sous son bras et enfila des gants de chirurgien. Avec précaution, il écarta la bâche qui couvrait la victime. La lampe électrique, sous son aisselle, frappa le cadavre comme par accident. Jeanne eut un recul. Ses genoux se dérobèrent. Elle appela à la rescousse son statut de juge. Ses années d'études. Sa vocation inébranlable. *Penser en magistrat, et seulement en magistrat.*

Il y avait au moins cinq morceaux.

Le buste, ventre ouvert, exhibait aux épaules et sous le bassin des os blanchâtres. Les quatre membres avaient été arrachés. La femme, ou ce qu'il en restait, avait la tête renversée, invisible. Ses cheveux baignaient dans une flaque.

Malgré l'horreur, qui l'éblouissait comme à rebours, à force de noirceur, plusieurs détails frappèrent Jeanne. La blancheur de la peau. La corpulence du corps. Ses épaules, ses hanches avaient la rondeur de rochers polis. Jeanne songea aux sculptures de Jean Arp. Formes blanches, douces, sans bras ni jambes, qui appellent la main, la caresse, par la seule pureté de leur ligne...

Répartis dans les ténèbres, Jeanne repéra les bras et les jambes. À moitié dévorés. Brûlés par endroits. Il y avait aussi, au fond, le long du mur, le paquet des viscères gris, agglutinés, baignant dans les eaux sales.

Jeanne prit conscience du silence qui l'entourait. Le choc était le même pour tout le monde : Taine, Reischenbach, Leroux, la greffière... Elle s'approcha, alors que le capitaine dirigeait son faisceau avec hésitation sur le tableau horrifique. Elle aperçut la plaie à la gorge, ouverte d'une oreille à l'autre.

— Vous pouvez éclairer le visage ?

Le capitaine ne bougea pas. Jeanne lui prit la torche des mains et l'orienta. Les muscles, les os de la figure formaient un chaos sous la chair. Un hématome violacé s'étalait comme une monstrueuse tache de vin. Le tueur avait frappé sa victime avec une pierre, ou une masse. Plusieurs fois. Le sang avait afflué, coagulant sous la peau. Ce qui signifiait que la femme était encore vivante durant ces tourments. Jeanne remarqua aussi, parmi les cheveux, des caillots de sang – le meurtrier avait éclaté le crâne. Des lambeaux de cervelle s'écoulaient parmi les cheveux déployés.

Jeanne déplaça son rayon vers l'abdomen. Fendu à la verticale, du sternum jusqu'au bassin. Sur les flancs, des blessures, des griffures, des béances. Peut-être même des inscriptions. Un des seins avait disparu. L'autre pendait. Jeanne devina que le tueur avait plongé son visage dans ces blessures et mordu les muscles. Chaque morsure laissait un lambeau

90

d'épiderme au bord de la plaie. Le meurtrier mettait la chair à nu puis plantait ses dents à l'intérieur. *Il n'aime pas la peau. Ce qu'il veut, c'est le contact avec la viande tendre, encore chaude, sentir le réseau des muscles, la dureté des os…*

Elle baissa encore son rayon. Le sexe. Elle prévoyait que cette région serait le théâtre d'une atrocité particulière. Elle avait raison. Le meurtrier avait arraché le pubis. Avec les dents. Ou les mains. Il avait laissé la peau de côté, mordu les organes, aspiré le sang, recraché des jets sanguinolents tout autour. Jeanne n'était pas pathologiste mais elle devinait qu'il avait dévoré l'appareil génital dans son ensemble. Lèvres, clitoris, trompes, utérus… Il avait tout avalé. Englouti ces choses précieuses, symboles de féminité, au fond de lui.

Une idée la cingla. L'assassin était une femme. Une gorgone qui avait voulu s'approprier la fertilité de sa victime. Comme les Papous dévorent le cœur ou la cervelle de leurs ennemis pour s'emparer de leurs qualités spécifiques. Des mots lui revinrent à l'esprit. Mots qu'on lui rabâchait à l'église, au moment de sa première communion : « Qui mange ma chair et boit mon sang / demeure en moi et moi en lui. »

Jeanne aperçut son visage livide dans une flaque. *Bon sang, je vais tomber dans les pommes…* Pour se donner une contenance, elle rendit la lampe au capitaine et se tourna vers Taine.

— La première, elle était dans cet état-là ?

Le juge ne répondit pas.

— T'as vu le corps ou non ?

— En photos seulement. Quand je suis arrivé, ils l'avaient déjà emmené.

— Mais c'était équivalent ?

Le magistrat ne put que hocher la tête. Une voix se rapprocha. Un homme trapu, au gros ventre moulé dans un polo bleu Ralph Lauren, marmonnait dans un dictaphone. La soixantaine, il avait le cuir mat, les cheveux gris coiffés la raie au milieu. Un nez busqué. Des petits yeux bleu clair. Une impression vive, riante et aquatique se dégageait de ce regard. Mais aussi quelque chose d'agressif, d'incongru. Comme si ces yeux translucides n'avaient rien à faire dans ce visage bronzé.

— Langleber, murmura Taine. Le légiste. Je te jure que s'il me sort encore une de ses conneries d'intello, je me le fais.

Le juge fit les présentations. Poignées de mains mécaniques.

— Je crois savoir comment il procède, dit le médecin en fourrant son dictaphone dans la poche arrière de son jean.

— On t'écoute.

Il leva la tête, désignant les armatures qui soutenaient les néons au plafond.

— Il suspend la fille là-haut, tête en bas. Il lui écrabouille le visage et lui tranche la gorge. Comme on tue les cochons dans les fermes. Il utilise un couteau aiguisé. Les berges de la plaie sont nettes. Il procède de gauche à droite. La « queue de rat », c'est-à-dire la fin de la blessure, est sans équivoque. Notre salaud est droitier. Et je peux vous dire que sa main ne tremble pas. J'ai déjà pu constater des lésions allant jusqu'à la paroi vertébrale antérieure, avec section de la trachée et de l'œsophage.

Lorsqu'elle était petite, Jeanne passait deux mois d'affilée dans le Perche pour les grandes vacances. Elle avait assisté plusieurs fois à ce genre d'exécutions barbares. Une vraie cérémonie. *On tuait le cochon...*

— Il n'y a pas assez de sang, remarqua-t-elle.

Le légiste posa ses yeux de méthylène sur elle. Il appréciait la remarque :

— Exact. Je pense qu'il le récupère. Dans une bassine ou un autre récipient.

— Qu'est-ce qu'il en fait ? demanda Taine.

Langleber toisa les magistrats. « Deux juges pour le prix d'un. » L'idée paraissait l'amuser.

— Vu l'ambiance, il doit le boire sur place. Encore chaud.

— T'es sûr de ton coup ?

— Sur la technique, oui. La victime porte des marques de liens aux chevilles. Vérifiez au-dessus des néons. Vous trouverez un frottement de cordes, une trace de tension. La première victime avait les deux chevilles brisées. Même topo ici, à mon avis. Tout sera dans mon rapport.

— En parlant de rapport, intervint Reischenbach, on n'a toujours pas reçu le premier.

— Il arrive. Y a pas le feu au lac.

— Je sais pas ce qu'il te faut.

— Soyons clairs, reprit Jeanne. La femme est vivante quand il la suspend ?

— Bien sûr. Pour que le sang jaillisse, il faut que le cœur fonctionne.

Taine secouait la tête en silence. Ses traits exprimaient un dilemme. Il paraissait à la fois vouloir mener son enquête jusqu'au bout et en même temps se casser au plus vite. Se foutre la tête sous sa couette et oublier tout ça.

— Ensuite, poursuivit Langleber, impassible, il lui ouvre le ventre. Il attrape les entrailles à pleines mains et les tire hors du corps. Le côté « tripailles » du menu et...

— On a compris.

— Comment lui ouvre-t-il l'abdomen ? demanda Jeanne. Avec quelle arme ?

— Un truc rudimentaire. J'attends les résultats de l'anapath pour la première. À mon avis, on obtiendra des particules. Métal ou pierre. Mais tout cela a l'air de remonter à l'âge des cavernes.

— Après ? Que fait-il ?

— Il laisse retomber le corps. Remballe ses cordes, ses crochets. Commence son festin. Vous avez vu la région du pubis ? Je pense qu'il dévore en priorité cette partie.

— Pourquoi « en priorité » ? fit Taine.

— Un feeling. En tout cas, il bouffe cette partie crue. Sans attendre. Alors qu'il fait cuire d'autres trucs. Il y a un lien d'urgence entre lui et la matrice féminine.

Son hypothèse revenait en force. *Le tueur pouvait-il être une femme ?*

— Ensuite, il arrache les quatre membres. À ce propos, votre client est d'une force prodigieuse. Pour moi, il brise les jointures des os et fait tourner le bras ou la jambe jusqu'à ce que l'articulation cède.

Non, pas une femme...

— Enfin, il prépare son feu et y fait cuire les morceaux de son choix. Bras, jambes, et quelques organes. J'ai pas eu le temps de faire le compte ici mais pour la première, il s'est enfilé le foie, les reins, et bien sûr le cœur. Essentiel, le cœur.

Taine se passa la main sur le visage. Il tenait toujours son cartable. À ses côtés, sa greffière ne bougeait pas. Modèle statue de sel. L'autorité que représentait le binôme paraissait obsolète, dérisoire.

— On est sûr qu'il est anthropophage ? reprit le magistrat. Je veux dire : il n'a pas pu emporter les... morceaux pour un autre usage ?

— Non. Pour le premier meurtre, j'ai pu étudier les restes du repas. Les os portaient des stries particulières. Des marques de dépeçage. D'autres os étaient brisés, pour mieux en extirper la moelle. Exactement comme le faisaient nos ancêtres préhistoriques. Il y a aussi une plaie particulière au sommet du crâne. Le meurtrier fracasse la boîte crânienne pour en sucer le cerveau. Je ne suis pas spécialiste mais je crois que c'est aussi une technique des hommes de Cro-Magnon.

Jeanne reprit la parole – le seul moyen de ne pas flancher, c'était de s'accrocher à ses propres questions :

— Et le suif ?

— C'est comme ça qu'il s'éclaire : il brûle de la graisse.

— On nous a parlé de « graisse animale ». De quel animal s'agit-il ?

— Qui vous a dit ça ?

Le capitaine de la brigade territoriale sortit du rang :

— C'est ce que m'ont dit les techniciens de la police scientifique.

— Ils se sont gourés. D'après les analyses de la première scène de crime, il s'agit de graisse humaine. Le meurtrier se sert sur place. Il découpe des parties de l'aine ou du ventre et les utilise comme des lanternes à combustion lente.

— S'il a déjà fait un feu pour son... festin, fit Jeanne, pourquoi a-t-il besoin de lanternes ?

— Pour mener son travail d'écriture.

Langleber attrapa un projecteur et le tourna vers l'un des murs. La paroi était couverte de hiéroglyphes. Des traits verticaux qui se compliquaient à chaque ligne. Des arbres en série, dont les branches ne dessinaient jamais les mêmes motifs. On pouvait aussi y reconnaître des hommes stylisés. Ou les signes d'un alphabet primitif.

Se reculant, Jeanne fut frappée par une dernière ressemblance, liée aux activités du laboratoire Pavois lui-même. Ces traits tordus pouvaient aussi représenter des paires de chromosomes, tels qu'ils apparaissent sur les caryotypes.

— L'IJ vous parlera de ces trucs, commenta Langleber. D'après ce que je sais, ils sont peints avec un sacré mélange. Sang, salive, excréments. Et de l'ocre. Que du bio, en somme.

L'ocre : Taine en avait déjà parlé au restaurant, la première fois. Jeanne demanda des détails à propos de ce matériau. Langleber balaya la question d'un geste – « On attend des résultats plus poussés » –, puis conclut :

— On n'est pas près de piger ce que tout ça veut dire. J'ajouterais même que c'est fait pour. C'est le *pharmakon*, selon René Girard.

— Ne commence pas avec tes conneries, fit Taine avec humeur.

Le légiste sourit. Son visage large et puissant aux yeux clairs dégageait une intensité particulière.

— « L'opération sacrificielle suppose une certaine méconnaissance. Les fidèles ne savent pas et ne doivent pas savoir le rôle joué par la violence... »

Taine ouvrit la bouche pour gueuler mais Jeanne lui posa la main sur le bras. Langleber reculait déjà, les mains dans les poches. Avec son polo, son jean délavé, ses mocassins, il semblait prêt à remonter sur son voilier.

— Salut, mes canards. Vous aurez mon rapport pour la première victime aujourd'hui. J'essaierai d'aller plus vite pour la seconde.

Langleber s'inclina et se dirigea vers les marches. Taine cracha :

— Quel connard...

— René Girard est un anthropologue, expliqua Jeanne. Il a écrit un bouquin très connu, *La Violence et le Sacré*.

— Vraiment ? ricana Taine.

Puis il monta la voix en désignant le corps à la cantonnade :

— On peut emballer ça, oui ou merde ?

Des hommes s'agitèrent. Jeanne continuait :

— Le bouquin explique comment les sociétés primitives régulaient la violence du clan par le sacrifice. Une soupape qui permettait à l'agressivité de s'échapper, aux tensions de se soulager. Le jaillissement du sang calmait les esprits.

— Et le « pharma-machin », c'est quoi ?

On glissait le corps dans une housse plastique.

— Le *pharmakon* désigne en grec une substance qui est à la fois le poison et son remède. Selon Girard, la violence jouait ce rôle parmi les peuples anciens. Soigner la violence par la violence… Qui sait ? Peut-être que le tueur veut sauver notre société du chaos.

— Conneries. Un dingue se prend pour un cannibale et on n'a pas la queue d'un indice. Voilà le topo.

— Salut. Je peux vous montrer quelque chose ?

L'homme qui venait d'apparaître était vêtu d'une combinaison blanche. Il abaissa sa capuche, produisant un froissement de papier. Ali Messaoud, responsable de l'Identité judiciaire. D'un geste, chacun se salua : tout le monde se connaissait.

Messaoud les guida vers l'emplacement du corps, marqué maintenant par des bandes adhésives.

— Regardez là.

Des traces noires s'égrénaient autour de la silhouette. Jeanne les avait repérées, pensant qu'il s'agissait d'éclaboussures sanglantes. À y regarder de plus près, c'étaient des fragments d'empreintes. Des formes courbes, tronquées, mystérieuses.

— Des empreintes de pieds, confirma Messaoud. De pieds nus, je précise. À mon avis, le cinglé se fout à poil et tourne autour de sa victime.

Taine avait déjà précisé ce détail. Jeanne imaginait maintenant un homme nu, arc-bouté au-dessus de sa victime avant de la dévorer. Un prédateur.

— Il n'y a pas que des empreintes de pieds. Il y a aussi les mains. Le tueur marche à quatre pattes. Vraiment flippant.

— Ces empreintes ont l'air plutôt fines, remarqua Jeanne. Elles pourraient appartenir à une femme ?

98

— Non. Je ne pense pas. Mais l'analyse ADN nous donnera une réponse claire. Ses doigts sont repliés. Il s'appuie sur le sol les poings fermés. J'ai remarqué aussi un autre truc. Si on compare l'axe des paumes avec celui des pieds, on constate qu'il se déplace en tournant les mains vers l'intérieur.

— Il souffre d'un handicap physique ? demanda Taine.

— Peut-être. Ou bien il imite certains singes. Les paris sont ouverts.

Jeanne poursuivit son idée :

— D'après les pieds et les mains, tu peux déduire sa corpulence ?

— Plus ou moins. Le gars chausse du 40 mais il a des petites mains. Il doit être plutôt balèze vu ses prouesses sur le corps. En même temps, la profondeur des empreintes trahit un poids léger.

Taine désigna les inscriptions sinistres qui se détachaient sur les murs.

— Et ça ? demanda-t-il à Reischenbach. Tu les as données à étudier ?

— À plusieurs spécialistes, fit Messaoud. Anthropologue. Archéologue. Cryptologue. Pour l'instant, on n'a pas de retour.

Le capitaine de la brigade territoriale s'approcha, tapotant sa montre, et s'adressa une fois encore à Taine :

— Peut-on remonter, monsieur le juge ? Le directeur du laboratoire nous attend dans son bureau.

11

— Messieurs dames, que puis-je faire pour vous ?

Jeanne et Taine se regardèrent. Dans le contexte, la question paraissait plutôt incongrue. Bernard Pavois était un colosse à l'immobilité de marbre. Assis derrière son bureau, il devait mesurer un mètre quatre-vingt-dix et peser dans les cent vingt kilos. Ses épaules faisaient bloc contre la baie vitrée. La cinquantaine épanouie, un visage carré, une chevelure ondulée serré, jadis blonde, aujourd'hui grise, et des lunettes d'écaille. Les traits étaient placides mais les yeux dorés derrière les verres évoquaient des glaçons au fond d'un whisky. Une gueule *on the rocks*.

— Eh bien, j'attends vos questions.

Les deux juges, le flic et la greffière étaient assis face au bureau massif.

Taine, croisant les jambes, répondit sur le même mode :

— Parlez-nous de la victime.

Pavois se lança dans un éloge classique. « Une collaboratrice hors pair. Une femme charmante. Personne n'aurait pu lui vouloir du mal. » Etc. Impossible de deviner s'il pensait le moindre mot de son discours stéréotypé. Jeanne n'écoutait pas vraiment. Elle gérait ses sensations, encore éblouie par la lumière du laboratoire.

Après l'obscurité du parking, ils avaient traversé des salles d'une blancheur immaculée. Des espaces stériles. Des salles pressurisées. Des bureaux segmentés par des cloisons de verre. Ils avaient croisé des dizaines de techniciennes en blouse blanche. Une vraie ruche industrielle. « Vingt mille amniocentèses par an », avait précisé la sous-directrice qui les guidait.

Mais ce qui avait le plus troublé Jeanne, c'était cette spécialité, justement. Dans les flacons, dans les centrifugeuses, sous les hottes stériles, le liquide amniotique était partout. Les eaux de la fertilité. De la naissance. De l'innocence... Après ce qu'ils venaient de voir dans les sous-sols, c'était comme de passer directement de l'enfer au paradis. De la mort à la vie.

— Deux juges pour une seule affaire, remarqua Pavois, ce n'est pas très courant, non ? Une nouvelle mesure de Sarkozy ?

— Jeanne Korowa est ici en qualité de consultante, fit Taine sans se décontenancer.

— Consultante de quoi ?

Jeanne prit la parole, ignorant la question :

— Quel était ici le poste exact de Nelly Barjac ? Laborantine ?

Pavois haussa les sourcils. Il avait un double menton, un véritable goitre de pélican, qui lui donnait l'air encore plus imperturbable.

— Pas du tout. C'était une brillante cytogénéticienne. Une surdouée.

— Elle établissait des caryotypes ?

— Pas seulement. Le soir, elle travaillait aussi sur un programme de génétique moléculaire.

— Quelle est la différence ?

— Les cytogénéticiens travaillent sur les cellules. Les généticiens moléculaires étudient une échelle plus microscopique encore, celle de l'ADN.

Face à l'expression de ses interlocuteurs, le directeur soupira et se fendit de quelques explications :

— Dans chaque cellule, il y a des chromosomes. Ces chromosomes sont des filaments, des espèces de ressorts spiralés, eux-mêmes composés de gènes. La génétique moléculaire s'occupe de ces séquences. Un univers infiniment plus petit.

— Vous possédez le matériel pour cette discipline ?

— Au second étage, oui, mais ce n'est pas notre spécialité. Notre boulot quotidien, ce sont les caryotypes. Repérer les anomalies parmi les paires de chromosomes.

— Vous parliez d'un programme, poursuivit Jeanne. Sur quoi travaillait exactement Nelly ? Je veux dire, le soir ?

— Elle finissait une thèse de doctorat sur le patrimoine génétique des peuples d'Amérique latine. Elle recevait des échantillons sanguins d'un peu partout. Les classait. Les comparait. Je ne sais pas trop ce qu'elle bricolait. Elle était assez discrète là-dessus. C'était une tolérance de notre part : elle pouvait utiliser notre matériel pour ses recherches personnelles.

Pavois se pencha au-dessus du bureau. Un bouddha qui oscille sur son socle.

— Pourquoi ces questions ? Quel rapport avec ce qui s'est passé ?

— Nous n'excluons pas un lien entre ces travaux et le mobile de l'assassinat, déclara Taine.

— C'est une blague ?

Le magistrat répondit, sans doute pour inciter le chercheur à coopérer :

— Nous avons déjà un autre meurtre de ce type. Une infirmière qui travaillait dans un centre pour enfants anormaux. Il pourrait exister un rapport entre les handicaps soignés dans cet institut et l'activité de votre laboratoire.

— Quel type de handicaps ? De quoi souffrent ces enfants ?

Taine lança un coup d'œil à Reischenbach, plutôt emmerdé par la question.

— Nous n'en savons rien, admit-il. Du moins pour l'instant. Dites-nous plutôt quelles déficiences vous repérez grâce aux caryotypes.

— La trisomie 21, principalement. Nous l'appelons ainsi parce que cette altération concerne la paire de chromosomes qui porte le numéro 21. Nous identifions aussi d'autres anomalies, comme la trisomie 13 qui provoque un retard psychomoteur et des malformations physiques. Ou encore ce qu'on appelle la « délétion ». Des fragments de chromosomes qui sont absents. Une déficience qui a des conséquences graves sur le développement de l'enfant.

— Ces anomalies sont rares ?

— Tout dépend de ce que vous appelez « rares ». À notre échelle, elles apparaissent quotidiennement. Ou presque.

— Peuvent-elles aboutir à des folies spécifiques ?

— Je ne comprends pas la question.

— Vous avez parlé de trisomie. L'analyse du caryotype peut-elle révéler des maladies comme la schizophrénie, par exemple ?

— Pas du tout. À supposer que de telles pathologies aient une origine génétique, il faudrait identifier leur gène spécifique et travailler sur l'ADN. Nous ne sommes pas spécialisés à ce point. Que cherchez-vous ? J'ai peur de deviner : vous pensez que le tueur serait une sorte de fou, dont l'anomalie génétique aurait été repérée ici il y a bien longtemps ?

— Il y a une autre possibilité : des parents. Qui pourraient vous en vouloir.

— De quoi ?

— D'un résultat anormal. D'un enfant qui serait né avec une malformation.

— C'est absurde, trancha Pavois.

— Si vous saviez ce qu'on voit dans notre métier en matière de mobile.

— Je veux dire, c'est *vraiment* absurde. En admettant qu'un caryotype présente une anomalie, il n'y a aucune raison de nous tenir responsables de ce problème. Mais surtout, ces examens sont faits *justement* pour éviter la naissance d'un enfant diminué. Les amniocentèses sont pratiquées en temps et en heure, afin de pouvoir envisager une interruption de grossesse.

— Et si vous aviez commis une erreur ? Si vous n'aviez pas repéré le problème et que l'enfant soit né anormal ?

Pavois paraissait consterné. Pourtant, un sourire vague planait toujours sur ses lèvres.

— Non, fit-il simplement. Nos techniques sont fiables à 100 %.

— Jamais d'erreur de flacon ? De bug informatique ?

— Vous n'imaginez pas les conditions dans lesquelles nous travaillons. Nous respectons des mesures drastiques de sécurité. Nous sommes surveillés en permanence par des experts missionnés par le gouvernement. Je n'ai jamais entendu parler d'un problème dans notre métier. Ni ici. Ni nulle part dans le monde.

Bernard Pavois avait déroulé son discours avec calme. Rien ni personne ne semblait pouvoir l'ébranler. L'homme était vraiment un bloc de glace.

Taine devait éprouver le même étonnement que Jeanne.

— Vous ne semblez pas très ému par la disparition de Nelly Barjac. Ni même surpris par les circonstances incroyables de son décès.

— Ma philosophie est d'admettre le monde tel qu'il est. Il m'est impossible de lire le journal chaque jour, de constater le déferlement de violence qui caractérise nos sociétés et de ne pas accepter que cette même violence frappe à ma porte.

Le magistrat ouvrit les bras avec agacement.

— Mais où est votre compassion ? Vous n'êtes pas choqué par la manière dont Nelly a disparu ? si jeune ? Par les tortures et les mutilations qu'elle a subies ?

— Nelly a disparu sous cette forme. Son âme poursuit le voyage.

— Vous... vous croyez à la réincarnation ? demanda Jeanne, stupéfaite.

— Je suis bouddhiste. Je crois à la chaîne des corps et à l'unicité de l'âme. Quant à mon émotion, autant vous le dire tout de suite : Nelly était ma maîtresse. Nous avions une relation amoureuse depuis près d'un an. Mais ce que j'éprouve à cet instant ne regarde que moi. Cela dit sans vous vexer.

Silence. Jeanne, Taine, Reischenbach et la greffière se tassèrent dans leur siège. Un témoin pareil, ce n'était pas fréquent.

— Et si vous voulez parler de mon alibi, reprit le chercheur avec la même morgue, je n'en ai pas. J'attendais Nelly chez moi. Seul. Elle m'avait prévenu qu'elle travaillerait tard.

— Elle avait un rendez-vous ?

— Elle ne m'a rien dit.

— Vous ne vous êtes pas inquiété de son absence ?

— Parfois, il lui arrivait de bosser jusqu'à l'aube. Je passais après ses recherches, vous comprenez ? C'est une des raisons pour lesquelles je l'aimais et je l'admirais.

Jeanne considéra l'homme durant quelques secondes. Elle comprit son véritable profil. Son calme apparent était le signe d'une force spirituelle peu commune. La mort de Nelly ne glissait pas sur lui. Au contraire. Son souvenir était gravé en lui. Une épitaphe dans du marbre. *Tournée vers l'intérieur.*

Taine se leva comme un ressort.

— Je vous remercie, docteur. Je vous demanderai de passer à mon bureau, au TGI de Nanterre, dans quelques jours.

— Vous voulez m'interroger encore ?

— Non. Vous signerez votre déposition, c'est tout. Entre-temps, le capitaine Reischenbach, ici présent, aura vérifié certaines choses.

— Comme mon absence d'alibi ?

— Par exemple.

— J'ai une dernière question, fit Jeanne en se levant à son tour.

Regard de la greffière à Taine : devait-elle continuer à noter ou non ? Elle était déjà debout, bloc rangé dans son cartable. Le juge lui fit signe que non.

— Fait-on des caryotypes dans d'autres circonstances ? Sur des adultes, par exemple ?

— À partir du sang, oui. (Pavois était toujours assis.) Nous cherchons dans ces cas-là des traces de stérilité.

— L'infertilité est une chose qu'on discerne à travers le caryotype ?

— Oui. Certaines délétions des chromosomes peuvent expliquer des troubles de la reproduction. Nous pouvons aussi chercher des confirmations génétiques à des troubles chez l'enfant. Des difficultés d'apprentissage, par exemple. Nous vérifions alors côté caryotype et mettons parfois un nom sur la pathologie du gosse.

Jeanne revint à sa première idée. Une femme stérile dont le caryotype avait été réalisé dans les laboratoires Pavois. Une désaxée qui avait voulu se venger du site et s'approprier en même temps la fertilité de Nelly Barjac en la dévorant... Mais comment expliquer l'autre victime, l'infirmière ? et la force prodigieuse du tueur ?

107

Debout, Pavois confirma ce qu'on pouvait prévoir : il mesurait plus d'un mètre quatre-vingt-dix et était épais comme un bœuf. Il était vêtu d'un tee-shirt informe vert pétillant, marqué du sigle « NO LOGO », et d'un pantalon de toile beige. Son corps d'athlète avachi évoquait une poire énorme.

— Je ne suis pas un expert, fit-il d'un ton amusé, mais il me semble que cette atrocité est l'œuvre d'un tueur en série, non ? Toute l'année, on voit ça à la télé. Pourquoi pas dans la réalité ?

Personne ne répondit. Impossible de cacher la vérité : ils nageaient complètement. Et ce colosse narquois leur tapait sur les nerfs. Il ouvrit la porte. Son sourire flottait toujours dans l'air. L'équipe défila en silence. Pavois les salua d'un geste et rentra dans son bureau.

Dans l'ascenseur, François Taine demanda à Jeanne :

— Quel con. Qu'est-ce que tu en penses ?

— Vérifie si on n'a pas volé du liquide amniotique.

— Où ?

— Dans le labo.

— C'est qui, « on » ?

— L'assassin.

— Pourquoi il aurait fait ça ?

Jeanne éluda la question.

— Ratisse le quartier. Contacte les BAC. Le tueur s'est tiré à l'aube. Il n'est pas parti en soucoupe volante. Il a peut-être fait l'objet d'un contrôle.

— Ça serait vraiment un miracle.

— Ça s'est déjà vu.

Les portes s'ouvrirent. Taine, dos au seuil, sortit à reculons. Le retour dans le hall parut le libérer de la pression de la scène de crime et de l'interrogatoire.

— OK, fit-il en frappant dans ses mains. Je vérifie ces trucs, je reçois les rapports d'autopsie et je t'appelle. On pourrait dîner autour de tout ça, non ?

Jeanne tiqua. C'était la confirmation d'un soupçon qui la taraudait depuis qu'ils avaient quitté le TGI. François Taine comptait utiliser ces crimes cannibales pour la draguer.

Était-elle si glauque qu'on pouvait l'appâter avec un cadavre ?

12

20 h 30.

Jeanne était repassée au TGI mais avait annulé ses auditions. Pas le courage. Elle avait expédié les affaires courantes. Signé une convocation au nom de Michel Dunant, le salopard en rut qui avait empoisonné tout un immeuble au plomb. Survolé d'autres dossiers. Mais elle n'avait pas eu la force de se replonger dans l'affaire du Timor oriental. Demain. Elle s'était maintenue ainsi, dans une illusion de boulot, jusqu'à l'heure de sa séance chez la psy. La seule chose qui pouvait, vraiment, la remettre sur pied...

Maintenant, elle était rentrée chez elle. Le jour baissait et le ciel, toujours gorgé de pluie, semblait attendre la nuit pour craquer une nouvelle fois. Elle se tenait dans sa cuisine, immobile, avec sa veste encore humide, à considérer les plats chinois qu'elle avait achetés par pur réflexe. Pas le moindre appétit.

Elle revoyait la femme morte. Mutilée. Découpée. Dévorée. Ses yeux transparents au sein du visage violacé. Ses membres épars. Ses viscères. Et aussi les motifs sur les murs, dont la noirceur avait quelque chose à voir avec la graisse et l'huile des voitures... Elle se souvenait également des laboratoires trop blancs, trop aseptisés. Du visage immobile de Bernard Pavois derrière ses lunettes à la Elvis Costello. *Nelly a disparu sous cette forme. Son âme poursuit le voyage.*

Soudain, elle éprouva une douleur aiguë à l'estomac. Accompagnée d'une violente convulsion. Elle se précipita au-dessus de l'évier pour vomir. Rien ne vint. Elle fit couler de l'eau fraîche. Glissa son visage sous le filet translucide. Elle se releva, chancelante, attrapa un sac poubelle dans lequel elle balança ses plats chinois. Elle éprouva la curieuse sensation d'avoir achevé son repas. *Poubelle, estomac, même combat.*

Elle alla dans sa chambre pour prendre des vêtements de rechange. Elle habitait un petit trois-pièces rue du Vieux-Colombier, sans signe particulier. Des murs blancs. Un parquet sombre. Une cuisine équipée. Un de ces appartements rénovés où la capitale remise ses milliers de célibataires.

Elle plongea sous la douche avec reconnaissance. Le jet brûlant balaya l'eau de pluie et la sueur sur sa peau. Elle s'enfouit dans la vapeur, le crépitement, et eut l'impression de s'y dissoudre. Elle marchait toujours au bord d'un précipice... Et si la dépression lui retombait dessus ? À tâtons, elle trouva la bouteille de shampooing. Ce simple contact la rassura. Elle eut l'impression de se laver non seulement les cheveux mais aussi l'esprit.

Elle sortit de la cabine, plus ou moins apaisée. S'essuya. Démêla ses cheveux. Elle aperçut son visage dans le miroir et, durant une seconde, refusa de croire que ce visage dur, fermé, était le sien. En une journée, elle avait pris dix ans. Des traits saillants. Des pommettes trop hautes. Des cernes et des rides autour des yeux. Pour la première fois, elle se félicita que Thomas ne l'appelle plus. Que personne ne l'appelle. Elle aurait effrayé n'importe qui.

Elle retourna au salon. La moiteur des averses de l'après-midi planait encore dans l'appartement. C'était toute la nuit qui transpirait. Sur la table basse était posée une enveloppe kraft à son nom. Les deux disques du soir. L'original sous scellés et la copie des écoutes de la journée d'Antoine Féraud.

Voilà qui pouvait lui changer les idées.

Elle organisa aussitôt son cérémonial. Un café accompagné d'un verre d'eau gazeuse (une habitude qu'elle avait contractée en Argentine). Obscurité. Ordinateur portable. Casque. Elle s'installa comme un chat parmi les coussins. Glissa le disque dans le lecteur.

« Je fais toujours le même rêve, dit la femme.

— Quel rêve ?

— Un ange doré vient me sauver de la mort.

— Quelle mort ?

— Je saute par la fenêtre.

— Un suicide ?

— Un suicide, oui.

— Vous avez déjà été tentée par ce genre d'acte décisif, dans la réalité ?

— Vous le savez bien. Trois ans de dépression. Deux mois d'hospitalisation. Un an de paralysie faciale. Alors, oui, j'ai déjà été "tentée", comme vous dites.

— Avez-vous essayé de vous défenestrer ?

— Non. »

Silence du psy. Une invite à réfléchir.

« Enfin, oui, admet la femme.

— Quand était-ce ?

— Je n'en sais rien. C'était ma période la plus... confuse.

— Rappelez-vous les circonstances. Où habitiez-vous ?

— Boulevard Henri-IV, dans le IVe arrondissement.

— Près de la place de la Bastille ?

— Sur la place, oui... »

Antoine Féraud ne pose plus de questions. Tout se passe comme s'il possédait un détecteur de vérités qui l'amenait à repérer, sous le flux des mots, un frémissement, un détail susceptible d'ouvrir l'esprit du sujet.

« Je me souviens, murmure la femme. J'ouvre la fenêtre. Je vois le ciel... Je vois le génie... le génie de la Bastille... Il scintille dans le ciel sombre. Tout s'inverse dans ma tête. Je ne suis plus attirée par le vide. Je suis traversée par la vigueur de l'ange. Sa force. Il me maintient à l'intérieur. Il me repousse vers la vie. (Elle éclate en sanglots.) Je suis sauvée... Sauvée... »

Le cabinet du docteur Féraud, c'était les contes des Mille et Une Nuits. Des histoires. Des destins. Des personnages. Elle comparait l'attitude du psy à son propre rôle quand elle cuisinait ses suspects. La démarche était inverse. Jeanne interrogeait ses « clients » pour les emprisonner, Féraud les questionnait pour les libérer. Mais, au fond, il s'agissait toujours d'actes cachés à avouer...

Jeanne écoutait encore. Surtout la voix de Féraud. Une gangue de douceur. Un lieu de confort et d'éclosion, frais et chaud à la fois. Quelque chose de végétal. Comme des feuilles refermées sur une fleur...

Elle fit défiler le disque en mode rapide. Elle s'arrêta sur un cas. Voix exaltée, débit précipité. L'homme parlait. S'arrêtait. Reprenait. Les mots appelaient d'autres mots. Associations. Allitérations. Oppositions. Un peu comme dans ce jeu très ancien : *Marabout... Bout de ficelle... Selle de cheval...*

Le patient décrivait un songe et ses circonstances. Avant de se coucher, il avait parcouru une revue intellectuelle, *La Règle du jeu*. Ce nom lui avait fait rêver de Jean Renoir, réalisateur d'un film qui portait le même titre. Dans son rêve, le long métrage était remplacé par *La Bête humaine*, autre film de Renoir, où Jean Gabin conduit une locomotive à vapeur. Images terribles, inoubliables, en noir et blanc, de la machine lancée à pleine vitesse, avec la gueule tragique de Gabin aux commandes. Cette vision s'associait, toujours dans le rêve, à l'ultime scène d'une pièce de Tchekhov – le patient ne se rappelait pas laquelle – où les protagonistes échangent leurs derniers mots alors que le sifflement d'un train retentit au fond du décor. Le songe lui avait laissé, toute la journée, une impression trouble, indélébile.

Il se souvenait maintenant d'un autre détail. Lorsqu'il était en faculté de lettres, il avait rédigé un commentaire composé dans le cadre d'une UV de théâtre sur cette scène finale de Tchekhov. En guise de conclusion, il avait rappelé qu'en psychanalyse, la présence d'un train dans un rêve symbolise la mort. Il se rappelait maintenant un autre fait. Après avoir rédigé ce devoir, à l'époque, il avait sombré dans la dépression. Il n'était plus allé à l'université pendant deux années. Comme si ces quelques lignes écrites sur la pièce russe, et plus particulièrement sur l'arrivée du train au fond du décor, avaient provoqué sa chute et imposé la mort dans son esprit.

Aujourd'hui, grâce au rêve, grâce au divan, il identifiait une autre circonstance. Un événement qu'il n'avait jamais relié à tout ça. Durant cette période, sa mère, qui l'avait élevé seule, s'était remariée. Elle avait emménagé, ce printemps-là, chez son nouveau compagnon, le laissant seul, lui, dans leur appartement. Ainsi, le train – la mort – avait jailli dans les dialogues de Tchekhov et dans son commentaire composé. Mais aussi dans le réel. Le train avait emporté sa mère au loin et l'avait tué, lui, au fond de sa conscience...

Jeanne écoutait, les yeux ouverts dans l'obscurité. Elle était fascinée. Elle avait perdu la notion du temps – et même de l'espace. Elle flottait dans les ténèbres, casque sur les oreilles, en osmose avec ces voix qui la traversaient, la ravissaient, toujours guidée par celle de Féraud, douce et calme.

Soudain, elle s'agita. Regarda sa montre. Deux heures du matin. Il fallait qu'elle dorme. Qu'elle soit en forme le lendemain. Elle avait déjà gâché sa journée d'aujourd'hui au bureau...

Elle écouta rapidement les patients de la fin d'après-midi. *Un dernier pour la route.* Elle stoppa sur celui de 18 heures.

« Vous ne vous allongez pas ?

— Non.

— Asseyez-vous alors. Installez-vous.

— Non. Vous savez bien que je ne suis pas ici pour moi. »

Le nouvel arrivant parlait avec autorité. Il avait une voix sèche, grave, scandée par un accent espagnol.

« Il y a du nouveau ? »

Le timbre de Féraud paraissait changé. Tendu. Nerveux.

« Du nouveau ? Ses crises sont de plus en plus violentes.

— Que fait-il durant ces crises ?

— Je ne sais pas. Il disparaît. Mais c'est dangereux. De cela, j'en suis sûr.

— Je dois le voir.

— Impossible.

— Je ne peux rien diagnostiquer sans lui parler, dit Féraud. Je ne peux pas le soigner à travers vous.

— Cela ne servirait à rien, de toute façon. Vous ne verriez rien. Vous ne sentiriez rien.

— Laissez-moi juge. »

Féraud avait prononcé ces mots avec une autorité inédite. Il devenait presque agressif. Mais l'Espagnol n'avait pas l'air intimidé.

« Le mal est à l'intérieur de lui, vous comprenez ? Caché. Invisible.

— Je passe mes journées ici à traquer des secrets enfouis. Ignorés même par ceux qui les possèdent.

— Chez mon fils, c'est différent.

— En quoi est-ce différent ?

— Je vous ai déjà expliqué. L'homme à craindre n'est pas mon fils. Mais *l'autre*.

116

« — Il souffre donc d'un dédoublement de la personnalité ?

— Non. Un autre homme est à l'intérieur de lui. Un enfant, plutôt. Un enfant qui a son histoire, son évolution, ses exigences. Un enfant qui a mûri à l'intérieur de mon fils. Comme un cancer.

— Parlez-vous de l'enfant que votre propre fils a été ? »

La voix espagnole capitula :

« Vous savez que je n'étais pas là à l'époque...

— Maintenant, que redoutez-vous ?

— Que cette personnalité se réalise.

— Se réalise dans quel sens ?

— Je ne sais pas. Mais c'est dangereux. *Madre Dios!*

— Sur ces crises, vous avez des certitudes ? »

Des bruits de pas résonnèrent. L'Espagnol reculait. Sans doute vers la porte.

« Je dois partir. Je vous en dirai plus à la prochaine séance.

— Vous êtes sûr ?

— C'est moi qui dois gérer ces informations. Tout cela fait partie d'un ensemble. »

Bruits de chaise : Féraud se levait.

« Quel ensemble ?

— C'est une mosaïque, vous comprenez ? Chaque pièce apporte sa part de vérité. »

La voix de l'Espagnol aussi était envoûtante. Elle devenait de plus en plus chaude. Si cela avait pu signifier quelque chose, elle paraissait *bronzée*. Brûlée par des années de chaleur et de poussière. Jeanne imaginait un homme long, gris, élégant, la soixantaine. Un homme asséché par la lumière et la peur.

117

« Je veux le rencontrer, insista Féraud.

— C'est inutile. Il ne parlera pas. Il ne vous dira rien. Je veux dire : *l'autre*.

— Vous ne voulez pas tenter l'expérience ? »

Des pas. Féraud rejoignait l'Espagnol près du seuil. Bref silence.

« Je vais voir. Je vous appellerai. »

Saluts. Claquements de porte. Puis plus rien. Antoine Féraud avait dû quitter son cabinet aussitôt après. Jeanne réécouta plusieurs fois cette conversation mystérieuse, puis alla se coucher sans allumer dans sa chambre ni dans la salle de bains.

En se lavant les dents, elle se fit la réflexion que la soirée n'avait pas dérivé. Elle ne s'était pas caressée. Elle en éprouva une obscure fierté. C'était une soirée *pure*.

Elle s'allongea sur les draps. La nuit étouffait dans sa propre touffeur. L'orage avançait au fond du ciel. Jeanne pouvait voir les nuages voyager par la fenêtre, auréolés par la lumière de la lune. Elle se tourna et posa sa joue sur son oreiller. Fraîcheur. Elle le parfumait chaque soir à l'eucalyptus, vestige de son enfance...

Elle ferma les yeux. Antoine Féraud. Sa voix. Quelques heures auparavant, chez sa psy, elle n'avait pas résisté.

« On m'a parlé d'un psychiatre, avait-elle dit sur le ton le plus détaché possible. Antoine Féraud. Vous connaissez ?

— Vous voulez changer de psy ?

— Bien sûr que non. Vous le connaissez ?

— Un peu.

— Qu'est-ce que vous savez sur lui ?

118

— Il consulte dans une clinique. Je ne me rappelle plus laquelle. Il a aussi un cabinet dans le Ve arrondissement. Bonne réputation.

— Comment est-il ?

— Je ne le connais pas vraiment. Je l'ai seulement croisé dans des colloques.

— Comment est-il… physiquement ? »

La psy eut un rire amusé. La séance s'achevait.

« Plutôt mignon.

— *Mignon* comment ?

— *Mignon* au-dessus de la moyenne. Pourquoi ces questions ? »

Jeanne avait inventé un bobard d'expertise psychiatrique, de rendez-vous imminent. Elle s'était sauvée comme une souris, emportant cette précieuse information. *Mignon comment ? Mignon au-dessus de la moyenne…*

Le sommeil la gagnait mais elle parvenait encore à réfléchir. Elle était au milieu du gué. Elle avait quitté le rivage Thomas – avec beaucoup moins de difficulté qu'elle aurait cru – mais n'avait pas encore rejoint l'autre rivage. Celui de la voix. Celui de Féraud.

Et pendant ce temps, la rivière des jours coulait entre ses pieds nus…

L'endormissement la gagnait. La pluie fouettait les vitres – l'orage avait enfin éclaté. Jeanne prit une décision. Une décision vague, sans volonté, déjà contaminée par le sommeil, mais qui reviendrait avec force, elle le savait, le lendemain matin.

Je dois voir son visage. Le visage de la voix.

13

— Je crois que j'ai quelque chose, fit Bretzel.

Jeanne ne comprit pas la phrase. La sonnerie du portable l'avait tirée du sommeil. Elle cherchait du regard l'horloge de sa table de chevet, qui baignait dans une flaque de lumière. 9 h 15. Elle ne s'était pas réveillée.

— Je t'écoute, dit-elle après s'être éclairci la gorge.

— Trois virements de RAS. En direction de la Suisse. Chaque fois sur le même compte, à l'Union des banques suisses.

Elle se passa la main sur le visage. Le soleil inondait sa chambre. Elle ne voyait pas de quoi il parlait.

— Les montants ? demanda-t-elle par réflexe.

— 200 000 euros. 300 000. 250 000. En moins d'une semaine.

— Tu as le nom du bénéficiaire ? demanda-t-elle, toujours dans le vague.

— Non, bien sûr. Mais les dates correspondent. Juin 2006. Juste après le transfert des armes et l'encaissement des factures d'EDS. Pour approximativement les mêmes montants. Il faut maintenant aller à la pêche là-bas. En Suisse.

RAS. Les banques suisses. EDS… Elle y était. Le Timor oriental. Le trafic d'armes. Les jeux de corruption entre la compagnie industrielle et des membres du ministère de la Défense français. Mais son esprit était encore rempli par le cauchemar. Celui qu'elle avait fait toute la nuit. En boucle.

Jeanne marchait dans un labyrinthe de béton humide. Elle découvrait le corps gras et mutilé de Nelly Barjac dans une flaque. Une sorte de Gollum au crâne bosselé dévorait ses chairs. Éructant, gémissant, il se repaissait des fragments sanglants, arrachant la peau, suçant les os, déroulant la cervelle avec ses doigts crochus. Dans le rêve, Gollum était une femme. Stérile. Ou violée. Elle grognait, la bouche ensanglantée. Elle portait une cicatrice récente sur le ventre. La trace, peut-être, de l'enfantement d'un monstre, celui que la cytogénéticienne aux kilos en trop n'avait pas su détecter…

La fin du rêve était atroce. Gollum levait les yeux et découvrait un miroir. La créature cannibale n'était autre que Jeanne elle-même.

— Oh, tu m'écoutes là ? Je te réveille pas au moins ?

— Pas du tout.

— Je disais que la Suisse, ça va être coton.

Jeanne se concentra. Bretzel avait raison. Elle avait déjà bossé avec ce pays. Pour obtenir l'identification du numéro d'un compte, il fallait démontrer que les sommes transférées avaient une origine illicite. Dans le cas présent, apporter la preuve que ce fric était bien le produit de fausses factures.

— On va voir, fit-elle en se redressant dans son lit. Sinon, les transcriptions ?

— Rien. Pas une conversation suspecte. L'impasse.

— Les mails ?

— Zéro. Faut passer la vitesse supérieure. Des perquises ?

— Non. Je vais plutôt les convoquer.

— T'en as assez sous la pédale ?

— Je n'ai rien. Excepté l'effet de surprise.

— C'est toi qui vois. Je continue à gratter sur les virements et les transferts.

— Rappelle-moi. Je rédige les convocations.

— Un dernier truc. Il me manque une CR.

CR pour « commission rogatoire ». Pour chaque procédure d'écoute, il fallait en rédiger une.

Jeanne fit l'imbécile :

— Laquelle ?

— Celle qui concerne le psychiatre. Antoine Féraud.

— Ça doit être un oubli de ma greffière.

— Tu me prends pour un con, Jeanne. Moi, je peux étouffer le coup, mais pas les mecs du SIAT. Pour chaque installation, il leur faut une commission signée. Un étudiant de première année sait ça.

— Je m'en occupe. Je te la fais parvenir.

— Je me fous du papier. Si tu veux m'extorquer une opération d'écoute illégale, joue franc-jeu. On se voit et on en parle.

— D'accord. On se voit et on en parle. Mais pas au téléphone.

Jeanne raccrocha. Elle appela aussitôt Claire au bureau pour la prévenir de son retard. Elle se leva.

Lança un Nespresso. Avala son antidépresseur. Se dirigea vers la salle de bains. Sous la douche, elle repensa à l'avertissement de Facturator. Cette histoire d'écoute allait lui péter à la gueule. Elle avait cru, assez naïvement, que la sonorisation du cabinet de Féraud passerait inaperçue...

Douchée, coiffée, maquillée, elle retourna dans la cuisine. Son café était froid. Elle en prépara un autre, prenant le temps de se faire une tartine de pain complet. Alors qu'elle croquait dedans, des flashes lui revinrent de son cauchemar. Gollum. Les chairs blanches et noires. Les grognements. Son esprit embraya sur le réel. La visite de la veille. La scène de crime. La fertilité comme objet de quête. L'utérus dévoré. *Une femme, oui, peut-être...*

Trente minutes plus tard, Jeanne filait sur la voie express, sans respecter la moindre limitation de vitesse. Vingt minutes encore et elle était installée derrière son bureau, cernée par la documentation concernant le Timor oriental. Elle s'était donné la matinée – ce qu'il en restait – pour maîtriser le dossier avant de lancer les convocations.

Jeanne relut une nouvelle fois les pièces de l'intro. Quelque chose clochait. Pourquoi avoir vendu des armes à des rebelles dans un pays aussi perdu ? Pur intérêt financier ? Le trafic avait rapporté un million d'euros, réparti entre les uns et les autres. Pas grand-chose pour ce genre de marchés. Or le risque média-tique était grand. Participer à l'assassinat d'un prix Nobel de la paix, ce n'était pas rien.

Elle retourna à sa doc et chercha une clé. Elle ne mit pas longtemps à la trouver. Le Timor oriental possédait du pétrole. Un sondage récent avait révélé d'importants gisements au large de l'île. On estimait à 15 milliards de dollars les revenus du pétrole off shore timorais pour les vingt prochaines années. Les Australiens avaient conclu un accord avec le gouvernement en place. En cas de coup d'État, les nouveaux leaders du pays – les rebelles – choisiraient de nouveaux partenaires pour l'exploitation de ces gisements. Pourquoi pas ceux qui les avaient armés ?

Il fallait donc lire l'histoire en sens inverse. Bernard Gimenez, membre du ministère de la Défense, n'avait pas monnayé sa bienveillance auprès de la société EDS Technical Services afin d'encaisser des gains occultes pour son parti, le PRL. *C'était le contraire.* EDS avait agi sur ordre des politiques, en armant un coup d'État qui pouvait servir l'intérêt de la France. Politiques et industriels s'étaient ensuite partagé le gâteau – les gains de la vente d'armes – mais il ne s'agissait que d'amuse-gueules. Tout le monde attendait la suite : l'exploitation du pétrole.

Seul problème : le coup d'État avait raté. L'affaire était pliée. Voilà pourquoi il n'y avait plus rien à écouter sur les enregistrements. EDS Technical Services, RAS et le PRL n'avaient plus de contacts. Cette situation conforta Jeanne dans sa décision. Il n'y avait plus rien à surprendre entre les protagonistes. Il fallait passer aux auditions. Convoquer tout ce petit monde.

— Je peux y aller ? demanda Claire.

Jeanne regarda sa montre : 16 heures. Plongée dans sa documentation, elle n'avait pas vu passer la journée. Elle se souvint qu'on était vendredi. Avec les RTT, le dernier jour de la semaine ressemblait à une peau de chagrin.

— Pas de problème. Je vais bosser encore.

Claire disparut dans un froissement de robe. Jeanne s'étira et considéra les dossiers sur son bureau. Elle avait d'autres affaires à régler avant le soir. Mais elle voulait d'abord en finir avec le Timor. Situer exactement ce point stratégique sur l'océan Pacifique. Elle déplia la carte que Claire avait achetée la veille à l'Institut géographique national et se mit en quête de l'île en forme de crocodile.

Tout en suivant les lignes, les récifs, les littoraux, Jeanne se laissa bercer par les noms exotiques. Ses pensées prirent la tangente. Elle se souvint de son grand voyage. Après l'ENM, elle s'était accordé une année sabbatique pour traverser le continent sud-américain.

Elle avait commencé par l'Amérique centrale. Nicaragua. Costa Rica. Puis l'Amérique du Sud proprement dite. Brésil. Pérou. Argentine. Chili… Cela n'avait pas été un périple à la coule. Jeanne avait sillonné ces terres immenses en solitaire, les dents serrées, se disant toujours : « Voilà ce qu'on ne m'enlèvera plus. Chaque sensation, chaque souvenir sera mon secret. » Une empreinte, une marque, une ouverture qu'elle conservait en son for intérieur. En cas de chagrin d'amour, son âme pourrait toujours être sauvée là-bas, au fond de cet horizon…

17 heures. Soixante minutes de rêverie. Merde. Elle s'activa. Écrivit plusieurs notes à l'attention de Claire, en vue des convocations de Bernard Gimenez, trésorier du PRL, de Jean-Pierre Grissan, secrétaire général, de Simon Maturi, P-DG de la société RAS, de Jean-Louis Demmard, patron de Noron, et de Patrick Laiche, directeur d'EDS.

Elle déposa les notes sur le bureau de Claire. Considéra les autres dossiers. Elle avait le choix. S'enfermer dans son bureau jusqu'à 22 heures pour boucler cette paperasserie ou filer à l'anglaise, rentrer chez elle et s'envoyer quelques épisodes de *Grey's Anatomy* sur son lit, en mangeant son riz blanc habituel.

En réalité, il y avait une autre possibilité.

Celle qui tournait dans sa tête depuis le matin.

14

Le cabinet du docteur Antoine Féraud était situé au 1, rue Le Goff. Une brève ruelle qui relie la rue Gay-Lussac à la rue Soufflot, à l'ombre du Panthéon. Plutôt sombre, elle dissimule dans ses replis des escaliers de pierre façon Montmartre, qui mènent à d'autres ruelles plus étroites encore. Le 1 s'ouvre sur la rue Soufflot. Jeanne s'était postée dans sa voiture, au coin, en contrebas.

Son plan était simple. Voire simpliste. Guetter la sortie du psy. L'appeler sur son portable pour vérifier qu'il s'agissait bien de lui. Puis le suivre là où il irait... Elle attendait maintenant depuis une heure, observant le porche de pierres de taille doucement chauffé par le soleil de fin d'après-midi. Pour l'instant, deux hommes seulement et une femme avaient franchi le seuil.

Pas d'Antoine Féraud en vue.

En une heure, elle avait eu le temps de réfléchir. Notamment au ridicule de la situation : une juge d'instruction planquée dans sa bagnole, guettant un psychiatre dont la voix la séduisait. *Pathétique.* Pourtant, elle était d'humeur romantique. Elle ne cessait de l'imaginer. Grand. Mince, mais pas trop. Des cheveux bruns. De longues mains. Très important, les mains. Et surtout : une gueule. Elle n'avait pas d'idées préconçues sur les traits mais il fallait qu'ils soient marqués. Creusés par un vrai caractère. Une force de décision qui s'exprimerait par une géographie précise.

Une demi-heure encore. Elle mit la radio. Du rock FM inoffensif. Ses pensées dérivèrent. Thomas n'appellerait plus. Elle n'avait pas rappelé non plus. C'était déjà ça. Quand il n'y a plus d'espoir, il reste au moins l'orgueil. Elle songea aussi au Timor oriental et à ses convocations foireuses qui allaient lui revenir en pleine gueule. À la commission rogatoire qu'elle n'avait toujours pas rédigée pour le système d'écoute de Féraud. Un autre boomerang et...

Un homme jaillit du porche.

Au premier coup d'œil, elle sut que c'était lui.

Un mètre quatre-vingts. Filiforme. Cheveux longs et noirs. Visage étroit marqué par une barbe naissante. Pourtant, malgré d'épais sourcils noirs, les traits manquaient de virilité. Le menton surtout, un peu rond, glissait vers la gorge et n'exprimait pas la décision que Jeanne aurait aimée. *On ne peut pas tout avoir.* Mais surtout, quelque chose ne cadrait pas : son âge. Féraud avait l'air d'avoir dans les trente-cinq ans. Au son de sa voix, elle l'avait imaginé avec dix ans de plus...

Elle composa le numéro. L'homme s'arrêta. Fouilla dans ses poches. Il était vêtu d'un costume de lin gris clair tout chiffonné, qui semblait matérialiser sa journée de boulot.

— Allô ?

Elle raccrocha. Elle ressentit un frémissement délicieux quand elle le vit passer, sous son nez, et emprunter la rampe du parking rue Soufflot. Avant de disparaître, il se passa la main dans les cheveux. De longs doigts de pianiste. Ces mains-là rattrapaient le menton de fouine et l'aspect juvénile.

Jeanne tourna la clé de contact. Elle repéra les deux sorties du parc de stationnement, de part et d'autre de la rue. Par où allait-il sortir ? Quelle voiture possédait-il ? Un scooter en mauvais état se propulsa de l'autre côté de la rue, en direction du boulevard Saint-Michel. Elle eut le temps d'apercevoir le visage sous le casque. Féraud. Elle passa la première et effectua un demi-tour. Le psy stoppait déjà face au feu rouge du boulevard Saint-Michel, indiquant par son clignotant qu'il allait tourner à droite – vers la Seine. Quelques secondes plus tard, Jeanne pilait derrière le scooter, le cœur bondissant.

Vert. Féraud descendit le boulevard Saint-Michel, dépassa la fontaine de la place, prit les quais sur la gauche. Il roulait posément, comme un homme qui n'est ni pressé, ni stressé. Allait-il rejoindre une femme ? Jeanne ne cessait de nouer et de dénouer ses mains sur le volant. Ses paumes étaient moites. Elle avait coupé la radio. Cachée derrière ses lunettes noires, elle semblait sortie d'une parodie de film d'espionnage.

Sur le quai des Grands-Augustins, Féraud prit de la vitesse. Quai de Conti. Quai Malaquais. Quai Voltaire. Il plongea vers la voie express, au plus près de la Seine, et ralentit, au diapason des autres véhicules. Jeanne plaça deux voitures entre elle et le scooter. Tout allait bien. Concentrée, elle profitait même de la beauté du paysage. Les ponts qui s'enflammaient dans le crépuscule. Les bâtiments de la rive droite qui se refermaient sur leur ombre. La Seine, lourde, plissée comme une coulée de boue. Et cette grande lumière rose qui descendait sur la ville, à la manière d'un linceul. Féraud roulait toujours. Où allait-il ?

Après le pont de la Concorde, il braqua sur la gauche et fila dans le bref tunnel qui mène à la bretelle de sortie. Sur le pont des Invalides, il tourna à droite, traversa la Seine, tourna encore à droite, remontant les quais en sens inverse jusqu'au niveau du pont Alexandre-III. Jeanne songea au Show-Case, un nouveau lieu branché logé dans les contre-forts du pont. Mais Féraud se parqua devant les jardins qui bordent le Grand Palais, rangea son casque dans son coffre de selle et partit à pied en direction de l'avenue Winston Churchill.

Jeanne l'imita, se garant au pied de l'un des quadriges du Grand Palais. Un convoi de chevaux sauvages s'élançant au sommet de la verrière. Féraud marchait en direction du portail de l'édifice. Jeanne se souvint que le musée accueillait une exposition intitulée « VIENNE 1900 », consacrée aux peintres de la Sécession viennoise. Klimt. Egon Schiele. Moser. Kokoschka. Elle se fit la réflexion – plutôt absurde – que cela tombait bien : il y avait long-temps qu'elle souhaitait la voir.

Le psy montait déjà les marches. Elle pressa le pas, devinant, très haut au-dessus de sa tête, l'immense dôme de verre et d'acier qui recevait le soleil comme une loupe géante. Elle se sentait minuscule, et en même temps légère, excitée, ivre, dans ce Paris alangui par le coucher du jour.

Féraud avait disparu. Il devait posséder un passe pour ne pas faire la queue. Une longue file d'attente se déployait pour cette nocturne, de l'autre côté, vers les Champs-Élysées. Jeanne fouilla dans son sac : elle aussi avait un passe. Une carte tricolore délivrée par décret présidentiel. Cela marchait pour les perquises. Cela marcherait pour les peintres viennois.

Quelques minutes plus tard, elle pénétrait dans le lieu d'exposition. Sa première idée fut que ces toiles mordorées, rougeâtres ou brunes, étaient de grands rideaux de scène hissés en vue d'un spectacle plus large, plus riche encore, mêlant tous les arts. La Vienne du début du XXe siècle, où chaque discipline avait explosé – peinture, sculpture, architecture, mais aussi musique, avec Malher et bientôt Schönberg... Sans compter, en toile de fond, la révolution fondamentale : la psychanalyse.

À quelques mètres devant elle, Féraud contemplait chaque tableau sans se presser. Il n'avait pas de catalogue. Ne regardait pas les titres sous les œuvres. Tout cela lui paraissait familier. En sueur, Jeanne se détendit et prit le temps, elle aussi, d'admirer les toiles. Klimt régnait dans cette première salle. Comme toujours, l'originalité du peintre la sidéra. Le moindre ton. La moindre ligne. Le moindre motif. Tout clamait une rupture radicale avec ce qui s'était peint auparavant. Mais c'était une rupture en douceur. Aplats dilués rappelant les estampes japonaises. Chromatismes raffinés. Éclats d'or. Effets d'émaux, de perles, de verres colorés, de bris de bronze...

Et les femmes. Fées endormies aux longues chevelures de miel se blottissant au sein de motifs à la fois extravagants et rigoureux. La symétrie du décor – figures et arabesques alignées comme sur un tissu – auréolait chaque femme, protégeant son sommeil. D'autres fois, la toile prenait un caractère flou, aquatique. Les cheveux flottaient comme des algues rousses. Les scintillements de l'or et des perles brillaient sourdement, filtrant à travers des transparences, dansant sous les épaisseurs de résine polie. Littéralement, ces toiles baignaient les yeux, l'esprit, le cœur...

Féraud s'était arrêté, absorbé par un petit tableau de moins d'un mètre de côté. *C'est le moment*, se dit-elle. Elle marcha dans sa direction, prévoyant simplement de se planter à ses côtés. Ensuite, on verrait. La bouche sèche, les jambes chancelantes, elle s'approcha, se répétant mentalement quelques compliments qu'on lui avait servis récemment. La comparaison de Thomas avec l'absinthe. La réflexion de Taine à propos de sa main sur la nuque. Les paroles de Claire, sa greffière, qui la comparait à l'actrice Julianne Moore...

Elle se tenait près d'Antoine Féraud depuis au moins une minute, parfaitement immobile, face à un tableau qu'elle ne voyait pas.

Et il venait de parler.

Ce timbre qu'elle avait si souvent écouté au casque résonnait maintenant tout près de son oreille, *en live*...

— Par... pardon ?

— Je disais que chaque fois que je contemple ce tableau, je pense à Baudelaire. « J'ai pétri la boue et j'en ai fait de l'or... »

132

Jeanne faillit éclater de rire. Un homme qui cite Baudelaire d'entrée de jeu n'est pas vraiment mûr pour Meetic. Mais pourquoi pas ? Elle se concentra sur la toile de Klimt. Elle représentait une femme très pâle en robe turquoise sur un fond orange. Le portrait était coupé à la taille.

Elle s'entendit demander, presque agressive :

— Pour vous, la boue, c'est le modèle ?

— Non, fit Féraud avec douceur. La boue, c'est l'âge qui va consumer cette femme et détruire sa beauté. La monotonie du quotidien qui la rongera. La banalité qui l'envahira peu à peu. Klimt l'a arrachée à tout cela. Il a su capter son effervescence intérieure. Révéler ce moment de grâce qui jaillit entre deux battements de cœur. Il l'a rendue à son éternité... intime.

Jeanne sourit. La voix des enregistrements numériques. Plus proche. Plus réelle. À hauteur de ses espérances. Elle observa le tableau. Le psy disait vrai.

Portrait de Johanna Staude.

Les deux couleurs complémentaires sautaient d'abord au visage. Le turquoise de la robe, minéral, comme si le peintre l'avait peint avec des cristaux. Le fond rougeoyant, qui brûlait à la manière d'un fragment de lave. Plutôt qu'à Baudelaire, Jeanne songea au vers célèbre de Paul Eluard : « La terre est bleue comme une orange. »

Passé ce premier choc, on découvrait le visage. Rond et blanc comme une lune. Cette tache pâle, cernée par un col de fourrure noire, était la clé du tableau. Il ouvrait sur une vérité indicible, une poésie de conte de fées, qui se passait de commentaire pour vous toucher directement à l'estomac. Et peut-être plus bas encore : au sexe. Aux racines de l'être...

Jeanne se prit de tendresse pour cette femme. Ce visage de Pierrot lunaire. Ces cheveux noirs coupés court, qui devaient être révolutionnaires à l'époque. Ces lèvres rouges et fines. Ces sourcils épais, comme des signes de ponctuation. Tous ces détails lui rappelaient une publicité qu'elle adorait quand elle était gamine. Pour le parfum Loulou de Cacharel. Une jeune femme semblait glisser sur la mélodie la plus suave du monde : la *Pavane* de Gabriel Fauré...

Elle avait trouvé son alliée. Elle se sentit d'un coup plus forte, plus solide – mais toujours incapable de parler. Et le silence s'éternisait. Elle se creusait la tête pour trouver quelque chose à dire...

— C'est la cinquième fois que je visite cette exposition, reprit-il. J'y trouve une espèce... d'apaisement. Une source de détente et de sérénité. (Il se tut un instant, comme pour la laisser percevoir le bruissement de cette source.) Venez voir. Je veux vous montrer quelque chose.

Jeanne se laissa porter. Elle planait complètement. Ils passèrent dans la salle suivante. Malgré son trouble, elle réalisa que l'atmosphère venait de changer.

Les murs étaient couverts de cris et de blessures. Des corps en pleine convulsion. Des visages déformés par le désir ou l'angoisse. Mais c'était surtout la peinture même, en tant que matière, qui vous agressait. Des empâtements de brun, d'ocre, d'or, comme écorchés au couteau. Des couleurs épaisses, retournées, broyées, qui évoquaient des champs de labour. Visages étroits. Yeux exorbités. Mains tordues. Jeanne songeait à une sorte de *Semana Santa* de Séville. Une semaine de pénitence où les cagoules auraient été ces figures et les cierges leurs mains lumineuses.

— Egon Schiele ! s'exclama Féraud. Malgré les différences avec Klimt, il me procure aussi un soulagement. Sa violence est positive. Salvatrice. Je suis psychiatre et psychanalyste. J'ai parfois des journées... difficiles. Ces toiles du début de siècle me redonnent du courage, de l'énergie.

— Je suis désolée, parvint-elle à murmurer. Vraiment, je ne vois pas...

— Mais ces œuvres révèlent l'inconscient ! Elles démontrent la validité du monde auquel je consacre ma vie. Le rêve. Le sexe. L'angoisse... Egon Schiele retourne l'âme comme un gant. Avec lui, finis les faux-semblants, les certitudes bourgeoises, les mensonges rassurants...

Jeanne avait la tête qui tournait. Elle n'avait pas mangé de la journée. Ses émotions saturaient sa perception. Et Antoine Féraud, malgré sa voix enjôleuse et sa belle gueule, avait surtout l'air d'un fou.

— Excusez-moi, dit-il plus bas, comme pour la rassurer. Je me laisse aller... Je ne me suis même pas présenté. (Il tendit la main.) Antoine Féraud.

Elle serra mollement ses doigts, l'observant de près pour la première fois. Elle découvrit un visage intense, fiévreux, mais bizarrement éteint. Féraud ne cherchait ni à frimer, ni à se cacher. Il était là, devant elle, vulnérable, débraillé, nu...

— Jeanne Korowa.

— C'est d'origine polonaise ?

— C'est le nom du bar dans *Orange mécanique*.

135

Bon Dieu, elle disait n'importe quoi. Pourquoi parler de ce film ultra-violent ?

— Mais c'est d'origine polonaise ? insista Féraud.

— Lointaine. Je veux dire : mon père était polonais, mais il est toujours resté... lointain.

Encore une information qui plombait la conversation. Elle voulait être drôle. Elle était tragique. Mais Féraud avait une façon de la contempler, de l'envelopper, qui était déjà une attention, une sollicitude.

— Vous n'avez pas l'air dans votre assiette. Vous connaissez le syndrome de Stendhal ?

— Dario Argento, chuchota-t-elle.

— Pardon ?

— *Le Syndrome de Stendhal.* Un film d'horreur italien. De Dario Argento.

— Je ne connais pas. Je vous parlais du syndrome psychologique. Les personnes qui souffrent d'une hypersensibilité aux tableaux. Qui s'évanouissent à la vue d'une toile.

— Le film parle de ça.

Pourquoi insistait-elle ? En flashes successifs, elle revoyait des images. Asia Argento marchant dans les rues de Rome, une perruque blonde sur la tête, prête à tuer tout le monde. Des femmes violées. Un visage arraché par une balle d'automatique...

Elle porta la main à son front et ajouta en manière d'excuse :

— Je n'ai pas mangé de la journée. Je...

Elle ne put achever sa phrase. Le bras de Féraud la soutint fermement.

— Venez. Allons prendre l'air. Je vous offre une glace.

15

L'air du dehors ne lui fut d'aucun secours. Dans le soleil couchant, les ombres des feuilles tremblaient sur le sol et elle avait l'impression que c'était sa propre perception qui se saccadait. Elle avait honte de son état. En même temps, elle se sentait secrètement heureuse d'être ainsi aidée.

Ils traversèrent l'avenue en direction du théâtre Marigny, puis achetèrent une glace italienne dans un kiosque.

— Vous voulez qu'on marche un peu ?

Elle répondit d'un signe de tête, savourant la fraîcheur de la glace, la douceur de la question. Ils avancèrent en silence vers la place de la Concorde. Il y avait longtemps qu'elle n'avait pas sillonné ces jardins. Les autres parcs ont toujours quelque chose d'étriqué, d'enfermé derrière leurs grilles. Les jardins des Champs-Élysées s'ouvrent au contraire à la ville, accueillent l'avenue grondante, se mélangent avec le trafic, le bruit, les gaz... On assiste à une rencontre. Une histoire d'amour entre les feuillages et le bitume, les promeneurs et les voitures, la nature et la pollution...

— Je me suis emballé, confessa Féraud. Vienne. Le début du XXe siècle... C'est ma passion. Cette période où derrière les brasseries confortables, les cafés et les strudels, tant de vérités ont jailli ! Klimt, Freud, Malher...

Elle ne pouvait pas croire qu'il remettait ça. Il était déjà lancé dans une description circonstanciée du bouillonnement intellectuel de cette époque. Jeanne n'écoutait plus. Elle profitait de sa présence, *physiquement.*

Ils marchaient toujours, parmi les ombres des feuillages, alors que les voitures filaient à pleine vitesse. Le soleil du crépuscule polissait chaque détail d'un vernis pourpre. Les grilles de fer, au pied des arbres, brillaient comme des cibles de feu. Jeanne n'avait pas été aussi heureuse depuis longtemps.

Féraud parlait avec passion. Elle n'écoutait toujours pas. Ce qui la touchait, c'était son enthousiasme. Son côté spontané, volubile. Et aussi sa volonté de la séduire avec ses connaissances.

Place de la Concorde, il lui prit le bras.

— On tente les Tuileries ?

Elle hocha la tête. La cacophonie des voitures. La puanteur des gaz. Les fontaines de pierre et leurs éclaboussures roses. Les touristes se photographiant avec ravissement. Tout ce qui l'aurait agacée un jour ordinaire lui paraissait magique, enchanté, irréel.

— Je n'arrête pas de parler mais je ne sais rien sur vous, fit Féraud, alors qu'ils pénétraient dans les jardins des Tuileries. Que faites-vous dans la vie ?

Pas question de le faire fuir avec son boulot.

— Je suis dans la communication, improvisa-t-elle.

— C'est-à-dire ?

— L'institutionnel. Je dirige une société d'édition. Nous rédigeons des brochures, des mailings. Rien de passionnant.

Féraud désigna un banc. Ils s'assirent. Le nuit s'invitait dans les jardins. Soulignant chaque détail. Donnant plus de densité aux objets. L'ombre était à l'unisson avec le cœur de Jeanne – qui se laissait aller à cette profondeur, cette gravité.

Féraud continua :

— Ce qui compte, c'est d'aimer, chaque jour, chaque minute, son métier.

— Non, fit-elle sans réfléchir, ce qui compte, c'est l'amour.

Elle se pinçait déjà les lèvres d'avoir sorti une connerie pareille.

— Vous savez que vous avez une manière très particulière de dire « non » ?

— Non.

Féraud rit de bon cœur.

— Vous remettez ça. Vous tournez brièvement la tête, d'un seul côté. Sans achever votre geste.

— C'est parce que je ne sais pas dire non. Jamais complètement.

Il lui prit la main de manière très chaleureuse.

— Ne dites jamais ça à un homme !

Elle rougit. Chaque réplique était suivie d'un bref silence. Une pause où se conjuguaient gêne et plaisir. On ne lui avait pas parlé d'une manière aussi douce depuis... Depuis combien de temps ?

Elle fit un effort pour demeurer dans l'instant, dans la conversation – et ne pas sombrer dans la béatitude.

— Et vous, se força-t-elle à demander, toute cette lessive ?

— Quelle lessive ?

— Vous lavez bien le linge sale de vos patients, non ?

— On peut dire ça comme ça, oui. Ce n'est pas tous les jours facile mais mon activité est ma passion. Je vis exclusivement pour elle.

Elle prit cette phrase pour un indice positif. Pas de femme. Pas d'enfants. Elle regrettait déjà d'avoir menti. Parce qu'elle aurait pu dire exactement la même chose de son boulot. Deux passionnés. Deux cœurs libres.

— Si vous deviez donner une seule raison à cette passion, que diriez-vous ?

— Vous psychanalysez le psy ?

Elle conserva le silence, attendant sa réponse.

— Je crois que ce que j'aime, fit-il enfin, c'est être au cœur de la mécanique.

— Quelle mécanique ?

— La mécanique des pères. Le père est la clé de tout. Son ombre fonde toujours la personnalité de l'enfant, ses actes et ses désirs. Particulièrement sur le terrain du mal.

— Je ne vous suis pas très bien.

— Prenez le cas d'un pur monstre humain. Un être qu'on ne peut qualifier d'homme tant ses actes paraissent horribles. Marc Dutroux, par exemple. Vous vous souvenez de cette histoire ?

Jeanne hocha la tête. Si Dutroux avait frappé en Île-de-France, elle aurait peut-être instruit le dossier.

— On ne peut comprendre les actes d'un tel criminel, continuait Féraud. Il a laissé mourir de faim

140

des petites filles dans une cave. Il les a violées. Il les a vendues. Il a enterré vivantes des adolescentes. Rien ne peut justifier ça. Pourtant, si vous fouillez son histoire, vous découvrez un autre monstre : son père. Marc Dutroux a eu une enfance abominable. Il est lui-même une victime. Dans ce domaine, les exemples abondent. Guy Georges a été abandonné par sa mère. Celle de Patrice Alègre l'impliquait dans ses jeux sexuels...

— Vous parlez cette fois de mères.

— Je parle des géniteurs au sens large. Les premiers objets d'amour pour l'enfant, père et mère confondus. Les tueurs en série n'ont qu'un seul point commun, qu'ils soient psychotiques, psychopathes ou pervers : ils ont eu une enfance malheureuse. Ils proviennent d'une confusion, d'une violence qui ne leur a jamais permis de se construire avec équilibre.

Jeanne était moins intéressée. Elle connaissait par cœur ce discours convenu qu'on lui servait à chaque fois qu'elle ordonnait une expertise psychiatrique sur un tueur. Pourtant, elle demanda :

— Mais « la mécanique des pères », qu'est-ce que ça veut dire ?

— Je vais souvent aux Assises. À chaque procès, quand on décrit le milieu familial du meurtrier, je me pose cette question : les parents de cet homme, pourquoi n'ont-ils pas été à la hauteur ? Pourquoi étaient-ils eux-mêmes des monstres ? N'étaient-ils pas, eux aussi, les enfants de parents violents ? Et ainsi de suite. Derrière chaque coupable, il y a un père *déjà* coupable. Le mal est une réaction en

141

chaîne. On pourrait remonter ainsi jusqu'aux origines de l'homme.

— Jusqu'au père originel ? relança-t-elle, soudain plus intéressée.

Féraud passa son bras dans le dos de Jeanne. Sans la moindre ambiguïté, encore une fois. Malgré la gravité de leur conversation, il semblait léger, épanoui.

— Freud avait une théorie là-dessus. Il l'a expliquée dans *Totem et tabou*. La faute initiale.

— Adam et la pomme ?

— Non. Le meurtre du père. Freud a inventé une parabole. Il y a très longtemps, dans un passé immémorial, un homme régnait sur son clan. Un mâle dominant. Chez les loups, on dit : un mâle Alpha. Il avait la priorité sur les femmes. Ses fils, jaloux, l'ont tué et l'ont mangé. À partir de cet instant, ils ont vécu dans le repentir. Ils ont fabriqué un totem à l'image du père et se sont interdit de toucher aux femmes de leur groupe. Ainsi est née l'interdiction de l'inceste et du parricide. Nous vivons encore aujourd'hui avec ce remords enfoui en nous. Même si l'anthropologie scientifique a toujours contredit la thèse de Freud – cette histoire n'est jamais survenue dans la réalité –, il faut garder la signification du mythe. Nous portons cette faute. Ou son intention. Seule une bonne éducation nous permet de nous maintenir avec stabilité, de canaliser ces désirs enfouis. Mais au moindre dérèglement, notre violence resurgit, aggravée encore par le refoulement, le manque d'amour…

Jeanne n'était plus sûre de bien suivre, mais ce n'était pas grave. La Pyramide du Louvre brillait au loin à la manière d'un cône de cristal. Il devait être 22 heures. Elle ne pouvait croire que leur conversation ait pris une telle tournure.

— Et vous, votre père, qu'est-ce qu'il faisait ?

Cette question indiscrète lui avait échappé. Féraud répondit avec naturel :

— Cela pourrait faire l'objet d'un autre rendez-vous, non ?

— Vous voulez dire : d'une autre séance ?

Ils rirent, mais l'énergie n'était plus là. Féraud s'était retiré de leur complicité. Et Jeanne sombrait malgré elle dans la mélancolie.

— J'aimerais rentrer. (Elle recoiffa ses mèches.) Je crois que j'ai mon compte.

— Bien sûr...

Le psychiatre crut sans doute qu'elle parlait de leur conversation et de ses sujets trop graves. Mais il se trompait. Jeanne Korowa avait simplement son compte de bonheur.

16

Devant sa porte, Jeanne buta contre une enveloppe posée sur son paillasson. L'enregistrement du jour. Les séances du docteur Antoine Féraud. Elle ramassa l'objet et se dit qu'elle l'écouterait le lendemain. Elle ne voulait pas réentendre la voix du psy. Perturber ses impressions toutes récentes...

Elle se dirigea directement vers la salle de bains et plongea sous la douche dans un état second. Comme saoule. Elle n'aurait su dire précisément de quelle manière l'entrevue s'était achevée. Ils avaient échangé leurs numéros de portable. C'était tout ce dont elle se souvenait.

Elle sortit de la cabine et revêtit tee-shirt et boxer. Elle ne ressentait plus ni chaleur ni fatigue. Seulement un engourdissement. Un vide délicieux. Il ne restait plus en elle que cette sensation vague, sans contour : l'amour naissant.

Cuisine. Lumière. Pas faim. Elle se servit seulement une tasse de thé vert. Elle voulait se coucher tout de suite. S'endormir sur cette ivresse, avant que l'angoisse ne vienne tout corrompre. Elle se connaissait. Si elle veillait encore, elle commencerait à s'interroger. Lui avait-elle plu ? Allait-il la rappeler ? Quels étaient les signes, positifs ou négatifs, qui permettaient de deviner son état d'esprit ? Elle pourrait passer le reste de la nuit à analyser ainsi le moindre détail. Une vraie procédure d'instruction. Au terme de laquelle elle n'obtiendrait jamais d'*intime conviction*.

De nouveau, elle aperçut l'enveloppe dans l'obscurité. Elle eut envie d'entendre la voix. *Sa voix.* Elle s'installa dans le salon, ordinateur sur les genoux, casque sur les oreilles. Glissa le disque dans le lecteur.

Elle fit défiler l'enregistrement en mode rapide. Elle ne voulait écouter qu'une ou deux séances. Elle attrapait les premiers mots de chaque rendez-vous et décidait. Elle reconnaissait les voix, les intonations, et les petits enfers psychiques, bien conditionnés, dans lesquels chacun tournait comme un rat dans son labyrinthe.

Elle dut attendre la fin du disque pour tomber, enfin, sur un scoop.

Le père espagnol était revenu.

Avec son fils.

« Je vous présente Joachim. »

Elle monta le volume dans les ténèbres. Elle comprenait que ce père et ce fils avaient visité Féraud aux environs de 18 heures. Alors même qu'elle faisait le guet dans sa voiture, devant le porche... Elle les avait donc vus entrer et sortir du 1, rue Le Goff. Aucun souvenir. Attendant un homme seul, elle n'avait prêté aucune attention au tandem.

« Bonjour, Joachim.

— Bonjour. »

Au son de la voix, Jeanne estima qu'il avait une quarantaine d'années. Le père était donc, comme elle l'avait deviné, au moins sexagénaire.

« Vous êtes d'accord pour répondre à quelques questions ?

— Je suis d'accord.

— Quel âge avez-vous ?

— Trente-cinq ans.

— Marié ?

— Célibataire.

— Vous travaillez ?

— Je suis avocat.

— Dans quel domaine ?

— Pour l'instant, je m'occupe d'ONG implantées sur le continent sud-américain. »

Joachim parlait sans la moindre trace d'accent espagnol. Il avait donc été élevé en France. Ou il possédait un don naturel pour les langues.

« Quels sont les domaines d'activité de ces ONG ?

— Rien d'original. Nous aidons les plus pauvres. Nous soignons et vaccinons les enfants. Pour ma part, je gère les dons collectés partout dans le monde. »

Silence. Féraud prenait des notes. Joachim répondait à chaque question posément, sans précipitation ni trouble.

« Avez-vous des problèmes de santé ?

— Non.

— Vous buvez ?

— Non.

— Vous prenez des drogues ?

— Jamais.

« — Votre père me dit que vous subissez, disons, des crises. »

Jeanne crut percevoir un rire. Joachim prenait tout cela avec légèreté.

« Des "crises". C'est le mot.

— Que pouvez-vous me dire sur elles ?

— Rien.

— C'est-à-dire ?

— Je n'en garde aucun souvenir. Comme des trous noirs.

— C'est bien là le problème », ajouta le père.

Nouveau silence. Nouvelles notes.

« Ces absences sont-elles caractérisées par l'émergence d'une autre personnalité ?

— Je vous dis que je n'en sais rien ! »

Joachim avait élevé la voix. Premier signe de nervosité. Féraud changea lui-même de ton. Plus ferme :

« Seriez-vous d'accord pour que nous organisions maintenant une brève séance d'hypnose ?

— Comme dans *L'Exorciste* ? »

L'avocat avait retrouvé son ton enjoué. Distancié.

« Comme dans *L'Exorciste*. Exactement. C'est une méthode qui réserve souvent des surprises. »

Nouveau rire.

« Vous pensez que je suis… possédé ? »

Nervosité et décontraction ne cessaient d'alterner. Autant du côté de Joachim que de Féraud.

« Non, fit le psy. Vos absences laissent peut-être la place en vous-même, et à votre insu, à une autre personnalité. Disons plutôt à un autre versant de votre personnalité. Sans doute pouvons-nous, ensemble,

147

faire émerger ce visage. L'hypnose peut nous y aider. Sans le moindre danger pour vous. »

Féraud avait parlé de sa voix la plus posée. Un chirurgien avant l'anesthésie. Froissement de tissu. Joachim s'agitait sur son siège.

« Je ne sais pas…

— Joachim…, souffla le père.

— Papa, ne te mêle pas de ça ! »

Silence. Puis :

« Très bien. Essayons.

— Laissez-moi tirer les stores. »

Des pas. Le cliquetis des lamelles. Grincements. Les chaises se remettaient en place. Jeanne était captivée. Elle ne cessait de penser que tout cela était survenu juste avant leur rencontre. Elle comprenait une vérité : lorsqu'elle s'était décontractée en mangeant sa glace dans les jardins des Champs-Élysées, Antoine Féraud cherchait lui aussi à se distraire. Un échange de bons procédés.

Jeanne accéléra la lecture du disque, sautant les étapes de relaxation qui préludent à toute séance d'hypnose. Joachim était maintenant en état de suggestion. Réponses lentes. Voix atone, comme appuyée, au fond du larynx, sur les cordes vocales même. Elle les imaginait tous les trois dans la pénombre. Féraud, derrière son bureau ou peut-être assis près du patient. Joachim, droit sur sa chaise, les yeux fermés ou les pupilles fixes. Et, en retrait, le père, debout. Elle n'aurait su dire pourquoi mais elle l'imaginait avec une épaisse chevelure grise ou blanche.

« Joachim, vous m'entendez ?

— Je vous entends.

« — Je voudrais contacter, s'il existe, celui qui est en vous. »

Pas de réponse.

« Est-il possible de lui parler ? »

Pas de réponse. Féraud monta la voix :

« Je m'adresse à celui qui vit à l'intérieur de Joachim. Réponds-moi ! »

Jeanne nota que Féraud était passé au tutoiement. Sans doute pour distinguer ses deux interlocuteurs. Joachim et l'intrus. Dernière tentative, plus calme :

« Comment t'appelles-tu ? »

Courte pause. Puis une autre voix retentit dans la pièce :

« *Tu n'as pas de nom.* »

Ce timbre la fit sursauter. Une inflexion métallique, grinçante, vrillée. Ni homme ni femme. Peut-être un enfant. Quand elle passait ses vacances à la campagne, dans le Perche, avec sa sœur, les deux filles se bricolaient des talkies-walkies à l'aide de boîtes de conserve reliées par une ficelle. Le son qu'elles obtenaient au fond du cylindre de métal était le même que celui-ci. Une voix de fer. Une voix de corde.

« Comment t'appelles-tu ? »

Le père chuchota :

« La "chose" ne dit jamais "je". La chose parle toujours à la deuxième personne.

— Taisez-vous ! »

Féraud s'éclaircit la gorge :

« Quel âge as-tu ?

— *Tu n'as pas d'âge. Tu viens de la forêt.*

— Quelle forêt ?

— *Tu vas avoir très mal.*

— Que cherches-tu ? Que veux-tu ? »

Pas de réponse.

« Parle-moi de la forêt. »

Raclement de fer. Un ricanement peut-être.

« *Il faut l'écouter. La forêt des Mânes.*

— Pourquoi l'appelles-tu comme ça ? »

Pas de réponse.

« Cette forêt, tu l'as connue quand tu étais enfant ?

— *Cette forêt, tu l'as connue quand tu étais enfant ?* »

Le père intervint encore une fois, à voix basse :

« C'est sa façon de dire "oui", je l'ai remarqué. La "chose" répète la question. »

Féraud ne releva pas. Jeanne l'imaginait concentré sur Joachim. Sans doute penché vers lui, les deux mains sur les genoux.

« Décris-la-moi.

— *La forêt, elle est dangereuse.*

— Comment ça ?

— *Elle te tue. Elle te mord.*

— Dans la forêt, tu as été mordu ?

— *Dans la forêt, tu as été mordu ?*

— Quand tu apparais, au fond de Joachim, qu'est-ce que tu lui demandes de faire ? »

Silence.

« Tu veux te venger de la forêt ? »

Silence.

« Réponds à ma question. »

Silence.

« Réponds, c'est un ordre ! »

Nouveau raclement. Peut-être un rire. Ou un rot. La voix de l'enfant monta de quelques notes et partit dans une psalmodie rapide :

« *Todas las promesas de mi amor se irán contigo /
Me olvidarás, me olvidarás / Junto a la estación llo-
raré igual que un niño, / Porque te vas, porque te vas,
/ Porque te vas, porque te vas...* »

Féraud tenta de l'interrompre mais l'homme-
enfant reprenait toujours la même litanie, sans
respirer :

« *... se irán contigo / Me olvidarás, me olvidarás /
Junto a la estación lloraré igual que un niño, /
Porque te vas, porque te vas, / Porque te vas, porque te
vas...* »

La voix était horrible, comme si les cordes vocales
se frottaient jusqu'à s'échauffer. Jusqu'à se rompre.
Haussant le ton, Féraud parvint à extraire Joachim
de son état d'hypnose. Le silence se referma sur son
ordre.

« Joachim, vous m'entendez ?

— Je vous entends, oui. »

La voix de l'homme était de retour.

« Comment vous sentez-vous ?

— Fatigué.

— Vous vous souvenez de ce que vous m'avez dit
sous hypnose ?

— Non.

— Très bien. Nous avons fini pour aujourd'hui.

— Qu'est-ce que j'ai, docteur ? »

Joachim avait repris son ton enjoué mais son
inquiétude transparaissait.

« Il est trop tôt pour le dire. Accepteriez-vous de
revenir régulièrement ? De subir des examens ?

— Tout ce que vous voulez, souffla Joachim
d'une voix qui capitulait.

151

— Je voudrais maintenant parler avec votre père. Seul à seul.

— Aucun problème. Au revoir, docteur. »

Raclements de chaises. Bruit de porte. Puis la voix du père, tremblante :

« C'est effrayant, n'est-ce pas ?

— Pas du tout. Mais nous devons procéder à des examens. Voir s'il n'y a pas de lésion neurologique.

— Pas question.

— Votre fils – je veux dire, l'être que j'ai interrogé sous hypnose – manifeste des symptômes spécifiques.

— Des symptômes de quoi ?

— L'inversion pronominale. La répétition des questions. La répétition écholalique. Même son visage : vous avez remarqué qu'il s'est déformé quand *l'autre* a parlé...

— Des symptômes de QUOI ?

— Autisme.

— Je ne veux pas entendre ce mot.

— Vous ne l'avez jamais fait soigner pour ça ?

— Vous connaissez son histoire. Les premières années, je n'étais pas auprès de lui.

— Quelles ont été ses relations avec sa mère ?

— Sa mère est morte à sa naissance. *Hay Dios mio*, vous ne prenez pas de notes ou quoi ?

— Je ne comprends pas ce que vous avez fait avec cet enfant.

— Dans mon pays, c'était une pratique très courante. Tout le monde faisait ça. »

Ils parlaient à voix basse. Jeanne se livrait à une reconstitution mentale. Féraud n'avait pas rouvert les stores. Ils étaient donc toujours dans la pénombre.

« Il faut que j'en sache plus sur son passé, reprit Féraud. À votre avis, quand il évoque la "forêt des Mânes", de quoi parle-t-il ?

— Je n'en sais rien. Je n'étais pas *encore* là.

— Et ces mots espagnols qu'il répète sans cesse, vous savez ce que c'est ?

— Ça oui. Ce sont les paroles d'une chanson espagnole des années soixante-dix. *Porque te vas.* La chanson d'un film, *Cria cuervos.* Dès qu'il se sent en danger, il répète ces paroles.

— Il faut le soigner. Son état est... complexe. La présence d'une autre personnalité pourrait signifier qu'il souffre aussi de schizophrénie. Mais les symptômes peuvent se confondre avec ceux de l'autisme. Il faudrait l'interner quelques jours. Je consulte dans une excellente clinique et...

— Je ne peux pas ! Je vous ai déjà expliqué. Le moindre internement révélerait la vérité. *Notre vérité.* C'est impossible. Seul, le Seigneur peut nous aider maintenant. "L'Éternel sera toujours ton guide, il rassasiera ton âme dans les lieux arides..." »

Féraud ne paraissait plus écouter. Il dit, comme pour lui-même :

« Je suis inquiet. Pour lui. Pour les autres.

— Il est déjà trop tard.

— Trop tard ?

— Je crois qu'il va tuer quelqu'un cette nuit. À Paris, dans le Xe arrondissement. Il ne cesse de rôder dans le quartier de Belleville. »

17

Jeanne n'avait pratiquement pas dormi de la nuit. Les émotions, les réflexions, les voix s'étaient télescopées sous son crâne au fil de cauchemars sans fin. La rencontre avec Antoine Féraud. *Je vous offre une glace.* Puis l'enregistrement numérique. La séance d'hypnose. La voix de l'intrus. *La forêt, elle te mord.* Et les craintes du père. *Je crois qu'il va tuer quelqu'un cette nuit. À Paris, dans le Xe arrondissement...*

Au fond, elle ne croyait à rien. Ni à la rencontre amoureuse. Ni au meurtre potentiel. La rencontre avait été trop belle pour être vraie. Et comment croire à la probabilité d'un crime avoué dans le cabinet d'un psy ? Du psy qu'elle avait *justement* placé sur écoute ? Impossible.

Féraud lui-même n'y avait pas cru. Sinon, il ne se serait pas jeté dans une exposition sur la Sécession viennoise. Il n'aurait pas joué au joli cœur avec une rousse de rencontre. En même temps, elle comprenait pourquoi il avait les traits tirés. Pourquoi il paraissait préoccupé derrière ses manières enjouées. Comme elle, maintenant, il devait éprouver un doute lancinant. Ce meurtre allait-il survenir ou non ? Devait-il alerter la police ? Jeanne sourit. Si elle lui avait dit son vrai métier, à elle...

Elle se leva. Regarda sa montre. 9 heures. On était samedi et le soleil était déjà partout dans la maison. Elle alla dans la cuisine et se concocta un Nespresso. Parfum noir et goût de terre brûlée. Elle renonça à se préparer des tartines. Elle avala son Effexor habituel en s'observant dans la paroi chromée du frigidaire. Elle portait son tee-shirt anti-JO de Pékin – les anneaux olympiques étaient remplacés par des menottes – et un boxer Calvin Klein. La phrase du père ne cessait de tourner dans sa tête. *Je crois qu'il va tuer quelqu'un cette nuit. Dans le Xe arrondissement.*

Il lui était facile de vérifier : elle était magistrate. Elle pouvait appeler la préfecture de police de Paris pour savoir si un cadavre avait été découvert dans la capitale la nuit précédente. Elle pouvait même, en admettant que « l'homme-enfant » soit passé à l'acte et se soit débarrassé du corps en banlieue parisienne, appeler les parquets d'Île-de-France. Elle connaissait tous les proc'. Ou presque.

Deuxième Nespresso. Elle passa dans le salon. S'installa dans son canapé, face à la table basse. Attrapa dans son cartable l'annuaire spécialisé édité par le ministère de la Justice et décrocha son téléphone.

Elle appela d'abord le bureau du procureur de la PP (préfecture de police). Pas de meurtre dans la nuit. En tout cas, pas de cadavre ce matin. Mais il n'était pas encore 10 heures. Et on était samedi, ce qui pouvait repousser la découverte à deux jours, si

155

le corps se trouvait dans un bureau, un entrepôt ou un quelconque lieu de travail.

Elle appela ensuite le parquet de Nanterre.

Rien.

Celui de Bobigny.

Un meurtre avait été commis dans la nuit, à Gagny. Une rixe entre alcooliques. Le coupable était déjà sous les verrous.

Créteil.

Rien.

Jeanne chercha les numéros des parquets de la grande couronne.

Versailles.

Rien.

Cergy.

Un clochard noyé dans la Seine.

Meaux.

Rien.

Melun.

Une femme tuée. Une histoire de violence conjugale.

Fontainebleau.

Rien.

Pontoise.

Rien...

Elle regarda sa montre. Presque 11 heures. Elle avait fait son devoir. À chaque appel, elle avait demandé au substitut de la prévenir en cas de découverte macabre. Ils avaient tous accepté. Sans poser de question. La juge Korowa était réputée. Elle devait avoir ses raisons. Il n'y avait plus qu'à attendre.

Il était temps d'oublier cette histoire. Pourtant, elle composa encore le numéro de l'état-major de

156

Paris, place Beauvau, qui réceptionnait tous les télégrammes concernant les faits graves d'Île-de-France. Rien à signaler non plus.

L'état-major des gendarmes, au fort de Rosny. Toujours rien. Elle se souvint tout à coup qu'elle avait rendez-vous chez le coiffeur à midi, puis un déjeuner dans le VIIIe arrondissement.

Retour au monde réel.

Elle se prépara et se coiffa. Son visage dans le miroir était à la hauteur de ses craintes. On aurait dit qu'elle avait passé la nuit à fumer et à picoler. *Julianne Moore, tu parles...* Elle tenta de sauver les meubles avec quelques manœuvres de maquillage.

Elle partit à midi – l'heure de son rendez-vous. Jean noir. Sandales ouvertes. Tee-shirt DKNY. Et bob sur la tête, en attendant que son coiffeur fasse des miracles. Elle ne pensait plus au meurtre possible. Ni à Féraud. Ni à rien.

Changer de tête.

L'urgence du samedi.

18

Une heure et demie et une coupe passable plus tard, Jeanne Korowa franchissait le seuil du restaurant où elle avait rendez-vous. Au bar, elle donna le nom de son hôte et on la guida à travers les tables. Plafonds hauts. Vitraux aux fenêtres. Style Art déco. Et surtout, beaucoup d'espace entre les convives. Elle avait lu quelque part que cette architecture s'inspirait de la salle d'un paquebot. Vrai ou faux, à chaque fois, elle avait l'impression ici d'embarquer.

— Excuse-moi pour le retard.

Emmanuel Aubusson, vêtu d'un costume clair sur mesure, déplia son mètre quatre-vingt-cinq. Il l'embrassa sur les deux joues avec une tendresse toute paternelle. Le vieil homme n'avait jamais été son amant. Il était beaucoup plus que cela. Son maître. Son mentor. Son parrain. Jeanne l'avait connu à ses débuts, quand elle finissait sa formation de juge. Elle avait travaillé auprès de lui alors qu'il était encore président de la chambre correctionnelle de Paris. À près de soixante-dix ans, Aubusson avait la silhouette étroite et la puissance large. L'œil aussi

perçant que la Légion d'honneur rouge à sa bouton-
nière. Un vrai condottiere. Mais pas seulement.

L'homme cultivait les paradoxes. Il les avait
fondus en une seule et même sagesse. Militant de
gauche, il avait fait fortune à plus de soixante ans en
devenant expert légal dans le domaine des divorces.
Aujourd'hui encore, il pouvait demander plusieurs
dizaines de milliers d'euros pour seulement chausser
ses lunettes et se pencher sur un contrat de mariage.
Solitaire, hautain, il n'avait jamais été marié mais
demeurait un homme à femmes. Sans enfant, il
déployait une tendresse sans limite pour tout ce qui
était petit et innocent. Et surtout, ce personnage
froid, austère, rigide, était un esthète. Un passionné
d'art.

Aubusson avait tout appris à Jeanne. Sur le métier
de la justice. Sur l'histoire de l'art. Les deux enseignements avaient finalement convergé lors d'une
visite au Louvre, dans la salle des sculptures grecques
et romaines.

« Pourquoi m'avez-vous donné rendez-vous ici ?

— Il y a longtemps que je m'intéresse à la statuaire grecque. Les premiers siècles. Puis Praxitèle,
Phidias, Lysippe. J'aime moins la suite. La période
hellénistique. Trop de drapés, de mouvements. Et,
d'une certaine façon, moins de pureté.

— Vous m'aviez parlé de derniers conseils avant
que j'attaque mon boulot de juge.

— Ce lieu en est la métaphore.

— Comprends pas. »

Il lui avait pris doucement le bras et l'avait guidée
vers un athlète au regard blanc portant un
enfant dans le pli du coude.

159

« Hermès soutenant le jeune Dionysos. La seule sculpture connue de la main de Praxitèle. Et encore, on n'en est pas sûr. Regarde les lignes, les courbes, les reliefs. On dit que les Grecs idéalisaient la nature, comme un photographe retouche un portrait. C'est faux. Les sculpteurs grecs travaillaient de manière inverse. »

Jeanne ne pouvait plus quitter des yeux ce corps filiforme, dont les muscles semblaient tendre la peau de marbre.

« Les sculpteurs grecs sont partis des modèles anciens de la tradition égyptienne pour placer, peu à peu, des traits, des signes, des caractères particuliers de l'homme. Les faiblesses de leur modèle. Ils se sont appliqués à insuffler de plus en plus de vie dans ces moules anciens. C'est au temps de Praxitèle que cette méthode a donné ses meilleurs fruits. Les canons anciens se sont mis à vivre, à respirer entre les mains du sculpteur. Un point d'équilibre a été trouvé entre abstraction et individualisation. »

Jeanne sentait la main du vieil homme autour de son bras. Une serre d'aigle.

« Je ne comprends toujours pas le rapport avec mes dossiers.

— Tes dossiers, Jeanne, ce sont tes sculptures. Tu seras toujours tentée de les arranger pour qu'ils soient parfaits. Pour que les témoignages coïncident à l'heure près. Que les mobiles soient millimétrés. Qu'il y ait bien un seul coupable... Moi, je te conseille de faire le contraire.

— C'est-à-dire ?

— Travaille comme les Grecs. Intègre les imperfections. Les lieux et les horaires qui ne concordent

160

pas. Les trous noirs dans les témoignages. Les mobiles contradictoires. Respecte ces anomalies. Respecte la vie de tes dossiers ! Tu verras, tu surprendras alors d'autres vérités qui t'emmèneront parfois ailleurs. Je ne devrais pas te le dire mais j'ai encore sur le cœur certaines affaires. Des affaires qui comportaient des grains de sable. Des détails qui ne collaient pas et que j'ai écartés par souci de rigueur, de logique. Ces défauts m'ont poursuivi des années jusqu'à me révéler une autre vérité. Ou du moins me coller un sérieux doute.

— Vous voulez dire que des innocents sont allés en prison ?

— Des innocents que j'ai crus coupables, bien sûr. Cela aussi, c'est la vie. Nous-mêmes, les juges, nous ne constituons qu'une imperfection de plus dans la procédure. »

Jeanne n'était pas certaine d'avoir compris. Dix ans après, elle bricolait toujours ses dossiers pour qu'ils aient une apparence de rigueur et de logique. En revanche, elle avait hérité de la passion de la statuaire grecque et romaine. Elle avait effectué plusieurs voyages en Grèce, en Italie, en Afrique du Nord, où les musées regorgent de pièces antiques. À Paris même, elle retournait souvent au Louvre pour admirer ces corps, ces présences, ces souffles…

— Comment ça va ? demanda-t-elle en s'installant en face de lui.

— Mieux, depuis que nous sommes en juin. (Il chaussa ses lunettes et parcourut la carte qu'on venait d'apporter.) Nous en avons enfin terminé avec toutes ces conneries sur mai 68.

Jeanne sourit. Un petit discours militant était en vue.

— Tu y étais, non ?

— J'y étais.

— Et tu n'es pas d'accord avec tout ce qui s'est dit et écrit sur ces événements ?

Il referma la carte. Ôta ses lunettes. Il avait le front haut, des cheveux gris ondulés, de longs traits impériaux, des yeux noirs, des cernes violets. Une sorte de combustion intérieure semblait avoir creusé ses rides comme le soleil fend la terre africaine. Mais c'était du solide. Aubusson n'était pas du genre friable.

— Tout ce que je peux dire, attaqua-t-il, c'est qu'à l'époque, nos parents ne nous préparaient pas des sandwichs pour aller à la manif. Nous étions contre eux. Nous étions contre l'ordre bourgeois. Nous luttions pour la liberté, la générosité, l'intelligence. Aujourd'hui, les jeunes manifestent pour leurs points de retraite. La bourgeoisie a tout contaminé. Même l'esprit de révolte. Quand l'ordre établi produit son propre contre-pouvoir, alors le système n'a plus rien à craindre. C'est l'ère Sarko. Une ère où le Président lui-même pense être du côté de l'art et de la poésie. La poésie qui réussit, bien entendu. Plutôt Johnny Hallyday que Jacques Dupin.

Un déjeuner avec Aubusson sans une diatribe contre Sarkozy n'était pas un vrai déjeuner. Elle voulut lui faire plaisir :

— Tu as vu ? Il n'arrête pas de baisser dans les sondages.

— Il remontera. Je ne suis pas inquiet pour lui.

— Au fond, tu finis par l'apprécier.

162

— Comme un chasseur finit par aimer le vieil éléphant qu'il traque depuis des années...

Le garçon vint prendre la commande. Deux salades, une eau gazeuse. Pas de fioritures. Le couple était à l'unisson dans l'ascétisme.

— Et toi, reprit Aubusson, comment ça va ?

— Ça va.

— Les amours ?

Elle songea à Thomas. Fini. À Féraud. Pas commencé.

— C'est un peu *Ground Zero*.

— Le boulot ?

En une seconde, Jeanne comprit qu'elle était inconsciemment venue ici pour demander un conseil. Évoquer son dilemme. Les écoutes clandestines. Le soupçon de meurtre. Comment démerder cette situation ?

— J'ai un problème. Je possède des informations. Des données que je n'ai pas encore validées mais qui pourraient s'avérer importantes.

— Politiques ?

— Criminelles.

— Où est le problème ?

— Je ne peux pas citer mes sources. Je ne suis même pas sûre de l'authenticité de l'info.

— Tu peux au moins t'en servir pour aller plus loin.

— Pas tout à fait, non. L'info est parcellaire.

— C'est quoi, au juste ?

— Un meurtre a peut-être été commis cette nuit, dans le Xe arrondissement.

— Facile à vérifier, non ?

— Pour l'instant, rien n'est sorti.

— Tu as l'identité de la victime ?

— De l'assassin. Et encore, pas tout à fait. Encore une fois, je ne peux rien utiliser. Mes sources sont trop… scabreuses.

Aubusson réfléchit. Jeanne contempla encore le lieu aux tons mordorés. Les miroirs. Les vitraux. La décoration de salle de paquebot. Oui, elle était embarquée, mais elle ne connaissait pas sa destination.

— Tu te souviens quand nous avons visité le Louvre ? demanda enfin le septuagénaire. L'art grec ? Les imperfections de l'homme intégrées à la perfection de la règle ?

— Je cherche encore le sens du message.

— L'imperfection fait partie du boulot.

— Je peux donc sortir du chemin ? Mener mon enquête hors les règles ?

— À condition de retomber sur tes pattes. Tu réajusteras ton dossier ensuite.

— Si je décroche l'affaire.

— Appelle le parquet. Sois sur le coup. Il n'y a que le résultat qui compte.

— Et si je me trompe ?

— Cela démontrera que tu n'es rien de plus que ce que tu es. Un être ordinaire à qui on a conféré des pouvoirs extraordinaires. Ça aussi, c'est la règle.

Jeanne sourit. Elle était venue pour entendre ça. Elle appela le serveur :

— Je boirais bien quelque chose de plus costaud. Pas toi ?

— Allez.

Les coupes de champagne arrivèrent presque aussitôt. Quelques gorgées glacées plus tard, elle se sentait plus forte. Le froid protège de la mort. De la décomposition. Ces petites bulles acides la compressaient en force vive. Ils commandèrent deux autres coupes.

— Et toi, demanda-t-elle, tes amours ?

— J'ai encore quelques étudiantes sous le coude, fit le vieil homme. Et aussi mon officielle. Une avocate d'une quarantaine d'années, qui ne désespère pas que je l'épouse. À mon âge ! Une ou deux ex pensent aussi être toujours dans la course.

— Tu dois être épuisé.

— Je ne dis pas que je les honore toutes. Mais j'aime ce halo d'amour autour de moi. C'est *La Danse* de Matisse. Elles font la ronde et je les peins en bleu...

Jeanne grimaça un sourire. Au fond, l'attitude de son mentor lui déplaisait. L'infidélité. Le mensonge. La manipulation. Elle n'était pas encore assez vieille pour avoir renoncé à ses rêves de droiture.

— Mais comment fais-tu ? insista-t-elle. Pour vivre comme ça, dans l'hypocrisie, la trahison permanente ? (Elle sourit pour atténuer la violence des mots.) Où est le respect dans tout ça ?

— C'est à cause de la mort, fit Aubusson, soudain grave. La mort nous donne tous les droits. On croit qu'à son approche, on se repent. On se purifie. Mais c'est le contraire. À mesure qu'on vieillit, on s'aperçoit que toutes les croyances, toutes les questions restent en suspens. Il n'y a qu'une seule certitude : on va crever. Et on n'aura pas de seconde chance. Alors, on trompe sa femme, on trahit ses serments. On se pardonne tout ou à peu près. D'autres, ceux qui passent dans ton bureau, volent, violent, tuent

165

avec la même idée. Obtenir ce qu'ils désirent avant qu'il ne soit trop tard. Comme dit le film : « Le ciel peut attendre. »

Jeanne vida sa coupe et eut un hoquet. Une morsure acide au fond de la gorge. Elle se sentit triste tout à coup. Un garçon leur proposa la carte des desserts. Jeanne refusa. Aubusson commanda deux autres coupes.

— Tu sais, reprit-il sur un ton plus jovial, en ce moment, j'étudie un petit problème. Une modification qu'a faite Rimbaud dans un poème. « Elle est retrouvée, quoi ? / L'éternité / C'est la mer mêlée au soleil. »

Jeanne ne se souvenait pas exactement du poème mais revoyait surtout une image. Le dernier plan de *Pierrot le Fou* de Jean-Luc Godard. Une ligne d'horizon. Le soleil se glissant dans la mer. Les mots de Rimbaud en voix off prononcés à voix basse par Anna Karina et Jean-Paul Belmondo...

— Tu veux dire : « C'est la mer *allée* avec le soleil. »

— Justement, non. Rimbaud a publié deux fois ce quatrain. La première fois, dans un poème intitulé « L'Éternité ». La deuxième, plus tard, dans *Une saison en enfer*. Il avait d'abord écrit : « C'est la mer allée avec le soleil. » Ensuite, « la mer mêlée au soleil ». On perd au passage l'idée de mouvement. C'est dommage. Ce qui est beau, dans la version initiale, c'est l'idée que l'éternité est le résultat d'une rencontre. Un infini en route vers un autre. À mon âge, ce sont des idées qui séduisent. Comme si la mort n'était pas abrupte mais plutôt une courbe, un arc. Une pente douce...

— Pourquoi a-t-il changé, à ton avis ?

— Peut-être parce qu'il sentait qu'il allait mourir jeune et qu'il ne connaîtrait pas ce mouvement. Rimbaud était un messager pressé.

Jeanne leva sa coupe :

— Au facteur Rimbaud !

Elle se sentait déjà ivre. Elle sursauta en se rappelant les mots du vieil Espagnol : *Je crois qu'il va tuer quelqu'un cette nuit. À Paris, dans le Xᵉ arrondissement.*

Elle fouilla dans son sac et regarda son portable.

Pas de message.

Donc, pas de cadavre.

Elle s'aperçut qu'elle attendait aussi un appel de Féraud. C'était décidément son destin. Elle n'était pas seulement abonnée à Orange. Mais aussi, mais surtout, au désir d'être aimée.

Un abonnement à perpétuité.

19

En sortant du restaurant avenue Montaigne, Jeanne ne reprit pas sa voiture au parking. Trop bourrée. Elle préféra marcher pour se dégriser. Elle était à deux pas des jardins des Champs-Élysées. Cela valait bien un petit pèlerinage...

Elle retrouva l'endroit où ils avaient marché, la veille au soir. Quelques heures seulement étaient passées et ce moment lui paraissait déjà lointain. Ou insaisissable. Comme lorsqu'on essaie de se souvenir d'un songe qui vous échappe.

Elle marcha encore, transpirant sous le soleil, se libérant de l'alcool au fil de ses pas. Parvenue place de la Concorde, elle traversa l'avenue des Champs-Élysées et repartit en sens inverse, en direction du parking de l'avenue Matignon. Devant l'entrée, Jeanne hésita, puis continua vers le square des Champs-Élysées. Elle pénétra dans l'enceinte et s'assit au soleil. Le square était sale. Des déchets traînaient partout. Mais, sur sa gauche, le marché aux timbres battait son plein, comme tous les samedis. Et le théâtre de Guignol, vert sombre, semblait abriter un secret, un mécanisme irrésistible, à la fois terrible et délicieux, qui attirait les enfants.

Elle se laissa aller à rêver à nouveau. Plus librement. Elle risqua même, mentalement, son va-tout, comme dans les jeux télévisés : quelques mots qu'elle évitait en général d'utiliser. Les mots les plus vieux, les plus ordinaires, les plus usés du monde : *grand amour, l'homme de ma vie, une belle histoire...*

Elle était surprise de les appliquer déjà à Antoine Féraud. Un homme avec qui elle avait parlé moins d'une heure. Un psy qu'elle avait espionné en plaçant des écoutes chez lui. Un spécialiste dont elle ne savait rien et qui paraissait avoir d'autres chats à fouetter. Mais cette rapidité même faisait partie de l'histoire. *Un coup de foudre...*

Des cris la tirèrent de ses rêveries. Pas des cris, non. Des rires. Elle sourit, machinalement, observant les gosses qui jouaient dans le sable, tournant sur un portique, marchant d'un pas mal assuré sur les pelouses. *Un enfant.* Le dernier mot de sa boîte à trésors...

Jeanne avait une âme trop grave, elle le savait, mais lorsqu'on évoquait devant elle les changements physiologiques de la grossesse, les anecdotes de l'une ou de l'autre qui avait maintenant « une plus belle peau » ou au contraire « un gros cul », elle ne voyait pas l'intérêt de parler de tout ça. C'était la surface des choses.

Elle, quand elle serait enceinte, elle rejoindrait la secrète logique du cosmos. Elle accéderait à une intime compréhension de son être, alors même qu'elle s'intégrerait au mécanisme de l'univers. Elle entrerait en *intelligence* avec la Vie. Oui. Elle attendait, avec un vertige mêlé d'appréhension, que le sens de l'humanité la traverse. Que sa matrice entre en action pour lui offrir son plus beau rôle. Qu'un homme lui accorde son amour, sa confiance, sa dévotion, afin qu'elle les transforme en noyau vital, au fond d'elle-même. Telle était l'essence de la procréation. Un amour qui devient corps. L'esprit qui devient matière...

Le soleil avait disparu. Le ciel était noir. Un nouvel orage se préparait. Elle se leva en reniflant, au bord des larmes. Maintenant, tout lui semblait perdu. Impossible. Elle ne trouverait jamais sa moitié. Elle ne fusionnerait jamais avec un homme. Elle était la femme morcelée. Comme sa sœur, qu'on avait retrouvée démembrée dans le parking d'une gare. Ou comme cette cytogénéticienne, qui avait été égorgée, mutilée et dévorée l'avant-veille...

Elle eut un renvoi amer. Elle allait vomir. Ce fut la sonnerie de son portable qui la sauva alors que la pluie commençait à tomber. Elle fouilla ses poches, son sac, faillit manquer l'appel. Elle tremblait. Elle pensa d'abord à Féraud. Puis à la préfecture de police. On avait trouvé son cadavre. On...

— Allô ?

— Radine-toi. J'en ai un autre.

La voix de François Taine. Tendue. Fébrile.

— Un autre ?

— Un autre meurtre cannibale.

— Où ?

— À Goncourt. Rue du Faubourg-du-Temple. X^e arrondissement. Le substitut m'a appelé. Il savait que j'instruis les deux premiers dossiers.

Jeanne ne répondit pas. Les rouages de son cerveau s'étaient déjà enclenchés. L'évidence explosa comme un éclair.

Je crois qu'il va tuer quelqu'un cette nuit. À Paris, dans le Xe arrondissement.

Joachim était le tueur cannibale.

Ou plutôt l'homme-enfant à l'intérieur de lui.

Elle parvint à contenir le cri qui montait dans sa gorge pour dire :

— File-moi l'adresse.

20

Le temps de repasser chez elle, pour se rafraîchir et changer de fringues, Jeanne était sur les lieux à 20 heures. Non pas au 111, rue du Faubourg-du-Temple, adresse officielle de la scène de crime, mais de l'autre côté du même bloc d'immeubles, là où on pouvait accéder au réseau de cours et de bâtiments en toute discrétion, loin des fourgons de police et des gyrophares.

Ce porche n'était surveillé que par deux flics. François Taine l'y attendait.

— Qu'est-ce qu'on a ? attaqua Jeanne sans préambule.

— Une jeune femme. Égorgée. Démembrée. Dévorée. C'est le même. Aucun doute.

— Comment s'appelle-t-elle ?

— Francesca Tercia.

— Quel âge ?

— Plus âgée que les autres. Trente-quatre ans.

— Elle travaillait dans le domaine médical ?

— Non. Une artiste. Une sculptrice d'origine argentine.

— Où l'a-t-on trouvée exactement ? Dans un parking ?

— Non. Dans l'atelier où elle bossait. Au fond de la cour, là-bas.

— Quel genre d'artiste ?

— Plutôt spécial. En fait, c'est un atelier de reconstitution paléo-anthropologique. Ils reproduisent des hommes préhistoriques d'une manière hyperréaliste. Des machins en silicone et en poils qui foutent vraiment les jetons. Elle a été tuée parmi ces hommes de Cro-Magnon et de Néandertal.

Jeanne connaissait cet atelier, quasiment unique au monde. Elle avait lu des articles sur la femme qui l'avait créé. Elle ne se souvenait pas de son nom mais l'artiste était capable de reconstruire le visage d'un homme disparu depuis 30 000 ans, en déduisant ses traits à partir de son seul crâne fossile et en sculptant ses masses musculaires faciales en terre humide.

Elle avait une autre raison de connaître l'artiste :

— Cet atelier, remarqua-t-elle, ils n'ont pas bossé pour nous ?

— Pour nous ?

— Pour la PJ. Des reconstitutions d'après des ossements. Ils utilisent un logiciel spécifique.

— Je sais pas. La patronne est là. Tu lui demanderas.

— Et sur la victime, qu'est-ce que tu sais ?

— Rien, pour l'instant.

Taine se tenait contre le mur, près des boîtes aux lettres, les mains dans le dos. Il portait un polo Lacoste et un pantalon en toile. Il n'avait pas allumé la minuterie. Son visage était noyé dans la pénombre. Aucun moyen de deviner son état d'esprit, excepté la voix qui trahissait toujours plusieurs tendances contradictoires. Emmerdement. Excitation. Et aussi plaisir de l'avoir, elle, à portée de main. Tant qu'il y aurait des cadavres, elle rappliquerait au pas de course...

— Physiquement, insista Jeanne, elle ressemble aux autres ?

— Difficile à dire. Jeune. Brune. Bien en chair. Plutôt jolie. J'ai vu des photos... avant. Le tueur a un type, c'est clair, mais ce n'est pas non plus frappant. Peut-être les choisit-il pour une raison qu'on ne soupçonne pas et...

— Tu as vérifié les éléments que je t'avais demandés ?

— Tu avais raison sur un seul point : le tueur a volé du liquide amniotique dans les laboratoires Pavois.

— Et mon autre question ?

— Tu t'es trompée. On a les analyses ADN : le tueur est un homme. Le même à chaque fois, bien sûr.

C'est un homme, pensa Jeanne, *et je connais son prénom...*

— L'ADN, il ne nous apprend rien ?

— Certainement pas son identité. Le mec n'est pas fiché, comme on pouvait s'y attendre.

— Il ne souffre d'aucune anomalie génétique ? Une particularité ?

— Que dalle, un profil standard. Rien à signaler.

— C'est tout ?

Taine soupira et se décolla du mur pour commencer à faire les cent pas.

— C'est tout, répondit le juge entre ses dents. Et c'est peu. Pas la queue d'un indice. Pas d'images, pas de témoins. Personne n'a jamais vu l'une des victimes avec un mec suspect. Ni même un inconnu. Aucune trace de contacts. Ni téléphone, ni Internet. Ce mec, c'est l'homme invisible. Il s'est matérialisé, a commis son sacrifice, s'est dématérialisé. (Taine claqua des doigts.) Comme ça.

— Vous avez *vraiment* fouillé la vie des victimes ?

Le magistrat fit face à Jeanne, mains dans les poches. Il était à contre-jour mais ses yeux brûlaient d'une lumière intense.

— Qu'est-ce que tu crois ? Reischenbach a retourné le quotidien des filles. Cartes bleues. Chéquiers. Appels des portables. On a même checké leurs itinéraires en Vélib' grâce à leur abonnement. Il n'y a rien. On n'a que des certitudes a contrario. Elles ne se connaissaient pas. Et elles n'ont pas croisé le tueur, avant le meurtre.

— C'est sûr ?

— En tout cas, elles n'ont rencontré personne en commun durant les six derniers mois. D'ailleurs, les deux avaient une vie sociale plutôt réduite. La première était casée. Avec un instit d'origine viet. L'autre sortait d'un divorce. Un mariage de deux ans. Sans enfant. Et elle était maquée avec le gros du labo.

— Vous avez interrogé l'ex-mari ?

— Jeanne, tu me parles d'éléments ordinaires. Ces meurtres sont d'une autre dimension. Quelque chose de totalement extraordinaire, tu piges ?

Elle pigeait, oui. *La forêt, elle te mord…*

175

— Tout nous pousse vers un tueur organisé. Malgré le carnage des scènes de crime, il a la tête froide. Il a repéré sa victime. Il l'a observée. Il l'a traquée jusqu'à la surprendre au juste moment. Tout ça pour des raisons connues de lui seul.

— C'est impossible que vous n'ayez rien.

Taine alla s'adosser près des boîtes aux lettres.

— OK, fit-il. Juste un détail.

— Quel détail ?

— L'autisme.

— Explique-toi.

— J'ai eu des précisions sur le boulot de la première victime, Marion Cantelau. Son institut accueille exclusivement des enfants souffrant de TED, troubles envahissants du développement. Ce qui désigne le plus souvent le syndrome de l'autisme.

— Où est le lien avec la deuxième victime, Nelly Barjac ? demanda-t-elle avec candeur. Ou avec le tueur ?

— Avec Barjac, je ne sais pas. Mais les mains inversées du meurtrier constituent un symptôme possible de l'autisme. Il marche à quatre pattes et tourne ses paumes vers ses pieds.

Il y avait d'autres symptômes. La voix de Féraud, encore : « L'inversion pronominale. La répétition des questions. La répétition écholalique. Même son visage : vous avez remarqué qu'il s'est déformé quand *l'autre* a parlé… »

Sans le savoir, Taine était sur la piste de Joachim. La chose à l'intérieur de lui…

— Quelle est ton idée ? demanda-t-elle.

176

— Pas d'idée. Je me suis renseigné : l'hypothèse d'un tueur autiste ne tient pas debout. Il ne serait pas suffisamment structuré pour élaborer de tels meurtres. Et surtout, un malade de ce type peut être violent s'il se sent menacé mais il ne peut tuer avec préméditation.

— Il pourrait exister un rapport avec les amniocentèses ?

— Non. Les laboratoires Pavois ne peuvent détecter de telles anomalies génétiques. Rien ne dit même que l'autisme soit lié à un problème de gènes. Les spécialistes ne sont pas d'accord.

— Revenons à la première victime. Ton idée, c'est que le tueur a séjourné dans l'institut quand il était enfant ?

— Ouais. Mais, là encore, c'est l'impasse. Notre client est un adulte. Il aurait donc été interné il y a au moins vingt ans. Le centre n'existait pas à cette époque.

Taine tapota les boîtes aux lettres. Elles étaient en bois et rappelaient les refuges pour oiseaux qu'on place dans les jardins.

— Et les inscriptions ?

— Pas de nouvelles des experts. Mais je n'espère rien de ce côté-là. Le mec s'est inventé un néo-langage. Un truc qui ne veut rien dire. Même si ces signes rappellent un alphabet.

— Attends l'avis des spécialistes.

Taine haussa les épaules.

— Je n'ai rien d'autre à faire.

Il recommença à faire les cent pas. D'une façon moins nerveuse, moins décidée. On rentrait dans

177

l'espace de la méditation. Des sensations confuses. Le stade *impressionniste*.

— Mon feeling, confia-t-il enfin, c'est qu'il plane une atmosphère commune sur tout ça. Un retour aux temps primitifs. Une régression humaine. Les scènes de crime évoquent un rite sacrificiel. Les lieux – des parkings, des sites souterrains –, des cavernes. En ce sens, l'atelier d'aujourd'hui colle avec le reste.

— Pourquoi ?

— Tu verras par toi-même. Un autre détail. Selon le légiste, les os des victimes ont été dépecés avec un silex. Ou un instrument de pierre. Il a aussi fracturé les os pour en sucer la moelle. Notre mec se prend vraiment pour un homme préhistorique, tendance cannibale. Ce qui établit un lien avec la spécialité de Francesca Tercia, la sculptrice. Tout nous ramène à quelque chose d'archaïque, d'immémorial. Même l'autisme peut être considéré comme une régression...

Jeanne eut un élan d'impatience :

— Bon. On y va ?

Taine demanda avec un sourire féroce :

— Tu aimes ça, hein ?

— Quoi ?

— La viande froide.

Jeanne se braqua :

— Pas plus qu'une autre.

— Tu parles. Allez, viens.

— Non. Attends. Tu veux dire que je suis une charognarde ?

Taine revint sur ses pas. Son sourire s'était nuancé de tendresse.

— Tu n'as pas remarqué que tu étais légèrement... lugubre ?

— Lugubre ? Pas du tout.

— Disons que tu n'es pas une marrante.

— J'ai mes moments.

— Je parie que tu ne connais même pas une histoire drôle.

— J'en connais. Plein.

— Je t'écoute.

Jeanne réfléchit en mesurant l'absurdité de l'instant. Au seuil d'une scène de crime, elle se creusait
le citron pour trouver une bonne blague à raconter.
Mais elle voulait prouver à ce con qu'elle n'était pas
ce dont elle avait l'air. Une juge assoiffée de sang.
Une femme seule. Une paumée aux idées noires.
Une gamine traumatisée, qui comptait toujours au
fond de son crâne, dans la forêt de silence...

— Tu connais la différence entre un système
d'arrosage automatique et une femme à qui on pro-
pose la sodomie ?

— Non.

— Il n'y en a pas.

Jeanne fit « non » en tournant lentement la tête
de droite à gauche, à la manière d'un arroseur
automatique.

— Tsk, tsk, tsk, tsk, tsk, tsk...

Taine éclata de rire.

— Viens. On va voir le carnage.

21

La première salle était remplie de têtes qui se déployaient sur des étagères, illustrant des époques, des expressions, des domaines distincts. On reconnaissait des personnalités du cinéma, de la télévision, de la politique. Mais aussi, surtout, des ancêtres de l'espèce humaine. Il y avait également des écorchés en terre de faïence, dont les muscles étaient striés à la spatule.

— Fais gaffe où tu fous les pieds.

Jeanne suivait Taine dans cette faune étrange. Des flics déroulaient des rubans de non-franchissement le long des rayonnages, s'efforçant de ne faire tomber aucune figure. Tout le monde jouait des coudes. Une odeur de glaise, de sciure, de produits chimiques figeait tout.

La deuxième salle était plus bizarre encore.

Une armée de corps orange se tenaient le long des murs, dans des postures différentes, avec une indolence caoutchouteuse. Chaque silhouette était cernée par une crête de même matière, évoquant une aura élastique. Des torses creux, des membres souples étaient posés par terre. Des moules. Jeanne se souvenait de la technique utilisée. Les artistes de l'atelier sculptaient d'abord un corps en terre puis le moulaient dans une enveloppe d'élastomère. L'empreinte obtenue servait à façonner la statue en silicone.

La troisième salle était celle du sacrifice.

Taine demanda aux techniciens de l'IJ en combinaison blanche :

— Vous pouvez nous laisser le champ libre un moment ?

Les hommes sortirent sans un mot. Jeanne suivit le magistrat et encaissa le choc que lui procurait le tableau. La première idée qui venait, supplantant même l'horreur du carnage, c'était que cette fois, les hommes préhistoriques – les vrais personnages des temps ancestraux – s'étaient invités à la fête. La victime était encore suspendue, tête en bas, au centre de la pièce, alors que des hommes en peaux de bête l'entouraient, figés, observateurs silencieux. Des chasseurs hirsutes, aux arcades proéminentes, aux mâchoires avancées, qui portaient des biches sur leurs épaules ou brandissaient des poissons au bout de leurs harpons. Leur posture était à la fois humble et victorieuse. Des hominidés fiers d'avoir encore une fois triomphé de la nature.

— C'est dingue, non ? murmura Taine.

Jeanne fit un bref signe de tête en guise de réponse. Elle retint sa respiration et considéra la victime. Elle était nue.

Pendue au plafond par une jambe.

Le tueur avait utilisé le système de poulie déjà en place, sans doute pour suspendre les sculptures. La femme elle-même ressemblait à une statue peinte.

181

Contrastes de peau blanche, d'hématomes bleuâtres, de traînées noires. Sa jambe libre s'était repliée, mystérieusement, vers le ventre, à la manière d'un coureur sur le départ. Détail saugrenu : le légiste avait déjà placé un thermomètre à thermocouple dans son oreille pour prendre la température tympanique.

Jeanne poursuivit son examen. Le meurtrier avait ouvert le ventre de sa proie, de l'abdomen au pubis, et déroulé les intestins jusqu'au sol, couvrant ainsi le visage. Sous les viscères, on distinguait les traits enflés, violacés, de la victime. Ainsi que sa gorge béante...

Elle tenta une reconstitution. Soit le tueur avait été surpris – il n'avait pas eu le temps de finir le boulot. Soit, c'était toujours possible, il avait modifié son *modus operandi*. Dans tous les cas, il n'avait pas décroché la femme et ne l'avait pas démembrée. Il s'était contenté d'arracher des fragments de chair sur les cuisses, l'aine, les fesses. Sans doute pour les dévorer.

Restaient au sol des traces de sang, de chair, de fibres – abandonnées ou régurgitées. Des os et des cartilages, grattés, sucés. Pas de feu, pas de méchoui barbare pour cette nuit. Le cannibale s'était contenté d'un repas cru.

Jeanne regarda autour d'elle. Au-dessus des outils, des produits sur les étagères, les signes sanglants étaient là. Des espèces d'arbres aux branches différentes dessinant une infinité de X et de Y. Plus que jamais, ces séquences répétitives évoquaient les chromosomes d'un caryotype.

Elle respira enfin et se rendit compte que les odeurs de dissolvants et de résine couvraient les relents de sang et de chair. Maigre soulagement... Elle revint au délire du tueur. Mentalement, elle ne l'appelait pas « Joachim ». Maintenant qu'elle était confrontée à l'horreur de l'acte, elle ne pouvait se convaincre qu'elle avait entendu la voix de son auteur.

Ce meurtrier invoquait des dieux primitifs. Peut-être pensait-il ainsi sauver son âme. Ou la planète. Ou encore l'espèce humaine tout entière. Jeanne se souvenait de Herbert Mullin, un tueur en série américain qui croyait empêcher les tremblements de terre par ses sacrifices et déchiffrait le degré de pollution de l'air dans les viscères de ses proies.

Une certitude : le tueur avait choisi Francesca Tercia pour son métier. Il voulait agir dans ce décor, auprès des siens : des hommes primitifs animés, comme lui, par des réflexes de survie, des croyances archaïques. Il avait lâché les cavernes – parkings, égouts – pour ce lieu unique où l'espèce humaine se déclinait à travers les millénaires.

Elle songea à Joachim. Sa voix qui murmurait : *Todas las promesas de mi amor...* Une nouvelle fois, elle se prit à douter. Était-il vraiment le tueur cannibale ? Il s'agissait peut-être d'un simple hasard. Une coïncidence...

Les gars de la PTS, en combinaison blanche, réinvestissaient la pièce.

— Je reviens, fit-elle à Taine, qui adressait la parole au responsable de l'équipe.

Elle sortit de la pièce. Trouva un couloir. Croisa Reischenbach avec son gel sur la tête. Il tirait la gueule. Chaque nouvelle victime lui rappelait sa propre inefficacité. Elle le salua, le dépassa et découvrit, au fond, une dernière pièce plongée dans la pénombre. Sans savoir pourquoi, elle se dirigea vers ce boyau.

Une grande table noire laquée occupait le centre de la salle. Derrière la table, un cordon de velours. Derrière le cordon, un groupe. Des êtres des premiers âges, encore une fois. Ils égrenaient, d'une gueule à l'autre, des milliers, voire des millions d'années de différence. Dans le désordre. Par réflexe, elle chercha à les replacer sur la chaîne de l'évolution. À gauche, elle repéra un couple, deux petits gorilles frêles, noirs et poilus. Un éclat dans le regard, un sourire en coin, leur donnait un aspect humain. Plus loin, toujours sur la gauche, un autre couple montrait les crocs. Moins velus, ils paraissaient plus raffinés. Aiguisés comme les silex qu'ils devaient utiliser pour chasser et faire du feu. Dans leurs yeux, le frottement des siècles avait fait jaillir une nouvelle étincelle. Une intelligence supérieure.

À l'écart, comme une famille de ploucs invités par erreur, un groupe de chevelus au front bas se tenaient, lance au poing, vêtus de peaux de bêtes. Tignasse hirsute, mâchoires en enclume, regard profond. Ceux-là avaient l'air d'occuper une place à part dans la chaîne. Jeanne avait lu des articles sur l'évolution de l'espèce. Elle se souvenait de la famille de Néandertal, qui avait cohabité avec l'*Homo sapiens sapiens* avant de disparaître de la surface de la terre.

Au fond de la troupe, il y avait des hommes. Non pas modernes, mais plus du tout simiesques. Coiffés à la diable, vêtus de hardes de daim, à la manière des

Indiens d'Amérique, ils ressemblaient aux *Bourgeois de Calais* d'Auguste Rodin. Des loqueteux épuisés. Dans leurs yeux de verre, pourtant, la peur paraissait avoir reculé au profit de la ruse. L'homme était en marche.

Tous ces visages se reflétaient dans la table laquée, comme s'ils s'apprêtaient à boire dans une mare noire. Jeanne remarqua une dernière sculpture, accroupie au bout de l'étang. Une femme, vêtue de fourrure noire ou de haillons sombres – elle ne voyait pas bien. Ce qui était frappant, c'était sa chevelure rouge coupée court. Peut-être un personnage de chamane à l'aube de l'humanité ?

Jeanne fit un bond en arrière. La statue venait de bouger. En réalité, une femme assise à l'extrémité de la table. Enfouie dans un châle noir. Ses cheveux, hérissés façon punk, offraient un vermeil incandescent. Elle paraissait en état d'hébétude.

Jeanne eut une intuition. La chef de l'atelier en personne. La virtuose qui donnait vie à ces personnages immémoriaux. Venue se recueillir ici. Sans réfléchir, Jeanne s'approcha et posa sa main sur son épaule. La femme aux cheveux rouges lui lança un regard. Elle eut une hésitation, puis sourit malgré son expression de détresse.

Elle se mit debout et tendit sa main.

— Je suis Isabelle Vioti. Je dirige cet atelier. Vous êtes de la police ?

— Non. Jeanne Korowa. Magistrate.

Ses pupilles s'arrondirent, trahissant l'étonnement.

— J'ai déjà rencontré un juge.

— Je l'accompagne.

— C'est courant comme pratique ?

— Non. Mais cette affaire est vraiment... spéciale.

La femme se rassit brutalement. Comme si ces civilités lui avaient demandé trop d'efforts. Coudes sur la table, elle appuya son front sur ses mains.

— Je comprends pas... Je comprends pas...

— Personne ne comprend jamais, fit Jeanne. Nous ne sommes pas là pour expliquer. Ni même analyser. Nous devons trouver le coupable. Nous devons l'arrêter. Même lorsque nous l'aurons coincé, croyez-moi, l'énigme restera entière.

Isabelle Vioti leva les yeux.

— J'ai entendu parler les policiers. Ce n'est pas la première fois ?

— D'après ce que nous savons, c'est la troisième victime. En peu de temps.

— Mais pourquoi ? Je veux dire : pourquoi Francesca ?

Jeanne attrapa une chaise et s'assit en face d'elle.

— Elle n'a pas été choisie par hasard. Votre atelier intéressait le tueur.

— Mon atelier ?

— Ces meurtres ont, depuis le départ, une connotation primitive. Un enjeu lié à la préhistoire. Vous avez vu les inscriptions que le tueur a tracées sur les murs ?

— Oui. Non. Je ne veux pas regarder ça.

Jeanne n'insista pas. Elle lui soumettrait des photos plus tard. La spécialiste saurait peut-être déchiffrer quelque chose et... Jeanne stoppa son raisonnement. Où avait-elle la tête ? Ce n'était pas son enquête. Elle n'avait aucune légitimité dans cette histoire. Même si, peut-être, elle connaissait le coupable.

186

— Pour reconstituer ces personnages, reprit-elle, vous travaillez à partir de quoi ? Des ossements ?

— Des crânes. Des os. Des moulages, en réalité. Des copies de fossiles découverts en Afrique, en Europe, en Asie. Par sécurité, les originaux sont conservés dans les musées.

— Qui vous les fournit ?

— Les chercheurs. Les muséologues.

— Vous a-t-on volé quelque chose ?

— Comment ça ?

— Un crâne, des fragments. Tout est là ?

— Je ne sais pas. Il faudrait vérifier. Pourquoi on nous aurait pris des éléments ?

— Je peux te parler ?

Jeanne se retourna. François Taine se tenait dans l'encadrement de la porte, l'air furieux. Elle le rejoignit dans le couloir. Dans l'autre salle, les techniciens de l'IJ, aidés par des ambulanciers, décrochaient le corps avec précaution.

— Qu'est-ce que tu fous ? Tu mènes l'enquête à ma place ?

— Non. Je voulais juste savoir si...

— Je t'ai entendue. C'est quoi ces questions ? Tu penses que le tueur vole des os, maintenant ?

— Chez Pavois, il a volé du liquide amniotique. Il pourrait s'approprier des vestiges à chaque fois. Un butin. Et...

Taine n'écoutait plus : il regardait quelque chose, ou quelqu'un, au-delà des ambulanciers et des sculptures. Langleber, le médecin légiste. Il tenait encore son dictaphone à la main. Il avait sans doute déjà effectué son travail de constatation. C'était lui qui avait donné son accord pour le transfert du corps.

187

— Je te jure que s'il fait encore le con, celui-là...,
fit Taine entre ses dents.

Langleber s'approcha.

— Vous savez ce que disait Lacan ?

— Putain..., siffla Taine.

— « Si vous avez compris, c'est que vous avez
tort. »

— Tu vas arrêter tes conneries ? dit le juge en
pointant son index.

Le légiste leva les deux bras en signe d'apaisement.

— OK. Parlons boulot. Le mode opératoire est le
même. Sauf que cette nuit, monsieur a bâclé. Soit il
a été interrompu. Soit il a voulu la jouer rapide, pour
une raison qu'on ignore. Il n'a pas décroché la victime. Il ne l'a pas démembrée. Il n'a fait cuire aucun
morceau. Pour le reste, c'est bien le même boulot.
Saignée. Morsures. Prélèvements.

— Je veux ton rapport demain matin.

— Tu l'auras. À part quelques détails de mutilation, c'est du copier-coller.

— Quels détails ? demanda Jeanne.

— Il lui a bouffé les yeux.

Taine secoua la tête avec vigueur.

— J'en peux plus, dit-il à Jeanne, dégoûté. On se
casse.

Ils saluèrent Langleber et traversèrent de nouveau
la salle des moulages puis celle des têtes. Dehors, des
flics s'agitaient. Certains tendaient encore des rubans
plastifiés, isolant la cour principale. D'autres surveillaient le seuil des immeubles. Pas un civil n'était
autorisé dans le périmètre de sécurité mais tout le
monde était à sa fenêtre.

Reischenbach passa sous un ruban et vint à leur rencontre.

— C'est la merde. Les médias sont là.

— Ben voyons, fit Taine. Qui les a prévenus ?

— Pas nous, en tout cas. Qu'est-ce qu'on fait ?

— Dis-leur que le procureur donnera une conférence de presse après-demain matin, lundi. On n'a plus le choix : il faut tout balancer. Ça sera vite fait, vu où on en est.

Le flic fila. Taine prit le bras de Jeanne et souffla :

— Viens. Sortons par-derrière.

Quelques minutes plus tard, ils étaient de nouveau sous le porche de la rue Civiale.

— Je t'appelle quand j'ai tout reçu et on se fait une bouffe ce week-end, d'accord ?

Comme la première fois dans les laboratoires Pavois, il avait retrouvé son entrain naturel. Jeanne le rabroua :

— Trouve l'assassin. Ce n'est pas un jeu.

Le sourire de Taine disparut. Non, ce n'était pas un jeu. Le magistrat misait la vie des prochaines victimes, il le savait. Et l'horloge qui tournait possédait un cadran de sang et des aiguilles de silex.

Jeanne le salua et se dirigea vers sa voiture dans un état second. Elle s'accrochait à deux idées.

La première. Dormir quelques heures, à coups de médocs. La seconde. Choper Antoine Féraud et lui tirer les vers du nez.

Plus question de jouer aux madones des musées ni aux amoureuses effarouchées.

Place à la loi et au châtiment.

22

Dès le lendemain matin, elle comprit que rien n'était possible.

Interroger Antoine Féraud : impossible. Il se réfugierait derrière le secret médical. Lui avouer son vrai métier : impossible. Elle le perdrait à jamais. Lui révéler qu'elle avait fait équiper son cabinet de micros pour cause de détresse amoureuse. IMPOSSIBLE.

Restait l'autre solution : tout balancer à Taine et passer le relais. Hormis la honte qu'elle éprouverait à avouer sa combine lamentable – les micros planqués, son statut de fille larguée – et sa perversité – passer ses nuits à écouter les secrets des autres –, sa confession ne servirait à rien. Taine ne pourrait pas convoquer Féraud. Il ne pourrait faire valoir aucune transcription d'écoute. Pour une raison simple : CES ENREGISTREMENTS ÉTAIENT ILLÉGAUX.

Jeanne attrapa son portable pour regarder l'heure. 10 h 20. Dimanche 8 juin 2008. Elle se frotta le visage. Gueule de bois chimique. La veille au soir, elle avait fouillé ses fonds de tiroir pour trouver de quoi s'assommer. Xanax. Stilnox. Loxapac. Le sommeil l'avait couverte comme un linceul de plâtre qui s'était rapidement solidifié. Maintenant, elle ouvrait les yeux avec difficulté, faisant craquer une croûte imaginaire sur ses paupières.

Elle se leva avec difficulté et se dirigea vers la cuisine, une terrible migraine collée à ses pas. Un Doliprane 1000. Un Effexor. Un café. Non, un thé. La chaleur était de retour. Une touffeur qui saturait déjà le moindre interstice de l'appartement. Bouilloire. Feuilles de Yunnan. Théière... Au fil de ses gestes mécaniques, elle se répétait qu'elle ne pouvait rien faire. Absolument rien.

Sauf, peut-être, une chose...

Elle posa sa tasse et sa théière sur un plateau et retourna dans le salon. Elle se lova dans le canapé et mit au point une stratégie. Elle pouvait jouer l'innocence. Rappeler Féraud. Le revoir. Bavarder avec lui, en toute candeur. L'aiguiller sur la série de meurtres. Mais à quel titre ? Elle était censée travailler dans une boîte de communication. Pourquoi serait-elle au courant de ces meurtres ? Et pourquoi le psychiatre lui donnerait-il son avis ? Ils se connaissaient à peine.

Elle réfléchit encore. Le soleil éclaboussait les rideaux clairs. La lumière dévorait tout. Un flamboiement qui portait déjà la matinée à un seuil d'incandescence incroyable. La journée promettait d'être irrespirable.

Jeanne se souvint que les médias étaient présents sur les lieux du crime. Elle attrapa son ordinateur. Se connecta à Internet. *Le Journal du Dimanche*. En une de l'édition du 8 juin : « Meurtre barbare dans le Xe arrondissement. » Jeanne acheta le numéro via sa carte bleue. Téléchargea les pages. À la rubrique

191

« Faits divers », page 7, le crime de la rue du Faubourg-du-Temple était décrit dans ses grandes lignes. Le journaliste ne savait rien, ou presque. Il ne parlait pas des meurtres précédents ni du cannibalisme. Ces éléments seraient révélés le lundi matin, lors de la conférence de presse du procureur.

Antoine Féraud avait-il lu cet article ? Avait-il entendu les news à la radio le matin ? Si oui, avait-il fait le lien avec Joachim, le fils de son patient ? Elle décida d'improviser. Composa son numéro. Répondeur. Elle raccrocha sans laisser de message. Et Taine ? Elle l'appela. Répondeur aussi. Cette fois, elle parla :

— C'est Jeanne. Il est midi. Rappelle-moi dès que tu as du nouveau.

Il n'y avait plus rien à faire. Excepté de regarder passer le dimanche, avec sa monotonie désespérante. Pour s'occuper, elle attrapa son ordinateur portable et se repassa les deux séances cruciales. La première, avec le père en solo : *Un autre homme est à l'intérieur de lui... Un enfant qui a mûri à l'intérieur de mon fils. Comme un cancer...* La seconde, avec Joachim en personne : *La forêt, elle te mord...* Toujours aussi terrifiant, mais rien à comprendre de plus. Pas le moindre indice à pêcher.

13 heures. Nouvel appel à Antoine Féraud. Répondeur. Cette fois, Jeanne laissa un message, de sa voix la plus neutre. Elle lui demanda simplement de la rappeler. En coupant, elle se mordit les lèvres. Le psy avait sans doute autre chose à foutre aujourd'hui que de batifoler avec elle. Il devait rechercher l'Espagnol et son fils dans tout Paris, pour les convaincre de se rendre à la police...

192

Elle partit sous la douche, envisageant enfin la vraie corvée du dimanche. Inéluctable. La visite à sa mère dans son institut médicalisé. Deux dimanches qu'elle n'y était pas allée, s'inventant des excuses pour éviter l'expédition jusqu'à Châtenay-Malabry. Ces prétextes, ce n'était pas pour sa mère – elle ne comprenait plus rien depuis longtemps –, mais pour elle-même. Elle avait toujours considéré qu'elle lui *devait* ces visites.

Elle déjeuna debout dans sa cuisine. Un bol de riz blanc. Des tomates cerises. Elle haïssait ce genre de journées. Les secondes, les minutes, les heures s'accumulaient jusqu'à former une pure stalactite de solitude. Elle ne parlait pas. Refusait de mettre la radio ou la télé. Ses pensées se dilataient, s'amplifiaient jusqu'à résonner dans tout l'appartement. Elle avait l'impression de devenir folle. D'entendre des voix. À moins, tout simplement, qu'elle ne parle toute seule, comme une vieille.

Un jour, elle avait vu un documentaire sur une chaîne anglaise à propos du célibat dans les villes. Une quadragénaire, assise dans sa cuisine, s'adressait à la caméra :

« À partir de quel moment peut-on parler de vraie solitude ? Quand on commence à craindre l'arrivée du week-end dès le jeudi. Quand on organise son samedi entier autour d'une expédition au super-marché. Quand le contact de la main d'un collègue de bureau suffit à vous troubler pour la soirée… »

Jeanne frissonna en rangeant son bol dans la machine à laver.

14 heures. Toujours pas d'appel. Ni de Féraud, ni de Taine. Elle tenta d'ouvrir un livre. Impossible de

se concentrer. Fit une sieste, merci les somnifères, différant encore le moment du départ. Elle se réveilla à 15 h 30. L'esprit froissé comme un papier gras. Elle attrapa ses clés de voiture, son iPhone. Verrouilla son appartement. Et respira un bon coup.

Porte d'Orléans. Nationale 20. Gentilly. Arcueil. Cachan... Les noms de villes se succédaient mais le paysage restait le même. Banlieue poussiéreuse. Immeubles crasseux. Platanes effeuillés qui peinaient sous le soleil à jouer leur rôle habituel de cache-misère. Au carrefour de la Croix de Berny, les autoroutes apparurent. Des ponts. Des rampes d'accès. Des noms de villes plus lointaines encore. Et dessous, une mer de toits coagulés, de pavillons en meulière. Tout cela semblait cuire au fond d'une poêle grise.

Après plusieurs kilomètres, elle trouva l'avenue de la Division-Leclerc, à Châtenay-Malabry. L'institut Alphedia se situait au bout. Un bâtiment moderne, terne et sans couleur, qui évoquait un hôtel d'autoroute de troisième zone. Une mention sous les néons précisait « Résidence de repos » mais le lieu tenait plutôt de la décharge humaine. Mi-asile de fous, mi-mouroir.

Dans le hall, les habituels grabataires prenaient le soleil à travers les vitres sales. Immobiles, les yeux fixes, le visage si ridé qu'il ressemblait à une pelote de ficelle. Ils ne voyaient plus. Ne pensaient plus. Jeanne avait toujours pensé que le gâtisme, la maladie d'Alzheimer et tous ces troubles de la lucidité étaient des cadeaux du ciel pour ne pas voir la mort approcher. Le bonheur, à cet âge, c'était de ne plus savoir compter. Ni les années. Ni les jours. Ni

194

les heures. Un état végétatif, où chaque seconde était une vie.

Elle prit l'escalier de service et monta les étages quatre à quatre. Elle jaillit au deuxième étage, évita de regarder les morts-vivants dans la salle de télévision puis fonça tête baissée dans la chambre de sa mère.

Couleurs atroces. Matériaux au rabais. Bibelots intimes visant à personnaliser le lieu. Chaque fois qu'elle pénétrait ici, Jeanne songeait aux pharaons qui se faisaient inhumer avec leurs objets familiers et leurs esclaves. Le tombeau, c'était cette chambre. L'esclave, c'était elle.

— Salut, maman ? Ça va ?

Elle ôta sa veste sans attendre de réponse. Redressa sa mère, poids plume, visage de pierre. La cala contre les oreillers. La vieille femme ne la voyait pas. Et d'une certaine façon, Jeanne ne la voyait pas non plus. Des années qu'elle venait ici. Tout juste constatait-elle le terrain gagné par la mort. Un kilo en moins. Un affaissement de chair. Une saillie d'os...

Jeanne s'assit et scruta la vue par la fenêtre. Tilleuls et sapins se disputaient le cadre. Même ces arbres semblaient contaminés par la décrépitude et la misère. Elle prit conscience de la puanteur de la chambre. Odeurs de bouffe, d'urine, de médicaments. Elle n'eut pas l'idée d'ouvrir la fenêtre. À quoi bon ? Dehors, les mêmes relents devaient planer. À elle de s'adapter. Comme les alpinistes font des paliers à mesure qu'ils gagnent de l'altitude.

Du temps passa. Elle ne bougeait plus. Elle n'avait pas allumé la télé – les émissions du dimanche après-midi l'auraient achevée. Elle ne regardait pas non plus cette petite chose grise enfouie sous des couvertures trop épaisses. La chaleur lui paraissait insupportable et la présence de cette mourante emmitouflée renforçait encore son malaise.

Derrière le calme apparent de la scène, le combat avait commencé. Jeanne s'efforçait de tenir à distance ses souvenirs. Ses regrets. Ces années passées avec cette femme qui n'avait cessé de dépérir depuis la mort de Marie. Son internement en centre spécialisé alors que Jeanne intégrait la fac. Puis ce rendez-vous rituel, épuisant, inutile, chaque dimanche, au gré des années et des instituts. Un point de repère pourtant. Un pôle de sa vie. Même si c'était chaque fois pour ressortir un peu plus attaquée, un peu plus émiettée...

Une heure s'était écoulée. Elle décida que c'était bon, qu'elle s'était acquittée de son devoir. Surtout, il fallait fuir avant l'heure du « dîner ». 17 heures. Le tableau de ces lèvres édentées avalant de la bouillie pour bébés avait la violence des toiles de Bruegel, où rire et terreur se frottent en un contraste d'épouvante. *Salut, maman.* Deux baisers, sans respirer. Les couvertures bordées. La porte. Le soulagement.

Restait la dernière épreuve.

En face de l'institut, un bar-tabac ouvert le dimanche accueillait tous les accros de la clope de la banlieue Sud. Cette file d'attente de gens chiffonnés, dépareillés, fébriles à l'idée de se ravitailler, la rendait malade à chaque fois. Au fond du bar, elle discernait les poivrots accrochés au zinc. Elle songeait à des cafards, des cloportes, des mille-pattes se terrant sous une pierre.

Mais surtout, à quelques mètres de là, un kiosque à journaux fermé exhibait des publicités pour des magazines pornos. *Hot-Video. Penthouse. Voyeur...* Ces images-là l'achevaient. Des aplats de chair maculés de poussière et de pollution. Des corps gras, blêmes, censés éveiller un désir plus blême encore.

Jeanne chercha ses clés de voiture. Les filles des affiches la fixaient, exhibant leurs seins lourds, leurs bouches huileuses, leurs hanches épaisses. Elle ouvrit sa portière. Voulut entrer dans sa Twingo sans les regarder mais elle eut tout de même un bref coup d'œil. Trop tard. En accéléré, elle vit leurs rêves de gloire s'effondrer – cinéma, télévision, manne-quinat – jusqu'à atterrir dans ces revues X. Elle vit leurs corps se flétrir, se gonfler d'enfants nés d'hommes de passage, leur âme se pourrir à coups d'espoirs déçus, de chagrins étouffés, d'années amères... Ces femmes sur les affiches, c'était la femme en général. *Le condensé de notre destin.* Aimer. Espérer. Procréer. Pourrir. Jusqu'à finir dans un de ces instituts avec au bout, enfin, la mort. Sans lucidité ni conscience.

Jeanne verrouilla ses portes. Démarra en trombe. Elle pleurait comme elle aurait hurlé. Ou vomi. Elle poussa la radio à fond. Chercha une fréquence. S'arrêta sur *À ma place*. Axel Bauer et Zazie. Un tube âpre, puissant, tragique. « Je n'attends pas de toi que tu sois la même. Je n'attends pas de toi que tu me comprennes... »

Aux abords de Paris, elle se sentit mieux. Rive gauche. Platanes rutilants. Beauté hausmanienne. Même sa solitude, sa détresse prenaient ici un visage différent... Sur le boulevard Raspail, elle songea à son portable. Elle l'avait coupé durant son périple. Elle pressa le clavier. Elle avait un message.

Pas un appel de Féraud.

François Taine.

Elle colla le combiné à son oreille. La sueur et les larmes poissaient encore sa peau.

— Jeanne ? Faut que je te voie. J'ai découvert un truc incroyable. Une convergence entre les victimes. Ça rejoint ta théorie. Il ne les choisit pas au hasard. Pas du tout. Il a un plan !

Jeanne entendait deux voix en même temps. Le débit de Taine, mais aussi l'accent espagnol du père de Joachim : « *C'est une mosaïque, vous comprenez ? Chaque pièce apporte sa part de vérité.* »

— Viens chez moi vers 22 heures, continuait le juge. 18, rue Moncey. Je t'envoie le code par SMS. Je dois d'abord aller chercher un truc chez Francesca Tercia, la troisième victime. Tu vas voir. C'est dingue !

Jeanne coupa la connexion. Soudain très calme. Et même glacée. Elle s'était arrêtée au coin du boulevard Raspail et du boulevard Montparnasse. 18 heures. Tout le temps qu'il fallait pour prendre une douche. Se préparer. Et méditer en regardant le jour tomber.

Elle serait prête quand elle irait voir Taine.

Elle serait pure pour recevoir la vérité nue.

23

La rue Moncey se situe dans les hauteurs du
IXe arrondissement. À 21 h 30, Jeanne montait
déjà la rue de Clichy. Dès le croisement avec la rue
d'Athènes, elle eut un mauvais pressentiment. Une
noirceur particulière du crépuscule. Une odeur
de brûlé, venue de nulle part. Plusieurs camions
de pompiers la dépassèrent dans un hurlement de
sirène.

Elle murmura sans réfléchir :

— François...

À hauteur de la rue de Milan, elle obtint confirmation. La nuit avait *vraiment* changé de texture. Plus
sombre. Plus dense. Un parfum de destruction tournait dans l'air. La circulation était stoppée. Jeanne
parvint à se glisser dans la rue de Milan et se gara sur
un bateau. Elle attrapa sa carte tricolore dans son
sac. Courut vers la rue Moncey – par chance, elle
avait enfilé un jean et chaussé des Converse.

Des riverains se tenaient sur le seuil des immeubles.
Des conducteurs sortaient de leur bagnole pour voir
ce qui se passait. Des flics maîtrisaient la foule alors
que des fourgons bloquaient la rue. Jeanne courait

toujours. Elle brandit sa carte. Passa le premier barrage. Longea des camions de pompiers. Passa un second barrage et tourna dans la rue Moncey.

Son cœur s'emballa. Les flammes jaillissaient du dernier étage d'un immeuble situé au milieu de la rue. Le 18, à tous les coups. Elle recula sous un porche et faillit vomir, prise de panique.

Elle attendit quelques secondes et reprit sa route, déjà suffoquée par la fumée. La nuit s'épaississait en un brouillard noir. Des craquements orange perçaient dans l'atmosphère voilée. Un angle rouge. Des chromes blancs. Une silhouette postée au cul d'un camion. Elle appela. Aucun son ne sortit de sa gorge. Elle frappa l'épaule du pompier.

Il n'avait pas vingt ans. Jeanne tendit encore sa carte. Un tel geste ne signifiait rien en cet instant, mais les couleurs françaises font toujours leur effet. Et elle avait suffisamment étudié de dossiers d'incendies criminels pour bluffer :

— Jeanne Korowa, magistrate.

— Magis… ?

— Qui est le chef d'agrès ?

— Le commandant Cormier.

— Où est-il ?

Le môme hurla pour couvrir le bruissement des lances à eau :

— Dedans, j'crois.

— Y a des victimes ?

Chaque mot lui brûlait la gorge. Le pompier eut un geste vague.

— On sait pas. Le feu a pris au dernier étage.

— L'adresse, c'est bien le 18 ?

— Ouais.

— Tout le monde a été évacué ?

Le môme ne put répondre. Une explosion venait de secouer la rue. Des parcelles de feu retombèrent sur la chaussée. Des débris de verre fusèrent sur le trottoir et le toit du camion avec une violence de grêle. Par réflexe, Jeanne s'arc-bouta et s'accrocha au pompier.

— Faut pas rester là, m'dame !

Elle ne répondit pas. Les yeux exorbités, elle fixait la façade ravagée par les flammes. Des nuages noirs s'élevaient des fenêtres éventrées. Des crêtes jaunâtres mordaient les chambranles. Des volées de cendres, de particules, de flammèches s'échappaient par spasmes. Le dernier étage, invisible, était noyé sous les vapeurs sombres. L'étage de François…

Jeanne chercha du regard les rescapés de l'immeuble. Elle les vit, plus loin, groupés, apeurés, près d'une ambulance, alors que des blouses blanches leur prodiguaient les premiers soins. Pas de Taine. Ses pensées s'entrechoquaient. Elle était allée une fois chez le juge. Il avait aménagé ses combles et transformé son appartement en duplex. Son bureau était situé sur une mezzanine sans fenêtre, qu'on ne pouvait atteindre que *de l'intérieur*. Il avait peut-être été surpris là-haut par les flammes. Les pompiers n'avaient aucun moyen de connaître ce recoin – *un étage dans l'étage…*

Elle baissa les yeux et aperçut la ligne de vie, la corde reliant les camions aux équipes de pompiers en opération. Elle bouscula le bleu et suivit le lien. La corde la guida jusqu'au camion suivant. Elle pataugeait dans les flaques. Chaque respiration était une souffrance. Au pied du 18, une escadrille d'hommes s'attaquaient toujours aux murs palpitants, braquant leurs lances en faisceaux croisés.

Jeanne ouvrit les battants du camion. Elle trouva une veste, un casque, des gants, des bottes. Sans réfléchir, elle s'équipa. Elle avait effectué un stage auprès des sapeurs-pompiers de Paris. Toujours sa volonté d'envisager les faits du point de vue technique. Des souvenirs lui revenaient. Mais pas tous. Elle ne savait plus fermer son casque, dont elle avait rabattu la visière et le protège-nuque. En revanche, elle se rappelait l'importance du masque respiratoire. Elle agrippa une bouteille d'air. L'endossa tête en bas. Encastra le détendeur au creux du casque. Régla le système en légère surpression. Pour finir, elle boucla autour de sa taille une ceinture. Piolet. Hache. Extincteur. Un pompier parmi d'autres.

Elle courut vers l'immeuble dans l'indifférence générale. En se disant : *C'est fou, c'est fou, c'est fou...* Puis sa voix intérieure s'éteignit au profit des seules sensations. Sa veste de cuir pesait des tonnes. L'oxygène asséchait sa bouche. La chaleur était partout. Elle leva les yeux. Sa visière ruisselait d'eau qui retombait en gerbes cinglantes. Le feu avait gagné tous les étages. Les fenêtres du troisième et du quatrième crachaient des flammes hautes de plusieurs mètres, alors que les vagues de flotte paraissaient impuissantes à éteindre quoi que ce soit.

Elle plongea dans l'immeuble. Ne vit rien. Avança tout de même. Repéra, vaguement, les boîtes aux lettres sur sa droite. Elle ne ressentait aucune angoisse. Son équipement lui donnait l'impression d'être invincible. Elle atteignit la cage d'escalier. Un tourbillon de fumée, aussi épaisse que du goudron,

saturait tout. Craquements et mugissements résonnaient dans la spirale. Elle bouscula des pompiers.
Attaqua les marches.

Premier étage.

Son regard chassa de droite à gauche sur le palier.
Les débris enflammés chutaient des étages supérieurs
et révélaient la tourmente par éclairs. Elle monta
encore. Suivant toujours la ligne de vie et les tuyaux
qui serpentaient vers les hauteurs.

Deuxième étage.

Toujours pas de flammes. Seulement les ténèbres.
L'air comprimé lui glaçait les poumons. Elle trébu-
chait. Tâtonnait. Mais montait toujours.

Troisième étage.

Enfin, le feu. Des portes fissurées. Du bois rongé,
consumé, torturé par l'incendie. Aucun pompier.
Elle ne voyait plus la ligne de vie ni les tuyaux. À
tâtons, elle longea la rampe. Les marches lui paraissaient moins solides. Friables. Elle montait le plus
vite possible, de peur que tout s'écroule.

Quatrième étage.

Trois seuils ouverts, cernés de flammes. Les
hommes étaient là. Une équipe dans chaque appartement, en lutte contre les foyers. Jeanne remarqua
qu'il n'y avait plus de rampe. Le palier était ouvert
sur le vide.

Taine habitait encore plus haut. Jeanne plongeait
vers les marches suivantes quand une lueur aveu-
glante explosa. Les flammes jaillirent de partout à la
fois. Revenant sur elles-mêmes en sifflant. Jeanne
pivota, tomba, s'écrasa sur les fesses. La seconde
d'après, des pompiers sortaient de l'appartement à sa
gauche, propulsés par le brasier. L'un d'eux, aux

prises avec des fragments embrasés, reculait dans le vide.

Sans réfléchir, Jeanne détendit les jambes. Attrapa l'homme par la manche alors qu'il basculait. Elle n'avait aucune force mais il lui suffit de se laisser tomber en arrière sans lâcher prise pour infléchir sa chute et faire revenir le pompier vers elle. Ils s'écroulèrent tous les deux dans l'escalier.

Arc-boutée dans la fournaise, Jeanne serrait la veste de l'homme. Il avait encore les pieds dans le vide. Ses propres talons s'enfonçaient dans le tapis carbonisé et les lattes du parquet rougeoyantes. Des faisceaux de lampe jaillirent. Elle aperçut le grade cousu sur la veste. Un capitaine. Ou un commandant. Des mains gantées les atteignirent. Des visières, laquées comme du mercure fondu, tranchèrent la fumée.

Jeanne s'extirpa de la mêlée. Se retourna. Monta à quatre pattes les dernières marches. Et atteignit enfin, comme un avion rejoint le soleil au-dessus des nuages, l'incendie dans toute sa véhémence.

Cinquième étage.

Des flammes, partout. Montant des parquets. Léchant les murs. Dévorant le plafond. Le masque de Jeanne prit feu. Elle l'arracha. Largua sa bouteille d'air. Écrasa la porte du centre et plongea dans l'embrasure, un bras sur le visage. L'appartement de Taine n'était plus qu'une jungle incandescente.

Elle s'avança, la face enfouie dans sa manche, tentant de se remémorer la topographie des lieux. Elle traversa le vestibule. Découvrit le salon submergé par une houle de feu. Jeanne prit peur, recula, chuta en arrière.

204

Quand elle voulut se relever, elle le vit.

Sur la mezzanine, François Taine se débattait dans la fournaise. Il n'était pas seul. Il luttait contre un petit homme qui le retenait parmi les flammes. Elle tenta de crier. Une goulée brûlante s'engouffra dans sa gorge et lui fit aussitôt fermer les lèvres.

Elle recula encore, horrifiée.

Plissa les yeux afin de mieux voir la scène.

L'ennemi de Taine était un homme nu, de taille réduite. Peut-être un enfant. Corps noir et crochu. Sa chevelure crépitait en mèches rougeoyantes. Il avait un crâne démesuré partant vers l'arrière, à la manière des aliens des films de science-fiction. Il ne paraissait pas ressentir les brûlures. Il maintenait sa victime dans le feu comme un apnéiste aurait noyé un nageur, l'emportant vers les grands fonds.

Jeanne pensa « Joachim » quand le monstre tourna la tête dans sa direction. Elle resta pétrifiée. L'adolescent difforme la fixait de ses yeux crépitants, indifférent au brasier qui les engloutissait, lui et Taine. Son visage, comme dégraissé par l'incendie, révélait un crâne noir, des angles et des reliefs rappelant nos origines simiesques.

Jeanne tendit le bras. À cet instant, la mezzanine s'effondra, engloutissant les deux silhouettes dans un tonnerre de crépitements.

Elle ne vit rien d'autre.

Elle sentait seulement qu'on la tirait vers l'arrière.

24

— Vous êtes réveillée ?

Un médecin se tenait sur le seuil de la chambre. Blouse blanche. Mains dans les poches. Un nom épinglé sur le torse – elle ne parvenait pas à le lire. Il s'approcha et se posta face à son lit. Grand sourire. Une bonne bouille reflétant la plus pure franchise derrière de grosses lunettes d'écaille.

— Comment vous sentez-vous ?

Jeanne tenta de répondre, mais ses lèvres restèrent collées. Elle se sentait vide, une chambre à air dégonflée. Elle poissait d'une sueur sèche qui avait dû couler durant toutes ces heures de cauchemar. Elle cligna plusieurs fois des paupières. Les objets se mirent en place autour d'elle. Lino au sol. Casier en fer. Store baissé. Lit vacant à ses côtés. Une chambre d'hôpital standard.

Enfin, elle parvint à dire :

— Ça va.

Ces seules syllabes lui firent mal. Ses cordes vocales lui paraissaient carbonisées.

— Vous avez eu une chance extraordinaire, fit le toubib.

La réflexion lui parut ironique. Elle n'avait aucun souvenir de la manière dont on l'avait évacuée. Elle avait perdu connaissance. On l'avait transférée ici. Le jour était maintenant levé derrière les stores. Et voilà.

— Vous avez seulement subi un début d'asphyxie, ajouta le médecin. Vous n'avez même pas été brûlée. Vos poumons vont se décrasser tout seul. On m'a dit que vous étiez juge...

— C'est ça.

— Si vous voulez vous recycler un jour, vous pourrez faire sapeur-pompier.

— Et François Taine ?

— Qui ?

— L'homme que j'ai voulu sauver. Dans l'appartement.

Le médecin replaça ses montures d'un geste. Son expression changea. Mine d'auguste triste. Sourcils en berne.

— Ils n'ont rien pu faire, paraît-il.

Sans surprise, Jeanne encaissa la nouvelle. Elle n'avait donc pas rêvé.

— Maintenant, vous devez vous occuper de vous, reprit le docteur. Les miraculés ont un devoir envers eux-mêmes.

— Quand je pourrai sortir ?

— Dans quelques jours. Vous êtes sous observation. (Il tapota sa poitrine.) Les poumons.

Jeanne ne répondit pas. Le médecin traduisit ce silence :

— Et surtout, ne me faites pas le coup de la cavale. La magistrate impatiente de reprendre son boulot. Ce genre de trucs, c'est bon pour le cinéma.

Deux ou trois jours au lit, croyez-moi, ça ne vous fera pas de mal. Votre bilan n'est pas au top. Votre tension est basse. Vous souffrez de carences alimentaires. Et vous m'avez l'air de bouffer des antidépresseurs comme des bonbons.

— C'est un crime ?

Le toubib sourit face à l'agressivité de la voix.

— Ce qui serait un crime, c'est de ne pas profiter de ce séjour.

— Quelle heure est-il ?

— 9 heures du matin.

— Quel jour ?

— Lundi 9 juin.

— Où sommes-nous ?

— Necker. Les Enfants malades.

Il fit un nouveau geste en direction de ses lunettes. Le sourire était de retour.

— Pas de place ailleurs. Vous vous trouvez dans le service d'endocrinologie.

Jeanne baissa les yeux. Son bras droit était piqué par une perfusion. Un autre tube lui montait jusqu'au visage. Sans doute un respirateur gonflé à l'oxygène glissé dans sa narine. Le médecin se dirigea vers la fenêtre et tourna légèrement les lamelles du store. Elle avait droit à la lumière. Il la salua et lui promit de repasser dans l'après-midi.

Une fois seule, elle arracha les tuyaux, bondit hors de son lit et ouvrit les casiers. Dans le troisième, elle trouva ses fringues. Noires de suie. Elle palpa ses poches. Mit la main sur son portable. Elle se souvint que sa bagnole et son sac étaient restés rue de Milan.

Une pression. Un numéro.

— Reischenbach ? Korowa.

— Ça va ? On m'a dit que…

— Ça va. Je n'ai rien.

— Putain… Je sais pas quoi dire…

— Moi non plus, murmura Jeanne. C'est dingue. C'est…

Elle s'arrêta. Son silence trouva un écho chez le flic. Ils s'étaient compris. Ils devaient renoncer au pathos. Songer à l'enquête. *On se la refait*, pensa-t-elle.

— Sur l'incendie, qu'est-ce qu'on a ?

Elle avait du mal à parler. Ses muqueuses devaient être brûlées par la fumée.

— Rien d'officiel pour l'instant.

— Mais ?

— Les experts parlent de foyers volontaires. Pour l'instant, je n'ai rien d'écrit sur mon bureau.

— Une possibilité pour que ça ne soit pas Taine qui ait été visé ?

— Franchement, je ne vois pas. L'incendie s'est déclaré à son étage.

— OK, fit-elle. Il faut vérifier tous ses dossiers en cours. Et aussi les mecs qu'il a entôlés qui viennent de sortir de cabane. Tu as commencé ?

— Il est 9 heures du matin. Et je ne suis pas sûr d'être saisi sur ce coup. Ni même un autre groupe du 36.

— Qui d'autre ?

— Les RG. Ou l'IGS. Affaire réservée. Un juge, c'est pas une victime ordinaire.

— Et si cet acte est lié aux meurtres cannibales ?

— Cela signifierait que le tueur se sentait menacé. Or il n'a rien à craindre pour l'instant. On patauge grave.

— Taine avait découvert quelque chose.

— Ah ouais ? (Reischenbach paraissait sceptique.) En tout cas, s'il tenait un truc, c'est mort avec lui. Il avait emporté le dossier chez lui. Tout a brûlé.

Sa conviction se verrouilla. Taine avait découvert une vérité qui valait qu'on le fasse griller, lui et ses papiers. Sans doute avait-il passé un coup de fil maladroit. Commis un geste qui avait alerté l'assassin. Joachim avait réagi au quart de tour.

Elle revit la scène de feu : Taine se battant avec le monstre, le crâne énorme et les mains crochues. Elle comprit un fait qu'elle ne s'était pas encore avoué. La créature à la chevelure ardente n'était pas l'avocat, le fils de l'Espagnol, mais l'enfant à la voix de fer. *La forêt, elle te mord...* Y avait-il deux personnes ? Joachim l'avocat avait-il le pouvoir de se transformer en enfant-monstre ?

Elle balaya ses suppositions absurdes. De toute façon, le monstre était mort sous la mezzanine.

— On a déjà transféré la dépouille de François ?

— Ce qu'il en reste, ouais.

— Et l'autre corps ?

— Quel autre corps ?

— Vous n'avez pas trouvé un autre cadavre ?

— Non.

— Les fouilles sont terminées ?

— A priori, oui. Je comprends pas : t'as vu quelque chose ?

Deux idées se juxtaposèrent. La créature ne paraissait pas ressentir la morsure du feu : se pouvait-il qu'elle s'en soit sortie ? Si elle était toujours vivante, alors Antoine Féraud était le prochain sur « sa » liste...

— Je voudrais passer te voir. Consulter ton dossier.

— Impossible. Tu n'es pas saisie de l'affaire.

— On va voir.

— C'est tout vu. S'il y a un lien, un seul et même juge sera chargé de l'affaire cannibale et de l'incendie. Il n'y a aucune raison de supposer que ça sera toi.

— Je peux venir ou non ?

Reischenbach soupira.

— Magne-toi. D'ici à ce que je sois moi-même dessaisi, y a qu'un cheveu.

— J'arrive.

Jeanne raccrocha. Elle avait froid. Elle avait chaud. Elle fila dans la salle de bains. Néons blafards. Son teint rappelait l'émail d'un lavabo jauni. Elle portait encore des traces noires sur les tempes. Des mèches brûlées se dressaient à l'horizontale sur son crâne, façon dreadlocks. Une vraie tête d'épouvante.

Elle se passa le visage sous l'eau. Releva la tête. Contempla le résultat. Ni mieux ni pire. Elle s'habilla. Fixa sa montre à son poignet. 9 h 30. Elle ne disposait que de quelques heures pour agir. Avant que les services de police et les magistrats s'organisent *définitivement*.

Elle attrapa son portable. Appela un numéro enregistré. Pas de réponse. Elle renonça à laisser un message. *Putain. Féraud. Où es-tu ?*

Elle partit le long du couloir. Des enfants déambulaient, poussant devant eux leur potence de goutte-à-goutte. D'autres jouaient en bas régime dans leur chambre. Jeanne détourna les yeux. Ces images lui faisaient mal. Escalier. Porte de sortie.

Elle plongea sous les arbres de l'allée centrale et dévala la pente.

Prendre un taxi. Récupérer sa bagnole rue de Milan – le macaron sur son pare-brise avait dû lui éviter la fourrière. Foncer quai des Orfèvres. Rafler le dossier d'enquête. Mais avant tout, passer par le cabinet du psy. Plus question de faire dans la dentelle. Antoine Féraud devait cracher le morceau. Le nom et l'adresse de l'Espagnol et de son fils. Jeanne se chargerait de retrouver le tandem et de les faire parler.

Elle franchit le portail et tomba rue de Sèvres, à ciel ouvert. Elle se prit le soleil en plein visage. Un cri lui échappa. Elle agita le bras plusieurs fois à la recherche d'un taxi. La luminosité l'empêchait de distinguer l'ampoule sur le toit des voitures indiquant si le véhicule est libre ou non.

Ce simple détail l'accabla. Tout lui parut désespéré. Hors de portée. Le trottoir trop étroit. La rue trop noire à force de lumière. Les murs – celui de l'hôpital Necker, celui de l'Institut des enfants aveugles – trop nus. Elle s'appuya sur la pierre, se sentant partir...

À ce moment-là, un taxi stoppa.

Elle s'engouffra à l'intérieur et murmura, à bout de souffle :

— 1, rue Le Goff.

25

Le code ne fonctionnait pas dans la journée. Dans le hall, les boîtes aux lettres indiquaient le nom et l'étage des occupants de l'immeuble. Docteur Antoine Féraud. Troisième étage droite. Jeanne prit l'ascenseur. L'immeuble sentait la poussière et le marbre froid. Comme une église.

Elle avait demandé au chauffeur de taxi de l'attendre. Elle ne savait pas au juste ce qu'elle allait dire au psy ni même s'il serait là. Elle sonna à la porte. Pas de réponse. Sonna encore. Sans résultat. Frappa. En vain. L'inquiétude l'enserra d'un coup.

Jeanne prit son cellulaire et demanda aux renseignements le numéro du cabinet d'Antoine Féraud. Quelques secondes plus tard, elle était en ligne avec le secrétariat du psychiatre. Elle joua à la patiente à qui on avait posé un lapin.

La réponse fut immédiate :

— Le docteur Féraud ne prend plus de rendez-vous pour l'instant.

— Comment ça ?

— Je ne suis pas habilitée à donner des explications.

Jeanne observait la plaque de cuivre sur la porte : « ANTOINE FÉRAUD. PSYCHIATRE. PSYCHANALYSTE ». Son cœur cognait dans sa gorge.

— Il est souffrant ?

— Je ne suis pas habilitée à…

— OK, fit Jeanne en changeant de ton. On va la jouer autrement. Je m'appelle Jeanne Korowa. Je suis juge d'instruction au tribunal de grande instance de Nanterre. Alors, vous répondez. Ou je vous envoie dans l'heure les flics qui bossent avec moi sur ce dossier. Ils sont mignons. Mais pas commodes.

Un blanc.

— Antoine Féraud vous a-t-il téléphoné en personne pour vous prévenir qu'il ne prenait plus de rendez-vous ?

— Oui. Ce matin.

D'un coup, le soulagement.

— À quelle heure ?

— 9 heures.

— Aucun doute sur sa voix ?

— Non. Je ne crois pas, je…

— Que vous a-t-il dit exactement ?

— Il a tout annulé. Il ne veut plus prendre aucun rendez-vous. Jusqu'à nouvel ordre.

— Il vous a donné une explication ?

— Non.

— Vous a-t-il laissé des coordonnées où on pouvait le joindre, en cas d'urgence ?

— Non. Nous avons seulement son numéro de portable.

— Vous a-t-il dit quand il rappellerait ?

— Non.

Jeanne raccrocha. Elle fut tentée de réquisitionner un serrurier et d'entrer en force dans le cabinet. Pour fouiller les archives. Dénicher les coordonnées du père et du fils... Non. Pas maintenant. Pas de cette façon.

Elle rejoignit son taxi. Avant de monter, elle aperçut un kiosque à journaux. Elle courut acheter plusieurs quotidiens. *Le Figaro. Le Parisien. Libération*. Debout dans le vacarme du trafic, elle consulta leur une puis les feuilleta. Les éditions du lundi 9 juin évoquaient toutes le meurtre de Francesca Tercia mais ne donnaient pas plus d'informations que le *JDD*. La situation n'était pas près d'évoluer. La conférence de presse était annulée – et pour cause. Aucune information ne serait divulguée avant qu'un nouveau magistrat soit nommé et qu'un groupe d'enquête soit saisi.

Elle remonta dans son taxi et donna l'adresse de la rue de Milan. En route, elle tenta une chronologie. Féraud avait sans doute lu un de ces journaux du matin. Ou même le *JDD* de la veille. Il avait compris la vérité mais n'avait pas cherché à contacter l'Espagnol et son fils. Il avait pris peur et s'était fait la malle. On ne pouvait pas lui en vouloir. En revanche, il n'y avait aucune raison de penser qu'il était au courant pour l'incendie et le décès de François Taine.

Parvenue rue de Milan, Jeanne récupéra sa Twingo, toujours garée devant la porte cochère. Un instant, elle fut tentée de retourner sur les lieux de l'incendie. Mais, à l'idée d'affronter l'immeuble noir, de respirer les cendres de la nuit, elle renonça.

Elle démarra en trombe. Direction quai des Orfèvres. Vingt minutes plus tard, elle se garait dans la cour du 36. Elle gravit les escaliers péniblement. Chaque flic lui lançait un regard en coin. Pas si fréquent de voir une juge débarquer ici, surtout avec des mèches brûlées sur la tête et des vêtements noirs de ramoneur.

— Tu me fais des photocopies du dossier ?

— Je sais pas si...

Debout dans son bureau, Reischenbach se balançait d'un pied sur l'autre, mal rasé et cheveux luisants. Les deux épais dossiers de l'enquête « cannibale » étaient posés devant lui.

— Seulement les PV les plus importants.

Le flic ne bougeait toujours pas. Jeanne se pencha en avant.

— C'est maintenant ou jamais, Patrick. Les faits sont là. Le tueur s'est attaqué à François. (Elle frappa du poing sur le bureau.) Il n'est pas loin. Fais-moi des copies de ces putains de documents avant que l'affaire ne nous échappe ! Dans quelques heures, un nouveau magistrat sera nommé et un Office central viendra tout rafler. Ça sera terminé pour nous.

Le front de Reischenbach était plissé par la réflexion. Il y avait quelque chose d'affable, de gentil, chez ce flic. Mais aussi un côté dangereux : Glock à la ceinture, il avait des mains larges comme des battoirs. Jeanne savait qu'il avait fait au moins trois fois usage de son arme dans le cadre d'opérations.

— Bouge pas, fit-il enfin en attrapant les dossiers. Je vais chercher des feuilles.

Les rames qui remplissent les photocopieuses du 36 sont marquées du sigle de la préfecture. Quand on veut faire des copies anonymes, il faut se procurer des pages vierges. Tous les journalistes d'investigation savent ça. Et aussi les juges borderline comme elle.

Bientôt, le capitaine revint les bras chargés de deux chemises. Les pièces originales et les copies. Jeanne les feuilleta. Tout était là. PV d'auditions. Rapports d'autopsie. Bilans de l'IJ. Portraits des victimes. Synthèses des enquêtes de proximité concernant chaque meurtre. Clichés des scènes de crime et plus particulièrement images de l'étrange alphabet sur les murs. De quoi bosser toute l'après-midi. Seule dans son bureau.

Elle consulta sa montre. Midi. Avant tout, elle devait retrouver le lien que Taine avait établi entre les trois victimes. *J'ai découvert un truc incroyable... Il ne les choisit pas au hasard. Pas du tout. Il a un plan !*

— Si je te donne deux numéros de portable, tu peux m'obtenir le listing des derniers appels ?

— Il me faut une commission rogatoire.

— Fous la réquise sur une autre enquête. Démerde-toi.

— Ne t'énerve pas.

Jeanne écrivit le premier numéro sur un Post-it. Reischenbach tiqua :

— Je connais ce numéro. C'est...

— Celui de François Taine.

— T'es malade ou quoi ? On peut pas...

— Écoute-moi. Hier, François a découvert quelque chose de capital. Tout a brûlé avec son

217

appart. Il ne nous reste plus que ses coups de fil, tu piges ?

— On va droit dans le mur. Quel est l'autre numéro ?

Jeanne donna le nom et les coordonnées d'Antoine Féraud.

— Qui c'est ?

— Je t'expliquerai. Pour l'instant, demande le listing et localise son portable.

— Je risque mon poste, fit le flic en fourrant les deux Post-it dans sa poche.

— Mais pas ta peau. Pense à François. Une dernière chose : je cherche un avocat d'origine espagnole qui exerce à Paris et dont le prénom est « Joachim ».

— Joachim comment ?

— Je n'ai pas le nom de famille. Tu peux mettre un mec sur le coup ?

Reischenbach écrivit quelques mots sur une feuille libre devant lui. Jeanne glissa les photocopies sous son bras.

— Je file au TGI. Le point dès qu'on a du nouveau.

Sur la voie express, Jeanne slalomait entre les voitures qui s'obstinaient à ne pas dépasser les 50 km/heure. Elle sortit à la hauteur du pont de l'Alma. Étoile. Porte Maillot. Avenue Charles De Gaulle. Boulevard circulaire… Jeanne poussait à fond sa Twingo. Le râle du moteur était comme la tension qu'elle voulait infliger au temps. Creuser. Fouiller. Jouer la montre. À la fin de la journée, elle aurait trouvé une clé. Le trait commun aux trois victimes. Le plan du tueur.

218

Parking du TGI. Jeanne courut à l'ascenseur, sac à l'épaule, documents sous le bras. Elle n'avait toujours pas pris de douche. Elle puait le feu, la sueur, la peur. Personne dans la cabine. Tant mieux. Elle redoutait de croiser un collègue et de subir les traditionnelles réflexions consternées, sentences fatalistes et autres conneries standard. Même ici, chez les spécialistes du crime et de la violence, le niveau philosophique ne dépassait pas le café du commerce.

Elle se dirigea vers son bureau en rasant les murs. Ouvrit sa porte, se réjouissant d'avoir évité tout contact. Elle sursauta en découvrant Claire. Elle l'avait oubliée. La jeune femme pleurait à chaudes larmes, réfugiée derrière un kleenex. Parce que Taine était mort. Parce que Jeanne était vivante. Les nouvelles avaient dû parvenir au TGI dès la première heure.

Claire se jeta dans ses bras. En quelques secondes, Jeanne eut l'épaule trempée.

Avec douceur, elle repoussa sa greffière et murmura :

— Calme-toi...

— C'est dingue... C'est...

— Rentre chez toi. Je te donne ta journée.

— Mais... les auditions ?

— On annule tout. Je dois faire le point sur l'enquête.

— On est saisis ?

— Pas encore, bluffa Jeanne. Mais ça va pas tarder.

Claire se moucha, passa les coups de fil nécessaires, et, enfin, enfila sa veste après avoir fait promettre à Jeanne de tout lui raconter dès le lendemain. Jeanne la poussa gentiment dehors. Sans attendre, elle attrapa quelques vêtements de rechange qu'elle conservait dans son bureau et fila dans les toilettes de l'étage. Elle se décrassa au robinet, façon routarde dans des chiottes d'autoroute, puis enfila ses nouvelles fringues.

Elle retourna dans son cabinet. Verrouilla sa porte. Baissa le store. Elle s'installa derrière son bureau, ses photocopies devant elle. Elle allait presser le dossier à fond, jusqu'à en obtenir la quintessence.

Mais d'abord, quelques appels...

26

— Docteur Langleber ?

— Non. Je suis son assistant.

Jeanne avait appelé le portable du médecin. Il lui avait suffi de quelques coups de fil pour apprendre que c'était le légiste intello qui était chargé de l'autopsie de François Taine.

— Passez-le-moi.

— Nous sommes en salle de travail. Qui est à l'appareil ?

Jeanne entendit Langleber qui parlait à voix basse dans son dictaphone. Quel corps autopsiaient-ils ? Celui de François Taine ? Elle imagina les deux hommes en blanc autour du corps de son ami, noir, calciné, recroquevillé, sur la table d'inox.

— Dites-lui que c'est la juge Korowa.

Jeanne perçut des timbres étouffés. L'assistant avait mis la main sur le combiné. La voix de Langleber retentit :

— Qu'est-ce que vous voulez ?

Le timbre était dur. Il résonnait comme au fond d'une église. Jeanne devina que le toubib l'avait mise sur haut-parleur.

— Vous poser quelques questions.

— En qualité de quoi ?

— Je ne suis pas encore saisie de l'affaire, admit-elle.

— Quelle affaire ? De quoi parlez-vous ?

— Je pense obtenir le dossier des meurtres cannibales.

— Rappelez-moi à ce moment-là.

— Docteur Langleber, il n'y a pas de temps à perdre. Des présomptions établissent un lien entre les meurtres cannibales et l'incendie qui a coûté la vie à François Taine.

— Quelles présomptions ?

Jeanne se creusa la tête et ne trouva rien à répondre. Elle préféra changer de cap :

— Vous avez fini l'autopsie de François Taine ?

— Je travaille sur le dossier.

Elle avait deviné juste : ils étaient en plein examen de son ami. En un flash, elle revit les deux adversaires en flammes sur la mezzanine.

— Avez-vous découvert des traces de lutte ?

— Vous plaisantez ou quoi ? Ce qui reste de François Taine est actuellement sous mes yeux. Je peux vous garantir qu'il n'y a plus traces de quoi que ce soit. Taine s'est transformé en charbon de bois.

Elle sentit les larmes lui monter aux yeux. Elle tenait sur les nerfs depuis son réveil mais maintenant... Elle renifla. Puis prononça d'un ton ferme :

— Aucun détail ne peut nous renseigner sur ce qui s'est passé avant l'incendie ?

— On voit que vous n'y connaissez pas grand-chose en combustion. Quand les pompiers ont extirpé le corps, il était méconnaissable. Sous l'effet de la température, la chair enfle, faisant éclater la peau. Vous avez déjà cuit un poulet au four ?

— Docteur, vous parlez de mon ami.

— François était aussi mon ami. Cela ne l'a pas empêché d'éclater comme une saucisse.

Jeanne se tut. Le médecin poursuivit :

— Pour connaître les raisons exactes de la mort, je dois ouvrir. L'intoxication au monoxyde de carbone est révélée par la couleur rosâtre des organes. Espérons qu'il est mort d'asphyxie et qu'il n'a pas senti les flammes.

Taine et l'homme se battant sur la passerelle, dévorés par le feu. Elle possédait déjà la réponse. Soudain, alors que rien ne laissait présager la moindre confidence, le légiste souffla :

— Bon. Il y a quelque chose d'étrange.

— Quoi ?

— Les traces d'une substance sur le corps. Surtout sur les mains et les bras.

— Un produit inflammable ?

— Au contraire.

— Je ne comprends pas.

— Un truc *ininflammable*. Une sorte de vernis. Ou de résine. Comme une protection.

François Taine se serait enduit les bras d'un film protecteur ? Langleber parut suivre le même raisonnement :

— S'il a voulu se prémunir contre le feu, c'est raté. Les bras ont autant cramé que le reste.

— Vous avez déjà donné des échantillons pour analyse ?

— Oui.

— À qui ?

— Korowa, on est limite, là.

— Donnez-moi seulement cette info.

— Messaoud, le chef de l'IJ.

— Merci, docteur.

— Pas de quoi.

Avant qu'il ne raccroche, Jeanne glissa encore une question :

— Vous avez fait l'autopsie de Francesca Tercia ?

— Samedi, oui.

— Vous avez noté des différences avec les autres corps ?

— Aucune. Hormis le fait que le salopard n'a pas eu le temps de finir le boulot.

— Les blessures et les mutilations sont exactement les mêmes ?

— Exactement. À part les yeux. On en a déjà parlé.

— Aucun indice ne ressort ?

— Le principal indice, c'est que tout est identique, justement. Vous savez ce que disait Michel Foucault ? « Dans la rumeur de la répétition, survient ce qui n'a lieu qu'une fois... »

Jeanne sentit la colère monter en elle. Elle songea à Taine, qui s'énervait lui aussi face à cet intellectuel de scène de crime. Avec un temps de retard, elle réalisa qu'elle venait de penser à François au présent. Son cœur flancha. Combien de fois évoquerait-elle son image ainsi, vivante, familière, pour que ensuite son esprit se brise contre sa mort ? Foucault avait raison : « Dans la rumeur de la répétition, survient ce qui n'a lieu qu'une fois... » *Le deuil.*

— Je peux vous poser une question à mon tour ? fit le légiste.

— Dites.

— Qu'est-ce que vous foutiez dans l'incendie ?

— J'essayais de sauver Taine.

Il y eut un silence. Puis le médecin déclara, entre cynisme et résignation :

— Il n'y a pas de médailles pour les juges. Ne m'appelez plus, Korowa. À moins d'être saisie en bonne et due forme.

Jeanne raccrocha et composa le numéro d'Ali Messaoud. Elle n'avait pas achevé sa phrase que le chef de l'IJ l'interrompit :

— C'est un complot ou quoi ? Reischenbach m'a déjà appelé. Je ne parlerai qu'aux personnes habilitées et...

— Dix ans d'amitié, ça vous suffit comme légitimité ?

Messaoud ne répondit pas. Il avait l'air sonné. Jeanne se dit que la mort de Taine constituait vraiment un cas à part. Pour la première fois, la victime était connue de tous ceux qui participaient à l'enquête. Sur ce dossier, flics, médecins, techniciens, magistrats étaient à la fois juges et parties. Pour l'instant, la plupart réagissaient avec une froideur calculée, appelant leur métier et leur autorité à la rescousse pour éviter toute émotion.

— OK, reprit-elle. On est sûr qu'il s'agit d'un incendie criminel ?

— Aucun doute. On a identifié des traces d'accélérateur de feu.

— Quel genre ?

— Hydrocarbure. Essence ou solvant, on va voir.

— D'où est parti le feu ?

— Cinquième étage. Le palier de Taine. Le bois du parquet à cet endroit est noirci seulement sur le dessus. C'est le signe d'une brûlure rapide et non d'une combustion lente. Une flaque de feu est partie de là et s'est répandue.

Jeanne se revit dans l'incendie, abattant la porte de l'appartement de Taine.

— La porte de François n'avait pas brûlé.

— Normal. Le pyromane a dû faire couler de l'essence *sous la porte*. Le feu a traversé l'espace puis il est descendu par la façade jusqu'aux étages inférieurs.

— On m'a parlé d'une substance... de la résine ou du vernis sur les bras de Taine.

— Exact. Une sorte de plastique. J'ai donné des échantillons pour analyse.

— Je pourrais avoir les coordonnées de l'expert de votre équipe ?

— Non. D'ailleurs, ses conclusions ne seront officielles que lorsqu'il aura été réquisitionné par le magistrat saisi. Jusqu'à preuve du contraire, ce n'est pas vous.

Jeanne fit mine de ne pas avoir entendu.

— J'ai parlé avec Langleber. Selon lui, c'est un produit de protection. Un truc que Taine se serait mis sur les bras pour se protéger d'un incendie à venir...

— Je ne suis pas d'accord. Taine n'avait aucune raison, a priori, de craindre un incendie. Ni d'avoir ce genre de produit chez lui. En tout état de cause, on ne connaît pas encore sa nature exacte.

— Vous avez une autre idée ?

— Un truc a pu fondre et couler sur lui. Le vernis de la bibliothèque, quelque chose comme ça. D'après nos premiers prélèvements, rien ne correspond à cette substance dans l'appartement. Mais le boulot n'est pas fini.

Jeanne eut une illumination. Une version *inversée* des faits. Ce qui avait coulé, c'était le tueur lui-même… L'agresseur s'était enduit d'un produit ininflammable pour se protéger. Voilà pourquoi il était nu. Voilà pourquoi il ne paraissait pas ressentir les morsures du feu. Plutôt tiré par les cheveux, mais elle l'avait vu assailli par les flammes sans manifester la moindre douleur. Et son corps n'avait pas été retrouvé… Il s'en était sorti.

— Sur ce, conclut Messaoud, je vous dis au revoir, Jeanne. Revenez me voir quand vous serez saisie officiellement de…

Elle commençait à en avoir marre de ce refrain.

— Vous avez analysé les prélèvements sur la dernière scène de crime, dans l'atelier Vioti ?

— C'est en cours.

— Pas de différences par rapport aux scènes précédentes ?

Le technicien ne répondit pas.

— Il y a des différences ou non ?

— Les inscriptions sur le mur. Elles comportent une nouvelle matière. On y trouve du sang, de la salive, des excréments, mais aussi du liquide amniotique. Le tueur en a piqué lors du meurtre précédent. Vraiment un fêlé.

Une cérémonie de la fertilité. Un rituel votif. Lié à un traumatisme dans ce domaine… Joachim était-il stérile ? Ou né dans des conditions difficiles, à cause de l'infertilité de ses parents ?

Elle remercia le chef de groupe et promit de le rappeler quand elle aurait hérité du dossier. Elle le sentit sceptique. Elle composa un dernier numéro. Quitte à mettre les pieds dans le plat, autant y sauter à pieds joints. Elle voulait parler avec Bernard Level, le profiler que Taine avait consulté. Jeanne n'était pas cliente des approches psychologiques mais au point où elle en était... Le numéro était dans le dossier.

— Vous êtes la nouvelle juge chargée de l'enquête ?

Level était sur la défensive. Jeanne répondit avec fermeté :

— Pour l'instant, personne n'a été saisi. Je suis juste une collègue. Et une amie. J'ai sous les yeux le dossier d'enquête de François Taine. Il n'y aucun rapport signé de votre main. Pourquoi ?

— J'ai été débarqué. Avant même d'avoir rendu mon bilan.

— Par François Taine ?

— Non. Ça s'est passé au-dessus de lui. Au troisième meurtre, on a jugé que mes conclusions étaient déjà... dépassées.

— Moi, elles m'intéressent.

Silence. Level réfléchissait. Parler au téléphone avec cette inconnue pouvait-il jouer en sa faveur ? provoquer sa réintégration ?

Elle joua sur son orgueil :

— Je suis l'affaire depuis le départ. J'étais sur deux des trois scènes de crime. Je sais que seul un spécialiste de la psychologie peut nous aider à y voir plus clair. On a affaire ici à un univers totalement... délirant.

— Je ne vous le fais pas dire, ricana Level.

— Les inscriptions sanglantes, par exemple.

— Il y en avait aussi sur la troisième scène de crime ?

— Les mêmes, oui.

— Il a utilisé les mêmes matériaux ?

— Cette fois, il a ajouté du liquide amniotique. Volé lors du deuxième meurtre. Aux laboratoires Pavois.

— J'en étais sûr.

— Pourquoi ?

— Il ne choisit pas ces lieux par hasard. Plus qu'une victime, il choisit un décor. Un contexte. Voilà pourquoi il vole sur place des éléments. Ce laboratoire d'analyses est un temple de la fertilité. D'après ce que je sais, l'environnement du troisième meurtre est lié à la préhistoire. Tout cela forme un tout.

— Développez, s'il vous plaît.

— Chaque meurtre est un sacrifice. La vie de la victime est un don fait à un dieu mystérieux. L'acte de cannibalisme joue aussi son rôle. Il régénère celui qui l'accomplit. Des notions telles que l'énergie vitale ou la matrice féminine sont au cœur du rite.

— D'un point de vue psychiatrique, quel serait le profil du tueur ?

— C'est à la fois un psychopathe, froid, asocial, qui contrôle ses actes. Et en même temps un psychotique sujet à des crises… irrésistibles. À ce moment-là, il perd totalement les pédales.

Jeanne songea à Joachim. À la voix de fer.

— Pensez-vous qu'il puisse souffrir d'un dédoublement de la personnalité ?

— On utilise ce mot à toutes les sauces. Si vous parlez de schizophrénie, je dirais non. En revanche, il souffre d'un clivage. Une part de lui-même lui échappe.

De ce côté, Jeanne avait un problème à résoudre. Joachim était sujet à des crises, dont il ne se souvenait pas. Dans ces conditions, qui préméditait les meurtres ? Qui préparait le terrain des *sacrifices* ? Qui était l'esprit froid qui organisait tout cela ?

Elle revint au diagnostic de Féraud : autisme. Elle évoqua cette pathologie.

— Absurde, répondit Level sans hésiter. L'autisme se caractérise par un déni total du monde extérieur. *Autos*, en grec, cela signifie « soi-même ». Or, qu'on le veuille ou non, un assassinat est une reconnaissance de l'autre. De plus, un autiste n'est pas assez structuré pour organiser de tels meurtres. Contrairement à la croyance populaire à propos des « génies autistes », la plupart d'entre eux souffrent d'un retard mental important.

— Vous parliez de clivage… Serait-il possible que le meurtrier soit d'un côté un homme sensé, l'organisateur, et de l'autre une personnalité autiste, le bras meurtrier ?

— L'autisme n'est pas une pathologie qui atteint une partie du cerveau et en épargne une autre. C'est un trouble global, vous comprenez ?

Jeanne acquiesça. Quelque chose ne collait pas dans le profil de Joachim… Elle salua le spécialiste et raccrocha. Quelques secondes plus tard, son téléphone portable sonnait dans la poche de sa veste.

— C'est Emmanuel. (Jeanne sentit un souffle de réconfort.) Je viens de lire *Le Monde* de cet après-midi. Qu'est-ce que c'est, cette histoire d'incendie ?

Jeanne regarda sa montre. 15 h 30. *Le Monde* daté du mardi avait donc publié le premier article sur la rue Moncey. Elle résuma sa folle nuit. L'appel de Taine. Le brasier. Sa tentative de sauvetage...

— Cette affaire a un lien avec celle dont tu m'as parlé samedi ?

— C'est la même.

— Tes soupçons se confirment ?

— Ce ne sont plus des soupçons, mais des faits.

— Tu penses être saisie du dossier ?

— Non. Mais je ferai ce que j'ai à faire.

— Fais attention à toi, Jeanne.

— De quel point de vue ?

— Tous les points de vue. Si l'incendie est criminel, ton tueur n'hésitera pas à éliminer ceux qui l'approcheront de nouveau. D'autre part, tu ne peux pas enquêter toute seule, sans autorité. Sans compter les emmerdes à l'intérieur du TGI. Personne ne te laissera agir en électron libre.

— Je te tiens au courant.

— Bonne chance, ma petite.

Jeanne raccrocha et songea à Antoine Féraud. Elle n'attendait plus vraiment de coup de fil. Le psy avait pris la fuite. Il ne l'appellerait pas. Il ignorait qu'elle était juge d'instruction et qu'elle était la seule personne à pouvoir l'aider à Paris.

Nouvelle sonnerie de téléphone. Pas son cellulaire. Le fixe.

— Jeanne ?

— C'est moi.

Elle avait déjà reconnu la voix du « Président » – le président du tribunal de grande instance de Nanterre.

— Je t'attends dans mon bureau. Tout de suite. Ne passe pas par ma secrétaire.

27

Le Président n'avait pas la tête de l'emploi. L'homme qui régnait en maître sur le TGI de Nanterre et imposait sa conception de la justice française sur un des plus grands départements d'Île-de-France était un avorton. Petit, chétif, ratatiné, il dépassait à peine en hauteur son bureau et il était plus étroit que le dos de son fauteuil. Chauve et gris, il avait un côté parcheminé qui rappelait les moulages des habitants de Pompéi pétrifiés par le Vésuve.

Le plus frappant était son visage. Un mélange de creux et de bosses, de surfaces dégraissées et de reliefs disgracieux. Son crâne irrégulier évoquait des légions de pensées tordues, de raisonnements empoisonnés. Ses yeux proéminents étaient constamment voilés d'un liquide jaunâtre. Ses lèvres épaisses, presque boudeuses, produisaient le seul élément qui cadrait avec sa fonction : une voix de baryton.

— Assieds-toi.

Jeanne s'exécuta. Le temps de monter d'un étage, elle avait caressé l'espoir que le Président lui confiait l'affaire des crimes cannibales ou l'enquête sur l'incendie de la rue Moncey. Ou les deux. Maintenant qu'elle contemplait sa gueule frappée au marteau, elle devinait qu'elle allait avoir droit à quelque chose de plus banal. Un bon vieux savon dans les règles.

— Tu es fière de toi ?

Jeanne préféra se taire. Elle ignorait de quoi il parlait au juste – elle avait multiplié les fautes et les irrégularités. Elle attendait la suite.

— En tant que magistrate, tu as le devoir de te préserver et de référer toujours aux autorités compétentes. Dans cet incendie, tu aurais dû avertir les pompiers. Point.

— J'ai agi à titre personnel.

— C'est à titre de juge que tu vas être pénalisée. *Dura lex, sed lex.*

Jeanne traduisit mentalement. « Dure est la loi, mais c'est la loi. » Les juges adorent utiliser des citations latines, héritées des pères de la justice : les Romains. Le Président en abusait.

— C'est dommage, ajouta-t-il d'un ton équivoque. Étant maintenant un témoin dans cette affaire, le parquet ne peut pas te confier l'enquête.

— Personne n'a jamais eu cette intention.

— Qu'en sais-tu ?

— Intuition féminine.

Le Président fronça les sourcils.

— On ne te saisirait pas parce que tu es une femme ?

— Laisse tomber, fit Jeanne, qui reprenait de l'assurance.

— Deuxième point. On m'a dit que tu étais présente, aux côtés de Taine, sur les scènes de crime cannibale.

233

— Exact.

— À quel titre ?

— Consultante.

L'homme hocha lentement la tête. Ses poches sous les yeux évoquaient des glandes mystérieuses contenant un liquide sécrété par le temps et l'expérience.

— Vous faisiez du tourisme criminel, bras dessus, bras dessous ?

— François n'était pas à l'aise avec cette affaire. Il pensait que j'avais, disons, une meilleure perception des choses.

— Alors que tu n'as jamais suivi ce type de dossiers ?

Jeanne savait maintenant que tout était foutu. Elle n'aurait pas l'enquête de la rue Moncey. Ni celle des meurtres anthropophages. Peut-être même n'aurait-elle plus rien du tout... Un juge est invirable mais les placards sont nombreux.

— J'en ai parlé avec le parquet. Tu ne seras pas non plus saisie de cette affaire.

— Pourquoi ?

— Tu es trop impliquée. Trop proche de Taine. Cette investigation a besoin d'un magistrat neutre. Objectif. Impartial.

— Cette investigation a besoin du contraire. (Jeanne haussait le ton.) Un enquêteur acharné qui ne lâchera pas le tueur et mettra la pression aux flics. Certainement pas d'un fonctionnaire qui gérera ce dossier parmi d'autres. Bon Dieu, combien de cadavres vous faut-il ?

Le Président sourit pour la première fois. Ses mains tavelées tapotaient son sous-main de cuir.

— De toute façon, le nom tombera de plus haut. Cette affaire est un vrai bâton merdeux. Trois meurtres. Le juge responsable de la procédure brûlé vif. Les médias au taquet. Le gouvernement n'avait pas besoin de ça. Rachida Dati m'a appelé en personne.

Si l'affaire devenait politique, c'était l'enlisement assuré. En matière d'enquête, le zèle avait un effet inverse aux résultats escomptés. De la paperasse. Des brigades concurrentes. Jeanne envisageait l'affaire d'une manière opposée. Une équipe réduite. Un duel mano a mano avec le meurtrier.

— Il y a autre chose, reprit le Président de sa voix de sépulcre. Ton dossier concernant le Timor oriental.

Elle se redressa. Elle avait complètement oublié cette affaire. Ses convocations. Ses répercussions dans les sphères du pouvoir... Elle se demandait si Claire avait envoyé les courriers.

— On m'a téléphoné. Des lignes que je n'aime pas voir sonner.

Elle avait sa réponse. Claire n'avait donc pas chômé ce matin. Elle avait trouvé les ordres de convocation de Gimenez et de sa bande sur son bureau. Elle s'était empressée de les rédiger et de les envoyer en priorité, par porteur.

— L'affaire n'en est qu'à son début, fit-elle laconiquement.

— Elle n'a pas commencé, d'après ce que je sais. Ton dossier est vide. Alors, pourquoi remuer tout ce petit monde ?

— Tu me soutiens ou non ?

— Les avocats de Gimenez et des autres ne feront qu'une bouchée de tes convocations. Ils demanderont des pièces justificatives. Sans compter qu'ils souligneront ta couleur politique pour te faire dessaisir.

Jeanne ne répondit pas. Le Président reprit :

— Il y a un autre problème. Cette série d'écoutes que tu as ordonnées. J'ai la liste ici. (Il tapota à nouveau son sous-main.) Je t'ai connue plus inspirée. Tu cours à l'annulation. Tu es en train de violer la vie privée de suspects contre qui tu n'as rien. Et d'après mes sources, ces écoutes n'ont rien donné non plus.

— Quelles sources ?

Il balaya la question d'un geste.

— Tu veux aller trop vite, Jeanne. Ça a toujours été ton défaut. Une procédure est une course de fond. *Festina lente.* « Hâte-toi lentement… »

— Je suis dessaisie ou non ?

— Laisse-moi finir.

Il sortit une feuille d'un dossier – d'où elle était, elle ne pouvait pas voir de quoi il s'agissait.

— Le SIAT m'a contacté. Il leur manque une commission rogatoire.

Jeanne se tordait les mains, moites de sueur. Le Président brandit la feuille.

— Que vient foutre ce psychiatre dans ce dossier ? Pourquoi l'as-tu placé sur écoute ? Pourquoi n'as-tu pas rédigé de CR ?

Le bluff, seule solution possible :

— Ces sonorisations concernent un autre dossier.

— Je m'en doute. Lequel ?

— Le tueur cannibale. J'ai eu un tuyau. Ce psy soigne le père de l'assassin.

236

— Pourquoi n'en as-tu pas parlé à Taine lui-même ?

— Je voulais d'abord vérifier les données.

— Et tu fous un psychiatre sur écoute ? Comme ça, seulement pour « vérifier » ? Ce sont des méthodes de voyou, Jeanne. D'où vient ton tuyau ?

— Je ne peux pas le dire.

Le magistrat frappa la table avec violence. Premier signe d'énervement *réel*.

— Pour qui tu te prends ? Une journaliste ? Nous avons un devoir de transparence, ma petite.

— Je ne suis pas ta « petite ». Les écoutes devaient me fournir des biscuits avant de filer l'information à Taine.

— Et alors ?

Jeanne hésita. Elle n'avait qu'un geste à faire pour régler son problème. Donner les enregistrements contenant les deux séances de Féraud avec l'Espagnol. Mais l'affaire lui échapperait. Et adieu ses preuves...

— Le soupçon ne s'est pas confirmé, mentit-elle. Je n'ai rien obtenu.

— Tu as les enregistrements ?

— Non. J'ai tout détruit.

— Même les scellés ?

— Tout. Je reçois l'enregistrement chaque soir. Il n'y a pas de transcription. J'écoute le disque et je le détruis avec l'original.

Il saisit son stylo, un gros Montblanc laqué, comme s'il allait rédiger un ordre.

— Nous allons régler tout ça et éviter les vagues.

— Tout ça quoi ?

— Le Timor. Tu es dessaisie. *Acta est fabula.* La pièce est jouée, Jeanne.

Elle sourit. Au fond, elle s'en foutait. Le calme revenait dans ses veines. Une seule résolution dans son crâne : elle serait celle qui arrêterait Joachim, où qu'il soit. Pour atteindre ce but, il n'y avait plus qu'une solution. Enquêter en solitaire. En hors-la-loi.

— Dans ce cas, dit-elle, je me mets en disponibilité. J'ai pas mal de jours de vacances de retard. Je ne pense pas qu'il y aura de problème.

— Comme tu voudras.

Le Président ouvrit un tiroir. Attrapa un cigare. Avec lenteur, il plaça son extrémité dans une petite guillotine, qui claqua en remplissant son office. Jeanne se leva lentement. Ses mains ne transpiraient plus. Tout à fait apaisée.

— Avant de partir, je vais tout de même te dire une vérité, avertit-elle de son timbre le plus doux.

Le Président leva les yeux en manipulant un lourd Dupont en or.

— Tu es un gros connard machiste, fit-elle d'une voix tranquille.

Le juge sourit en coin, de toutes ses dents refaites.

— Si tu veux partir dans ce genre de civilités, je te dirai simplement d'aller te faire…

— … mettre ? (Elle se pencha au-dessus du bureau.) Mais c'est déjà fait. Et depuis longtemps. Par toi ! Par tous les autres, juges, procureurs et avocats de ce TGI ! Connards mesquins et misogynes qui ne pensez qu'à votre avancement et votre retraite !

Le Président alluma son cigare sans répondre. Les stries d'or de son briquet brillèrent dans le soleil. La flamme virevolta devant son visage gris et impassible. Cette expression de pierre la ramena à la réalité. Cela ne servait à rien de hurler ni même de s'énerver. *Acta est fabula.* Jeanne partit tout de même au pas de course pour résister à la tentation de lui brûler la gueule avec son Dupont en or.

28

17 heures.

Elle devait faire vite. Quelques heures encore et les équipes seraient constituées pour les deux enquêtes concernant François Taine. Ni elle ni Reischenbach ne pourraient plus obtenir la moindre information, ni agir sans être dans l'illégalité complète.

Mais d'abord, s'imprégner du dossier. Se familiariser avec les faits. Mieux connaître les victimes. Elle posa sa montre devant elle et programma sa sonnerie pour 18 heures.

Elle ouvrit la première chemise.

Marion Cantelau.

22 ans.

Assassinée dans la nuit du 26 au 27 mai 2008, à Garches.

Jeanne contempla son portrait. Un visage sain, quoique trop maquillé. Une petite bouche en cœur. Et pas mal de kilos en trop…. Les flics avaient reconstitué son cursus. Née à Nancy. Troisième de cinq enfants. Père artisan céramiste. Mère fonctionnaire. Bac en 2001. Formation d'infirmière, puis spécialisation dans le domaine des troubles mentaux infantiles. En 2005, débarque à Paris pour suivre un stage à l'institut Bettelheim, à Garches. Décroche un contrat à durée déterminée d'un an dans l'institut puis un CDI.

Marion était une infirmière irréprochable. Et une fille sans histoire. Elle habitait un studio près de la place d'Italie, rue de Tolbiac, seule, mais elle avait un fiancé. Lucas Nguyen. Vingt-sept ans. D'origine vietnamienne. Instituteur. Interrogé et mis hors de cause. À part ça, Marion Cantelau se passionnait pour la plongée sous-marine (qu'elle pratiquait toute l'année en piscine) et les romans policiers. Elle en dévorait plusieurs par semaine. De tous les styles. De toutes les nationalités.

Jeanne feuilleta les PV d'auditions et les notes des flics. Les hommes de Reischenbach avaient ratissé les derniers jours de Marion. Ses allées et venues. Ses consultations Internet. Ses coups de fil. Ses dépenses. Pas le moindre contact avec un inconnu. Pas la moindre présence suspecte dans son emploi du temps.

Elle revint à la photo. Son visage correspondait à sa personnalité. Souriant. Poupin. Juvénile. Une jeune femme épanouie, qui vivait son excédent de poids avec détachement. Jeanne avait noté une anecdote qui lui plaisait. Farida Becker, vingt-huit ans, infirmière et collègue de Marion, racontait : « Elle était chouette. Toujours marrante. Une fois, à la cafétéria, on parlait entre filles de nos régimes. Y en avait une qui ne jurait que par l'ananas. Une autre qui suivait un truc aux protéines. Une autre qui avait carrément arrêté de manger. Quand on a demandé à

Marion ce qu'elle faisait, elle a répondu : "Moi ? Je m'habille en noir." Vraiment aucun complexe ! »

Jeanne sourit. Se sentir bien dans sa peau. Se marier. Avoir des enfants, sans traîner. Et progresser au sein de l'institut où elle travaillait. Classique, mais déjà pas si mal. Surtout aux yeux de Jeanne, la handicapée de l'amour et des projets simples. Son sourire disparut. Cette promesse avait volé en éclats. Parce qu'un cinglé, un psychopathe aux croyances primitives, avait choisi Marion comme victime sacrificielle. Pourquoi elle et pas une autre ?

Elle songea à Joachim. À son autisme. À ses liens possibles avec l'institut Bettelheim. Taine avait déjà vérifié : impossible qu'un enfant autiste, devenu adulte, ait été soigné dans ce centre – trop récent. L'autre lien à envisager était les activités humanitaires de l'avocat. Marion Cantelau avait-elle collaboré avec une ONG ? Rien, dans les témoignages, ne le laissait transparaître. Pas le moindre voyage, ni la moindre démarche caritative. Joachim l'avait repérée autrement. *Comment ?*

Jeanne passa au second dossier.

Nelly Barjac.

28 ans.

Assassinée dans la nuit du 4 au 5 juin 2008, à Stains.

Beaucoup plus belle que Marion. Blonde. Pâle. Des traits réguliers. Une beauté diaphane, immatérielle, malgré des épaules lourdes. Nelly était grosse, elle aussi. Vraiment. 95 kilos pour un 1,72 mètre selon le dossier. Pour apprécier sa beauté, il fallait donc oublier la dictature actuelle de la minceur. Nelly Barjac n'était pas née pour notre époque. Elle se serait épanouie au temps de Rubens ou de Courbet.

Malheureusement, Nelly était aussi une femme moderne. Elle vivait sa surcharge pondérale comme une tare honteuse. Parmi les rapports, Jeanne trouva la description de son appartement. On y avait découvert de multiples produits amincissants, des pilules de régime, des coupures de presse – toujours sur le même thème : comment maigrir, comment vaincre la cellulite, etc. Selon ses proches, elle ne parlait jamais de ce problème. Cette hantise était son secret.

Nelly était brillante. Elle avait décroché son bac à dix-sept ans. Après six années à la fac de médecine Henri-Mondor, elle avait passé l'examen national classant puis suivi quatre années de spécialisation cytogénétique à Paris, notamment à l'hôpital Necker. Elle avait ensuite alterné des stages dans des laboratoires de cytogénétique et des séjours dans des cliniques de pédiatrie et de génétique médicale. En 2006, elle avait atterri aux laboratoires Pavois, qui lui avaient permis à la fois d'exercer son métier officiel – établir des caryotypes – et d'effectuer ses recherches – les travaux statistiques sur les familles génétiques humaines.

On avait reconstitué son emploi du temps des derniers jours. Depuis son divorce – après deux ans de mariage avec un médecin –, Nelly Barjac ne vivait que pour son boulot. Elle arrivait au laboratoire à 9 heures. Elle y passait la journée. Puis, quand tout le monde partait, elle changeait d'étage. Génétique moléculaire. Jusqu'à 22 heures. 23 heures. Minuit… Elle menait de front deux métiers, deux spécialités. Puis elle retrouvait Bernard Pavois.

Où Joachim avait-il repéré une telle femme ? Jeanne songea encore aux activités humanitaires de l'avocat. Existait-il un lien avec les travaux statistiques de Nelly ? Avait-elle étudié des populations défavorisées soignées par une des ONG de Joachim ? Jeanne n'y croyait pas. Il fallait tout de même vérifier cette piste.

Elle passa au troisième dossier.

Francesca Tercia.

34 ans.

Assassinée dans la nuit du 6 au 7 juin 2008, à Paris.

La chemise était mince. L'enquête commençait. On savait qu'elle était née à Buenos Aires, qu'elle avait suivi des études d'arts plastiques et d'anthropologie. Elle avait ensuite migré à Barcelone puis à Paris. On ne lui connaissait pas de fiancé, ni même de relation durable dans la capitale.

Jeanne s'arrêta sur son portrait photographique. Francesca n'était pas mal non plus. Des traits latins, racés, surmontés par des sourcils très noirs qui lui conféraient un air tragique. Des cheveux noirs ondulés. Une masse d'encre soyeuse qui devait donner envie aux hommes de s'y enfouir... Seul bémol : la largeur du visage. Francesca Tercia courait aussi dans la catégorie « poids lourds ». D'ailleurs, Jeanne se souvenait du corps pendu dans l'atelier. Des hanches amples. Des cuisses épaisses. Un ventre rond et plissé...

Ce n'était pas *Les Trois Grâces*, mais *Les Trois Grosses*...

Jeanne se mordit la lèvre. Tant qu'il lui viendrait des réflexions aussi connes, elle ne serait pas une véritable magistrate. Alliée. Solidaire. Compréhensive. Elle avait toujours été cynique et son métier, malheureusement, n'avait rien arrangé.

Comme Nelly Barjac, Francesca menait deux existences, ou presque. La journée, elle travaillait dans l'atelier d'Isabelle Vioti, fabriquant des hommes préhistoriques plus vrais que nature. Le soir, elle sculptait des œuvres plus personnelles, dans un atelier dont on ignorait encore l'adresse. Quant à sa vie privée, elle ne paraissait pas palpitante.

Quel point commun avec Joachim ? Francesca était argentine. Joachim travaillait avec des ONG liées à l'Amérique latine. Existait-il une connexion ? S'étaient-ils rencontrés dans une ambassade à Paris ?

Jeanne posa les trois portraits devant elle. Les victimes se ressemblaient. Mais sans plus. Leur seul point commun était la surcharge pondérale. Elle avait lu récemment un livre sur le « coup de foudre criminel », qui déclenche chez le tueur l'envie de passer à l'acte. Généralement, c'est un détail, un trait chez la victime qui sert de détonateur. Mais les choses sont plus compliquées. Plusieurs autres conditions doivent être réunies. Des circonstances extérieures et intérieures. Alors, seulement, le flash se produit...

Jeanne se trouvait surtout confrontée à un dilemme. Le meurtrier avait-il choisi ces femmes pour leur apparence physique ou pour leur métier ? À chaque fois, l'environnement des victimes *intéressait* l'assassin. L'autisme. La fécondité. La préhistoire... Jeanne entendit de nouveau la voix de Taine : *Il ne les choisit pas au hasard. Pas du tout. Il a un plan !*

245

Elle réfléchit, encore une fois, au problème de la préméditation. L'organisation de ces crimes ne faisait aucun doute. Or Joachim tuait en état de crise et ne se souvenait pas de ces « trous noirs ». Qui effectuait les repérages ? Qui préparait le terrain ?

Son portable vibra. Instinctivement, Jeanne porta les yeux à sa montre. Presque 18 heures. Elle décrocha. Reischenbach.

— Où tu en es ?

— Je suis débarquée. Je n'ai récupéré ni l'enquête des meurtres, ni celle de l'incendie.

— Bienvenue au club. On vient de me retirer le dossier du cannibale. Repris par un autre groupe, plus proche du préfet. On parle d'une trentaine de flics affectés. Quant à la mort de Taine, les RG et l'IGS se sont jetés dessus comme la misère sur le monde.

— Tu veux dire : comme la vérole sur le bas clergé ?

— Ouais, fit Reischenbach, les dents serrées. C'est exactement ce que je veux dire. Qu'est-ce que tu vas faire ?

— Je me suis mise en disponibilité. Pour bosser sur le dossier en solo. Tu me suis ou non ?

— Je ne vois pas comment je pourrais t'aider. Sans saisie, je ne pourrai pas bouger un doigt.

— Tu feras comme moi. Ta main droite ignorera ce que fait ta main gauche.

— Dans l'immédiat, qu'est-ce que tu veux ?

— J'ai lu tes dossiers sur les victimes. Bon boulot. Mais pas suffisant.

— Tu creuserais quoi ?

— Il faut trouver comment le tueur les repère. Il les a bien croisées *quelque part*. Et je pense que c'est chaque fois au même endroit. Un lieu qui a à voir avec leur métier, leurs habitudes ou leur apparence physique.

— Les réunions des Weight Watchers, peut-être ?

— Très drôle. Fouille encore leur emploi du temps, leurs habitudes, leurs connaissances. Checke leur coiffeur, leur club de gym, leur gynéco, leurs lignes de bus ou de métro, leur...

— Je crois que t'as pas compris. J'ai plus le temps, ni les équipes. Je...

— Démerde-toi. Assigne ces recherches sur une autre affaire.

— Ce n'est pas si simple.

— Patrick, je te parle d'un tueur en série. Un cinglé qui va continuer. Un type qui a sans doute tué François Taine.

Nouveau silence.

— Tu prends peut-être le problème à l'envers, fit enfin Reischenbach. On sait que leur boulot intéresse le tueur. Peut-être a-t-il surveillé ces lieux « porteurs » – l'institut Bettelheim, les laboratoires Pavois, l'atelier Vioti –, puis il a choisi, parmi les employés, des jeunes femmes bien en chair.

— C'est une possibilité. Mais j'ai compris autre chose en étudiant tes PV. Il les *connaissait*. Personnellement.

— Quoi ?

— Il n'y a jamais eu d'effraction, ni d'agression. Pour la première, pas de traces de lutte dans le parking. Pour la deuxième, les laboratoires Pavois sont une vraie forteresse. Impossible d'y pénétrer sans laisser de traces. Nelly Barjac a accueilli le tueur, de nuit, et lui a fait visiter les salles. C'est certain. Quant à l'atelier Vioti, même histoire. Aucun signe d'effraction. Francesca a ouvert au tueur, tard dans la nuit, sans se méfier. Elle l'attendait.

— On a vérifié leurs appels. Reçus ou donnés. On a comparé les trois listings. Pas de numéro en commun.

— Le tueur les contacte autrement. Il s'est démerdé pour les rencontrer, dans un lieu précis, et on doit trouver ce lieu. Mets des gars sur le coup, Patrick !

— Je vais voir.

Jeanne sentit qu'elle avait marqué un point. Elle reprit, un cran plus calme :

— Tu as avancé sur Francesca Tercia ?

— On est allé chez elle. C'est un grand atelier, à Montreuil.

— Tu veux dire qu'elle sculpte ses œuvres personnelles chez elle ?

— Ouais.

— Ses sculptures, c'est comment ?

— Glauque. Des scènes de torture. Je te montrerai les photos.

— Rien d'autre à signaler ?

— Non. Mais j'ai l'impression qu'elle allait déménager.

— Pourquoi ?

— Son loft est sur deux niveaux. En bas, c'est l'atelier. En haut, c'est l'appartement. Il y avait des chiffres sur les meubles. Toujours le même, en fait.

— Quel chiffre ?

— 50. Marqué au feutre, sur des feuilles scot-chées. Sur les armoires. Le frigo. Les glaces de la salle de bains. Partout, 50. Au début, on n'a pas saisi. Et puis on a eu l'idée du déménagement. Sans doute un repère pour le garde-meuble.

Jeanne avait déjà compris. Elle demanda :

— Tu as des femmes dans ton groupe ?

— Non.

— Tu devrais en engager une ou deux.

— Pourquoi ?

— Tu as le rapport d'autopsie de Francesca ?

— Sous les yeux.

— Combien mesurait-elle ?

— 1,57 mètre.

— Combien pesait-elle ?

— 68, selon le légiste. Pourquoi ces questions ?

— Parce que Francesca suivait un régime. 50 : c'est le poids qu'elle s'était fixé. Elle l'a inscrit par-tout pour se motiver. Par exemple, le chiffre sur le frigo te rappelle à l'ordre. Tu évites de grignoter.

— Tu déconnes ?

— C'est toi qui déconnes. Tant qu'il n'y aura que des hommes pour enquêter sur des meurtres de femmes, vous ne comprendrez pas la moitié de ce qui se passe.

— Merci pour la leçon, fit Reischenbach, vexé.

— Pas de quoi. Moi, j'inscris mon objectif au rouge à lèvres. Sur le miroir de ma salle de bains.

Le flic la provoqua :

— *So what* ? Qu'est-ce que ça nous apporte pour l'enquête ?

— Ça souligne, encore une fois, leur point commun : surcharge pondérale. Et le quotidien qui va avec. Cherche les lieux associés à ce problème. Elles fréquentaient peut-être le même club de gym, le même hammam… Cherche.

Reischenbach ne répondit pas. Jeanne sentit qu'il fallait lui rendre le manche.

— Sinon, tu as récolté des trucs cet après-midi ?

— Pas aujourd'hui, non.

— Et sur les croisements des données ? Les enfants de l'institut Bettelheim, les amniocentèses des labos Pavois ?

— Ce n'est pas fini. Mais pour l'instant, aucun résultat.

Jeanne n'insista pas. Elle ne croyait plus à cette piste. Maintenant, elle connaissait le nom de l'assassin. Tout simplement.

— Et sur mon avocat ? relança-t-elle. Le dénommé Joachim ?

— Pas un seul avocat ne s'appelle Joachim en France. Tu es sûr qu'il est français ?

— Non. Et sur les listings des portables, des résultats ?

— J'aurai la liste exacte des appels de Taine demain matin. Pour l'instant, j'ai obtenu celle de ton mec, là, Antoine Féraud.

Le cœur de Jeanne s'accéléra.

— Il n'a pas passé beaucoup de coups de fil ces derniers jours. Et ce matin, deux seulement. Puis plus rien. Ceci expliquant peut-être cela.

— Pourquoi ?

— Parce que j'ai appelé les deux numéros. Le premier appel était pour son secrétariat téléphonique. Il a annulé tous ses rendez-vous. Le second pour une agence de voyages. Odyssée Voyages. Féraud a réservé un vol pour Madrid. Puis pour Managua.

— Au Nicaragua ?

— C'est ça. Il a décollé à midi pour l'Espagne. J'espère que tu ne comptais pas le convoquer pour une audition. Parce que c'est trop tard. Dans quelques heures, il sera sous les tropiques.

Antoine Féraud avait donc pris la fuite. Cette idée la rassura. Mais pourquoi au Nicaragua ? Avait-il des amis là-bas ? Elle connaissait le pays. Pas vraiment une destination touristique, même si la situation politique s'était largement améliorée...

Soudain, il lui vint une autre idée. L'accent du père. Les connexions du fils avec l'Amérique latine. Ces deux hommes étaient peut-être d'origine nicaraguayenne. Dans ce cas, le départ de Féraud pouvait signifier autre chose. *L'homme ne fuyait pas.* Il menait au contraire une enquête sur son patient et son fils. Il remontait une piste...

— Sur les appels du samedi, tu as identifié les correspondants ?

— Pas en profondeur.

— Vérifie leur profil. Leur métier. Sur la liste, y a-t-il un nom à consonance espagnole ?

— Je regarderai. Ça ne m'a pas frappé.

— Autre chose. Dans tes dossiers, personne n'évoque les agendas, les répertoires, les Blackberry des victimes.

— Ils existent mais on ne les a pas. Taine les avait embarqués.

— Tu veux dire...

— Grillés. Avec le reste.

Jeanne souffla avec lassitude :

— J'ai pensé encore à un autre truc. Le tueur a l'air obsédé par la préhistoire. Tu as vérifié s'il n'y a pas eu de vols, des cambriolages ou des actes de vandalisme au musée des Arts premiers ou dans celui du Jardin des Plantes ?

— Non. Qu'est-ce que tu cherches au juste ?

Jeanne se revit arpenter les musées qui exposaient les œuvres d'Hans Bellmer. Durant des années, elle avait espéré retrouver la trace du tueur de sa sœur dans ces lieux, cherchant un fait, un détail, un sillage, qui aurait révélé le passage de l'assassin. Cela n'avait rien donné. Peut-être que cette fois...

— Cherche dans tous les lieux liés à la préhistoire, insista Jeanne. Les librairies, les musées, les bibliothèques... Interroge le personnel. Peut-être qu'un nom ressortira. Un souvenir bizarre, quelque chose... Il rôde dans cet univers, je le sens.

— Jeanne...

— On n'a plus que quelques heures.

29

— Aucun problème.

— Sûr ?

— Sûr. Elle n'est pas blindée. J'm'y mets tout de suite.

Michel Brune sortit ses outils. Il était vêtu de sa combinaison de travail marquée du logo de sa société : Kryos Serrures. Jeanne, les bras croisés, le regardait faire. Ils se tenaient tous deux sur le seuil du cabinet d'Antoine Féraud. Il était 21 heures.

Brune n'était pas un serrurier comme les autres. Jeanne l'avait rencontré dans son bureau du TGI alors qu'il était inculpé de vols à répétition. Le jeune homme, vingt-six ans, avait la mauvaise habitude de conserver les doubles des clés qu'il fabriquait dans la journée. Il passait ensuite collecter son butin. Des soutiens-gorge. Des culottes sales. Des *National Geographic*. Des stylos... Jeanne avait tenu compte du caractère dérisoire des vols. Et surtout, elle avait perçu chez le kleptomane un don unique pour les serrures. Un tel expert pouvait lui être utile. Elle lui avait évité le procès. Elle l'avait remis en liberté. Mais elle avait conservé son dossier. Depuis, elle l'appelait de temps en temps. Pour des perquisitions sauvages.

— Voilà.

La serrure d'Antoine Féraud était déverrouillée. Jeanne sentit le froid du marbre s'enfoncer dans sa chair. Le cap était franchi. Trop tard pour reculer. Trop tard pour revenir dans la légalité.

Brune poussa la porte et plaisanta :

— En partant, oubliez pas de refermer derrière vous.

Jeanne enfila des gants de latex. Pénétra dans l'obscurité. Il faisait beaucoup plus chaud dans l'appartement. Elle referma la porte avec précaution. Alluma sa torche. Plaqua sa main sur le faisceau pour qu'on n'aperçoive pas son rayon à travers les fenêtres. L'appartement baignait dans l'ombre et le silence.

Le couloir s'ouvrait d'abord sur une petite pièce, à gauche. La salle d'attente. Murs blancs. Moulures à l'ancienne. Parquet vernis. Quelques chaises. Des livres posés sur une table basse. Pas des magazines mais des catalogues d'exposition, des monographies. On était chez les intellos. Elle dépassa ce premier seuil pour trouver une porte close, sur la droite. Elle l'ouvrit et découvrit la salle de consultation. *La chambre d'écoute.*

Quand elle l'imaginait, elle n'était pas loin de la réalité. Environ trente mètres carrés. Une bibliothèque, à droite. Un bureau placé en épi, au centre, devant une fenêtre. Deux chaises. Et le divan, à gauche, protégé par un plaid ocre. Un tapis rouge couvrait le parquet. Un châle, genre péruvien, était suspendu sur le mur au-dessus du divan. Rouge lui aussi. Elle songea à cette phrase d'Ingmar Bergman, quand il présentait son film *Cris et chuchotements* : « Depuis mon enfance, je me suis toujours représenté l'intérieur de l'âme comme une membrane humide aux teintes rouges. » Elle se trouvait dans la chambre de l'âme. Les murs semblaient bruisser des voix qui s'étaient élevées ici...

Elle passa derrière le bureau. Commença sa fouille. Un bloc aux pages blanches. Des bibelots. Des crayons. Pas d'agenda. Pas de notes. Pas de noms. Elle ouvrit le tiroir. Un carnet d'ordonnances. Vierge. Un Vidal – le dictionnaire français des médicaments. Un DSM (*Diagnostic and Statistical Manual*) – l'ouvrage américain de référence qui classifie les troubles mentaux... Aucun détail qui concernât les patients.

Une idée lui vint. L'occasion ou jamais de retirer le micro posé par le SIAT. Elle se retourna et leva les yeux au-dessus de la tringle à rideaux. Les techniciens procédaient toujours selon la même méthode. Elle attrapa une chaise, un coupe-papier. Se hissa au-dessus du châssis. Le zonzon était là, incrusté dans le mur, surplombant le chambranle. Un coup de lame et le micro tomba dans sa main.

Jeanne distingua une autre porte, près de la bibliothèque. Elle s'approcha. *Le gros lot.* Un réduit d'environ cinq mètres carrés contenant les archives de Féraud. De simples étagères chargées de dossiers, eux-mêmes remplis de feuilles écrites à la main. Le psychiatre travaillait à l'ancienne. Elle saisit une chemise au hasard. Pour chaque patient, Féraud remplissait une fiche – nom, prénoms, adresse... –, puis, au fil des séances, prenait des notes. Exactement ce qu'elle cherchait.

Elle devait piquer ici tous les dossiers des patients à consonance espagnole, dont l'âge pouvait correspondre à celui de l'Espagnol, disons à partir de cinquante ans. Sans doute un coup d'épée dans l'eau. Si Féraud s'était fait la malle – et plus encore s'il menait l'enquête –, il avait emporté avec lui le dossier du vieil hidalgo. De plus, rien ne disait que l'homme avait un nom à sonorité espagnole. S'il venait d'Amérique du Sud, par exemple, il pouvait très bien porter un patronyme allemand, russe ou italien...

D'abord, finir le tour du propriétaire. Jeanne sortit de la pièce, déjà en sueur. Au fond du couloir, une chambre. Un lit à deux places. Des rangements encastrés dans le mur de gauche. Un écran plasma dans l'axe du lit. Une certitude : Féraud vivait ici. Elle remarqua qu'il n'y avait aucune photo personnelle aux murs ou sur la table de chevet.

Jeanne éprouva des sentiments contradictoires. D'un côté, elle se réjouissait de cette découverte. Antoine Féraud n'avait pas de famille. Ni femme ni enfants. De l'autre, cette existence solitaire, collée à son cabinet, la mettait mal à l'aise. Féraud vivait comme un étudiant. Sans confort. Sans chaleur. Sans générosité. Entièrement dévoué à sa cause. Cela ne faisait pas rêver. Mais vivait-elle différemment, elle ?

Un œil dans les tiroirs. Des caleçons. Des chaussettes. Des chemises. Toujours dans les tons sombres. Leur nombre, réduit, trahissait le départ. Un dressing aux portes coulissantes. Quelques costumes. En laine noire. Une vraie garde-robe de croque-mort. Peut-être avait-il emporté au Nicaragua ses fringues légères et colorées ?

Jeanne continua. Des livres posés par terre, près du lit. *La Forteresse vide* de Bruno Bettelheim. *La Montagne magique* de Thomas Mann. *Eugène Onéguine* de Pouchkine. Elle les feuilleta. Les secoua. En quête d'une photo qui aurait marqué les pages. Rien. Elle aperçut un petit bureau coincé entre la fenêtre et l'écran plasma. Pas d'ordinateur. Elle ouvrit le mince tiroir. Retourna les carnets, les feuilles, la paperasse. Que dalle. Féraud s'était envolé avec ses secrets.

Elle remonta le couloir, la sueur collant son tee-shirt. Elle trouva la cuisine et fit couler de l'eau froide sur son visage. Cette pièce était à l'image du reste. Propre. Froide. Désincarnée. Elle ouvrit le frigo : vide. Elle passa dans la salle de bains, idem. Pas un seul produit de soins ou le moindre dentifrice sur les étagères. Un soupçon incongru la traversa : peut-être Féraud passait-il ici la semaine ouvrable et rejoignait-il sa famille dans une splendide maison provençale ? Non. Il y aurait eu des photos. Des dessins d'enfants. Des lettres. Féraud était un croisé de la psychiatrie. Un solitaire qui se passionnait pour les méandres de l'esprit, la révolution viennoise et la *mécanique des pères.*

Elle retourna dans le réduit. Monta encore une fois sur une chaise et commença sa fouille. Très vite, elle prit le coup de main. Poser sa lampe dans un axe favorable. Attraper une pile de dossiers. La placer sur son bras gauche replié. Feuilleter chaque première page de chemise de la main droite pour identifier le nom du patient. En deux heures, elle avait sélectionné cinq dossiers qui pouvaient correspondre à l'homme qu'elle imaginait.

En taillant large.

Très large.

Carlos Vila, 57 ans.

Reinaldo Reyes, 65 ans.

Jean-Pierre Vengas, 69 ans.

Claudio Garcia, 76 ans.

Thomas Gutierrez, 71 ans.

Moisson féconde ? Elle n'y croyait pas, mais elle étudierait tout de même chaque dossier. Elle considéra le dernier rayonnage, tout en bas. Sa nuque, ses tempes, ses aisselles poissaient. Surtout, cette transpiration se mélangeait à la poussière remuée. Elle était couverte d'une boue dégueulasse.

Elle s'agenouilla pour attaquer l'ultime série quand son cœur s'arrêta.

On venait de frapper à la porte d'entrée.

Non pas des coups neutres mais de fortes déflagrations. Nettes. Violentes. Saccadées. Comme des pierres lancées à pleine force. Jeanne fit tomber sa torche. Une certitude la traversa. *Le tueur.*

Nouveaux coups.

Et déjà, un craquement de bois.

On était en train de forcer la porte...

Jeanne s'appuya contre les étagères, le corps saturé d'adrénaline. Ses pensées palpitaient dans sa tête. Ramasser sa lampe. Regrouper les dossiers. Trouver une autre issue. Elle se baissa vers la torche. Glissa sur une feuille. Tomba parmi les papiers. La chute eut un effet salutaire. Elle retrouva son sang-froid. Elle attrapa sa Maglite. Rassembla ses dossiers épars. Les coups résonnaient en rafales. La porte tremblait sur ses gonds. Jeanne se souvint qu'elle n'avait pas verrouillé derrière elle. Et réalisa qu'elle ne portait pas d'arme.

À quatre pattes, elle continua à réunir les chemises. Ces liasses avaient pris tout à coup une valeur inestimable. Son butin. Son trésor. Elle était venue pour ça et elle repartirait avec. Les pages bruissaient autour d'elle. Les feuilles lui échappaient. Quand elle les eut fourrées sous son bras, elle réalisa qu'un nouveau bruit déchirait le silence de l'appartement.

Un cri.

Un grognement.

Elle n'avait jamais entendu un truc pareil. Grave, rauque, qui faisait mal à entendre. Une sorte de curetage sonore qui vous passait par les tympans, vous raclait le palais et vous écorchait la gorge. Le grognement s'éleva pour devenir un long roucoulement. Modulé comme celui d'un pigeon.

Jeanne songea à un sifflet de terre cuite, dans lequel on aurait soufflé en douceur. Joachim, murmura-t-elle. À travers ce cri, elle pressentait la voix de fer de l'enregistrement numérique. La chose avait jailli du corps de l'avocat... La créature s'était réveillée... Et revenait ce soir pour tuer Antoine Féraud comme elle avait tué la veille François Taine. Il n'y aurait pas de survivants.

Elle se précipita dans le couloir. Jeta un regard par-dessus son épaule. Elle vit – ou crut voir – la porte d'entrée se gonfler sous les coups. Elle courut vers la chambre. La cuisine. La salle de bains. En quête d'une autre issue. Elle balaya chaque pièce des yeux. Repéra la fenêtre de la salle de bains, au-dessus de la baignoire. Elle chercha à se souvenir de la configuration des lieux par rapport à la rue. Peut-être un passage sur la cour...

Elle se précipita, appuyant sur le commutateur. Le châssis avait une crémone mais pas de poignée. Elle s'arrêta. Posa ses dossiers. Se mit en quête d'un outil...

Un craquement.

Le cri, plus net, plus proche.

Le tueur avait fendu la porte. Son roucoulement traversait le couloir, ricochait contre les murs. Jeanne fouillait chaque tiroir. Des savons. Une lime. Un peigne... Les coups continuaient. La porte vibrait sur ses gonds. Une pince à épiler. Un déodorant. Un stick pour les lèvres... *Merde. Merde. Merde.* Jeanne tremblait sans pouvoir se contrôler. Des serviettes. Des flacons. Des spray...

Nouveau déchirement, suivi d'un froissement d'esquilles. La porte cédait. Le tueur était là. RRRRRROOOOOOUUUUU !!!!!!!.... Elle trouva un coupe-ongles qui ressemblait à une tenaille. Elle se précipita. Attrapa la tige de la crémone avec la pince et tourna. Raté. RRRRRROOOOUUUUU !!!!! Nouvelle tentative. Ratée encore. Elle avait les yeux brouillés de larmes.

Enfin, la tige tourna. La fenêtre s'ouvrit. Jeanne tendit la tête au-dehors. Aperçut un mince rebord qui suivait la façade. En bas, la cour intérieure. Elle fourra ses dossiers sous son tee-shirt. Plongea dans la lucarne.

Quand ses talons touchèrent la saillie, le chuchotement était derrière elle :

— *Todas las promesas de mi amor se irán contigo / Me olvidarás...*

260

Jeanne fila le long de la corniche, enjambant les gouttières, atteignant une nouvelle façade d'immeuble, perpendiculaire à la première.

Le murmure s'élevait dans la cour :

— ... *me olvidarás / Junto a la estacíon lloraré igual que un niño, / Porque te vas, porque te vas, / Porque te vas, porque te vas...*

Elle longea le nouveau rebord, évitant de contempler le vide à ses pieds. Une fenêtre ouverte dans la pénombre. Une cage d'escalier. Elle balança ses dossiers. Les Vila, Reyes et autres Garcia se répandirent sur les marches. Elle enjambait déjà le chambranle.

Alors, elle risqua un coup d'œil derrière elle.

Le monstre ne l'avait pas suivie dehors.

Il se tenait immobile, à contre-jour, encadré par la fenêtre de la salle de bains. Il tremblait de tous ses membres. Comme s'il grelottait de froid malgré la chaleur. Ce n'était qu'une silhouette noire mais Jeanne crut apercevoir des détails. Une tignasse hirsute. Une épaule nue. Une main griffue posée sur le châssis, tournée vers l'intérieur.

Elle était sûre qu'il l'observait mais à cet instant, un rai de lumière vint frapper les yeux du monstre. Ils étaient baissés, vibrants, criblés de tics. Ces yeux ne la regardaient pas.

Ni elle ni personne.

Ces yeux étaient tournés vers l'intérieur.

Vers le Moi de l'assassin.

Vers la forêt qui lui ordonnait de tuer. Et de tuer encore.

30

Elle se réveilla dans un état second.

Elle avait passé la première partie de la nuit à se remettre de ses émotions. La seconde à étudier les dossiers volés chez Féraud. Pour ne rien obtenir du tout. Des névrosés ordinaires. Pas l'ombre d'un père et de son fils assassin. La troisième partie de la nuit, quelques heures, elle l'avait consacrée au sommeil, après avoir pris – encore une fois – des somnifères.

Le résultat avait été une suite ininterrompue de cauchemars. Gollum était là. Celui des premiers songes. Il était maintenant chez François Taine, sur la mezzanine, au cœur du brasier. Jeanne essayait de crier mais les flammes la prenaient à la gorge. Puis l'enfant-monstre jaillissait d'une porte arrachée. On était chez Féraud. Jeanne rampait dans le couloir en direction d'un miroir, sans parvenir à avancer. L'enfant se tenait derrière elle. Et devant elle, dans le reflet. Il ne bougeait plus, nu, noir. Il murmurait. Une litanie saccadée. Alors que ses yeux tressautaient en fixant le sol. Jeanne fuyait toujours, sans avancer, prise de pitié pour cet enfant au teint mat, aux mains tordues, à la tignasse dense qui évoquait, ombre projetée sur le mur, la cime d'un cèdre du Liban…

Elle s'était réveillée, puis rendormie.

Puis réveillée, encore et encore…

Elle réalisa qu'on sonnait à la porte d'entrée. Elle se leva sans réfléchir. Traversa le salon. Constata qu'elle portait un pantalon de pyjama Calvin Klein et un tee-shirt délavé. Tout juste présentable. Le soleil était là. Doux encore mais prometteur de chaleur.

Nouvelle sonnerie. Elle buta contre les dossiers étalés par terre. Ce contact lui rappela le cabinet de Féraud. Elle avait échappé au tueur. Elle avait survécu. Chaque seconde se cristallisait maintenant en secrète effervescence, en sourde reconnaissance…

On sonnait toujours.

Elle ouvrit la porte. Sans prendre le temps de vérifier dans l'œilleton. Ni même de glisser la chaîne dans sa rainure.

L'homme qui se tenait sur son seuil était un inconnu. Cinquante ans. Cheveux gris coupés en brosse. Baraqué dans une veste de cuir noir. Une moustache d'argent barrait son visage.

Le plus surprenant était entre ses mains.

Un bouquet de fleurs.

— Madame Korowa ?

— C'est moi.

— Je suis le commandant Cormier. Nous nous sommes déjà rencontrés.

— Je ne crois pas, non.

L'homme s'inclina, très vieille école.

— Avant-hier. Dans un immeuble en flammes. Nous portions tous des casques. Sans vous, j'étais bon pour un saut de quatre étages. Je dirige la caserne du IXᵉ arrondissement.

Jeanne hocha la tête, laissant les souvenirs se préciser. La cage d'escalier saturée de fumée. Le palier incandescent. Le pompier qui avait jailli à reculons, en direction du vide. Elle avait presque oublié qu'elle avait sauvé la vie d'un homme dans ce chaos.

— C'était un réflexe, fit-elle pour minimiser son acte.

— Sacrément efficace.

— Entrez.

Jeanne éprouvait la sensation d'être surprise dans son intimité. Elle avait la tête engourdie par le somnifère. L'esprit lacéré par des fragments de cauchemar. Son appartement était en désordre. Il sentait le sommeil. Le renfermé. Seule, la lumière du soleil sauvait un peu l'ensemble.

— Vous voulez du café ? demanda-t-elle au hasard.

— Je vous remercie. Je ne veux pas vous déranger. Je suis juste venu vous remercier. (Il tendit son bouquet.) C'est modeste mais...

— Asseyez-vous, fit-elle en prenant les fleurs. Je vais les poser dans la cuisine.

Quand elle revint, l'homme était toujours debout, mains dans le dos, posté devant la fenêtre. Il était petit. Compact. Prêt à l'emploi. Tout son être distillait une impression de force, de sécurité, de disponibilité.

— Comment avez-vous eu mon adresse ? Je n'ai pas encore fait de déposition.

Le pompier se retourna. Ses yeux paraissaient métalliques dans la clarté blanche.

— L'hôpital. Votre fiche de renseignements.

— Bien sûr.

L'odeur du café qu'elle avait lancé pénétrait dans le salon. Elle réalisa que la présence de ce spécialiste était une aubaine.

— L'incendie, qu'en pensez-vous ?

— Franchement, pas grand-chose. Il paraît que son origine est criminelle. Mais je ne suis pas un expert. Ma seule certitude, c'est que le foyer est parti du cinquième étage. L'étage de votre ami...

— C'est vous qui m'avez récupérée ?

— Moi et mes hommes, oui.

— Dans l'appartement, vous n'avez rien vu de suspect ?

— Comme quoi ?

— Une silhouette. Un homme qui s'enfuyait.

— Non. Sans équipement, je ne vois pas qui aurait pu survivre là-haut.

Elle revit le monstre. Nu. Noir. Crochu. Couvert de résine ?

— D'après vous, certaines matières peuvent protéger intégralement du feu ?

— Je crois qu'on a fait pas mal de progrès dans ce domaine, au cinéma. Des nouveaux produits existent. Mais là non plus, je ne suis pas spécialiste.

Jeanne réfléchit. Peut-être une piste. Cormier parut suivre sa réflexion :

— Vous voulez que je me renseigne ?

Jeanne acquiesça. Inscrivit son numéro de portable sur une carte de visite. Le pompier la fourra dans sa poche. Ses mains étaient larges et rugueuses. L'impression de confiance s'accentuait à chaque seconde. Au prochain incendie, elle saurait qui appeler. L'homme la salua et disparut, roulant sa carrure dans l'étroit couloir de l'immeuble.

10 heures. Café. Effexor. La matinée ensoleillée avait des airs de vacances. Et cette visite – un Père Noël coiffé en brosse – était de bon augure. Téléphone. Elle prévint Claire qu'elle ne viendrait pas aujourd'hui. Ni demain. Ni même avant longtemps. La greffière paraissait dépassée.

— Un huissier est venu chercher le dossier Timor, fit-elle à voix basse, comme si on pouvait l'entendre. Sur commission rogatoire.

— Qui est saisi ?

— Stéphane Reinhardt.

Le choix aurait pu être pire. Après tout, c'était lui qui lui avait refilé le bébé. Il trouverait le mobile de la combine – le pétrole. Et le moyen de coincer les responsables. Peut-être. Dans tous les cas, il ferait une solide équipe avec Hatzel, alias Bretzel.

— Rien d'autre ?

— Des appels. Des lettres. Qu'est-ce que je réponds ?

— Vois avec le Président. Qu'il refile les affaires les plus urgentes.

— Mais je… Tu crois qu'on va m'affecter ?

— J'appellerai le Président. Ne t'en fais pas.

Jeanne lui dit au revoir et promit de la rappeler. Dès qu'elle coupa, son cellulaire vibra.

— Allô ?

— Reischenbach.

— Du nouveau ?

— J'ai la liste des derniers appels de Taine.

— Quelque chose ressort ?

— Deux appels bizarres. L'un au Nicaragua, dimanche à 17 heures. L'autre en Argentine, dans la foulée.

Les pièces s'assemblaient. La « découverte incroyable » de Taine trouvait ses origines en Amérique centrale et en Amérique du Sud. Alors même que Féraud s'était envolé la veille pour Managua.

— Tu as identifié les destinataires des appels ?

— Pas encore. Deux numéros protégés. Un portable à Managua. Un fixe en Argentine. On planche dessus. On en saura plus dans la journée. (Il fit une pause, puis reprit :) Le Nicaragua, c'est pas là-bas que ton Antoine Féraud s'est tiré ? Que fout-il dans cette histoire ?

— C'est un psychiatre. Je pense qu'il soigne le tueur cannibale. En réalité, son père.

Silence estomaqué.

— Tu connais l'identité du tueur ?

— Non. Seulement son prénom.

— Joachim ?

— Exactement. Tu as trouvé un avocat qui porterait ce prénom ?

— Toujours pas.

— Cherche encore. Il est impliqué dans des ONG qui œuvrent en Amérique du Sud.

Le flic s'éclaircit la gorge.

— Écoute, Jeanne. On est débarqués, toi et moi. Je n'ai plus d'hommes à mettre sur ce coup et...

— Faisons encore le maximum aujourd'hui. Pas d'autres nouvelles ?

— L'annonce du meurtre de Francesca Tercia a provoqué le lot habituel de témoignages foireux, d'aveux spontanés. La pluie de merde ne fait que commencer.

— Et l'enquête sur Francesca ?

— T'as la tête dure. Je te répète que le boulot est en *stand-by*. Nous, on a arrêté et...

— Des cambriolages dans les musées ? Des faits dans le domaine de la préhistoire ?

— J'ai lancé des perches. Pas de retour pour l'instant. Et... (Reischenbach parut se souvenir de quelque chose) attends... J'ai un truc pour toi... (Jeanne entendit des feuilles claquer. Le flic cherchait dans ses notes.) Voilà. Messaoud m'a envoyé un mémo ce matin. Il ne savait pas à qui le faire parvenir... Il a reçu les résultats d'analyse de l'ocre que le tueur a mélangé avec le reste pour écrire sur les murs. Finalement, ce n'est pas de l'ocre, mais de... Attends. (Jeanne l'entendit encore remuer sa paperasse.) De l'urucum.

— Qu'est-ce que c'est ?

— Une plante d'Amazonie brésilienne. Messaoud a appelé un spécialiste. Il paraît que là-bas, les Indiens réduisent en poudre ces graines et s'en enduisent le corps pour se protéger du soleil et des moustiques. C'est pour ça que les Portugais, au XVIe siècle, les ont appelés les « Peaux-Rouges ».

— Cette plante a un pouvoir ? une vertu symbolique ?

— Je sais pas. Messaoud a rédigé un topo. (Le flic chercha encore.) Voilà. Elle est très riche en bêta-carotène. Me demande pas ce que c'est. Elle contient aussi des oligo-éléments : zinc, magnésium, sélésium... Aujourd'hui, l'urucum rentre dans la composition de certains produits bio. Des trucs qui préparent la peau au soleil.

Jeanne se fit épeler le nom exact et aussi son appellation botanique : *Bixa orellana*.

— Ça pourrait nous renseigner sur les origines du mec, conclut le flic. Du moins les régions où il a voyagé.

Ce fait nouveau renforçait l'environnement général des meurtres. L'Amérique du Sud. Mais on brassait large : il y avait plusieurs milliers de kilomètres entre Managua au Nicaragua, Buenos Aires en Argentine, et Manaus au Brésil...

Jeanne se demanda si ces indices constituaient de vrais progrès ou les nouveaux éclats d'une expansion qui ne cesserait jamais, comme celle d'un univers spécifique. Une seule certitude : le vieil homme et son fils n'étaient pas d'origine brésilienne. Elle connaissait assez ces pays pour distinguer un accent espagnol d'une inflexion portugaise. Et quand le monstre, à l'intérieur de Joachim, prononçait les paroles de *Porque te vas*, c'était dans un espagnol parfait.

Cette seule réflexion lui rappela la terreur de la veille au soir. Ses pieds sur la corniche. La nuit moite. Et la voix, derrière elle, partout dans la cour : *Todas las promesas de mi amor se irán contigo / Me olvidarás...*

— Oh, tu m'écoutes ?

— Qu'est-ce que tu disais ?

— Je disais que ce soir, j'arrête tout. La PJ, c'est pas une agence privée. Le seul truc que je peux faire encore pour toi, c'est gratter aujourd'hui sur ces pistes et...

— Alors, fais-le.

31

— L'autisme aujourd'hui, c'est une auberge espagnole. On utilise ce mot pour parler de pathologies différentes qui se signalent, en gros, par les mêmes troubles. Mutisme. Évasion hors de la réalité. Difficultés d'apprentissage... Le terme désigne plutôt des symptômes qu'une maladie spécifique. Des conséquences et non une cause. Vous comprenez ?

Jeanne ne répondit pas. Ce qu'elle ne comprenait pas, c'était sa situation immédiate. Elle se trouvait en tee-shirt, pantalon retroussé, pieds nus, au bord d'une piscine. Le bassin couvert de l'institut Bettelheim. Hélène Garaudy, directrice du centre, avait accepté de la rencontrer à condition qu'elle se plie à son emploi du temps. Pour l'instant, on en était à la baignade d'une enfant de six ou sept ans au corps raidi.

Hélène Garaudy soutenait la petite fille d'un bras et lui faisait couler de l'eau sur le front de l'autre main.

— Pour ne rien arranger, continua-t-elle, les spécialistes eux-mêmes ne sont pas d'accord sur la classification des pathologies. Ni sur la description des symptômes. Encore moins sur leur origine. Quant à la façon de les soigner, chacun a son idée...

Jeanne essayait de se concentrer mais les effluves javellisés, le bassin carrelé de bleu, la résonance des mots, tout contribuait à la distraire. Sans compter ses trois quarts d'heure de route pour atteindre les hauteurs de Garches où se situait l'institut Bettelheim.

— Si vous deviez décrire les symptômes communs à toutes ces pathologies, que diriez-vous ?

Elle avait demandé cela pour revenir à des éléments concrets. Ces symptômes, elle en avait elle-même croisé quelques-uns. Elle revoyait le regard fuyant, dévoré de tics, de son agresseur, dans la lucarne noyée d'ombre de la salle de bains de Féraud. Elle réentendait les paroles de *Porque te vas* psalmodiées à toute vitesse.

— Il existe une infinité de comportements, répondit Hélène Garaudy. Et autant de degrés de gravité et d'évolution. Certains enfants autistes accèdent au langage, d'autres non. Certains acquièrent une indépendance, une formation. D'autres jamais. Pour résumer, les symptômes tournent autour de l'isolement. L'autiste ignore ce qui vient de l'extérieur. Il se comporte comme si les autres n'existaient pas, même ses parents. Il craint le contact corporel. Un autre élément essentiel est le besoin d'immuabilité. L'enfant veut rester dans un monde fixe. Son environnement ne doit pas bouger. Dans sa chambre, par exemple, il remet toujours chaque élément à sa place et fait preuve d'une excellente mémoire à propos de ces détails. On suppose qu'il ne fait pas réellement de distinction entre lui-même et cet environnement. Chaque changement est donc vécu comme une blessure, une atteinte à sa personne.

— On m'a parlé de troubles du langage...

— Pour ceux qui parviennent à parler, oui.

Jeanne se souvenait des paroles de Féraud. Mais elle voulait des confirmations.

— Quels sont les plus fréquents ?

— L'enfant parle de lui à la deuxième ou à la troisième personne, comme s'il était exclu de lui-même. Il a aussi des difficultés à dire « oui ». Souvent, en signe d'assentiment, il répète la question. On note aussi des phénomènes d'écholalies. L'enfant prononce des séquences de mots, de manière littérale, toujours avec la même intonation. A priori, cela ne signifie rien mais un des premiers psychiatres à avoir étudié ces cas, Leo Kanner, a noté que le sens de ces séquences renvoie à la situation où l'enfant les a entendues pour la première fois. La série de mots devient alors une métaphore de cette situation et de l'expérience qui y est liée.

Jeanne repensa encore une fois à la chanson *Porque te vas.*

— Comme un traumatisme ?

— Pas forcément. Par exemple, l'enfant retient une phrase lors d'une émotion heureuse. À chaque fois qu'il la répétera, cela signifiera : « Je suis heureux. » Attention, tout ce que je vous dis là est à prendre avec précaution. Je suis en train de projeter des émotions, des réactions typiquement humaines sur un monde qui n'a plus rien à voir avec la psyché humaine. L'univers autiste est vraiment... à part.

Jeanne s'était assise au bord du bassin, les pieds dans l'eau. Hélène Garaudy maintenait toujours la petite fille à flot. L'enfant demeurait immobile, avec un rictus atroce collé aux lèvres. Jeanne se concentra sur ses questions. Elle était ici pour relier trois pôles désignés par le métier des trois victimes. Autisme. Génétique. Préhistoire.

— Parmi les causes pathologiques de l'autisme, existe-t-il des origines génétiques ?

— Des recherches tendent actuellement à démontrer que certains syndromes autistiques pourraient avoir une origine génétique, oui. L'autisme serait même le trouble psychiatrique ayant la plus forte composante génétique. Mais il faut être prudent. On ne sait toujours pas avec exactitude quel type de gènes est concerné et surtout, on ignore les facteurs environnementaux impliqués.

— On ne peut donc pas détecter l'autisme avant la naissance, en étudiant par exemple le caryotype du fœtus ?

— On a repéré des régions chromosomiques concernées dans certains cas d'autisme mais tout diagnostic précoce est impossible. Pour l'instant. Nous parlons de recherches en pleine évolution.

— Et la piste du traumatisme ? demanda Jeanne, changeant de direction. Certains enfants deviennent-ils autistes à cause d'un choc psychologique ?

Hélène Garaudy sourit. Son visage était sans âge. Impossible non plus de dire s'il était beau ou laid. Il dégageait seulement une impression de souveraineté sans faille. Une sérénité incorruptible.

— Beaucoup de gamins autistes naissent ainsi. La vie n'a donc pas pu les influencer. À moins qu'on ne parle de la *vie d'avant*... L'existence intra-utérine. Ici, on rejoint les théories de Bruno Bettelheim.

— Comme le nom de votre centre ?

La directrice ne répondit pas. Elle fit glisser la petite fille sur la surface de l'eau. Malgré la douceur du mouvement, la violence de ce corps blanc, des bouées jaunes à ses bras, des flots turquoise était presque insoutenable. L'enfant faisait mal à voir — avec ses lèvres retroussées, ses gencives couleur de betterave, son corps atrophié... Une infirmière, qui venait d'entrer dans le bassin, prit le relais et dirigea l'enfant vers d'autres assistants qui attendaient sur le bord.

Hélène Garaudy sortit de l'eau d'une seule traction, à quelques mètres de Jeanne. Elle avait une taille de libellule. Un cul galbé.

— Venez, fit-elle en attrapant une serviette et un sac en toile posés sur le sol. Allons prendre le soleil. J'ai une demi-heure pour déjeuner. Je vous invite.

Au-delà des baies vitrées, les pelouses se déployaient, lisses et éclatantes comme des greens de golf. Des blocs de marbre blanc se dressaient à la manière de sculptures contemporaines. Ces jardins possédaient la quiétude d'un atrium romain.

Jeanne s'attendait à ce que la directrice enfile une blouse blanche d'infirmière mais Hélène ôta simplement son bonnet de bain et resta en maillot. Elle portait un chignon soigneusement négligé et sa nuque avait la cambrure un peu menaçante d'un arc qui va tirer.

La femme attrapa un paquet de Marlboro dans son sac et alluma une cigarette, jetant un bref regard à l'enfant. Les infirmiers la sortaient du bassin avec précaution et l'installaient sur un siège roulant.

— Nous devons faire attention avec elle. Le bain l'apaise, mais…

— Elle est dangereuse ?

Sans quitter des yeux le convoi, Garaudy cracha une bouffée.

— Son père l'élevait avec des chiens. En réalité, il prenait beaucoup plus soin de ses chiens que de sa fille. Quand nous l'avons récupérée, elle imitait les bêtes, espérant obtenir ainsi un traitement de faveur. Quand elle a compris que notre job, c'étaient plutôt les humains, elle s'est mise à haïr les chiens. Et à en avoir une trouille bleue. Ce qui crée en elle un terrible conflit intérieur.

— Pourquoi ?

— Parce qu'une part d'elle-même est restée, d'une certaine façon, un chien.

Les infirmiers dirigeaient maintenant l'enfant vers le bâtiment central. L'un des infirmiers lui ôta son bonnet de bain. Une longue chevelure fauve jaillit au soleil. Jeanne eut l'impression que c'était sa part animale qui se révélait.

— Venez. Asseyons-nous là.

Les blocs n'étaient pas en marbre mais en ciment peint. Au pied de l'un d'eux, une glacière était posée à l'ombre. Hélène l'ouvrit et y puisa une canette glacée.

— Coca light ?

— C'est notre déjeuner ?

— La ligne avant tout !

Jeanne attrapa la canette. Elle sentit sous ses doigts une constellation de gouttes fraîches.

Un cri déchirant retentit, provenant du bâtiment. Jeanne sursauta. Elle avait l'impression que le monde clos, impénétrable, indéchiffrable, de l'autisme était symbolisé par l'édifice blanc, vibrant dans le soleil.

La directrice, cigarette au bec, ouvrit une autre canette. Elle semblait ne rien avoir entendu. Chacun de ses gestes était empreint d'une nuance raffinée et désabusée.

— Nous parlions de Bruno Bettelheim..., reprit Jeanne.

— Oui. Vous connaissez ?

— Vaguement. Il a écrit la *Psychanalyse des contes de fées*, non ?

— Il a surtout travaillé sur l'autisme. C'était un psychiatre d'origine viennoise qui s'est installé aux États-Unis. Il a créé un institut, l'école orthogénique, sur le campus de l'université de Chicago. Avant cela, en Europe, il a connu la déportation en 1938. Il était juif. C'est dans les camps, à Dachau puis à Buchenwald, qu'il a trouvé sa méthode pour soigner les enfants autistes.

— De quelle façon ?

— En observant les autres prisonniers. Il a remarqué que les déportés se refermaient sur eux-mêmes pour se protéger de cet environnement totalement destructeur. Plus tard, face aux enfants autistes, il a conclu que ces gosses percevaient, de la même façon, la réalité extérieure comme une menace irrémédiable. Pour les soigner, il fallait donc créer un univers diamétralement opposé à cette menace. Un monde 100 % positif, visant à ouvrir leur esprit, à les libérer de la peur, afin d'inverser le processus psychique de terreur et d'enfermement...

— C'est la méthode qu'il a appliquée dans son école ?

— Dans son centre, chaque détail était conçu dans ce sens. La couleur des rideaux et des murs. La ligne des meubles. Les statues dans les jardins. Les bonbons dans les placards, toujours à portée de main. Les portes ouvertes. Là où les choses se gâtaient, c'est qu'il interdisait aux parents de voir leurs enfants.

— Il les considérait comme menaçants ?

— Dans la tête de l'enfant, en tout cas. C'est toute la théorie de Bettelheim. Pour lui, l'autisme est le résultat d'un abandon. Réel ou imaginaire, mais ressenti en profondeur par l'enfant. Sa fermeture au monde est une réaction psychique. Un mécanisme de défense.

Un souvenir frappa Jeanne. Parmi les livres de chevet d'Antoine Féraud, il y avait *La Forteresse vide* de Bruno Bettelheim. Sans doute le psychiatre avait-il voulu se rafraîchir la mémoire à propos de l'autisme après avoir rencontré Joachim...

— Ce sont les méthodes que vous suivez ici ?

— Non. Nous admirons l'homme, mais les traitements ont beaucoup évolué.

— Vous tolérez la visite des parents ?

— Bien sûr.

Cette idée en appela une autre. Jeanne songea à Joachim et à son père.

— Est-ce que le prénom de Joachim vous dit quelque chose ?

— Non. Pourquoi ?

— Pour rien. (Elle admit avec un bref sourire :) Cette enquête est très difficile. Je lance des lignes mais rien ne mord...

— Je ne comprends pas. Vous êtes en charge du dossier ?

— Non. C'est une des difficultés... Est-ce que François Taine vous avait contactée ?

— Qui est-ce ?

— Le juge saisi de l'instruction.

— Le nom ne me dit rien mais un magistrat m'a appelée, oui. Il m'a posé des questions sur l'autisme. On lui a retiré l'enquête ?

— Il est mort.

— Comment ?

— Dans un incendie. Avant-hier.

Hélène Garaudy but une goulée pétillante. La proximité de la mort ne lui faisait pas peur. Une infirmière assassinée et dévorée quelques jours auparavant dans son propre établissement. Le magistrat en charge de l'enquête brûlé vif. Tout cela glissait sur son esprit comme la lumière sur son corps.

— Les événements sont liés ? fit-elle enfin.

— Sans doute. Sans compter deux autres meurtres. Des jeunes femmes qui ressemblaient à Marion Cantelau.

— Un tueur en série ?

— A priori.

Jeanne n'avait pas envie d'entrer dans les détails. Elle voulait plutôt approfondir la deuxième partie de son équation à trois inconnues : autisme, génétique, préhistoire...

— Voyez-vous un lien entre l'autisme et la préhistoire ?

— Qu'est-ce que vous entendez par « préhistoire » ?

— Vie primitive, attitude régressive.

— Il y a un lien, oui.

Jeanne tressaillit : elle ne s'attendait pas à une réponse positive.

— Vous savez ce qu'est un enfant-loup ? enchaîna Hélène Garaudy.

— Non.

— Un enfant sauvage. Un gosse abandonné qui a grandi en milieu hostile. Dans une forêt, par exemple. Vous avez entendu parler de Victor de l'Aveyron ?

— J'ai vu le film de François Truffaut.

— C'est une histoire réelle. Cet enfant d'une dizaine d'années a été découvert en 1800, dans une forêt de l'Aveyron. Il se déplaçait à quatre pattes et était apparemment sourd et muet. Il se balançait sans relâche, ne témoignait aucune affection à ceux qui le nourrissaient. Il a été confié à un jeune médecin militaire, Jean Marie Gaspard Itard, qui a consacré beaucoup de temps à son apprentissage.

Jeanne revoyait les images en noir et blanc du film. La patiente éducation d'Itard, interprété par Truffaut lui-même. Le gamin hirsute, à la fois bestial et angélique. Les étapes de son instruction. La musique de Vivaldi...

— Itard, malgré ses efforts, n'a jamais réussi à « restaurer » Victor.

— Je ne vois pas le rapport avec l'autisme.

— Aujourd'hui, tout porte à croire que Victor était autiste. C'est sans doute même le premier enfant autiste à avoir été observé aussi finement.

— Son mutisme aurait été provoqué par ses années en forêt ?

— Il y a plusieurs hypothèses. Pour Itard, l'état de Victor provenait de l'absence de contact avec la

279

société et l'éducation. Mais une autre idée a émergé. Une idée, disons, opposée. Victor était frappé d'autisme à la naissance. C'est pour cela qu'on l'a abandonné en forêt. C'est l'autisme qui a provoqué son abandon, et non l'inverse.

Une phrase résonnait dans la tête de Jeanne : *La forêt, elle te mord.* Joachim avait-il été abandonné dans une forêt ? Était-il né autiste ? Ou était-il devenu autiste parce qu'il avait été abandonné ? Jeanne frôlait la vérité – mais ne tenait rien.

— On pense aujourd'hui que toutes les histoires célèbres d'enfants sauvages étaient des cas d'autisme. Bettelheim a écrit là-dessus. Selon lui, les enfants-loups n'ont pas perdu leurs facultés intellectuelles dans la nature. Elles n'ont jamais existé. Mais il est si difficile d'admettre qu'un enfant soit retourné à une telle sauvagerie qu'on a préféré inventer des contes d'adoption par des singes ou des loups... C'est le cas notamment des deux célèbres filles-loups de Midnapore, en Inde, Amala et Kamala, qui ont été décrites par le révérend Singh dans les années trente. Il est clair aujourd'hui que ces petites filles étaient autistes. Leur attitude prostrée, fruste et primitive, a été assimilée à un retour à l'état animal. En réalité, elles avaient dû être rejetées, justement, à cause de leurs déficiences...

Jeanne eut envie de proposer son hypothèse – *vécue* – d'un homme schizophrène possédant deux personnalités, dont l'une était frappée d'autisme. Un enfant coupé du monde, à l'intérieur d'un homme civilisé. Mais elle devinait déjà que Garaudy réagirait comme Bernard Level, le profiler : absurde.

Elle revint aux faits tangibles du dossier :

— Certains détails des scènes de crime nous laissent penser que le tueur souffre d'autisme.

— C'est ridicule. Cette pathologie ne...

— On m'a déjà expliqué. Mais qu'est-ce que vous pensez de ceci ?

Jeanne sortit de son sac les clichés des empreintes de mains sanglantes. Les images brillaient si fort au soleil qu'elles semblaient brûler. La directrice regarda posément les tirages, imperturbable. Jeanne soupçonnait chez elle une force de caractère unique, sans parvenir à identifier sa nature ni son origine.

— Ce sont les photos de la scène de crime de Marion ?

— Oui. Mais les deux autres scènes portent les mêmes empreintes.

— Et alors ?

— On voit bien que le tueur tourne autour du corps, sans doute à quatre pattes. Ses mains sont inversées par rapport aux pieds. Cela peut être, paraît-il, un signe d'autisme.

— Et de bien d'autres choses. C'est tout ce que vous avez ?

Jeanne faillit évoquer la voix de fer de l'enfant-monstre. Son impossibilité de dire « je ». La litanie de *Porque te vas...* Mais il aurait fallu expliquer *où* elle avait récolté ces indices.

— Que pensez-vous de ces dessins ? demanda-t-elle en montrant des images des inscriptions sanglantes. Pourraient-ils avoir été tracés par un autiste ?

— Oui.

Jeanne se raidit. Une nouvelle fois, elle avait lancé son coup de sonde à l'aveugle. Une nouvelle fois, elle obtenait une réponse positive.

— Expliquez-moi.

— J'ai souvent vu des alphabets de ce genre... La répétition des motifs. L'alignement de l'ensemble. Il pourrait s'agir d'un de ces néo-langages qu'inventent parfois les autistes.

— Qu'est-ce que ça peut vouloir dire ?

— En général, cela a surtout valeur de protection.

— Une protection ?

— Les dessins, quand ils sont alignés ainsi, jouent un rôle de barrage. Des fresques, des frises, qui ont valeur de frontière. Bettelheim a décrit le cas d'une petite fille, Laurie, qui construisait une « frontière » avec des écorces. Elle reproduisait des ondes sinusoïdales presque parfaites...

— Le tueur aurait voulu protéger ainsi l'espace de son sacrifice ?

— Peut-être. Son monde, en quelque sorte.

Hélène Garaudy regarda sa montre. La pause-déjeuner était terminée. Jeanne glissa une dernière question :

— Est-ce que, de près ou de loin, le cannibalisme pourrait avoir un lien avec l'autisme ?

— Vous avez la tête dure, fit la psychiatre avec irritation. Je vous ai dit que le meurtrier ne peut pas souffrir d'une telle pathologie.

— Mais peut-on imaginer un rapport entre ces deux éléments ?

— D'une certaine façon, concéda Garaudy. Seulement d'un point de vue fantasmatique. De nombreux psychanalystes, comme Melanie Klein, dans les années trente, ont remarqué que les pulsions sexuelles des autistes sont agressives.

— Jusqu'au cannibalisme ?

— Le fantasme peut aller jusqu'à la dévoration, oui. Mais, encore une fois, votre tueur ne peut être autiste. Cette pathologie est une véritable infirmité mentale, au même titre qu'un handicap physique.

Hélène Garaudy rendit les photos et se leva.

— Je suis désolée, fit-elle en attrapant son sac. C'est l'heure du boulot.

Jeanne lui emboîta le pas. Elles traversèrent la pelouse, pénétrèrent dans le bâtiment et descendirent un escalier qui menait aux vestiaires. L'air frais de la climatisation leur fouetta le visage. Jeanne eut l'impression de traverser un miroir glacé.

— Ils n'ont jamais su régler ce truc…, murmura Garaudy.

Elle se dirigea vers un des casiers qui tapissaient le mur. Elle l'ouvrit, ôta son maillot sans la moindre gêne puis enfila un boxer noir et un soutien-gorge de même couleur.

Elle se releva et demanda en observant Jeanne :

— C'est quoi, ce petit chemisier ?

Jeanne portait une chemise de coton très légère, noire et transparente, qui révélait les lignes de son soutien-gorge extra-fin. Elle prit le ton neutre de l'expert en déminage qui présente les composantes d'une bombe :

— Coton. Mailles fines. Joseph.

— Ça doit rendre fous les mecs, non ?

Elles rirent. Jeanne s'imaginait bien prendre un brunch avec cette femme. Échanger quelques inepties sur les hommes. Mais Hélène Garaudy sortit une blouse noire. Un col blanc. Un voile…

Jeanne était stupéfaite. La psychiatre était une religieuse. Ainsi s'expliquait son sang-froid face au meurtre barbare de Marion Cantelau. La force universelle de la foi.

— Je vous présente sœur Hélène, fit-elle en esquissant une révérence. De l'ordre des Carmélites de Sion. L'institut Bettelheim est religieux à 50 %. Et comme vous pouvez le constater, c'est cette moitié-là qui commande.

Jeanne ne pouvait répondre, estomaquée.

— Méfiez-vous des apparences, sourit la sœur. Surtout quand elles sont toutes nues...

32

— Ça pue, non ?

Jeanne était d'accord. Elle se trouvait maintenant au pied des bâtiments vitrés des laboratoires Pavois. Quand elle s'était annoncée à l'accueil, Bernard Pavois avait préféré la rejoindre puis l'avait guidée dehors. Elle se demandait pourquoi. Une puanteur lourde, lancinante, rouillée, écrasait tout.

— Ce sont les usines de Saint-Denis, expliqua le géant. Des vestiges du grand développement industriel du département. Vous savez pourquoi tant d'usines ont été construites dans le 93 à partir de la fin du XIXe siècle ?

— Non.

— À cause du régime des vents. Les Parisiens – les capitalistes – voulaient être sûrs que les odeurs industrielles ne se dirigeraient pas vers la capitale. Et surtout pas vers l'ouest, où on construisait les quartiers chics de Paris. Quand j'étais môme, les unités de Saint-Gobain tournaient encore à Aubervilliers, avec leur odeur de soufre, à côté de sites qui brûlaient les os des abattoirs de La Villette. On ne disait pas alors « Ça sent le soufre » ou « Ça pue la mort », on disait : « Ça sent Aubervilliers. »

— Vous êtes né dans le département ?

— À Bondy. Comme André Malraux.

Jeanne se retourna et considéra le long bâtiment de béton et de verre. Des milliers de mètres carrés d'activité scientifique. Quatre étages de lieux stériles, d'ordinateurs et de chercheurs en blouse blanche. La preuve manifeste de la réussite de Bernard Pavois. Une unité de science totalement aseptique, en pleine banlieue défavorisée.

— Le 9-3 mène à tout, fit-elle d'un ton ironique.

— À condition d'y rester. J'ai toujours voulu faire quelque chose pour ma région. C'est pour ça que j'ai monté ce laboratoire. J'aurais pu végéter dans un service de recherches mais je voulais leur montrer, à tous, que cette banlieue Nord n'est pas seulement un enfer de pollution, de misère et de violence. Je ne suis pas sûr d'avoir réussi. Au fond, ce qui est le plus connu chez nous aujourd'hui, ce sont les émeutes des cités et les deux pauvres gosses qui sont morts planqués dans un transfo...

La première fois, Bernard Pavois lui était apparu comme un bouddha froid et impassible. Il semblait aujourd'hui passionné, militant, emporté. Un Golem au sang chaud.

— Je peux fumer ? demanda-t-il. L'odeur ne vous dérange pas ?

— Au point où on est.

— C'est l'avantage du coin, souffla Pavois en lui faisant un clin d'œil. On peut pas tomber plus bas.

Il alluma une cigarette avec des gestes tranquilles. Jeanne surprenait chez lui un charme inhabituel.

Derrière la force, le calme, on sentait une vraie gentillesse, une volonté d'aimer et de protéger. Le gros bonhomme froid aux lunettes carrées et au goitre de pélican était aussi un nounours. Un homme qui pouvait rendre heureux sa compagne, mais pour qui tout s'était écroulé quelques jours auparavant.

— J'ai lu les journaux, fit-il. L'incendie de la rue Moncey. J'ai reconnu la photo de votre collègue. C'est lié au meurtre de Nelly ?

— François Taine, c'est son nom, avait découvert quelque chose de dangereux pour le tueur. Tout porte à croire qu'il a été éliminé.

Pavois conserva le silence. Jeanne savait qu'il ne lui servirait pas des condoléances banales. Ni des commentaires effrayés.

— C'est vous qui reprenez l'enquête ? demanda-t-il après avoir craché une bouffée.

— Pour être franche, pas du tout. Je n'avais même aucun droit d'être ici la première fois.

— J'avais compris. Le juge, c'était un ami, non ?

— Très cher. Et je ne lâcherai pas l'enquête avant d'avoir identifié son assassin.

Ils marchaient à travers de longues étendues d'herbe. Comparés aux pelouses parfaites de Garches, les terre-pleins des laboratoires faisaient pâle figure. Des surfaces mi-jaunes, mi-pelées, encore crevées çà et là de flaques de boue…

— Qu'est-ce que vous voulez savoir ?

Jeanne n'était pas venue pour interroger le cyto-généticien sur Nelly Barjac. Ni sur les liens éventuels entre autisme et génétique, elle savait à quoi s'en tenir. Il restait la préhistoire…

— Je m'intéresse à un point précis. Existe-t-il un rapport entre la génétique et la préhistoire ?

— Je ne comprends pas la question.

— Par exemple, les hommes primitifs avaient-ils un caryotype différent ?

— Il faudrait plutôt voir des paléo-anthropologues... J'ai des noms, si vous voulez.

— Mais vous, que savez-vous ?

— Pas grand-chose. Je peux vous donner quelques éléments mais rentrons au frais. On est en train de fondre sous ce cagnard.

En chemin, Bernard Pavois tint à lui faire visiter chaque étage, chaque espace de son laboratoire, non sans une certaine fierté. Comme la première fois, Jeanne était éblouie, au sens physique du terme. Sous le soleil, les salles des laboratoires semblaient être en cristal. Les vitres, les paillasses, les pipettes se succédaient, multipliant les éclats, les étoiles, les filaments de clarté. Ils croisèrent des espaces stériles où les microbes ne pénétraient pas. Des pièces pressurisées où la poussière était interdite de séjour. Des salles d'observation ponctuées d'ordinateurs rehaussés de binoculaires.

Pavois reprit l'explication de la chaîne des opérations permettant de dresser un caryotype, en s'arrêtant devant chaque lieu, chaque instrument. La centrifugeuse pour l'isolation des cellules. Les étuves à 37 degrés pour la mise en culture. Le binoculaire pour l'observation de la « métaphase », la séparation des chromosomes, puis leur coloration et leur mise en ordre. L'échantillon était alors référencé dans l'ordinateur sous un numéro unique – dix chiffres qui comprenaient la date. Enfin, le résultat était retourné au commanditaire, gynécologue, clinique ou hôpital.

— Et la préhistoire ? rappela enfin Jeanne.

— Je vous l'ai dit, je ne suis pas un spécialiste.

— Le caryotype des hommes préhistoriques était différent ou non ?

— Bien sûr. L'homme de Néandertal avait 48 chromosomes au lieu des 46 actuels. Comme le chimpanzé.

— À quel moment de l'évolution la carte génétique de l'homme moderne s'est-elle fixée ?

— Aucune idée. Et je ne suis pas sûr que les experts le sachent. Les échantillons collectés sur des fossiles ne permettent pas d'établir des caryotypes. Pour cela, il faudrait du matériel vivant. Mais une chose est sûre, notre évolution continue. Nos chromosomes ne cessent d'évoluer.

— Dans quel sens ?

— Il y a très longtemps, le X et Y de notre espèce étaient de taille équivalente. Le Y, au fil des millénaires, n'a cessé de rapetisser. Aujourd'hui, il fait pâle figure face au X de la féminité.

— Cela veut dire que le mâle va disparaître un jour ?

— Exactement. Il n'y aura plus d'hommes sur terre.

Jeanne tenta d'imaginer un monde peuplé seulement d'Amazones livrées à elles-mêmes. Malgré le fait que l'homme constituait sa principale source d'emmerdements, cette perspective ne l'excitait pas du tout.

— C'est pour quand ?

— Dans dix millions d'années. On a encore de belles engueulades devant nous !

Sa blague fut suivie d'un rire soudain, presque enfantin, qui résonna au fond de son goitre, mais s'acheva sur une expression sombre. Jeanne comprit : Pavois pensait à Nelly. Sa femme. Son aimée. Morte assassinée. Elle respecta son silence. Si le généticien avait quelque chose sur le cœur, il le dirait. Ou non.

— Je peux visiter le bureau de Nelly ?

— Des policiers sont déjà venus.

— J'aimerais quand même y jeter un œil.

— C'est par ici.

Ils montèrent un étage. Jeanne découvrit un lieu standard, mais spacieux. Des grandes fenêtres. Un bureau à la surface noire, parfaitement rangé. Une armoire. Des casiers. Jeanne était étonnée que les flics n'aient pas laissé ici leur bordel habituel. Elle s'assit derrière le bureau – Pavois s'était éclipsé. Et tenta d'entrer dans la peau de Nelly Barjac, tout en demeurant dans celle des enquêteurs qui avaient déjà ratissé les lieux.

Elle considéra le téléphone. Ils avaient étudié ses coups de fil, ses messages. Elle observa l'ordinateur. Ils avaient aussi épluché ses e-mails. Ils n'avaient rien trouvé. Mais ils étaient comme Jeanne : ils ne savaient pas ce qu'ils cherchaient au juste... Elle renonça à allumer la machine.

Elle ouvrit les tiroirs du bureau. Trouva des dossiers. Rédigés dans une sorte de langue étrangère traversée de chiffres, de schémas, de symboles. Il y avait aussi des noms de pays, de régions à travers le monde. Jeanne se souvint de l'activité nocturne de

Nelly : des recherches sur le patrimoine génétique d'Amérique latine, sur les différences ADN entre les peuples. Reischenbach aurait dû soumettre ces études à des spécialistes. Mais pour obtenir quoi ?

Jeanne s'installa bien droite dans son fauteuil et contempla encore la surface du bureau. Des bibelots égayaient ses contours. Des souvenirs de voyage. Coquillages d'Afrique reliés en bracelets. Fils de laine d'Amérique du Sud – des fragments de châles ou de tapis. Statuettes en bois, minuscules, sans doute d'origine océanique. Il y avait aussi des trombones. Des élastiques. Et une boîte de balsa clair, frappée d'un logo, qui avait dû contenir des biscuits. Jeanne l'ouvrit. Découvrit un tas de papiers. Factures de papeterie. Post-it griffonnés. Jeanne était surprise que les flics n'aient pas embarqué ces fiches mais, à l'évidence, il n'y avait là rien de crucial.

Elle fouilla encore. Des bordereaux de transporteurs. DHL. UPS. Fedex. Certains étaient vierges. D'autres portaient les coordonnées d'expéditeurs. Nelly recevait des envois des quatre coins de l'Amérique. Jeanne en déduisit que ces plis étaient en rapport avec ses recherches. Des échantillons de sang. Des fragments permettant des analyses génétiques...

Elle s'arrêta sur l'un d'eux – il provenait de Managua, capitale du Nicaragua. L'expéditeur se prénommait Eduardo Manzarena, de la société Plasma Inc. La réception du colis, via UPS, s'était faite le 31 mai 2008. Cinq jours avant le meurtre. Managua. C'était dans cette ville que François Taine avait appelé un numéro protégé dimanche. C'était pour cette destination qu'Antoine Féraud s'était envolé lundi matin, via Madrid.

Jeanne fourra le bordereau dans sa poche.

— C'est bon pour vous ?

Bernard Pavois se tenait sur le seuil du bureau.

— Il faudrait que je reprenne le boulot... Je veux dire : vraiment. À mon étage.

— Bien sûr, dit-elle en se levant. J'y vais. Pas de problème.

Le colosse la raccompagna jusqu'à l'ascenseur. Quand les portes s'ouvrirent, il se glissa avec elle dans la cabine – il voulait jouer son rôle d'hôte jusqu'au bout. Ils atteignirent le rez-de-chaussée. Traversèrent le hall blanc et climatisé, sans un mot. Jeanne était tentée de l'interroger encore sur les plis et colis que Nelly Barjac recevait régulièrement, mais elle sentait, d'instinct, qu'il ne fallait plus poser de questions.

Sur le seuil de l'immeuble, dans la touffeur de l'après-midi, Bernard Pavois reprit la parole :

— J'ai bien senti que mon attitude de la dernière fois vous a choquée. Mon absence apparente de chagrin.

— Le chagrin peut s'exprimer autrement que par des larmes.

— Et les larmes peuvent exprimer autre chose que le chagrin.

— Le Nirvana ?

Le cytogénéticien carra ses mains dans ses poches. Derrière ses lunettes d'écaille, ses yeux mi-clos évoquaient de nouveau la sagesse monolithique d'un bouddha.

— En tant que juge, je ne sais pas, mais en tant que femme, vous me plaisez.

— Alors, dites-moi ce que vous avez sur le cœur.

— J'ai cinquante-sept ans, fit-il en rallumant une cigarette. Nelly en avait vingt-huit. J'ai deux fils qui ont pratiquement son âge. Elle était jolie. Je ne suis pas précisément un prix de beauté, vous avez dû le remarquer. Pourtant, on avait trouvé notre rythme de croisière. Ça vous étonne ?

— Non.

— Vous avez raison. Nelly, malgré tout ce qui nous opposait, était, comme on dit, ma dernière chance. Et je pense que je la rendais heureuse. On aurait peut-être même pu avoir des enfants. Quoique, avec notre boulot, on n'était pas très portés sur la procréation.

— Vous aviez peur d'une anomalie ?

— Simple overdose. Un mec de chez Kellog's ne prend pas de céréales au petit déjeuner.

— En terme de métaphores, vous pourriez trouver mieux.

— Que dites-vous de « on dîne pas où on chie » ?

Pavois rit, encore une fois, de sa propre blague. Un éclat de rire grave, puissant, plus serein que le premier. Jeanne retrouvait l'impression de la première fois. La maîtrise magistrale de l'homme face à ses propres sentiments. À mesure qu'il évoquait Nelly et sa tristesse, son sourire s'épanouissait. Il avait atteint un point de l'esprit où détresse et joie se confondent en une même plénitude.

— Je vais vous faire une confidence, dit-il en rajustant ses lunettes. Quand on a découvert le corps de Nelly, jeudi dernier, je me suis juré de trouver le meurtrier. De le tuer de mes propres mains. (Il tendit les doigts devant lui.) Croyez-moi, je suis armé pour cela. Je pensais que mon karma était de venger Nelly. Et puis, vous êtes arrivée dans mon bureau.

— Et alors ?

— Ce karma, c'est le vôtre. Pour une raison que j'ignore, vous êtes prédestinée à débusquer ce salaud. Vous ne le lâcherez pas. Il n'y aura ni frontière, ni répit à votre chasse. Peut-être même que cela se passera dans une autre vie. Mais votre âme et celle du monstre sont destinées à se rencontrer et s'affronter.

— J'espère y parvenir dans cette vie-là.

Bernard Pavois ferma les yeux, bouddha alangui à l'ombre de la révélation.

— Je ne suis pas inquiet.

33

— Tu as avancé sur les coups de fil de Taine ?

— On en a déjà parlé, je crois.

— On a parlé de numéros protégés. As-tu identifié les types qu'il a appelés au Nicaragua et en Argentine ?

— Seulement au Nicaragua, pour l'instant.

— Quel est le nom du mec ?

— Eduardo Manzarena.

Au volant de sa voiture, Jeanne sortit de sa poche le bordereau UPS piqué dans le bureau de Nelly. Elle savait déjà que c'était l'expéditeur du pli. Fourmillements dans ses veines. Le 31 mai dernier, Nelly Barjac avait reçu un colis envoyé par Manzarena, directeur du laboratoire Plasma Inc. Le 8 juin, François avait appelé ce même homme, sans doute un hématologue, un spécialiste des maladies du sang et des organes producteurs de sang.

— C'est pas tout, poursuivit Reischenbach. J'ai réétudié le listing des appels passés par ton psy, Antoine Féraud. Pas seulement ses deux derniers coups de fil du lundi. Ceux du week-end. Le dimanche, à 17 heures, lui aussi a téléphoné au Nicaragua. Un portable. Tu devines celui de qui ?

— Eduardo Manzarena.

— Exactement. Je ne sais pas comment tu t'es démerdée mais c'est toi qui tiens la piste la plus chaude. Et ça se passe à Managua.

Jeanne ne répondit pas. Il y avait un lien, oui. Entre autisme, chromosomes, préhistoire. Quelque chose d'organique, de profond, qui résidait peut-être au fond d'un échantillon de plasma nicaraguayen...

— Et toi, reprit Reischenbach, t'en es où ?

— Je revois les patrons des victimes. Hélène Garaudy, institut Bettelheim. Bernard Pavois, des laboratoires du même nom...

— Ils te répondent ?

— Aucun problème.

— Ça ne les dérange pas de voir débouler une juge pour les interroger ?

— Ils ignorent que d'habitude, c'est le contraire.

Le flic insista :

— Ils savent que tu n'es pas saisie de l'affaire ?

— Le prestige du titre.

— Qu'est-ce que tu cherches au juste ?

— J'en saurai plus ce soir.

— Il est 17 heures, Jeanne. Ça te laisse plus beaucoup de temps.

— C'est valable aussi pour toi. T'as gratté sur le quotidien des trois filles ?

— Oui. Il n'y a rien. Pas un lieu en commun, pas un nom qui croiserait les vies...

— Les éventuels vols ou actes de vandalisme dans les musées préhistoriques ?

296

— J'ai les résultats. *Nada.*

— Et du côté de l'IJ ? de l'IML ? Rien de neuf ?

— S'il y en a, ce n'est pas moi qu'ils appelleront.

— Tu sais qui a été saisi ?

— Non. Dès que j'ai les noms, je t'appelle.

— Pour que je les évite ?

— Pour que tu saches qui sont tes ennemis.

Jeanne prit un ton plus ferme :

— Identifie cet Eduardo Manzarena. Cherche l'activité de la société Plasma Inc., à Managua. Et mets aussi un nom sur l'autre mec que Taine a appelé en Argentine.

— Jeanne, j'arrête tout ce soir.

— On est d'accord. On se rappelle à la nuit.

La porte de La Chapelle était en vue. Elle quitta le périphérique et s'engagea dans la rue de la Chapelle. Elle avait creusé l'autisme. La génétique. Restait la préhistoire. Elle se dirigeait vers l'atelier d'Isabelle Vioti.

Parvenue au métro aérien, elle tourna à droite, sur le boulevard de la Chapelle, puis à gauche, dans la rue de Maubeuge, jusqu'à atteindre le boulevard Magenta. Elle fila en direction de la place de la République mais bifurqua avant, dans la rue de Lancry, afin de prendre la rue du Faubourg-du-Temple par le haut, dans le bon sens. Sa petite auto était chaude comme un four. Sa climatisation ne marchait plus – elle ne se souvenait pas qu'elle ait marché un jour. Jeanne avait l'impression de se diluer dans sa propre sueur.

Elle stoppait devant le 111 quand son téléphone sonna. Elle ne connaissait pas le numéro.

— Allô ?

— C'est le commandant Cormier.

Jeanne ne répondit pas. Le nom ne lui disait rien.

— Je vous ai apporté des fleurs, ce matin.

— Oui, bien sûr…

— J'ai fait des recherches sur les produits qui pourraient protéger du feu. J'ai appelé des contacts dans le cinéma. Des cascadeurs, des spécialistes. Je me suis un peu avancé ce matin : il n'existe aucun produit qui puisse protéger la chair humaine du feu. Pas au point d'enflammer un corps nu sans risque.

— Je m'en doutais. Je vous remercie. Je…

L'homme nu enflammé se battant sur la mezzanine avec François Taine. Le monstre brûlé qui ne ressentait aucune douleur. Elle avait rêvé ou quoi ?

— Ça va ? demanda le pompier. Vous vous sentez bien ?

— Tout va bien. Et encore merci pour les fleurs.

— Merci pour l'escalier.

Jeanne sortit de sa voiture et s'aperçut qu'elle tremblait. Ses nerfs lui faisaient penser aux cordes d'une harpe – au bord de la rupture.

Après quelques hésitations parmi les cours et les bâtiments, elle trouva l'atelier de reconstitution, derrière une petite bambouseraie. Une grande agitation y régnait. Les assistantes d'Isabelle Vioti, en blouse blanche, déplaçaient les sculptures sur des diables. D'autres portaient des bustes, des têtes. Jeanne repéra les cheveux rouges de la patronne.

— Vous déménagez ?

Jeanne s'était avancée sur le seuil – la porte était ouverte. Isabelle Vioti la reconnut. S'essuyant les mains sur sa blouse, elle s'approcha, sourire aux lèvres.

— On a décidé de changer la topographie de l'atelier. Pour essayer d'effacer... enfin... vous comprenez... Changer l'esprit des lieux.

— Je comprends.

— Les funérailles de Francesca ont eu lieu ce matin. Aucun policier n'est venu. Personne ne m'a rappelée. C'est normal ? Vous avez trouvé le tueur ?

— C'est plutôt le contraire.

— Le contraire ?

— C'est lui qui nous a trouvés.

Jeanne regretta ce jeu de mots facile. Ce n'était ni le moment, ni le propos. Elle enchaîna, soudain sérieuse :

— Vous ne lisez pas les journaux ?

— Pas aujourd'hui, non.

— Le juge responsable de l'affaire. Celui qui était avec moi la dernière fois. Il est mort. Dans un incendie. C'est sans doute le meurtrier des femmes qui a frappé.

Isabelle Vioti devint toute pâle. Le contraste avec la violence de ses cheveux était digne d'une toile de Klimt. Du blanc et du rouge.

— Vous... vous pensez qu'on est en danger ? Je veux dire, ici ?

— Non. Pas du tout. On peut parler quelques minutes ?

L'artiste fit un effort visible pour maîtriser son trouble.

— Venez par là.

Elles retournèrent dans la salle d'exposition, celle où trônait la longue table noire. Les sculptures étaient toujours en place.

— Asseyez-vous. Qu'est-ce que vous voulez savoir ?

— J'ai besoin de repères, fit Jeanne en s'installant derrière la table laquée.

— Sur notre travail ?

— Sur l'évolution de l'espèce humaine.

Isabelle Vioti parut étonnée, elle restait debout.

— Cela a une importance pour votre enquête ?

— Pour l'instant, j'avance dans le noir.

— Vous êtes en train de parler de plusieurs millions d'années d'évolution... Il nous faudrait la soirée pour...

— Faites-moi un résumé.

La femme fourra ses mains dans ses poches – elle portait une blouse blanche tachée de glaise. Elle paraissait hésiter. Au bout de quelques secondes, elle demanda :

— Vous voulez un thé ?

— Ne vous dérangez pas.

— Ça ne me dérange pas. J'en ai toujours du chaud, dans une thermos.

— OK. Noir et sans sucre.

Isabelle Vioti s'affaira quelques secondes. Apporta deux tasses fumantes et attaqua. Derrière elle, les créatures préhistoriques paraissaient écouter, à la fois étudiants et objets du cours magistral :

— On considère en général que nous nous sommes séparés du singe, génétiquement, il y a 6 à 8 millions d'années. À cette époque, en Afrique de l'Est, une longue fissure s'est ouverte à travers le continent africain. La faille du Rift. Ce phénomène a provoqué une coupure écologique qui a décidé de notre destin. D'un côté, la forêt humide est demeurée et les singes sont restés singes. De l'autre, les terres se sont asséchées et ont donné naissance à la savane. Dans ce nouveau contexte, le singe s'est relevé sur ses membres inférieurs pour pouvoir apercevoir ses prédateurs. Il a ainsi accédé à la bipédie et s'est transformé en australopithèque, l'ancêtre de l'homme, dont le spécimen le plus connu est Lucy. Vous avez dû en entendre parler. Cette femelle a environ 3,3 millions d'années. Il n'y a qu'un problème.

— Lequel ?

— Lui.

Isabelle Vioti venait de poser sa main sur un être noirâtre, mesurant tout juste un mètre. Un être qui avait tout du singe, sauf qu'il se tenait bien droit sur ses talons.

— Toumaï. Il a été découvert en 2001. Nous avons pu le reconstituer ici grâce à un moulage de son crâne et quelques ossements.

— En quoi pose-t-il un problème ?

— Il a 7 millions d'années. Il est sans doute antérieur à l'ouverture de la faille du Rift. D'ailleurs, il vient du Tchad. Donc, rien à voir avec le changement de paysage.

— C'est vraiment incompatible avec l'histoire de la fissure ?

— Cela démontre surtout ce que les paléo-anthropologues pressentent depuis longtemps. La naissance de l'homme s'est faite par petites touches simultanées, aux quatre coins de l'Afrique. L'espèce s'est cherchée, au contact du climat, du paysage, des obstacles... Différentes familles ont cohabité, se sont adaptées, et ont peu à peu dessiné notre évolution.

— Après les australopithèques, que s'est-il passé ?

— L'*Homo habilis* est apparu.

Vioti se tourna vers un nouveau personnage. Moins poilu, un peu plus grand, 1,50 mètre. Mais encore très simiesque.

— Il a au moins 2 millions d'années. On l'appelle ainsi parce qu'il commence à utiliser des pierres, des outils. Son cerveau est plus important. Il est omnivore. Il ne chasse pas encore. C'est plutôt un charognard qui se contente des restes des fauves ou dépèce des animaux morts. Un opportuniste qui vit dans des campements d'une dizaine de membres.

— L'étape suivante ?

— L'*Homo erectus*. Né il y a environ un million d'années. Lui s'éparpille. En quelques dizaines de milliers d'années, il s'oriente vers le Proche-Orient puis l'Asie.

— Vous n'avez pas de sculptures pour cette famille ?

— Dix ans que j'attends un crâne... L'*Homo erectus* va se découper en deux familles, très connues. Les Néandertaliens d'une part, qui disparaîtront progressivement, et les *Homo sapiens* archaïques, les Proto-Cro-Magnons, dont on a découvert des vestiges en Europe et au Moyen-Orient, qui deviendront ensuite les *Homo sapiens sapiens*. Les fameux Cro-Magnons. Nos ancêtres directs...

La chef de l'atelier s'écarta pour laisser voir un être plus grand et plus costaud, vêtu de fourrure, qui brandissait une lance. Des traits épais, à moitié dissimulés par de longs cheveux. L'homme aurait pu être le *roadie* d'un groupe de hard-rock ou un dégénéré assassin dans un vieux film d'épouvante.

— L'homme de Tautavel. L'*Erectus* d'Europe. On a découvert son squelette dans les Pyrénées-Orientales. Il date de moins 450 000 années. Il appartient à la branche des Néandertaliens. En fait, c'est un « anténéandertalien »... Il ne connaît pas encore le feu. Il utilise des outils bifaces. Il chasse et vit dans des grottes d'où il surveille ses prédateurs. Il est parfois cannibale...

Jeanne était certaine que le meurtrier, lors de ses crises, se prenait pour un de ces êtres primitifs.

— Il a déjà une religion ? demanda-t-elle.

— La religion commence plus tard, avec les sépultures. Aux environ de moins 100 000 ans. Alors, les Néandertaliens et les Cro-Magnons vénèrent les forces de la nature.

Jeanne songea aux inscriptions sanglantes sur les scènes de crime.

— C'est à ce moment qu'ils peignent sur les parois des grottes ?

— Non. L'homme de Néandertal ne connaîtra jamais l'art de la fresque. Il disparaît aux environs de moins 30 000 ans. Pendant ce temps, l'homme de Cro-Magnon se développe. Et avec lui l'art pariétal.

— C'est l'époque des peintures de Cosquer, de Lascaux ?

— Elles ont été exécutées durant cette période, oui.

— Qu'est-ce que vous pouvez me dire sur ces fresques ?

— Ce n'est pas ma spécialité. Je vous donnerai les coordonnées d'un expert, si vous voulez. Un ami à moi.

Isabelle Vioti se déplaça vers un groupe d'hommes vêtus de peaux retournées, au look de Sioux.

— Voici les Cro-Magnons.

Comme la première fois, Jeanne était surprise : elle avait toujours imaginé les hommes archaïques comme des créatures mi-hommes, mi-singes, vêtues de fourrure et terrées dans les cavernes. En réalité, les Cro-Magnons ressemblaient plutôt aux Indiens d'Amérique du Nord comme on les voit dans les westerns. Cheveux longs et noirs, tunique et pantalon de peaux, parures, outils sophistiqués.

— Ceux-là sont des chasseurs-cueilleurs nomades. Ils possèdent une grande expertise dans la taille des pierres, la couture, la pelleterie... La civilisation humaine est en marche...

— Ils s'affrontent entre clans ?

— Non. Ils sont trop occupés à survivre. On pense même qu'ils s'entraident entre groupes. En tout cas, les unions se font entre clans distincts pour éviter l'endogamie.

Jeanne eut envie de l'interroger sur l'interdiction de l'inceste, une des plus vieilles règles du monde humain, mais c'était hors propos. D'ailleurs, tout cet exposé ne lui apprenait pas grand-chose sur les meurtres et leur auteur. L'assassin semblait avoir piqué des signes, des rites dans telle ou telle période, sans cohérence. Jeanne décida : le tueur ne possédait pas une culture anthropologique solide. Seulement des fantasmes puisés au hasard des livres, des musées...

— Ensuite, continua Vioti, vient la révolution du néolithique. Nous sommes en moins 10 000. Le climat se réchauffe. La steppe, peuplée de grands troupeaux, se transforme en grande forêt. Les mammouths disparaissent. Les rennes, les bœufs musqués remontent vers le nord. Et les hommes, en quelques milliers d'années, maîtrisent l'élevage et l'agriculture. C'est alors que la violence entre les hommes commence. Chaque tribu convoite les réserves du voisin. Les stocks de grains. Les troupeaux... C'est Jean-Jacques Rousseau qui avait raison : la violence est née avec la propriété. Bientôt survient la révolution du métal. Le bronze, puis le fer. Les religions s'affinent. L'écriture apparaît. La préhistoire devient l'Antiquité...

Jeanne réfléchit. Elle ne savait pas trop ce qu'elle attendait de cet exposé, mais aucun déclic ne s'était produit. Rien en tout cas qui éclaire l'attitude de l'assassin. Rien qui permette d'établir un lien entre la préhistoire et les deux autres obsessions du meurtrier : autisme et génétique.

— Merci pour l'exposé, fit-elle après avoir bu son thé – presque froid. Je peux vous poser quelques questions sur Francesca Tercia ?

— Pas de problème.

— Elle travaillait depuis combien de temps dans votre atelier ?

— Deux ans.

— Elle avait une double formation, non ?

— Oui. Sculpture et anthropologie.

— Comment l'avez-vous embauchée ?

— J'installais une sculpture au musée des sciences CosmoCaixa de Barcelone. Elle est venue me présenter son dossier. Je n'ai pas hésité une seconde.

— Comment vivait-elle en France ? Elle avait trouvé ses marques ?

Vioti désigna les sculptures.

— Ses marques, c'étaient eux. Elle vivait avec Toumaï, les hommes de Néandertal, le Magdalénien. Une vraie passionnée.

— Elle avait un petit ami ?

— Non. La sculpture était toute sa vie. Pas seulement ici d'ailleurs. Chez elle aussi, dans son loft à Montreuil. Un travail plus contemporain, plus personnel.

— En quoi cela consistait ?

— C'était assez étrange. Elle utilisait nos techniques de moulage, mais au service de scènes modernes, avec des personnages hyperréalistes. Des enfants, surtout. Vraiment des trucs glauques... Mais on commençait à parler d'elle. Elle avait même une galerie.

— Vous possédez les clés du loft de Francesca ?

— Elle en laissait toujours une paire ici.

— Je pourrais les avoir ?

Isabelle Vioti hésita.

— Je suis désolée de vous demander ça mais... ce n'est pas très courant qu'une juge vienne poser elle-même ses questions, non ?

— Ça n'arrive jamais.

— Vous êtes vraiment la magistrate en charge du dossier ?

— Pas du tout.

— J'en étais sûre, sourit l'artiste. C'est donc une... affaire personnelle ?

— On ne peut plus personnelle. François Taine, le juge décédé, était mon ami. Et je ferai tout pour stopper ce tueur.

— Attendez-moi ici.

Isabelle disparut une minute. La pénombre s'installait dans la salle. Les yeux des sculptures brillaient dans l'ombre comme les étoiles d'une mystérieuse galaxie. Une galaxie morte, mais dont la lumière nous parvenait encore.

— Voilà. 34, rue des Feuillantines, près de la Croix-de-Chavaux, à Montreuil.

Elle plaça dans la main de Jeanne un trousseau de clés.

— Je vous préviens, c'est un vrai foutoir là-bas. J'y suis allée pour chercher des vêtements en vue des funérailles. Francesca n'avait plus de famille en Argentine. C'était une enfant des dictatures. Ses parents avaient été tués par le régime. Je... (Elle s'arrêta, visiblement émue. Se ressaisit.) Quand je suis allée là-bas, j'ai d'ailleurs remarqué quelque chose de bizarre...

— Dans son atelier ?

— Oui. Il manquait une sculpture.

— Quelle sculpture ?

— Je ne sais pas. Celle qu'elle était en train d'achever. Francesca travaillait sur une sorte d'estrade, au centre de l'espace. Un système de poulies et de treuils permet de tenir la sculpture droite et de la déplacer quand elle est finie. Il n'y avait plus rien sur l'estrade mais le système de câbles avait été manipulé tout récemment. J'ai l'œil. C'est mon métier.

Reischenbach et ses hommes n'avaient pas remarqué ce détail.

— Peut-être avait-elle livré cette œuvre à sa galerie ?

— Non. J'ai appelé. Les galeristes n'ont rien reçu. D'ailleurs, ils n'attendaient rien avant six mois. Selon eux, Francesca bossait sur un projet secret, qui avait l'air de beaucoup l'exciter.

— Vous pensez que quelqu'un a volé cette sculpture ?

— Oui. Sans doute après sa mort. C'est complètement cinglé.

Les neurones de Jeanne se connectèrent. La vérité était encore plus cinglée que ne le pensait Isabelle Vioti. Et elle venait de la saisir.

Elle connaissait le voleur.

François Taine en personne.

Elle entendait son dernier message quelques heures avant sa disparition : « Viens chez moi vers 22 heures… Je dois d'abord aller chercher un truc chez Francesca Tercia, la troisième victime. Tu vas voir. C'est dingue ! » C'était le moins qu'on puisse dire. Avant de lui parler, Taine avait voulu récupérer cette sculpture chez Francesca. Pourquoi ?

Mais Jeanne saisissait une autre vérité.

Plus cinglée encore.

Cette sculpture, Jeanne l'avait vue.

C'était la créature étrange qui brûlait avec Taine dans l'incendie.

Ce Gollum qu'elle avait pris pour le tueur. Une sorte d'enfant-monstre noirci par le feu. Ses mouvements et ses difformités n'étaient autres que les dislocations du silicone parmi les flammes. Et ce geste qu'elle avait pris pour une agression – le tueur enfonçant François Taine dans le feu – était à lire *à l'envers*.

Taine tentait, coûte que coûte, d'arracher la statue des flammes. Voilà pourquoi on avait prélevé du plastique, de la résine et du vernis sur ses bras. Les vestiges de l'œuvre fondue. Voilà pourquoi on n'avait jamais retrouvé le corps du tueur. Le tueur n'existait pas. Pas dans cet appartement en tout cas.

Il n'y avait qu'une statue.

Avec laquelle Taine avait été condamné à mourir...

Isabelle Vioti parlait encore mais Jeanne n'entendait plus.

Deux questions l'envahissaient au point de tout occulter :

Pourquoi François Taine avait-il volé la sculpture ?

Pourquoi voulait-il, absolument, la sauver du feu ?

34

Un foutoir.

Le mot était faible.

Des masques. Des bustes. Des bras. Des photos punaisées. Des clichés IRM. Des dessins. Des bocaux. Des palettes de couleurs. Des pinceaux. Des yeux de verre soufflé. Des cheveux. Des dents et des ongles de résine. Des sacs de plâtre. Des briques de terre de faïence. Des blocs d'élastomère...

Et des sculptures.

Glaçantes de réalisme.

Dressées le long des murs. Disposées sur des planches et des tréteaux. Coincées entre des pots de peinture et des cordes. Érigées sur des estrades. Elles n'avaient rien à voir avec les statues brunes et beiges d'Isabelle Vioti. Les visages et les fourrures des premiers âges. On était ici en pleine période contemporaine. Et surtout, dans une violence qui faisait ressembler les temps primitifs à des jours heureux.

Francesca Tercia ne sculptait que des horreurs.

Concernant exclusivement des enfants.

Pas dans le rôle des victimes.

Dans celui des bourreaux.

Jeanne déambula sous les armatures de plomb et de zinc : l'atelier était un pur lieu industriel du XIXe siècle recyclé en loft moderne. Des verrières obliques laissaient filtrer les derniers rayons du crépuscule. Elle s'approcha des statues.

Sur un piédestal, un enfant avait fourré l'index de son institutrice dans un taille-crayon fixé à un bureau d'écolier. La victime hurlait alors que le gamin observait dans le réservoir transparent de l'instrument les filaments de chair qui remplaçaient les habituels copeaux de bois.

Ailleurs, un gamin en bermuda et tee-shirt criards retournait les yeux d'un chaton avec une cuillère. Sur une table à tréteaux, une petite fille était ligotée, jambes écartées, culotte baissée. Au-dessus d'elle, un jeune garçon accroupi jouait avec une carotte orange vif qui ressemblait à une dague.

Une autre scène représentait un gosse en salopette, assis par terre, en train d'arracher avec précaution les ailes d'une mouche. L'enfant avait lui-même une grosse tête de mouche, aux yeux velus et quadrillés.

Où Francesca allait-elle chercher des idées pareilles ?

Jeanne s'approcha de « l'œuvre au taille-crayon ». Francesca avait inscrit sur une feuille blanche collée au pied de la scène : *Pauvre Madame Klein*. Sans doute le titre de la sculpture. Qu'est-ce que cela signifiait ?

Un souvenir lui revint. Le matin même, Hélène Garaudy avait évoqué Melanie Klein, une des premières psychanalystes à avoir étudié l'autisme. Simple coïncidence ? Un détail : l'enfant et « l'institutrice » étaient vêtus à la mode des années trente.

Jeanne saisit son mobile et composa le numéro de la directrice.

— Hélène ?

Elle se demanda si elle devait plutôt l'appeler « ma sœur » ou quelque chose de ce genre. Mais le ton de la femme était toujours le même : moderne, léger, presque « jet-set »...

Jeanne attaqua directement :

— Ce matin, vous m'avez parlé de Melanie Klein, qui s'est intéressée à l'autisme au début du XXᵉ siècle.

— C'est exact.

— Pardonnez ma question, mais verriez-vous un lien entre Melanie Klein et un... taille-crayon ?

— Bien sûr.

Encore un coup de sonde qui se transformait en coup de baguette magique.

— Melanie Klein a été une des premières à mettre en évidence l'incapacité symbolique de l'enfant autiste. Un objet lié à une personne ne lui rappelle pas cette personne. Il est, *réellement*, cette personne. Klein travaillait sur le cas d'un petit garçon appelé Dick. Un jour, l'enfant, regardant les copeaux d'un crayon qu'il était en train de tailler, dit : « Pauvre madame Klein. » Il ne faisait pas de distingo entre l'analyste et ces fragments qui lui rappelaient les dessins que cette dernière lui faisait faire. Pour lui, le crayon était, littéralement, « madame Klein »...

Jeanne remercia la religieuse et raccrocha. Francesca avait donc mis en scène l'image mentale d'un enfant autiste. Que représentait la statue volée par François Taine ? Un secret lié à l'autisme du tueur ?

312

Un traumatisme originel ? Si c'était le cas, comment l'artiste argentine avait-elle connu ce fait ?

Elle chercha à se souvenir de la silhouette aperçue dans les flammes. Elle ne revit qu'un alien de petite taille, aux cheveux embrasés, luttant avec François Taine. Cela ne voulait rien dire.

Jeanne continua sa visite parmi les odeurs de glaise et de vernis. Elle marchait dans ce vaste bazar sans nervosité. Aux antipodes de sa fébrilité de la veille, quand elle avait fouillé l'appartement d'Antoine Féraud. C'était comme si le crépuscule tombait directement dans ses veines et lui apportait calme et sérénité.

Elle remarqua un bureau – plutôt un plan de travail – qui compilait ordinateur, tubes de couleur, chiffons, spatules, livres aux pages collées... Elle contourna ce nouveau désordre et se pencha vers le mur. Francesca Tercia avait punaisé des photos anciennes, en noir et blanc, des esquisses, des polaroïds pris sur le vif dans des soirées.

Jeanne repéra un portrait de groupe représentant une promotion de faculté. L'image, format A4, était ancienne. D'instinct, elle devina qu'il s'agissait d'une classe de l'université de Buenos Aires, arts plastiques ou paléo-anthropologie. Plissant les yeux, elle chercha Francesca. La jeune femme se tenait au dernier rang.

Détail frappant : un des étudiants, un jeune type à l'air hilare et aux cheveux bouclés, était entouré au marqueur avec cette mention : « *Te quiero!* » Jeanne pressentit que ce n'était pas l'écriture de Francesca. C'était plutôt le rigolo qui lui avait envoyé, à l'époque, cette image en exprimant ses sentiments...

Un fiancé ? Un bref instant, elle se demanda si ce jeune homme n'était pas Joachim en personne... Non. Elle ne le *voyait* pas comme ça. Délicatement, elle détacha la photo et la retourna : « UBA, 1998. » « UBA » pour « université de Buenos Aires ». Elle la fourra dans son sac.

Elle monta au second niveau, l'étage de l'appartement. On pénétrait dans un autre monde. Tout était parfaitement ordonné, couleurs pastel et matériaux légers. Francesca l'artiste violente devenait ici une jeune fille rangée. La « femme qui voulait peser 50 kilos » dans les prochaines semaines. Les panneaux « 50 » étaient encore scotchés sur chaque meuble.

Jeanne n'eut pas à fouiller longtemps pour comprendre que les flics avaient tout embarqué. Papiers personnels, objets intimes. Cela ne servait à rien de rester là. D'ailleurs, la lumière baissait. Il était plus de 21 heures.

Son téléphone sonna quand elle descendait l'escalier.

— J'ai les noms de nos successeurs, fit Reischenbach. Tamayo du tribunal de Paris est saisi. Batiz, un autre commandant du 36, est désigné comme chef d'enquête.

— Tamayo est un con. Il a deux neurones qui se battent en duel.

— Ça lui en fait toujours un de plus que Batiz. Ils sont pas près d'avancer.

— Merde.

— De quoi tu te plains ? fit le flic. Des baltringues pareils, ça te laisse de la marge pour bosser en solo.

— Je ne bosse pas. Je bricole. Ce sont eux qui auront les moyens nécessaires.

— Tu as du nouveau ?

Jeanne songea à la statue volée. Une pièce à conviction détruite. À sa certitude que Francesca connaissait Joachim. Rien de concret.

— Non. Et toi ?

— Je me suis rencardé sur Eduardo Manzarena. Le mec dirige la plus importante banque privée de sang de Managua. Une vraie institution. Elle existait déjà pendant la dictature de Moussaka.

— Tu veux dire : Somoza.

— Heu... ouais. Dans les années soixante-dix, Manzarena payait les paysans du Nicaragua pour leur sang et le revendait à la hausse aux Américains du Nord. Son petit nom, c'était « le Vampire de Managua ». Il y a eu des morts. Les habitants de Managua ont fini par foutre le feu au labo. C'est un des événements qui ont provoqué la révolution, paraît-il, en 1979.

Jeanne ne connaissait pas cette histoire mais elle connaissait celle de la révolution sandiniste, qui avait fait battre son petit cœur de gauche. Elle était stupéfaite que cette enquête la propulse vers un pays qu'elle avait visité jadis et qui l'avait tant passionnée.

— Quand les cocos ont pris le pouvoir...

— Les sandinistes n'étaient pas communistes mais socialistes.

— Bref, Manzarena a disparu. Depuis, les gouvernements se sont succédé au Nicaragua, la droite est revenue au pouvoir et Manzarena est réapparu. Il dirige de nouveau le principal laboratoire de transfusion sanguine de la capitale : Plasma Inc.

Pourquoi François Taine et Antoine Féraud avaient-ils appelé ce magnat du sang ? Qu'est-ce que Manzarena avait envoyé à Nelly Barjac ? Un échantillon particulier ? Quel rapport entre le Vampire de Managua et Joachim ? Le père et le fils venaient-ils du Nicaragua ?

Jeanne sortit de l'atelier. Verrouilla derrière elle. Se dirigea vers sa voiture.

— Tu as identifié le deuxième appel protégé de Taine ? Celui qu'il a passé en Argentine ?

— Ouais. C'est incompréhensible. Il s'agit d'un institut d'agronomie, dans une ville du nord-ouest. Tocu... ou Tucu...

— Tucumán. C'est la capitale de la province du même nom. Tu les as appelés ?

— Pour leur dire quoi ? Je ne vois pas ce que cet institut vient foutre dans l'histoire.

— File-moi ces numéros.

— Pas question, Jeanne. On était d'accord là-dessus. J'avançais jusqu'à ce soir. Demain, je file tout à Batiz et sa clique. Ça ne me concerne plus. Et toi non plus.

Jeanne plongea dans sa Twingo.

— File-moi les numéros, Patrick. Je parle espagnol. Je connais ces pays. C'est du temps gagné pour tout le monde.

— Désolé, Jeanne. Je ne peux pas franchir cette ligne.

Jeanne serra les dents. Elle puisa en elle quelques parcelles de compréhension. Reischenbach avait fait du bon boulot.

— OK. Rappelle-moi cette nuit si tu as quelque chose d'autre. Sinon, demain matin.

Ils se saluèrent sans effusion. L'attitude du flic était un premier signe. À partir de demain, plus personne ne voudrait lui parler. Elle n'aurait plus accès à aucune information.

Tout en roulant vers la porte de Montreuil, elle tentait de rassembler les pièces du puzzle. Trois victimes. Une infirmière. Une cytogénéticienne. Une sculptrice. Un tueur aux tendances autistiques. Un laboratoire de transfusion sanguine au Nicaragua. Un institut d'agronomie en Argentine. Une sculpture volée, qui représentait sans doute un enfant – et une scène traumatique. Un psy qui s'était envolé vers Managua...

À moins d'être un génie, il n'y avait aucun moyen d'assembler ces éléments. Pourtant, Jeanne était certaine d'avancer dans la bonne direction. Et surtout, Managua commençait à briller dans la nuit à la manière d'une ville incandescente, porteuse de clés essentielles...

Porte de Vincennes. Nation. Jeanne éprouva un vertige. 22 heures. Elle n'avait pas mangé de la journée. Son ventre ressemblait à la fondrière d'un champ de bataille après le passage d'un obus. Elle fila vers la gare de Lyon puis le centre de Paris.

La logique aurait voulu qu'elle rentre chez elle.

Riz blanc. Café. Eau gazeuse. Et dodo.

Mais Jeanne avait une autre idée.

317

35

Les convives sirotaient leur champagne sur le trottoir de la rue de Seine, dépassant largement la capacité d'accueil de la galerie. Jeanne se parqua un peu plus loin. La journée s'achevait sur un coup de chance. Elle avait appelé l'expert dont Isabelle Vioti lui avait donné les coordonnées quelques heures plus tôt, le spécialiste des peintures rupestres. L'homme, un galeriste du nom de Jean-Pierre Fromental, donnait justement ce soir-là un vernissage. L'occasion de lui rendre une petite visite nocturne...

Sortant de sa voiture et rajustant sa tenue, elle se glissa mentalement dans la peau d'une Parisienne en route pour un vernissage, soi-disant intéressée par les œuvres exposées mais cherchant avant tout l'homme de sa vie.

Elle connaissait ce rôle sur le bout de son vernis.

Elle se fraya un chemin dans le groupe, sac à l'épaule, et pénétra dans la galerie. D'après ce qu'elle pouvait apercevoir – les œuvres étaient quasiment invisibles tant la foule se pressait dans l'espace exigu –, il s'agissait d'art africain. Ou peut-être océanien.

Elle se demandait à qui s'adresser quand elle repéra une jeune femme noire qui semblait directement descendue d'un podium d'exposition. Son attitude révélait une certaine familiarité avec les lieux. À tous les coups, l'assistante de Fromental.

Jeanne l'interpella et lui demanda où était le maître des lieux. La jeune Black la regarda avec pitié, l'air de dire : « Qui pourrait avoir envie de parler à un ringard pareil ? » Sa beauté était sidérante. Il n'y avait rien de sophistiqué dans son visage. Seulement une grâce, une harmonie, une évidence à couper le souffle. À la fois naturelles et mystérieuses. Ses grands yeux blanc et noir, brillants comme des torches, constituaient un chemin vers une vérité, un trésor enfoui sous les roches noires de ses pommettes et de ses épaules soyeuses.

Elle lui fit signe de la suivre. Elles slalomèrent parmi les invités jusqu'à atteindre la porte d'un réduit que l'Africaine ouvrit sans frapper. Un homme d'une soixantaine d'années, debout parmi des cartons d'emballage et des caisses de bois, leur tournait le dos.

Il parlait dans son portable :

— Aïcha ? Mais tu sais bien que je l'ai virée, Minouchette. VI-RÉE ! Comme tu me l'avais demandé… Je… oui… Bien sûr…

Jeanne regarda la jeune Black. Pas besoin d'avoir fait Saint-Cyr pour saisir la situation. Le galeriste se retourna et sursauta en découvrant les deux femmes qui l'observaient.

Il raccrocha d'un geste et prit aussitôt un ton suppliant :

— Aïcha…

— Va te faire foutre.

La princesse noire disparut. Fromental eut un sourire forcé et esquissa une sorte de révérence à l'attention de Jeanne. Il portait l'uniforme standard des vieux play-boys parisiens. Veste croisée bleu marine. Chemise Charvet, rayures bleu ciel et col blanc. Mocassins à glands. Cheveux rares coiffés en arrière. Teint hâlé – le teint yachting...

— Bonsoir... (Il avait déjà retrouvé son aplomb, sa voix de caverne soyeuse.) Nous ne nous connaissons pas, je crois. Une pièce vous intéresse ?

Jeanne n'était pas d'humeur.

— Jeanne Korowa, fit-elle en brandissant sa carte tricolore. Juge d'instruction au tribunal de grande instance de Nanterre.

Fromental s'affola :

— Mais j'ai tous les certificats des œuvres. Je...

— Il ne s'agit pas de cela. Je vous montre des photos. Vous me donnez votre avis. Tout est fini dans dix minutes. D'accord ?

— Je... (Il ferma la porte du réduit.) Bon. D'accord...

Jeanne sortit les clichés de son sac. Les motifs sanglants sur les murs des scènes de crime. Le galeriste chaussa ses lunettes et contempla les photos. Le brouhaha derrière la porte ne faiblissait pas.

— Vous... vous pouvez m'expliquer le contexte ?

— Des scènes de crime.

Fromental leva les yeux au-dessus de sa monture.

— Des meurtres récents ?

— Je ne peux rien vous dire de plus. Désolée.

L'homme acquiesça. Depuis le matin, Jeanne était surprise par le sang-froid avec lequel ses interlocuteurs encaissaient ces meurtres, leur cruauté, leur barbarie. Comme si le monde de la fiction – cinéma, télévision, bouquins – et son déferlement de violence avaient familiarisé chacun avec la sauvagerie la plus démente.

— Isabelle Vioti m'a dit que vous étiez un expert en art rupestre. Que vous pourriez me donner des informations.

— Vous connaissez Isabelle Vioti ?

Cette idée parut le rassurer un peu.

— Je l'ai consultée pour cette enquête. C'est tout.

Le galeriste revint aux images.

— C'est du sang ?

— Du sang. De la salive. De la merde. Et du pigment.

— Quel genre de pigment ?

Jeanne se dit qu'elle n'avait pas du tout creusé cette piste – elle l'avait même complètement oubliée. L'urucum. Une plante venue d'Amazonie. Il n'était sans doute pas si facile d'en trouver à Paris...

— De l'urucum. Une plante qu'utilisent les Indiens d'Amazonie pour...

— Je connais.

Fromental paraissait maintenant absorbé par ce qu'il voyait. De play-boy sur le retour, il s'était transformé, sans étape, en professeur de faculté.

— Ces dessins pourraient-ils évoquer des fresques pariétales ? demanda Jeanne.

— Bien sûr.

— Expliquez-vous.

— Eh bien, il y a l'urucum, d'abord. Un pigment qu'on peut rapprocher de l'ocre. Or l'ocre était un matériau très important durant la période

321

néolithique. On s'en servait pour le tannage. Mais aussi pour les sépultures. On ne connaît pas exactement son rôle. Peut-être lui attribuait-on un pouvoir magique... C'était aussi un des principaux pigments utilisés pour les dessins au fond des cavernes.

— Que pouvez-vous me dire sur ces signes en particulier ? Ressemblent-ils à des fresques connues ?

Moue d'hésitation.

— Plus ou moins. On retrouve dans certaines grottes paléolithiques des traits de ce genre. Les uns sont pleins, dessinant des figures géométriques : cercles, ovales, carrés, rectangles souvent fendus par un trait vertical. D'autres fois, ce sont des bâtons avec ou sans expansion latérale, des X, des croix... Un peu comme ici.

Jeanne nota que Fromental avait évoqué successivement les périodes néolithique et paléolithique, séparées entre elles par des dizaines de milliers d'années. Cela confirmait ce qu'elle pensait : le tueur mélangeait tout, enjambait les siècles, soit par méconnaissance, soit – elle penchait maintenant pour cette solution – parce qu'il se considérait lui-même comme une synthèse de ces périodes.

— Qu'est-ce que cela signifiait pour les hommes préhistoriques ?

— On n'en sait rien. On a coutume de dire que l'art pariétal est un art codé dont nous ne possédons pas la clé. Un mode d'expression qui attend toujours son Champollion.

— Revenons aux techniques picturales des premiers hommes. Comment faisaient-ils ?

Fromental ôta ses lunettes et les glissa dans sa veste. Il semblait avoir compris qu'il n'échapperait pas à un cours magistral. De l'autre côté de la porte, le vernissage battait son plein mais cela ne semblait pas trop le préoccuper. Elle devina qu'il était plutôt contrarié par le départ d'Aïcha...

— Commençons par le début, fit-il. L'âge d'or des fresques pariétales commence environ en moins 40 000 et s'achève en 10 000. Il y a tout un tas de courants, de motifs, de styles, mais je ne veux pas vous compliquer la vie. Sachez seulement que ces peintures ont toujours été réalisées au fond de cavernes. Ce qui est plutôt bizarre.

— Pourquoi ?

— Parce que les hommes ne vivaient pas, comme on le croit, dans les grottes. Ils vivaient sur leur seuil. Ou construisaient des tipis. En revanche, quand ils peignaient, c'était toujours dans des boyaux difficiles d'accès. Ils protégeaient leurs fresques. C'étaient peut-être même des lieux de prière... Un peu comme des cathédrales.

— Pour peindre, comment s'y prenaient-ils ?

— On a une idée assez précise de leur technique. On a retrouvé leurs crayons, leurs pinceaux. L'artiste travaillait avec un ou deux assistants, qui lui préparaient les pigments, les charbons, le manganèse. Il était juché sur une sorte d'échelle. Son pinceau dans une main, sa chandelle de suif dans l'autre.

— Du suif ?

Encore un détail qu'elle avait zappé. Les traces de suif sur les scènes de crime.

— Il lui fallait une source de lumière. C'est ainsi qu'il éclairait sa « toile ». Avec de la graisse animale.

Le tueur s'était vraiment comporté, le temps de son sacrifice, en homme primitif, répétant les mêmes gestes, utilisant les mêmes instruments, agissant dans les mêmes cavités – les parkings modernes remplaçant les refuges de jadis.

Jeanne s'essuya le front et la nuque. Elle était en sueur. Fromental ne semblait pas s'en apercevoir.

— Que représentaient principalement ces fresques ?

— Des animaux, surtout.

— Sait-on pourquoi ?

— Non. Encore une fois, il nous manque la clé. Certains pensent que les Cro-Magnons considéraient les bêtes comme des divinités. D'autres supposent que les fresques visaient seulement à s'attirer les faveurs d'esprits supérieurs pour la chasse. D'autres encore y voient des symboles sexuels. Le cheval pour la masculinité, le bison pour le féminin... Mais il y a des millions de peintures à travers le monde et on peut leur faire dire à peu près n'importe quoi. Pour moi, les choses sont plus simples.

— C'est-à-dire ?

— Du simple reportage. Les *Homo sapiens sapiens* représentaient ce qu'ils voyaient au quotidien : les animaux. C'est tout.

— Cela fait moins rêver.

— Cela dépend des bêtes représentées.

Fromental attrapa un livre dans une bibliothèque que Jeanne n'avait pas repérée derrière les cartons d'emballage. Sans hésitation, il remit ses lunettes et ouvrit l'ouvrage :

— L'art pariétal offre aussi des créatures mi-animales, mi-humaines. Comme celle-ci, par exemple...

Il désigna de l'index la photo d'un personnage humain doté de bois de renne, d'un sexe placé

324

comme celui d'un félin, à l'arrière, et d'une queue de cheval.

— Ou cette sculpture, taillée dans une défense de mammouth...

Il venait d'ouvrir les pages sur une petite statue représentant un homme à tête de lion.

— Toujours du reportage ? demanda Jeanne sur le mode ironique.

— Pourquoi pas ? fit Fromental avec gravité. Imaginez un instant que ces créatures, dans des temps immémoriaux, aient réellement existé. Après tout, les légendes de l'Antiquité n'ont pas jailli de nulle part. La mythologie grecque tire peut-être ses personnages d'êtres réels, ayant vécu des milliers d'années auparavant. N'est-ce pas fascinant de se dire que ces peintures seraient des sortes de photographies d'une réalité magique qui nous a précédés ? Par exemple, il existe dans une grotte une représentation d'un homme à tête de bison qui semble jouer de la flûte ou d'un arc musical. Pourquoi pas l'ancêtre d'un faune ? du dieu Pan ? Qui nous dit qu'une telle créature n'a jamais existé ?

Le galeriste, le front constellé de gouttes de sueur, commençait à ressembler à un savant fou. Pour le recadrer, Jeanne décida de jouer la provocation :

— À moi de vous montrer mes créatures.

Elle sortit d'autres photos. Les victimes démembrées, éviscérées, dévorées. À tort ou à raison, Jeanne considérait que Jean-Pierre Fromental avait les tripes pour supporter ces images. En effet, il ne broncha pas.

— Trois victimes, dit Jeanne. Voyez-vous un lien entre ces barbaries et les coutumes des âges préhistoriques ?

— Il les a dévorées ?

— Partiellement. Mais je cherche surtout des correspondances... esthétiques entre ces sacrifices et les rites que les hommes de jadis pratiquaient. En voyez-vous ?

— Ce sont des Vénus, déclara-t-il d'un ton sans appel.

— Des Vénus ? Qu'est-ce que vous voulez dire ?

Fromental sortit un mouchoir et s'essuya le front.

— Quand l'homme primitif a commencé à dominer la nature, il s'est dit en retour qu'il était lui-même dominé par des forces supérieures... Il s'est mis à vénérer des dieux, des esprits, qui étaient à son image. Or les premiers dieux furent des déesses. Des Vénus rudimentaires, aux seins lourds, aux hanches larges. Des attributs liés à la fertilité. Et aussi des femmes sans visage. Nous avons retrouvé beaucoup de statuettes. Ces déesses n'ont jamais de traits spécifiques. Elles sont des... généralités. Je crois que votre tueur a cherché le même effet en défigurant ses victimes.

Jeanne considéra à son tour les clichés. L'idée était nouvelle mais Fromental avait raison. Les coups infligés aux visages n'étaient peut-être pas seulement dus à un accès de violence. Le meurtrier avait dépersonnalisé ses victimes.

Paradoxalement, il en avait fait des déesses...

— Il y aussi la règle du losange, continuait Fromental.

— Quel losange ?

L'expert suivit les contours des corps avec son index.

— Vos victimes s'inscrivent dans un losange. Une tête plutôt petite. Des seins et un fessier proéminents. Pas de jambes... Ces corps rappellent exactement des sculptures célèbres de Vénus archaïques. Je pourrais vous montrer d'autres photos...

Il lui vint un souvenir saugrenu. La voix ironique de François Taine, au restaurant : *Les hommes préfèrent les grosses.*

— Quels étaient les pouvoirs de ces déesses ?

— La fertilité, bien sûr. Lorsque les premiers hommes ont pris conscience de la mort, tous leurs espoirs, toute leur foi se sont tournés vers la naissance. Et vers la femme.

Jeanne en savait assez. Tout, dans cette histoire, tournait autour de la fécondité. Le cannibalisme. Le liquide amniotique. Le choix des victimes très rondes...

La porte du réduit s'ouvrit. Aïcha se tenait sur le seuil, les mains sur les hanches.

— Toujours avec Minouchette ?

Fromental ne parut pas entendre le sarcasme, trop heureux de revoir sa princesse. Il tendit les bras. Jeanne en profita pour se glisser à l'extérieur. Et respirer un bon coup.

36

— Je te réveille ?

— T'as vu l'heure ?

— Je voulais te dire au revoir.

— Tu pars ?

— Managua. Nicaragua.

Reischenbach souffla à l'autre bout du fil.

— Tu penses que le tueur est là-bas ?

— Le tueur et son mobile.

— Parce que Taine et ton psy ont simplement appelé le même gus ?

— Pas seulement. Nelly Barjac a reçu un pli, ou un colis UPS, de la part de Manzarena cinq jours avant sa mort.

— Qu'est-ce qu'il contenait ?

— Je ne sais pas au juste. À mon avis, des échantillons de sang.

— C'est tout ?

— Non. Souviens-toi, mon psy, Antoine Féraud, est parti lui aussi à Managua. J'ai d'abord cru qu'il fuyait le tueur, le fils de son patient. Mais c'est le contraire. Il le poursuit. Pour une raison ou une autre, il savait qu'il devait se rendre à Managua. Il a décidé d'y aller pour l'empêcher d'agir. Il l'a même devancé, si j'en juge par certains faits.

— Qui serait la prochaine victime ? Manzarena ?

— Les probabilités sont hautes.

— Pourquoi lui ?

— Je ne sais pas. J'ai l'impression qu'au centre de tout ça, il y a une histoire de sang. Une contamination. Ou un truc spécifique, que je n'imagine pas encore.

— Ton histoire, c'est du roman.

— On va voir ça.

— Pourquoi tu m'appelles au juste ?

— Pour les numéros. File-moi le portable de Manzarena. Et les coordonnées de l'institut à Tucumán, en Argentine.

— Tu vas pas remettre ça, non ? Je les ai plus. Et tu peux les trouver toi-même.

— Un portable, à Managua, en numéro protégé ?

— Tu as le nom de la banque de sang. Quant à l'institut d'agronomie, il doit pas y en avoir des caisses dans la ville. Démerde-toi.

Jeanne s'attendait à cette réponse.

— Je voudrais qu'on reste en contact, conclut-elle.

Reischenbach souffla une nouvelle fois, d'une manière plus chaleureuse :

— J'ai filé mon dossier à Batiz. Ils vont reprendre l'affaire. Ils retraceront les coups de fil de Taine. Comme on l'a fait nous-mêmes. Et ils creuseront les mêmes pistes que nous.

— Ils vont suivre la procédure officielle. Contacter l'officier de liaison de l'Amérique centrale à Paris. Et aussi celui de l'Argentine. Le tueur aura le temps de décimer une armée avant qu'ils obtiennent le moindre retour d'informations.

— On peut rien y faire.

— Sauf ce que je vais faire. Je te rappelle de là-bas.

— Bonne chance.

Installée dans son salon, Jeanne alluma son ordinateur portable et se connecta avec la compagnie Iberia Lineas Aereas. Rien que le fait de réserver son billet en espagnol lui colla le frisson. Depuis combien de temps n'avait-elle pas parlé cette langue qu'elle aimait tant ?

Il restait une place pour Madrid le lendemain matin. Vol IB 6347. Arrivée à 12 h 40. Correspondance pour Managua à 15 h 10. Il fallait ensuite compter sept heures de vol, qui s'annulaient avec le décalage horaire, moins sept heures. Elle atterrirait donc en début d'après-midi. Nouveaux frissons. Elle ne parvenait pas y croire.

Avant d'éditer le billet électronique, il lui fallait confirmer les renseignements qu'elle avait donnés. Nom. Prénoms. Date de naissance. Adresse parisienne. Destination. Horaire. Numéro de carte bleue...

Une dernière fois, le logiciel lui posa la question : était-elle sûre de ne vouloir acheter qu'un aller simple pour Managua ?

Jeanne allait appuyer sur la touche de confirmation quand elle arrêta son geste. En images accélérées, elle revit les deux dernières semaines qu'elle venait de vivre. Thomas. Les écoutes. Les Vénus sacrifiées. Son coup de foudre pour Féraud. L'incendie chez Taine. L'affrontement avec Joachim. Ses interviews en rafales sur la piste d'une trinité diabolique. Le père, le fils et l'Esprit du Mal...

Elle cliqua sur « OK » et se projeta dans l'avenir.

Contacter Manzarena. Retrouver Féraud avant qu'il ne retrouve *les autres*. Le protéger malgré lui. Puis localiser Joachim et son père avant que le sang ne coule à nouveau. Elle était désormais persuadée que le tandem était aussi parti au Nicaragua.

Elle envoya un mail à Claire, sa greffière, pour lui donner ses instructions. Enfin, elle ferma sa session et s'essuya le visage. Même au cœur de la nuit, la chaleur ne désemparait pas. Elle n'avait jamais autant détesté l'été.

Elle prépara son sac de voyage. Elle ne ressentait aucune fatigue. Elle songeait au Président, qui l'aurait bien mise dans son lit et en même temps rayée du TGI. À Reischenbach, qui l'aimait bien mais l'aurait enfermée avec plaisir dans un placard en attendant que les choses se règlent sérieusement – c'est-à-dire entre hommes. À François Taine, pauvre François, qui avait utilisé la série des meurtres pour la draguer...

Il lui vint à l'esprit ces mots de Rosa Luxemburg, son héroïne de jeunesse : « L'homme libre est celui qui a la possibilité de décider autrement. »

Sourire.

N'en déplaise à ces messieurs, elle n'était qu'un homme libre parmi d'autres.

II

L'enfant

37

Le visage du Christ sur le cul d'un bus.

La première image de Managua. Ou plutôt de ses faubourgs. Un chaos de chromes, de klaxons, de soleil, de panneaux publicitaires... Jeanne avait l'impression de sillonner une gigantesque zone commerciale. Des marques. Des magasins. Des marques encore. Des logos. Et des bus. Des taxis. Des 4 x 4. Des pick-up... Et partout, le drapeau nicaraguayen flottant dans l'air, blanc et bleu ciel, portant en lui la légèreté, la douceur qu'on pressentait ici malgré le raffut...

Dans son taxi, Jeanne avait le cœur à la retourne. 14 heures à Managua, mais 21 heures pour son propre biosystème. Ses tripes étaient restées à l'heure de Paris et la violence de la lumière l'écorchait vive.

Le centre-ville était plus calme. Managua est une longue cité cuite au soleil, plate comme la main, qui ne compte pas un seul immeuble à étages – on vit ici dans la crainte permanente des cyclones et des tremblements de terre. Les larges avenues, très boisées, donnent l'impression de s'être invitées dans la forêt plutôt que l'inverse. Au-dessus, le ciel bleu semble tout proche, comme intégré à la trame du vent, de l'air, des matériaux.

À cette douceur, s'ajoute le sourire des habitants, petits personnages cuivrés qu'on dirait peints en or brun. Impossible d'imaginer que ce pays a été le théâtre des pires violences de la fin du XXᵉ siècle. Dictature, révolution, contre-révolution mêlées en une inextricable machine de mort et de cruauté.

Le chauffeur lui demanda où elle allait exactement. Elle répondit au hasard :

— Hôtel Intercontinental.

— Le nouveau ou l'ancien ?

Jeanne ignorait qu'il y en eût deux.

— Le nouveau.

Tant qu'à la jouer luxe, autant la jouer à fond. L'homme se lança dans de longues explications. L'ancien Intercontinental, le Metrocentro, était situé au bord du lac. Il avait été le fief des journalistes, à l'époque de la « revolución ». *El nuevo* était situé au centre de la ville, près du parc de Tiscapa. Le repaire des hommes d'affaires. Les deux hôtels résumaient le développement de la cité.

— Managua est en pleine expansion !

Jeanne n'écoutait pas. Planquée derrière ses lunettes de soleil, elle contemplait la ville. Ses avenues. Ses palmiers. Ses bâtiments en crépi rose. Ses écolières en uniforme blanc et gris. Ses murs peints qui ouvraient l'esprit plutôt qu'ils ne le fermaient. L'ambassade américaine, bâtie comme un bunker, en terrain conquis et en même temps pas si sûre d'elle...

Les souvenirs affluaient. Elle avait commencé son grand voyage en Amérique latine par ce pays. À

336

l'époque, elle écoutait en boucle l'album mythique des Clash, « *Sandinista !* » – un disque piqué à sa mère. Les « *rude boys* » britanniques avaient choisi ce titre en hommage au Nicaragua et à la révolution sandiniste. Quand elle était arrivée, walk-man sur les oreilles, elle s'attendait à découvrir le paradis du socialisme. Les choses avaient déjà pas mal évolué depuis le renversement de la dictature. Le président sortant, Arnoldo Alemán, était soupçonné d'avoir détourné plus de 60 % du PNB du pays. Quant au leader légendaire des sandinistes, Daniel Ortega, il était accusé d'avoir violé sa belle-fille... Jeanne ne s'était pas laissé démonter par le goût amer de la réalité. Elle avait augmenté le son de *Magnificent Seven* et visité le pays, des utopies plein la tête.

Le taxi stoppa. L'Intercontinental était un sommet de luxe et d'impersonnalité. Elle retrouvait ici la neutralité des grands hôtels qui possèdent quelque chose de rassurant, d'universel, mais qui brisaient tout dépaysement, tout sentiment d'exotisme. Où qu'on aille, on visite le même pays... Ici, les architectes avaient pourtant ajouté quelques touches hispaniques. Ornements castillans. Carrelages mauresques. Fontaines stuquées. Mais rien n'y faisait : on était bien dans un bastion du tourisme standard. Signe imparable : Jeanne grelottait déjà sous l'effet d'une climatisation forcenée.

La chambre était dans le ton. Blanche. Glacée. Confortable. Sans le moindre signe particulier. Jeanne prit une douche. Alluma son téléphone portable. Une voix lui signifia en espagnol qu'elle avait changé d'opérateur. Elle sourit. Ce seul détail scella sa situation : elle avait vraiment franchi la ligne. Elle n'avait pas de message.

L'opérateur de l'hôtel la connecta avec le laboratoire Plasma Inc. Eduardo Manzarena n'était pas là. On l'attendait en fin d'après-midi. Jeanne raccrocha et demanda à la réception de lui faire monter la liste des vingt meilleurs hôtels de la ville. Antoine Féraud était forcément logé dans l'un d'eux.

Elle se sentait mieux. La douche. L'air conditionné. Le fait de parler espagnol – les mots, l'accent avaient naturellement jailli de sa gorge, avec une étrange familiarité. Quand elle eut récupéré la liste, elle se mit en devoir d'appeler chaque hôtel. La recherche lui prit plus d'une demi-heure. Pour *nada*. Féraud était ailleurs. Chez des amis ? Ou bien il avait donné un faux nom – elle ne voyait pas l'intérêt d'une telle manœuvre. Craignait-il Joachim ? Se sentait-il poursuivi ?

15 heures. Elle consigna dans son Mac quelques idées qu'elle avait eues durant le vol – elle avait dormi quasiment pendant les dix heures mais il lui était tout de même venu quelques pistes, quelques détails à creuser... Puis elle prit sa veste, son sac et se résolut à mener certaines démarches avant d'aller frapper à la porte du bureau de Manzarena.

Elle avait deux projets en tête.

D'abord, tester la solidarité entre juges, par-delà les frontières.

Ensuite, faire un tour aux archives de *La Prensa*, principal journal du Nicaragua, pour mieux cerner l'histoire et le profil du Vampire de Managua.

338

38

Le tribunal qu'on appelle « *Los Juzgados* » est situé au sud-ouest de la ville, près du quartier La Esperanza. Il est coincé entre un marché aux légumes et un parking de bus. Odeurs de fruits pourris, de viande frite et de gas-oil garanties. Jeanne régla le taxi et s'enfonça dans les allées couvertes, labyrinthe ombragé encombré de pastèques, de bananes, de vendeurs ambulants, de cireurs de chaussures, de marchands d'allumettes...

Elle découvrit, fruit précieux dans sa gangue, le palais de justice. En fait de trésor, il ne payait pas de mine. C'était un bloc en préfabriqué protégé par des grilles croulantes et des plantons ensommeillés. Des hamacs étaient suspendus aux arbres. Des fourgons policiers cuisaient au soleil. Il régnait ici un curieux mélange, caractéristique de l'Amérique centrale, mi-à la coule, mi-menace militaire... Le long du grillage, une file d'attente s'éternisait, des paysans nicaraguayens parfaitement immobiles, indifférents à la fournaise, portant leurs dossiers, leurs sandwichs, leurs enfants...

Jeanne y alla au flan, dépassant tout le monde et brandissant sa carte tricolore devant les gardiens. Le coup de bluff marcha. Du moins pour le premier portail. Sa force était son espagnol. Non seulement elle parlait avec fluidité mais elle était capable d'adopter l'accent local. Les militaires furent impressionnés par cette grande rousse venue de France, qui maniait leur jargon comme si elle habitait dans le barrio d'à côté. En guise de sésame, elle eut droit à un coup de tampon bleu sur la main.

À l'intérieur, la mêlée continuait. Au ralenti. Les *funcionarios* déambulaient, un formulaire à la main. Les visiteurs cherchaient la bonne porte. Les soldats semblaient collés au mur par leur propre sueur. L'édifice lui-même vacillait sur ses fondations. Entièrement construit en matériaux précaires, il paraissait attendre le prochain séisme pour être reconstruit.

Jeanne trouva enfin le bureau du juge. Elle ruisselait de transpiration. Quelques ventilateurs déclaraient forfait contre la chaleur ambiante. Un planton montait la garde. Elle fit passer son passeport, sa carte de magistrate française à la greffière et demanda à être reçue en urgence par la dénommée Eva Arias qui assurait la permanence.

On la fit attendre. Longtemps. Par les portes entrebâillées, elle apercevait la foule qui s'agglutinait dans les salles. Dans le brouhaha, les touches des claviers d'ordinateur claquaient comme des sabots. Des soldats tentaient de maîtriser les masses. Tout cela ressemblait à un jour de soldes aux Galeries Lafayette, version tropicale.

— Señora Korowa ?

Jeanne, assise sur son banc, leva les yeux. Et les leva encore. La femme qui se tenait devant elle mesurait un mètre quatre-vingts.

— *Soy Eva Arias*, poursuivit la femme en tendant une main puissante.

Elle suivit la géante dans son bureau. Le temps que la magistrate s'assoie, Jeanne la détailla. Des épaules de déménageur. Des bras d'athlète. Un visage qui trahissait des origines indiennes. Pommettes hautes. Nez aquilin. Yeux bridés. Cheveux noirs, comme laqués au cirage, coiffés la raie au milieu et noués en nattes de part et d'autre de sa nuque sombre. Et, bien sûr, une absence totale d'expression.

Jeanne se présenta. Expliqua la raison de sa visite à Managua. Dans le cadre d'une instruction menée en France – une série de meurtres –, elle recherchait un vieil homme et son fils, sans doute d'origine nicaraguayenne, impliqués dans ces crimes. Elle possédait seulement le prénom du fils, Joachim, et supposait qu'ils étaient arrivés à Managua ces derniers jours.

Eva Arias, par égard pour les origines étrangères de Jeanne, pour le voyage qu'elle avait effectué, l'écouta patiemment. Sans faire le moindre geste, ni trahir le moindre sentiment. Tout en parlant, Jeanne jaugeait la femme : une magistrate avec qui on ne plaisantait pas. Une Indienne parvenue à ce statut grâce à la campagne d'alphabétisation des sandinistes, dans les années quatre-vingt. Eva Arias était une de celles qu'on avait surnommées « les juges aux pieds nus », en référence à leurs origines modestes.

341

Une des magistrates qui n'avaient pas hésité à attaquer le président de la République, Arnoldo Alemán, et toute sa famille, quand des indices avaient démontré l'ampleur de leur corruption…

Jeanne acheva son discours. Le silence s'épaissit dans le bureau. Elle éprouvait, au sens physique du terme, la puissance retenue de la juge.

Finalement, celle-ci demanda d'une voix grave et posée :

— Que voulez-vous de moi ?

— Je pensais… Enfin, je pense que vous pouvez m'aider à les retrouver.

— Vous ne possédez aucun nom. Ni même aucun indice pour les identifier.

Jeanne songea à Antoine Féraud – lui connaissait le patronyme du père. Devait-elle en parler ? L'idée d'organiser une recherche autour de Féraud, comme s'il était coupable, lui déplaisait.

— Différents indices me portent à croire que le dénommé Joachim est l'auteur des meurtres parisiens dont je vous ai parlé.

— Et… ?

— Si cet homme est bien d'origine nicaraguayenne, il a peut-être déjà frappé ici, à Managua, il y a des années.

— Quand ?

— Joachim a trente-cinq ans. À mon avis, il a tué dès son adolescence. Son mode opératoire est très particulier. Il faudrait fouiller les archives des vingt dernières années et…

— J'ai l'impression que vous ne connaissez pas très bien l'histoire de notre pays.

— Je la connais. Je me doute que dans les années quatre-vingt, l'ambiance n'était pas aux investigations approfondies en matière criminelle.

— Les tueurs en masse venaient tout juste de quitter le pouvoir. Nous sommes une jeune démocratie, madame. Un pays en construction.

— Je sais tout cela. Mais je ne vous parle pas d'un assassin ordinaire. Je vous parle d'un meurtrier cannibale. Il doit en rester des traces. Dans les postes de police. Dans les annales des tribunaux. Ou même dans la mémoire des hommes.

Eva Arias posa les paumes à plat sur son bureau.

— Vous avez l'air de penser que les tueurs, chez nous, sont plus sauvages que dans vos pays civilisés.

Jeanne se retrouvait engagée sur le terrain délicat de la susceptibilité nationale.

— Je pense le contraire, *señora jueza*. Le tueur que je cherche est si barbare que ses actes ont forcément marqué les mémoires. Même en pleine révolution. Je vous montrerai les photos du dossier. Les assassinats qui ont eu lieu à Paris dépassent l'entendement. Ils font preuve d'une sauvagerie... hallucinante.

— Vous pensez que votre tueur est... indien ?

— Pas une seconde. *Señora...*

— Appelez-moi Eva. Après tout, nous sommes collègues.

— Eva, très bien. Laissez-moi vous préciser une chose personnelle. Lorsque je suis sortie de l'École nationale de la magistrature en France, j'ai décidé de traverser l'Amérique centrale et l'Amérique du Sud. Par pur amour de la culture hispanique. Vous entendez mon espagnol. J'ai passé plus d'une année sur votre continent. J'ai lu la plupart des grands écrivains de votre culture. Jamais vous ne pourrez me prendre en flagrant délit de préjugés ou d'idées reçues contre l'Amérique latine.

Eva Arias se tut. Le silence et la chaleur se conjuguaient en une masse de plus en plus oppressante. Respirer était difficile. Jeanne se demanda si elle n'avait pas commis une nouvelle gaffe. Pour une Indienne du Nicaragua, faire l'apologie de la culture hispanique n'était peut-être pas une bonne idée. Un peu comme faire l'éloge de Mark Twain dans une réserve indienne du Dakota.

— À quel hôtel êtes-vous descendue ? demanda l'Indienne d'un ton plus affable.

— À l'Intercontinental.

— Lequel ?

— Le nouveau. Je vais y laisser mon traitement de juge.

Sans qu'aucun signe le laisse prévoir, l'expression impassible de l'Indienne se brisa en un sourire. Jeanne comprit ce principe : le visage d'Eva Arias agissait par surprise. Impossible de deviner ce qu'il vous préparait...

— Je vais passer quelques coups de fil. Ça ne sera pas facile. Tous les juges ont été remplacés après la révolution sandiniste. Par ailleurs, il est inutile d'espérer quoi que ce soit des archives. Tout ce qui date d'avant la révolution a été perdu ou détruit – souvent par les juges eux-mêmes. Durant les années de révolution, c'est encore plus simple : rien n'a été écrit.

— Donc ?

— Je pense aux journalistes. Je connais quelques vieux renards qui ont tout vu, tout connu. S'il y a eu un meurtre cannibale, même au fin fond de la jungle du pays, ils s'en souviendront.

Jeanne se leva et remercia la magistrate. Sans effusion : elle voulait se placer au diapason du flegme indien. Elle quitta Eva Arias avec une pointe de remords. Elle n'avait pas joué franc-jeu avec elle. Elle avait occulté le nom d'Eduardo Manzarena. Elle avait voulu conserver une longueur d'avance sur la justice de ce pays.

39

16 heures.

Nouveau coup de fil à Plasma Inc.

Toujours pas d'Eduardo Manzarena. Jeanne prit la direction de *La Prensa*. Elle retrouva avec bonheur la climatisation du taxi. Les bureaux du journal étaient situés à l'autre bout de la ville. Elle eut tout le temps de détailler encore la capitale.

Le trafic était dense. Et plus dense encore, aux feux rouges, la vente de portière à portière. Des barbes à papa, des chiens, des hamacs, des cigarettes, des kleenex..., tout se vendait ici entre les voitures. Jeanne remarquait aussi les jeunes femmes qui déambulaient le long de la chaussée. Chignon serré. Visage ovale. Jeans pattes d'eph. La seule touche personnelle était la couleur du bustier : turquoise, rose, vert amande, jaune tournesol... Malgré elle, Jeanne était jalouse de leur beauté à la fois sombre et radieuse, de leur jeunesse, de leur osmose avec la terre, l'air, le ciel. Et aussi de leur ressemblance entre elles – elles paraissaient partager un secret de jouvence, mais de bon cœur, sans esprit de compétition.

Jeanne respirait en même temps quelque chose de plus lugubre. Le poids du passé. La population, derrière ses sourires, sa gentillesse, était encore accablée par la violence du siècle dernier. Le sang hantait toujours les esprits. Une sorte de veillée funèbre permanente désincarnait les âmes. Trois siècles d'exploitation américaine. Quarante ans de dictature sanglante. Une révolution. Une contre-révolution. Tout ça pour sombrer dans une corruption larvée, endémique, incurable... Pas vraiment de quoi être optimiste.

Le siège de *La Prensa* était un bloc de ciment sans âme mais les archives étaient entreposées dans un bâtiment annexe pittoresque, avec petit patio fleuri et ornements de stuc. Les anciens numéros étaient mémorisés sur microfilms – pas besoin de se plonger dans l'encre et le vieux papier. Jeanne dut d'abord interroger l'archiviste en chef, une vraie encyclopédie, pour s'orienter dans ses recherches. De mémoire, l'employé lui donna les années à consulter en priorité. Les années « star » d'Eduardo Manzarena, le Vampire de Managua.

Au fil des bobines, Jeanne vit passer une bonne partie de l'histoire récente du Nicaragua. Elle la connaissait déjà. La tradition des républiques bananières – qu'on appelait ainsi parce que les États d'Amérique centrale étaient devenus des fournisseurs de fruits tropicaux totalement contrôlés par les États-Unis. Comme la plupart des gens de gauche, Jeanne détestait les États-Unis. Globalement. Arbitrairement. Irrationnellement. Ce pays représentait tout ce qu'elle haïssait : la violence impérialiste, le tout-consumérisme, la liberté exclusivement dédiée à la réussite matérielle. Et surtout, l'élimination radicale des faibles et des minorités. Non contents d'avoir organisé le génocide des populations indiennes nord-américaines, les États-Unis avaient aussi financé les pires dictatures de l'Amérique centrale et de l'Amérique du Sud.

Avec une rage mêlée d'une jouissance étrange, Jeanne se rafraîchit la mémoire en s'arrêtant sur quelques articles. La dictature hallucinante de violence d'Anastasio Somoza Debayle, héritier d'une longue lignée d'assassins. Les morts. Les tortures. Les viols. Les spoliations. Le tyran criminel avait un jour répondu aux journalistes qui l'interrogeaient sur ses richesses : « Que je sache, je n'ai qu'une propriété. Elle s'appelle Nicaragua. » Puis la révolution sandiniste, dédiée à l'alphabétisation, au partage des terres, au respect des paysans. L'espoir, enfin. Puis la contre-révolution, financée par Ronald Reagan, grâce au trafic d'armes avec l'Iran... Des horreurs. Des horreurs. Des horreurs. Aujourd'hui, la situation s'était stabilisée. Mais les maux chroniques du pays guettaient toujours...

Eduardo Manzarena en était un splendide exemple.

D'origine cubaine, il avait commencé à faire fortune dans les années soixante-dix. Exilé à Miami, l'homme d'affaires, lui-même médecin hématologue, avait repéré un besoin spécifique aux États-Unis : le sang. La guerre du Vietnam avait démontré l'importance de la transfusion sanguine en cas de conflit. Or les États-Unis manquaient de réserves. Où trouver cette denrée rare ? Dans les pays pauvres. En 1972, juste après le tremblement de terre, Manzarena s'était installé à Managua et avait ouvert la première banque privée de sang. En quelques années, il avait développé son business avec brio, dépassant avec son seul centre les rendements des autres pays fournisseurs des États-Unis : Haïti, Brésil, Belize, Colombie... En 1974, Plasma Inc. fournissait 20 000 litres de sang par mois, soit, à lui seul, 10 % de l'industrie privée américaine dans ce domaine.

La fortune de Manzarena reflétait, en image inversée, la pauvreté des donneurs, des paysans ruinés par le séisme qui vendaient un litre de sang par semaine, sans laisser le temps à leur organisme de se régénérer. À ce rythme, plusieurs hommes étaient morts dans les locaux de la banque. Les esprits s'étaient échauffés. Plasma Inc. était devenu le symbole de l'exploitation de l'homme par la dictature – jusqu'à la mort. Un jour de 1978, le peuple avait laissé libre cours à sa colère et avait incendié la banque. Le sentiment de révolte s'était alors propagé dans tout le pays et la révolution sandiniste avait éclaté. Mais le Vampire de Managua avait déjà disparu.

Le gouvernement socialiste avait interdit le commerce du sang et du plasma. Désormais, les dons s'effectueraient gratuitement, sous le contrôle de la Cruz Roja nicaraguayenne. Le sang serait ensuite fourni grâcieusement aux hôpitaux et cliniques. Et plus question d'exportation. Mais les années avaient passé. Le naturel était revenu au galop. Arnoldo Alemán et son gouvernement corrompu avaient autorisé Eduardo Manzarena à se réinstaller à Managua, lui et son business sordide. Aujourd'hui, il faisait de nouveau concurrence à la

Croix-Rouge et on se pressait à sa porte pour gagner quelques cordobas.

Son empire s'était même étendu. Des centres de captation avaient ouvert au Guatemala, au Honduras, au Salvador, au Pérou, en Équateur, en Argentine. Jeanne imaginait des rivières de sang convergeant vers l'estuaire Manzarena jusqu'à se perdre dans la mer – les États-Unis. De telles histoires n'étaient possibles que dans les souterrains du monde. Là où la misère autorise tout. Là où l'âpreté et la corruption repoussent toujours, comme sur du fumier.

Elle regardait le portrait du Vampire qui scintillait devant elle – un homme énorme aux larges mâchoires, portant une chevelure d'argent coiffée en arrière, comme un casque de la guerre de Cent Ans. L'air paisible et repu, il ressemblait à un chevalier qui aurait terrassé ses ennemis : la justice, l'humanité, l'égalité…

Qu'avait donc envoyé le Vampire par UPS à Nelly Barjac le 31 mai dernier ? Un échantillon de sang ? Était-ce à cause de ça que la cytogénéticienne avait été tuée et dévorée ? Pourquoi Taine avait-il appelé cet homme, le dimanche 9 juin ? Pourquoi, le même jour, Antoine Féraud l'avait-il également contacté ? Que savait Eduardo Mazarena sur les meurtres et leur auteur ? Quel était son lien avec Joachim ?

Jeanne rembobina les films, éteignit l'écran, salua l'archiviste. Elle ne prit pas la peine de rappeler Plasma Inc. Elle décida d'y aller directement. Et de se confronter au Vampire en personne.

40

Banque du sang, première.

Le bâtiment de Plasma Inc., situé dans le barrio Batahola Sur, était un bunker plus solide et mieux gardé que le tribunal de justice. Des rouleaux croisés de lames de rasoir surplombaient les murs d'enclos, des vigiles armés paraissaient bien réveillés au fond de leur cahute.

Pour pénétrer dans la forteresse, Jeanne présenta son passeport. Aucun problème. Après tout, elle était peut-être une donneuse volontaire. Elle se retrouva dans un grand hall à la tropicale. Sol carrelé. Stores à lattes. Ventilateurs au plafond. Les donneurs faisaient la queue devant une série de comptoirs. D'autres étaient affalés sur des bancs alignés comme à l'église, regardant d'un œil distrait un écran de télévision. Pas d'infirmières, pas de blouse blanche, mais une odeur d'éther à tomber raide sur le carreau. Les claquements des claviers d'ordinateur résonnaient en fond comme une danse macabre.

Jeanne se sentait mal. La touffeur. La puanteur. Le décalage horaire. Tout cela lui tordait le ventre. Elle aperçut une petite femme dont l'allure lui plut.

La cinquantaine. Une blouse à carreaux. Un visage de Pékinois tout plat, aux yeux bridés, enfoui derrière de grosses lunettes. Un dossier sous le bras lui donnait un air supérieur. En tout cas, elle le portait dans cet esprit.

— *Por favor, señora...*

Sans donner d'explication, Jeanne demanda à rencontrer Eduardo Manzarena. Avec un large sourire, la Pékinoise lui répondit que « monsieur le directeur » n'était pas encore arrivé. Il fallait repasser plus tard. Ou demain. La femme mentait. Manzarena n'allait pas passer aujourd'hui – il était plus de 17 heures. Une petite voix lui soufflait même qu'il y avait un moment qu'il n'était pas venu au bureau...

Jeanne remercia la femme. Elle se dirigea vers la sortie, laissant la secrétaire partir de son côté. Puis elle revint sur ses pas et se glissa par la première porte qu'elle trouva. Elle franchit une salle d'attente en longueur. Des hommes somnolaient sous des affiches exhortant à donner son sang, à nourrir l'avenir du Nicaragua, etc.

Elle enjamba les grappes de pieds et attrapa la poignée suivante. Un panneau indiquait : « Sala de extracción ». L'odeur la frappa avec une nouvelle violence. Alcool à 90°, iode, Javel, sueur... Elle découvrit un espace sans fenêtre ponctué de vieux fauteuils de coiffeur en moleskine rouge, où étaient installés les donneurs. Regard voilé, teint livide, tempes moites : ils paraissaient tous à l'agonie. Les poches en plastique reliées à leur veine étaient énormes. Contrairement aux articles qu'elle avait lus, les conditions d'extraction chez Plasma Inc. n'avaient pas l'air d'une aseptie irréprochable. Dans un coin, une femme de ménage passait un balai humide. Dans un autre, un ouvrier recollait une dalle de linoléum, boîte à outils ouverte près de lui.

Jeanne chercha une autre porte. Elle espérait trouver le bureau de Manzarena ou celui de sa secrétaire. De là, elle dénicherait son adresse personnelle. Si le Vampire ne venait pas à elle, elle irait à lui... Nouveau couloir. Chaque salle disposait d'une baie vitrée par laquelle Jeanne pouvait voir ce qui s'y passait. Personne ne faisait attention à elle.

Un vacarme l'arrêta. Le bruit des centrifugeuses. Des tambours tournaient sans relâche, comme dans une laverie automatique. Elle venait de lire des articles sur la question. Après l'extraction, le plasma est séparé par centrifugation des globules et des plaquettes. C'est le plasma qui contient de précieuses protéines, dont le fameux facteur VIII – protéine coagulante dont sont privés les hémophiles de type A. Jeanne avait beaucoup de mal à se convaincre qu'elle se trouvait dans un lieu bienfaisant, qui permettait de sauver des vies.

Nouvelle salle. Murs roses. Portes frigorifiques qui devaient abriter les livraisons à destination des États-Unis. Il y avait aussi des armoires vitrées, dont les étagères allaient et venaient, faisant tressauter des poches sombres, sans doute pour empêcher le sang de coaguler. Jeanne se dit que si les Nord-Américains étaient venus y regarder de plus près, ils n'auraient certainement pas acheté son plasma à Eduardo Manzarena.

Enfin, le département administratif. Des bureaux. Des ventilateurs. Des secrétaires à chignon haut. Jeanne passa sans un regard pour les filles, devinant que l'antre du boss était au fond du couloir. Au premier angle, une annexe s'ouvrait sur deux pièces, l'une à gauche, l'autre à droite. La première avait sa porte fermée. La seconde était ouverte, mais vide. Le bureau de la secrétaire. Elle repéra un répertoire à l'ancienne trônant près de la machine à écrire. Des fiches perforées, enfilées sur deux anneaux d'acier.

Elle les feuilleta rapidement. MANZARENA. EDUARDO. La fiche portait les coordonnées personnelles du patron. Une adresse dans le style nicaraguayen. Managua avait été tant de fois abattue par les tremblements de terre et les cyclones, tant de fois reconstruite, que les rues et avenues ne portaient plus ni nom ni numéro. On s'orientait donc grâce aux points cardinaux, aux surnoms des blocs et à d'autres repères – plutôt folkloriques.

Elle attrapa une feuille, un stylo et recopia les indications : « *Tica Bus, 1 cuadra del lago y 1 cuadra y media arriba.* » Ce qui signifiait approximativement que, depuis le terminal de Tica Bus, il fallait s'orienter vers un point situé entre un bloc en direction du lac et un bloc et demi vers le haut, c'est-à-dire à l'est... Jeanne nota, se disant qu'un chauffeur de taxi comprendrait le message.

Quelques minutes plus tard, elle était dehors. Le conducteur réagit aussitôt au texte énigmatique. Jeanne se renfonça dans son siège. Elle demanda qu'on règle la climatisation à fond. S'essuya le visage avec des lingettes parfumées qu'elle avait achetées à l'aéroport de Madrid – sa meilleure idée pour l'instant.

Et tenta de se calmer.

La nuit tombait. Jeanne éprouvait un mauvais pressentiment. Peut-être qu'elle arrivait trop tard... Peut-être que Joachim avait déjà frappé... Peut-être que Manzarena...

Elle tressaillit.

Et comprit son pressentiment.

Rien à voir avec Manzarena.

Il s'agissait d'Antoine Féraud. Sa conviction se précisait. Il avait retrouvé Joachim et son père à Managua. Il avait voulu les raisonner. Les avait exhortés à se rendre à la justice.

Et cette démarche lui avait coûté la vie.

41

Jeanne parvint dans le quartier de Manzarena au moment où le jour disparaissait. Le chauffeur lui expliqua comment atteindre la villa à pied. Les réverbères ne s'étaient pas encore allumés. Elle remonta la rue en pressant le pas. Elle voulait sonner à la porte avant que les lumières électriques ne jaillissent – une idée comme ça.

Il régnait dans l'artère un silence impressionnant. Les maisons derrière leurs murs d'enclos ou leur grillage se densifiaient dans l'obscurité. Pas âme qui vive dans la rue ni aux fenêtres. Ses pas résonnaient dans le noir, à mesure qu'elle croisait des *chilamate*, des arbres puissants dont elle avait lu le nom dans un des guides achetés à l'aéroport de Madrid. Elle trouva enfin la demeure – le chauffeur la lui avait décrite.

Elle sonna, lançant quelques regards à travers la grille. La villa paraissait modeste. Des bougainvillées roses, des orchidées violacées, des palmiers trapus laissaient entrevoir des murs gris, un toit rouge, des vérandas ouvertes et des terrasses typiques de l'architecture nicaraguayenne. L'air, la chaleur, la végétation des jardins s'invitaient à l'intérieur de ces constructions. On faisait ici tomber les murs comme on tombe la veste dans une fête décontractée.

Personne pour lui ouvrir. Où étaient les gardes du corps ? les serviteurs ? Elle sonna à nouveau. Aucune lumière ne s'allumait nulle part. Seule une faible clarté, intermittente, agitait l'obscurité d'une des vérandas. Sans doute un piège à moustiques. Eduardo Manzarena était de sortie. Et son personnel en congé. Jeanne ressentit un vrai abattement. Tous ses efforts avaient convergé vers cet instant – et cet instant lui était volé. Elle se retrouvait sur le seuil d'une maison inconnue, dans un quartier désert et sombre, à plus de dix mille kilomètres de chez elle...

Elle allait repartir quand une idée la saisit. Une petite perquise en douce... La mauvaise idée par excellence. Un coup à se retrouver dans les geôles de Managua... Trop tard. Elle saisissait déjà la poignée du portail – deux plaques de fer ajourées, relevées de motifs et d'arabesques. Aucune résistance. Jeanne lança un coup d'œil de droite à gauche puis se glissa dans les jardins. Pas de chien. Aucun bruit. Elle avait la bouche sèche comme un four à briques, tandis que son corps ruisselait de sueur. Elle était dans la place. Elle était dans l'illégalité. Il n'y avait plus qu'à assumer.

Elle traversa les jardins. Herbes souples. Fleurs énormes. Palmiers au tronc gris, craquelé comme des ananas. Son pied toucha du dur. Un carrelage enfoui parmi les buissons. Première véranda. Une fontaine coulait au centre. Un ventilateur tournait au plafond, brassant l'air chaud. Une télévision ronronnait dans un coin, sans le son – la source de clarté de tout à l'heure. Ce poste allumé impliquait un départ précipité. L'absence de domestiques renforçait le mauvais présage. Que s'était-il passé ici ?

Elle accéda à un salon – sorte de prolongement de la terrasse. Tout était ouvert. Manzarena ne craignait décidément pas les voleurs. À l'instant où elle pénétrait dans la pièce, les réverbères de la rue s'allumèrent. Elle sursauta et se projeta sur la droite, à l'abri des regards. Elle compta jusqu'à dix puis risqua un œil. Personne sur l'avenue. Elle considéra de nouveau le salon. Les rais des luminaires filtraient par les grilles de fer forgé, les murs à claire-voie, les stores rectilignes, projetant des ombres obliques et croisées.

Elle avança. Pas le moindre souffle d'air ici. Elle traversait des eaux lentes, dont la pression pesait sur ses épaules. Le décor. Fauteuils alanguis dans l'ombre. Longue table couverte d'une toile cirée. Bar alignant des bouteilles en série. Les yeux d'un masque de terre cuite l'observaient du fond d'une étagère. Une odeur prégnante d'eau de Javel s'élevait du sol. Le personnel semblait avoir mené ici une opération commando avant de se volatiliser. Pourquoi avoir laissé tout ouvert ?

Un escalier. Pour la forme, Jeanne appela : « *Señor Manzarena* ? » Le silence en réponse, scandé par les pales du ventilateur de la véranda. Elle gravit les marches. Premier étage. Couloir. Des chambres. Des murs de ciment peint, vert d'eau, orange cru. Des lits en bois. Des meubles en rotin. Par les fenêtres, toujours fermées par des stores, la lumière électrique en lignes claires.

358

Jeanne avance toujours. Depuis un moment, elle a compris. À cause de l'odeur qui flotte. Intense. Sucrée. Nauséabonde. À mi-chemin entre le fruit pourri et la viande faisandée. Fond du couloir. Nouvelle porte. L'entrouvrant, Jeanne sait, à cette seconde même, qu'elle a découvert le pot aux roses.

Eduardo Manzarena est arc-bouté derrière son bureau, la tête posée sur la table, sous la grille de l'air conditionné qui ronronne. Son crâne est ouvert en deux comme une pastèque fracassée. Son cerveau en jaillit pour se déverser sur le sous-main de cuir. Un nuage de mouches tourbillonne au-dessus.

Joachim a été plus rapide qu'elle.

Respirant par la bouche, Jeanne fait deux pas à l'intérieur, fouille dans son sac, trouve, entre rouge à lèvres et chewing-gums, des gants de latex qu'elle conserve toujours. Elle les enfile et s'adapte au tableau seulement éclairé par les lueurs indirectes des réverbères. Elle note, simultanément, plusieurs faits.

Manzarena est encore plus gros que sur la photo : il doit peser dans les 150 kilos. Vêtu d'un tee-shirt blanc et d'un jogging gris clair, il se tient penché, les bras glissés sous le bureau. Jeanne songe au film *Seven*. L'obèse sacrifié au nom du péché de gourmandise. Le tableau rappelle la scène, mais dans une version noir et blanc. *Seven*, oui, mais revu par Fritz Lang.

Deuxième fait. Le tueur a retourné la pièce. Les bibliothèques ont été fouillées, secouées, éventrées. Les tiroirs vidés. Les placards renversés. Le sol est jonché de livres appartenant tous à la même collection : des couvertures gris moiré. Que cherchait le meurtrier ?

Troisième fait : le cannibalisme. L'odeur d'hémoglobine et de chair crue sature la pièce. Comme si on avait ouvert ici un robinet de sang. L'assassin s'est nourri du corps. Un avant-bras, arraché, repose parmi les bouquins. Des fragments de tissu s'étirent sur les pages encroûtées de sang. Joachim est dans la ville. Il s'est nourri du Vampire de Managua. Pour lui voler quel pouvoir ?

Dernier élément à noter : pas d'inscriptions sanglantes sur les murs. L'alphabet mystérieux doit être réservé aux Vénus.

Jeanne commence l'examen du corps. Elle éprouve une sorte de distanciation bienvenue, liée à la fatigue, au décalage horaire, à la chaleur... Elle se penche sous le bureau. Nouveau bourdonnement de mouches. Un moignon sanglant, tranché au coude. L'autre avant-bras porte des marques de morsures. Le pantalon de l'obèse est baissé. Ses cuisses portent des traces d'entailles, de suçons – toujours les mêmes signes d'avidité, d'appétit de chair humaine. L'entrejambe est noirci de sang. Jeanne n'a pas envie d'en savoir davantage.

Elle se redresse. Voit tourner la pièce. Lève la tête vers la grille d'air conditionné, en quête d'un peu d'air frais. Elle attrape une chaise et s'effondre. Ferme les yeux et puise au fond d'elle-même ses dernières forces. Elle sait que ces minutes solitaires sont capitales pour effectuer une découverte. Débusquer un signe, un indice, avant d'appeler la cavalerie.

Elle se remet debout, contourne le corps, observe son dos. Le lieu d'un nouveau carnage. À coups de hache ou de machette, l'assassin a frappé comme il aurait percé la coque d'un bateau. Des flots de sang ont jailli. Le tueur a été plus loin. Il a plongé les mains de part et d'autre de la colonne vertébrale et tiré ce que ses doigts ont pu saisir. Reins. Intestins. D'autres organes. Le mort déploie derrière lui des protubérances horrifiques, évoquant les ailes d'un dragon monstrueux.

Elle tente un premier bilan. Les signes de décomposition sont manifestes. L'extrémité des doigts est gonflée, comme si Manzarena avait pris un bain de plusieurs heures. La desquamation a débuté un peu partout. Les taches couleur lie-de-vin sont nombreuses. La langue, gonflée par l'activité des bactéries, sort de la bouche. Tout le processus a été accéléré par la chaleur. Manzarena n'a peut-être pas été tué il y a si longtemps... Jeanne parierait pour moins de vingt heures.

Pourquoi les domestiques n'ont-ils rien découvert ? Ont-ils paniqué en tombant sur le cadavre ? Et les gardes du corps ? Pourquoi ne s'est-on pas inquiété à la banque de sang de son absence ?

Elle n'a toujours pas trouvé un seul indice, un seul signe qui lui donnerait une avance sur l'enquête. Elle scrute le sol. Les vagues de couvertures argentées. Elle attrape un des livres. *Totem et tabou* de Freud, traduit en espagnol. On lui a déjà parlé de ce livre, il y a quelques jours. Antoine Féraud. Dans les jardins des Champs-Élysées.

Elle se penche et attrape un autre livre. *Totem y tabú*, encore une fois. Un autre. *Totem y tabú*. Un autre encore. *Totem y tabú*... Jeanne considère les livres encastrés dans la bibliothèque. Les dos de toile grise. Les lettres d'or des titres. *Totem y tabú*. Partout. Répété sur tous les rayonnages...

Eduardo Manzarena s'est construit ici une forteresse. Un refuge dont les pierres sont des exemplaires du même ouvrage. Pourquoi ? Qu'étudiait-il ? Cherchait-il à se protéger, symboliquement, avec ces livres ?

Elle se retourne et observe le bureau. Plusieurs bouquins sont englués sous la matière grise. Elle en repère un, près de l'ordinateur, qui n'est pas trop souillé. Le feuillette rapidement. Le fourre dans son sac.

Elle ouvre son téléphone portable et compose un numéro mémorisé.

— *Señora Arias, por favor.*

42

Le premier flic trébucha sur les livres. Le second tenta de le rattraper et s'appuya, à mains nues, sur la poignée de la porte. Finalement, les deux rebondirent contre le cadavre – il en aurait fallu plus pour bouger la masse de Manzarena. Un des policiers se cogna contre l'étagère qui céda et provoqua un déferlement de bouquins sur ceux déjà disséminés par terre.

— *Que mierda!* hurla l'homme.

Jeanne faillit éclater de rire. Pure nervosité. Elle n'avait jamais vu un tel chaos sur une scène de crime. Chacun pataugeait dans la sauce avec ses chaussures de ville. Aucun flic ne portait de gants. Pas l'ombre d'un périmètre de sécurité. Et chaque visage offrait une variation comique sur le thème de l'effarement.

Un homme en blouse blanche – sans doute l'équivalent de l'IJ de la police française – s'échinait à ouvrir une mallette chromée fermée à clé. Il ne cessait de répéter :

— *Donde esta la llave ? Tienes la llave ?*

Jeanne se souvint que le taux d'élucidation des forces de l'ordre, dans ces pays d'Amérique centrale, avoisinait zéro. Les flics ici ne connaissaient qu'une seule méthode d'enquête : le flagrant délit.

Derrière le photographe, qui tournait autour du corps avec méfiance, comme si le cadavre allait se relever d'un coup, Jeanne aperçut la haute stature d'Eva Arias. Elle avait l'air furieuse. Furieuse de l'incompétence des policiers. Furieuse de la présence de Jeanne, juge française et témoin central dans cette affaire. Elle paraissait même la tenir pour personnellement responsable de ce carnage...

— On doit parler vous et moi.

Jeanne suivit l'Indienne dans une pièce voisine. Elle n'attendit pas ses questions. Elle résuma l'enquête de l'après-midi. La place d'Eduardo Manzarena dans l'histoire. Au passage, elle dut ajouter quelques faits. La mort de François Taine brûlé vif. L'implication d'un psychiatre, sans doute en visite à Managua. Puis un portrait plus détaillé du suspect, Joachim, mi-avocat humanitaire, mi-monstre autiste, d'inspiration primitive...

La géante se taisait. Son visage était aussi expressif que le tronc d'un chilamate.

— Pourquoi ne m'avez-vous pas tout dit cet après-midi ?

— Ma requête était assez bizarre comme ça. Je ne voulais pas en rajouter.

Nouveau silence.

— Que savez-vous sur Eduardo Manzarena ? reprit enfin l'Indienne.

— Ce que j'ai lu dans les archives de *La Prensa*. Il a réussi une première fois dans le business du sang. A disparu à l'arrivée du sandinisme. Est réapparu dans les années quatre-vingt-dix.

364

— Avec le retour de la droite au pouvoir.

La magistrate avait ajouté ce commentaire avec une rage froide. Elle ruminait encore sa colère d'avoir perdu les élections de l'époque. Elle se tenait près d'une fenêtre. Les éclairs des gyrophares du dehors lacéraient son visage par à-coups.

— Le peuple du Nicaragua a voté contre la guerre, dit Eva Arias à voix basse. Pas contre nous.

— Bien sûr, ajouta Jeanne, qui n'avait pas envie de la contrarier.

— Vous saviez que Manzarena était menacé ?

— Menacé ? Par qui ?

Eva Arias fit un geste vague. Pas d'explication en vue.

— C'est le plus étrange, continua-t-elle. Ces dernières semaines, il vivait entouré de gardes du corps. Il restait prostré chez lui. Pas de femmes, pas d'enfants. Un solitaire. Un homme qui avait peur.

Jeanne comprit un détail : la Pékinoise, la petite secrétaire de Plasma Inc., avait promis que Manzarena passerait au bureau dans la journée. Pur discours officiel. Il ne venait plus au bureau depuis longtemps…

— Il faut que je retrouve les gardes du corps, murmura Eva Arias. Les domestiques. Ils savent forcément quelque chose.

— De quoi avait peur Manzarena ? insista Jeanne. Qui le menaçait ?

Eva Arias regardait à travers les lattes des stores.

— À partir de maintenant, fit-elle en éludant la question, je vous interdis de vous mêler de cette enquête. Vous ne bougez plus. Sinon, je vous assigne à résidence dans votre hôtel. Laissez faire les hommes de notre police.

— J'ai pu mesurer leur efficacité.

Eva Arias la fusilla du regard.

— Possédez-vous des techniciens de police scientifique ?

Les yeux de l'Indienne lancèrent des éclairs.

— Je connais ce tueur, continua Jeanne. Il ne prend aucune précaution. En tout cas, pas du côté des traces qu'il laisse. Relevez les empreintes sur la scène de crime. Celles du meurtrier seront partout. Avec celles de vos hommes, bien sûr.

La géante conservait toujours le silence. Elle paraissait prête à exploser.

— Joachim est sans doute originaire du Nicaragua. S'il a été fiché une fois, une seule fois, par vos services, nous pourrons l'identifier en comparant les empreintes de ce soir.

La juge ordonna :

— Venez près de moi.

Jeanne s'exécuta.

— Regardez, souffla Eva Arias.

Le quartier s'était rempli d'une foule compacte. On pouvait voir les passants s'agglutiner contre les grilles, les yeux fixes comme des zombies, éclaboussés par les lueurs blafardes des véhicules de la police.

— Ils ne comprennent pas ce qui se passe, chuchota la juge de sa voix grave. Jusqu'à présent, les tueurs en série portaient un uniforme et agissaient en commandos. Alors, un tueur solitaire. S'acharnant sur une seule victime. C'est trop ou trop peu, vous comprenez ? Une sorte de luxe. (Elle ajouta, un léger sourire dans son timbre de glas :) Un luxe européen ou nord-américain.

— Le meurtrier est originaire de votre pays.

— Peu importe.

Eva Arias se tourna vers Jeanne. Son visage ressemblait à ces blocs de grès pré-colombiens taillés en facies.

— Nous n'avons pas de laboratoire scientifique. Nous n'avons pas de fichiers d'empreintes. Nous n'avons rien, vous comprenez ?

— Je peux vous aider.

— Nous n'avons pas besoin d'aide. Je vais vous faire accompagner au poste de police. Vous allez signer votre déposition et rentrer à votre hôtel. Laissez-nous opérer à notre façon.

— Quelle est votre façon ?

Encore une fois, le sourire d'Eva Arias la prit par surprise. Impossible de deviner, la seconde précédente, que son expression allait se modifier.

— Notre chef de la police est un ancien révolutionnaire sandiniste. Un de ceux qui ont pris la ville de León. En plein affrontement, il s'est volontairement fait sauter dans la garnison centrale. La bombe n'a pas explosé et il s'en est sorti. Voilà le genre d'hommes qui dirige nos enquêtes, madame la Française.

— Je ne comprends pas ce qu'un tel acte peut révéler comme compétences policières.

— Parce que vous n'êtes pas du pays. Je vais vous faire raccompagner.

Jeanne recula. Un homme en armes se tenait déjà sur le seuil de la pièce. Elle allait le suivre quand Eva Arias la rappela :

367

— Vous savez que la mort de Manzarena est plutôt ironique.

— Pourquoi ironique ? À cause du sang versé ?

— J'ai appris quelque chose sur lui aujourd'hui.

Jeanne revint sur ses pas.

— Manzarena était comme vous, fit l'Indienne.

— Comme moi ?

— Il s'intéressait au cannibalisme. Cet après-midi, j'ai passé quelques coups de fil. Ce que je peux déjà vous dire, c'est qu'il n'y a jamais eu de crimes anthropophages au Nicaragua. Mais en parlant avec d'autres juges, j'ai compris que Manzarena les avait déjà appelés. Et qu'il avait posé les mêmes questions que vous. Avec une précision : il cherchait un fait divers de ce genre en 1982.

Le médecin hématologue menait donc la même enquête que Jeanne. Mais il possédait des éléments qu'elle ignorait. Connaissait-il l'histoire de Joachim ? Redoutait-il que le tueur autiste ne l'élimine ? Quel était le lien avec le pli qu'il avait envoyé à Nelly Barjac ?

Eva Arias ouvrit son cartable et en sortit un livre. C'était un des bouquins à couverture argentée du bureau de Manzarena. Jeanne pensa à l'exemplaire qu'elle avait elle-même fourré dans son sac...

— Vous avez remarqué, n'est-ce pas, que sa bibliothèque ne contient qu'un seul et même livre ?

— *Totem et tabou*, de Freud.

— Vous saviez que dans les pays d'Amérique centrale et latine, on se passionne pour la psychanalyse ?

— Je l'ignorais. Dans tous les cas, ça ne suffit pas à expliquer la présence de tant d'exemplaires à la fois.

— Non. Mais ça boucle la boucle.

Eva Arias considéra son ouvrage qui brillait à la lueur des gyrophares.

— Quand j'étais étudiante, après la révolution, je me suis intéressée à la psychanalyse, moi aussi. Je voulais même écrire un mémoire sur l'importance de cette discipline pour le développement de la démocratie dans notre pays. Des rêveries de jeune fille. (Elle brandit le livre.) Vous l'avez lu ? Vous savez de quoi ça parle ?

Jeanne tenta de se souvenir des paroles de Féraud. Rien ne lui revint.

— Non.

— De cannibalisme. Pour Freud, l'histoire de l'humanité a commencé avec le meurtre originel du père. Les hommes du clan ont tué leur père et l'ont mangé. Tout est mal qui finit mal.

43

En franchissant les portes de l'Intercontinental, elle eut l'impression que tout le monde était déjà au courant du meurtre. Elle puait la viande morte. Elle portait la trace du crime. Elle faisait tache dans cette atmosphère de luxe et de confort.

Elle traversa le hall climatisé, puis accéda de nouveau à la chaleur du dehors, dans le grand patio central du palace. Elle observa la surface turquoise rétro-éclairée de la piscine surplombée de palmiers. Et révisa son jugement. Le lieu était plus fort qu'elle ne l'aurait cru. Sa malédiction ne pénétrait pas ces murs. Comme l'huile ne pénètre pas l'eau. Elle gardait sa noirceur. L'hôtel de luxe conservait son pouvoir d'indifférence.

Elle s'installa dans un transat et réfléchit à son voyage. Cette enquête, elle l'avait voulue. Elle avait prié, espéré, intrigué pour obtenir un vrai dossier criminel. Maintenant, elle l'avait. Pas officiellement, mais moralement. Était-elle heureuse pour autant ? Se sentait-elle à l'aise dans ce bourbier de sang et de violence ? Ce n'était pas la bonne question. Elle devait neutraliser le tueur. Venger François Taine et les autres victimes. Basta. Le point positif était qu'elle n'éprouvait aucune peur. Comme si son premier affrontement avec Joachim, dans le cabinet de Féraud, l'avait immunisée...

Un serveur vint interrompre ses pensées.

— *Un Coca Zero, por favor.*

S'agitant sur sa chaise longue, elle sentit l'angle d'un objet dans son sac. *Totem y Tabú*. Freud. Elle feuilleta le bouquin. Les paroles d'Eva Arias lui revinrent à la mémoire. Elle avait eu sa période Freud, elle aussi, durant sa dépression, cherchant, comme beaucoup dans ces cas-là, des clés pour comprendre pourquoi sa tête lui échappait à ce point-là. Mais elle ne s'était jamais intéressée à ce versant des recherches du Viennois. Elle referma le livre. Pas la concentration suffisante pour s'y plonger.

Elle tourna et retourna l'ouvrage. Rien à signaler. Une édition espagnole grand format – un éditeur universitaire de Madrid. Pourquoi Manzarena en avait-il conservé autant d'exemplaires ? Existait-il un code à l'intérieur de la traduction – ou au fil des livres imprimés ? *Arrête ton délire...*

Son Coca arriva. Elle but et crut qu'elle allait se fissurer tant le contraste était violent entre la chaleur de la nuit et le froid du breuvage. Chaque bulle explosait en une minuscule morsure glacée au fond de sa gorge.

Comme si cette sensation lui avait brutalement conféré un superpouvoir, elle reprit le livre et le palpa encore. La couverture. Le dos. Les pages. Elle était maintenant certaine que le volume abritait un secret. Elle tâta encore le papier, le carton, le relief des caractères.

Et trouva.

Dans l'épaisseur de la couverture, une lettre était dissimulée. Il suffisait d'écarter la paroi encollée pour l'atteindre. Jeanne l'extirpa avec précaution. Elle aurait dû utiliser des gants mais elle commençait à prendre les manières nicaraguayennes.

Au fil de son geste, deux idées la saisirent. La première, Emmanuel Aubusson le lui avait souvent répété : dans une enquête, nul n'est à l'abri d'un coup de chance. Elle avait piqué un livre, un seul, celui qu'Eduardo Manzarena conservait à portée de main, sur son bureau, et c'était précisément celui qui contenait le secret. Sa deuxième conviction, c'était qu'elle avait trouvé, par hasard, ce qu'avait cherché le tueur en démolissant le bureau.

Jeanne ouvrit délicatement la feuille pliée en quatre. Une lettre. Rédigée à la main. En espagnol. Murmurant les mots, elle se livra aussitôt à une traduction simultanée :

Eduardo,

Vous aviez raison. Le mal est ici, à Formosa. Je n'ai rien vu de mes propres yeux mais j'ai recueilli des témoignages. Les paroles des Indiens vont toutes dans le même sens. La Forêt des Âmes abrite le mal…

Surtout, j'ai pu collecter quelque chose d'essentiel. Un échantillon de sang d'un des hommes infectés – un homme que nous avons traqué à travers la lagune sans le voir et que nous avons blessé. Vous connaissez la région : je n'ai pas voulu m'aventurer plus avant dans la forêt. Mais j'ai recueilli ces quelques gouttes avec soin. Elles vous permettront d'effectuer, je l'espère, l'analyse que vous envisagiez.

Si vous lisez cette lettre, c'est que vous avez reçu l'échantillon. Manipulez-le avec précaution ! J'ai toutes les raisons de penser que le mal est contagieux. Je prie maintenant Notre Seigneur pour qu'Il nous protège. Ne sommes-nous pas en train d'ouvrir les portes de l'Enfer ?

Niels Agosto,
18 mai 2008, Campo Alegre, Formosa.

Le premier détail bizarre était le lieu précisé, près de la signature. Campo Alegre, Formosa. Jeanne ne connaissait pas de Formosa au Nicaragua. Mais il existait une province de ce nom en Argentine, dans le Nordeste, une région très isolée. Elle relut la lettre. Eduardo Manzarena avait envoyé un émissaire pour détecter les traces d'une infection en Argentine. Craignait-il de provoquer une pandémie dans son propre pays en important du sang de cette région ? Ou au contraire s'intéressait-il, à titre personnel, à ce mystérieux « mal » ?

Jeanne ordonna les événements chronologiquement. La lettre était datée du 18 mai. Manzarena avait sans doute reçu l'échantillon une semaine plus tard. Qu'en avait-il fait, lui ? Une hypothèse s'imposait : il l'avait envoyé à une spécialiste qu'il connaissait en France... Nelly Barjac. C'était le pli UPS reçu le 31 mai par la cytogénéticienne.

Nelly avait analysé le fragment mais le tueur était venu le récupérer et avait effacé les résultats. Pourquoi ? Joachim connaissait-il cette pathologie ? En était-il atteint ? Et quel était le rapport avec Marion Cantelau, jeune infirmière dans un centre pour autistes, et Francesca Tercia, sculptrice fantasque ?

Il y avait entre ces éléments un autre lien. Un lien direct entre la lettre de Niels Agosto et la pathologie de Joachim. L'homme parlait explicitement de la « Forêt des Âmes ». *La Selva de las Almas.*

Or on pouvait aussi traduire cette expression par « forêt des Mânes », le nom des esprits des morts dans l'Antiquité. Jeanne entendait encore la voix de fer prononcer en français, dans le cabinet de Féraud : *Il faut l'écouter. La forêt des Mânes.*

Quand le psychiatre avait demandé à Joachim s'il avait connu cette forêt durant son enfance, l'avocat sous hypnose avait simplement répété la question. Ce qui pouvait passer pour un « oui » dans le langage de l'autisme...

Tout se tenait. L'assassin ne venait pas du Nicaragua mais d'Argentine. Ce qui pouvait constituer une connexion avec Francesca Tercia, elle-même d'origine argentine... Et aussi le coup de fil de François Taine à l'institut d'agronomie, à Tucumán, dans le nord-ouest du pays. Mais, de mémoire, plus de mille kilomètres séparaient Tucumán de Formosa, dans le nord-est.

Trop de questions. Pas assez de réponses...

Dans l'immédiat, Jeanne voulait vérifier son hypothèse à propos de Nelly Barjac. Elle remonta rapidement dans sa chambre, régla la climatisation à plein régime, attrapa un autre Coca light dans le mini-bar. Elle composa le numéro du portable de Bernard Pavois, le directeur des établissements du même nom.

21 heures ici. 4 heures du matin à Paris. Elle savait que Pavois ne lui en voudrait pas de le réveiller. Cas de force majeure. Le colosse répondit au bout de deux sonneries, d'une voix claire. Il ne dormait pas.

Jeanne s'excusa pour l'heure tardive. L'homme ne manifesta aucune surprise.

— Comment se passe votre enquête ? Je n'ai aucune nouvelle de vos collègues.

— Je ne sais pas où en est leur enquête, mais moi, j'ai dû partir en voyage.

— Où ?

— Managua, Nicaragua.

— Sur la trace du tueur ?

— Exactement.

— C'est votre karma : je vous avais prévenue. Pourquoi m'appelez-vous ?

— Nelly Barjac a reçu un colis UPS, le 31 mai, en provenance de Managua.

— Et alors ?

— L'expéditeur était le laboratoire Plasma Inc. La seule banque privée de sang de Managua. Plus précisément, l'homme qui a envoyé ce pli est un dénommé Eduardo Manzarena, le directeur du laboratoire.

— Jamais entendu parler.

— On l'appelle le Vampire de Managua.

— Vous vivez dans un monde... Vous l'avez rencontré ?

Jeanne revit le corps obèse démembré. Les chairs en décomposition. Les livres encroûtés de sang. Elle renonça à donner plus de détails.

— Je voudrais juste envisager avec vous une hypothèse.

375

— Dites.

— A priori, ce colis contenait un échantillon de sang. Un sang contaminé.

Pavois prit un ton surpris :

— Quelle maladie ?

— Je n'en sais rien. Une affection rare. Peut-être endémique d'une région en Argentine. Quelque chose qui serait proche de la rage.

— Et il aurait envoyé un truc pareil dans notre laboratoire ?

— Il connaissait Nelly. Il voulait qu'elle pratique des analyses pour identifier la maladie.

— Ce n'était pas la spécialité de Nelly.

— Mais vous possédez le matériel nécessaire pour ce type d'examens ?

— Oui et non. Mais surtout, ce serait un pur délire de faire voyager un échantillon infecté par la poste.

Jeanne avait pensé à cette objection. Manzarena avait dû prendre ses précautions.

— Quel type d'analyses aurait pu mener Nelly ? insista-t-elle. Elle aurait pu détecter un virus ?

— Pas du tout. Vous confondez les échelles. Elle aurait tout juste pu repérer des parasites, des microbes. Ou des bactéries. Les virus sont observables à une échelle beaucoup plus petite... Dans tous les cas, je vous le répète, ce n'est absolument pas notre boulot !

— De telles manipulations laisseraient des traces dans votre labo ?

— Non. Si Nelly n'a rien mémorisé informatiquement, c'était « ni vu, ni connu ».

Jeanne tentait d'imaginer la scène, mais Pavois balaya son scénario :

— Tout ce que vous évoquez est absurde. Pour de simples raisons de sécurité. Nelly n'aurait jamais pris un tel risque. Vous vous rendez compte que notre laboratoire reçoit et analyse des milliers d'échantillons par semaine ? Vous imaginez les effets d'une contamination pour nos examens ?

— Et une analyse génétique ? suggéra-t-elle. Vous m'avez parlé d'un étage où on pouvait identifier les pathologies provoquées par un problème génétique.

— À condition de connaître le gène en cause. Nous pouvons vérifier la présence d'un anomalie dans un contexte connu. Certainement pas mener des recherches inédites.

Pas la peine d'insister. Elle faisait fausse route. Elle salua Bernard Pavois, lui promit de lui donner des nouvelles et raccrocha. Elle se força à abandonner toute réflexion pour la nuit. Elle coupa la climatisation de sa chambre – elle avait carrément le nez gelé. Prit une douche chaude puis enfila un boxer et un tee-shirt à l'effigie de son groupe préféré, Nine Inch Nails. Elle se coucha direct. Pour l'instant, c'était ce qu'elle avait de mieux à faire.

Elle éteignit la lumière en songeant à Antoine Féraud. Était-il déjà mort, comme elle l'avait pensé quelques heures auparavant ? Ou avait-il au contraire de l'avance sur sa propre enquête ?

Quelques minutes plus tard, elle dormait à poings fermés, au fond d'une grotte, entourée d'hommes préhistoriques aux visages simiesques.

44

Banque du sang, deuxième.

10 heures du matin. Tout paraissait normal chez Plasma Inc. Jeanne s'attendait à ce que le centre soit fermé. Ou qu'une banderole noire barre son entrée. Aucun signe particulier. Rien qui annonçât la mort du Vampire de Managua. Le commerce du sang continuait. Aussi immuable que le cours d'un fleuve écarlate.

Jeanne franchit le premier barrage. Elle sentait sous ses pieds la chaleur du bitume chauffé à blanc. La fournaise lui paraissait pire encore que la veille. À midi, la ville ressemblerait à un cratère en fusion.

À l'intérieur, le business tournait tranquillement. Files d'attente. Comptoirs crépitants. Télévision ron-ronnante. Jeanne repéra la Pékinoise, qui traversait le hall. La petite femme avait les yeux rouges.

Jeanne ne prit pas de précautions particulières :

— Vous me reconnaissez ? Je suis venue voir hier Eduardo Manzarena.

Son expression se ferma.

— Qui êtes-vous au juste ?

— C'est moi qui ai découvert le corps d'Eduardo.

La secrétaire se pétrifia. Jeanne brandit sa carte de magistrate.

— Je suis juge d'instruction en France. Le meurtre de votre patron est lié à une affaire criminelle sur laquelle je travaille dans mon pays.

Le petit museau fit jaillir un kleenex de sa manche, tel un drapeau blanc, et se moucha.

— Qu'est-ce que... Qu'est-ce que vous voulez ?

— Qui est Niels Agosto ?

La femme observa Jeanne avec méfiance, comme si la question contenait un piège. Le brouhaha continuait autour d'eux. Des infirmières passaient, portant des glacières. Des gars à l'air maussade prenaient le chemin de la sortie en se tenant le bras.

La Pékinoise désigna une porte.

— Allons dans ce bureau.

Elles s'enfermèrent dans une pièce où le soleil filtrait par une lucarne et brûlait tout. Il devait faire 40 degrés. Jeanne songea à un hammam sans eau ni vapeur.

— Qui est Niels Agosto ? répéta-t-elle.

— Le responsable de nos unités mobiles.

— Qu'est-ce que ça veut dire ?

— Plasma Inc. a des filiales partout en Amérique latine. Des centres fixes. Mais aussi des camions qui sillonnent chaque pays. Les unités mobiles. Niels Agosto s'occupe de ces camions.

— Parmi les pays où vous êtes implantés, il y a l'Argentine ?

— Oui.

— Avez-vous entendu parler d'un problème là-bas ?

— Quel genre de problème ?

379

— Du sang contaminé.

— Non.

Ce « non » voulait dire « oui ». Jeanne n'insista pas.

— Niels Agosto, où je peux le trouver ?

— Il ne peut pas vous parler.

— Il est en voyage ?

— Non. À l'hôpital Fonseca, à Managua.

Jeanne pensa que l'homme avait contracté la « maladie » de Formosa.

— Qu'est-ce qu'il a ?

— Il a été... (Elle hésita. Se moucha encore une fois.) Il a été agressé.

Nouvelle surprise. Jeanne attendait la suite des explications. La Pékinoise se taisait. Elle aurait pu la secouer mais elle sentait que le peu qu'elle obtiendrait, elle l'obtiendrait ici, sans bouger, quitte à se transformer en flaque sous le soleil.

— Dans la rue, fit enfin la petite femme. Il rentrait chez lui, dans la nuit. Des coups de couteau.

— On l'a volé ?

— Non.

— Quand est-ce arrivé ?

— Il y a une semaine.

Une attaque signée Joachim était donc exclue – d'ailleurs, ce n'était pas son style.

— Pourquoi a-t-on voulu le tuer ?

— Ce sont des extrémistes. C'est...

La Pékinoise hésita. Jeanne attendit encore. Enfin, elle reprit, nez dans son kleenex :

— C'est à cause du sang. Il y a eu des rumeurs. On a dit que Niels Agosto avait rapporté du mauvais sang de l'étranger. Que Plasma Inc. empoisonnait

nos hôpitaux, nos cliniques. C'est un mensonge !
(Elle releva les yeux.) Jamais nous n'aurions importé
du sang contaminé. D'ailleurs, nous avons des pro-
tocoles très stricts qui...

— Ces extrémistes, qui sont-ils ?

— Des gens d'extrême droite. Qui veulent protéger la pureté de notre race.

Une affaire criminelle transversale.

— Niels Agosto, il est gravement blessé ?

— Oui. Il a reçu plusieurs coups dans l'abdomen
et...

— Il peut parler ?

— Je crois, mais...

— L'hôpital Fonseca, où est-il ?

— À l'ouest, sur la route de León et...

— Quand je suis venue hier, vous m'avez dit que
Manzarena allait passer à son bureau. C'était faux,
n'est-ce pas ?

— Eduardo restait enfermé chez lui. Il avait peur.

— Des agresseurs ?

— Oui. Et d'autre chose.

— Quoi ?

— Je ne sais pas. Personne ne sait.

Jeanne abandonna le petit bout de femme à son
chagrin. Et retrouva le soleil éclatant du dehors.
L'éblouissement avait la violence d'un fouet de
cuivre. Elle héla un taxi. Donna le nom de l'hôpital.
Et ferma son esprit jusqu'à sa destination.

Quinze minutes plus tard, elle scrutait l'hôpital à
travers le nuage de poussière qui s'élevait au-dessus
de la chaussée. Un bâtiment plat au fond d'une
brousse ensablée, cerné, encore une fois, par un
grillage. Le lieu évoquait plutôt une prison ou un

381

centre de recherches militaires. Jeanne se dirigea vers la cahute d'entrée. Premier check-point. Premier échec. Les visiteurs devaient présenter une ordonnance signée d'un médecin ou un passe délivré par les bureaux administratifs de l'hosto. Jeanne connaissait les tropiques : elle savait qu'elle mettrait des heures à obtenir l'un ou l'autre de ces documents. Elle s'évapora dans la poussière. On allait travailler à la sauvage.

Elle se glissa parmi la foule qui traînait le long de l'enclos. Visiteurs. Vendeurs à la sauvette. Trafiquants de médicaments. Elle n'eut aucun mal à se procurer une ordonnance. Repéra une boutique de photocopieuses à cent mètres. Se fabriqua un faux, rédigé à son nom, qui pourrait tromper n'importe quel vigile. Elle revint sur ses pas. Se présenta. Et passa.

Niels Agosto séjournait au pavillon 34, au bout de la galerie du bâtiment central. Jeanne franchit les ombres qui hachaient le couloir ouvert et s'arrêta. Elle aurait dû y penser. Deux flics en armes surveillaient la porte du pavillon. Agosto, victime d'une agression « politique », bénéficiait d'une garde rapprochée.

Pas question de tenter sa chance maintenant. Elle serait refoulée et Eva Arias prévenue dans l'heure. Elle refusa de se décourager. On était au Nicaragua. Les règles de discipline étaient plutôt lâches. La nuit tombait à 18 heures. Les sentinelles changeraient alors. Ou les gars iraient manger un morceau. Il y aurait un flottement, une faille. Alors, elle se glisserait dans l'interstice.

Elle reprit le chemin de l'hôtel. À midi, elle claqua la porte de sa chambre. Remit la climatisation à fond et reprit la recherche qu'elle n'avait pas achevée la veille. Antoine Féraud. L'image récurrente du corps du psychiatre, abandonné quelque part dans les faubourgs de Managua, sur une décharge, l'assaillait. Elle était convaincue qu'il avait joué avec le feu. Il avait trouvé le père et le fils et... L'idée d'en parler à Eva Arias faisait son chemin. Si elle ne trouvait rien maintenant, il faudrait lancer un avis de recherche.

Elle attrapa son portable. Vérifia ses messages vocaux et ses SMS. Aucun signe de Féraud. Rien non plus de la part de Reischenbach. Elle n'avait prévenu personne de son départ. Ce silence faisait partie du voyage. Elle avait changé de continent. Elle avait changé de peau.

Elle se fit monter un annuaire à l'ancienne – un bon vieux pavé de quelque mille pages – et appela les derniers hôtels qu'elle n'avait pas contactés la veille. Pas d'Antoine Féraud. Il faisait un froid polaire dans la piaule mais cette température la maintenait en état d'alerte.

Elle contacta l'ambassade – sans donner son nom –, le consulat, l'Alliance française... Rien. Elle appela les agences de location de voiture. Personne n'accepta de lui répondre, confidentialité oblige. Finalement, une autre explication lui vint en tête : le psychiatre possédait peut-être une information – qu'elle ne pouvait soupçonner – qui l'avait déjà emmené ailleurs. En Argentine ?

Assise en tailleur sur le lit, elle claquait des dents. 15 heures. Elle n'avait pas faim – à quand remontait son dernier *vrai* repas ? Pas sommeil. Et elle n'avait plus rien à faire...

Son regard se posa sur l'exemplaire de *Totem y Tabú* récupéré chez Manzarena. En attendant la nuit, elle pouvait enrichir sa culture psychanalytique. L'origine de l'espèce humaine, revue et corrigée par Freud.

Elle attrapa le bouquin et sa clé.

Elle allait se trouver un coin tranquille en plein air pour lire le volume.

45

Managua n'est pas une ville de chaos et de fureur. Plutôt un lieu de douceur et de quiétude. En son sommet, la cité possède une oasis de paix, plus calme encore que tout le reste. Le parc historique national Loma de Tiscapa. Une percée de silence et de sérénité, légère comme un nuage, où se concentrent les tendances déjà pressenties dans les rues. Calme. Luxuriance. Tranquillité...

Jeanne l'avait visité lors de son premier voyage. Le parc se trouvait à quelques centaines de mètres de l'Intercontinental. Il suffisait de suivre l'avenue qui monte la colline. Trottoir peint en jaune. Clôture de fil de fer entourant le parc comme s'il s'agissait, encore une fois, d'une zone secrète de recherches... Et on pénétrait dans un espace verdoyant, loin des voitures et de la pollution.

Au bout de dix minutes, elle accéda au sommet. Les jardins chantaient ici la révolution, mais sur le ton d'une berceuse. Une immense silhouette d'homme à chapeau de cow-boy, en métal noir, symbolisait Augusto Cesar Sandino, l'ancien leader du peuple. À ses pieds, on avait disposé un petit tank qui, selon un panneau, avait été arraché aux troupes de Somoza par une pasionaria de la rébellion. Jeanne tenta d'imaginer la scène. Les cris. Les coups de feu. La violence. Elle n'y parvint pas. Tout sonnait ici comme un murmure…

Elle contourna le tertre et découvrit la lagune qui s'étendait au pied du versant. Un lac aux reflets gris, circonscrit par une forêt de joncs et de saules. Le tableau évoquait un cratère de volcan apaisé, dont la lave aurait été remplacée par une masse d'eau placide. Les paysagistes avaient bricolé de grandes lettres posées à la surface des flots : « TISCAPA. » Un alphabet de nénuphars… Au-delà, on apercevait la ville, longue plaine dissoute dans la brume de l'horizon, couverte de paillettes de lumière.

Jeanne respira à pleins poumons. Elle avait trouvé le lieu idéal pour lire. Un refuge, entre ciel et eau, qui devait bien offrir de petites clairières et des bancs publics. Elle s'achemina vers la lagune et découvrit un de ces abris. Tout était désert. Elle s'installa. Elle pénétrait dans une chambre aux murs verts et à la fraîcheur bienfaisante. Elle ouvrit le livre.

Plusieurs pages étaient collées de sang. Le ton était donné. En guise de préface, le traducteur de l'œuvre en espagnol prévenait : *Totem et tabou*, publié en 1913 sous le titre allemand de *Totem und Tabu*, était un des livres les plus critiqués de Freud. Dans cet essai, l'inventeur de la psychanalyse s'était planté sur toute la ligne. Ou presque. Ses théories avaient été aussitôt réfutées par les paléontologues et autres anthropologues. Pourtant, depuis un siècle, la fascination pour l'ouvrage n'avait jamais faibli. Comme si Freud, malgré ses erreurs, avait *touché juste*, sur un autre plan. Comme s'il avait réussi à entrer en résonance avec la vérité profonde de l'homme.

Jeanne décida de se faire une opinion par elle-même. Vent tiède sur le visage... Bruissement des feuillages dans son dos... Pages vibrant sous ses doigts...

Deux heures plus tard, elle refermait le bouquin. Elle n'avait pas tout compris, loin de là. Mais elle avait tout de même sa petite idée.

Dans cet essai, Freud tentait d'expliquer l'évolution de l'espèce humaine à la lumière de sa propre discipline : la psychanalyse. Il expliquait les actes et les motivations des hommes archaïques par le complexe d'Œdipe. Une pulsion profonde, irréductible, qui s'était déclarée pour ainsi dire avant Œdipe, avant l'Antiquité, avant même que le mythe ne porte un nom.

L'originalité, c'était que Freud prétendait qu'alors, les pulsions d'inceste et de parricide étaient conscientes et assumées. Elles avaient provoqué une scène originelle. En un temps oublié, les hommes vivaient en petits clans, chacun soumis au pouvoir despotique d'un mâle qui s'appropriait les femelles. Un jour, dans un de ces groupes, les fils s'étaient rebellés contre le père dominant. Lors d'un acte de violence collective, ils l'avaient tué puis avaient mangé son cadavre en vue de posséder, enfin, les femmes du clan.

Après le meurtre, un terrible sentiment de culpabilité les avait saisis. Ils avaient alors renié leur forfait et inventé un nouvel ordre social. Ils avaient instauré simultanément l'exogamie – l'interdiction de posséder les femmes du clan – et le totémisme, afin de vénérer le père disparu. Totémisme, exogamie, prohibition de l'inceste et du parricide : le modèle commun à toutes les religions était né. Les fondations – négatives, oppressives – de la civilisation humaine étaient posées.

Selon les spécialistes, tout était faux dans ce conte. Il n'y avait jamais eu de horde originelle. Pas plus qu'il n'y avait eu de meurtre du père. Le clan primitif de Freud n'avait pas existé. L'évolution de l'homme avait pris des milliers, des millions d'années, et il était impossible d'imaginer de tels événements fondateurs.

Pourtant, *Totem et tabou* demeurait un essai culte. Jeanne venait d'en avoir encore la preuve avec Eduardo Manzarena, qui s'était construit un refuge avec des exemplaires de l'ouvrage. Ce qui était fascinant, dans ce bouquin, c'était que, malgré ses erreurs, le texte disait vrai. Comment une idée fausse pouvait-elle toucher la vérité ? Et même plus que n'importe quel fait anthropologique daté au carbone 14 et analysé par des légions de spécialistes ?

Jeanne devinait la réponse. L'hypothèse de Freud était un mythe. Le complexe d'Œdipe – désir de la mère, meurtre du père – avait toujours existé au fond de l'homme. Une fois, une fois seulement, peut-être, il avait franchi la ligne puis s'était repenti. C'était ce remords qui avait forgé nos sociétés, fondé nos religions. Et, plus profondément encore, c'était ce passage à l'acte qui avait formé, au fond de nous, le censeur de notre conscience : le Surmoi. Nous avions intériorisé cette catastrophe. Notre cerveau s'était constitué en « juge-surveillant » pour que cela ne se reproduise plus jamais. D'ailleurs, peu importait que l'événement ait vraiment eu lieu. C'était son ombre projetée qui comptait.

Ce mythe initial, avec meurtre, inceste et cannibalisme, chacun l'avait imprimé au fond de soi. Chaque enfant vivait cette préhistoire, sur un plan fantasmatique. Chaque gamin, inconsciemment, passait à l'acte, puis reculait, se censurait. Et devenait un adulte. Freud prétendait même que nous gardions, physiologiquement, au fond de nos cellules, la mémoire de ce meurtre barbare. Une sorte d'héritage génétique qu'il appelait la « mémoire phylogénétique ». Encore une idée captivante. Une faute originelle, incrustée dans notre chair, intégrée dans nos gènes...

Jeanne regarda sa montre : 17 heures. Il lui fallait maintenant revenir à son enquête. La vraie – et la seule – question qu'elle devait se poser était : quel était le lien entre *Totem et tabou* et son affaire ? Ce mythe de meurtre collectif et la folie de Joachim ?

Il lui vint une idée. Encore plus délirante. Le virus de la forêt avait quelque chose à voir avec le complexe d'Œdipe. Cette maladie provoquait peut-être une sorte de régression primitive, une libération sauvage, empêchant le cerveau humain de jouer son rôle de censeur...

Jeanne voulut relire quelques passages mais la lumière baissait. Impossible de distinguer les mots sur les pages. Elle se leva. La tête lui tournait. Il fallait qu'elle mange quelque chose.

Ensuite, elle filerait à l'hôpital L. Fonseca.

Et interrogerait l'homme qui avait approché ce mal : Niels Agosto.

46

Le temps qu'elle s'achète un *quesillo* – un sandwich fait de tortillas et de fromage fondu – et qu'elle parvienne à l'hôpital, la nuit était tombée. Comme une grande pierre plate sur la ville. Elle se fit déposer un peu plus loin pour arriver à pied et mieux se fondre parmi les visiteurs du soir, qui faisaient la queue devant le portail. À travers la clôture, elle discernait la bâtisse sans étage, avec ses airs de zone de quarantaine. On ne savait plus qui était protégé : les malades à l'intérieur, ou les passants à l'extérieur.

Elle franchit le premier barrage sans problème. Restait le second. Les gardiens du pavillon de Niels Agosto. Ils n'étaient plus là. Partis dîner ? Elle ne chercha pas à comprendre. Dans les pays tropicaux, toujours saisir les choses comme elles viennent...

Elle se glissa dans le pavillon. Puanteur de sueur, de fièvre, de médicaments. Éclairage électrique trop faible. Chaleur étouffante. Autant de corruptions qui atteignaient instantanément votre centre vital. D'un coup, Jeanne se sentit malade à son tour, comme si elle s'était glissée dans les draps encore chauds d'un moribond.

Dans le couloir, deux portes. La chambre de droite était condamnée par des planches clouées. Jeanne frappa à celle de gauche. Pas de réponse. Elle ouvrit la porte pour découvrir un Niels Agosto à l'air vaillant. Elle s'attendait à un mourant. Emmailloté comme une momie. Le patient était un beau jeune homme peigné en arrière, modèle latino, assis dans son lit. Il lisait *La Prensa* d'un air tranquille.

À l'arrivée de Jeanne, il sursauta puis se détendit. Son sourire trahissait son état. Elle reconnaissait maintenant cette faiblesse qui lui était familière. Elle avait auditionné plusieurs fois des témoins blessés à l'hôpital. La marque de la violence sur les corps et les esprits.

Jeanne s'excusa puis demanda :

— *Señor Niels Agosto ?*

Il répondit en fermant les paupières.

— *Soy Jeanne Korowa, jueza in Francia.*

Il répondit en haussant les sourcils. Jeanne se demanda s'il n'avait pas perdu la voix. Peut-être un coup de couteau dans les cordes vocales ? Une blouse de papier lui remontait jusqu'au cou. Elle fit encore un pas. Elle allait poursuivre ses explications quand l'obscurité la pétrifia.

D'un coup, tout s'était éteint. La chambre. Le couloir. Les jardins au-dehors. Seule, par la fenêtre, la lune crevait le ciel. Le temps qu'elle se dise que ces pays n'étaient décidément pas au point, un bruit sec lui coupa l'esprit. Plus de pensées. Plus de réflexe. Seulement la peur.

Elle tourne la tête. Aperçoit dans les ténèbres un serpent vert et une flamme rouge. La seconde suivante, elle est plaquée contre le mur. Par le serpent.

Un tatouage monstrueux tissé d'arabesques et de circonvolutions. Dessous, des muscles durs réveillent chaque anneau, chaque motif. Le serpent va la tuer. L'étouffer comme un boa constrictor. Une lame vient se nicher sous sa pommette, claire comme une larme de mercure dans la pénombre.

— *Hija de puta, no te mueves!*

Jeanne croit tourner de l'œil. Elle perçoit des mouvements dans le noir. La flamme rouge est un bandana enserrant le crâne d'un deuxième agresseur, qui s'attaque au malade dans son lit. Elle se sent aussitôt bouleversée pour Niels Agosto, qui va y passer. Un Niels Agosto qui ne crie pas. Ne bronche pas. Comme déjà absorbé par la mort et la résignation. Une résignation héritée de générations persécutées, massacrées, spoliées du Nicaragua...

La Flamme saisit les mâchoires de Niels de façon à ce qu'il puisse bien voir le visage de son assassin.

— Pour l'homme de glaise !

TCHAC ! L'homme plante son couteau dans l'œil d'Agosto. Jet de sang. Si bref, si dru, qu'il s'évapore instantanément dans la nuit.

— Pour l'homme de bois !

TCHAC ! TCHAC ! L'assassin enfonce deux fois sa lame dans la gorge d'Agosto. Nouvelles giclées. Plus lentes. Plus lourdes. Un courant noir dégueule du cou et dessine une flaque sur la blouse. Odeur du fer. Chaleur dans la chaleur. Le parfum de sacrifice monte en vertige dans la chambre. Jeanne ne pense plus au Serpent. Ni à la lame qui presse son visage vers le haut. La nuit devient liquide. La nuit s'épanche en rivières de sang...

— Pour l'homme de maïs !

La Flamme enfonce encore une fois son couteau dans la gorge. Bouillonnements de sang. Craquements de vertèbres. Grincements de la lame contre les os. Le tueur pousse un cri rauque et taillade encore, la main plongée jusqu'au poignet dans la béance des chairs.

Enfin, il détache la tête et la jette par terre en crachant.

— Nous ne voulons pas du sang des sous-hommes !

Le Serpent et la Flamme.

Des assassins mythiques.

Mais ces mythes me sont interdits.

Ces mythes appartiennent à une cosmogonie que je ne connais pas.

Au choc du crâne sur le sol, Jeanne ferme les yeux.

Quand elle les rouvre, les tueurs ont disparu.

Elle baisse les paupières.

La tête a roulé jusqu'à elle.

47

— Un des deux câbles d'alimentation de 20 000 volts est tombé en panne. À 18 h 15. Cela peut arriver. Cela arrive même souvent. Aux États-Unis. En Europe. Dans ce cas, comme partout ailleurs, notre système de sécurité prévoit que trois générateurs de secours se mettent automatiquement en marche. Sur les trois, deux seulement ont fonctionné. Cela aussi peut arriver. Mais c'est un sabotage. J'en suis certaine.

Eva Arias se tenait debout face à Jeanne, écrasée sur son siège, dans le couloir du bâtiment principal de l'hôpital. L'Indienne l'avait amenée là, sans doute pour qu'elle n'assiste pas aux nouvelles maladresses des flics sur la scène de crime.

La juge aux pieds nus tenait une canette de Pepsi Max comme s'il s'agissait d'une grenade prête à être dégoupillée. Elle paraissait obsédée par la panne de courant. Elle voulait absolument convaincre Jeanne que « cela aurait pu arriver n'importe où ailleurs ». Qu'il n'existait aucun lien entre cette panne et le degré de développement de son pays.

— Un sabotage, insista-t-elle. C'était le plan des tueurs. Un attentat.

Jeanne esquissa un geste qui signifiait : « Laissez tomber vos histoires de câbles. » Elle avait demandé un thé. Elle avait lu quelque part qu'une boisson chaude était le meilleur moyen pour couper la soif. Ne jamais croire les magazines. Elle louchait maintenant sur la canette glacée de la magistrate.

— Pourquoi l'a-t-on tué selon vous ?

— À cause du sang.

Jeanne était d'accord mais elle voulait la version de l'Indienne.

— Niels Agosto était le directeur des unités mobiles de Plasma Inc. Le responsable des importations dans notre pays. En d'autres termes, c'est lui qui injectait du sang étranger dans les veines de la population nicaraguayenne.

— C'est un crime ?

— Ce sang-là, oui.

— Quel sang ?

— Des stocks récents. Venus d'Argentine. Du sang de singe.

De mieux en mieux. On lui avait parlé de sang contaminé. Maintenant, c'était carrément du sang animal... Vraiment des conneries de peuple inculte et arriéré. Elle se garda de tout commentaire. D'ailleurs, son accès de mépris n'était qu'un contrecoup de ce qu'elle venait de vivre.

Eva Arias parut suivre ses pensées :

— C'est la rumeur. Plasma Inc. aurait importé du sang animal et l'aurait mélangé à leurs stocks.

— Médicalement, ça ne tient pas debout.

— Les gens de la rue y croient. D'ailleurs, tout ce qui touche à Eduardo Manzarena sent le soufre.

Jeanne comprit que les tueurs, après avoir éliminé Niels Agosto, se seraient aussi chargés du Vampire de Managua. Le boulot avait été fait par un autre. Elle se dit aussi qu'il y avait peut-être, derrière ces croyances, un fond de vérité. Si Niels Agosto avait rapporté un sang porteur d'un virus, une pathologie qui transformait l'homme en bête sauvage, alors un tel bruit avait pu courir.

Eva Arias but une gorgée. Sa colère paraissait retomber. Quand elle était arrivée sur la scène de crime, Jeanne avait cru qu'elle allait la bouffer. La Française n'était là que depuis deux jours et sa présence virait au séisme. À raison d'un meurtre par jour.

— Le préjugé du sang est vieux comme le monde, continua la magistrate. Durant la Seconde Guerre mondiale, en Afrique du Nord, les soldats allemands mouraient plutôt que de recevoir du sang juif ou arabe. Quant aux soldats américains – les Blancs –, ils avaient fait savoir à la Croix-Rouge qu'ils refuseraient toute tranfusion de sang noir, jugé dangereux.

Jeanne conservait le silence. Elle était surprise par cette parenthèse historique. Elle se rendit compte, la honte au cœur, qu'elle n'accordait pas beaucoup de crédit à Eva Arias, côté culture. Inconsciemment, elle considérait la juge comme une paysanne tout juste évoluée. Encore le mépris...

Mais l'Indienne était en verve ce soir-là :

— La vente du sang en Amérique latine est toujours synonyme d'exploitation et de misère. Les pays pauvres n'ont que deux choses à vendre : leurs filles et leur sang. Au Brésil, chaque année, les laboratoires qui rémunèrent les dons connaissent une augmentation d'activité avant le carnaval de Rio. Les Brésiliens vendent leur sang pour pouvoir se payer leur costume...

L'attention de Jeanne décrochait. La violence de la scène qu'elle venait de vivre revenait la fouetter. Les geysers d'hémoglobine. Les hurlements des tueurs. « *Hija de puta!* » Ces flashes agissaient comme des électrochocs, qui la secouaient encore.

— Pour ne rien arranger, conclut Arias, Plasma Inc. exporte ses stocks aux États-Unis. Ce qui revient plus ou moins à pactiser avec le diable.

Jeanne leva les yeux. Cette dernière phrase éveilla en elle une réminiscence :

— Niels Agosto avait déjà été agressé par des fanatiques d'extrême droite. Selon vous, ce sont les mêmes qui ont frappé ce soir ?

Eva ignora la question :

— Parlez-moi de vos agresseurs. Étaient-ils tatoués ?

— Au moins un, oui. Celui qui m'a tenu en respect.

— Quel tatouage ?

— Un serpent. Sur le bras.

— C'est la signature des gangs. Les maras.

Jeanne connaissait le nom. Les maras étaient des gangs aux pratiques brutales et sanguinaires apparus en Amérique centrale à la fin des guerres civiles. Les plus célèbres étaient les maras du Salvador : la mara 18 et la mara Salvatrucha. Les bandes se livraient une guerre sans merci. Leurs différents membres s'exprimaient à travers leurs tatouages, leurs habitudes vestimentaires, des gestes spécifiques.

— Je croyais que les maras se trouvaient surtout au Salvador.

— Au Guatemala, aussi. Et maintenant, chez nous.

Jeanne se souvint d'une anecdote. Au Salvador, le gouvernement avait pratiqué un gigantesque coup de filet. La police avait arrêté près de 100 000 jeunes tatoués pour n'en garder que... 5 %. Les bavures avaient été innombrables. Des sourds-muets, utilisant le langage des signes, avaient été emprisonnés par erreur.

— Le tatouage joue un rôle important pour eux, continua Eva Arias. Une sorte de langage symbolique.

— Que signifie le serpent ?

— Aucune idée. On dit qu'à chaque tatouage, correspond un meurtre. Ou une peine de prison. On ne sait pas trop. Certains tatouages désignent des grades. Comme en Russie ou au Japon.

— Quel rapport avec le sang ?

— Certains gangs d'origine guatémaltèque croient à la pureté de notre race. Ce qui est ridicule. Depuis quatre siècles, la population d'Amérique centrale est fondée sur le croisement du sang indien et du sang espagnol.

— Mais ces gangs d'extrême droite, vous les connaissez ?

— Souvent, ce sont d'anciens militaires d'élite, engagés par les cartels mexicains pour faire passer la drogue entre les deux continents américains. Pas précisément des êtres purs. Pourtant, ils ont cette obsession de la race, de l'origine des peuples. De vrais nazis.

Jeanne se leva et se posta près de la magistrate. La géante dégageait une fraîcheur bienfaisante. Un peu comme les statues de marbre de Rome, qui semblent retenir le froid de leurs origines, même en plein soleil.

— Quand l'agresseur a poignardé Agosto, reprit-elle, il a murmuré des phrases incompréhensibles.

— Quelles phrases ?

— Il a parlé d'un homme de glaise. D'un homme de bois. D'un homme de maïs. Il avait l'air de s'acharner sur sa victime au nom de ces hommes. Ça vous dit quelque chose ?

La magistrate écrasa sa canette d'une main. La balança dans la poubelle. Au fond du parc, les flics tendaient des rubans jaunes où était inscrit : « PRE-CAUCIÓN. » Leurs gestes paraissaient épuisés. La couleur de leur uniforme aussi. Ils faisaient corps avec le crime, la poussière, la lassitude.

— Bien sûr, répondit enfin Eva. Tout ça, c'est la faute aux Mayas.

— Pourquoi les Mayas ?

— Allez signer votre déposition au poste. Je passe vous chercher dans une heure.

— Pour aller où ?

— Chez moi. Dîner entre filles.

48

La villa d'Eva Arias ressemblait à celle d'Eduardo Manzarena. En plus modeste. C'était le même assemblage de terrasses et de vérandas qui s'immisçaient dans le plan même du jardin, ouvrant la maison aux feuillages, à l'air brûlant, à la nuit traversée de moustiques... L'autre différence était que la baraque grouillait d'enfants. On les lui avait présentés : Laetizia, neuf ans, Anton, sept ans, Manuela, treize ans, Minor, quatre ans... Eva avait conduit la troupe vers la cuisine et promis de revenir dans quelques minutes.

Debout dans le salon, Jeanne contemplait les portraits photographiques posés sur une commode de bambou. Eva Arias brandissant une mitraillette, vêtue d'un treillis, en pleine jungle. Eva Arias, toujours en costume militaire, embrassant un autre guérillero aux allures de Che Guevara. Eva Arias recevant son diplôme de juge...

Jeanne enviait cette existence, sous le signe de l'amour et de la révolution. Eva était une vraie guérillera qui avait combattu à la fois pour son pays et son destin de femme. Tout cela réchauffait le cœur de Jeanne. Sans compter la rumeur des enfants, à quelques mètres de là. Après l'enfer du pavillon 34, elle était au paradis...

Surtout, elle était vivante. Encore une fois, elle avait échappé au pire. Ces contacts répétés avec la mort comportaient un avantage. Ils redoraient le blason de chaque seconde. Renforçaient la saveur de chaque minute. Jeanne sentait un fourmillement précieux dans ses artères. Chaque sensation lui paraissait merveilleuse. Inestimable.

— J'aimerais vous dire que c'était le bon temps. Mais je n'en suis pas si sûre...

Eva Arias était revenue dans le salon. Jeanne tenait une photo la représentant bras levés, dans la liesse générale, assise sur un tank.

— Tout de même, la révolution, l'amour...

— Il fallait voir d'où nous sortions. La dictature. La répression. La violence. On ne peut souhaiter à personne de vivre sous le joug d'un Somoza. Moi, par exemple, j'y ai perdu toute ma famille.

Jeanne reposa le cadre.

— Somoza, qu'est-il devenu ?

— Il a fui au Paraguay, en 1978. Le président, Alfredo Stroessner, était un de ses amis. Il l'a protégé contre nos tentatives d'assassinat. Pas jusqu'au bout. En un sens, sa fin est presque drôle.

— Pourquoi drôle ?

— Somoza avait un défaut – en dehors des autres, j'entends –, c'était un homme à femmes. Quand il a commencé à draguer l'épouse de Stroessner, le président n'a pas apprécié. Il a ouvert ses frontières aux sandinistes, qui ont tué Somoza à coups de

401

lance-roquette. Comme on dit chez vous : « *Cherchez la femme.* »

Jeanne saisit une autre photo – Eva et son « Che », en costume de mariage.

— Mon mari, Alberto. Mort il y a deux ans. Cancer.

— Je suis désolée.

— À l'époque de la révolution, nous nous croyions immortels, invincibles. Depuis, nous n'avons pas cessé d'atterrir. La politique, la maladie, la corruption, toutes les vissicitudes de la nature humaine nous ont rattrapés...

— Vous avez l'air de vous aimer... très fort.

— Oui. Mais Alberto aimait plus encore la révolution, la politique. Il était, au sens le plus dur, un héros.

— Qu'est-ce que vous entendez par « dur » ?

— Vous n'avez pas lu les Mémoires de Henry Kissinger ?

— Non.

— Quand il parlait de son alter ego vietnamien, Lê Duc Tho, avec qui il avait tenté de négocier la paix au Vietnam, il disait : « Lê Duc Tho était de la trempe des héros. Ce que nous avions du mal à concevoir, c'est que ces héros sont faits de volonté monomaniaque. Ce sont rarement des hommes plaisants : leur intransigeance confine au fanatisme, et ils ne cultivent pas en eux les qualités requises pour négocier la paix. » Alberto était de ce genre-là.

Eva avait prononcé la citation en anglais et conclu en espagnol. Elle revint sur l'enquête, sans prendre la peine d'annoncer son virage :

— Nous avons retrouvé les gardes du corps et les domestiques de Manzarena.

— Ils savent quelque chose ?

— Non. Ils n'étaient plus là quand le meurtre s'est produit.

— Vous avez la date ?

— A priori avant-hier.

— Pourquoi ont-ils fui ?

— Ils n'ont pas fui. Manzarena leur avait ordonné de partir. Il attendait une visite importante. Et secrète.

— A-t-il dit de qui il s'agissait ?

— Pas exactement. Il a juste parlé à son homme de confiance de deux personnes. Un père et son fils.

Le vieil homme et Joachim...

Eva Arias poursuivit :

— Il a aussi parlé de recherches capitales pour l'espèce humaine. Un délire... Nous avons en tout cas une certitude : le ou les assassins d'Eduardo Manzarena n'ont rien à voir avec les fanatiques de ce soir. (Jeanne ne répondit pas. C'était l'évidence.) Venez, j'ai préparé des *tamales*.

Elles s'installèrent sous la véranda parmi les palmiers du jardin et les cris des oiseaux. Jeanne était étonnée par le nombre réduit des moustiques. Elle l'avait déjà remarqué la veille. Pour l'instant, c'était la seule bonne surprise du pays...

Eva Arias avait disposé sur une table basse des tortillas, des avocats, des bananes plantains, du fromage blanc et les fameux *tamales*. Jeanne connaissait : un plat de viande bouillie qu'on enveloppe avec du maïs, des tomates et du riz dans une feuille de bananier.

403

— Servez-vous.

Jeanne s'exécuta, se composant une assiette bien garnie. Elle voulait fêter le fait d'être simplement en vie. Deux heures auparavant, elle était menacée par des tueurs. Maintenant, elle dévorait des galettes de bon appétit. Les événements, les états d'esprit se succédaient trop vite.

— Voilà ce que je voulais vous raconter, attaqua Eva Arias. Les extrémistes qui ont tué Niels Agosto sont a priori guatémaltèques. Des Mayas. Or les Mayas ont un rapport complexe au sang. On a souvent dit qu'ils étaient non violents, en les opposant aux Aztèques, adeptes des sacrifices humains. Mais les Mayas exécutaient aussi des humains. Ils arrachaient leur cœur pour donner au soleil, faisait couler leur sang pour étancher la soif de la terre. Ils pratiquaient aussi l'autosacrifice. Chacun devait offrir son propre sang aux dieux, selon différents rites, plus ou moins douloureux. La souffrance était un vecteur de communication avec les dieux.

— Quel rapport avec aujourd'hui ?

— Aucun. Sinon que les Mayas n'aiment pas les prises de sang. Surtout quand elles sont effectuées sur un mode industriel. C'est une profanation d'un geste sacré.

— Mais ces mots que le tueur a prononcés : l'homme de bois, l'homme de glaise, l'homme de maïs… ?

— Une référence au livre sacré des Mayas : le *Popol Vuh*.

Ces syllabes éveillèrent en elle un souvenir qui n'avait rien à voir avec le sujet. Popol Vuh, c'était le nom d'un groupe allemand qu'écoutait sa mère, à la fin des années soixante-dix, aux côtés de Can, Tangerine Dream, Klaus Schulze... Elle entendait encore cette musique planante, bourrée de synthétiseurs, qui partait parfois dans des délires de percussions...

Elle tenta de se rebrancher sur la culture maya et ses propres connaissances :

— C'est un codex ?

— Pas du tout. Vous confondez les époques. Les codex sont des bandes de papier d'écorce, sur lesquels le scribe dessinait des motifs et des symboles. Les rares qui soient encore conservés datent environ du XIIe siècle. Le *Popol Vuh* est un livre manuscrit. Sans doute écrit aux premiers temps de l'invasion espagnole. En langue quiché mais transcrite en caractères latins. Il a été découvert au début du XVIIIe siècle par un père dominicain.

— Que raconte-t-il ?

— L'histoire du monde. La création de l'homme. Les dieux ont d'abord sculpté un homme en glaise, mais il était mou, n'avait pas de mobilité ni de force. Ils ont alors fabriqué des hommes en bois et des femmes en roseau. Ils parlaient comme des personnes mais n'avaient pas d'âme. Les dieux ont détruit une nouvelle fois ces figures et ont créé quatre hommes et quatre femmes à partir du maïs. Avec l'eau, ils firent leur sang. Ces êtres étaient parfaits. Trop parfaits. Ils devenaient dangereux à force de sagesse. Le Cœur du ciel a soufflé alors de la vapeur dans leurs yeux et leur sagesse a diminué. L'homme de maïs est devenu l'ancêtre des Mayas.

— Cela ne me dit pas pourquoi le meurtrier a évoqué ces créations.

— Parce qu'importer du mauvais sang ici, c'est prendre le risque de nous faire régresser. Pour les Mayas, les hommes de bois qui ont survécu sont les singes. Ces fanatiques ne peuvent laisser Agosto et Manzarena polluer l'homme de maïs. Mais, encore une fois, tout cela est absurde. Puisque les Nicaraguayens ne sont pas Mayas.

— Je crois que Manzarena et Agosto ont ouvert des centres au Guatemala.

— Vous marquez un point.

Jeanne réfléchit. Tout cela l'éloignait de Joachim et de son mobile. Elle ne croyait pas qu'il éliminât les membres de sa liste au nom d'une quelconque pureté de la race.

— On m'a parlé de lots de sang contaminé. Réellement, je veux dire. Du sang que Plasma Inc. aurait importé du Nordeste d'Argentine. Qu'en pensez-vous ?

— Je n'y crois pas. Plasma Inc. est une affaire solide, qui vend ses stocks aux Nord-Américains. S'il y a eu un problème, Manzarena a dû réagir aussitôt.

En signe de conclusion, Eva Arias roula une tortilla et la plongea dans le fromage blanc. Jeanne en était à son troisième *tamale*. Il fallait qu'elle se calme. Sinon, elle irait tout vomir avant la fin du repas…

— Et vous, Jeanne Korowa ? Que faites-vous dans cette galère ?

Jeanne avait la bouche pleine. Elle ne répondit pas tout de suite – cela lui permettait de chercher une version présentable des faits.

— Vous savez, reprit Eva Arias, l'Amérique centrale a un agent de liaison, à Paris. Un ami à moi.

Nous avons fait nos études ensemble. Je lui ai télé-phoné. Il était au courant pour votre enquête. Quand je dis « votre », c'est pour être polie. Parce que mon ami ne connaissait pas votre nom et, à l'évidence, ce n'est pas vous qui êtes saisie du dossier.

Jeanne renonça à achever son *tamale*. Mieux valait jouer franc-jeu avec l'Indienne :

— Je n'ai aucun rôle officiel dans cette affaire, c'est vrai. Mais le juge qui en était responsable, celui dont je vous ai parlé, était un ami. Je dois poursuivre l'enquête en sa mémoire.

— Votre petit ami ?

— Je n'ai pas de petit ami.

— C'est ce que je me disais.

— Qu'est-ce que vous voulez dire ?

Son visage s'était déjà empourpré. Comme si Eva Arias venait d'évoquer une infirmité cachée.

— Jeanne, ne le prenez pas mal, mais il est évident que rien ne vous retient à Paris. Que vous vous êtes lancée dans cette enquête, dans ce voyage, pour, jus-tement, oublier Paris et votre solitude.

— Je crois qu'on est en train de dériver, là. (Elle se leva et monta brusquement le ton :) Je crois sur-tout que ce ne sont pas vos oignons !

La géante sourit. Un sourire lourd, grave – et débonnaire :

— Ne soyez pas si « indienne ». Les Indiens sont très susceptibles.

— Nous n'avons plus rien à nous dire.

Eva Arias attrapa un avocat et l'ouvrit en un geste sec.

— Moi, j'ai quelque chose à vous dire. Les Nicaraguayens sont très serviables de nature. Un des
journalistes que j'ai contactés pour votre affaire de
cannibalisme m'a rappelée cet après-midi. Il n'avait
rien trouvé dans ses archives mais il a appelé des
collègues dans les pays limitrophes : Honduras, Guatemala, Salvador...

Jeanne blêmit.

— Il a trouvé quelque chose ?

— Guatemala. 1982. Le meurtre d'une jeune
Indienne. Avec des signes confirmés d'anthropophagie. Ça s'est passé dans la région d'Atitlán. Vous
connaissez ? Soi-disant le plus beau lac du monde...
Encore des vantardises d'Indiens.

1982. C'était la date qui intéressait Eduardo Manzarena. Joachim devait être âgé d'une dizaine
d'années. Son premier meurtre ? Mais pourquoi au
Guatemala ?

— Que savez-vous sur cette affaire ?

— Pas grand-chose. Le meurtre est passé inaperçu
à l'époque. Vous savez, la situation au Guatemala
était peut-être pire encore qu'au Nicaragua. Dans
les années quatre-vingt, on brûlait vifs les Indiens
et on leur arrachait les yeux, simplement pour leur
apprendre à vivre. Alors, une jeune femme
dévorée... Si vous y allez, vous ne trouverez rien. Pas
d'archives. Pas de témoignages. Rien. Mais je sais
que vous irez tout de même...

Jeanne attrapa son sac. Elle souffla d'une voix plus
calme :

— En tout cas, merci pour le tuyau.

— Vous n'êtes pas au bout de vos surprises.

Elle s'arrêta sur le seuil de la véranda. Dans son dos, la nuit bruissait de cris et de froissements de feuilles.

— Pourquoi ?

— D'après mon journaliste, à l'époque, on a identifié le tueur cannibale.

— Quoi ?

Eva Arias conserva le silence, ménageant son suspense. Jeanne avait l'impression que son cœur battait partout dans son corps. Dans sa poitrine. Dans sa gorge. Sous ses tempes.

— Qui était-ce ?

— Un prêtre.

49

Un jour, au Pérou, un photographe-reporter lui avait dit : « À l'étranger, contacter son ambassade pour régler un problème, c'est souvent la dernière idée qui vient. Mais c'est toujours la meilleure. »

Jeanne s'était souvenue du conseil. Louer une voiture à 20 heures à Managua, cela ressemblait à *Mission impossible*. Pas avec l'aide de l'attaché culturel de l'ambassade française, un dénommé Marc, sur qui elle était tombée en appelant un numéro communiqué par le quai d'Orsay. Il connaissait le directeur de l'agence Budget, pouvait téléphoner et faire rouvrir l'agence. Marc pouvait tout.

Jeanne n'avait su comment exprimer sa gratitude à ce jeune homme qui ne lui avait posé aucune question. Maintenant, elle filait vers le nord-ouest du pays, au volant d'une Lancer Mitsubishi. Le voyage promettait d'être long. Elle devait traverser le Nicaragua, puis le Salvador, pour enfin atteindre le Guatemala. En tout, près de mille kilomètres...

La route était simple : il n'y en avait qu'une. La Panaméricaine, qui traverse l'Amérique centrale du nord au sud. Voie mythique qui avait vu passer toutes les guerres, toutes les révolutions de ces petits pays embrasés. Ce n'était pas une autoroute à quatre ou huit voies mais une simple route séparée par une ligne blanche. Un ruban déroulé à travers la jungle, les plaines, les montagnes, les champs cultivés, les bidonvilles, et qui semblait toujours suivre son idée : faire le joint entre les deux continents américains.

La nuit était sombre. Jeanne regrettait de ne pas voir le paysage. Les volcans et leurs cratères enfumés. Les lacs et leur surface nacrée. Les remparts de jungle aux nœuds de lianes... Au lieu de ça, elle suivait ce fil de bitume monocorde, les mains cramponnées au volant, plissant les yeux quand elle croisait les phares d'un autre véhicule.

Elle s'efforçait, mentalement, de boucler le chapitre Nicaragua. Le bilan était mince. Voire nul. Elle n'avait pas su éviter le meurtre d'Eduardo Manzarena – elle ne comptait pas celui de Niels Agosto qui n'avait rien à voir avec Joachim. Elle n'avait rien appris sur ce dernier. Elle n'avait pas retrouvé Antoine Féraud. Au fond, elle n'avait obtenu qu'une seule piste nouvelle. Un semblant de piste... Cette idée de sang contaminé provenant d'Argentine, dont elle n'était même pas sûre. Pas plus qu'elle n'était sûre de la voie qu'elle suivait maintenant. Un meurtre cannibale commis en 1982 près du lac Atitlán, par un prêtre...

Mais elle aimait cette sensation de fuite. Elle se perdait. Se distillait. Se dématérialisait dans cette enquête. Symbole parfait du processus : son compte en banque qui en avait pris un sérieux coup au moment du règlement de l'hôtel. En cordobas, en dollars ou en euros, la note était salée.

Elle se concentra sur la route. Le plus fascinant, c'était la vie agglutinée sur les bords de la CA1. Une vie anarchique, faite de commerces improbables, de baraques en pneus et toile goudronnée, de gargotes crasseuses. On y vendait, pêle-mêle, des cygnes en stuc, des nains de jardin, des pare-chocs chromés, des courges géantes... Le tout doré par les éclairages électriques des échoppes, qui ressemblaient à de petites crèches construites en papier mâché.

Jeanne voyait aussi défiler les enseignes rouillées, les panneaux religieux – *JESUCRISTO SALVA TU ALMA!* –, les affiches publicitaires, multipliant les caricatures de poulets ou de coqs. Le Nicaragua semblait faire une fixation sur les gallinacés. Mais surtout, elle doublait, évitait, croisait. Des camions. Des pick-up. Des voitures. Des mobylettes. Des carrioles. Tout ça à pleine vitesse, dans une sorte d'élan sans retour.

Minuit. Frontière du Salvador. Deux cents kilomètres parcourus en quatre heures. Pas mal, si on tenait compte de l'état de la route et du trafic. Il était temps de passer à la deuxième étape. Lâcher la voiture. Déposer les clés dans la boîte aux lettres Budget. Franchir la frontière à pied. Récupérer un nouveau véhicule, côté Salvador. Une galère spéciale « Amérique centrale » qui interdisait qu'on loue un même véhicule pour voyager dans plusieurs pays différents.

Elle fit une première fois la queue pour sortir officiellement du Nicaragua et recevoir un coup de tampon sur son passeport. Elle marcha ensuite pour rejoindre le bureau équivalent, côté Salvador. Elle avait l'impression de sillonner un inter-monde. Des projecteurs lançaient des éclairs sur un chaos de camions stationnés, de bus en plein chargement, de flaques de boue, de station-service, de baraques à tortillas, de vendeurs de sandwichs, de *backpackers* endormis, de changeurs d'argent solitaires, de journaliers hagards...

Nouvelle file d'attente. Nouveau tampon. Elle trouva l'agence Budget – une cahute parmi d'autres, fermée par un rideau de fer. Elle frappa : on lui avait assuré qu'un agent serait là. Il était bien là. Ensommeillé. Chancelant. Mais, à sa grande surprise, tout marcha comme prévu. Elle signa un contrat de location, enregistra son permis de conduire, attrapa les clés et prit possession d'une nouvelle voiture. Un RAV4 Toyota flambant neuf.

Marc avait dit : « Au Salvador, vous trouverez les meilleures routes d'Amérique centrale. » C'était vrai... quand elles étaient achevées. Jeanne croisa des chantiers dantesques, où des pelles mécaniques soulevaient des morceaux de montagne, les retournaient, les déplaçaient, alors que s'échappaient de toutes parts des tombereaux de terre rouge. Jeanne passait près de ces abîmes, suivant la route provisoire, apercevant des fantômes en ciré, en débardeur ou torse nu, armés de pioches, de pelles, de truelles, équipés de masques et de gants matelassés. Des spectres dont les corps hurlaient dans la nuit un esclavage d'une autre époque...

Elle ne vit rien d'autre durant sa traversée du Salvador. Ni San Miguel. Ni San Vicente. Ni San Salvador. Ni Santa Ana... Tout se déroula sous un déluge de fin du monde. Des averses à répétition, lourdes, grasses, brûlantes, qui noyaient la terre. Jeanne avait la sensation de piloter un sous-marin

413

qui aurait cherché la surface. Ses réflexions perdaient toute cohérence. Elle pensait au sang. Le sang contaminé de Plasma Inc... Le sang des sacrifices mayas... Le sang de Niels Agosto, qui éclaboussait la nuit... Des torrents écarlates, des humeurs de fer, des flux épais, qui couraient le long de la route et débordaient des fossés...

6 heures du matin.

Frontière du Guatemala. Même manège qu'à la douane précédente. Abandon du véhicule. Passage à pied. Tampons. Récupération de la voiture suivante – de nouveau un 4 × 4 Mitsubishi... Jeanne changea auprès d'un moustachu édenté ses dollars et ses cordobas en quetzales –, la monnaie guatémaltèque. Elle devait parcourir encore 200 bornes pour dépasser Guatemala City, puis 50 de plus pour atteindre Antigua, capitale historique du pays. C'était là-bas que se trouvait le monastère du prêtre assassin.

Le soleil ne l'attendit pas pour se lever. Quand elle reprit la route, il pointait son disque cuivré au-dessus de la jungle. Sa première vision guatémaltèque fut une forêt qui fumait. Un brouillard épais et argenté noyait la base des arbres et stagnait à mi-corps. Les cimes, les buissons, les plaines se mélangeaient dans cette vapeur et rappelaient ces paysages dilués, empourprés et brumeux de la peinture chinoise.

On était vendredi 13 juin. Elle espérait que cela ne lui porterait pas la poisse... Maintenant, elle remontait le temps. Les Mayas, peuple des origines, étaient là, placides, intemporels, malgré les 4 × 4 qui filaient à fond sur la route. Les hommes arboraient des boléros bariolés et des chapeaux texans blancs.

Les femmes marchaient pieds nus. Chacune d'elles portait le corsage brodé traditionnel, le *huipil* couleur d'arc-en-ciel. Jeanne se souvenait de ses lectures : ce vêtement représentait la cosmogonie maya. Un univers peuplé de dieux innombrables, fonctionnant par cycles répétés, comme les rouages d'une horloge sans contour ni cadran.

Malgré elle, Jeanne ralentit. Pour observer leurs visages. Ce qu'elle vit lui procura un sourd réconfort. Ces êtres ne se situaient pas dans le paysage, ils *étaient* le paysage. Leurs faces brunes et dorées étaient polies par des millénaires de soleil et de pluie, d'accalmies et de cyclones, qui les avaient façonnées à l'image de leurs légendes. *Les hommes de maïs...*, murmura-t-elle.

Jeanne atteignit Guatemala City aux environs de midi. Le déluge avait repris. La ville portait son histoire à visage découvert. Comme un guerrier affiche ses cicatrices. Une urbanisation anarchique. Une agglomération grossie à la diable, au fil de migrations convulsives, elles-mêmes provoquées par des séismes, des cyclones, des crues antédiluviennes... Une capitale boursouflée, chaotique, ruisselante...

Elle plongea dans le bourbier et tenta de se repérer. En vain. On ne savait plus si la boue tombait du ciel ou si elle jaillissait de la terre. Jeanne ne cessait de penser à cette phrase, écrite par Georges Arnaud en exergue au *Salaire de la peur*. Une des plus fortes qu'elle ait jamais lues : « Qu'on ne cherche pas dans ce livre cette exactitude géographique qui n'est jamais qu'un leurre : le Guatemala, par exemple, n'existe pas. Je le sais, j'y ai vécu. » C'était la sensation qu'elle éprouvait à cet instant.

Pas une ville, pas un pays. Juste un enfer. Une sorte de fusion d'hommes, de misère et de pollution, qui allait peut-être donner quelque chose un jour mais qui en était encore au stade du magma, de l'organique...

Elle trouva la route des hautes terres avec soulagement. L'idée même d'altitude laissait espérer des notions telles que « aération », « purification », « quintessence »... En quelques kilomètres, le paysage changea complètement. Des plaines enlisées, des terres boueuses, elle passa à une atmosphère de montagnes avec sapinières, sommets lointains et fraîcheur bienfaisante. Et aussi, quelquefois, une exubérance tropicale qui jaillissait comme pour rappeler où on se trouvait...

À 14 heures, Jeanne atteignit Antigua. Guatemala City était un enfer. Antigua était le « vert paradis des amours enfantines ». Une ville préservée, qui avait été, au XVIIᵉ siècle, la capitale de toute l'Amérique centrale. On reculait ici de deux ou trois siècles. Aucun bâtiment moderne. Aucun immeuble à étages. Des rues pavées où ne passaient qu'au compte-gouttes les voitures, roulant au pas. Et des églises. Partout. Égrenant tous les styles, tous les siècles. Des églises blanches, jaunes ou rouges, baroques ou néo-classiques, arborant les lignes strictes d'une hacienda ou au contraire les ornements d'un décor d'opérette mexicaine.

Le ciel était bas, encore gorgé de pluie. La ville semblait noyée par l'humeur sombre des volcans alentour. Ce temps maussade, couleur mercure, jurait avec l'architecture ensoleillée des églises et les murs peints, en bleu, rose ou mauve des maisons. Quant aux rues, elles étaient si rectilignes qu'elles faisaient penser à des flûtes à bec, jouant des mélodies de fleurs et de couleurs.

Jeanne tomba sur la plaza Mayor.

Des arbres plantés en quinconce, des galeries voûtées sur quatre côtés, des ornements de fer forgé à chaque fenêtre – Zorro n'avait plus qu'à bondir d'un des balcons où ruisselaient des roses et des pétales de lauriers. Elle jeta un coup d'œil à son plan et comprit le système. Les *avenidas* traversaient la ville du nord au sud alors que les *calles* la divisaient d'ouest en est... Elle n'eut aucun mal à repérer l'église qu'elle cherchait : l'Iglesia y Convento de Nuestra Señora de la Merced. Là où avait séjourné Pierre Roberge, le prêtre d'origine belge – Eva Arias lui avait donné ces précisions – qui avait dévoré à pleines dents une Indienne âgée de seize ans.

50

D'un point de vue architectural, l'Iglesia y Convento de Nuestra Señora de la Merced était à mi-chemin entre la bâtisse romane et la fantaisie baroque. En profondeur, c'était un solide édifice aux murs épais. En surface, une construction travaillée comme une pièce montée, avec colonnes torsadées, nappage ocre sur la toiture, peintures sur les façades, mêlant angelots de la Renaissance et motifs mayas.

Jeanne parqua sa voiture sur le parvis. Des Indiennes s'approchèrent avec leur camelote, colliers et porte-clés. Toutes avaient un bébé dans les bras. Elle leur fit signe qu'elle n'était pas intéressée. Elle souriait. Elle était sale, épuisée, décoiffée, mais elle se sentait belle. Décidée. Héroïque.

Elle se glissa sous le porche et bascula définitivement du côté « brut de décoffrage » de l'église. Les murs faisaient plusieurs mètres d'épaisseur. Les dalles avaient la rugosité des roches. Le lieu révélait ici sa vraie vocation : le combat. La paroisse, dans sa première version, avait été construite comme on construisait des châteaux forts. Des bastions nés dans la jungle pour tenir tête aux Indiens, au climat, au paganisme...

Sous la haute voûte, Jeanne prit à droite : le chemin du monastère. Selon Eva Arias, le lieu n'abritait plus qu'un groupe de jésuites d'origine belge : les frères de la maison Saint-Ignace.

Dans le patio, la rigueur et la dureté gagnaient encore des points. La cour était si vaste qu'elle évoquait plutôt des arènes antiques. Des murs crépis révélant des plaies de briques. Des galeries voûtées et crayeuses. Des pavés bosselés, entre lesquels poussaient des touffes d'herbe. Au centre, une fontaine à sec.

Un Indien poussait une brouette. Elle lui fit signe et demanda à voir le jésuite avec qui elle avait déjà parlé au téléphone, en chemin : frère Domitien. Le Maya disparut. Elle patienta sous les voûtes, respirant l'odeur de pierre et de lierre qui planait dans l'air frais. Elle se sentait à bout de forces, mais aussi vive et légère.

— Nous ne pouvons pas vous aider.

Un jeune homme se détacha des ombres obliques des colonnes. Rondouillard, en chemise Lacoste, ses traits étaient flasques. Ses cheveux et ses sourcils blonds n'apportaient aucun caractère au visage. L'ensemble évoquait un cierge blanc qui aurait fondu et donné, au hasard de ses coulées, le relief d'une figure.

La phrase avait été prononcée en français, ce qui était réconfortant. La mise en garde l'était moins.

Jeanne ne se démonta pas :

— Vous ne savez même pas ce qui m'amène.

— Au téléphone, vous m'avez dit que vous étiez juge d'instruction. Nous n'avons rien à voir avec la justice. Et surtout pas la justice française !

— Laissez-moi vous expliquer.

— Pas la peine. Notre maison ne compte que quelques frères. Nous luttons ici avec nos armes. Pour le bien-être physique et le salut spirituel des paysans. Nous n'avons aucun lien, aucun rapport avec la moindre affaire criminelle.

— Il y en a pourtant eu une, jadis.

— C'est donc ça.

Frère Domitien considéra Jeanne avec pitié.

— Vingt-cinq ans plus tard, vous êtes venue remuer encore cette vieille histoire.

— Et pourquoi pas ?

— En tout et pour tout, Pierre Roberge n'a passé que quelques heures à Antigua. Il est aussitôt parti à la mission dont il avait la charge. Un orphelinat sur le lac Atitlán.

— D'où venait-il ? De Belgique ?

— Non. D'Argentine. Du Nordeste.

Premier lien entre l'Amérique centrale et l'Argentine. La lettre de Niels Agosto perdu dans la jungle du Nordeste. Roberge avait-il contracté là-bas la maladie ? Jeanne brûlait. Et elle n'allait pas lâcher comme ça sa première piste solide.

— Que savez-vous de lui ?

— Je n'étais pas là. J'ai vingt-neuf ans. Mes supérieurs m'ont raconté. Ils ont toujours regretté de l'avoir accepté ici, au Guatemala. Mais notre ordre est réduit. Et nous n'avions pas d'autres candidats expérimentés. La répression était terrible à l'époque. Les Ladinos tuaient les prêtres, vous comprenez ? Et

420

Roberge était un homme solide. Alors, pas question de se priver d'un tel volontaire. Même s'il ne venait pas pour de bonnes raisons.

— Quelles raisons ?

— On a dit qu'il fuyait. Il avait déjà mauvaise réputation.

— Qu'est-ce que vous appelez « mauvaise réputation » ?

Le jésuite agita ses mains potelées.

— Des rumeurs. De simples rumeurs.

— Quelles rumeurs ?

Domitien ne cessait de regarder ailleurs, fuyant le regard de Jeanne.

— Quelles rumeurs ?

— On a parlé de démon. D'un démon qui l'escortait.

— Il était possédé ?

— Non. Autre chose. Un enfant... Un enfant l'accompagnait.

— Un orphelin ?

Le jésuite lançait des coups d'œil désespérés vers la cour. Il semblait espérer un visiteur, un orage, n'importe quoi qui puisse le sortir de là.

— Vous ne comprenez donc pas ? fit-il, soudain agacé.

— Vous voulez dire que le gamin était de lui ?

Silence éloquent du religieux. Jeanne ne s'attendait pas à ça. Mais elle s'adapta. Et risqua, mentalement, cette hypothèse : le vieil Espagnol dans le cabinet de Féraud pouvait-il être Roberge lui-même ? Elle entendait encore sa voix : « Dans mon pays, c'était une pratique très courante. Tout le monde faisait ça. » Un prêtre couchant avec ses ouailles ?

Des points pouvaient convenir : un secret entre un père et son fils, le sentiment de rejet de Joachim, un enfant-catastrophe, un gamin non désiré – devenu autiste... Mais d'autres détails ne collaient pas du tout : le vieil homme chez Féraud avait l'accent espagnol. Roberge était d'origine belge. La déformation des années en Amérique latine ? Non. D'autre part, Roberge, selon Eva Arias, avait déjà soixante ans à l'époque. Cela lui ferait aujourd'hui près de quatre-vingt-dix ans.

Elle décida de reprendre l'histoire à zéro :

— L'enfant, reprit-elle, garçon ou fille ?

— Un garçon.

— Vous connaissez son prénom ?

— Non.

— Quel âge avait-il ?

— Je ne sais pas au juste. Une dizaine d'années, je pense. Encore une fois, ils ne sont pas restés à Antigua. Ils sont partis là où ça chauffait vraiment. D'ailleurs, Roberge a fait du bon boulot là-bas. Il faut l'admettre. Il accueillait beaucoup de monde à la mission. Et s'opposait aux militaires...

— Pourquoi avez-vous parlé de démon ? L'enfant était possédé ?

— Écoutez. Je ne sais rien. On a raconté beaucoup de choses. On a dit que l'enfant était une figure du mal. Des croyances mayas se sont ajoutées là-dessus. Ce qui revenait le plus souvent, c'était que Pierre Roberge était sous la coupe de l'enfant. Le meurtre a prouvé que les commérages possédaient peut-être, pour une fois, un fondement...

422

— Que s'est-il passé ensuite ? Roberge a été condamné ?

Le jésuite fit non de la tête. Ce n'était pas une réponse à la question. Mais une réponse à la situation. Il ne parlerait plus. La communication était rompue. Jeanne ne bougeait pas.

— Si vous voulez vraiment des détails sur toute cette affaire, souffla-t-il d'une voix lasse, quelqu'un était là-bas à l'époque. Elle pourra vous parler de Roberge.

— « Elle » ?

— Rosamaria Ibanez. Une archéologue. Très liée à Roberge.

— Où je peux la trouver ?

— Ici. À Antigua. Elle fait des fouilles dans le quartier de Calle Oriente. Je vais vous faire un plan. Ce n'est pas loin.

Le religieux attrapa le bloc et le feutre de Jeanne, trop heureux de se débarrasser de l'intruse. Son front pâle brillait de sueur.

— Et sur le meurtre ? tenta-t-elle encore. L'Indienne dévorée ? Vous ne pouvez rien ajouter ?

Domitien lui rendit son bloc.

— L'église de San Pedro. Rosamaria Ibanez. Elle travaille sur les ruines du couvent, à l'arrière du bâtiment.

51

— Son fils ? *Hay Dios mio!* Jamais de la vie.

Rosamaria Ibanez ressemblait à une clocharde. D'origine maya, elle avait le visage fripé comme un cul de singe. Ses cheveux filandreux évoquaient les fibres d'une noix de coco. Des yeux pochés d'alcoolique, un nez épaté, des lèvres charnues. Vraiment pas un prix de beauté. Elle portait un anorak élimé, un Levis 501 trop grand, des sabots Crocs rouges qu'elle avait l'air d'avoir volés à une touriste.

Elle secouait la tête avec conviction.

— J'ai bien connu Roberge. Il était droit comme un clocher. Pas question de sexe ni aucune autre connerie avec les femmes.

Son espagnol ramassé, abrégé, était presque inintelligible. Elle disait *muy bié* pour *muy bien* ou *s'dia* pour *buenos dias*.

— Mais l'enfant, vous l'avez connu ?

— Juan ? Bien sûr.

Jeanne nota. « Juan » et non « Joachim ». S'était-elle trompée sur l'identité du petit garçon ?

— Comment était-il ?

— Très beau.

— Il avait quel âge ?

— Une douzaine d'années, je pense.

— Il avait un problème aux mains ?

— Non. Quel genre de problème ?

— Oublions ça. Pourquoi Roberge l'avait-il emmené avec lui au Guatemala ?

— Juan souffrait de troubles psychiques. Roberge ne voulait pas l'abandonner dans un asile à Formosa, en Argentine.

— Quels troubles psychiques ?

— Un genre d'autisme. On n'a jamais su.

— Il n'était pas... possédé ?

Rosamaria produisit un bruit de pet avec ses grosses lèvres. Très classe.

— Des conneries de paysan ! Par tradition, l'autisme fait peur. On assimile ce syndrome à la possession. Surtout ici, où Dieu est toujours dans une poche et le diable dans l'autre.

Assise sur un gros moellon, Jeanne prenait des notes sur son bloc. Les deux femmes s'étaient installées dans un coin, sur le site de fouilles. Cela ressemblait à un chantier de construction – sans construction. Il n'y avait que des trous. Des gravats. Des pans de mur inachevés – en réalité, très anciens, exhumés du sol. Des rubans jaunes de protection. Des brouettes. Des pelles. Des bâches en plastique déployées aux quatre coins du terrain, pour protéger les excavations et leurs « trésors » des averses.

Jeanne s'arrêta d'écrire. Elle venait d'avoir le vertige. La faim. La fatigue. Le décalage horaire, peut-être, encore...

— Ça va pas ? demanda Rosamaria en se penchant – son haleine puait le rhum.

— Ça va.

— Tu veux un café ? fit-elle en passant au tutoiement.

— Non, merci.

Debout face à elle, l'archéologue plaça ses deux poings sur ses hanches.

— C'est le meilleur du monde.

Eva Arias l'avait prévenue : les Mayas ne rigolaient pas avec les sujets de fierté nationale.

— D'accord.

— Viens avec moi.

Elles marchèrent avec précaution parmi les cordons plastifiés, les bâches, les cavités. Jusqu'à un laboratoire de fouilles, où s'égrenaient des petits tas de pierres sur des planches soutenues par des tréteaux. À droite, un réchaud, un moulin à café. Rosamaria s'activa.

Jeanne s'assit derrière une des tables. Sa fatigue remontait à la manière d'un reflux d'égout. Puissant, nauséabond, suffocant. Elle se sentait de plus en plus mal.

Rosamaria servit le café. Un parfum amer de terre grillée monta dans l'air. À l'idée de boire ça, Jeanne avait déjà le cœur dans la gorge.

— Je vais te montrer une photo, fit l'archéologue en s'affairant dans une armoire en fer.

Elle vint poser un tirage en mauvais état, noir et blanc, où on la reconnaissait, un peu plus présentable, aux côtés d'un homme d'une soixantaine d'années vêtu d'une chemise blanche flottante, façon tunique indienne. Rien ne disait son état religieux, sauf une croix d'or à son cou.

Jeanne se pencha et regarda mieux. Elle avait cru que la photo était surexposée ou poussiéreuse mais la poussière était incrustée dans les traits de Pierre Roberge. Un visage de cendres comme les cheveux et les sourcils. Les yeux clairs, liquides, représentaient les seuls points d'eau de ce désert craquelé, fissuré, épuisé. Elle pensa aux cénobites, les ermites qui vivaient dans le désert aux premiers siècles du christianisme.

— Vous n'avez pas de photos de Juan ?

— Non. Il refusait d'être photographié.

— Pourquoi ?

— Il avait peur. Juan avait peur de tout. Vous vous y connaissez en autisme ?

— Un peu.

— Pour un tel gamin, au mieux, le monde extérieur n'existe pas. Au pire, c'est une menace. Personne n'avait le droit d'entrer dans la pièce où il dormait. Chaque objet y avait sa place précise.

— Roberge s'occupait de lui ? De son éducation ?

— C'était sa passion. Il parvenait à des résultats. Il espérait en faire un enfant, disons, normal. Un gamin qui aurait pu suivre un apprentissage.

Jeanne regardait toujours la photo.

— Vous étiez là à l'époque du meurtre ?

— Non. Je dirigeais un chantier à Sololá, une des villes autour du lac. Roberge était à Panajachel. Quand j'ai entendu parler du drame, je suis tout de suite venue.

— Qu'a-t-il dit ?

— Je n'ai pas pu lui parler : il avait déjà été arrêté.

— Vous vous souvenez des indices qui l'accusaient ?

427

— Pas d'indices. Il s'était constitué prisonnier.

— Il a avoué le meurtre ?

— En long. En large. Et en travers.

— Que s'est-il passé ensuite ?

— Il a été libéré. Faute de preuves. Même ici, au Guatemala, les aveux ne suffisent pas toujours. Les flics ont deviné qu'il racontait n'importe quoi.

Jeanne était étonnée que les policiers ne se soient pas contentés de cette confession. Dans un tel pays, et à une telle époque, une telle déclaration aurait dû suffire pour régler l'affaire.

Rosamaria lut dans les pensées de Jeanne :

— Les flics d'Atitlán n'étaient pas du genre à finasser. Dans un autre cas, ils lui auraient fait signer ses aveux et l'auraient exécuté le jour même. Mais Roberge était belge. Et il y avait déjà eu un problème avec un prêtre britannique exécuté quelques mois plus tôt. Je crois qu'à Guatemala City, on leur avait dit de se calmer avec les gringos...

— Roberge, il a repris sa vie normale ?

L'archéologue tenait sa tasse à deux mains. Ses doigts sortaient à peine des manches de son anorak.

Elle eut un rire rauque et révéla une dentition creusée de dièses.

— *No, mujer, no...* Tu connais vraiment rien à cette affaire ! À peine sorti du poste, Roberge est rentré au dispensaire et s'est fait sauter la tête.

Jeanne ressentit une douleur dans l'abdomen. Une flèche de feu, plantée à l'oblique en plein ventre. L'annonce de cette nouvelle. Le malaise qui explosait enfin... Elle vit trouble, puis noir, puis...

428

Rosamaria était penchée sur elle, un verre dans la main. Il était empli d'une mixture épaisse, sans couleur.

— Qu'est-ce... qu'est-ce qui s'est passé ? bredouilla Jeanne.

— Tu t'es évanouie, *hijita*.

— Je suis désolée. J'ai roulé toute la nuit.

Jeanne se redressa sur un coude. Elle s'était étalée de tout son long sous la bâche des fouilles. Elle pouvait sentir la fraîcheur de la terre humide à travers sa veste.

— Avale ça, fit Rosamaria en tendant son verre.

— Qu'est-ce que c'est ?

— De l'*atol*. De la pâte de maïs cuite avec de l'eau, du sel, du sucre et du lait. C'est un début. Après ça, je t'emmène manger quelque chose...

— Non... Je dois partir.

— Où ?

— À Atitlán.

— Ben voyons. Qu'est-ce que tu vas foutre là-bas ?

Jeanne se mit debout avec difficulté et s'assit derrière une des tables pour boire la mixture. Elle crut qu'elle allait vomir pour de bon. Mais non. Elle se concentra sur les petits tas de pierres et de débris de céramique posés devant elle. Et finalement se sentit mieux.

— Je vais te dire, moi, ce que tu vas faire là-bas, fit Rosamaria. Tu vas aller voir un dénommé Hansel. Un pur Indien. Un mec pas recommandable du tout. Il trafique des vestiges précolombiens à travers le pays. Il organise des expéditions sauvages sur des sites pas encore fouillés, dans la région du Petén.

Jeanne releva les yeux. La mixture faisait son effet. La lumière grise, les trous de terre, les bâches plastique, tout lui apparaissait avec une réalité différente. Comme si le sol lui-même exhalait une nouvelle vigueur.

— Pourquoi je devrais aller voir cet homme ?

— Il était très proche de Roberge. Me demande pas pourquoi. Le pilleur et le prêtre y faisaient une drôle de paire... Mais si tu veux de vrais détails sur cette histoire, c'est lui que tu dois voir...

Elle voulut se lever. Rosamaria lui appuya sur l'épaule pour la maintenir assise.

— Tu ne pars pas dans cet état-là. Et pas question de conduire. Tu as une voiture ?

Jeanne acquiesça de la tête.

— Je vais te prêter mon chauffeur, Nicolás. Un Ladino. Un *Caxlano*. De toute façon, pour approcher un mec comme Hansel, il te faut un intermédiaire.

Jeanne hocha encore une fois la tête, hébétée. Elle se sentait diminuée. Fragile. Paumée... Et en même temps, d'une certaine façon, *renouvelée*.

— Un Ladino, murmura-t-elle, qu'est-ce que c'est ?

Rosamaria cracha par terre.

— C'est la pire engeance que la terre ait jamais portée. 50 % Indien, 50 % Espagnol, 100 % salopard. Il faut toujours se méfier de son propre sang. Ce sont eux, les Ladinos, qui oppriment les Indiens depuis des siècles. Eux qui ont commis les pires exactions. Eux qui ont volé leurs terres aux paysans... (Elle cracha encore une fois.) Des voleurs, des violeurs, des assassins !

Jeanne finit par sourire.

— Et c'est ce que vous me proposez comme chauffeur ?

À ce moment, un grand type dégingandé apparut. La trentaine, le teint pâle, le crâne chauve. Il était vêtu comme un étudiant nord-américain. Un *cassant* sur des Puma. Une doudoune de ski couleur café créme. Un sweat-shirt vert « Harvard University ».

— Je te présente Nicolás. Il fait tout pour avoir l'air d'un gringo, mais au fond de lui, c'est un vrai K'iché !

— Un K'iché ?

— Une des ethnies qui vit autour du lac. Le plus beau lac du monde, *chiquita* ! Habité depuis trois mille ans par les Mayas. Rien n'a pu les changer. Ni les jésuites. Ni les protestants. Ni les Ladinos et leurs massacres. (Elle lui fit un clin d'œil.) Si tu dois trouver quelque chose, c'est au fond de ce cratère !

52

Jeanne s'était trompée. Antigua n'était pas sur les hautes terres. Les *altas tierras* commençaient après. Bien plus loin. Bien plus hautes. Bien plus froides. Elle grelottait maintenant dans la voiture, se promettant d'acheter un pull à Atitlán, un châle, n'importe quoi pour affronter ces températures polaires. Elle ne s'attendait pas à ça sous les tropiques.

Blottie au fond du siège passager, elle observait le paysage. Des franges de forêt mixte, mi-conifères, mi-feuillus, se déployaient sur les flancs des volcans, contrastant violemment avec les coulées de lave noire. Au-dessus, les nuages bas s'évaporaient en fragments de brume. Les volcans, les montagnes, les forêts y perdaient leur sommet. *Un paysage rêveur, la tête dans les nuages...*

Jeanne observait les Indiens qui marchaient le long de la route. À chaque village, ils portaient un costume différent. Tressages complexes, colorés, chaleureux, explosant dans l'air gris comme des boutons de fleurs, encore trempés de rosée.

— Avec des gugusses pareils, comment voulez-vous que le pays évolue ? Ils vivent encore au Moyen Âge !

Jeanne faisait la sourde oreille. Depuis le départ, Nicolás ne cessait de critiquer les Indiens, arriérés, hypocrites, obtus, superstitieux. Il avait beau être un K'iché, il était surtout un Ladino haineux et méprisant, considérant les Mayas pas plus haut que les cafards qu'on trouve sous les pierres.

Il ne lâchait son discours raciste que pour attaquer un autre thème qui lui tenait à cœur : la médiocrité des autres habitants d'Amérique centrale. Les Nicaraguayens étaient au point mort. Les Costa-Ricains n'avaient aucune culture. Les Panaméens étaient des « vendus » à la solde des États-Unis. Etc.

Jeanne se réfugia dans le sommeil. Elle fut réveillée par le froid. Frissonnante, elle se retourna et fouilla dans son sac posé sur le siège arrière. Elle trouva un polo en mailles fines qui lui permettrait d'attendre un village pour vraiment s'équiper.

— Vous avez vu ces ploucs ?

Nicolás désignait des journaliers entassés à l'arrière d'une camionnette à ciel ouvert, qui roulait devant eux. Ils portaient tous le costume traditionnel. Petits coqs bariolés, ils étaient assis sur des tas de pommes, de bananes ou d'autres fruits, l'air maussade.

— Vous savez pourquoi ils font la gueule ?

— Ils ont froid ?

— Pas du tout. Ce sont de jeunes mariés. Ils convoient des fruits. C'est un rite initiatique. Avant le voyage, ils se sont abstenus d'activité sexuelle.

— Pourquoi ?

— Pour que leur énergie sexuelle se transmette aux fruits et les fasse mûrir. Si les fruits parviennent à maturation à leur arrivée, alors ils ont passé le rite avec succès. C'est y pas trop con, comme idée ?

Jeanne ne répondit pas. Elle se dit qu'à son stade d'abstinence, elle aurait pu faire mûrir un verger entier… Mais elle commençait à se lasser des persiflages de son chauffeur. Il parut le sentir. Il ajouta sur un ton plus calme :

— On arrive à Sololá. La capitale du département.

Des maisons d'adobe, de ciment, de parpaings. Des affiches publicitaires. Des boutiques modernes qui, avec leurs couleurs, leurs néons, leurs articles inutiles, donnaient l'impression d'une poubelle renversée… Malgré cette pollution visuelle, malgré le temps humide et gris, des détails évoquaient clairement les tropiques. Les gargotes ambulantes surtout, tenues par des adolescentes en pull troué, exhalaient des spirales de fumée sombre, distillaient des effluves de charbon de bois, d'huile frite et de maïs grillé qui résumaient en mode mineur ce versant du monde…

— Dans quelques kilomètres, on sera sur le lac.

Les costumes avaient encore changé. Pour les hommes, pantacourts brodés, chemises de Far West, et toujours des chapeaux texans blancs, extra-large. Les femmes étaient bleu, rose, mauve… Elles portaient du bois sur le dos, un bébé sur le ventre, et leur châle plié sur la tête – l'*imago mundi*, l'image du cosmos.

— Nous sommes en zone quiché, commenta Nicolás, soudain doctoral. Les Quichés sont eux-mêmes divisés en plusieurs communautés linguistiques, tout autour du lac : les Kakchiquels, les Tzutuhils, les K'ichés… Enfin, c'est compliqué.

Jeanne lui glissa sournoisement :

— K'iché, c'est votre origine, non ?

434

Il ne répondit pas. Le lac venait d'apparaître, au détour d'un virage. La surface de l'eau, absolument lisse, possédait le caractère soyeux et argenté du pelage d'un félin, panthère ou jaguar. Mais ses bords étaient si lointains qu'ils disparaissaient dans le brouillard. On ne discernait pas non plus, dans la brume, les trois volcans censés veiller sur lui. Jeanne était déçue. Elle s'attendait à un paysage de carte postale finement dessiné. Un lac serti parmi des plis de forêt et de basalte. Tout ce qu'elle découvrait, c'était une immensité monocorde se perdant dans les nuages.

Il planait aussi ici une atmosphère d'inquiétude. Deux forces semblaient à l'œuvre. La naissance. L'origine du monde maya. Avec ses vapeurs et ses légendes. Mais aussi la mort. Sa destruction et son agonie. Jeanne savait qu'autour de ce cratère, la répression militaire contre la guérilla indienne avait été une des plus violentes. Ce paysage de lac suisse avait été le théâtre d'un vrai génocide.

Nicolás stoppa la voiture. Invita Jeanne à sortir. Puis il ouvrit les bras, face au lac.

— Le centre du monde maya. Le nombril de la terre et du ciel ! Tu trouveras tout ce que tu cherches ici, *juanita*. Les ethnies les plus traditionnelles du Guatemala. Les dieux mayas les plus anciens. Mais aussi des mystiques, des routards, des hippies, des junkies… Atitlán, c'est notre Goa à nous !

Jeanne ne comprenait pas ce brusque enthousiasme. Elle ne fit aucune remarque. La nuit tombait. Et avec elle, la peur. Elle savait de moins en moins où elle en était. Ni où elle allait. Ni même ce qu'elle cherchait autour de ce cratère…

Ils remontèrent en voiture. Longèrent les flancs brun-vert des collines. Jusqu'à touver un hôtel enfoui dans une pinède. Une construction de bois, façon ranch, tournée vers le lac. Un vrai « spot » destiné aux touristes mais, pour l'instant, ils n'avaient croisé aucun visiteur.

Nicolás s'arrêta devant le portail et s'entretint, par sa vitre ouverte, avec un homme d'une quarantaine d'années à la peau tannée, à l'abri d'un large chapeau. Ils parlaient entre eux si rapidement, avec un tel accent, que Jeanne ne comprit pas un mot. Elle devinait que le cow-boy était le gérant ou le propriétaire de l'hôtel.

Nicolás repartit le long du sentier, en direction du ranch.

— Cet homme, fit Jeanne, c'était un Maya ou un Ladino ?

— *Juanita*, fit Nicolás avec une nuance d'admiration, t'as pas vu ses yeux ?

— Qu'est-ce qu'ils avaient ?

— Ils étaient bleus.

Il avait mentionné ce détail comme s'il avait décrit une des merveilles du monde. Nicolás était redevenu un pur Ladino, rêvant de peau claire et de modernisme à l'américaine.

53

Une fois dans sa chambre – une pièce tapissée de bois comme une cabine de bateau, ouverte sur des jardins en forme de jungle –, Jeanne consulta sa boîte vocale et ses SMS. Elle avait plusieurs messages. Reischenbach, qui lui demandait de le contacter en urgence. Et un autre appel. Celui qu'elle attendait le moins : Thomas.

Elle eut envie d'éclater de rire. Thomas, son grand amour. L'homme de sa vie. Le compagnon pour lequel elle avait été prête à tout sacrifier. Thomas l'imposteur. Le menteur. Le salaud. Ses projets matrimoniaux ne devaient pas avancer aussi bien qu'il l'espérait s'il se souvenait de sa bonne vieille Jeanne... Elle mesurait la distance inouïe qui la séparait de cet homme, de cette période. Elle ne se souvenait même pas clairement des traits de son visage. Et si elle creusait sa mémoire, seuls ses défauts lui revenaient : égoïsme, hypocrisie, lâcheté, radinerie...

Au fond, le seul cadeau qu'il lui eût jamais fait, c'était, indirectement, cette enquête. Devait-elle le remercier ?

Elle effaça le message, le numéro et le souvenir du mec, puis appela Reischenbach. 2 heures du matin à Paris. Pas grave. Le flic était réveillé. Jeanne résuma les faits nouveaux en occultant pas mal d'informations. Elle n'avait pas le temps d'entrer dans les détails.

— Pourquoi tu m'as appelée ? enchaîna-t-elle. Tu as du nouveau ?

— Un détail. Les équipes de Batiz pataugent grave, mais moi, j'ai trouvé un truc. Ton histoire d'UPS m'a pris la tête. Si Nelly Barjac avait reçu un pli lié aux meurtres, pourquoi pas les autres ? Je suis retourné chez Marion Cantelau et Francesca Tercia.

Jeanne eut un ton ironique :

— Tu prends des risques pour un flic sur la touche.

— Marion n'a rien reçu. L'autre, en revanche, Francesca, a réceptionné à son adresse personnelle un colis Fedex le 6 avril 2008.

— De Manzarena ?

— Non. De l'institut agronomique de Tucumán, en Argentine.

Nelly Barjac et le Nicaragua. Francesca Tercia et l'Argentine. Deux binômes distincts. Qui possédaient forcément une connexion.

— Tu as identifié l'expéditeur ?

— Son nom est écrit sur le bordereau. Jorge De Almeida.

— Qui est-ce ? Un agronome ?

— Non. J'ai téléphoné. C'était pas évident. Je parle pas espagnol mais j'ai un Brésilien dans mon groupe qui baragouine le…

— OK. Qu'as-tu trouvé ?

— L'institut abrite un laboratoire de fouilles paléontologiques. Les ingénieurs agronomes prêtent aux chercheurs des instruments de terrassement, du matériel divers, j'ai pas bien compris. En tout cas, De Almeida est paléo-anthropologue.

Jeanne eut une idée fulgurante.

— Quel âge a-t-il ?

— Sais pas. La trentaine, environ.

Francesca Tercia avait suivi des études de paléo-anthropologie à l'université de Buenos Aires. Une possibilité : Francesca et Jorge se connaissaient de longue date. De la fac. Elle revit la photo de groupe sur le campus de l'UBA qu'elle avait piquée dans l'atelier de Montreuil. Sur cette photo, on avait entouré la tête d'un jeune homme à mine joviale et inscrit au-dessus « *Te quiero!* » Et si l'amoureux était Jorge De Almeida en personne ?

— De Almeida, tu as pu lui parler ?

— Je risque pas. Il a disparu.

— Où ?

— Lors d'une mission. J'ai pas compris où.

— OK. Tu peux m'avoir une photo de lui ?

— Je vais voir... Tu veux pas appeler, toi ?

— Tu n'as pas voulu me filer le numéro quand je te l'ai demandé. Démerde-toi. Je dois faire aboutir ma piste ici.

— D'accord.

— Je te remercie, Patrick. Rien ne t'obligeait à...

— François Taine était aussi mon ami.

— Gratte encore sur le colis Fedex. Trouve ce que De Almeida avait envoyé à Francesca.

— C'est prévu, camarade.

— Je compte sur toi, conclut-elle avant de raccrocher.

Elle se dirigeait vers la salle de bains quand le téléphone de sa chambre sonna. Nicolás. Il l'attendait à la réception. Il était déjà 20 heures et, selon lui, plus la nuit avançait, plus leur destination devenait dangereuse.

54

Hansel vivait à Panajachel, sur les bords du lac Atitlán.

C'était une ville en pente, plus petite que Sololá. Un labyrinthe de maisons minuscules, en ciment, briques d'argile et toits de tôle. Ils durent laisser leur voiture à l'entrée pour prendre un tuk-tuk – triporteur pétaradant – qui pouvait s'infiltrer dans les ruelles les plus étroites. Nicolás paraissait miné de devoir abandonner le Mitsubishi sur le parking. Il donna quelques quetzales à des gamins pour qu'ils le surveillent mais il ne semblait par leur faire confiance non plus. Tout lui inspirait ici dégoût et mépris.

Ils partirent dans les hauteurs de la cité mal éclairée. Tous les attributs de la ville tropicale étaient là. Ampoules anémiques. Imbroglios de câbles dans les airs. Femmes rondes et noires, debout derrière leur disque de terre cuite, tournant et retournant leurs tortillas avec la régularité d'une horloge. Hommes sombres, ridés, assis en groupes sur le perron des immeubles, complotant la bouche fermée. Rien ne manquait, sauf la chaleur. Il faisait si froid cette nuit-là que le moindre objet exhalait un panache de buée. La ville fumait comme un feu humide…

Le tuk-tuk continuait sa route parmi le dédale des rues. Au sommet du village, il entama sa descente à travers un nouveau circuit. Jeanne crut apercevoir, en contrebas, la surface du lac. Un ciel liquide dont les étoiles auraient été des reflets brisés de lune…

Nicolás serrait les dents. Son expression dégoûtée s'était teintée d'un voile plus grave : l'inquiétude. Ils sillonnaient maintenant une *población*. Un bidon-ville. Le ciment et l'argile avaient fait place à des parpaings, de la toile plastique, de la boue séchée. Les baraques se tenaient les coudes pour ne pas s'écrouler. Les ruelles dégoulinaient, charriant des déchets, des eaux sales, des chiens, des porcs, des enfants. Des cours en terre battue s'ouvraient sur des moteurs démontés, des pneus à moitié immergés dans des flaques. Tout était rouge. Tout était saignant. Un quartier écorché, à vif. Un lieu organique, où les rues auraient été des viscères, les caniveaux des flux de diarrhées…

De temps à autre, Nicolás ordonnait au conducteur de ralentir pour demander son chemin à des *pobladores* qui répondaient à voix basse. Jeanne ne comprenait pas – l'accent, la nuit, le froid, tout brouillait sa perception. L'arrêt ne durait que quelques secondes mais c'était suffisant pour que des hordes d'enfants jaillissent comme des chauves-souris, tendant la main, s'accrochant au véhicule, suppliant ou lâchant des insultes. Jeanne commençait à être contaminée par la peur de Nicolás. Puis le tuk-tuk repartait, balayant ses craintes. Jusqu'au prochain arrêt.

442

Enfin, ils arrivèrent. Le repaire de Hansel était un garage de pièces détachées, semblable à tous ceux qu'ils avaient déjà croisés. Une ampoule nue luisait au fond, donnant au bric-à-brac graisseux des allures de caverne d'Ali Baba. Jeanne imaginait autrement l'antre d'un pilleur de temples mayas.

Nicolás descendit du triporteur.

— Attends-moi là.

Il se dirigea vers l'atelier. Jeanne resta seule. Pas de mendiants. Pas de racaille. Déjà pas si mal. À la lueur des lanternes, elle apercevait seulement dans la ruelle des détails lugubres. Un bébé pataugeant dans une flaque de boue noire. Des chiens faméliques au ventre maculé de latérite, cherchant une charogne à ronger. Des tréteaux portant des carcasses de viande faisandée, à moitié gelée. Jeanne claquait des dents. La peur. Le froid. La faim. Elle n'avait toujours pas acheté de pull.

Elle descendit du tuk-tuk et se risqua sur le seuil du garage. Nicolás parlait à un petit homme râblé, de dos. Tout ce qu'elle entendit, ce fut la voix mi-aiguë, mi-enrouée, du garagiste qui disait :

— *No me gustan los gringos...*

Ça commençait bien. Elle opta pour une entrée en force, à l'encontre des règles machistes en vigueur :

— *Y el dinero ? Te gusta ?* (Et l'argent, ça te plaît ?)

Jeanne avait accentué son accent guatémaltèque. Hansel marqua un temps puis se retourna. Dans le halo de l'ampoule, se dessina un bonhomme très brun, aussi large que haut, vêtu d'une salopette cradingue et d'un pull effiloché. Mains enfoncées dans les poches. Jambes arquées comme deux parenthèses.

Sans un mot, il s'approcha de Jeanne. Elle s'attendait à un homme plus âgé : il n'avait pas la cinquantaine. Son visage était cabossé. On sentait les os brisés sous la peau tannée. Des cicatrices fissuraient sa figure et raccommodaient tant bien que mal ses traits. Le seul élément d'équerre était le regard. Deux yeux d'Indien bridés, qui vous perçaient comme un coup de cutter.

— *Chela*, j'ai qu'à vendre un morceau de statue pour me payer une poulette dans ton genre.

Jeanne rougit sous l'insulte. Nicolás se rapprocha, serrant les poings. Hansel sourit d'un coup.

— Je plaisante, *compañera*. (Il cracha avec habileté, son glaviot atterrit au centre d'une pile de pneus.) *Mea culpa*.

Jeanne déglutit, déstabilisée.

— Donc ?

— Donc, dis-moi ce que tu veux savoir. Des canons comme toi, je peux pas résister.

Il lui envoya un baiser. Nicolás fit encore un pas, mais Jeanne l'arrêta d'un geste.

— Je cherche des informations sur Pierre Roberge.

Hansel siffla.

— De la vieille histoire.

— Qui était-il pour vous ?

— Un ami. (Il posa sa main sur son cœur.) Un vrai ami.

— Comment vous vous êtes connus ?

— Une embrouille. En 1982, les gars du G2 ont découvert des bas-reliefs dans mon garage, ils m'ont coffré et passé à tabac. Ils m'auraient liquidé si Roberge était pas intervenu.

— Pourquoi l'a-t-il fait ?

— Parce qu'on se connaissait. On buvait un coup de temps en temps. Et qu'il pouvait pas voir couler le sang, quel qu'il soit.

— Qu'a-t-il dit ?

— Que les fragments du temple étaient sous la responsabilité d'une mission archéologique jésuite. Il y en avait plusieurs à l'époque, dans le coin de Tikal. Il a montré des autorisations, je sais pas quoi. Il a raconté qu'il m'avait confié les pièces parce qu'il craignait qu'on les lui vole au dispensaire. Les miliciens en ont pas cru un mot mais Roberge a laissé entendre qu'il les dénoncerait pas, eux – ils avaient gardé les bas-reliefs. Tout s'est passé comme dans le roman français où un bagnard vole un curé qui l'a accueilli...

— *Les Misérables.*

— *Les Misérables,* c'est ça.

— Après ?

— Après, on était comme les deux doigts de la main.

— Vous vous souvenez de l'enfant ?

— Et comment ! Son âme noire. Un vrai diable.

— Vous voulez dire qu'il était autiste ?

Hansel cracha entre les pneus.

— Autiste, mon cul. C'était une incarnation du démon, ouais.

On revenait à la bonne vieille version superstitieuse.

— Y vous regardait jamais en face, continua le pillard. Un vrai faux-jeton. Même Roberge s'en méfiait. Il avait toujours peur qu'il commette un truc horrible. On en parlait parfois. Il disait que le môme lui avait été envoyé par le Seigneur. Moi, j'aurais plutôt dit le contraire : ce bâtard, c'était le diable qui lui avait confié.

La voix du trafiquant était étrange. Haut perchée, mais cassée, poudreuse, comme rouillée.

— Il n'a jamais donné des précisions sur son origine ?

— Non. (Il se passa la main sous son menton mal rasé.) Mais c'était bizarre...

— Qu'est-ce qui était bizarre ?

— Roberge craignait qu'on vienne le lui reprendre... Il était toujours sur le qui-vive. Je vois pas qui aurait voulu lui piquer un salopard pareil...

Jeanne n'osait pas sortir son bloc.

— Sur son côté maléfique, donnez-moi des exemples.

L'autre haussa les épaules – il ne quittait pas les mains de ses poches.

— Il restait toujours dans son réduit. Il sortait seulement la nuit. Un vrai vampire. Un jour, Roberge m'a dit qu'il pouvait voir dans l'obscurité.

— Vous vous souvenez, il avait un problème aux mains ?

— Et comment ! Un jour, j'ai assisté à une de ses crises. Il se roulait par terre. Il rugissait comme un jaguar. Tout à coup, il s'est carapaté sous les pilotis d'une baraque. Il marchait à quatre pattes, à toute vitesse, avec les mains complètement retournées. Un putain de macaque !

Le premier signe concret reliant le passé au présent. L'enfant maléfique de 1982. Le tueur cannibale d'aujourd'hui.

— Parlez-moi du meurtre de la jeune Indienne.

— Je me souviens plus de la date.

— Laissons tomber les dates.

— La fille vivait près de Santa Catarina Palopó, le long du lac. On a jamais su ce qui s'était passé exactement mais quand on l'a retrouvée, elle était en pièces détachées. Et à moitié bouffée.

— Pierre Roberge vous a parlé du meurtre ?

— Non. J'ai appris qu'il s'était accusé du coup, après.

— Qu'en pensez-vous, vous ?

Hansel cracha encore. Autour de lui, les pièces de fer, les pare-chocs, les plaques d'immatriculation étaient suspendus ou remisés sur des étagères. L'ampoule déposait sur ces machins brillants un film d'or – on aurait pu croire qu'il s'agissait d'objets précieux, uniques.

— Des conneries. Roberge, il aurait pas fait de mal à une mouche.

— Pourquoi s'est-il accusé ?

— Pour couvrir son démon.

— Joachim aurait tué la jeune femme ?

— Quel Joachim ? Le gosse s'appelait Juan.

Jeanne, sans même y penser, avait substitué les deux prénoms. Malgré cette différence, elle savait – elle *sentait* – qu'il s'agissait du même enfant.

— Juan, souffla-t-elle, excusez-moi. Comment êtes-vous sûr que c'était lui ?

— Il faisait des trucs horribles. Une fois, on l'a attrapé dans le poulailler, en train de boire le sang des volailles. De les bouffer vivantes. Un monstre.

Jeanne se rapprochait du tueur. Elle pouvait, physiquement, sentir sa proximité... Elle évoqua rapidement les étapes suivantes. La libération de Roberge. Son suicide. Un détail la tracassait.

— On m'a dit qu'il s'était tué avec une arme à feu. Où se l'était-il procurée ?

Hansel éclata de rire.

— Vous avez pas bien en tête les conditions de l'époque. C'était la guerre, *se-ño-ri-ta*. (Il détacha les dernières syllabes, pour insister sur la candeur de Jeanne.) Roberge planquait des guérilleros blessés dans son dispensaire. Il avait un véritable arsenal enterré dans le jardin.

— Admettons. Vous lui avez parlé avant qu'il ne mette fin à ses jours ?

— Non. Mais il m'a laissé une lettre.

— Vous l'avez gardée ?

— Non. Il me demandait de m'occuper de ses funérailles. Personne d'autre aurait voulu s'en charger. Un jésuite qui se fait sauter le caisson, même à l'époque, ça faisait désordre. Il m'expliquait comment il voulait être enterré. Ce qu'il fallait marquer sur sa tombe.

— Une épitaphe ?

— Un truc en latin, ouais. Je me rappelle plus.

— Où est cette sépulture ?

— Au cimetière de Sololá. Enfin, à côté. Les habitants n'auraient pas voulu d'un religieux suicidé parmi leurs morts. (Il se signa.) Ça porte malheur.

— C'est tout ?

— Non. Il m'a demandé un truc vraiment bizarre.

— Quoi ?

— Enterrer avec lui son journal intime. « La clé de tout », qu'il disait. Je devais le placer sous sa nuque.

Elle ne réfléchit pas plus pour demander :

— Combien pour déterrer ce journal ?

— *Chela*, t'as pas compris. Je t'ai dit que le bouquin était enterré avec lui.

— Combien pour déterrer le prêtre ?

Hansel se figea. Nicolás se raidit.

— Les Mayas font pas ce genre de trucs.

Pour la première fois, Nicolás semblait d'accord avec l'avorton. Hansel tremblait de colère. Sa jambe droite ne cessait de trépider. Jeanne craignait qu'il attrape une machette et lui fende le crâne. Mais le sourire revint sur ses traits. Sa roublardise semblait jouer sous sa peau.

— Ça sera 1 000 dollars, *neña*. Ouvrir les tombes, ça me connaît.

— 500.

— 800.

— 600.

— 700. Et ton mal-blanchi vient avec nous. J'aurai besoin d'aide.

Jeanne interrogea Nicolás du regard. Il fit oui des yeux. Pas question de se dégonfler devant Hansel. Elle vida ses poches. 300 dollars.

— Le reste quand j'aurai le cahier.

— Venez me chercher à minuit.

— Merci, murmura-t-elle. Vous avez du cran.

Hansel rit encore. Contre toute attente, il avait des dents éclatantes.

— Vous savez à quoi on reconnaît ici du jade ?

— C'est une pierre verte, non ?

— Il y a beaucoup de pierres vertes dans la région. Vous prenez votre couteau. Vous grattez la pierre. Si elle est marquée, c'est pas du jade. Si la lame ne laisse aucune trace, c'est du jade.

449

— Rien ne vous marque, vous, c'est ça ?

— Comme tout ce qui est précieux ici.

Une fois dehors, Jeanne lança un nouveau regard à Nicolás. Il paraissait furieux. Et frustré. Elle comprit le message. Si elle voulait que le chauffeur soit de l'aventure, cela lui coûterait 700 dollars de mieux.

55

Sur le chemin du retour, Jeanne trouva un distributeur de billets – sans doute le seul de la ville. Elle usa de sa carte Visa et parvint à extraire l'équivalent de 500 dollars en quetzales. Déjà pas mal. Elle avait calculé qu'après l'achat du billet d'avion et le séjour à l'Intercontinental, elle n'avait plus rien sur son compte. Appeler sa banque au plus vite pour effectuer un virement de son compte Épargne – ses seules économies, 3 000 euros – sur son compte courant... Encore une fois, elle se dit que ces dépenses participaient à sa perte, à sa dématérialisation. À mesure qu'elle s'appauvrissait, elle s'acheminait vers une quintessence.

Elle saisit les billets. Les rangea dans son sac. Elle paierait Nicolás en lui filant sa montre Cartier – un bijou qui avait coûté à l'époque 2 000 euros. Elle n'aimait pas cette montre. Elle se l'était payée elle-même et l'objet à son poignet ne cessait de lui rappeler, justement, qu'on ne lui avait jamais fait ce cadeau.

Jeanne donna rendez-vous à Nicolás à 23 h 30. Elle n'avait pas envie de dîner avec lui. Pas envie de parler. Elle voulait seulement se concentrer avant de commettre sa dernière fantaisie : exhumer le cadavre d'un prêtre mort vingt-cinq ans auparavant afin de lui voler son « oreiller » funèbre : son journal intime.

Elle prit – enfin – une douche. Juste un filet d'eau tiède. Mais en se frottant très fort, elle parvint à se réchauffer. Dehors, les perroquets criaient. Ils paraissaient roucouler pour Jeanne, l'accompagner dans ses ablutions.

Elle se regarda dans le miroir. Elle se trouva pas mal. Pas mal du tout. Elle avait retrouvé des couleurs. Elle songea à Julianne Moore. Le souvenir d'une scène de *Short Cuts*, un film de Robert Altman, où l'actrice s'engueulait avec son mari tout en repassant sa jupe, le pubis à l'air. Elle mesurait, avec le recul, combien cette scène – qui l'avait choquée à l'époque – était belle. Et combien, elle aussi, était belle. La lumière de sa peau, la rousseur de sa pilosité : directement issues des lumières impressionnistes. Si elle avait connu Auguste Renoir... Son esprit enchaîna à nouveau. La fin du XIXe siècle. L'absinthe. Thomas...

Dans un élan de confiance, elle se dit qu'elle aurait pu l'avoir, lui. Le manger tout cru. Mais elle n'en voulait plus. Nouveau déclic. Antoine Féraud. Lui aussi maintenant, elle l'oubliait... Était-il resté au Nicaragua ? Avait-il abandonné l'enquête et était-il rentré à Paris ? Ou bien était-il...

Elle stoppa net ses pensées. Se brossa les cheveux. Se passa de la crème sur le corps. S'habilla. Pour la première fois depuis le matin, elle avait chaud dans cette salle de bains minuscule remplie de vapeur et de sa chaleur à elle. Son état nauséeux passait. Elle était seule. Elle avait peur. Mais, bizarrement, elle se sentait moins vulnérable qu'à Paris. Pas de migraine. Pas de crises d'angoisse. Elle réalisa aussi qu'elle ne prenait plus d'Effexor. Elle affrontait un vrai danger. Et, d'une certaine façon, c'était bon.

Elle descendit dans la salle du restaurant. Vide. Elle s'installa sous la véranda vitrée, face au lac. On ne voyait rien à l'extérieur. Le décor qui l'entourait, trop éclairé, occultait tout. Des tables en bois. Des bougies enfoncées dans des bouteilles noires. Un crépi jaunâtre au mur. Plutôt lugubre.

Elle choisit un plat au hasard dont le nom signifiait, littéralement : « farci au noir ». Puis vit arriver des morceaux de poulet baignant dans une sauce pimentée, agrémentés d'oignons frits, de morceaux de porc macérés et de blanc d'œuf. Avec du riz. Elle se força à manger. C'était épicé. C'était gras. Avec, au fond, une amertume de terre et de racines. Ce seul goût lui fit penser à la voix de la Flamme : « Pour l'homme de maïs ! » Et son appétit s'envola.

— Ça te plaît ?

Jeanne sursauta. Nicolás se tenait à côté d'elle.

— J'essaie de prendre des forces.

— Tu sais ce qu'on va faire cette nuit, non ? Tu sais ce que ça signifie pour un Indien ?

Jeanne eut un haussement d'épaules. Presque un geste d'humeur. Il prit ce mouvement pour du mépris. Le Ladino était ce soir d'humeur maya.

— Tu as lu *Tintin et le temple du soleil* ?

— Il y a longtemps.

— Tintin et ses amis vont être sacrifiés aux dieux incas. Mais Tintin a lu dans le journal qu'une éclipse est prévue pour ce jour-là. Il demande à être exécuté à l'heure du phénomène et fait mine d'invoquer le soleil, qui s'obscurcit aussi sec. Les Indiens terrifiés libèrent les héros.

— Et alors ?

— Dans *Apocalypto*, un film tout récent, Mel Gibson remet ça. Toujours les Indiens naïfs, épouvantés par une éclipse solaire...

Jeanne croisa les bras et passa au tutoiement :

— Où veux-tu en venir ?

— Tout ça a une source réelle. Le fait s'est perdu dans l'histoire coloniale, mais un écrivain guatémaltèque, Augusto Monterroso, l'a racontée. Son conte s'appelle *L'Éclipse*.

Elle soupira. Elle n'échapperait pas à l'histoire :

— C'est un missionnaire, Barthélémy Arrazola, au XVIᵉ siècle. Les Mayas l'ont fait prisonnier et s'apprêtent à le sacrifier. L'homme se souvient alors qu'une éclipse solaire doit survenir. Il parle un peu la langue locale. Il menace les Indiens de noircir le soleil s'ils ne le libèrent pas. Les Indiens l'observent, incrédules. Ils organisent un conseil. Le missionnaire, toujours ligoté, attend tranquillement qu'on le libère. Il est sûr de lui. Sûr de sa supériorité. De sa culture et de ses ancêtres. Quelques heures plus tard, son corps repose, sans vie, le cœur arraché, sous l'astre noir, alors que les Indiens, d'une voix neutre et lente, récitent la liste de toutes les éclipses que les astronomes de la communauté maya ont prévues pour les siècles à venir.

Silence. Il n'y avait pas même un moustique dans cette salle – ils étaient allés voir ailleurs, au fond des vallées, s'ils pouvaient retrouver la chaleur bienfaisante des tropiques.

— Je ne comprends pas la morale.

Nicolás se pencha en avant. Ses yeux noirs. Sa figure étroite et blanche. Son crâne chauve. Son nez aquilin et ses lèvres minces. Jeanne reconnaissait maintenant les traits indiens derrière le vernis occidental. Un visage sculpté dans la pierre calcaire des pyramides de ses ancêtres.

— La morale, fit-il d'une voix sifflante, c'est que vous avez tort de nous prendre pour des cons. Au VIe siècle, nos calendriers étaient aussi précis que les vôtres aujourd'hui. Un jour, notre gouvernement sera indien. Comme en Bolivie. Un autre jour, plus lointain, vous aurez à répondre de vos crimes auprès de nos dieux. Le *Popol Vuh* dit : « Jamais notre peuple ne sera dispersé. Son destin triomphera des jours funestes… »

Nicolás était donc un pur Maya. Malgré son look de skieur et sa peau claire. Malgré ses réflexions racistes. Il en voulait à son peuple d'être soumis, superstitieux, immobile. Il bouillonnait d'une colère perpétuelle…

Il parut tout à coup à Jeanne que cette nuit elle-même était indienne.

Vibrante d'une rage sourde et froide.

Qu'allait-elle trouver au bout ?

56

Le cimetière de Sololá se trouvait au sommet du village, surplombant le lac. Jeanne n'avait jamais vu un lieu pareil. Les tombes étaient toutes peintes de couleurs vives. Les caveaux ressemblaient à des cabines de bain bigarrées, comme à Deauville. Des murs abritaient les urnes des corps incinérés – et c'était encore des taches de couleurs, des carrés peints, des bouquets de fleurs de plastique. Un vrai feu d'artifice.

Hansel, « l'homme de jade », avançait sans hésiter, tenant devant lui une énorme torche dont le faisceau éclairait l'allée. Il portait sur son épaule une pelle et une pioche. Rien qu'à la façon dont il les soutenait, on devinait l'habitué des exhumations et des fouilles. Derrière lui, Nicolás avançait à pas prudents. Jeanne lui avait déjà donné la montre.

— On y est.

Ils étaient parvenus au bout du cimetière. Le terrain s'arrêtait net, au bord du vide. Face à eux, le lac, sous les rais de la lune, ressemblait à une immense couverture de survie en aluminium. Au-delà, les ombres compactes des volcans veillaient sur le vertigineux cratère qui avait donné la vie au monde maya. Jeanne comprit ce qui la saisissait ainsi : ce spectacle portait sa propre éternité. Pas un pli sur le lac, pas une aiguille de sapin, pas un souffle de vent qui n'ait été identique à l'époque des origines...

— Il faut descendre.

La falaise plongeait à pic. En bas s'étendait un terrain vague rempli de détritus, d'arbres morts, de ronces inextricables.

— Roberge est inhumé là-dedans ? demanda Jeanne.

— Je vous l'ai dit : jamais les Indiens n'auraient accepté qu'il soit enterré avec eux.

Elle eut une pensée émue pour le père Roberge, maudit entre les maudits, homme saint qui avait fini dans une décharge. Par réflexe, elle leva les yeux vers les étoiles, aussi précises que des trous d'épingle dans le ciel noir. D'autres étoiles scintillaient plus bas, à hauteur de colline, sur la droite. Des lucioles palpitantes. Ou des torches, parmi les pins et les cyprès. Très loin, un tambour martelait une cadence.

— Qu'est-ce que c'est ?

— Des gars de Santiago Atitlán, fit Hansel. Des Tzutuhils. Ils viennent de l'autre côté du lac pour convertir les Kakchiquels de Panajachel.

— Convertir à quoi ?

— Au culte de Maximon.

— Qui est « Mâ-chi-mô » ? interrogea Jeanne en reproduisant la prononciation de Hansel.

Le pillard sourit dans la nuit.

— Un Dieu noir. Un gars inspiré de Judas, le traître qui a envoyé Jésus sur la Croix. Un lascar monté comme un âne, toujours entouré d'une douzaine de pépées, qui passe son temps à s'envoyer en l'air. Il porte un chapeau texan, un bavoir en foulards et fume le cigare. On le promène dans les rues avec les saints catholiques, pendant la semaine sainte. C'est notre saint de la fertilité. Une espèce de démon jailli d'un bain de vapeur. Énergie sexuelle, vitalité, fécondité de la terre : on vient le prier pour ça.

Jeanne regardait toujours les feux dans les bois.

— Et ils le vénèrent cette nuit ?

— Toutes les nuits, *chiquita*. Les aj'kuns, les chamanes, font des feux. Ils brûlent du copal. Jettent de l'aguardiente. Du tabac. Maximon fait la pluie et le beau temps sur les cultures et les naissances de Santiago Atitlán. Même dans les églises, on peut l'apercevoir sur les bas-reliefs, sculpté entre la Vierge et saint Pierre. Bon. On descend ou quoi ?

L'équipe s'achemina. Il s'agissait de contourner les dernières tombes et de dégringoler la pente jusqu'à la décharge. Malgré ses Converses, Jeanne se tordait les chevilles dans les broussailles. Elle puisait ses forces dans l'irréalité du moment. La lumière de quartz. Le lac impassible. Les feux allumés pour un Judas à chapeau texan...

Parvenus en bas, ils franchirent un caniveau d'eaux saumâtres sur une planche puis parvinrent de plain-pied parmi les immondices.

— C'est plus loin sur la droite.

Ils enjambèrent des papiers gras, des cartons déchirés, des déjections organiques. Ils marchaient à l'oblique, en lançant chaque pas le plus loin possible, comme s'ils avaient traversé un marécage. Des remugles violents montaient. Ordures. Fruits pourris. Charognes...

— On y est presque.

Jeanne serrait les dents. Les ronces avaient griffé son jean et ses chevilles. Ils accédèrent à un promontoire herbu, abrité par les premiers arbres de la colline. La tombe était là. En réalité, un tas de gros cailloux protégé des déchets par une ceinture d'herbes sauvages. Les pierres étaient noires et mates. Des fragments de lave.

Hansel se hissa sur le tertre, lui-même dominé par la colline. Il tendit la main à Jeanne, qui monta à son tour. Personne n'aida Nicolás mais, l'instant d'après, il était à leur hauteur. Bref recueillement. À l'extrémité de ce lit de pierraille, on avait planté une plaque de grès :

PIERRE ROBERGE.
b. MARCH, 18, 1922, IN MONS, BELGIUM.
d. OCTOBER, 24, 1982, IN PANAJACHEL, GUATEMALA.

Pourquoi en anglais ? Le plus important était l'épitaphe, inscrite en dessous :

ACHERONTA MOVEBO

La formule latine lui disait quelque chose mais elle était incapable de la traduire.

— C'est du latin, cracha Hansel. C'est lui qui m'a demandé d'écrire ça sur sa tombe.

— Qu'est-ce que ça veut dire ?

— Aucune idée. Une citation d'un de vos poètes anciens. Très vieux. Je me rappelle plus lequel.

Le pilleur installa sa torche de façon à éclairer la sépulture. Il attrapa un premier bloc, le balança à un mètre ou deux de distance et bougonna entre ses dents :

— Oh, le mal-blanchi, tu t'y mets ou quoi ?

Sans répondre, Nicolás obtempéra. Au bout de plusieurs minutes, ils avaient complètement découvert le talus. Hansel attrapa la pelle, Nicolás la pioche. Ils creusèrent côte à côte. Sans la moindre complicité. Ils s'activaient comme s'ils avaient été chacun seul au monde. De la buée s'échappait de leurs lèvres.

Les minutes passèrent. Le trou s'approfondit, prenant naturellement les dimensions d'un corps ou d'un cercueil. Jeanne leva les yeux. Le miroir lisse, sans la moindre imperfection, du lac. Le reflet obstiné de la lune en son centre. Les foyers qui s'embrasaient dessus, images des feux allumés au nom de Maximon. De nouveau, elle éprouva un sentiment d'éternité. Mais elle percevait aussi la surface du lac comme une fine membrane sur le point d'être percée et de révéler une atrocité.

— *Madre de Dios!*

Le cri venait du fond de la tombe. Les deux hommes étaient plaqués contre les parois de terre, comme paralysés par ce qu'ils venaient de découvrir. Ils avaient ouvert le cercueil. Jeanne ne vit pas tout de suite ce qu'il contenait. Ou du moins elle n'enregistra pas l'image. Elle se pencha et attrapa la lampe de Hansel, la braquant dans la direction du corps. Elle chancela. Faillit tomber dans la fosse, mais se rattrapa.

Le cadavre de Pierre Roberge n'était pas décomposé.

Jeanne pouvait reconnaître le visage de la photo, dans une version émaciée d'un vert phosphorescent. Un fin duvet de lichen avait recouvert l'homme et ses habits religieux – il portait un col romain –, le protégeant de toute dégradation. La seule corruption était l'assèchement de ses traits et le vide de ses orbites, qui offraient deux beaux trous noirs – plutôt vert sombre – de la taille de balles de golf.

Elle se ressaisit, appelant à son secours sa raison et ses connaissances. Les phénomènes d'« incorruption spontanée » étaient beaucoup plus fréquents qu'on ne le croyait – et totalement inexpliqués. Souvent, quand on exhumait le cadavre d'un candidat à la béatification – justement pour évaluer sa préservation –, on découvrait un corps bien conservé. Les autorités cléricales déclaraient alors que le mort était en « odeur de sainteté » – ces odeurs étant censées éviter la dégénérescence de la dépouille. S'il avait été sur cette liste, Pierre Roberge aurait été directement canonisé…

En guise de confirmation, les deux fossoyeurs s'agenouillèrent et se mirent à prier. Des panaches de vapeur filtraient de leurs bouches. Jeanne hallucinait. Le cadavre phosphorescent, tordu de maigreur, les deux Mayas en train de murmurer leurs litanies, les feux de Maximon au-dessus de leurs têtes…

— Hansel, hurla-t-elle pour briser l'état extatique, le cahier !

L'Indien ne répondit pas. Il priait les mains jointes sur la poitrine. Nicolás était dans la même transe.

— Putain, cria Jeanne, attrapez le cahier !

Ni l'un ni l'autre ne bougea. Elle plongea dans la tombe. S'appuyant sur Nicolás à genoux, elle tenta de s'approcher du visage de Roberge, trébucha et s'étala à l'intérieur de la bière.

Sous son poids, le cadavre se brisa comme du verre. La peau était conservée – mais le corps était creux. Les bestioles avaient achevé leur boulot, *à l'intérieur.* Tentant de se redresser, elle posa sa main sur le torse et s'enfonça jusqu'au coude. Les chairs craquèrent en minuscules cristaux phosphorescents. Elle s'accrocha de l'autre main au rebord opposé du cercueil.

Les deux Mayas priaient toujours.

— Merde, merde, merde…, bredouillait-elle.

Enfin, elle parvint à se retourner, dos contre la paroi de la fosse, et glissa la main droite derrière la tête du religieux. Le cahier à couverture de cuir était là, enveloppé dans de la toile plastique. Elle retira sa main : elle était couverte de scarabées, de mille-pattes, de micas brillants. Elle se cambra et poussa sur ses talons. Toujours dos contre la terre, en s'aidant des coudes, elle remonta à la surface.

Elle allait partir, laissant les deux hommes à leurs litanies, quand Hansel parut se souvenir d'elle.

— Et mon fric ? hurla-t-il, trahissant un brutal retour sur terre.

Jeanne fouilla dans sa poche et balança ses quet-zales. La pluie de billets usagés se déversant sur le cadavre en miettes luminescentes fut sa dernière vision de la scène.

Elle tourna les talons et s'enfuit en courant, ser-rant contre elle son précieux butin.

Pour un vendredi 13, elle avait eu sa dose.

57

Retour à l'hôtel.

Jeanne ferma la porte de sa chambre avec son dos. Elle avait encore le visage brûlé par sa course – elle avait remonté la falaise, traversé le cimetière, retrouvé la route, et couru. Un tuk-tuk était passé... Maintenant, tout effacer. Tout reprendre à zéro. La nuit. Sa vie...

Douche. Encore moins d'eau que la première fois. À nouveau, Jeanne se frotta si énergiquement les membres que le sang finit par circuler dans ses veines. Elle enfila un tee-shirt, plusieurs polos. Une culotte. Un pantalon de jogging. Tout ce qu'elle trouva dans son sac... Pas moyen de se réchauffer.

Compte tenu du standing de l'hôtel, il n'était pas question de room-service mais on avait installé une bouilloire dans chaque chambre, agrémentée de café soluble. Pas envie de café mais elle ne voyageait jamais sans ses sachets de thé vert. Elle fit chauffer de l'eau. En attendant, elle se posta devant la double porte ouverte sur les jardins. Elle frissonna, sentant revenir la scène du cimetière. Le visage vert. Le squelette brisé. Les prières des Mayas...

Le claquement de la bouilloire la rappela à l'ordre.

Elle prépara son infusion. Les yeux écarquillés. Les mâchoires engourdies. Elle but la première gorgée sans précaution et se brûla la gorge. Tant mieux. La chaleur. Il fallait que la chaleur la pénètre d'une manière ou d'une autre, jusqu'à décongeler la moelle de ses os. Jusqu'à faire fondre sa terreur...

Elle s'assit sur le lit et contempla le cahier de cuir dans sa toile plastique, posé sur la table de nuit. Elle allait le saisir quand une priorité l'arrêta. Un détail qu'elle voulait éclaircir. Elle attrapa son téléphone et composa le numéro d'Emmanuel Aubusson. 2 heures ici. 9 heures du matin à Paris.

— Ça va ? demanda-t-il de sa voix chaude dès qu'il l'eut reconnue.

— Je suis à l'étranger. Pour mon enquête.

— Mais est-ce que *ça va* ?

— J'ai suivi tes conseils. Je suis sur la trace de mon tueur.

— Alors, de ce point de vue, tout va bien.

Les feux des Tzutuhils au-dessus de sa tête. Le cadavre de Roberge verni par les mousses. Le bras plongé jusqu'au coude dans le torse du mort.

— Comme tu dis, rit-elle nerveusement. Je t'appelle pour un renseignement.

— Je t'écoute.

— Est-ce que les mots *Acheronta movebo* te disent quelque chose ?

— Bien sûr. C'est une citation de l'*Énéide* de Virgile. La phrase complète est : « *Flectere si nequeo superos, Acheronta movebo.* » Cela veut dire : « Si je ne puis fléchir ceux d'en haut, je franchirai l'Achéron. » Ou, si tu préfères : « Je remuerai les enfers. »

Je remuerai les enfers. On n'aurait su mieux dire. Roberge avait élevé un enfant criminel. Il avait nourri le serpent en son sein. Il avait couvert son acte meurtrier. Puis il s'était suicidé. L'épitaphe était parfaite.

— Merci, Emmanuel. Je te rappellerai.

— J'aimerais bien, oui. Pour savoir où tout ça te mène.

— Dès que je le saurai, tu seras le premier averti.

Jeanne raccrocha. Nouvelle gorgée. Il était temps d'ouvrir la housse plastique. Elle le fit avec précaution, comme si un reptile pouvait jaillir des plis figés. Elle prit conscience qu'il pleuvait dehors. Une averse furieuse, qui se déchaînait au fond de la nuit. Par contrecoup, elle se sentit à l'abri et cette certitude lui fit du bien.

Les pages du cahier s'ouvrirent d'elles-mêmes. Une photo s'en échappa et tomba sur ses genoux. Bon début. Elle la saisit et la contempla. Elle eut l'impression que son corps se déchirait de l'intérieur.

C'était le portrait d'un enfant nu, entouré par deux chasseurs en armes. Les hommes – des Indiens – tentaient d'avoir le dessus mais ils ne parvenaient pas à maîtriser le gosse. Malgré leurs efforts pour sauver les apparences, ils transpiraient la peur.

L'enfant qui se tenait entre eux était un monstre.

Petit, d'une maigreur rachitique, couvert de poils d'animaux, de fragments d'écorce, de débris de feuilles. Son corps noir était tordu, asymétrique, offrant des angles agressifs. Sa peau, sous la croûte

465

des matériaux accumulés, révélait des nœuds, des abcès, des muscles collés aux os...

Tout ça n'était rien comparé au visage.

Un faciès abominable, mêlant cruauté simiesque et traits ravagés. Ce qui stupéfiait Jeanne, c'était que cette gueule correspondait, plus ou moins, au Gollum de ses cauchemars. Le monstre lui était familier. Celui qui susurrait *Porque te vas* par la fenêtre de la salle de bains d'Antoine Féraud. Brisait les os de ses victimes pour en sucer la moelle au fond des parkings...

— Joachim..., murmura Jeanne.

Elle serra sa volonté comme on serre un poing et se força à détailler le visage. Les cheveux noirs et hirsutes n'avaient jamais connu le peigne ni les ciseaux. Sous cette touffe, on surprenait une figure, comme on surprend dans la jungle, furtivement, un prédateur. Le visage d'un garçon de sept ou huit ans, osseux comme celui d'un centenaire. Les dents jaillissaient d'une bouche grimaçante et retroussée. On retrouvait dans cette bouche, qui n'était que force carnassière et cruauté, la même violence que dans les yeux...

Pupilles noires, frémissantes, épuisées, mais en alerte. Au fond de ce regard, la peur et l'agressivité étaient en lutte. Ces iris ne vous regardaient pas. Ils fuyaient. Ils contemplaient, effarés, leur propre violence. La folie meurtrière qui tournait, palpitait, hurlait sous le crâne...

Un enfant sauvage...

Un enfant de la forêt. Un être humain qui n'avait pas bénéficié de l'éducation des hommes... Une créature entièrement esclave de la violence de la nature.

Cette violence primitive se concentrait dans les mains de l'enfant. Crochues, toutes en ongles, elles étaient imberbes, et déjà usées. Mais surtout, elles étaient inversées... Tournées vers l'intérieur.

Jeanne retourna le cliché et lut : « Campo Alegre, Formosa, 23 juin 1981. »

Elle posa la photo sur le lit et revint aux pages du cahier. Elle admira l'écriture régulière de Pierre Roberge. Pas l'autographe d'un prêtre en proie au démon ni à une quelconque panique. L'écriture d'un homme revenu de tout, qui veut consigner, avec précision, ce qu'il a vu.

Feuilletant les pages, elle eut une bonne surprise : les lignes étaient écrites en français.

Elle s'installa sur le lit, dos au mur.

Remonta ses jambes et posa son menton sur ses genoux.

Alors, elle plongea.

58

12 mai 1982, mission de San Augusto, Panajachel, Guatemala

Sommes arrivés hier. De nuit. Comme des voleurs. Notre réputation nous a précédés. Je peux sentir la méfiance qui nous entoure. Nous avons brièvement été accueillis à Antigua par mes frères de Saint-Ignace. Ils semblaient pressés de nous voir repartir. Tant mieux. Je ne tenais ni à m'expliquer ni à commenter la présence de Juan à mes côtés. Pour l'heure, ce que je veux, c'est oublier le cauchemar de l'Argentine. Nous avons repris la route en Jeep vers Panajachel. La mission de San Augusto est à quelques kilomètres du village.

Sur la route du lac Atitlán, avons assisté à une scène qui en dit long sur ce qui nous attend. Une scène d'« exemple » organisée par les soldats à l'intention des villageois. Ils avaient placé sur le bord de la route une dizaine de prisonniers, nus, ensanglantés, le visage tuméfié. Certains étaient tondus. On avait découpé leur cuir chevelu afin de le replier sur leur crâne. D'autres n'avaient plus ni oreilles ni ongles ni plantes de pieds. Des femmes avaient les seins coupés. Des traces de brûlures, de perforations marquaient leur chair. D'autres ne portaient pas de blessures mais étaient enflés comme des vessies. Je crois qu'on leur avait inoculé un poison local. Les bourreaux portaient un uniforme spécial. On les appelle ici les *kaibiles*, ce qui veut dire, en langue indienne, « tigres ». Ils ont expliqué aux journaliers chacune des tortures qu'ils avaient infligées. Comme des instituteurs. Ils ont prévenu que c'est ce qui attendait tous les *subversivos*. En conclusion, ils ont versé de l'essence sur les prisonniers et les ont incendiés. Les victimes ont paru se réveiller d'un coup, hurlant, se tordant, s'agitant dans les flammes. Sous la menace des fusils, les autres ruraux n'ont pas bougé, impuissants, ne parlant peut-être même pas espagnol...

Ce sinistre spectacle a fasciné Juan. Moi, j'ai prié. Et mesuré l'ironie de la situation. Après l'Argentine, ce pays est un nouveau cloaque de cruauté et de violence. Mais quel lieu plus adapté pour nous accueillir, moi et Juan ?

17 mai 1982, San Augusto

Évalué le travail à fournir ici. Immense. Mais déjà les choses s'organisent. En tant que responsable de la mission, je dois pour l'instant veiller à la gestion des projets en cours. Catéchisme. Éducation générale. Soins. Radio locale...

Côté violence, je ne suis pas dépaysé. La répression est presque pire qu'à Campo Alegre. Les soldats tirent d'abord, interrogent ensuite. Leur motivation n'est pas politique mais ethnique. Ils sont animés par

469

un racisme sans limite à l'égard des Indiens. *De la viande pour chiens* : c'est leur expression.

Depuis cinq jours que je suis là, déjà une dizaine de paysans ont été enlevés ou tués dans les environs de la mission. Sans raison apparente. On retrouve leurs morceaux, découpés à la *machete*, au bord de la route. Je devine que beaucoup de *catequistas*, les bénévoles qui nous aident au dispensaire et à l'orphelinat, appartiennent aux FAR (Forces armées révolutionnaires), mais on ne me dit rien. Le seul médecin ici, un Guatémaltèque, se méfie de moi. Les Indiens me méprisent. Mon origine belge et mon passé argentin m'assimilent aux missionnaires nord-américains. Au fond, je préfère ne rien savoir. En cas d'arrestation, je ne pourrai pas parler.

Pour l'instant, Juan est calme. Je l'ai installé dans une petite chambre à côté de la mienne, au presbytère. Je le laisse se promener dans les jardins, sous la surveillance d'un travailleur social. Je l'ai présenté comme un orphelin mais tout le monde s'interroge sur les liens qui nous unissent. Enfant illégitime. Amant... Ce n'est pas grave. Rien n'est grave désormais.

Jeanne sauta des pages. Ce qu'elle cherchait, c'était, justement, des informations sur ce *cauchemar*. L'origine de Juan, alias Joachim... Elle feuilleta encore. Roberge énumérait ses difficultés avec les Indiens et les militaires. À la mi-juin, elle repéra une allusion à la période qui l'intéressait. Roberge se promettait d'intégrer dans ce même cahier les notes qu'il avait prises en Argentine sur le cas « Juan ». Pour l'instant, il n'avait pas le temps.

Pages suivantes. Toujours rien, ou presque, sur Juan. Roberge consignait les disparitions qui survenaient à une cadence intensive. Exécutions. Enlèvements. Tortures. Mutilations. Le jésuite n'entrait pas dans les détails. Il évoquait aussi les brutalités récurrentes des soldats à son égard. Les fouilles de l'église, du dispensaire, du presbytère...

Jeanne feuilletait toujours. Les semaines. Les mois. Des remarques sommaires sur Juan. « A bien mangé. » « Dort normalement. » « S'adapte au climat. »

En septembre, nouvelle épreuve. L'enlèvement d'une de ses *catequistas*. La femme, Alaide, avait été violée et torturée, puis abandonnée dans les hauteurs de la forêt. Ses plaies ouvertes s'étaient aussitôt infectées. La victime s'était mise, littéralement, à pourrir vivante. Des soldats montaient la garde afin que personne ne lui vienne en aide. De temps à autre, ils la battaient encore ou lui urinaient dans la bouche. Le calvaire avait duré plus d'une semaine. Ils avaient ensuite abandonné le corps aux *zopilotes*, une sorte de vautour local. Roberge avait tout essayé pour la secourir. En vain.

Enfin, en octobre 1982, Roberge prit le temps d'intégrer ses notes argentines. Jeanne dut se concentrer. On n'était plus en 1982 mais en 1981. On quittait le climat tempéré du lac Atitlán pour les fournaises du Nordeste argentin. La répression militaire faisait le joint. La seule différence était que les victimes étaient importées des quatre coins d'Argentine dans une base militaire portant le même nom que le village : Campo Alegre. Et que tout se passait derrière les remparts du camp de concentration.

20 mai 1981, Campo Alegre

Il y a deux jours, dans les environs du village, une femme a fait une découverte étrange. Dans la forêt, elle s'est trouvée confrontée à une bande de singes hurleurs – on les appelle ici les « *monos aulladores negros* » ou les « *caráyas* », c'est l'espèce la plus répandue. La femme collectait du bois près de la lagune, dans une zone qu'on appelle « la forêt des Mânes » ou « la forêt des Âmes » (la *Selva de las Almas*). Les singes étaient une vingtaine, accrochés aux branches, dissimulés derrière les feuilles. D'ordinaire, ils hurlent pour effrayer l'intrus, mais, si cela ne suffit pas, ils s'enfuient. Ce jour-là, ils n'ont pas bougé, criant, s'agitant, fixant la femme d'un regard mauvais.

Munie d'un bâton, l'Indienne ne s'est pas laissé intimider. Frappant de tous côtés, elle les a fait fuir. Elle s'est approchée de l'arbre que les singes défendaient. À son pied, il y avait un singe différent. Noir. Maladroit. Gémissant. Il ne parvenait pas à grimper le long du tronc.

Elle a mieux regardé et est restée stupéfaite. Il s'agissait d'un enfant à la peau maculée de feuilles, d'écorces, de poils collés. Il était blessé à la jambe et ne parvenait plus à bouger. Elle est partie chercher de l'aide. Une heure plus tard, les hommes ont fait déguerpir les singes qui étaient revenus et ils ont emporté l'enfant à demi évanoui. D'après ce qu'on m'a raconté, ils l'ont mis dans un sac – je compte sur eux pour avoir expédié l'affaire avec brutalité.

Mon infirmière, qui vit à Campo Alegre, a pu le voir. D'après elle, l'enfant a entre six et huit ans.

Très maigre. Il pue horriblement. Les mouches tournent autour de lui. Il est couvert de poils de singe et d'autres scories séchées. Ses cheveux, énorme tignasse noire, lui mangent le visage. Des filets de bave coulent de sa bouche. Il a des ongles longs, crochus, encroûtés de terre. Il dort beaucoup mais quand il se réveille, il est très agressif. Selon mon infirmière, il est vraiment blessé à la jambe. Il faut donc le soigner en urgence. J'irai ce soir avec mon médecin, Tomás. Nous lui apporterons les premiers soins sur place puis nous l'accueillerons à l'orphelinat.

21 mai 1981

Stupéfiant. C'est le seul mot qui vient à l'esprit. C'est un véritable enfant sauvage. Dès que je l'ai vu, des souvenirs livresques et cinématographiques m'ont assailli. L'enfant sauvage de l'Aveyron. Les deux enfants-loups d'Inde, Amala et Kamala. Un autre cas dont j'ai entendu parler, au Burundi, il y a quelques années...

J'ai fait signer une décharge aux autorités de Campo Alegre et nous l'avons transporté jusqu'au dispensaire. Nous l'avons lavé. Nous lui avons coupé les ongles et les cheveux. Première surprise : l'enfant n'est pas indien. Sa peau est blanche. Ses yeux noirs. Origine hispanique, a priori. Deuxième constatation : son corps est couvert de cicatrices. Morsures. Éraflures. Coupures. Troisième remarque : sa blessure à la jambe est sans gravité.

Tomás lui a fait une piqûre de pénicilline. Nous l'avons ausculté. Impossible de définir son âge avec certitude. Je penche pour six ou sept ans. Maigre –

il pèse 32 kilos –, il est en même temps très musclé. Il souffre de terribles coliques et a contracté la malaria. Les examens vont sans doute révéler d'autres affections…

Ce matin, je regardais Tomás ausculter Juan – les villageois l'ont baptisé ainsi –, et je me demandais : depuis combien de temps vit-il dans la forêt ? Comment a-t-il pu survivre dans un milieu qui est déjà, à l'échelle d'une journée, insupportable pour un être humain ? La chaleur. Les insectes. La menace permanente des prédateurs dans l'eau et sur la terre. Comment s'est-il défendu ? A-t-il été réellement protégé par les singes hurleurs ?

Pour l'heure, il paraît ne rien voir, ne rien entendre. Ses yeux n'arrêtent pas de cligner, de tourner sous les paupières. Juan ne réagit pas aux bruits forts mais sursaute au moindre froissement. Le médecin est formel : il n'y a aucune raison de penser qu'il est sourd ou muet. Pourtant, il semble indifférent au monde extérieur. Il ne cesse de se balancer d'avant en arrière. Il me rappelle les enfants autistes que j'ai pu voir à Bruxelles, quand j'étais aumônier attaché aux hôpitaux du royaume.

D'où vient cet enfant ? Il a pu être abandonné par ses parents villageois. Ou il s'est échappé de son propre foyer, pour une raison quelconque. Autre possibilité : il vient de la base militaire où l'on compte parfois des enfants. Si c'est un gosse du coin, il sera facile à identifier. S'il vient de la forteresse, ça sera plus compliqué. Jamais les militaires ne diront quoi que ce soit.

25 mai 1981

Nous avons placé Juan dans un enclos grillagé, à l'écart, afin que les autres enfants ne viennent pas le provoquer. Quand il sent un regard posé sur lui, il panique. Il s'agite dans tous les sens. Puis il s'écroule de sommeil. Ensuite, il se réveille et tire à nouveau sur sa corde – nous avons dû l'attacher, sinon il se blesse contre le grillage. Je me répète les mots de Jésus, selon saint Matthieu : « Heureux les pauvres de cœur : le royaume des cieux est à eux. Heureux les doux : ils auront la terre en partage. Heureux ceux qui pleurent : ils seront consolés. »

Nous lui donnons à manger. Il accepte les haricots, les épis de maïs, mais préfère les fruits et les graines. Quand il mange, c'est avec la peur dans le regard. Il semble toujours craindre qu'on lui vole sa nourriture. Sans doute un souvenir des singes.

Quand il dort, il ne cesse de s'agiter. Des tics crispent son visage. Des spasmes secouent son corps. Il est en état d'alerte permanent. Pourtant, dans ces moments-là, on peut mieux discerner l'être humain sous l'enveloppe sauvage. Juan a des traits réguliers. Une peau délicate. Des articulations fines. Qui est-il ?

29 mai 1981

Une semaine d'examens et d'observations. Le bilan est lourd. Malaria confirmée. Tube digestif grouillant de parasites. Multiples infections. Tomás a prescrit un traitement de cheval à base d'antibiotiques. On doit maintenant attendre.

Du point de vue de l'attitude, rien de bon non plus. Juan demeure recroquevillé dans un coin de l'enclos, poussant des gémissements. Son visage est enfoui sous ses cheveux, que nous lui avons laissés assez longs. Je compte bientôt m'attaquer à son apprentissage mais je dois repartir de zéro. Commencer par lui inculquer la bipédie. Je n'ai qu'une certitude. Cet enfant est un don de Dieu. Je me suis promis de le sauver.

6 juin 1981
Aucun progrès. Juan ne réagit à aucun stimulus extérieur. Refuse de se tenir debout. Sombre dans l'asthénie. Il ne s'éveille que pour manger. J'ai découvert ce qu'il aime – sans doute ce qu'il mangeait auprès des singes hurleurs : les dattes des palmiers. D'après Tomás, il faut absolument que nous parvenions à lui donner de la viande. Pour fortifier sa croissance.

7 juin 1981
Cette nuit, je suis allé voir Juan. En ce moment, des flottilles de vampires s'attaquent à notre bétail. On ne les voit pas mais on les entend. Le claquement des ailes. Le bruit de succion.

C'est sur ce fond sonore que j'ai visité Juan. Il ne dormait pas. Il regardait partout autour de lui. Calme. Ses yeux transperçaient la nuit. D'un coup, j'ai compris qu'il *voyait* dans l'obscurité. J'ai pris peur. L'assimilant aux vampires qui couinaient dans mon dos et violentaient la chair des buffles…

16 juin 1981

Depuis trois jours, Carlos Estevez, un éthologue de Resistencia, séjourne à l'orphelinat. C'est un spécialiste des singes hurleurs et, paradoxalement, c'est à travers ses connaissances que nous parvenons à une meilleure observation de Juan.

Ce matin, il s'est livré à un bilan tandis que nous buvions un maté. J'ai enregistré notre conversation avec le magnétophone de l'église. Je retranscris ici, mot pour mot, le passage qui concerne spécifiquement Juan...

Jeanne se frotta les paupières. 4 heures du matin. L'enquête ne cessait de repousser les limites du possible. En même temps, ces faits entraient en cohérence profonde avec les meurtres. Les indices. Le profil sauvage du tueur...

Elle se concocta un nouveau thé vert. Elle se souvenait de sa conversation avec Hélène Garaudy. La directrice de l'institut Bettelheim avait évoqué les enfants-loups. Selon elle, la plupart d'entre eux présentaient les symptômes de l'autisme, mais la question restait ouverte : la vie en forêt provoquait-elle leur pathologie ou était-ce le contraire – ces enfants avaient-ils été abandonnés parce qu'ils étaient *différents* ?

Jeanne but une gorgée de thé. Elle ne sentait plus le froid. Ni la fatigue. En réalité, elle ne sentait plus son corps. Elle s'installa de nouveau sur son lit et reprit le cahier de cuir. Elle ne cessait de penser aux contes où des gamins sont abandonnés dans une forêt hostile.

Juan était le héros d'un de ces contes.

Un cauchemar devenu réel...

59

— Leur nom anglais est *black howler monkey*. C'est la famille la plus répandue dans la forêt subtropicale du Nordeste. Les mâles sont noirs, les femelles jaunes.

— Précisément, comment vivent-ils ?

— Dans les cimes. Leur queue leur sert de cinquième membre pour passer de branche en branche. Ils ne descendent presque jamais à terre.

— Vous pensez que Juan vivait avec eux, dans les arbres ?

— Il devait avoir du mal à les suivre. En revanche, il pouvait leur rendre des services au sol. Collecter certains fruits. Surveiller les prédateurs.

— Je ne vais jamais en forêt. Pourquoi les appelle-t-on « singes hurleurs » ?

— C'est une espèce très agressive. Chaque clan dispose d'un territoire. En cas d'intrus, ils défendent cet espace en criant. C'est effrayant à entendre. Et à voir ! Quand ils hurlent, leur crinière se dilate et leur gueule s'arrondit au point de devenir un « O ». Il me semble que Juan, quand il crie, cherche à les imiter.

— Pour l'instant, c'est sa seule façon de s'exprimer...

Jeanne leva les yeux. Elle se souvenait des hurlements qui résonnaient à travers le cabinet d'Antoine Féraud. Aucun doute : les roulements de gorge de Juan/Joachim provenaient directement de la forêt des Mânes...

— Et entre eux, sont-ils agressifs ?
— Un mâle vit avec plusieurs femelles et leurs petits. Le mâle dominant n'est pas tendre avec les autres. En général, les relations dans le groupe sont dures. Pour le sexe. Pour la nourriture. Pour tout.

Jeanne se souvenait de la séance d'hypnose, chez Féraud. *La forêt, elle te mord...*

— Comment imaginez-vous sa vie auprès des singes ?
— Une vie à la dure. En constante situation d'échec.
— Ce que je ne comprends pas, c'est que Juan est beaucoup plus gros que les singes...
— C'est une piste pour déduire le moment où il a été adopté par eux. À mon avis, il était encore petit. Moins d'un mètre, en tout cas. Quel âge pouvait-il avoir ? Quatre, cinq ans ? Ensuite, quand il a grandi, il a dû être rejeté par le clan. Sa différence physique et sa maladresse l'excluaient *naturellement*.

Jeanne imaginait la vie infernale de l'enfant. Pures hallucinations sensorielles, elle percevait le bruissement

des feuilles, le craquement des branches, les grognements rauques. Elle respirait la puanteur des
autres... Redoutait leurs coups, leurs morsures...
Elle était Juan...

— À moi de vous poser quelques questions.
— Je vous écoute.
— Quand Juan se sent observé, comment réagit-il ?
— Il devient nerveux. Il s'agite en tout sens.
— Vous tourne-t-il le dos ?
— Oui. Mais il continue à me lancer des coups
d'œil.
— Attitude typique des *carayás*. Frappe-t-il les
murs pour effrayer ceux qui s'approchent ?
— Non.
— Montre-t-il son derrière en signe de soumission ?
— La soumission est étrangère à son comportement.
— Il n'est pas obligé d'avoir intégré tous les gestes
de l'espèce.
— Croyez-vous qu'il pourra réintégrer ses apti-
tudes cognitives ?
— Je suis éthologue. Pas psychologue.
— Juan me paraît montrer des signes d'autisme.
La vie en forêt aurait-elle pu bloquer son développe-
ment mental ? Provoquer une sorte de régression ?
— Pour savoir s'il a des chances de retrouver le
chemin des humains, il faudrait savoir d'où il vient.
À quel âge il a quitté notre monde... Vous avez
mené une enquête dans la région ?
— Pas encore.
— Je pense pour ma part à l'abandon. Juan est un
enfant dont on n'a pas voulu. Un enfant qui n'a
jamais été aimé.

— Pourquoi cette certitude ?

— Parce qu'un enfant choyé, nourri par ses parents, n'aurait pas survécu dans la forêt. L'endurance de Juan démontre que sa vie était déjà dure parmi les hommes. Menez votre enquête. Je suis presque sûr que vous retrouverez la trace d'un fait divers. Une histoire de violence familiale...

Jeanne arrêta sa lecture. Les lignes dansaient devant ses yeux. D'ailleurs, la transcription de l'échange était terminée. Elle regarda sa montre – une Swatch qui traînait dans son sac et qu'elle avait fixée à son poignet, en remplacement de sa Cartier.

5 heures du matin.

Elle était étonnée de n'avoir aucune nouvelle de Nicolás. Avait-il été si terrifié par leur exhumation nocturne ? Elle espérait qu'il n'était pas rentré à Antigua avec « sa » voiture... Elle se dit qu'elle allait se rafraîchir dans la salle de bains, se préparer un autre thé vert et reprendre sa lecture.

Une seconde plus tard, elle dormait profondément.

60

Jeanne se réveilla en sursaut, la tête emplie par le cri horrible d'un singe hurleur. Elle se redressa et réalisa que le grognement était la sonnerie de son portable posé à côté de sa tête.

— Allô ?

— Reischenbach. Je te réveille ?

— Oui. Non.

Elle sentait son cœur cogner dans sa poitrine. Un mouvement inversé. Tourné vers l'arrière. Comme si l'organe cherchait à s'enfoncer dans sa cage thoracique. Joachim était venu dans son rêve. Ses cris. Ses mains. Ses yeux qui voyaient dans la nuit...

— Qu'est-ce que tu veux ?

— OK, rit le flic. Je te réveille. J'ai du nouveau sur le colis Fedex. Ça t'intéresse ?

Jeanne agrippa le drap et s'essuya le visage avec. La sueur, malgré le froid. L'aube se levait. Autour d'elle, des repères familiers. Une télévision. Un fauteuil. Le bois sur les murs... Le nom espagnol pour « cauchemar » – *pesadilla* – vint à sa rencontre, avec sa consonance légère, pour en atténuer la force, la menace latente...

— Je t'écoute. Tu sais ce que contenait le colis ?

— Un crâne.

— Quoi ?

— Le moulage d'un crâne.

Jeanne essayait de connecter les éléments, les informations, les mots. Rien ne faisait sens.

— Dis-m'en plus.

— Je ne sais rien de plus. On a parlé avec un mec de l'institut qui a vu De Almeida emballer son truc. C'est tout. Il semblerait que l'anthropologue tenait à envoyer ce moulage à Francesca Tercia. Dans quel but, on sait pas. Cela avait l'air d'avoir un lien avec les fouilles qu'il menait dans le Nordeste argentin. Mais il n'en parlait à personne. Le seul qui pourrait nous aider est un dénommé… (Il chercha dans ses notes.) Daniel Taïeb. Le directeur du laboratoire de paléo-anthropologie, à Tucumán. Mais il prépare une exposition en ce moment et il n'est jamais là.

— Sur ce crâne, tu ne sais rien d'autre ?

— *Nada*. Le type à qui on a parlé pense qu'il s'agissait d'un crâne d'enfant. Avec des malformations.

— Quel genre ?

— Aucune idée. J'ai rien compris. Le mec de mon groupe est brésilien et il ne parle pas très bien l'espagnol…

Jeanne pensait à Juan-Joachim. Était-ce son crâne ? Non. L'enfant était arrivé au Guatemala *après* l'Argentine. Était-il retourné dans le Nordeste ensuite ? Était-il mort là-bas ? Non. Joachim était toujours vivant. Joachim avait tué à Paris et à Managua.

— Donne-moi le numéro de l'institut, fit-elle.

— Je te préviens, ils sont pas…

— Je parle espagnol. Je suis dans cette histoire jusqu'au cou. File-moi le numéro !

Reischenbach s'exécuta. Jeanne nota les chiffres. Les questions bombardaient son cerveau. D'où venait, exactement, ce crâne ? Pourquoi l'avoir envoyé à Francesca ? Jeanne se souvenait que les artistes de l'atelier d'Isabelle Vioti reconstituaient des visages d'après des crânes fossiles. Francesca avait-elle utilisé la même méthode, dans son propre atelier ? Quel visage avait-elle reconstitué ? Quelle était la scène qu'elle avait représentée d'après ce vestige ?

— Tu as d'autres infos ?

— J'ai fait des recherches sur Jorge De Almeida. Difficile de piger sur quoi il bossait au juste. Il s'était marginalisé au sein de son propre labo. Il avait l'air d'être parti dans des délires...

— Quels délires ?

— Pas compris. J'ai reçu aussi son portrait photographique, comme tu me l'avais demandé.

— Tu peux me l'envoyer par mail ?

— Pas de problème. Et toi, où tu en es ?

Elle renonça à raconter. Trop d'événements. Trop d'incohérences. Trop de folie... Elle s'en sortit avec quelques formules vagues et promit de le rappeler. Reischenbach n'insista pas.

Nouveau thé. Plus aucune conscience de l'heure. Seulement ce jour gris qui se répandait dans la chambre comme les eaux d'un marigot... Elle songeait de nouveau à la maladie mise en évidence par Eduardo Manzarena. Juan avait-il été contaminé ? Ou bien était-ce le contraire ? Était-il à l'origine du mal ? Existait-il un lien avec les malformations du crâne ?

Tasse en main, elle se posta devant la porte-fenêtre. Arrêter les questions. Finir le cahier de Pierre Roberge. Et ensuite ? Elle observa les jardins de l'hôtel. Une végétation en vrac. Des bourrasques de feuilles de bananiers, de palmes arrachées... La tristesse de la pluie...

Une tristesse en appelant une autre, elle eut une certitude. Gravée pour de bon dans sa tête. Antoine Féraud était mort. Comme Eduardo Manzarena. Comme les trois victimes de Paris.

Féraud, qui avait voulu se lancer à la poursuite du père et du fils, mais qui n'avait rencontré que l'Esprit du Mal.

Elle reprit sa lecture.

Elle devait achever l'histoire de Juan-Joachim...

La vérité était peut-être au bout de ces pages.

61

28 juin 1981

Aucun progrès. Malgré les observations de Carlos Estevez, ma première impression se confirme. Autisme.

J'ai commandé, par courrier, différents ouvrages. Notamment les mémoires de Jean Marie Gaspard Itard, le médecin qui a pris en charge l'enfant sauvage de l'Aveyron. Je m'obstine à penser que Juan a connu un début d'éducation humaine. Ainsi, le test du miroir. Juan n'a pas été étonné de découvrir son reflet. Et surtout, il l'a appréhendé comme tel. Cela semblait l'amuser.

31 juin 1981

Nouveaux tests, nouveaux exercices. Je parviens, très lentement, à lui apprendre la bipédie. Il fait quelques pas debout puis revient à sa position préférée : à quatre pattes, dos voûté, mains tournées vers l'intérieur. Je dois continuer mon travail. Comme l'écrit saint Paul : « L'amour prend patience... »

13 juillet 1981, fleuve Bermejo

Río Bermejo. Le *fleuve vermeil.* Depuis deux jours, je navigue dans les environs de Campo Alegre. Je fais halte à chaque village. Plutôt des hameaux... Je prêche. Distribue nourriture et médicaments. Écoute. Réconforte...

Je prends conscience que l'existence de Juan n'est pas vraiment une découverte. L'enfant était connu. On l'avait repéré en plusieurs points du fleuve. Et même capturé une fois ou deux. À chaque fois, il s'est échappé.

29 juillet 1981, Campo Alegre

Des progrès en cascades. Juan marche. Mais, toujours courbé en avant, comme s'il avait peur de se redresser tout à fait. Il apprend des gestes. S'habille seul. Boit du lait dans un bol. Désigne les objets de l'index... Je le laisse circuler librement dans la cour du presbytère et j'ai réussi à le faire dormir dans un lit – en réalité, il s'installe en dessous pour trouver le sommeil.

3 août 1981

Juan va beaucoup mieux. Son poids augmente. Sa structure musculaire se développe. La bipédie est récupérée. *Homo viator, spe erectus.* C'est l'espoir qui maintient l'homme en chemin, en position droite et vaillante.

11 août 1981

Reçu les premiers livres que j'avais commandés, notamment le journal d'Itard. Je suis sa méthode, pratique ses exercices pédagogiques. Juan obtient de bons résultats. S'il n'y avait ce problème d'expression orale, je dirais qu'il possède l'intelligence d'un enfant de cinq ans. Pour l'instant.

Surpris un autre détail, hier. Assis au fond du jardin, Juan se balançait d'avant en arrière, comme à son habitude. Je me suis approché : il chantait. Il reproduisait une mélodie. J'ai même l'impression qu'il essayait de prononcer des paroles. Sa mémoire d'avant la forêt reviendrait-elle ?

21 septembre 1981

Le temps passe. Les progrès se multiplient. Pour la première fois, Juan a mangé de la viande. Il l'a d'abord flairée. Puis goûtée. Et dévorée. Je me suis approché pour le féliciter. Il a levé son visage. J'ai eu peur. Son regard était hanté. Comme enivré par le goût du sang. Il semblait me fixer des profondeurs de la vie animale...

10 octobre 1981

Le régime alimentaire de Juan comprend désormais un morceau de viande à chaque repas. C'est ce qu'il préfère. À tort ou à raison, je vois dans ce goût la réminiscence d'une éducation humaine. Par ailleurs, il multiplie les bons résultats, notamment avec les lettres en bois. Saura-t-il un jour écrire ?

Jeanne était déçue. Le journal de Roberge ne décrivait que les progrès d'un enfant stoppé dans son développement cognitif par une brutale plongée en forêt. Elle connaissait l'issue de cet apprentissage. Joachim était devenu un jeune homme ordinaire tout en conservant, *à l'intérieur de lui*, l'enfant-loup de jadis...

Pour le reste, elle ne découvrait rien sur les origines véritables de Joachim – quand l'avait-on appelé ainsi ? Rien sur son véritable père – celui qui se présentait ainsi dans le cabinet d'Antoine Féraud. Rien sur les circonstances de son abandon en forêt.

Rien sur sa nature meurtrière...

Elle passa plusieurs pages encore.

62

17 novembre 1981

Juan dessine ! Il trace des traits noirs, des X, des Y de diverses tailles. Cela pourrait être un alphabet. Ou des arbres. Ou des personnages. Il tente peut-être de représenter le monde – le peuple singe – qui l'a entouré ces dernières années... Mais un détail ne cadre pas. Si ces silhouettes représentent des *carrayas*, pourquoi l'un d'eux tient-il un *couteau* ?

26 novembre 1981

Juan a trouvé une cravate qu'il porte jour et nuit. Comme pour conjurer son passé et montrer qu'il appartient bien à la société des hommes civilisés.

Pourtant, il ne réussit toujours pas à manger avec des couverts. Quand vient l'heure du repas, il plonge dans son assiette à bras raccourcis et ne cesse de jeter des regards traqués autour de lui. Il ne mange plus que de la viande. Plus question de dattes, de graines ou d'autre chose.

29 novembre 1981

Reçu aujourd'hui une visite inattendue. Au moment même où j'avais abandonné l'idée de découvrir l'origine réelle de Juan, un homme est venu m'offrir l'information sur un plateau. Et pas n'importe quel homme ! Le colonel Vinicio Pellegrini, surnommé « El Puma », un des dirigeants de la base militaire de Campo Alegre.

Physiquement, l'homme cadre avec sa fonction. Coiffé en brosse, visage musclé, sa seule finesse provient de la monture de ses lunettes et de sa moustache taillée aux ciseaux. Pour le reste, une brute qui parle fort, rit beaucoup, dégage une impression tour à tour chaleureuse et glaciale.

Dans la région, c'est un homme tristement célèbre. El Puma a organisé ici le sinistre protocole d'« *el vuelo* ». La technique consiste à endormir les prisonniers qui n'ont plus rien à dire puis à les larguer en hélicoptère dans les méandres de la lagune, afin qu'ils se noient ou qu'ils soient dévorés par les caïmans. On raconte que, d'ordinaire, ces bêtes ne mangent pas les humains. Les corps sont trop gros pour eux. Pellegrini a ordonné qu'on débite les victimes à la scie électrique et qu'on balance les morceaux à travers les marécages. Peu à peu, les caïmans y ont pris goût. On a pu reprendre le largage des corps endormis...

Quand il s'est annoncé, j'ai bien cru que mon heure était arrivée. Mais non. Pellegrini voulait des nouvelles de Juan ! Il m'a interrogé sur les conditions de sa découverte. La vérité est vite apparue : Juan vient de la base militaire. Il est le fils de Hugo Garcia, officier mort il y a trois ans avec son épouse dans un accident sur lequel Pellegrini n'a pas voulu s'étendre. Juan – que le colonel appelle « Joachim » – a échappé à cet accident et s'est enfui dans la jungle.

El Puma n'a pas demandé à le voir. Il n'a pas non plus expliqué ses intentions à propos de l'enfant. Mais il a promis de revenir…

Maintenant, je tente d'ordonner les faits. Un exemple : les silhouettes dessinées par Juan, alias Joachim (j'ai décidé de continuer à l'appeler Juan pour ne pas troubler son développement), ne sont peut-être pas les singes hurleurs mais les soldats de Campo Alegre, tortionnaires professionnels. Mais pourquoi le couteau ?

2 décembre 1981

J'ai mené une nouvelle enquête. Plus précise. On trouve mieux quand on sait ce qu'on cherche. À la gargote du village – où les soldats viennent parfois se saouler –, je n'ai pas mis longtemps à apprivoiser un caporal qui m'a raconté le secret de la forteresse. C'est Hugo Garcia lui-même, alcoolique notoire, qui a assassiné sa propre femme avant de s'ouvrir la gorge en 1978. Leur fils, Joachim, n'a eu que le temps de s'enfuir. Il n'avait que six ans… Juan est donc âgé de neuf ans. Deuxième point : Estevez avait raison, l'enfance de Juan n'a jamais été douce.

En interrogeant le militaire et en le faisant boire, j'ai appris un autre fait extraordinaire : *Joachim n'est pas le fils biologique de Hugo Garcia*. Il a été adopté. Ces cas ne sont pas rares ici. Il est courant que les militaires adoptent les enfants des prisonniers politiques exécutés. C'est même, paraît-il, une pratique clairement établie. Juan est donc né dans la forteresse de Campo Alegre. Garcia, sans enfant, a récupéré le bébé, mais sa femme, stérile et alcoolique, ne l'a jamais accepté. Il était un sujet de conflit récurrent dans le couple. Je n'ose imaginer l'évolution psychique de l'enfant. Orphelin, rejeté par sa famille adoptive, vivant dans une caserne où la mort et la violence sont partout...

9 décembre 1981

L'appétit de Juan ne cesse de croître. Je tente de varier ses menus mais il n'accepte plus que la viande. Plus inquiétant : on l'a surpris dans les cuisines. Il avait forcé les cadenas des frigos. Pour dévorer de la chair crue. Quand on a tenté de l'en empêcher, il a montré les dents à la manière d'un fauve. D'où lui vient ce goût du sang ?

Le reste du temps, Juan dessine. Toujours des silhouettes noires. Toujours le couteau. S'il représente ici la scène du meurtre de sa mère, pourquoi les personnages sont-ils si nombreux ? Juan ne chante plus mais j'ai l'impression qu'il est sur le point de prononcer des syllabes.

17 décembre 1981

Juan m'inquiète. À mesure que son comportement animal régresse, des traits de sa personnalité apparaissent. Des caractéristiques propres, non réductibles à son éducation chez les singes et plutôt angoissantes. Plusieurs fois, je l'ai surpris à torturer des petits animaux, apportant un véritable soin à les faire « durer ».

Il manifeste aussi une vraie violence à l'égard des autres orphelins, qui le craignent et l'évitent. Il les attaque, leur tend des pièges. Hier, il a blessé une petite fille en l'attirant aux abords de l'orphelinat, dans une sorte de fosse qu'il avait creusée. Il avait placé au fond du trou des bambous taillés, qui ont blessé la gosse à la cuisse, mais qui auraient pu tout aussi bien la tuer. Pourquoi fait-il cela ? Il n'y a que moi qui parais bénéficier de sa confiance. Et encore...

Autre pulsion dangereuse. Juan est attiré par le feu. Il peut rester des heures à observer des flammes. On l'a surpris plusieurs fois à jouer avec des allumettes. Je crains le pire de ce côté-là aussi...

Ces tendances me serrent le cœur. Avec sa cravate et sa veste noire, Juan ressemble à un petit Charlot qui abriterait une âme de démon. Je ne cesse de prier. « Mais pour vous qui craignez mon nom, dit l'Éternel, se lèvera le soleil de la justice, et la guérison sera sous ses ailes... »

26 décembre 1981

Nouvelle visite de Pellegrini. Il veut récupérer l'enfant. Il dit avoir trouvé pour lui des nouveaux parents adoptifs. Ou plutôt, semble-t-il, il a reçu des ordres. Celui qui veut adopter Juan est puissant. Un militaire, sans doute. Je pressens aussi, sans pouvoir l'expliquer, qu'un secret se cache derrière tout ça.

3 janvier 1982

Pour la nouvelle année, le Seigneur m'a offert un cadeau merveilleux. Ce matin, j'ai découvert Juan assis dans l'église, face à l'autel. Il chantait. Non pas, comme d'habitude, une vague mélodie mais une vraie chanson. Avec les paroles ! C'est la première fois que je discerne dans sa bouche des syllabes articulées. J'ai reconnu la chanson. Un succès d'il y a quelques années, que je faisais déjà chanter aux enfants de ma mission, à Bruxelles : *Porque te vas*, interprété par une artiste anglo-espagnole du nom de Jeanette.

Où a-t-il appris cette chanson ? Peu importe. Ma conviction – et mon espoir – reviennent en force : Joachim ne souffre pas d'un autisme irréversible. La forêt a seulement étouffé ses aptitudes humaines. Je dois le garder auprès de moi. Poursuivre son apprentissage. Sous le signe de Dieu. « L'heure vient, et elle est déjà venue où ce n'est pas ici ou là qu'il faudra adorer, mais en esprit et en vérité. »

17 janvier 1982

Juan a parlé. D'un coup. Sans effort. Je le savais. Je l'ai toujours su. Le langage existe en lui. *Juan n'est pas un enfant autiste*. Ou bien alors, son syndrome est ce qu'on appelle dans mes livres un « autisme de haut niveau ». Je dois maintenant attacher à ces progrès d'autres enseignements. La lecture. L'écriture. La prière. Je gagnerai, avec lui, la bataille.

25 janvier 1982

Progrès rapides. Juan ne souffre d'aucune difficulté d'élocution – bien qu'il ait tendance encore à bégayer. Les phrases se forment nettement dans sa bouche. Je commence à dialoguer avec lui. Son utilisation du langage est particulière. Il paraît incapable de parler à la première personne. Pour répondre affirmativement à une question, il la répète. D'autres fois, il prononce une série de mots en guise de réponse. Souvent, les paroles de *Porque te vas*. Je ne comprends pas ce que cela signifie.

Pour l'instant, ses souvenirs sont confus. Il raconte des bribes de sa vie en forêt, des fragments de son existence à la caserne. Mais tout cela se télescope. Son esprit est comme un livre ouvert, dont les pages seraient collées ensemble.

Il attribue parfois aux singes des caractéristiques humaines. Il les désigne comme des êtres parlants. D'autres fois, au contraire, il attribue à ses « parents » des rites et des habitudes qui font référence à sa vie dans les arbres. Une chose est sûre : il n'a jamais connu que la peur et la menace. Coups et fouet dans sa famille adoptive. Griffures et morsures parmi les singes.

3 février 1982

Enfin reconstitué la fuite de Juan. Une soirée violente chez les Garcia parents adoptifs. Le père, ivre mort, a commencé à frapper son épouse. D'après ce que je devine, les rapports entre l'homme et la femme, fortement alcoolisés, étaient extrêmes. Au milieu de la nuit, le père a attrapé la baïonnette de son fusil et a égorgé sa femme. Il l'a ensuite dépecée dans la cuisine. C'est cette scène que Juan a tant de fois dessinée (Hugo Garcia avait ligoté et bâillonné son fils dans la cuisine, afin qu'il assiste au « spectacle »). Mais pourquoi une foule autour du « sacrifice » ? Plus tard dans la nuit, l'officier a tenté de s'immoler avec de l'essence. Pas besoin d'être psychiatre pour deviner d'où proviennent les pulsions pyromanes de Juan…

Enfin, à l'aube, Garcia s'est tranché la gorge, d'une oreille à l'autre, oubliant son propre fils, étouffant dans la fumée – des objets brûlaient encore dans la cuisine. Juan a réussi à se libérer. Dans sa panique, il a dévalé l'escalier, traversé la cour de la caserne, rejoint la forêt. Il a couru, jusqu'à épuisement. Jusqu'à s'écrouler au pied d'un arbre. Ensuite, c'est le trou noir. Juan ne fait aucun lien entre cette fuite et sa vie auprès des singes.

7 février 1982

Cette nuit, à la lueur des lanternes, nous avons surpris Juan dans le poulailler. Avec mon rasoir, il avait tranché la gorge des poules et buvait leur sang à même leur cou, comme à une gourde. Il avait barbouillé sur les murs les mêmes silhouettes que sur ses feuilles de dessin, avec un horrible mélange de sang et d'excréments...

Les volontaires ont peur. Certains ont déjà quitté le dispensaire. Le bruit se répand que Juan est un « fils du diable ». Je l'ai enfermé dans un réduit aveugle pour le punir. Je veux qu'il comprenne qu'il se trompe de chemin. Où va-t-il chercher ces idées ? ces pulsions ?

9 février 1982

Après deux jours de « cachot », j'ai récupéré Juan dans un triste état. Il avait déféqué partout dans la cabane, écrit sur les murs avec ses excréments. Sa chemise et son pantalon étaient encroûtés de sperme. Ses premières pollutions... Il commence donc sa puberté. Mais vers quoi son désir sexuel se tourne-t-il ?

Une idée atroce m'est venue. C'est la séance sanglante qui a provoqué son premier émoi sexuel. Je ne cesse de prier. Dieu, qui a abandonné depuis longtemps notre mission, ne pourra pas oublier Juan. J'ai honte de l'écrire, mais je considère qu'Il nous doit bien cela. Sauver l'enfant au nom de tous ceux qu'Il a laissés mourir ici...

24 février 1982

Juan est plus calme. L'idée d'une sorte d'infection proche de la rage fait son chemin. Mais les analyses médicales n'ont rien donné. Dois-je lui faire subir des examens plus poussés ? Buenos Aires est la seule voie possible.

3 mars 1982

Le colonel Pellegrini est réapparu. C'est officiel. « Joachim », comme il l'appelle, va être adopté par une personnalité importante. Sans doute un homme proche du pouvoir. Je dois fuir avec Juan. *Je dois sauver son âme.*

11 mars 1982

Juan a mordu au sang un garçon handicapé que nous avions recueilli il y a plusieurs mois. Nous avons soigné la plaie. Si Juan souffre d'une affection, existe-t-il un risque de contagion ? Un autre soupçon apparaît, lié à sa faim de viande. *Le cannibalisme...*

Le même jour, j'ai découvert un sanctuaire près du lieu où Juan avait emmené sa victime. Une construction étrange, faite d'os d'animaux, de pierres, de brindilles. Certains éléments rappelaient les signes de son alphabet. Juan paraît suivre les règles d'une cérémonie. Où les a-t-il apprises ?

13 mars 1982

Pellegrini est revenu. Le dossier administratif est prêt. Le père adoptif est l'amiral Alfonso Palin, un des membres du gouvernement militaire d'Argentine. Un bourreau qui compte parmi les hommes les plus dangereux du pays. Pourquoi Palin veut-il adopter Juan et pas un autre ? La dictature laisse chaque jour des centaines d'orphelins. Pourquoi avoir choisi Juan ? Est-ce justement son histoire qui l'intéresse ? Sa violence ?

J'ai contacté la Maison de Saint-Ignace, à Bruxelles. Je peux, si je le décide, partir au plus vite dans une autre mission, au Guatemala.

21 mars 1982

Si j'avais encore des doutes, ils ont été levés la nuit dernière. JUAN EST CANNIBALE. Il a été retrouvé dans le cimetière derrière le dispensaire où nous enterrons nos morts. Juan a déterré plusieurs corps – les plus récents – et en a dévoré des parties. Je peine à décrire ce que j'ai vu. L'enfant a fracassé à coups de pierre les crânes afin d'atteindre leur cerveau et d'en sucer la substance. Il a brisé les os des membres pour en aspirer la moelle. Comment connaît-il ces techniques ? Avait-il déjà goûté de la chair humaine ?

Partir. Quitter la mission. Sauver Juan. Ici, le climat de haine ne cesse de s'amplifier. Je crains qu'on veuille maintenant lyncher l'enfant, qui passe pour « possédé »... Mon dilemme : quitter les gamins de l'orphelinat, les malades du dispensaire, tous innocents, pour tenter de sauver Joachim, qui multiplie les actes violents et coupables. Mais n'est-ce pas là le sens de notre mission ? Je me répète ces paroles de Jésus : « Ce ne sont pas les gens bien portants qui ont besoin du médecin, mais les malades. Je ne suis pas venu appeler les justes, mais les pécheurs. »

63

Jeanne cessa sa lecture. Ses mains tremblaient. Trop tôt encore pour confronter chaque élément de ce journal, le passé, aux faits de sa propre enquête, le présent. Mais l'évidence des liens hurlait entre les lignes. L'histoire de Juan, malgré ses trous et ses zones d'ombre, offrait un début d'explication aux meurtres qui avaient ensanglanté la capitale parisienne...

11 heures du matin.

Le jour malveillant restait noyé dans une clarté glauque d'aquarium. Tant mieux. Elle reprit sa lecture. Passa plusieurs pages où Roberge donnait des précisions sur son voyage jusqu'au Guatemala. Ensuite, il revenait au temps présent, octobre 1982, à la mission San Augusto, Panajachel, Guatemala.

Le moment de la tragédie.

Le matin du 18 octobre 1982, Juan avait disparu. On l'avait retrouvé le lendemain, vêtements déchirés, plongé dans un mutisme complet. « Quasiment dans le même état qu'un an auparavant », écrivait le religieux, désespéré.

Ensuite, le corps à moitié dévoré de la jeune Indienne avait été découvert dans une baraque à demi brûlée. Le tueur avait tenté d'effacer son crime par le feu...

Cannibalisme. Pyromanie. Pierre Roberge n'avait aucun doute sur l'identité de l'assassin. Ni sur les conclusions de l'enquête : Juan, qui possédait ici aussi la réputation d'« enfant du diable », serait rapidement accusé. Arrêté. Interné. Ou exécuté. Roberge ne voulait pas d'une telle issue. « Je sais ce qu'il me reste à faire », écrivait-il en conclusion le 22 octobre.

Le jésuite s'était accusé du meurtre et avait contacté le colonel Pellegrini pour qu'il vienne récupérer l'enfant à Atitlán. D'une certaine façon, c'était la victoire du mal. Non seulement Roberge n'avait pas réussi à guérir Juan, mais il le confiait à un bourreau sanguinaire. Pour une raison évidente : Juan/Joachim avait désormais besoin de protection face aux lois. Sa carrière criminelle ne faisait que commencer. Or son père adoptif pourrait le placer au-dessus de la justice humaine en Argentine.

Le projet de Roberge avait échoué. Personne ne l'avait cru. Et son arrestation survenait dans une conjoncture particulière : les Ladinos devaient lever le pied sur les persécutions religieuses sous peine de voir leurs appuis internationaux tomber. Le prêtre s'était retrouvé libre. En pleine détresse, il avait décidé de se suicider afin d'emporter ses secrets dans la tombe. Entre-temps, il avait réussi à confier Juan à Alfonso Palin en personne.

Une certitude maintenant : le vieil Espagnol du cabinet d'Antoine Féraud était l'amiral tortionnaire. *Dans mon pays, c'était une pratique très courante.*

502

Tout le monde faisait ça. Il parlait de l'adoption par des militaires des enfants de leurs victimes.

Avant de disparaître, le jésuite avait voulu achever sa confession. Au fil des semaines, des mois et des indices, l'homme avait compris la clé du destin de Juan.

Une clé hallucinante.

24 octobre 1982, San Augusto

Il est temps pour moi de sceller l'histoire de Juan. D'écrire noir sur blanc son secret. J'ai relu mes notes d'Argentine et je me dis que j'ai été bien naïf. Les questions qui n'ont cessé de s'accumuler autour de son histoire, prises ensemble, dessinent une réponse unique.

D'où viennent la violence, la cruauté, la rage de Juan ? Cette faim de viande humaine ? Ces rites qu'il organise avec précision comme s'il les avait *déjà* vus ? Cet alphabet étrange qui paraît être celui d'une langue primitive ?

Il ne s'agit ni d'autisme, ni d'un virus mystérieux. IL S'AGIT D'UN APPRENTISSAGE. Une éducation qui lui a été donnée au fond de la jungle. Une culture qui ne provient ni de ses parents adoptifs, ni des singes hurleurs.

Juan n'a pas rencontré un virus dans la forêt.

Il a rencontré un peuple.

Impossible de développer cette hypothèse. Quel clan aurait pu lui inculquer de telles traditions ? Une tribu primitive ? Jamais personne ne m'a parlé d'autres ethnies que les Tobas, les Pilagas ou les Wichis dans la région de Campo Alegre. Et ils vivent depuis longtemps comme tous les paysans argentins.

Alors qui ? *QUOI* ? Pourquoi n'ai-je jamais entendu parler de tels êtres ? Pourquoi aucun villageois de Campo Alegre n'a-t-il croisé une de ces créatures, si elles existent ? Une conviction : ces barbares, Juan les dessine depuis son arrivée à la mission. Ces traits noirs qui sont *à la fois* des figures humaines et les signes d'un langage occulte.

« *La forêt, elle te mord* » : tel est le message.

La forêt cache un peuple sauvage, mi-hommes, mi-bêtes.

D'une certaine façon, je regrette de ne plus être à Campo Alegre pour chercher. M'enfoncer sur les traces de Juan, dans la *Selva de las Almas.* Mais il est trop tard. Pour moi. Pour Juan.

Je dois abandonner l'enfant à son destin. Je prie pour que l'amiral le protège et que son âme emprunte, malgré tout, un juste chemin... Quant à moi...

Comme dit Jacob à Dieu dans la Genèse : « Où fuirai-je loin de ta face ? Si je gravis les Cieux, tu es là, qu'aux Enfers je me couche, te voici. »

Jeanne s'arrêta de nouveau. Complètement sonnée. La découverte de Pierre Roberge résolvait, d'un seul coup, la plupart des énigmes de sa propre enquête.

Une horde primitive...

Un clan jailli des ténèbres...

C'était précisément le mobile commun aux meurtres de Juan/ Joachim...

LE SANG...

LE CRÂNE...

Un peuple qui présentait des caractéristiques physiques non humaines.

Midi.

Dehors, la pluie avait repris, enfonçant l'univers dans un bourbier sans couleur. Vérifier. Confirmer. Valider. Jeanne rouvrit son cellulaire et composa le numéro de portable de Bernard Pavois.

Quatre sonneries puis la voix placide du bouddha.

— Vous êtes encore au laboratoire ? attaqua Jeanne.

— Oui.

— Je me suis plantée la dernière fois que je vous ai appelé. L'échantillon de sang reçu par Nelly n'abritait ni virus ni microbes ni parasites.

— Ça ne tenait pas debout.

— L'homme de Managua l'a envoyé à Nelly pour qu'elle établisse un *caryotype*. C'est possible à partir d'une goutte de sang, non ?

— Oui. Que devait révéler ce caryotype ?

— Une anomalie.

— De quel genre ?

— Un profil chromosomique nouveau. Ou très ancien. Différent de celui de l'espèce humaine.

— Je ne comprends pas.

— Vous m'avez dit lors de notre deuxième rendez-vous que le caryotype de l'homme de Néandertal comportait 48 chromosomes.

— C'est ce que j'ai lu, oui, mais je ne suis pas spécialiste.

— Je pense à ce genre d'anomalies.

— Vous délirez.

— Cherchons plutôt des preuves *pratiques* de la manipulation de Nelly. La mise en culture d'un échantillon laisse une trace dans l'ordinateur, non ?

505

— Pas la mise en culture. La photographie de la métaphase, l'étape suivante. Pour faire cette photo, on doit ouvrir un dossier et lui assigner un numéro de référence. Un numéro à dix chiffres. Ineffaçable.

— Vous pouvez donc repérer la trace d'une telle analyse dans la mémoire informatique du programme central ?

— Je ne peux retrouver qu'une liste de références.

— Mais le chiffre comporte la date de l'analyse.

— La date, oui. Et l'heure de l'utilisation de l'ordinateur.

— Nelly a reçu l'échantillon le 31 mai. Admettons qu'elle ait commencé la mise en culture le soir même. Combien de temps aurait duré cette culture ?

— Pour le sang, c'est plus rapide que pour le liquide amniotique. Trois jours.

— Le 3 juin au soir, donc, Nelly revient vers sa culture. Et elle utilise l'ordinateur.

— Non. Il faut encore compter 24 heures de travail avant la métaphase.

— Nous arrivons au 4 juin. Ce soir-là, Nelly ouvre un dossier. Donne un numéro à son fragment. Photographie les chromosomes. Pourriez-vous chercher une référence cette nuit-là ? Une référence qui ne renverrait à aucun nom de patiente ? Ni même à aucune photographie ? À mon avis, Nelly a imprimé le cliché et effacé l'image derrière elle.

Elle entendait déjà le claquement des touches de l'ordinateur.

— J'ai la référence, murmura Pavois au bout de quelques secondes. On a utilisé le matériel à 1 h 24 du matin. Le 5 juin, donc. Mais je n'ai rien d'autre.

Pas de nom, pas d'image. On a tout effacé. Sauf ce numéro, indélébile.

— Nelly n'a gardé que le tirage. Et elle est morte à cause de cette image.

— Comment en êtes-vous sûre ?

— Le 5 juin, c'est la date de son meurtre, aux environs de 3 heures du matin. Le tueur a surpris Nelly, l'a éliminée et a emporté le dossier.

Silence. Pavois reprit :

— Ce caryotype, que représente-t-il au juste ?

— Je vous le répète. Il appartient à une famille d'hommes différente.

— C'est absurde.

— Nelly est morte à cause de cette absurdité.

— Pourquoi ne m'en a-t-elle pas parlé ?

— Parce qu'elle connaissait votre réponse. Elle attendait d'avoir des résultats concrets.

Le cytogénéticien n'ajouta rien. Il regrettait sans doute de n'avoir pas inspiré plus confiance à sa compagne. De ne pas avoir mené ses recherches auprès d'elle. Elle aurait peut-être alors échappé au tueur... Jeanne n'avait ni le temps de le consoler ni de le détromper. Elle le remercia et raccrocha.

Elle composa le numéro argentin que Reischenbach lui avait donné : l'institut agronomique de Tucumán. Daniel Taïeb, le directeur du département de fouilles paléontologiques, n'était pas là. Jeanne laissa ses coordonnées et demanda qu'il la rappelle. Sans grand espoir.

Dehors, la pluie continuait. La jungle, rendue cinglée par le vent. La vérité, plus cinglée encore... Il fallait qu'elle parle à quelqu'un. Qu'elle explique à voix haute ce qu'elle venait de comprendre.

Reischenbach.

Le flic n'avait pas sitôt décroché que Jeanne lui déballait toute l'histoire. La découverte de Juan, l'enfant-loup, en 1981, dans la forêt des Mânes. Son retour dans le monde des hommes. Son apprentissage. Puis l'enquête que Pierre Roberge avait menée pour remonter son histoire.

Pour établir ceci :

Juan, neuf ans, n'avait pas été élevé par des singes hurleurs mais par les héritiers d'un peuple primitif n'appartenant à aucune ethnie de cette province d'Argentine.

— Tu crois pas que tu pousses un peu, non ? fit le flic, incrédule.

— Ce peuple différent est le mobile des meurtres parisiens.

— Ben voyons.

— Juan, l'enfant-loup, est devenu Joachim, un avocat de trente-cinq ans vivant à Paris. En apparence, rien ne le distingue d'un Parisien bon teint, mais il abrite en son for intérieur un enfant sauvage. Un cannibale qui protège le secret de son peuple. Quand il a su que ce secret était menacé, il est entré en action.

Le silence de Reischenbach s'étirait. Elle continua :

— Manzarena, le banquier du sang, avait mis la main sur un échantillon sanguin du clan. Il l'a envoyé à Nelly Barjac pour qu'elle établisse son caryotype. Manzarena était un obsédé de la préhistoire – et de l'origine du mal chez l'homme. Nelly Barjac reçoit l'échantillon le 31 mai. Le temps qu'elle procède aux manipulations nécessaires, elle obtient ses résultats dans la nuit du 4 au 5 juin. Cette même nuit, Joachim lui rend visite. Il la tue et emporte échantillons et analyses.

— Comment a-t-il su que Nelly travaillait là-dessus ?

— Je ne sais pas encore. À mon avis, Nelly connaissait Joachim. Il s'occupe de plusieurs associations humanitaires sud-américaines. Ils ont eu un contact. Elle savait qu'il était originaire du Nordeste argentin. Elle lui a parlé de cette histoire, même à demi-mot. Cela lui a coûté la vie.

— Nous avons checké tous ses contacts téléphoniques, tous ses mails.

— Il y a eu une autre relation. Peut-être simplement de vive voix. Joachim a compris le danger. Il est venu faire le ménage.

— Pourquoi aurait-il tué aussi Marion Cantelau ?

— Aucune idée. Mais il existe un lien entre les enfants autistes du centre et Joachim. Marion menaçait le secret, d'une autre façon. J'en suis sûre.

— Et Francesca Tercia ?

— Pour elle, c'est clair. Elle avait reçu le crâne de De Almeida. Ce vestige doit appartenir à la préhistoire du peuple de la forêt. Souviens-toi : le fossile comporte des difformités. Sans doute les caractères simiesques d'une famille d'hominidés très ancienne. François Taine avait compris tout ça.

— C'est un génie, fit Reischenbach, sceptique.

— Il n'avait aucun mérite. Il avait vu la sculpture.

— Quelle sculpture ?

— La reconstitution que Francesca avait réalisée d'après le crâne. Sur ce coup, j'ai fait une erreur. J'ai cru que l'œuvre appartenait à la veine personnelle de la sculptrice. En réalité, elle se livrait à une reconstitution anthropologique *d'après* le crâne du paléo-anthropologue. Dans la pure tradition de l'atelier de Vioti. Elle travaillait chez elle, en secret, parce qu'il s'agissait d'un véritable scoop... Quand j'ai tenté de sauver François des flammes, j'ai aperçu la statue – il l'avait volée chez Francesca. Elle brûlait mais j'ai pu voir qu'il s'agissait d'un petit homme aux allures de singe...

— Il y a toujours le même os. Sans jeu de mots. Comment Joachim était-il au courant des travaux de Francesca ?

— Joachim et Francesca se connaissaient. Ils sont tous les deux argentins.

— L'Argentine, c'est grand.

— À Paris, il n'y a pas tant d'Argentins que ça.

Nouveau silence. Reischenbach cogitait.

— Donc, nous avons trois meurtres cannibales, commis par un fou qui se prend pour un homme préhistorique. Un cinglé dont le mobile se résumerait à une goutte de sang et un crâne ?

— Pas n'importe quel sang. Pas n'importe quel crâne. Des vestiges qui démontrent l'existence d'un peuple héritier d'un clan très ancien. Le crâne, par exemple, doit ressembler aux ossements des Proto-Cro-Magnons qu'on a découverts au Moyen-Orient ou en Europe.

— Comme celui-ci ?

Jeanne se pétrifia. Un crâne venait d'atterrir sur son lit. Dans le même temps, une voix avait retenti dans son dos. *Dans sa chambre.*

Durant une seconde, elle fixa l'os aux orbites noires. Il était anormalement blanc et paraissait être en plastique. Un moulage.

— Jeanne, tu es là ?

Elle ne répondit pas au flic. Lentement, elle se retourna vers la voix.

— Jeanne ?

— Je te rappelle, fit-elle dans un murmure.

Dans l'encadrement de la porte, se tenait Antoine Féraud.

Hirsute. Dépenaillé. Trempé.

Mais pour un mort, il avait plutôt bonne mine.

64

Nouvel orage.

Des éclairs déchiraient le demi-jour du dehors, créant de violents clairs-obscurs, qui inversaient les contrastes en une fraction de seconde.

Des négatifs du réel...

Jeanne n'eut pas le temps d'ouvrir la bouche. Antoine Féraud prit la parole. En un instant, elle retrouva le timbre des enregistrements numériques. Le charme. La douceur. La bienveillance. Il y avait longtemps qu'elle n'avait pas eu aussi chaud.

Le psychiatre posa ses questions. Il voulait savoir pourquoi elle était venue ici, au Guatemala. Et avant cela, au Nicaragua.

Féraud savait donc tout.

Et en même temps *rien*.

Au lieu de répondre, elle le provoqua :

— Vous me suivez ?

— Vous ne croyez pas que vous inversez les rôles ? fit-il en souriant.

— Je ne vous ai pas suivi.

— Bien sûr. Je sais ce que vous cherchez. Ce que je ne sais pas, c'est comment vous avez pu vous foutre dans ce guêpier. Dans *mon* guêpier.

Le temps des mensonges, des impostures, des hypocrisies, était révolu.

— Un thé en bas, ça vous dit ? demanda-t-elle.

Quelques minutes plus tard, ils étaient installés sous la véranda vitrée, tandis que la piscine de l'hôtel crépitait sous la pluie. Les mains serrées sur sa tasse, Jeanne se décida pour une version complète de l'histoire. *Son histoire.* Sans mensonge ni ellipse. Elle balança tout. Depuis la sonorisation du cabinet jusqu'à l'exhumation du journal intime de Pierre Roberge. *Je remuerai les enfers...*

En conclusion, elle résuma : le tueur parisien s'appelait Joachim Palin. Il était le fils adoptif d'Alfonso Palin, amiral sanguinaire des dictatures argentines. Il avait tué trois fois à Paris, une fois à Managua, pour protéger son secret : l'existence d'héritiers d'un peuple des premiers âges, au fond d'une forêt argentine...

Durant plus d'une heure, Antoine Féraud l'avait écoutée en silence. Sans toucher sa tasse de thé. Il ne semblait ni choqué par l'idée qu'on l'ait mis sur écoute – pour de banales « histoires de cul » –, ni effrayé par la détermination de Jeanne. De son côté, elle retrouvait ce visage qui l'avait tant frappé lors de l'exposition des Viennois. Une délicatesse, une harmonie dans les traits, qui coïncidaient avec sa voix et sa sollicitude. Mais elle tiquait encore sur une certaine mollesse de l'expression. Cette figure ne cadrait pas avec la volonté requise pour une telle enquête.

— Et vous ? demanda-t-elle enfin.

Le psychiatre prit la parole. D'un ton posé, neutre, comme s'il avait dressé le bilan mental d'un patient :

— Nous avons mené la même enquête, Jeanne. Je suis moins doué, moins expérimenté que vous. Mais je possédais des informations que vous n'aviez pas. Des éléments révélés par le père en personne. Leur nom d'abord, Alfonso et Joachim Palin. Leur histoire en Argentine. Ou du moins une partie. Je savais que Joachim, après la tragédie des Garcia, avait fui la caserne de Campo Alegre et survécu dans la forêt – Palin ne m'a jamais parlé d'un peuple dans la forêt des Mânes. À mon avis, il n'est pas au courant. En revanche, il est fasciné par les pulsions criminelles de son fils adoptif. Alfonso Palin est lui-même, à sa façon, un tueur en série.

Le père, le fils et l'Esprit du Mal.

— L'autre information, c'était que Joachim souhaitait se rendre au Nicaragua. Son père savait qu'il voulait y rencontrer un certain Eduardo Manzarena.

— Quand avez-vous saisi la nature criminelle de Joachim ?

— Il y a eu l'avertissement du père, d'abord, le vendredi. Puis le premier article sur le meurtre de Francesca, le dimanche suivant, dans le *JDD*. J'ai compris qu'Alfonso avait dit vrai. Son fils était passé à l'acte. Je ne pouvais pas le contacter : il ne m'a jamais donné aucune coordonnée. J'ai trouvé le numéro de Manzarena, à Managua. Je n'ai pas réussi à lui parler. J'ai décidé de tenter une action plus risquée. Je suis allé chez Francesca Tercia le soir. Dans son atelier. En quête d'indices.

— À quelle heure ?

— 22 heures.

— Vous auriez pu croiser François Taine.

— J'ai seulement trouvé le crâne. Le lundi matin, j'ai pris un billet pour le Nicaragua. Je voulais prévenir, en personne, Manzarena.

— À Managua, j'ai écumé les hôtels. Le nom de Féraud n'est jamais apparu.

— J'avais choisi une petite pension. Pris un autre nom. Une mesure de prudence... On ne m'a même pas demandé mon passeport. J'ai payé en cash.

— Comment avez-vous mené votre enquête ? Vous parlez espagnol ?

— Pas très bien. J'ai cherché Manzarena. Sans résultat. Je ne suis pas un enquêteur professionnel. J'ai aussi contacté les psychiatres de la ville. J'ai visité les centres spécialisés. Je cherchais les traces d'un adolescent qui aurait été soigné pour son autisme. J'ignorais alors que ni Palin ni Joachim n'étaient jamais venus au Nicaragua.

— Comment avez-vous découvert ma présence à Managua ?

— Par hasard. Je connaissais l'obsession de Joachim pour le sang. J'ai imaginé les lieux qui pouvaient l'intéresser. Les banques de sang en faisaient partie. C'est à ce moment que j'ai découvert que le patron de Plasma Inc. n'était autre qu'Eduardo Manzarena. J'y suis allé le mercredi. Juste au moment où vous sortiez du centre, l'air effaré. J'ai cru à une hallucination. À ce moment-là, vous n'étiez pour moi qu'une jeune femme ravissante, un peu perdue, que j'avais rencontrée dans une exposition la semaine précédente.

Jeanne nota les mentions « jeune » et « ravissante ». Les plaça soigneusement dans sa boîte à trésors. Et oublia instantanément le « un peu perdue ».

— Je vous ai suivie, continua Féraud. J'ai attendu devant la villa de Manzarena. J'ai vu arriver les voitures de police, les ambulances. Je vous ai vue parler avec une grande femme indienne. Je ne comprenais rien. Souvenez-vous : vous m'aviez menti sur votre activité. Vous vous étiez présentée comme une directrice de communication.

Jeanne haussa une épaule.

— Je n'ai pas voulu vous effrayer. Pour les hommes, il vaut mieux être hôtesse de l'air que haut fonctionnaire.

— Le prestige de l'uniforme... Vous portez bien une robe de magistrate, non ?

— Jamais. Les juges d'instruction n'assistent pas aux procès.

— Dommage.

Ils s'arrêtèrent net. Surpris tous deux par la tournure de la conversation. Ils badinaient en plein cauchemar...

— Ensuite ? reprit Jeanne, soudain sérieuse.

— J'ai trouvé un cyber café. J'ai fait des recherches à votre sujet. Vous êtes une sorte de célébrité dans votre domaine. J'ai compris que vous m'aviez manipulé.

— Je ne vous ai pas manipulé. C'est un concours de circonstances.

— Vous êtes apparue dans ma vie. (Il claqua des doigts.) Comme ça. Et j'apprends que vous êtes juge d'instruction. J'ai pensé que, dès le premier soir,

516

vous vouliez me tirer les vers du nez grâce à vos charmes.

— Mes charmes ?

— Ne vous sous-estimez pas.

Le ton de flirt, encore une fois...

— Qu'avez-vous fait ensuite ?

— J'ai perdu votre trace le soir du meurtre. Le lendemain, j'ai enquêté sur Eduardo Manzarena. C'était facile : tous les journaux ont fait son portrait. Entre-temps, j'avais lu la presse française et découvert que Joachim avait frappé deux fois avant Francesca, à Paris. Mais je n'avançais pas à Managua. Je n'avais aucune piste, aucun indice, rien. Et impossible de retrouver Joachim et son père dans cette ville. J'ai compris que je m'étais trompé. Je n'avais ni les moyens ni les compétences pour les retrouver.

— Pourquoi êtes-vous parti au Guatemala ? Vous avez suivi ma trace ?

— Non. Un autre hasard. Je suis allé à l'ambassade de France, le jeudi soir. J'ai rencontré un attaché culturel, un dénommé Marc, qui s'est montré très coopératif.

— Nous aurions pu nous croiser là-bas.

— Exactement. Dans la conversation, il a évoqué une Française qui venait de partir pour Antigua. Excusez-moi, mais, selon lui, cette femme avait l'air un peu... hystérique. J'ai deviné que c'était vous... À l'aube, j'ai pris l'avion pour Guatemala City. J'ai loué une voiture et j'ai foncé jusqu'à Antigua. Là-bas, j'ai sillonné la ville. Ce n'est pas très grand. Je vous ai finalement aperçue. Vous sortiez de l'église de Nuestra Señora de la Merced.

— J'avais l'air hystérique ?

Féraud sourit.

— Héroïque, plutôt. Je ne vous ai plus lâchée.

Le psychiatre se tut. C'était l'heure des choix. Amis ou ennemis ? Associés ou rivaux ? Au fond d'elle-même, Jeanne jubilait. Elle n'était plus seule. Elle allait poursuivre son enquête avec le plus mignon des psychiatres parisiens. Qui ne lésinait pas, en plus, sur les compliments...

S'efforçant de ne pas montrer son état d'esprit, elle prit sa voix glacée de magistrate pour demander :

— Votre conclusion ?

— Le père et le fils vont continuer leur voyage. En Argentine. Ils ont fait le ménage ici, côté sang. Ils vont le faire là-bas, côté crâne.

— Je suis d'accord.

D'un signe, Jeanne désigna le sac de Féraud. Le moulage était à l'intérieur.

— Sur ce crâne, qu'est-ce que vous savez ?

— Dans l'atelier de Francesca, j'ai trouvé les coordonnées du paléontologue qui lui avait envoyé.

— Jorge De Almeida.

— Son portable ne répondait pas. J'ai contacté son laboratoire, à Tucumán. J'ai pu parler avec l'assistant du chef du labo, Daniel Taïeb.

— Vous avez de la chance.

— J'ai appris que De Almeida avait effectué plusieurs expéditions dans la forêt des Mânes, rapportant à chaque fois des vestiges bizarres. Il n'est toujours pas rentré de son dernier voyage. Selon mon contact, il était très exalté ces derniers mois. Il pensait avoir fait une découverte révolutionnaire.

— Le crâne ?

— Oui. Et d'autres vestiges fossiles.

— En quoi ces ossements sont-ils révolutionnaires ?

— Ils appartiennent à des *Homo sapiens sapiens* archaïques. Le crâne en question porterait les caractéristiques des Proto-Cro-Magnons : menton fuyant, arcades saillantes, mâchoires avancées... Ces traits simiesques prouveraient la présence d'un « brouillon d'homme » sur le continent américain il y a 300 000 ans.

— C'est impossible, fit Jeanne, se rappelant le résumé chronologique d'Isabelle Vioti. Les *Homo sapiens sapiens* sont arrivés en Amérique beaucoup plus tard.

— C'est ce que m'a expliqué le chercheur. Mais il y a plus fou. De Almeida prétendait avoir déterminé l'âge réel de ces vestiges fossiles. Notamment du crâne.

— Et alors ?

— Il n'a pas vingt ans.

Jeanne ne comprit pas. Ou plutôt, ne voulut pas comprendre. Elle pressentait pourtant cette vérité depuis plusieurs heures.

Antoine Féraud enfonça le clou :

— Ces Proto-Cro-Magnons existent toujours, Jeanne. Ils survivent au fond de la forêt des Mânes.

III

Le peuple

65

Elle tourna la tête et regarda par le hublot. L'aile de l'avion s'inclinait vers la ville immense qui apparaissait à travers les nuages : Buenos Aires. Jeanne aurait aimé profiter à plein de ce retour – la capitale argentine avait été son grand coup de foudre lors de son périple d'étudiante. Mais elle n'avait pas l'esprit libre. Son cerveau était monopolisé par l'hypothèse incroyable qui avait clôturé le chapitre Amérique centrale : l'existence d'un peuple primitif, au fond d'une lagune du Nordeste, en pleine époque contemporaine.

Les signes étaient là. Les preuves, peut-être, même... Mais Jeanne ne pouvait accepter une telle possibilité. Question de bon sens. On parlait bien, de temps à autre, dans les magazines, à la télévision, de tribus totalement coupées du monde civilisé. Des indigènes qui n'avaient soi-disant jamais vu « l'homme blanc ». En Amazonie. En Papouasie. En Nouvelle-Guinée. Mais Jeanne avait assez voyagé pour savoir que de telles découvertes n'étaient plus possibles. Pas à l'heure des satellites. De la déforestation. Des exploitations minières forcenées...

Un autre fait la troublait. Le peuple de la forêt des Mânes, s'il existait, n'était pas un simple groupe archaïque. C'était un fragment violent, cruel, maléfique, de l'humanité. Des créatures cannibales vénérant des divinités obscures, dont le mode d'existence était fondé sur la barbarie et le sadisme. Des tueurs dévoyés, sacrifiant des Vénus au cours de cérémonies sorties tout droit d'un film d'horreur.

Le choc du tarmac stoppa ses pensées.

Débarquement. Douanes. Récupération des bagages. Jeanne et Féraud avaient décidé, la veille, d'unir leurs efforts. Sans discuter. Ni envisager les dangers de l'aventure. Ils avaient simplement décrété que leur prochaine étape était Buenos Aires. Ils étaient rentrés à Guatemala City avec la voiture de Féraud – Jeanne n'avait plus eu de nouvelles de Nicolás. Le soir même, ils avaient filé à l'aéroport La Aurora et attrapé un vol pour Miami. Après quelques heures de sommeil dans un hôtel-dortoir, ils avaient réussi à embarquer sur le vol de 7 h 15 du matin pour Buenos Aires, avec la compagnie Aerolinas Argentinas.

Ils avaient eu le temps d'échanger leurs CV. Jeanne s'était montrée sous son meilleur jour, occultant tout ce qui pouvait avoir l'air lugubre dans sa vie. Dans l'ordre : l'assassinat de sa sœur aînée, son obsession pour la violence, sa mère gâteuse, sa propre dépression, son incapacité à garder un jules plus de quelques mois... Antoine Féraud avait fait mine de croire cette version enchantée, soupçonnant sans doute quelques petits arrangements. Après tout, le non-dit, c'était son boulot.

Lui affichait un destin sans histoire. Mais dans une version surdouée. Enfance bourgeoise à Clamart. Bac à dix-sept ans. Diplôme de médecine à vingt-trois. Internat achevé à vingt-six puis doctorat en psychiatrie. Plus tard, Féraud avait été maître assistant à la faculté de Sainte-Anne et avait occupé un poste de psychiatre dans le même hôpital. Depuis cinq ans, il s'était orienté vers le privé, ne conservant qu'une consultation hebdomadaire à Sainte-Anne. Il n'avait pas ouvert son cabinet pour l'argent mais pour ce qu'il appelait le « terrain intime ». Il observait, fouillait, soignait au quotidien les névroses ordinaires des Parisiens.

Pour le reste, rien de notable. À trente-sept ans, Antoine Féraud n'avait pas d'épouse, pas de maîtresse, pas d'ex. C'est du moins ce qu'il racontait. Sa seule et unique passion était son métier. Il vivait pour la psychiatrie, la psychanalyse et cette fameuse « mécanique des pères » dont il avait déjà parlé à Jeanne. *Derrière chaque crime, il y a la faute d'un père...* Dans ce domaine, Joachim constituait un cas d'école. Mais qui était son père œdipien ? Hugo Garcia ? le clan de la forêt ? Alfonso Palin ? ou encore son père biologique, sans doute un prisonnier politique éliminé dans les geôles de Campo Alegre ? Une certitude : Joachim était marqué par la pure violence. Il était né par elle. Et existait pour elle.

Jeanne avait écouté Féraud. À mesure qu'il parlait et s'agitait, il ressemblait de moins en moins à l'homme de ses rêves. Il paraissait jeune, fiévreux, désordonné. Et surtout : inconscient. Il ne mesurait pas dans quelle aventure il s'était lancé. Armé de ses théories et de ses connaissances psychiatriques, il n'avait pas saisi qu'il évoluait désormais dans la vraie vie – avec un vrai tueur et de vraies victimes. Le terrain familier de Jeanne. Elle craignait maintenant qu'il ne soit plutôt un poids qu'un atout pour la suite de l'enquête...

Ils sortirent de l'aéroport Eizeiza. Cherchèrent un taxi. Dès ses premiers pas à l'air libre, Jeanne reçut un choc. 10 heures du matin. Le soleil. La qualité inexprimable de l'air... Au mois de juin, en Argentine, on est en hiver. Mais l'hiver préserve ici un versant solaire.

Tout près d'elle, un flic prononça quelques mots avec l'accent chantant, chaleureux du pays. Ce fut comme si une bulle de bande dessinée s'était échappée de ses lèvres. Un sillage d'étoiles, de paillettes, d'étincelles... D'un coup, malgré l'enquête, malgré le goût de mort au fond de chaque fait, elle se trouva propulsée aux confins de la joie. De l'autre côté du monde...

Taxi. Au fil de l'autoroute, la ville émergeait lentement de la forêt. Plate et grise comme une mer. Elle miroitait, scintillait, palpitait. Plus précisément, les cités claires, les maisons blanches se dessinaient parmi les bouillonnements de verts. Toujours étroites, percées de quelques fenêtres. Le tableau évoquait une ville construite en morceaux de sucre d'une élégance éthérée.

Avenue 9 de Julio. L'axe principal de Buenos Aires offrait un catalogue complet de l'architecture de la capitale. Constructions grandioses mêlant les styles, les époques, les matériaux. Arbres foisonnants, nobles et feuillus : *tipuanas*, sycomores, lauriers

526

effleurant les façades de leurs ombres légères. Toute la ville vibrait. Évoquait un claquement de cymbales dans le soleil d'hiver.

Jeanne ne voyait pas que cela. Au fil des rues, des bâtiments, des porches, ses souvenirs revenaient. Le parfum des chèvrefeuilles brassé par le vent tiède du printemps. Les brumes bleu et mauve des *jaracarandas* aux feuilles plus légères que les fleurs de coton. La rumeur des voitures, le soir, qui faisait corps avec la nuit sur la place San Marin, au pied des lauriers géants...

Elle avait indiqué au chauffeur un hôtel dont elle se souvenait, dans le quartier Retiro, au nord-est de la ville. L'hôtel Jousten, rue Arroyo. La rue, surtout, l'avait marquée. Une artère qui s'enfouissait sous les arbres comme une rivière sous des saules, en tournant – ce qui est plutôt rare dans cette ville dessinée selon le plan d'un échiquier.

Arroyo 932. Jeanne régla le taxi. Féraud ne sortait pas facilement son porte-monnaie. Le froid les surprit. À l'ombre, il ne faisait que quelques degrés au-dessus de zéro. Et elle n'avait toujours pas acheté de pull... Cette ambiance hivernale était très différente de ce qu'elle avait connu lors de son premier voyage. Mais la rue était toujours aussi belle. Les immeubles, surplombant les cimes des arbres, étaient d'une noblesse extraordinaire. Pierres de taille, angles arrondis, balcons ciselés : douceur et bienveillance à tous les étages...

Dans l'hôtel, deux chambres étaient libres. Au même étage, mais pas mitoyennes. Tant mieux. Ils n'étaient pas là pour batifoler. Même si l'idée, au

Guatemala, avait semblé naturelle. Cela paraissait déjà loin...

Jeanne prit une douche. Après dix bonnes minutes de jets crépitants, elle sortit de la cabine réchauffée, régénérée, et s'habilla en superposant encore une fois tee-shirts et polos légers. Elle avait donné rendez-vous à Féraud à midi dans le vestibule.

L'objectif était clair.

Retrouver la trace de l'amiral Palin et du colonel Pellegrini.

66

Jeanne donna au chauffeur l'adresse de *Clarín*, le journal de gauche de Buenos Aires – elle avait acheté un exemplaire dans un kiosque. Elle espérait qu'une permanence en ce dimanche leur permettrait d'accéder aux archives.

Les bureaux du siège étaient situés avenue Corrientes, à l'est, dans le quartier de San Nicolas. Le taxi traversa un centre d'affaires désert, où se dressait la tour des Anglais, plantée sur son fragment de pelouse. Autour, des buildings à l'américaine projetaient leurs ombres froides. Le quartier exprimait une solitude déchirante, tragique, qui provoquait une inquiétude presque métaphysique.

La voiture plongea dans des rues plus étroites, et plus fréquentées. L'autre visage de Buenos Aires. Porches sombres, balcons clos par des grillages, étroites fenêtres coiffées par des buissons en fleur. Et partout, le soleil. Allongé. Alangui. Assoupi. Mais toujours sur le qui-vive. Ici, l'éclat d'une vitre qu'on ouvre. Là, une carrosserie qui file. Là encore, le miroitement d'une sculpture d'acier plantée sur un parterre de gazon. Jeanne se souvint des obscures recherches d'Emmanuel Aubusson, à propos de la citation de Rimbaud : « L'éternité... la mer allée avec le soleil ». Buenos Aires, c'était « l'hiver allé avec le soleil »...

Ils atteignirent l'avenue Corrientes, longue artère cadrée par des immeubles sombres et rectilignes. Les contrastes y étaient si durs, si forts, que tout paraissait peint en noir et blanc. Jeanne avait vu juste : une équipe assurait une permanence. La salle des archives était une pièce sans fenêtre éclairée par des tubes luminescents, traversée de comptoirs soutenant des ordinateurs.

En quelques clics, Jeanne accéda à la mémoire du journal. Féraud se tenait derrière elle, silencieux, attentif. Elle se demandait s'il parlait assez bien l'espagnol pour suivre ce qui se passait. Elle commença la recherche par l'amiral Alfonso Palin. Et n'obtint pas grand-chose.

L'officier avait occupé de hautes fonctions au sein de la célèbre Escuela de Mecánica de la Armada (ESMA), principal centre de détention, de torture et d'extermination de la « sale guerre ». Puis il avait supervisé d'autres centres de détention illégaux fonctionnant en plein Buenos Aires : Automotores Orletti, El Banco, El Olimpo... C'était lui, racontait l'article, qui avait institué la diffusion de la musique dans ces centres pour couvrir les hurlements des prisonniers. En 1980, il était devenu le chef du secrétariat à l'Information de l'État. Il prenait alors ses ordres directement de Jorge Rafael Videla. Il aurait dû être en tête de liste des officiers accusés par les gouvernements démocratiques qui avaient succédé aux dictatures, mais Palin s'était évaporé après la guerre des Malouines, en 1984.

Depuis cette époque, plus une ligne n'avait été écrite sur lui. À l'évidence, l'amiral s'était exilé. Jeanne n'était pas étonnée. Tout portait à croire qu'il s'était installé de longue date en Europe. En Espagne ou en France.

La seule trouvaille était un portrait photographique, avec d'autres officiers. Chaque membre du groupe se tenait bien raide dans son uniforme. Certains portaient des lunettes noires et arboraient des postures de mafieux. Ils ressemblaient à leurs propres caricatures.

Jeanne se tourna vers Féraud.

— Lequel est-ce ?

Le psychiatre, troublé, tendit l'index. Palin ressemblait à l'être qu'elle avait imaginé. Un homme grand, maigre, sec comme du bois mort. Dans les années quatre-vingt, il avait déjà les cheveux gris, épais, coiffés en arrière. Des yeux bleus froids et deux grandes rides en tenaille qui encadraient sa figure comme des pinces à glace. Jeanne tenta de se le représenter beaucoup plus vieux, en costume civil, dans le cabinet de Féraud. Plutôt flippant, comme patient...

Elle imprima le cliché puis lança une nouvelle recherche. Vinicio Pellegrini. À ce nom, l'ordinateur se déchaîna. Une pléthore d'articles s'afficha. Le colonel semblait avoir participé à tous les procès, bénéficié de toutes les amnisties, puis il était retourné dans le box des accusés sous l'actuel gouvernement, qui ne plaisantait pas avec les criminels de la dictature. Pellegrini était sur tous les coups.

Coups bas. Coups fourrés. Mais aussi coups d'éclat. L'homme, bien que désormais assigné à résidence, était une star à Buenos Aires.

Jeanne commença à lire puis se souvint de Féraud. Elle se retourna et surprit dans ses yeux la confusion. Le problème de la langue, mais aussi de l'histoire politique du pays. Elle-même était perdue. S'ils voulaient vraiment comprendre quelque chose à cet imbroglio, ils devaient d'abord se rafraîchir la mémoire. Se replonger dans les trente dernières années de l'Argentine. Ces juntes militaires qui avaient reculé les limites de l'horreur.

Les archives de *Clarín* proposaient des dossiers de synthèse regroupant des articles à propos de sujets spécifiques. Elle choisit : « Justice, dictatures et réformes. » Ouvrit la série d'articles et fit la traduction simultanée à voix haute pour son partenaire.

Les faits.

Mars 1976. Le général Jorge Rafael Videla, commandant en chef de l'armée de terre, renverse Isabela Perón, dernière compagne de Juan Domingo Perón, alors présidente de la République. À partir de cette date, plusieurs généraux se succèdent au pouvoir. Videla, de 1976 à 1981. Roberto Viola, pour quelques mois. Leopoldo Galtieri, de 1981 à 1982, artisan de la guerre des Malouines, contraint de démissionner après la défaite de l'Argentine. Il cède la place à Reynaldo Bigogne, obligé à son tour, en 1983, d'abandonner le pouvoir en faveur, enfin, d'une république démocratique.

Pendant sept années, c'est donc le règne de la terreur. L'objectif des généraux est clair : éradiquer définitivement tout front subversif. Pour cela, on tue en masse. Non seulement les suspects mais aussi leur entourage. Une phrase célèbre du général Ibérico Manuel Saint-Jean, alors gouverneur de Buenos Aires : « Nous allons d'abord tuer tous les agents de la subversion, ensuite leurs collaborateurs, puis les sympathisants ; après, les indifférents, et enfin les timides. »

L'ère des enlèvements commence. Vêtus en civil, les militaires roulent dans des Ford Falcone vertes sans plaque d'immatriculation. Ils kidnappent des hommes, des femmes, des enfants, sans explications. La scène peut survenir dans la rue, sur le lieu de travail, au domicile du suspect. À n'importe quelle heure du jour ou de la nuit. Pour les témoins, le mot d'ordre est : « *No te metas* » (« Ne t'en mêle pas »). Des milliers de personnes disparaissent ainsi, dans l'indifférence forcée des autres.

Le plus beau est la technique d'élimination finale. Après avoir torturé les *subversivos*, par centaines, par milliers, il faut s'en débarrasser. C'est *el vuelo*. Les prisonniers sont soi-disant vaccinés avant d'être transférés dans un autre pénitencier. Une première piqûre d'anesthésiant leur ôte toute volonté de résistance. On les embarque, groggy, dans un avion-cargo. Deuxième piqûre, en altitude, qui les endort complètement. Alors les militaires les déshabillent, ouvrent la porte du sas et balancent les corps nus dans les eaux de l'Atlantique Sud. Des milliers de détenus disparaissent ainsi. Jetés à 2 000 mètres d'altitude. Fracassés contre la surface des flots. Dans chaque centre de détention, plusieurs jours de la semaine sont consacrés à cette « corvée de mer ». Les militaires pensent avoir trouvé la solution pour éviter toute poursuite internationale. Pas de corps. Pas de traces. Pas de tracas...

Ce sont pourtant ces disparitions qui vont provoquer un sentiment de révolte à Buenos Aires. Dès 1980, des mères en colère exigent de savoir ce qui est arrivé à leurs enfants. S'ils sont morts, elles veulent au moins récupérer leurs dépouilles. Ces femmes deviennent les fameuses « *Madres de Plaza de Mayo* ». Celles que les militaires surnomment « les folles de la place de Mai ». Elles manifestent sans relâche, chaque jeudi, face à la Casa Rosado, le palais présidentiel. Et deviennent le symbole d'une population qui, à défaut d'échapper à la dictature, veut au moins enterrer ses morts.

Cette révolte coïncide avec la déconfiture de la junte militaire, qui se fourvoie, en 1982, dans la guerre des Malouines. En quelques semaines, et quelques navires coulés, l'Argentine est écrasée par l'armée britannique. Les généraux renoncent au pouvoir en 1983, prenant soin de s'autoamnistier pour éviter toute poursuite judiciaire.

La stratégie ne fonctionne qu'à moitié. Le gouvernement démocratique constitue une Commission nationale sur la disparition des personnes (CONADEP) qui révèle, sous la forme d'une synthèse intitulée « *Nunca más* » (« Jamais plus »), l'horreur au grand jour. Le rapport évoque 30 000 disparus. Un chiffre qui sera ramené, officiellement, à 15 000. Les méthodes de torture sont identifiées. En tête, la *picaña*, une pointe électrique qu'on applique sur les différentes parties du corps : paupières, gencives, aisselles, organes génitaux... Les témoignages évoquent aussi d'autres techniques :

viols systématiques des femmes, amputations à la scie électrique, brûlures de cigarette, énucléation, introduction de rongeurs vivants dans le vagin, mutilation des parties génitales au rasoir, vivisection sans anesthésie, ongles des mains et des pieds arrachés, chiens dressés pour mordre ou violer les prisonniers...

Comment châtier de tels actes ? Le gouvernement démocratique de Raúl Alfonsin ne peut plus reculer. Malgré la menace d'un nouveau coup d'État militaire, il faut procéder à des arrestations et prononcer des sentences. Commence alors un jeu du chat et de la souris entre les accusés et le pouvoir civil, qui alterne menaces de procès et décrets d'amnistie. Comme la loi du « point final » (« *punto final* »), en 1986, fixant une date limite au dépôt des plaintes, permettant ainsi de suspendre les poursuites engagées contre les militaires. Ou encore, en 1987, la loi de « l'obéissance due » (*obediencia debida*), annulant la responsabilité de tout soldat ayant agi sur ordre de ses supérieurs.

Restent les hauts dignitaires. Les généraux. Les amiraux. Les membres des gouvernements militaires. Ceux-là passeront aussi à travers les mailles du filet. Pour une raison simple : ils sont trop âgés. Au mieux, ils meurent avant leur procès. Au pire, ils sont assignés à résidence dans leur demeure princière, la plupart d'entre eux ayant profité de leur pouvoir pour amasser une belle fortune.

Jeanne quitta l'écran des yeux et se tourna vers Antoine Féraud. D'un regard, ils se comprirent. Ils cherchaient un tueur amateur au pays des tueurs professionnels. Dans ce paysage de carnage et de procès, Alfonso Palin avait réussi à disparaître.

En revanche, Pellegrini la jouait grand seigneur.

Elle revint à la série d'articles qui le concernaient. Depuis le début des procès, il n'avait pas cessé de défrayer la chronique. L'homme fort de Campo Alegre, El Puma, avait fait l'objet de plusieurs actes d'accusation. Sa responsabilité dans les exactions commises ne faisait aucun doute. Son nom apparaissait dans les organigrammes. Des ordres – fait rarissime – avaient même été signés de sa main. Meurtres. Actes de torture. Disparitions…

Malgré ces preuves, Pellegrini était souvent mis hors de cause. D'autres fois, il était condamné. Aussitôt, il faisait appel. Repoussant éternellement l'application des peines. Assigné à résidence, il jouissait d'une position confortable. Ne se souciant pas de discrétion, il organisait des fêtes dans sa villa et avait même investi son argent dans une équipe de football. Le tortionnaire était devenu une figure incontournable du sport argentin, obtenant des dérogations pour assister à des matchs ou participer à des émissions de télévision.

Jeanne imprima son portrait. Un grand gaillard septuagénaire coiffé en brosse, aux fines lunettes dorées et au sourire de crocodile repu.

— C'est lui qu'il nous faut, conclut-elle.

— Comment le trouver ?

Elle éteignit l'ordinateur.

— J'ai mon idée.

67

Les locaux des *Madres de Plaza de Mayo* se trouvaient au sud de l'avenue Corrientes. Jeanne n'eut aucun mal à trouver l'adresse – les Mères avaient pignon sur rue. Le taxi croisa la Plaza de Mayo et le palais présidentiel, puis emprunta l'avenue J.A. Roca pour tomber pile dans la rue Piedras.

Durant le trajet, Jeanne expliqua son plan à Féraud. Depuis trente ans, les Mères constituaient un front de résistance unique contre les généraux. Elles s'étaient organisées en bureaux d'enquête, associant avocats, détectives, généticiens, experts pathologistes... Face à elles, les criminels ne pouvaient dormir en paix. D'autant plus qu'elles se rendaient régulièrement à leur domicile en criant : « *La casa no es un penal!* » (« La maison n'est pas une prison ! ») ou : « *Si no hay justicia, hay escrache popular!* » (« S'il n'y a pas de justice, il y a les dénonciations populaires ! ») Lors de son premier voyage, Jeanne avait suivi une de ces manifestations. Elle avait été bouleversée par ces vieilles femmes, toutes coiffées d'un fichu blanc, chantant, hurlant, scandant au son des tambours leur droit à la justice.

Ces dernières années, elles avaient fondé une nouvelle association, Les Grands-Mères de la place de Mai, versée dans un domaine spécifique : identifier et récupérer les enfants volés par la dictature. Entre 1976 et 1983, on avait confié les bébés nés de prisonnières enceintes à des « familles honorables », c'est-à-dire de droite. Parfois, un officier donnait un nourrisson à sa femme de ménage stérile. D'autres avaient organisé un vrai trafic, vendant les gamins à de riches familles. Des centaines d'enfants avaient ainsi perdu leur identité, leur origine, accueillis dans le camp des bourreaux de leurs propres parents.

Les « *Abuelas* » avaient organisé une vaste campagne de sensibilisation, exhortant tous les trentenaires argentins ayant un doute sur leur origine à venir faire une prise de sang dans leurs bureaux. On comparait ensuite leur ADN avec celui des disparus du régime – c'est-à-dire avec le sang des grands-mères, toutes parentes des victimes. Ces comparaisons avaient permis d'identifier de nombreux enfants volés et de leur rendre leurs parents véritables – du moins leur nom.

Les mères et grands-mères de l'association étaient devenues les meilleures spécialistes de leurs ennemis. Elles avaient constitué des dossiers, des fonds d'archives, des organigrammes. Elles connaissaient leurs adresses à Buenos Aires. Leurs combines pour échapper à la justice. Leurs magouilles financières. Leurs réseaux d'avocats. Le contact idéal pour retrouver Vinicio Pellegrini. Le problème était toujours le même : on était dimanche et leur bureau risquait d'être fermé.

Le taxi s'arrêta devant le 157 de la rue Piedras. Jeanne, une nouvelle fois, régla la course et lança un regard agacé à Féraud. Ce qu'elle vit la calma. Blême, tendu, décoiffé, le psychiatre avait l'air accablé. Il faisait dix ans de moins que lorsqu'elle l'avait connu, le premier soir, au Grand Palais. Il ressemblait à un étudiant tout juste embarqué par les CRS, après avoir reçu un coup de matraque sur le crâne. Elle se souvint qu'il avait lu le matin même, dans l'avion, le journal de Pierre Roberge. À quoi s'ajoutaient maintenant les exactions argentines. C'était beaucoup pour un psychiatre de salon...

Un instant, elle admira la beauté de ses traits, ses yeux noirs, ses sourcils bien dessinés d'acteur mexicain. Vraiment un beau mec. Mais inapte pour une enquête de terrain. Ce spectacle la toucha. Malgré elle, elle tendit la main pour recoiffer une de ses mèches. Elle regretta aussitôt ce geste de tendresse. Pour faire bonne mesure, elle lui frappa l'épaule et cria en ouvrant sa portière :

— *Vamos, compañero!*

La rue Piedras était froide et déserte. Les immeubles paraissaient inhabités. Ils n'avaient pas le code du 157. Ils durent attendre dix minutes avant que quelqu'un sorte du bâtiment. Ils avaient froid. Ils avaient chaud. Ils portaient en eux, comme une maladie, leur nuit chiffonnée et les heures de vol inconfortables.

À l'intérieur, l'atmosphère de solitude continuait. Couloir interminable. Murs gris. Sol brun piqué de carrés blancs. Des portes en série. Toutes identiques. Ils trouvèrent l'ascenseur. Un monte-charge clos par une grille. Troisième étage. Nouveau couloir. Nouvelle succession de portes. Celle des « *Madres* » était au bout. Une photo en noir et blanc de la Plaza de Mayo était collée dessus.

Jeanne sonna. Pas de réponse. Ils étaient bons pour rentrer à l'hôtel, trouver un petit restaurant et jouer les touristes jusqu'au lendemain matin. Au bout de quelques secondes pourtant, un verrou claqua. La porte s'ouvrit. C'était absurde mais Jeanne s'attendait à voir apparaître une vieille femme, mi-madone, mi-sorcière.

Le personnage sur le seuil n'avait rien à voir avec ce cliché. Un homme d'une quarantaine d'années portant chemise à rayures roses, pantalon à pinces de bonne coupe, mocassins à glands. Un banquier plutôt qu'un militant bénévole.

Jeanne donna son nom, celui de Féraud, expliqua qu'ils venaient de Paris pour... L'homme l'interrompit dans un français rocailleux :

— Paris ? Je connais bien Paris ! (Il éclata de rire.) J'y ai fait une partie de mes études. La Sorbonne ! Georges Bataille ! La cinémathèque !

Le ton était donné. Un intello. Mûr pour un bobard sur mesure : le projet d'un livre écrit à quatre mains sur la justice face aux dictatures. L'homme écouta à peine. Il recula et repartit d'un éclat de rire, haut et fort.

— Entrez ! Je m'appelle Carlos Escalante. Je suis journaliste, moi aussi. On m'a laissé les clés des bureaux pour mener mes propres recherches.

Ils pénétrèrent dans une pièce tapissée de casiers en fer, de tiroirs de bois, d'armoires en contreplaqué.

Des archives serrées montaient jusqu'au plafond. Sur les portes, des affiches portaient les mots *« Desaparecidos »* ou *« Buscar el hermano »*.

Par courtoisie, Jeanne demanda :

— Vous travaillez sur quoi ? Les disparus des dictatures ?

— Non. Les enfants volés. Les maternités clandestines.

Jeanne lança un coup d'œil à Féraud : une chance pour leur enquête. Escalante surprit leur échange.

— Le sujet vous intéresse ?

— Nous comptons consacrer un chapitre à ce problème, oui. Je crois savoir que plusieurs coupables ont été condamnés...

— Il faut s'entendre sur l'identité des coupables. Et sur la nature des délits...

Carlos Escalante les invita à s'asseoir autour d'une table centrale, qui supportait plusieurs ordinateurs. L'Argentin avait un côté affable, souriant et jovial, en totale rupture avec l'objet de la conversation. L'exposé commença :

— Ce qui est intéressant, c'est que les crimes contre des mineurs sont imprescriptibles en Argentine. Les amnisties ne les concernent pas. Ces histoires d'enfants volés ont donc permis de confondre des généraux qui avaient échappé aux autres accusations. Même Carlos Rafael Videla a été condamné en 1998. Il a été jugé comme l'auteur intellectuel de l'enlèvement des gosses, de la suppression de leur état civil, de la falsification de leur identité. Aujourd'hui, ces affaires prennent un tour bizarre. Certains enfants attaquent même en justice leurs parents adoptifs ...

Jeanne se prit à imaginer cet univers cauchemardesque. Des femmes qui accouchaient dans des lieux de torture. Des enfants qu'on offrait comme des chocolats pour Noël. Des bourreaux qui élevaient la progéniture de leurs propres victimes. Des trentenaires qui traînaient maintenant leurs parents adoptifs dans le box des accusés et s'identifiaient à des ossements retrouvés dans le désert ou sur les plages atlantiques d'Uruguay...

— Les militaires, ils sont en prison ?

Escalante éclata à nouveau de rire. Il ne s'était pas assis. Petit, il parlait haut, le menton levé, comme s'il voulait lancer ses phrases au-dessus d'un mur.

— Personne ne fait de la prison en Argentine ! On reste chez soi, c'est tout.

— Parmi les cas que vous avez étudiés, avez-vous entendu parler d'un enfant nommé Joachim ?

— Quel est son nom de famille d'origine ? celui de ses parents adoptifs ?

Elle hésita, puis mentit :

— Je ne l'ai pas.

— Je peux faire des recherches, si vous voulez. Qui est-ce ?

— Un enfant dont nous avons entendu parler. Nous ne savons même pas s'il existe. Réellement.

Le journaliste fronça les sourcils. Elle prit un virage à 180 degrés pour éviter toute question :

— En réalité, nous cherchons l'adresse du colonel Vinicio Pellegrini.

Son sourire revint :

— El Puma ? Pas compliqué. Il suffit de lire les journaux. Rubrique « people ». Mais je peux vous trouver ça ici.

Escalante fit rouler son siège à roulettes à la manière d'un dentiste affairé. Il se mit à fouiller dans un tiroir en fer.

— Voilà. Ortiz de Ocampo 362. Le quartier le plus chic de Buenos Aires : Palermo chico.

— Vous pensez qu'il acceptera de nous parler ?

— Et comment ! Pellegrini est aux antipodes des autres généraux. C'est une grande gueule. Un provocateur. Et même un type assez charismatique. Au moins, il ne manie pas la langue de bois.

Jeanne et Féraud se levèrent comme un seul homme. Le journaliste les imita, tendant le Post-it sur lequel il avait noté l'adresse.

— Vous pouvez y aller maintenant. Vous êtes sûrs de le trouver, avec ses amis. Le dimanche, c'est le jour de l'*asado* ! Rien de plus sacré chez nous que le barbecue !

68

Des steaks grillés. Des *churrascos* fumants. Des saucisses ruisselantes. Du boudin calciné... Tout ça grésillait, crépitait, flambait sur un barbecue long de plusieurs mètres. Pour son *asado*, Vinicio Pellegrini avait vu les choses en grand.

Le Palermo Chico est situé au nord-ouest de la ville. Villas à la française, hôtels particuliers, manoirs anglais se serrent sous les arbres et la vigne vierge. Le lierre ruisselle même des câbles électriques, comme pour mieux cacher les précieuses demeures et les cahutes des gardiens.

Caméras. Interphone. Vigiles. Chiens. Détecteurs de métaux. Fouille au corps. Jeanne et Féraud avaient passé toutes ces étapes jusqu'à accéder aux jardins de Pellegrini. Leur nationalité française avait fait office de « patte blanche ». La villa était plus moderne que les autres bâtisses du quartier. Un bloc clair aux lignes strictes à la Mallet-Stevens, agrémenté de tourelles carrées et de verrières d'artiste. Jeanne songea à l'assignation à résidence de Pellegrini : c'était la plus belle prison qu'elle ait jamais vue.

Ils s'approchèrent. Sur les pelouses, se déployaient des saules pleureurs, des chênes centenaires, des sycomores souverains. Dessous, des cuisiniers déguisés en chefs français, toque et tablier blancs, manipulaient des montagnes de viande. Les invités de Pellegrini patientaient tranquillement, assiette à la main…

Jeanne pensait rencontrer ici des généraux en uniforme, des mamies en tailleur. Encore un cliché… L'ensemble tenait plutôt d'une garden-party dans un club-house de Miami. Les hommes avaient une moyenne d'âge élevée mais étaient bien conservés, sapés chic, cuits au soleil argentin. Ils portaient des pantalons à pinces, des polos Ralph Lauren, des chaussures de golf. Quant aux femmes, elles avaient l'air d'être leurs petites-filles. Beaucoup étaient déjà liftées et arboraient cette expression tirée, asiatique, des visages taillés au bistouri. Les bimbos étaient vêtues en Gucci, Versace ou Prada et semblaient avoir toutes postulé, il n'y avait pas si longtemps, pour le titre de Miss Argentine ou Miss Amérique latine.

Les dictatures conservent, se dit Jeanne. Ces officiers qui avaient tué, torturé, séquestré, et étaient poursuivis depuis trente ans par la justice de leur pays, se portaient comme des charmes. Ils attendaient tranquillement leur procès en sachant que, de toute façon, la justice argentine serait plus lente que la Grande Faucheuse.

Jeanne eut un regard vers Féraud. Il fixait la débauche de viande superposée sur les grils.

— Ça ne va pas ?

— Je… je suis végétarien.

545

Vraiment, ce psychiatre était fait pour conquérir l'Argentine comme elle pour participer à un concours de tee-shirts mouillés.

— Voilà donc mes petits Français !

Ils se tournèrent vers la voix qui venait de crier en espagnol. Un colosse aux cheveux gris taillés très court, vêtu d'une laine polaire bleu sombre et d'un jean large de bonne coupe, marchait vers eux. Vinicio Pellegrini portait ces signes caractéristiques : fines lunettes plaquées or, moustache qui évoquait une petite brosse de paille de fer. Ces lignes métalliques accentuaient encore les angles droits de son visage. Gueule musclée de prédateur, en parfait état de marche. Le Puma devait avoir dans les soixante-quinze ans. Il en paraissait vingt de moins.

— Qu'est-ce qui vous amène, *muchachos* ?

Il tenait dans la main droite une assiette supportant une pièce de bœuf aussi large qu'une pizza. Dans l'autre, un verre de vin rouge qui évoquait une pinte de sang frais. Un ogre épanoui. Jeanne imaginait la tête de Pellegrini quand les Mères de la place de Mai venaient manifester devant chez lui. Il devait lâcher ses chiens sur les vieilles femmes ou les chasser au karcher.

Elle résuma la raison de leur visite. L'enquête. Le livre. Les généraux. Le bluff habituel.

— Ho, ho, ho, roucoula-t-il sans la moindre gêne, des amateurs de souvenirs, hein ?

Il chercha du regard un coin tranquille où s'installer. Il désigna une table en teck à l'ombre d'un sycomore. Chacun choisit sa chaise.

L'officier haussa les sourcils en apercevant leurs mains vides.

— Vous ne mangez pas ?

Jeanne piocha une *empanada* – sorte de chausson farci à la viande – dans un panier posé au centre de la table. D'un signe, elle invita Féraud à l'imiter. Le psy fit non de la tête.

— Qui vous a donné mon adresse ?

— Le bureau des Mères de la place de Mai.

— Des putes !

— Nous n'avons vu que…

— Toutes des putes ! (Il brandit son couteau.) Sous la coupe de cette autre pute de Cristina Kirchner ! Vous savez que cette salope a accordé un budget pharaonique à ces vieilles folles ? Alors que le pays est au bord du gouffre !

Cristina Fernandez Kirchner avait succédé à son propre mari à la présidence du pays. Jeanne se souvint que le couple avait réformé la Cour suprême et déclaré les lois d'impunité inconstitutionnelles. Tout pour plaire au vieux Pellegrini.

— Les Folles de Mai sont des arnaqueuses. Leurs fils sont toujours vivants. Ils prospèrent tranquillement en Europe !

Le mensonge était énorme mais Jeanne n'était pas étonnée que de telles rumeurs circulent à Buenos Aires. D'ailleurs, la colère de Pellegrini semblait s'exercer pour la forme.

— Parmi les personnalités que nous voulons évoquer dans notre livre, reprit-elle sans se décontenancer, il y a l'amiral Alfonso Palin…

Le Puma attaqua son steak. Il cisaillait la chair saignante avec entrain.

— Je vous souhaite bonne chance, fit-il en avalant un morceau. Personne ne l'a vu depuis au moins vingt ans.

— Mais vous l'avez connu, non ?

— Bien sûr. Un vrai patriote. Il occupait un poste important au siège des services de renseignement de l'armée argentine. Un pilier de la guerre anti-subversive.

— Que pouvons-nous dire sur lui ? Sur le plan personnel ?

Pellegrini mâchait énergiquement sa viande. Cette opération paraissait solliciter une bonne partie de son cerveau. Mais une autre zone réfléchissait. Cherchait les mots pour décrire l'amiral Palin.

— Il avait un défaut, répondit-il après avoir bu une gorgée de vin. C'était un cul-bénit. Toujours fourré à l'église. Très proche des milieux catholiques.

— Ces convictions faisaient-elles bon ménage avec son action... militaire ?

— À votre avis ? Palin avait du sang sur les mains. Beaucoup. Et il devait faire avec... Même si les autorités catholiques, à l'époque, encourageaient l'extermination des subversifs.

Le colonel avait de nouveau la bouche pleine. Du bœuf. Du vin. Du carburant pour la chaudière.

— Je me souviens d'une histoire, fit Pellegrini. Au début de la dictature, en 1976, Palin a participé aux premiers *vuelos*. Vous savez ce que c'est, non ?

Jeanne ne répondit pas, sidérée que l'officier évoque aussi librement la violence du passé.

— Vous savez ce que c'est ou non ?

— Je sais, oui. Mais…

— Mais quoi ? Y a prescription, non ? N'oubliez jamais une chose : c'était la guerre. Notre pays était vérolé. On a sauvé l'Argentine du désastre. Si on n'avait pas éliminé tous ces gauchistes – il prononçait le mot espagnol, *izquierdistas*, avec répugnance –, ils auraient recommencé plus tard.

Le Puma arracha un fragment de steak. Derrière lui, les invités allaient et venaient, pantalons à carreaux, polos flashy, robes de marque multicolores – une vraie parade de cirque.

— De toute façon, on n'a pas de leçons à recevoir. (Il braqua sa fourchette vers Jeanne.) C'est vous, les Français, qui avez tout inventé ! La guerre subversive. La torture. Les escadrons de la mort. Même le largage des corps dans la mer ! Tout a été mis au point en Algérie. Tout a été théorisé dans *La Guerre moderne* du colonel Trinquier. Nous avons suivi le modèle, c'est tout. Des Français sont venus nous former. La moitié de l'OAS était installée à Buenos Aires. Aussaresses avait son bureau à l'ambassade française. Toute une époque !

Jeanne reprit une *empanada*. Pure contenance.

— En tout cas, reprit-il, il faut nous reconnaître une chose : l'efficacité. En trois ans, l'affaire était réglée. L'ennemi détruit. Ensuite, nous avons dû gérer les petits problèmes.

— Comme l'opération Condor ?

Pellegrini haussa les épaules, indifférent.

— On va pas ressortir tous les vieux dossiers.

Jeanne joua l'insolence :

— Les militaires ont aussi mené l'Argentine à la faillite.

Pellegrini frappa la table avec les manches de ses couverts.

— Le seul désastre connu, c'est la guerre des Malouines ! Une stupide idée d'un général stupide. Putain d'Anglais ! Au XIXᵉ siècle, quand ils assiégeaient Buenos Aires, nos femmes leur balançaient de l'huile bouillante sur la gueule. C'était le bon temps ! (L'officier tendit sa fourchette vers Féraud.) Il mange rien, le gamin ?

— Il a déjà déjeuné. Vous parliez d'une chose survenue à l'amiral Palin…

— Oui. Quand il était simple officier de marine, Palin a eu un pépin lors d'un des premiers *vuelos*. Dans l'avion, le médecin de bord anesthésiait les prisonniers. On les déshabillait quand ils étaient endormis. J'ai participé à ces opérations : la vision de ces corps nus amassés, genre camp nazi, c'était pas beau à voir… Après ça, la soute s'ouvrait et on balançait. Palin poussait un détenu dans le vide quand le gars s'est réveillé. Il s'est accroché à lui. (Pellegrini éclata de rire.) Ce con a failli passer pardessus bord avec le *subversivo* !

Son rire monta encore, puis se transforma en toux. Il retourna à sa pièce de bœuf, l'air sinistre.

— Il disait que, chaque nuit, le gars revenait dans ses cauchemars. Palin revoyait sa gueule terrifiée. Sa main qui s'accrochait à son bras. Son cri silencieux quand il chutait… Pour Palin, cette scène résumait l'horreur des *vuelos*. Comme si Dieu avait réveillé le prisonnier pour lui cracher à la face l'horreur de son acte. (Pellegrini prit un air théâtral et déclama, en français :) « L'œil était dans la tombe et regardait Caïn… »

Il raya l'air avec son couteau sanglant, façon essuie-glace.

— Ça l'a pas empêché de continuer. Et de fonder, entre autres, la milice Triple A. Du bon boulot.

Jeanne connaissait ce nom. Alliance anticommuniste argentine. Un groupe terroriste d'extrême droite, qui formait les escadrons de la mort durant les années noires.

— Plus tard, continuait le colonel, il est devenu amiral. Videla l'adorait. Il passait pour l'intellectuel de la bande. C'était pas difficile. Il a été nommé chef du secrétariat à l'Information de l'État. Il n'a plus eu à se salir les mains. Et puis, il a découvert la psychanalyse.

— La psychanalyse ?

— En Argentine, on adore ces trucs-là. Son analyse a duré des années…

Jeanne imaginait l'amiral Alfonso Palin, tortionnaire en chef, assassin en série, « cerveau » de l'épuration antisubversive, se rendant chaque semaine chez son analyste pour tenter de soulager sa conscience. *Mission impossible.*

Il était temps d'entrer dans le vif du sujet.

— Nous savons qu'Alfonso Palin est venu vous voir en 1981, quand vous dirigiez le Campo Alegre.

Pellegrini attaqua ses *achuras*. Un mot qui signifie « qui ne sert à rien ». Des saucisses. Du boudin…

— Vous êtes bien renseignée.

— Vous pouvez nous raconter ce qui s'est passé alors ?

El Puma devint pensif.

— Pourquoi je vous le raconterais ?

Elle misa sur la vanité du bonhomme :

— Pour être au centre de notre livre. (Elle ajouta en français :) *En haut de l'affiche*. D'ailleurs, il y a prescription, c'est vous qui l'avez dit.

Le colonel eut un sourire féroce, plein d'orgueil. Oui. Sa vanité était son talon d'Achille. Jeanne ne pouvait se départir d'une certaine attirance pour cet homme. Un tueur. Un génocidaire. Mais un coupable qui ne mentait pas.

— À cette époque, on avait un problème, commença-t-il. Les généraux avaient décidé de ne pas tuer les enfants des prisonniers. Il fallait donc les recueillir. Et les éduquer. Au Chili, ils disaient : « Il faut tuer la chienne avant qu'elle ne fasse des petits. » Ici, on récupérait les petits et on les remettait dans le droit chemin. Une autre école. Pour moi, c'était une erreur. Il aurait fallu les abattre. Tous. On voit bien aujourd'hui où ça nous a menés : ces salopards de gosses, qu'on a épargnés, qu'on a élevés, se retournent contre nous ! On aurait dû les foutre dans un cargo. Une bonne injection et…

— Que s'est-il passé ?

— C'était le bordel, reprit Pellegrini plus calmement. Il n'y avait pas de règle. Les prisonnières accouchaient dans les geôles. Des officiers filaient le bébé à leur pute préférée. Un commissaire adoptait une môme pour se garder une « petite fiancée » pour ses vieux jours. Des gradés vendaient les gamins à des familles fortunées. Videla a voulu mettre de l'ordre dans ce foutoir. Il a chargé Palin de procéder à un recensement.

— Des enfants nés dans les centres de détention ?

Le colonel avala une saucisse.

— Exactement.

Féraud intervint, pour la première fois :

— Mais… et les mères ? Les mères des bébés ?

— Elles étaient transférées.

— Où ?

Pellegrini regarda tour à tour Féraud puis Jeanne. Il paraissait consterné de leur naïveté.

— On envoyait un télex à Buenos Aires avec la mention RIP. *Resquiescat in pace.* À l'époque, on avait encore le sens de l'humour.

— En novembre 1981, recadra Jeanne, Palin est venu recenser les naissances à Campo Alegre. Il s'est passé alors un fait inattendu : l'amiral a voulu adopter lui-même un enfant.

L'officier eut un sifflement admiratif.

— Vraiment bien renseignée, la *compañera*…

— L'enfant était âgé de neuf ans. Il s'appelait Joachim. Il avait été adopté par un officier mineur de la base militaire, Hugo Garcia. Un alcoolique qui a fini par assassiner sa femme avant de se donner la mort. Joachim s'est enfui dans la forêt. Il y a passé trois ans avant qu'un jésuite d'origine belge ne le recueille, Pierre Roberge. En mars 1982, plutôt que de donner l'enfant à Palin, Roberge a fui avec lui au Guatemala. Pour finalement vous recontacter et le confier à Palin, avant de se suicider.

Pellegrini éclata de rire.

— Je ne vois pas ce que je pourrais encore vous apprendre.

— Répondez seulement à cette question : pourquoi Alfonso Palin voulait-il adopter Joachim, alors

553

que l'enfant présentait des signes d'autisme et des pulsions meurtrières ?

Le Puma hocha la tête, de nouveau pensif. Un sourire jouait encore sur ses lèvres. Comme s'il n'en revenait toujours pas de cette bonne blague du destin...

— Il y avait une raison. La meilleure de toutes. Joachim était son fils. *Son fils biologique.*

— Quoi ?

— Si vous comparez les dates, vous verrez tout de suite que la chronologie présente une anomalie. En 1982, Joachim avait neuf ans. Il était donc né en 1973. Trois ans avant le début de la dictature. En réalité, il n'appartenait pas aux enfants volés à partir de 1976. Sa mère nous avait posé un problème avant même que nous prenions le pouvoir.

— Qui était sa mère ?

— Une secrétaire de l'ESMA. Je ne me souviens plus de son nom. On a découvert qu'elle était gauchiste. Elle nous espionnait. On l'a envoyée à Campo Alegre et on l'a fait parler.

— Je ne vois pas le rapport avec Alfonso Palin.

— Elle était sa secrétaire personnelle à l'ESMA. Ils avaient fricoté ensemble. La fille devait lui tirer les vers du nez sur l'oreiller. Ou ils ont eu une vraie histoire, je ne sais pas... Bref, quand Palin a vu notre liste confidentielle des accouchements, portant les noms des prisonnières, il a repéré celui de la fille. Il ignorait qu'elle était enceinte. Il a fait ses comptes et a compris qu'il était le père du gamin.

— Cela aurait pu être aussi un autre amant. Un gauchiste. Un *Montonero*.

— C'est ce que je lui ai dit, mais Palin n'en démordait pas. La suite lui a donné raison.

— Dans quel sens ?

— Le môme, en grandissant, lui ressemblait de plus en plus.

— Physiquement ?

— Physiquement, oui. Et mentalement. Le même boucher sanguinaire, en plus petit. En plus sauvage…

Jeanne regarda Féraud. Ce fait incroyable expliquait à la fois le début de l'histoire et sa fin. L'obstination de Palin à récupérer Joachim. Le fait qu'il le présente aujourd'hui, dans le cabinet du psychiatre, comme son véritable fils.

— Que s'est-il passé ensuite ? Je veux dire, après le Guatemala ?

— Je ne sais pas au juste. Palin est allé chercher Joachim, à Atitlán. Le jésuite avait perdu les pédales. Il s'était suicidé. Je n'ai jamais revu aucun des trois. Après la guerre des Malouines, Palin a complètement disparu.

Pellegrini regarda sa montre. Il plaça ses poings sur ses hanches et considéra ses deux interlocuteurs, sourcils froncés.

— Je commence à trouver vos questions vraiment bizarres…

Elle avait sa réponse tout prête :

— Dans notre livre, Joachim, le fils de Palin, représente un cas de justice à part.

— Pourquoi ?

— Parce qu'il est devenu un assassin lui-même. En France.

Le Puma ne marqua ni émoi ni étonnement face à la nouvelle. Il attrapa sur la table une bouteille d'un alcool fort et s'en servit une rasade. Jeanne eut l'impression qu'on jetait de l'essence au fond de la chaudière brûlante.

— Putains de bébés…, grogna-t-il après avoir bu cul sec. Il aurait fallu tous les tuer.

69

— *Señora Constanza ? Me llamo Jeanne Korowa.*

Le temps de rentrer à l'hôtel et de suggérer à Féraud de faire une sieste pour se remettre de ses émotions, Jeanne s'était enfermée dans sa chambre. Elle voulait creuser l'autre versant de l'enquête. Le crâne. Le peuple primitif. Jorge De Almeida... Elle avait renoncé à évoquer la forêt des Mânes et son peuple mystérieux avec Pellegrini – d'instinct, elle sentait qu'il ne savait rien de ce côté-là.

À 16 heures, elle avait appelé l'institut agronomique de Tucumán. Personne chez les ingénieurs. Toujours dimanche. Elle avait seulement parlé à un membre de la sécurité. Il avait refusé de lui donner les coordonnées personnelles de Daniel Taïeb comme celles de son assistant – celui à qui Reischenbach avait parlé. Elle avait tout juste obtenu le numéro d'un téléphone satellite atttaché à un chantier de fouilles dans la région de Jujuy, à 600 kilomètres de Tucumán. La responsable du site était une dénommée Penelope Constanza, paléoanthropologue.

Après plusieurs tentatives infructueuses, Jeanne réussit enfin à lui parler. La connexion était mauvaise. Le vent s'engouffrait dans son combiné. La spécialiste devait être sur le terrain. Jeanne imaginait un désert. Des spirales de poussière. Des os brûlés par le soleil...

En quelques mots, elle se présenta puis attaqua :

— Vous connaissez Jorge De Almeida ?

— Non.

Bon début. La femme se reprit, entre deux bourrasques :

— Je ne l'ai croisé que quelques fois. (Elle devait être assez âgée : sa voix chevrotait. À moins que cela ne soit dû à la qualité médiocre de la communication.) Je suis souvent en mission. Et lui-même est toujours sur le terrain.

— Connaissez-vous les lieux où il travaille ?

— Non. Le Nordeste. Pas du tout ma zone.

Jeanne avait la carte du nord de l'Argentine en tête. Tucumán était au nord-ouest. À 1000 kilomètres de Buenos Aires. La région de Jujuy était encore 600 kilomètres plus haut. Quant au Nordeste, il fallait compter 1000 bornes aussi, mais plein est. Des distances tout à fait ordinaires pour l'Argentine.

— Vous souvenez-vous des dates de ses dernières expéditions ?

— Il me semble qu'il est parti trois fois. 2006. 2007. 2008. Il prétend avoir délimité un périmètre de fouilles là-bas. Je n'y crois pas.

— Pourquoi ?

— C'est une lagune. Un lieu immergé.

— Et alors ?

— Nous parlons de paléontologie. Il est absurde d'espérer retrouver des fossiles sur un terrain où tout pourrit en quelques jours. Nos principaux alliés, pour remonter le temps, sont la sécheresse, la sédimentation, la calcification.

Jeanne n'avait pas pensé à cela. Assise en tailleur sur son lit, elle contemplait les trois murs qui l'entouraient. Chambre crème. Chambre grise. Le lieu rappelait certaines pièces d'interrogatoire où la décoration est réduite au point zéro. *Exactement ce qu'il me faut.*

— Il semblerait que Jorge De Almeida ait disparu.

— Il ne donne aucun signe de vie, c'est différent. D'après ce qu'on dit au labo, c'est un original.

— Dans quel sens ?

— Il conduit ses expéditions en solitaire. Ce qui multiplie les risques d'accident et de disparition. Mais rien ne dit pour l'instant qu'il lui soit arrivé quelque chose... Là où il est, il n'y a aucun moyen de communication. Vous savez qu'on surnomme cette région « *El Impenetrable* » ?

Jeanne ne répondit pas. Elle suivait son idée :

— Il n'a pas de téléphone satellite ?

— Je ne sais pas ce qu'il a emporté comme matériel.

— Sur ses trouvailles, que savez-vous ?

— Des bruits de couloir. Il prétend avoir découvert des ossements qui bouleverseraient notre conception de la préhistoire précolombienne. Qui prouveraient que l'homme était présent sur le continent américain depuis des centaines de milliers d'années. Des bêtises. Nous savons que l'homme, venu d'Asie, n'est parvenu en Amérique du Nord qu'il y a 30 000 ans. Et dans la zone Sud il y a environ 10 000 ans. Dans notre métier, nous devons toujours rester ouverts aux révélations mais là, ça paraît vraiment gros. Au laboratoire, personne n'y croit. C'est pour ça qu'il est reparti. Furieux. En quête de preuves irréfutables.

Sa voix était douce et usée. Jeanne imaginait une vieille dame drapée dans une saharienne. Elle l'assimilait aux roches et aux cactus qui devaient l'entourer à cet instant. Un monde minéral, calciné, érodé, où ne poussent que des fossiles et des épines.

— Le nom de Francesca Tercia vous dit quelque chose ?

— Non. Qui est-ce ?

Jeanne fit la sourde oreille. Les questions, c'était elle.

— Depuis combien de temps est parti De Almeida ?

— Deux mois. Dans notre métier, ce n'est rien.

— Mais les gens du laboratoire sont inquiets.

— Pas vraiment, non... (Penelope parut réaliser qu'elle subissait un véritable interrogatoire.) Je n'ai pas très bien compris votre rôle dans tout ça. Vous êtes magistrate en France ?

— Oui. La disparition de Jorge De Almeida est liée à une affaire sur laquelle je travaille à Paris.

— Paris..., répéta rêveusement la spécialiste.

Sa voix revint, soudain plus proche :

— Je vous conseille de contacter Daniel Taïeb, notre patron. C'est lui qui supervise les recherches de Jorge.

— Vous avez son portable ?

560

La paléontologue lui donna sans hésiter. Enfin, elle tenait le numéro personnel de Taïeb le Fantôme. Elle remercia chaleureusement son interlocutrice et raccrocha. Elle tenta aussitôt d'appeler l'anthropologue. Répondeur. Elle ne laissa pas de message.

17 heures. D'un coup, elle sentit s'abattre sur ses épaules la fatigue des derniers jours. Passer, elle aussi, en mode sieste ? Non. Il fallait s'agiter. Avancer encore. Elle décida de mettre de l'ordre dans son dossier, faute de mieux.

Mais d'abord, elle compta les pesos qu'elle avait changés à l'aéroport. Pas une fortune mais le coût de la vie en Argentine était très bas. Par ailleurs, elle devait rédiger un message à sa banquière afin de transférer ses dernières économies sur son compte courant. D'autres dépenses se profilaient... Son enquête s'achèverait peut-être faute de moyens. Tout simplement.

Elle ouvrit sa boîte e-mail – les chambres étaient équipées du système wi-fi – et découvrit un message de Reischenbach. Elle cliqua sur le document joint. Le portrait photographique de Jorge De Almeida. Une bonne bouille d'angelot de la Renaissance, hilare, sous une auréole de cheveux bouclés. Jeanne connaissait cette tête. Elle fouilla dans son dossier et trouva la photo de groupe qu'elle avait volée chez Francesca Tercia. La classe de paléontologie de l'UBA, promotion 1998. Elle avait vu juste. Jorge De Almeida était bien le rigolo qui avait entouré sa propre tête sur le cliché en inscrivant au-dessus : « *Te quiero!* »

Tout collait donc. Pour démontrer la véracité de ses découvertes, De Almeida avait envoyé à Francesca

Tercia, son amour de jeunesse, le moulage du crâne qu'il avait découvert dans la forêt des Mânes. La sculpture de Francesca aurait un impact d'envergure. En voyant le genre de créatures qui avait pris place en Argentine 300 000 ans auparavant – et qui y vivait encore ! –, tout le monde serait estomaqué. Et Jorge De Almeida deviendrait une étoile de la paléo-anthropologie.

C'était sans compter sur la vigilance de l'enfant-loup… Restait toujours la même question : comment Joachim avait-il été mis au courant de ce projet secret ? Francesca le connaissait-elle ? Lui avait-elle révélé son projet ?

Jeanne prit de nouvelles notes. En manière de conclusion, elle en fit une copie sur une clé USB, qu'elle fourra dans sa poche.

18 heures.

L'idée d'une sieste revint en force. Courbatures dans les membres. Paupières de plomb. Elle se leva et vérifia sa porte. Verrouillée. Elle ferma les rideaux. S'allongea. Bizarrement, elle se sentait ici en sécurité. Non pas grâce à Féraud, qui ne pesait pas lourd dans l'aventure. Plutôt grâce à Buenos Aires. Son ampleur. Sa puissance…

Oui. La rumeur, la force, la multitude de la ville la protégeait…

Elle s'endormit avec cette chaleur au cœur.

70

— Parlez-moi de Joachim.

— Qu'est-ce que vous voulez savoir ?

— Physiquement. Comment est-il ?

— Pas très grand. Mince. Très brun. Il a le type latin.

— Son visage ?

— Il ressemble à son père. (Féraud se pressa les joues du pouce et de l'index.) Un visage en tenaille. Très étroit sous les pommettes.

— Et son profil psychiatrique ? Est-il, oui ou non, autiste ?

— Pas au sens traditionnel du terme, non.

— Vous-même, sur l'enregistrement du dernier soir, diagnostiquiez un syndrome d'autisme.

Antoine Féraud fit non de la tête.

21 heures.

La clarté du restaurant était violente. Une lumière drue, blanche, verticale, tombait du plafond et donnait une réalité agressive à chaque élément. Les steaks dans les assiettes saignaient. Les visages rougis de froid brillaient. Les couverts sur les nappes flambaient. En écho à ces éclats, le brouhaha des voix culminait. Une brasserie parisienne à l'heure de pointe, exacerbée encore par l'exubérance sud-américaine.

— Je me trompais. Je le savais déjà. Un tel clivage ne peut exister. Une personnalité autiste et une autre structurée, disons, normalement. Impossible.

Un serveur vint prendre la commande. Jeanne jeta un coup d'œil sur la carte plastifiée – elle paraissait huilée sous la véhémence des luminaires.

— Une salade caprese, fit-elle.

— Moi aussi.

Deux salades de tomates à la mozzarella et au basilic, en plein hiver à Buenos Aires : ils avaient vraiment le goût du second degré. Leur seule excuse était d'avoir choisi un restaurant italien – la pizzeria Piegari, nichée sous le pont d'une autoroute, à 200 mètres de l'hôtel.

— Pour moi, reprit le psychiatre, Joachim souffre de troubles schizophréniques. Dans son cas, c'est plus qu'un clivage. L'adulte abrite, véritablement, une autre... psyché. Une personnalité qui souffre peut-être d'un syndrome d'Asperger.

— Qu'est-ce que c'est ?

— Hans Asperger est un des découvreurs de l'autisme, au même titre que Leo Kanner. Mais on n'a retenu son nom qu'à propos d'un profil spécifique décrit dans ses travaux. Un « trouble envahissant du développement », mais de « haut niveau ». L'enfant ne souffre pas de retard mental et parvient à s'exprimer correctement.

— Ce n'est pas le cas de Joachim.

— Son versant « civilisé » manie parfaitement le langage. Joachim parle le français, l'espagnol, l'anglais. Son côté sauvage continue d'expérimenter le langage, en le maniant à la manière d'un autiste.

— Ce syndrome d'Asperger correspond donc à un trouble autistique ?

Féraud ouvrit les mains.

— Les spécialistes ne sont pas d'accord. Mais la question n'est pas là. La question est : d'où lui vient ce trouble ? Est-il né avec ? Ou l'a-t-il contracté au contact d'une réalité très violente ?

— Vous voulez dire parmi le peuple de la forêt ?

— Ou même avant, avec le traumatisme du massacre familial.

Les salades caprese arrivèrent. Ni l'un ni l'autre n'y prêtèrent attention.

— Pour moi, continua le psy, cela s'est passé en deux temps. Le sentiment de panique provoqué par le carnage de Campo Alegre a d'abord effacé en Joachim toute trace d'éducation humaine. Son cerveau est devenu une page blanche. L'apprentissage du peuple archaïque est venu ensuite marquer cette surface vierge.

— Vous voulez dire que son comportement, quel que soit le nom qu'on lui donne, porte avant tout l'empreinte du clan de la lagune ?

— Absolument. Son autisme n'est qu'une illusion. Le mal vient d'ailleurs. Du reste, est-ce vraiment un mal ou simplement le résultat d'une formation spécifique ? L'enfant-loup a grandi parmi des êtres sauvages. Il est devenu une concrétion, un concentré de cette culture du Premier Âge. Souvenez-vous de son rituel. Le choix des victimes : les Vénus. L'alphabet pariétal. C'est en cela qu'il est unique. C'est pourquoi je dois l'interroger.

Jeanne était surprise par la logique de Féraud.

— Vous espérez donc le capturer vivant ?

— Bien sûr. Je dois le soigner.

— Vous voulez dire l'étudier.

— Je dois l'étudier pour le soigner. Il n'y a plus à douter, Jeanne. Nous nous acheminons vers une découverte majeure en matière d'anthropologie ! À travers Joachim. À travers le peuple de la forêt des Mânes !

Pour le calmer, Jeanne lui raconta sa conversation téléphonique avec Penelope Constanza. Les objections d'une vraie spécialiste à propos des trouvailles de De Almeida.

— C'est elle qui le dit, fit Féraud en se renfrognant. Les révolutions dérangent toujours. Surtout dans le domaine scientifique. C'est la loi des paradigmes et...

— Les paradigmes n'ont rien à voir là-dedans. La forêt des Mânes est une lagune. Aucune découverte fossile ne peut survenir dans un tel bourbier.

— Mais ce n'est pas une découverte fossile ! C'est *ça* la révolution. Le crâne n'a pas vingt ans ! Le peuple archaïque existe toujours !

Jeanne tempéra encore :

— Tout cela doit être prouvé. Le crâne pourrait être un simple vestige cabossé, à qui on fait dire n'importe quoi. Nous n'avons pas vu le caryotype établi par Nelly Barjac. Rien ne dit qu'il existe, réellement, une différence avec les 23 paires de l'homme moderne.

— Et les meurtres ? Vous croyez qu'on tuerait tant de gens au nom d'une chimère ?

— On tue *toujours* pour des chimères. Vous confondez ce qui existe et ce que croit le tueur. Joachim pense peut-être préserver un secret. Celui de son peuple. Mais il y a de fortes chances pour que tout cela n'existe pas.

— Et son séjour en forêt ? Le *modus operandi* des meurtres ? Les convictions de votre jésuite ?

— Des preuves indirectes. Rien qui ne puisse démontrer concrètement la vérité.

— Vous parlez comme une juge.

Il croisa les bras et conserva le silence, boudeur.

— Féraud, reprit-elle d'un ton conciliant (Elle l'appelait par son nom de famille, elle détestait son prénom), chaque fragment de la Terre a été exploré, étudié, répertorié. On ne peut plus découvrir des petits peuples cachés au fond de la jungle. Et certainement pas préhistoriques. Je suis certaine qu'il existe une autre explication.

— En tout cas, siffla le psychiatre entre ses dents, la clé de l'énigme est au fond de la forêt.

— Nous sommes d'accord.

Il lâcha ses couverts et ouvrit à nouveau les mains.

— Alors quoi ? Nous y allons ?

Jeanne sourit. C'était la première fois qu'ils se posaient la question à voix haute. Plonger dans la forêt des Mânes. Se jeter dans la gueule du loup – quel qu'il soit.

— Je crois que nous n'avons pas le choix, fit-elle pour minimiser la gravité de la décision. Mais d'abord, nous devons nous rendre à Tucumán. Pour interroger Daniel Taïeb, le chef du laboratoire. Selon Penelope Constanza, c'est l'homme qui connaissait le mieux Jorge De Almeida. Du moins, ses recherches.

— C'est loin ?

— Mille kilomètres au nord-ouest.

— On y va en avion ?

Jeanne sourit encore.

— J'ai réservé les billets ce soir.

71

Lundi 16 juin, vol 1712 Aerolinas Argentinas.

Ils avaient décollé dans la nuit, à 6 heures du matin.

Ils arrivaient avec le lever du jour.

À travers le hublot, Jeanne retrouvait la vraie nature de l'Argentine. Une terre, oui, mais vaste comme la mer. Sans obstacle ni limite. L'horizon était ici une asymptote déployée vers le ciel. Dans ce pays, on disait que les routes ne tournaient que dans un seul sens : vers le bas. Avec l'horizon.

À travers les nuages, Jeanne scrutait les champs, les pâturages, les forêts. Dans la clarté naissante de l'aube, chaque élément prenait une couleur crue. Les fleuves roulaient des flots vermeil. Les plaines distillaient des tons d'émeraude. Et, au-dessus, les sierras enneigées crevaient le jour avec leurs pics de neige. Le contraste entre glace et fertilité rappela un souvenir à Jeanne. La province de Tucumán était surnommée « l'Éden de l'Argentine ». Après des milliers de kilomètres d'aridité et de poussière, c'était la plus grande zone agricole nourrissant à elle seule une bonne partie de la population totale du pays.

Atterrissage. Sur le tarmac, le sentiment d'ouverture était plus intense encore. Le paysage s'offrait à 360 degrés. Quelle que soit l'orientation du regard, on se perdait à scruter la ligne fuyante de la terre, sans le moindre repère. Jeanne fut prise d'une sensation étrange. Une sorte de vertige... horizontal.

L'aéroport, c'était tout le contraire. Un format de poche. La salle de réception des bagages ressemblait à un vestibule. Le hall d'accueil à un salon. La sortie à un corridor. Féraud observait les autres voyageurs. Il paraissait déçu par leur banalité. Des ingénieurs. Des commerciaux. Des étudiants...

— Vous vous attendiez à quoi ? demanda Jeanne. Des Indiens avec des plumes dans les narines ?

— Je n'ai pas votre expérience, fit-il, vexé.

Les sacs arrivèrent. Jeanne les attrapa avant même que Féraud ne les aperçoive.

— Je n'ai pas d'expérience particulière mais je connais l'Argentine. Un pays qui a de grands rêves, un grand cœur, et des dettes plein les poches. Pas d'exotisme en vue. Les Argentins sont des gens comme vous et moi, la plupart originaires d'Europe, dispersés sur un territoire grand comme cinq fois la France. Vous savez ce qu'ils disent d'eux-mêmes ? « En Amérique latine, tout le monde descend des Indiens. En Argentine, tout le monde descend du bateau. »

Dehors, l'aurore était couleur de grenadine. Chaque détail, chaque surface, chaque matériau semblait porté à une incandescence extraordinaire. Pourtant, la température ne dépassait pas quelques degrés au-dessus de zéro et il planait dans l'air une odeur de terre humide et froide. La glaise du paysage restait encore à sculpter...

Grisée, Jeanne éclata de rire.

— C'est fou, non ?

Féraud ne répondit pas. Il marchait la tête dans les épaules, étourdi, portant – tout de même – les deux sacs. Jeanne avait envie de l'embrasser. Le fait d'être ici, avec lui, sur la trace d'un tueur cannibale et d'un clan d'hommes-singes, alors qu'ils ne se connaissaient pas deux semaines auparavant, la remplissait d'un sentiment romanesque.

Ils trouvèrent un taxi. Jeanne donna la direction du centre-ville. En priorité, dénicher un hôtel pour se doucher et poser les bagages. Mais elle ne parvenait pas à se concentrer sur ce projet à court terme. Le paysage l'arrachait à elle-même. Elle ouvrit sa vitre malgré le froid. Elle avait la gorge sèche, les yeux épuisés par l'immensité, la peau dorée par le soleil levant...

Elle se décida à demander au chauffeur :

— *Donde se encuentra un bueno hotel ?*

Sans se retourner, l'homme conseilla le Catalinas Park. Il ouvrit les doigts d'une main pour signifier que l'hôtel possédait cinq étoiles.

— Cinq étoiles ? murmura Féraud. Ça va nous coûter la peau !

Définitivement un radin...

— Ne vous en faites pas. Les étoiles tombent facilement du ciel en Argentine.

Elle avait raison. Le Catalinas Park, situé en face du Parque 9 de Julio, était un hôtel de seconde zone. Une architecture des années soixante-dix arborant des angles arrondis et un curieux auvent, qui ressemblait à une baignoire en plastique, suspendu au-dessus des portes vitrées.

L'intérieur était à l'avenant. Couloirs interminables. Petites portes blanches. Numéros dorés luisant comme des sucres d'orge. Jeanne avait la 432. Elle alluma le plafonnier et découvrit une piaule modeste aux murs peints couleur sable. Les rideaux, les draps, la moquette affichaient le même ton.

Elle sourit avec tendresse. La climatisation faisait un boucan du diable. Les ampoules électriques tournaient en sous-régime. Les cafards devaient l'attendre dans la salle de bains. Un vrai hôtel des tropiques. La ligne de l'équateur se rapprochait à nouveau...

Elle plongea sous la douche. Elle était encore couverte de savon quand le pommeau se tarit d'un coup. Elle sortit de la cabine en jurant. S'enroula dans une serviette trouée. S'observa une seconde dans le miroir. Ses cheveux rouges. Ses taches de son sur les épaules. Une nouvelle fois, elle se trouva pas mal. Pas mal du tout... Elle reprenait confiance en elle.

Elle enfila un boxer, un tee-shirt, un jean. *Penser à acheter un pull.* Mais d'abord, petit déjeuner. Ensuite, il faudrait partir à l'assaut de l'institut agronomique et trouver Daniel Taïeb, l'anthropologue fantôme.

Chercher un esprit à travers un Éden...

Plutôt intéressant, comme perspective d'enquête...

72

En fait de paradis, Tucumán était la capitale de nulle part.

La ville était une sorte de labyrinthe sans début ni fin, alignant des blocs selon un schéma symétrique. Chaque carrefour projetait son réseau d'artères, engendrant à son tour de nouveaux carrefours, répliques du premier, et ainsi de suite. Une géométrie sans bord ni centre. Mais pas une ville fantôme hantée par le vent et le néant. Une cité agitée, au contraire, fourmillante, débordante de commerces et de vitalité. Ce matin-là, Tucumán grouillait de piétons, de voitures, d'autobus.

Jeanne et Féraud se rendirent d'abord à l'institut agronomique. Taïeb préparait une exposition dans un couvent du centre-ville. Ils repartirent vers la place de l'Indépendance. Jeanne scrutait les visages des passants. Des Indiens en majorité. Elle s'était trompée en évoquant l'origine exclusivement européenne des Argentins. Elle avait oublié ce que tout le monde oublie à propos de l'Argentine. Quand les Espagnols avaient débarqué sur ces terres, elles n'étaient pas inhabitées. Des groupes d'Indiens, des petites ethnies, en peuplaient toute la surface. Selon la règle occidentale, ces tribus avaient été massacrées, asservies, infectées, écartées de tout profit. Tucumán, capitale commerciale, regorgeait de ces laissés-pour-compte de la colonisation.

Plaza Independencia. Jeanne se retrouva en terrain familier. Une grande place typique d'une ville sud-américaine. Ses palmiers. Son palais du gouverneur avec ses lignes et ses ornements coloniaux. Ses cathédrales éclatantes. Ses passants prenant le soleil avec parcimonie sur les bancs, comme s'ils buvaient, à petites gorgées, une liqueur de lumière.

Ce qui frappait surtout, c'était l'absolue netteté du décor. Sous le ciel bleu cru, chaque détail avait la précision d'un motif de fer forgé, d'abord chauffé à blanc puis trempé dans de l'eau froide. Le moindre élément, le moindre visage était pétrifié entre la chaleur du soleil et la morsure du vent glacé.

Le monastère se trouvait dans une rue piétonnière adjacente à la place. Jeanne paya le taxi. Féraud était désormais son invité. Ils plongèrent dans la foule. Découvrirent, entre deux supermarchés, un couvent noir de crasse, qui déroulait fièrement une grande affiche : « DE LA PUNA EL CHACO, UNA HISTORIA PRE-COLOMBINA. » D'après ses souvenirs, Puna et El Chaco étaient les noms de régions de l'est de l'Argentine. Ils se présentèrent au guichet et demandèrent à voir Daniel Taïeb.

On les guida à travers les lieux. La première salle était dédiée à l'exposition permanente. L'art sacré des premiers siècles de l'invasion espagnole. Des Enfants Jésus en bois peint ressemblaient à la poupée de Chucky. Des Vierges au visage blafard et aux cheveux de crin faisaient peur. Des statues de jésuites à longue barbe rappelaient des figures de popes, fanatiques et sacrifiés. Des calices, des croix, des bibles, des aubes évoquaient de vieux outils agricoles visant à semer et à cultiver la foi sur le *nouveau continent*...

La deuxième salle était plongée dans l'obscurité. Murs peints en orange. Cavités rétro-éclairées. À l'intérieur, des pointes d'obsidienne. Des pierres taillées. Des crânes humains. Jeanne lut les panneaux et trouva confirmation de ce que lui avait raconté Penelope Constanza : pas un vestige de plus de 10 000 ans. La préhistoire américaine était toute jeune...

— Vous êtes les Français qui me cherchaient ?

Jeanne découvrit dans le demi-jour orangé un petit homme au visage bronzé et au sourire de céramique. Une couronne de cheveux d'argent cernait son crâne chauve brillant comme un pain de cire. Daniel Taïeb portait sur l'épaule un escabeau.

Elle eut tout juste le temps de prononcer son nom et celui de Féraud. L'homme reprenait déjà la parole :

— Vous avez de la chance de tomber sur notre exposition. Nous avons réuni ici la collection la plus complète de vestiges de...

— Nous ne sommes pas archéologues.

Taïeb écarquilla les yeux.

— Non ?

— Je suis juge d'instruction, à Paris, et mon ami ici présent est psychiatre.

Ses pupilles s'arrondirent encore. Ses iris ne cessaient de changer de teinte, passant du vert, au bleu, au gris. Ils avaient la vivacité des verres colorés d'un kaléidoscope qui, au moindre mouvement, se métamorphosent. Jeanne devinait que ces mutations traduisaient l'activité de sa pensée bondissante.

— Pourquoi êtes-vous ici ?

— Nous voudrions vous parler de Jorge De Almeida. Sa disparition est peut-être liée à une affaire de meurtres sur laquelle nous travaillons en France.

Il se cambra dans une posture de danseur.

— Je vois, je vois…, dit-il en ayant l'air de ne rien voir du tout.

D'un geste sec, sans prévenir, il posa son escabeau. Une veste se matérialisa dans sa main.

— Allons boire un café.

Ils retournèrent sur la grande place. Jeanne, du coin de l'œil, observait le scientifique qui trottait sur la chaussée comme un cabri dans sa montagne. Taïeb devait appartenir à la communauté hébraïque de Tucumán, capitale commerciale qui compte une importante population juive. Il paraissait entretenir une étrange familiarité avec ses propres vêtements – jeans, chemise écossaise, veste de toile. Cela passait à travers le moindre geste. Il glissait une main dans une poche. Remettait en place le trousseau de clés à sa ceinture. Rajustait un pli de chemise. Tout était souple, complice, familier.

Il choisit un petit café à l'italienne, qui portait le nom de « Jockey Club ». Comptoir de marbre noir. Murs aux lambris de bois brun. Chaises et tables de bois clair. L'odeur du café brûlé y circulait avec intensité.

Ils s'installèrent au comptoir, perchés sur de hauts tabourets.

— Bon, fit l'anthropologue après avoir commandé des cafés, De Almeida était fou.

— Pourquoi parlez-vous de lui au passé ?

— Deux mois qu'il n'est pas revenu. Deux mois sans la moindre nouvelle. Cela me paraît une réponse, non ?

Son accent argentin était à peine compréhensible. Ses mots étaient avalés, marmonnés, recrachés, dans une langue rugueuse qui semblait tout droit sortir des sillons des champs autour de la ville. Les cafés glissèrent sur le marbre. Taïeb attrapa le sucrier et mit trois sucres dans sa tasse minuscule. Il avait la vivacité d'un poisson.

— Vous pensez qu'il est mort ?

L'anthropologue haussa une épaule, tournant sa cuillère.

— C'était inscrit dans son destin. De Almeida était possédé.

— Par quoi ?

— Cette région... Le Nordeste. Le Chaco...

— Nous savons qu'il avait fait là-bas des découvertes importantes.

— Tu parles. C'est ce qu'il prétendait. Mais il n'a jamais produit le moindre début de preuve.

— On nous a parlé d'ossements...

Taïeb éclata de rire.

— Personne ne les a jamais vus. Il conservait jalousement ses vestiges. À moins qu'il n'ait rien trouvé du tout. Personnellement, c'est ce que je pense.

— Vous pourriez reprendre l'histoire depuis le début ?

L'anthropologue tournait toujours sa cuillère.

— Au départ, Jorge est un prodige de l'UBA. L'université de Buenos Aires. Sa thèse de doctorat sur la migration des *Sapiens sapiens* par le détroit de Béring est tout de suite devenue une référence. Il a demandé à venir ici, dans notre labo de Tucumán. Nous l'avons accueilli à bras ouverts, pensant qu'il travaillerait sur nos chantiers. C'était seulement pour se rapprocher de son obsession : l'existence de vestiges paléolithiques dans le Nordeste, dans la province de Formosa. Une hypothèse ridicule.

Constanza avait déjà évoqué ces réserves. Taïeb avala son café d'un trait.

— Il a tout de même réussi à réunir les fonds pour un premier voyage, poursuivit-il. En 2006. Un périple de plusieurs mois.

— Il a découvert quelque chose ?

— Je vous le répète : il n'a rien voulu montrer. Mais il disait qu'il était sur un gros coup. C'était son expression. *Un gros coup.* Il considérait nos travaux avec pitié. Comme si nos fouilles étaient obsolètes.

— Il est reparti l'année suivante, non ?

— Oui. Il a disparu un mois de plus. Puis il est revenu, beaucoup plus calme. Trop, même.

— Trop ?

— Il avait l'air d'avoir... peur. C'est ça. (L'anthropologue parut réfléchir.) Il semblait avoir peur de ce qu'il avait vu.

— Il ne vous disait toujours pas de quoi il s'agissait ?

— Non. Il prétendait qu'il devait d'abord faire des analyses. Contacter les partenaires adéquats. Selon lui, sa découverte était si énorme qu'il devait agir avec prudence. Il donnait surtout l'impression d'avoir attrapé la fièvre des marais.

— Vous n'avez jamais su de quoi il retournait ?

Taïeb ne répondit pas aussitôt. Le sifflement des machines à café remplit son silence. Le claquement des tasses. Le brouhaha des voix. Il commanda un autre café. Il paraissait se repasser ses propres souvenirs, les pupilles fixes.

— Bien sûr que si. Il n'a pas résisté. Il avait soi-disant trouvé des preuves redéfinissant totalement la préhistoire américaine. L'homme ne serait pas apparu ici il y a 10 000 années mais il y a 300 000 années !

— Cela signifie qu'il avait découvert des vestiges de Proto-Cro-Magnons.

L'anthropologue leva un sourcil, soudain méfiant. Comme si Jeanne lui avait caché qu'elle était une spécialiste de la paléontologie.

— Je ne suis pas une experte, atténua-t-elle. Je me suis renseignée, c'est tout.

— C'est ça, reprit-il en hochant la tête. Il prétendait avoir exhumé un crâne d'adolescent présentant des similitudes avec ceux des *Homo sapiens* archaïques. Selon lui, son crâne comportait tous les traits significatifs de cette famille. On parle là d'êtres qui peuplaient l'Afrique il y a plus de 300 000 années. En Argentine !

Le nouveau café arriva. Sucrier, sucres, cuillère…

— Ces suppositions sont, physiquement, *impossibles*, reprit-il. L'*Homo sapiens sapiens* est né en Afrique. Il s'est ensuite disséminé en Europe et en Asie. Puis il a rejoint le continent américain, à pied sec, par une bande de terre qui traversait le détroit de Béring, alors que le niveau de la mer avait baissé. Nous ne connaissons pas les dates exactes mais on suppose que le phénomène s'est produit il y a entre 20 000 et 30 000 ans. Ensuite, ces premiers hommes se sont dispersés dans tout le continent américain. L'hypothèse de De Almeida est donc absurde, à moins de supposer que des phénomènes climatologiques que nous ignorons aient asséché la mer de Béring à d'autres périodes, plus reculées. Ou d'imaginer que certains Proto-Cro-Magnons aient été, à ce moment-là, de solides navigateurs.

— Pourquoi pas ?

— Pourquoi pas, en effet ? À condition d'avoir des preuves. Pour l'instant, aucun travail scientifique n'a produit le moindre fait allant dans ce sens.

Ainsi, Daniel Taïeb l'admettait lui-même, ses restrictions seraient tombées s'il avait tenu entre ses mains des indices tangibles.

— Revenons aux fouilles de De Almeida.

— Il a voulu repartir là-bas une troisième fois. Mais ni notre labo ni l'UBA n'a accepté de lui financer son expédition.

— Il s'est financé lui-même ?

— Exactement. Il voulait encore vérifier certains faits. Et voilà le résultat. Volatilisé. Aucun résultat. Un fou de plus sacrifié pour la cause.

— Vous avez mené des recherches pour le retrouver ?

— Bien sûr. Mais où exactement ? Comme tous les chercheurs, De Almeida cachait ses localisations. Sa piste s'arrête à un minuscule village, Campo Alegre, à 200 kilomètres au nord de Formosa.

— La forêt des Mânes, ça vous dit quelque chose ?

— Non. C'est dans ce coin-là ?

Jeanne se décida à boire son café. Tiède. Taïeb tournait toujours sa cuillère, pensivement. Il paraissait lire, non pas l'avenir, mais le passé au fond de sa tasse. Elle sentit qu'elle pouvait encore attraper quelque chose. L'instinct du juge. Elle n'eut même pas à relancer le scientifique :

— Le plus drôle, c'était que De Almeida ne prétendait pas seulement avoir décelé les traces de la première présence humaine sur le continent. Il affirmait avoir découvert l'origine du mal.

— L'origine du mal ?

— Selon lui, ses fouilles l'avaient amené à un sanctuaire. Une sorte de scène de crime. Le crâne d'un adolescent et son squelette étaient entourés d'autres vestiges. Des os appartenant à des adultes d'une quarantaine d'années. Ces os portaient des marques spécifiques. Ils avaient été brisés, raclés, dépecés au silex. Je ne vous fais pas un dessin.

— L'adolescent était cannibale ?

— Oui. Mais il y avait un autre détail... De Almeida avait soi-disant fait analyser l'ADN de ces ossements – ce qui, soit dit en passant, ne tient pas debout : on ne peut pas retrouver de séquences génétiques sur des vestiges aussi anciens, mais bon...

Jeanne se dit qu'il n'y avait là aucun miracle – pour la simple raison que les ossements étaient tout récents.

— Ses résultats dépassaient l'entendement.

— Pourquoi ?

— Les os des victimes et ceux de l'adolescent appartenaient au même groupe génétique. Notre Proto-Cro-Magnon avait dévoré sa propre famille.

Ses frères. Ou son père. *Madre de Dios!* Selon De Almeida, ils se bouffaient entre eux !

Un sifflement de vapeur traversa la salle.

Des fracas de tasses et d'assiettes. Pas assez forts toutefois pour que Jeanne n'entende Féraud murmurer :

— *Totem et tabou...*

73

1 200 kilomètres séparent Tucumán de Formosa. Environ vingt heures de route.

L'homme qui leur avait loué la voiture – une Toyota Land Cruiser Station Wagon V8 – les avait prévenus. Il ne fallait pas s'attendre à une partie de plaisir. Souvent, la route asphaltée se transformait en simple piste. Parfois même à une seule voie. Dans ce cas, quand on croisait un camion, c'était la roulette russe.

— Je ne peux vous louer mon véhicule que jusqu'à Formosa, avait-il conclu. Après, il faudra voir avec les locaux. Là-bas, c'est le bout du monde.

Jeanne connaissait le pays. Pour qu'un Argentin utilise une telle expression, il fallait vraiment que Formosa batte des records en matière de solitude et de dénuement. C'était encore elle qui avait payé. Elle ne réfléchissait plus à son compte en banque. Il avait fallu régler en liquide. Les Argentins n'aiment pas les cartes bleues. L'empire sans limite du paiement magnétique a trouvé ses limites, justement, en Argentine. Elle avait dû chercher une banque. Remplir des bordereaux. Contacter sa propre agence, à Paris. Tout cela avait pris l'après-midi.

On avait préparé le 4 × 4. Remis le compteur kilométrique à zéro. Fait connaissance avec le chauffeur – ils ne l'avaient pas demandé mais, en Argentine, le temps d'un homme coûte moins cher que l'usure d'un véhicule. On loue donc les voitures avec chauffeur, pour garder un œil sur le vrai trésor : l'engin à quatre roues.

Maintenant, ils filaient à pleine vitesse. Le crépuscule s'en donnait à cœur joie. Rouge. Flamboyant. Incandescent. Jeanne avait ouvert sa vitre. Cette fois, une odeur de terre cuite planait dans l'air. Le ciel lui-même paraissait saturé de poussières de brique. Elle contemplait les champs cultivés qui défilaient. Blé. Maïs. Canne à sucre. C'était l'hiver. Il faisait glacial. Pourtant, toute la nature semblait enceinte.

Ils étaient installés à l'arrière. Féraud s'était endormi. Il ne cessait de glisser sur son épaule. Chaque fois, elle le repoussait en douceur, sentant sa frêle ossature à travers sa chemise. Un adolescent dans un bus scolaire. Elle se souvenait d'une scène similaire dans un roman de Françoise Sagan, *Aimez-vous Brahms ?* L'histoire d'une femme « d'un certain âge » qui s'amourachait d'un jeune homme. En était-elle là ? Non. La gravité de leur expédition – pour ne pas dire son côté suicidaire – l'avait remise d'aplomb. Dans cette affaire, elle était avant tout juge. Une magistrate à la tête froide qui filait jusqu'aux confins de sa mission...

De temps à autre, elle quittait des yeux le paysage pour observer le chauffeur dans le rétroviseur. L'homme était un métis. Mi-indien, mi-européen. Il portait sur ses traits toutes les alliances de l'histoire argentine. Le lent mélange des sangs. Le flux des

584

migrations. Son visage était une carte. Une carte du temps. On y lisait les conquêtes, les batailles, les mariages du pays...

Elle s'installa dans ses réflexions. À tort ou à raison, elle considérait que le témoignage de Taïeb marquait un tournant. Du moins, l'hypothèse « haute » gagnait des points. Un peuple archaïque. Un clan cannibale. Un groupe fondé sur la consanguinité, l'inceste, le parricide... Qui avait trouvé refuge dans des forêts inacessibles. Et qui évitait, depuis des millénaires, tout contact avec l'espèce humaine « évoluée ».

L'impossible se dessinait.

Et l'impossible avait accouché d'un monstre : Joachim.

Une station-service apparut au bord de la route.

Après des heures de néant, les deux pompes à essence et le bâtiment défraîchi faisaient figure d'événement majeur. Jeanne sortit pour se dégourdir les jambes et se soulager. Elle retrouvait ici une sensation oubliée. Déjà vécue au Pérou, au Chili, en Argentine. Sur ces terres désertiques, une station-service n'est pas cernée par le fracas du trafic mais nimbée de silence. Comme auréolée par lui, à la manière d'une île cernée par la brume. Ou d'un sanctuaire investi d'un parfum de sacré...

De retour à la voiture, Jeanne croisa deux Indiens accroupis sur le perron du bâtiment. Impassibles, les cheveux jusqu'aux épaules, ils distillaient une odeur mêlée d'herbes coupées et de lait fermenté. Dans la flaque de lumière électrique, leurs visages se détachaient comme des petits boucliers sombres. Leurs traits évoquaient des motifs sculptés dans le bois de cactus. Des sculptures conçues pour effrayer. Les yeux surtout, si effilés qu'ils ressemblaient à deux blessures, provoquaient une terreur sourde, comme clandestine. À l'insu de soi.

L'un d'eux sirotait du maté à l'aide d'une pipette de fer plantée dans un gobelet noir. À ses côtés, la thermos reposait, permettant d'avoir toujours sous la main de l'eau brûlante. Jeanne se souvint que le Nordeste était la région traditionnelle de la culture de la *yerba maté*.

— Qu'est-ce qu'il fait ?

Féraud, débraillé, ensommeillé, avait la gueule plus froissée encore que sa veste.

— Il boit du maté.

— Qu'est-ce que c'est ?

— Une décoction de plante. Un truc très amer. Typique de l'Argentine.

L'Indien passa la pipette à son voisin, qui aspira à son tour sans la moindre expression.

— C'est un coup à attraper de l'herpès, blagua le psy d'un ton dégoûté.

Jeanne commençait à le trouver très con. En tout cas trop mesquin pour la grandeur de l'Argentine. Mentalement, elle dit adieu aux deux Indiens, qui ne leur avaient même pas jeté un regard. C'était comme si elle percevait le grand vide qui les habitait. Une liberté sans nom ni frontière, qu'ils partageaient avec le paysage. Ils ne possédaient pas les garde-fous de la vie bourgeoise. Leur esprit était sans contrainte. Ils tutoyaient les dieux, l'infini. Leurs seules limites étaient l'horizon et les saisons.

Nouveau départ.

Depuis longtemps, le bitume avait cédé la place à la terre battue. Jeanne s'était installée à l'avant. Le relief ne laissait aucun répit. Dès que la voiture accélérait, les vibrations commençaient, s'insinuant entre les chairs et les os. Puis, soudain, la piste devenait sablonneuse. On glissait dans des travées fluides, donnant la sinistre impression de s'affaisser dans son propre corps.

Jeanne attrapa la carte. Elle voulait étudier l'itinéraire. S'orientant vers l'est, une seule route s'incurvait vers le sud, dessinait une large boucle, puis remontait vers le nord, à travers la province de Santiago del Estero. Jeanne imaginait les minuscules villages qui apparaîtraient tous les cent kilomètres...

Elle se réveilla à 2 heures du matin. Elle n'avait rien vu. Coup d'œil au compteur. 700 kilomètres. Elle avait ouvert les yeux par instinct. Comme si elle avait pressenti l'imminence du seul événement de cette nuit : un croisement. De la ruta 89, on passait à la ruta 16, aux abords du village Avia Teray. Le chauffeur, toujours cramponné à son volant, tourna à droite. Cette unique manœuvre marquait plus ou moins l'entrée dans une autre province : le Chaco. « La chasse », en langue indienne...

Jeanne attrapa de nouveau la carte. Ils filaient maintenant en direction de Resistencia. Puis ce serait la ruta 11. 200 kilomètres encore et, enfin, Formosa... Au fond de son esprit ensommeillé, une blague lui revint. À Buenos Aires, on disait que pour régler le problème des retraites, il suffisait d'envoyer les vieux en vacances. En hiver, en Terre de Feu. En été, à Formosa. Ils mourraient, selon leur choix, de froid ou de chaud. Une autre légende circulait selon laquelle on ne pouvait travailler que la nuit dans le Nordeste, tant la journée était un enfer...

La carte lui échappa des mains. Elle succomba à nouveau à l'endormissement. Alfonso Palin et Joachim apparurent dans l'obscurité. Joachim était encore l'enfant de la photographie. Peau couverte de fragments d'écorce, de feuilles, de poils collés par la salive et la crasse. Son père se tenait derrière lui. On apercevait sa chevelure argentée et, dans l'ombre, une courbe étrange, un sillage musclé... Alfonso Palin était un centaure. Mi-homme, mi-cheval. L'homme et son fils étaient des créatures mythologiques...

74

Formosa, avec ses palmiers et ses bâtiments fraîche-
ment repeints, ressemblait à une station balnéaire.
Lorsqu'on parvenait à son extrémité, c'était pour
buter contre le fleuve Paraguay, gris, bourbeux, qui se
confondait avec l'horizon. Au loin, quelques buissons
flottaient sur ses flots lourds, rappelant qu'il ne s'agissait pas d'une mer mais d'un intermonde, entre ciel et
eau. Tucumán était située au milieu de nulle part.
Formosa *au bout* de nulle part.

Le chauffeur les déposa devant l'Hotel Interna-
cional, le seul destiné aux étrangers. La bonne
surprise était la température. Au mois de juin, la
fournaise du Nordeste s'atténuait. Entre 20 et
30 degrés. Le métis, toujours sans un mot, déposa
leurs bagages dans le hall de l'hôtel et disparut. Il
allait s'envoyer les vingt heures de retour dans la
foulée. Sans le moindre repos. L'aptitude à couvrir
de telles distances appartient à l'héritage génétique
des Argentins. L'espace, la solitude, le temps dis-
tendu coulent dans leurs veines.

Jeanne prit deux chambres et paya d'avance. Ils
s'installèrent. Les piaules étaient à l'image de la ville.

Vastes. Tropicales. Arides. Jeanne brancha la climatisation. Ouvrit ses rideaux et contempla le fleuve qui se déployait sous ses fenêtres. Par temps très clair, on devait sans doute apercevoir les rives du Paraguay, le pays au fond du ciel. Mais ce jour-là, dans la clarté brumeuse de midi, cette terre prenait l'irréalité d'une Atlantide inaccessible.

Jeanne avait demandé à Féraud de lui foutre la paix au moins une heure. Délai raisonnable pour trouver une nouvelle voiture et un nouveau chauffeur. Elle appela la réception. Existait-il un office du tourisme ? Non. Toutes les agences de voyage se résumaient à un seul homme, qui ne possédait qu'un prénom : Beto. Jeanne composa son numéro. L'agent décrocha à la deuxième sonnerie comme s'il n'attendait que ce coup de fil. Jeanne présenta le projet. Beto était libre. Il était prêt. Il était d'accord. Pouvait-elle le rencontrer pour lui expliquer en détail le périple ? Aucun problème. Il serait à la réception de l'hôtel dans les prochaines cinq minutes. Elle venait de battre un record de rapidité pour l'organisation d'un voyage.

Jeanne s'accorda tout de même quelques minutes sous la douche et se changea avant de descendre dans le hall. Le dénommé Beto était déjà là. Sa première idée fut celle d'un scout sur le retour. La quarantaine, l'homme était coiffé d'un large chapeau, vêtu d'une chemise et d'un short kaki. Des grands bras, des chaussettes remontées jusqu'aux genoux, une mine réjouie complétaient le tableau.

L'homme lui fit la bise. Cela déplut à Jeanne, bien que ce fût une tradition en Argentine. Elle lui proposa de s'installer dans la salle du restaurant de l'hôtel. Il était 13 heures. Le service battait son plein mais ils trouvèrent une table libre. Jeanne avait demandé une carte à l'accueil, couvrant le Nordeste de l'Argentine. Elle la déplia et avertit Beto : elle ne voulait visiter ni les chutes d'Iguazú ni les ruines de San Ignacio (dans la province de Misiones), les seules attractions de la région. Et encore, situées chacune à plus de 1 000 kilomètres.

Le scout ôta son chapeau.

— Non ?

— Non. Je veux aller à Campo Alegre.

— Il n'y a rien à voir là-bas !

— C'est pourtant cette direction que je veux prendre.

— Pour quoi faire ?

— Pour rejoindre la forêt des Mânes.

— C'est inaccessible.

— Dites-moi plutôt comment on peut y arriver.

Beto soupira, puis posa son index sur la carte.

— Nous sommes ici, à Formosa. Si je vous emmène là-bas, il faudra prendre la route 81. Quand je dis « route », c'est pour faire moderne. Il s'agit d'une piste, le plus souvent impraticable.

— Ensuite ?

Beto déplaça son index.

— On roule comme ça 200 kilomètres. À ce point précis, ici, à Estanislao del Campo, on descend vers le sud-est, par un sentier, jusqu'à Campo Alegre.

— Combien de temps pour parvenir là-bas ?

— Plus d'une demi-journée.

— Et pour la forêt des Mânes ?

Il gratta sa barbe naissante.

591

— Il faut que je me renseigne. On ne m'a jamais demandé ça. La seule voie possible, à mon avis, c'est le fleuve. Le Bermejo. Vous savez ce que ça veut dire, non ? « Vermeil. » On l'appelle comme ça à cause de sa couleur. Je crois qu'une barge le remonte jusqu'au Paraguay.

— Une barge, très bien.

— Attendez de la voir.

— On pourra nous déposer dans la forêt ?

Beto éclata de rire.

— La barge ne s'arrête pas ! On parle de milliers d'hectares de terres inondables. D'un réseau inextricable de marais et de *yungas*. Totalement inhabités.

— De *yungas* ?

Beto prononçait « *jungas* » mais Jeanne devinait que le terme s'écrivait « *yungas* ».

— Des forêts subtropicales. La plupart sont immergées. Bourrées de caïmans, de piranhas, de sables mouvants. Même les gardes forestiers ne s'aventurent pas dans cette région. Un vrai merdier. Ce sont des terres qui changent constamment de morphologie, vous comprenez ?

— Non.

— Des îles flottantes, plus ou moins reliées entre elles. On les appelle les *embalsados*. Vous prenez un chemin. Vous vous repérez à tel ou tel signe. Quand vous revenez, tout a changé. Les arbres, les terres, les cours d'eau ne sont plus aux mêmes places.

Jeanne regarda la zone verte de la carte. Un labyrinthe de flotte, de faune et de flore changeant constamment de topographie. Peut-être le secret de la survie du peuple des Mânes...

— Je vois des noms, ici. Ce sont des villages ?

— *Señora*, nous sommes en Argentine. Vous voyez un nom sur la carte. En général, il n'y a rien de plus une fois sur place. Une pancarte plantée dans la boue. Ou un vestige d'enclos.

— Et Campo Alegre ?

— Il existe encore quelques baraques, oui. Mais le nom est surtout connu à cause d'un camp militaire fermé depuis les années quatre-vingt-dix. Pourquoi vous voulez aller là-bas ?

Prise de court, Jeanne évoqua la rédaction d'un livre sur les derniers mondes vierges.

— Vous avez du matériel audiovisuel ?

— Seulement un appareil photo.

Beto paraissait sceptique. Jeanne scrutait toujours la carte. Le nom « Selva de las Almas » était noté. Elle se demanda soudain pourquoi Joachim lors de la séance d'hypnose, et avant lui Roberge dans son journal, avaient traduit en français ces termes par « forêt des Mânes ». « Âmes » et « mânes » ne signifient pas tout à fait la même chose...

— Il y a des légendes, répondit Beto à la question. Pour désigner les esprits de la forêt, on utilise plusieurs mots. *Almas* (âmes). *Espiritus* (esprits). *Fantasmas* (fantômes). En réalité, il s'agit encore d'autre chose... Les Indiens disent de cette forêt qu'elle est « non née ». C'est un monde d'avant les hommes. Les esprits « non nés » se déplacent sur les *embalsados* parce qu'ils sont eux-mêmes des « âmes errantes ».

— Les esprits, on sait à quoi ils ressemblent ?

— Certains Indiens disent que ce sont des géants. D'autres parlent de nains. Il y a une version plus moderne, qui dit que ce sont les âmes des prisonniers de la base, que les militaires balançaient par avion dans les lagunes et qui ont été dévorés par les caïmans.

Jeanne comprenait pourquoi Roberge avait résumé toutes ces croyances par le terme de « Mânes ». Dans l'Antiquité, les Romains désignaient sous ce nom les âmes des hommes séparées de leurs corps. On les vénérait une fois dans l'année lors d'une célébration. Les Mânes sortaient alors des Enfers par une faille ménagée exprès dans chaque sépulture...

— Mais personne ne les a jamais vus ?

— *Señora*, ce sont des légendes d'Indiens illettrés. Ils adorent ce genre d'histoires. Ils parlent de gardes forestiers disparus mystérieusement. De vols de matériel... J'ai été à l'université de Resistencia et rien ne...

Elle n'écoutait plus le discours rationaliste de Beto. Les mythes sont nourris de faits anciens, réels, mais déformés, amplifiés par l'esprit humain. Les légendes de Campo Alegre constituaient peut-être des traces, des indices démontrant la *réalité* du peuple archaïque. Un peuple vivant sous le joug d'Éros et de Thanatos, le désir et la pulsion de mort. Avec une nette préférence pour Thanatos, le dieu de la destruction.

— Combien pour aller là-bas ?

— *Señora*, roucoula-t-il, ce n'est pas une question d'argent.

La phrase signifiait exactement le contraire. Elle réfléchit aussitôt. Elle allait devoir répéter le manège de Tucumán. La banque. Le cash. Vider ses comptes jusqu'au dernier euro. Sans réfléchir. Sans se retourner.

Et peut-être, l'idée la frappa pour la première fois : ne jamais revenir.

75

Un enfer de palmes.

Le paysage offrait maintenant cette unique perspective. Des centaines, des milliers, des millions de
palmiers. À perte de vue. Des ramures à l'infini,
aiguës comme des baïonnettes. Séchées. Brûlées.
Carbonisées. Des pointes qui crevaient les yeux. Des
lames qui s'enfonçaient dans les chairs. Jusqu'à
ouvrir les artères. Jusqu'à ce que le sang soit rendu
au maître absolu : le soleil...

Au pied de ce foisonnement s'étendait un réseau
inextricable de buissons, de branches, de lianes. Une
trame aussi fine et grise qu'une toile d'araignée, à
travers laquelle passait un air invisible et brûlant. La
terre affichait un ton de brique. Le ciel était d'un
bleu pur, avec des flottilles de nuages se détachant,
très nettes, comme dans les tableaux du XVIIe ou du
XVIIIe siècle. Watteau. Poussin. Gainsborough... Des
copies de nuages dont on aurait conservé ici les originaux, archivés dans l'azur d'Argentine.

Jeanne, éblouie, comptait les signes de vie,
humaine ou animale. Il n'y en avait pas beaucoup.
Des poteaux électriques disloqués par la convexion

de l'atmosphère. Des piquets d'enclos. Des *nandous*, les autruches d'Argentine, qui trottinaient dans la brousse. Ou encore, sur la piste même, des cadavres de lézards gonflés par la chaleur.

Ses manœuvres financières lui avaient pris plusieurs heures. Pendant ce temps, Beto avait préparé sa voiture – une Jeep Land Cruiser qui n'en était pas à sa première expédition mais était mûre pour la dernière. Il s'était procuré le matériel nécessaire pour camper dans la jungle. Tente. Cantine. Machettes. Bœuf séché. Légumes déshydratés. Arachides…

À 16 heures, ils avaient quitté Formosa sans se retourner.

La piste était de plus en plus mauvaise. Elle tremblait. Se creusait. Bondissait. Comme agitée par une vie propre. La Jeep n'épousait pas ses reliefs. Elle les affrontait. Vibrait. Chantait. Résonnait en retour. Avec, aux percussions, le barda de l'expédition dans le coffre.

Insensible à la monotonie du paysage, au bruit, à la chaleur, Beto parlait sans discontinuer. Il décrivait les rares attractions de la région. Exposait les problèmes politiques de la province. Évoquait l'artisanat des Indiens…

Jeanne l'arrêta sur ce sujet. Elle voulait vérifier un détail :

— L'ethnie de la région, ce sont les Matacos, non ?

— Ne les appelez jamais comme ça. C'est un nom méprisant que les Espagnols leur ont donné. Le *mataco*, c'est un petit animal qu'on trouve dans la brousse. Eux s'appellent différemment, selon leur tribu. Les Tobas, les Pilagas, les Wichis…

— Comment sont-ils ?

— Dangereux. Ils ont toujours refusé l'invasion espagnole. Formosa est la dernière province à avoir été conquise. La capitale n'a même pas un siècle...

— Comment vivent-ils ?

— À la manière traditionnelle. Chasse, pêche, collecte.

— Ils utilisent l'urucum ?

— Le quoi ?

— Une plante dont on extrait la graine rouge pour s'enduire le corps.

Sous le chapeau, les yeux du scout s'allumèrent.

— Bien sûr ! On l'appelle différemment ici mais ils s'en servent lors des cérémonies.

Chaque lien se nouait désormais. Et se resserrait, agissant comme un garrot.

— Les Indiens, reprit-elle, ils vont parfois dans la forêt des Mânes ?

— Seulement aux abords. Ils en ont peur.

— À cause des fantômes ?

Beto fit une moue mitigée, censée exprimer la complexité de la réponse.

— C'est plus... symbolique que ça. Pour eux, la forêt, avec ses *embalsados*, est l'image même du monde.

— Comment ça ?

Beto ne cessait de lâcher son volant pour s'exprimer – il le rattrapait in extremis, avant que la Land Cruiser ne verse dans le décor.

— Faites une expérience. Posez une question aux Indiens un matin. Vous obtenez une réponse. Le lendemain, posez la même question. Vous obtiendrez une autre réponse. Leur perception du monde est mouvante, vous comprenez ? Exactement comme la forêt et ses terres qui ne cessent de changer de forme et de place.

Aux environs de 19 heures – la nuit était tombée –, Jeanne demanda à s'arrêter : une envie pressante. Avec la nuit, le froid était revenu. Elle se fit la réflexion que le Chaco était situé au sud à la même distance de l'équateur que le Sahara, au nord. C'était la même dualité de l'hiver : brûlant le jour, glacial la nuit.

Elle se résolut à s'aventurer derrière les premiers arbres. Elle grelottait déjà. Elle s'accroupit parmi les taillis quand un cri lui figea le sang. Un raclement rauque, grave, terrible. Un rugissement à la fois proche et ample, qui paraissait résonner partout dans la brousse.

Jeanne se releva vite fait parmi les herbes hautes. C'était le cri du cabinet de Féraud. Le cri dont parlait l'éthologue Estevez à Pierre Roberge. Le cri des singes hurleurs. Il n'y avait rien ici de plus banal – mais ce fut comme si Joachim était sur ses pas.

Elle se précipita vers la voiture. Beto, toujours en short, mais emmitouflé dans une parka, sirotait du maté, appuyé sur le capot de la voiture. Féraud s'étirait et se détendait les jambes. Leurs visages étaient couverts de poussière rouge. Jeanne devinait qu'elle était dans le même état.

— Vous avez entendu ?

— Bien sûr, fit Beto, paille entre les dents.

— Ce sont les singes hurleurs ?

— Ils pullulent dans la région.

Beto ne paraissait pas du tout effrayé. En bon accompagnateur, il ajouta :

— Ils sont inscrits dans le *Guiness Book* comme « l'animal le plus bruyant de la création » et...

Jeanne considéra ses deux compagnons d'armes. Avec son chapeau de gaucho, qui semblait avoir été acheté au duty free de l'aéroport, et sa tenue d'explorateur à la *Indiana Jones*, Beto était à mille lieues du guide local, malin et débrouillard. Quant à Féraud...

Je remonte le fleuve avec eux et je les plante là avant d'attaquer la forêt...

76

Campo Alegre était une ville fantôme.

Ou plutôt, un fantôme de ville.

Ils l'atteignirent aux environs de minuit. Des rues en terre battue, empoussiérées. Des cahutes de parpaings ou de ciment. Des chiens rachitiques, vautrés, assommés par la journée de soleil, frissonnant maintenant dans la nuit. Des soldats dépenaillés, non moins vautrés, semblant attendre une relève qui ne viendrait jamais.

Tout cela apparaissait à la lueur des lampes tempête posées sur les seuils. Mais plus que l'obscurité, c'était une vacuité diffuse, puissante, menaçante, qui planait ici. Campo Alegre, la ville que rien ni personne ne semblait habiter. La ville sans raison d'être. Qui pouvait disparaître en un coup de vent. Ou une crue de boue.

Au bout de la rue principale, il y avait un motel.

Une série de chambres alignées, construites en briques peintes. Des bourrasques brutales, sporadiques, secouaient la poussière, charriant des palmes et des feuilles, comme si la nuit avait toussé et craché.

— Ça n'a pas l'air terrible comme ça, fit Beto en se garant sur le parking. Mais c'est confortable à l'intérieur.

Ils descendirent de la Jeep. La température avait encore baissé. Proche de zéro. Chaque particule de nuit était une morsure. En face de l'hôtel, un groupe de femmes emmitouflées stationnaient autour d'un brasero. Leur raison sociale ne faisait aucun doute. Derrière les nuages de buée de leurs lèvres, leur maquillage outrancier ressemblait à un masque de glaise peinte.

Le guide annonça qu'il dormirait non loin de là, dans une cabane appartenant à un cousin. Rendez-vous fut pris pour le lendemain matin, 7 h 45. La barge pour le Paraguay partait à 8 h 30.

Jeanne effectua les procédures d'inscription dans un état de demi-somnolence. Le registre. Les passeports. Le paiement d'avance. Les clés. Ses gestes étaient mécaniques. Sa conscience hagarde. Elle renonça à la perspective d'un dîner, même expédié, avec Féraud. Elle le salua et gagna sa chambre.

Quatre murs gris. Un lit affaissé. Une couverture râpée. Un plafonnier à faible voltage. La salle de bains se limitait à une cabine de douche en plastique. Elle consulta son portable. Pas de message mais encore du réseau. Elle n'était pas sortie du monde civilisé. *Pas tout à fait.*

Elle accepta avec gratitude le filet d'eau qui lui permit de se dépoussiérer. Elle éteignit la lumière et s'effondra sur le lit. Dès qu'elle ferma les yeux, elle revit les palmiers, les taillis, les épines... Une trame dont la logique interne était le feu, la sécheresse, la cruauté. Ses membres tremblaient encore des

601

vibrations de la Jeep. Elle était habitée par cette savane infinie...

Pourtant, elle se sentait bien. Épuisée. Engourdie. Grisée. Tout lui semblait loin. L'imminence du danger. La présence de Joachim. Le mystère de la forêt... Ces sujets d'angoisse n'avaient plus de prise sur son esprit. Elle ne savait même plus vers quoi elle marchait... Ce dont elle était sûre, c'était que ce voyage modifiait sa vie. Forgeait son âme. Carl Jung avait écrit : « La névrose est la souffrance d'une âme qui cherche son sens. » Peut-être avait-elle découvert le sens de son âme... Jusqu'à maintenant, elle avait concentré ses forces sur Éros. La recherche de l'amour. Elle avait surtout trouvé la mort. La violence. Thanatos. C'était lorsqu'elle était juge qu'elle était la plus *cohérente*...

Elle ramassa son corps sous la couverture. Ses pensées dérivaient. Elle revit ses dernières nuits solitaires à Paris. Quand elle écoutait les enregistrements numériques. Quand elle se masturbait dans les ténèbres... Elle ressentit à nouveau la honte, l'amertume de ces heures... Mais elle n'en était plus là. Des jours qu'elle ne s'était pas touchée. Sa conscience aiguë ne s'arrêtait plus à ces bourbiers incertains. Au cœur du cauchemar, elle se sentait lavée. Purifiée. Incarnée dans sa quête du mal.

Maintenant, Joachim est là.

Dans la chambre.

Noir. Immobile. Arc-bouté à l'extrémité du lit. Encore une fois, il ressemble au portrait photographique. Sa peau est couverte d'écailles de bois, de feuilles et de poils. Sa bouche ruisselle de sang. Ses yeux, cruels, veinés de folie, tournent sans la voir.

L'adolescent tremble sur place, comme transi de froid.

Il n'est pas seul.

Derrière lui, la silhouette du père. Grand, mince, immobile. Sa chevelure forme une tache claire dans l'obscurité. Dans son rêve – parce qu'elle est en train de rêver –, Jeanne craint que le père ordonne à son fils d'attaquer.

Mais l'enfant-loup s'approche en douceur. Elle peut détailler son visage immonde. Entendre sa respiration. Un râle. Un raclement. Comme si ses cris quotidiens avaient brisé quelque chose au fond de son système respiratoire. Jeanne est exsangue. Inerte. Impossible de bouger...

Joachim tend sa main inversée. Ses ongles incurvés frôlent la figure de Jeanne. Il se penche vers elle. Son haleine sent l'humus, les racines arrachées, le sang. Il la flaire. La renifle. Elle descend toujours plus profondément dans son propre sommeil. Sereine. Apaisée. Détendue. Elle vient de comprendre qu'il ne lui fera pas de mal. Il la respecte. Il la vénère...

Elle est sa déesse. Sa Vénus.

Et par là même, elle est intouchable...

77

7 h 45.

Jeanne se redressa d'un bond. Les chiffres brillaient sur l'écran de son cellulaire. L'heure à laquelle elle avait donné rendez-vous à Féraud et Beto pour le petit déjeuner. Elle sauta dans son jean. Enfila un tee-shirt. Deux polos. Jaillit dehors.

Le soleil était là. Un soleil blanc, froid, vigoureux. Jeanne se frotta les bras pour se réchauffer et cogna à la porte de Féraud. Pas de réponse. Elle frappa plus fort. Le psy vint enfin ouvrir, cheveux en bataille, traits gonflés.

Il ne s'était pas réveillé non plus.

Deux baltringues...

— Il est presque 8 heures, fit-elle sèchement. On va rater la barge.

— Je... je me prépare.

— Je t'attends dans la salle du restaurant, dans le bâtiment principal, fit-elle, passant sans réfléchir au tutoiement. Beto doit déjà nous attendre.

— D'ac... d'accord.

Jeanne fila le long des chambres. Elle se sentait encore pleine de sommeil, d'images, de sensations diffuses...

Beto n'était pas dans le restaurant. Elle réalisa qu'elle n'avait même pas son numéro de portable. Elle refusa de s'inquiéter. Des thermos étaient posées sur un comptoir. Café. Lait. Eau chaude. Jeanne se servit un café, sans s'asseoir. Et renonça aux tranches de pain rassis déployées sur le buffet.

8 heures.

La barge partait dans trente minutes. Que foutait Beto ? Les avait-il laissés tomber ? Du bruit derrière elle. Féraud, à peu près d'aplomb. Il était descendu avec ses bagages.

— Bois un café, fit-elle d'autorité. Je monte prendre mon sac. Après ça, on va chercher Beto. Chez son cousin.

— On sait pas où c'est !

— Si. À 200 mètres. Il m'a laissé des indications. Au cas où.

Quelques minutes plus tard, ils traversaient l'artère principale de Campo Alegre. Dans la poussière, les baraques de ciment et les cabanes de bois se multipliaient sous des toits de tôle ou des bâches plastique. Ici, le gris n'était pas une couleur mais une épidémie. Des poules sillonnaient la rue en caquetant. Des chiens, des porcs, des chevaux... Il y avait un peu plus d'animation que la nuit précèdente mais tout tournait au ralenti. Le pouls de la bourgade agonisait.

La cabane du cousin était la troisième à droite dans la seconde ruelle sur la gauche. Un carré de planches au fond d'une cour ensablée. Jeanne frappa plusieurs fois à la porte. Pas de réponse. Le guide ne s'était pas fait la malle. Sa Land Cruiser était toujours stationnée sur le parking du motel.

— Beto ?

Elle souleva le fil de fer qui jouait le rôle de verrou et poussa la porte. Elle découvrit un bric-à-brac d'ustensiles en tous genres, zébrés par les rais du soleil qui filtraient entre les lattes. Casseroles, machettes, cordes, cageots, tissus, poêles, chiffons, sacs d'arachides, bocaux, bouteilles... Tout cela était suspendu ou entassé de manière à créer un enchevêtrement compliqué, foisonnant, presque merveilleux... Dans le registre bon marché.

— Beto ?

L'intérieur de la cabane formait un refuge d'ombre, chaud, réconfortant. Une odeur de sciure planait.

Elle repéra le hamac.

— Beto ?

Il était là, chapeau sur le visage, englouti dans l'arc de toile. Une mare noire baignait le plancher. Le cadavre, comme alourdi par la mort, tendait le tissu jusqu'à toucher le sol. Jeanne s'avança. Une ligne de lumière éclairait la gorge de Beto. Ouverte d'une oreille à l'autre. L'assassin avait taillé large, profond, sectionnant à la fois l'artère carotide et la veine jugulaire. Jeanne n'avait aucun doute sur l'identité du tueur.

— J'en peux plus.

La voix de Féraud, dans son dos. Il tremblait, comme pris de convulsions. Elle, au contraire, ne bougeait pas. Son propre sang lui paraissait plus lourd, plus lent. *Joachim. Il veut que nous le rejoi-*

gnions seuls. Sans aide ni matériel. Dans la forêt des Mânes...

Le psychiatre la saisit par l'épaule et la retourna brutalement.

— Vous avez entendu ce que je vous ai dit ? J'EN PEUX PLUS !

— Calme-toi.

Elle capta tout à coup une autre vérité. Joachim ne voulait pas qu'« ils » parviennent ensemble dans la forêt des Mânes. *Il l'attendait, elle et seulement elle.* Féraud était le prochain sur la liste. À la première occasion, l'enfant-loup l'éliminerait.

Il lâcha son épaule et fit un geste vague, tête baissée.

— Je me calme, oui. Et j'abandonne.

— Comme tu veux.

— Vous allez continuer seule ?

Jeanne regarda sa montre.

— La barge part dans 10 minutes, fit-elle en se dirigeant vers la porte.

— Et lui ? Vous le laissez là ? Sans prévenir les flics ?

Sur le seuil de la cabane, elle se retourna vers Féraud.

— Quels flics ? Le temps que les Indiens contactent le poste de police le plus proche, trois jours auront passé. Il n'y aura aucune enquête. Personne ne fera le rapprochement entre Beto et nous. Nous sommes arrivés de nuit. Nous n'avons pas dormi dans le même endroit.

— La voiture ? L'équipement ?

— On laisse tout. Rentre à Formosa par le car et...

— Non.

607

Il la rejoignit sur le perron. Jeanne eut envie de lui crier de rentrer en France. De retourner à ses théories fumeuses sur la psyché humaine. Et de la laisser, elle, achever l'enquête.

Mais Féraud l'observait maintenant, le front plissé.

— Qu'est-ce que vous avez sur le visage ?

Il tendit la main avec curiosité. Souleva les mèches de Jeanne.

— Du sang. Vous vous êtes blessée ?

— Où ? fit Jeanne en se palpant la figure.

— Vous avez touché le cadavre ?

Elle ne répondit pas. Même en plongeant la tête dans la blessure de Beto, elle n'aurait pu se tacher ainsi. Les blessures du guide étaient coagulées depuis longtemps. Le sang venait *d'ailleurs*. Elle pivota et retourna à l'intérieur. Attrapa un miroir suspendu au mur. L'orienta vers son visage. Une traînée noirâtre barrait sa tempe gauche. Elle écarta ses cheveux. Pas une simple trace. Une empreinte. L'empreinte incomplète d'une paume, puis l'annulaire, l'auriculaire...

Une main très fine.

Celle d'un adolescent.

Le souffle bloqué, Jeanne comprit l'évidence. Son rêve n'était pas un rêve. Quand elle s'était sentie devenir Vénus dans sa chambre, quand elle avait vu Joachim couvert d'écailles végétales se pencher sur elle et la caresser, elle n'avait fait que percevoir la *réalité*.

L'enfant-loup l'avait visitée après avoir sacrifié Beto.

Elle tenait toujours le miroir, l'autre main plaquant ses cheveux sur son crâne. Elle remarqua que l'empreinte, sur sa tempe, se déployait *à l'envers*. D'abord le tranchant de la paume. Sur le front. Puis les marques de doigts pointées vers le bas... Jeanne revoyait la scène dans les ténèbres. Joachim, à un souffle de son visage. Sa main ensanglantée – sa main de meurtrier cannibale – sur son front.

Pourquoi *à l'envers* ?

La réponse coulait de source.

Il était encore en état de crise.

Ses poignets étaient donc tournés vers l'intérieur...

78

Dans l'Antiquité grecque, les fleuves des Enfers communiquaient avec le monde de la surface. La cascade du Styx se jetait dans une gorge étroite en Arcadie, au nord du Péloponnèse. L'Achéron coulait en Épire et rejoignait la mer Ionienne. Un autre fleuve du même nom coulait en Laconie et disparaissait aux environs du cap Ténare, un accès présumé aux Enfers...

À bord de la barge, Jeanne se demandait vers quel enfer menait le fleuve Bermejo. La forêt des Mânes ? Le peuple de Thanatos ? À moins que l'enfer, tout simplement, ne soit sa propre enquête. Quiconque l'approchait y restait. Mourait précipité dans une spirale de cruauté et de violence.

Jeanne cherchait en elle des restes de compassion pour Beto. Un homme qui avait eu pour seule malchance de croiser leur chemin. Elle n'en trouvait pas. Ils avaient abandonné le corps. Ils avaient fui. Elle espérait maintenant qu'elle ne s'était pas trompée. Que personne ne ferait le lien entre leur équipée et le chauffeur. Ou qu'au moins ils auraient le temps de se perdre dans la forêt et ses marais avant l'arrivée des troupes de police.

Elle songeait aussi à Marion Cantelau. Nelly Barjac. Francesca Tercia. François Taine. Eduardo Manzarena. Jorge De Almeida... D'autres malheureux qui avaient approché, même de loin, le peuple des *embalsados*. Sa réalité ou son *fantasme*. Il n'y avait pas à pleurer ces morts. La seule chose que Jeanne pouvait faire pour eux maintenant, c'était finir le voyage. Trouver Joachim et l'arrêter d'une manière ou d'une autre. La voix de Pavois : « *C'est votre karma.* »

Installée à l'extrémité de la proue, Jeanne se retourna et considéra la barge. Le spectacle valait le coup d'œil. Une péniche de ferraille usée, rouillée, rafistolée, longue de soixante mètres, sur laquelle s'entassaient plusieurs centaines d'Indiens, des têtes de bétail, des sacs de vivres, des bidons d'essence, des chiens, du bois de feu, des cordes, du linge à sécher, des herbes à maté, des réchauds, des casseroles... Un village flottant, bruissant, compressé, qu'on avait lancé sur la flotte, comme ça, juste pour voir...

La barge glissait avec lenteur, promenant son agitation, sa rumeur sous les cimes qui se rejoignaient au-dessus du fleuve. La jungle qui les entourait était typiquement tropicale. Rien à voir avec les océans de palmiers. Jeanne connaissait le phénomène. Les environs humides des fleuves donnent toujours naissance à cette végétation spécifique. Dense. Serrée. Inextricable. Les Argentins appellent ça la *selva en galeria*. La forêt qui forme une galerie.

Jeanne regardait défiler les murailles vert et noir. Lianes enchevêtrées. Explosions de feuillages. Frises de fleurs suspendues aux branches. Et surtout, la marée infinie des arbres. Des palmiers encore, mais aussi des caroubiers, des palétuviers, des bananiers... *El Impenetrable*, c'était aussi *L'Innombrable*...

Elle baissa les yeux. Le fleuve n'était pas rouge comme son nom l'indiquait. Il avait plutôt la couleur verdâtre du bronze. Ou parfois le jaune orangé du cuivre. Ou encore le gris du plomb... Des eaux de métal. Qui paraissaient avoir raclé les entrailles de la terre pour drainer des souvenirs de fusion.

Les heures passaient. À mesure que la péniche s'enfonçait dans la forêt, le silence s'imposait à bord. Les bruits de la jungle reprenaient le dessus. Frémissements de feuillages. Sifflements d'oiseaux. Crissements des cigales. Puis, soudain, tout s'arrêtait. Sans raison apparente. Alors le bruissement lourd de la coque de fer dans les eaux retentissait. Matérialisant d'un coup le temps et l'espace qui roulaient ensemble, brassés par le limon...

Le déjeuner s'organisa. Des quartiers de bœuf grillèrent sur un baril rouillé. Les Indiens invitèrent Jeanne et Féraud sous les bâches tendues qui protégeaient du soleil. Elle prit un morceau de chair rose et gris. Le psychiatre grignota quelques légumes crus.

Plus tard, alors que les passagers sombraient dans la torpeur, des cris retentirent. C'était le capitaine qui hurlait, sortant la tête de la cabine de commande. Un Indien d'une cinquantaine d'années, dont le crâne et le visage étaient entièrement imberbes. Il n'avait plus ni cils ni sourcils. Quand Jeanne avait embarqué, il avait surpris son regard. Il lui avait expliqué qu'il se rasait et s'épilait ainsi pour éviter que des insectes se nichent dans ses poils...

Maintenant, il gueulait contre des jeunes femmes qui simulaient la frayeur tout en éclatant de rire.

Féraud, assis sur des sacs de toile, demanda sans lever la tête :

— Qu'est-ce qu'il dit ?

— Que si ces femmes continuent à l'emmerder, il va toutes les violer. Il demande aussi ce qu'il doit se raser pour se débarrasser de bestioles pareilles.

Le psychiatre ne fit aucun commentaire. Imperméable à l'humour indien. Il était recroquevillé parmi les paquetages et paraissait toujours en état de choc.

Encore une fois, elle considéra les remparts infranchissables de la jungle. Elle se souvenait des paroles de Beto. Le Bermejo contournait la forêt et ses marais pour rejoindre, plusieurs centaines de kilomètres plus tard, la frontière du Paraguay. Le monde civilisé.

Personne ne s'arrêtait dans cette « forêt non née » qui était justement la destination de Jeanne et de Féraud. Comment eux allaient-ils stopper leur course ? Et comment allaient-ils pénétrer dans cette jungle ?

À cette pensée, elle vérifia l'écran de son cellulaire. Plus de réseau. Ils avaient donc franchi la ligne... Elle rangea le téléphone au fond de son sac, la gorge nouée. Au même instant, elle remarqua une anomalie parmi les cimes qui défilaient. Un angle gris qui se confondait avec les tons monotones des lianes et des feuillages mais dont la ligne horizontale était trop droite, trop régulière, pour appartenir au monde végétal.

Elle se leva et plissa les yeux dans la lumière blanche. Parmi l'entrelacs de la canopée, un édifice de ciment gris. Un bloc qui semblait se dissoudre dans la nature. Une ruine de civilisation, qui retournait à son état originel – masse minérale, brute et simple...

Elle avait déjà compris. Courbée sous les bâches, elle traversa le parterre de bassines, de chèvres, d'Indiens et atteignit la cahute de fer rouillé où cuisait le pilote.

— Là-bas, qu'est-ce que c'est ?

Le capitaine, mains sur la barre, ne tourna même pas la tête.

— Le bâtiment, là-bas, répéta Jeanne. C'est quoi ?

— Campo Alegre. Le camp de concentration.

Jeanne avait deviné juste. Le théâtre des origines. Le berceau de la naissance de Joachim... Elle l'envisageait déjà comme un lieu sacré. Un espace mythologique. D'instinct, elle sut qu'il y avait quelque chose à découvrir là-bas.

— Combien pour s'y arrêter ?

— Impossible. Pas d'embarcadère.

Elle fouilla dans sa veste. Trouva l'enveloppe contenant le cash tiré à Formosa. Toutes ses économies. Elle compta rapidement et extirpa 200 pesos de la liasse. Elle les déposa sur le tableau de bord – trois cadrans fêlés, des manettes réparées avec de l'adhésif.

— Vous vous croyez seule à bord ?

Le capitaine portait un tee-shirt à l'effigie de Christophe Colomb. Au-dessus de la tête, « WANTED ». En dessous, le montant de la prime : 5 000 dollars. Le ton était donné.

— Combien ? répéta Jeanne, étouffant dans la cabine.

Le chauve ne répondit pas. L'embarcation avançait toujours, dépassant la forteresse grise. Jeanne la voyait déjà s'éloigner par la lucarne crasseuse.

— COMBIEN ?

Elle repéra des baraques à demi immergées, un ponton affaissé. Une avancée sur le fleuve, mi-humaine, mi-végétale.

— Là-bas, fit-elle en tendant l'index. On mouille une heure. Je visite la base et je reviens.

— On peut pas s'approcher du bord. Pas assez de profondeur.

Un Zodiac était encordé le long de la barge, elle s'en souvenait. Une annexe de fortune, rafistolée avec de la ficelle et des morceaux de pneus.

200 de plus sur le tableau de bord.

— Je prendrai l'annexe. Trouvez-moi un gars pour la conduire.

— Faudra le payer en plus.

— D'accord.

— Et payer le coup aux autres passagers. Pour le dérangement.

— Où trouver l'alcool ?

D'un coup de menton, le pilote désigna le village lacustre à mi-flots.

— Ça marche, fit Jeanne en s'essuyant le front. Faites la manœuvre.

79

Le soleil était maintenant rouge et net comme un fruit coupé. L'opération de mouillage avait pris deux heures. Des hommes étaient partis acheter, en Zodiac, les bouteilles de bière à la buvette du village. On avait trinqué. À la santé de Jeanne. On avait rigolé. Enfin, Jeanne avait pu débarquer. Féraud avait tenu à venir. Elle préférait ça. Elle ne voulait plus le lâcher d'un pas.

Lentement, à bord du canot pneumatique, ils abordèrent le ponton. Le fleuve ressemblait ici à une déchetterie végétale. Fragments de joncs. Lambeaux de nénuphars. Îlots de feuilles. Les ordures de la forêt voyageaient, à demi émergées, comme des visages et des ventres de cadavres.

Ils grimpèrent sur la digue. Jeanne répéta au pilote de l'annexe : « Une heure. » Ils traversèrent la cité lacustre. Un bien grand mot pour dix baraques sur pilotis, engluées dans la boue. Planches, poutres, parpaings, toile plastique, tout semblait avoir été assemblé par une tribu d'hommes-castors. Ils étaient là. Cheveux gras et dents pourries. La plupart avaient le visage couvert de cendre. D'autres portaient des traits rouges sur les joues – Jeanne pensa à l'urucum. *Toujours plus proche...* Ces gens n'étaient ni effrayés, ni perdus. Leur solitude était comme un grand manteau déployé autour d'eux, sans contour ni limite.

Une piste à peu près praticable, à travers une végétation serrée, menait à la base militaire. Ils marchèrent dix minutes. La canopée laissait filtrer les rayons du crépuscule comme à travers des vitraux. Lumière poudreuse aux reflets glauques... Effets de loupe qui amplifiaient les dernières ondes de chaleur...

Enfin, le bâtiment apparut.

Jeanne songea au bagne de Cayenne. On a les références qu'on peut. Murs aveugles tachés d'humidité. Meurtrières ruisselant de feuilles. Les racines et les lianes s'étaient incrustées dans les fentes du ciment. Les branches avaient crevé les toits. La forêt avait attaqué la prison et l'avait vaincue. Maintenant, on ne savait plus qui montait à l'assaut de l'autre. Un baiser d'amour torturé. Une étreinte fiévreuse de pierres et de plantes. Jeanne songea aux temples d'Angkor. Mais les dieux vénérés jadis ici étaient des puissances maléfiques. Tortures. Exécutions. Disparitions...

Aucun problème pour pénétrer à l'intérieur. Des lianes écartaient les portes, forçaient les verrous comme de monstrueux pieds-de-biche. Une grande cour carrée les attendait, emplie d'une végétation chatoyante. Tout baignait dans une transparence ambrée. Une vraie serre exotique avec, dans le rôle de la verrière, le rectangle de ciel pourpre découpé entre les bâtiments.

Ils prirent à droite, sous la galerie ouverte. Des piliers. Des geôles. Un réfectoire. Le fer cédait maintenant la place au bois. La zone administrative. Existait-il des archives ici ? Idée absurde, compte tenu des années et des lieux. Les bourreaux n'écrivaient pas. Et si des notes avaient existé, elles auraient été rongées, sucées, avalées par la forêt en quelques jours...

Au fond de la galerie, un couloir. Au fond du couloir, des bureaux. Le sol était maculé de feuilles mortes. Leurs pas bruissaient dans la pénombre rouge. Succession de pièces aux fenêtres cernées de frondaisons. Des armoires, des chaises, des meubles, encore debout, comme par miracle...

Jeanne revint sur ses pas.

Dans l'une des salles, elle venait de remarquer quelque chose. Un détail inattendu. Une silhouette assise, à contre-jour. Elle pénétra dans le bureau et obtint confirmation de ce qu'elle avait vu. Dans cette pièce de quelques mètres carrés, où traînaient par terre des éboulis et des fragments de lianes, une femme se tenait face à la fenêtre, auréolée de lumière carminée. Une vieillarde, semblait-il, raide et immobile comme un arbre foudroyé.

Jeanne s'approcha.

— *Señora ? Por favor...*

La silhouette ne répondit pas. Jeanne avait été trompée par le contre-jour. La femme ne leur tournait pas le dos : elle leur faisait face. Jeanne expliqua qu'ils voyageaient à bord de la barge. Qu'ils étaient des journalistes français. Qu'ils menaient une enquête sur les lieux oubliés des dictatures argentines.

L'ombre ne répondait pas.

Jeanna fit encore un pas en avant. Elle ne distinguait pas clairement les traits de la femme mais remarqua qu'elle n'était pas indienne.

Quelques secondes encore, puis :

— Je travaillais ici. Je soignais les gens. Je réparais ceux qu'on démolissait.

Le timbre était en cohérence avec l'immobilité du corps. C'était une voix *pétrifiée*. Une voix minérale. Fixée par les années et la sédimentation. Mais la femme avait conservé l'accent de Buenos Aires.

— Vous... vous étiez médecin ?

— Infirmière. J'étais l'infirmière en chef de la base. Je m'appelle Catarina.

Jeanne espérait découvrir ici des indices. Elle avait trouvé mieux. Un témoin. Une mémoire. Pour une raison inconnue, cette femme n'avait jamais voulu quitter la forteresse.

— Des enfants sont nés ici, non ?

Jeanne ne pouvait gaspiller ses chances en préliminaires inutiles.

L'infirmière répondit sans hésitation, de son ton mécanique :

— Campo Alegre avait un hôpital. Un dispensaire où on soignait les torturés. Pour les maintenir en vie. Une salle était réservée aux femmes sur le point d'accoucher. Une maternité clandestine.

Catarina n'avait pas dû croiser un Blanc depuis des années. Elle n'avait peut-être même jamais été interrogée par un membre d'une quelconque commission. Mais son rôle était celui-ci : livrer son message avant la mort.

Plus qu'un témoin, Catarina était une pythie.

Jeanne discernait mieux ses traits. Ses orbites étaient si creusées que les yeux s'étaient noyés au fond. Toute chair en avait disparu. Rongée par le temps. La jungle. La folie...

— On attendait qu'elles soient mûres, poursuivit l'infirmière.

— Comment étaient-elles traitées ?

— Mieux que les autres. Les militaires tenaient aux bébés. Mais elles étaient menottées. Elles portaient un bandeau sur les yeux jour et nuit. Et elles étaient aussi interrogées, c'est-à-dire torturées, jusqu'au dernier moment. Des chiens les surveillaient. Ces femmes étaient en enfer. Elles donnaient la vie en enfer.

— Vous connaissiez leur nom ?

— Jamais de nom. Seulement des numéros. Elles n'étaient que des mères porteuses. Les bébés non plus n'avaient pas de nom. Ils disparaissaient aussitôt. Les médecins ou les militaires se chargeaient du reste. État civil, bulletin de naissance... Ces enfants ne naissaient vraiment qu'une fois adoptés.

— Au moment de l'accouchement, un médecin assistait la mère ?

La femme ricana.

— Ce n'était pas le genre de Campo Alegre. Pas du tout. Les officiers étaient ennuyés par ces femmes enceintes. Ils ne pouvaient pas les violer. Il fallait s'occuper d'elles. Ils n'en tiraient aucun plaisir. Alors, ils avaient mis au point un jeu.

— Un jeu ?

Depuis le début de l'entrevue, Catarina n'avait pas bougé, les deux mains posées sur les genoux. Sa chevelure blanche et ses doigts exsangues dessinaient des taches roses dans la pièce rouge.

Soudain, Jeanne comprit la vérité. L'immobilité de l'infirmière. Son maintien cambré. Ses orbites sans lumière. Elle était aveugle. Lui avait-on arraché les yeux ? Mystérieusement, cette cécité correspondait à son rôle de prêtresse. Dans le monde antique, les devins, les conteurs étaient souvent aveugles. Homère, Tirésias…

— Ils prenaient des paris sur le sexe de l'enfant. Quand la femme était sur le point d'accoucher, ils l'emmenaient dans un pavillon spécial. Ils y avaient installé une machine agricole.

Jeanne essaya de déglutir. Pas moyen. Elle pressentait, dans son dos, Féraud qui était comme paralysé.

— Pourquoi une… machine agricole ?

— Pour les vibrations. Ils attachaient la femme dessus et faisaient tourner le moteur. Ils provoquaient l'accouchement. Ils avaient installé une table de jeu face à la machine, pour parier. On entendait les hurlements des femmes. Les rires des officiers. Les trépidations du moteur qui couvraient tout. Un pur cauchemar.

— Que faisaient-ils de l'enfant ?

— Je vous l'ai dit : un médecin prenait la relève.

— Et… la femme ?

— Exécutée. Sur place. La détonation de l'arme, c'était le premier bruit que le bébé entendait.

Jeanne rassembla ses pensées. Encore une ou deux questions, et la femme se tairait. Elle retournerait à son monde de fantômes.

— En 1972, vous étiez déjà là ?

— J'étais là.

— Vous vous souvenez d'un accouchement à cette époque ? Avant le début de la dictature ?

— Le premier du genre. Les soldats ont étrenné leur machine avec cette femme.

— Vous connaissiez son nom ?

— Je vous le répète : jamais de nom.

— Et l'enfant ?

— *Joachim.* Il a été adopté par un homme de la caserne. Garcia. Un bon à rien. Un saoulard.

— Vous savez ce qui s'est passé ensuite dans cette famille ?

— Garcia a tué sa femme et s'est suicidé, en 1977. Le gamin a fui. Plus tard, on a raconté qu'il avait survécu dans la jungle. Qu'il était retourné à la vie sauvage. Mais la vie sauvage, c'était ici. À Campo Alegre.

— Quelques années plus tard, on a pourtant retrouvé l'enfant. Vous vous en souvenez ?

— Je me souviens d'Alfonso Palin. Il est venu chercher le gamin. En 1982. Mais Joachim était parti avec un jésuite du village.

— Vous saviez qu'il s'agissait de son fils biologique ?

— Il y a eu des rumeurs. On disait que Palin avait couché avec la mère du gosse, à Buenos Aires. Il voulait récupérer l'enfant. Pellegrini, qui dirigeait la base militaire, crevait de trouille. Palin avait déjà démontré de quoi il était capable.

— Comment ça ?

Catarina hocha la tête. Un coup de rasoir vint couper le bas de son visage. Une sorte de sourire. Mais ses yeux noirs ne changeaient pas d'expression.

Ils ne le pouvaient pas : aucune partie molle. Ils se réduisaient aux cavités osseuses des orbites.

— Quand il a appris ce qu'on avait fait à sa maîtresse, il a retrouvé les soldats et les a exécutés. Une balle dans la nuque pour chacun.

— Pellegrini n'a rien dit ?

— Pellegrini n'avait qu'une chose à faire : retrouver l'enfant. Le donner à Palin. Et prier pour que l'amiral ne revienne plus jamais.

Jeanne connaissait la suite.

Elle fit un signe à Féraud, dont la silhouette disparaissait dans l'obscurité. Il était temps de partir. Temps de retrouver l'annexe avant la nuit totale.

Alors qu'ils franchissaient le seuil, Jeanne ne put s'empêcher de demander :

— Vos yeux, que s'est-il passé ?

Catarina ne répondit pas aussitôt. Ses mains se crispèrent sur ses genoux.

— Un châtiment.

— Les soldats ?

— Pas les soldats. Moi.

Elle leva les poings et les appuya sur ses orbites vides.

— Un matin, j'ai décidé que j'en avais assez vu. Je suis allée dans les cuisines. J'ai trouvé une cuillère. Je l'ai désinfectée à la flamme et j'ai… opéré. Depuis, je vis avec les Indiens.

Jeanne salua la femme à voix basse et poussa Féraud dans le couloir, qui trébucha sur une racine et faillit s'étaler.

— Attendez.

Jeanne s'immobilisa dans l'encadrement de la porte.

— Vous, où allez-vous ? demanda l'infirmière.

— Dans la forêt des Mânes.

Bref silence. Catarina conclut de sa voix creuse, distante, étrangère à elle-même :

— Alors, vous les verrez.

— Qui ?

— Les mères. Les mères des bébés.

— Vous nous avez dit que les officiers les abattaient aussitôt après l'accouchement.

— Elles sont mortes dans ce monde. Pas dans la forêt des Mânes. Elles voyagent sur les terres mouvantes de la lagune. Ce sont des âmes cannibales. Elles mangent la chair des hommes. Elles se vengent. Quand vous les verrez, saluez-les de ma part. Dites-leur que je ne les ai pas oubliées.

80

Joachim, l'enfant du Mal.

La « mécanique du père » poussée à son paroxysme. La violence n'avait pas seulement constitué son éducation. Elle avait présidé à sa naissance. Les fées penchées sur son berceau avaient été des soldats sadiques et dépravés. Puis il y avait eu les Garcia, couple d'ivrognes violents. Puis le peuple du Premier Âge, cannibale et sanguinaire. Puis les singes hurleurs. Puis Alfonso Palin... Les traumatismes de l'enfant procédaient par strates successives, accumulées, compressées, comme des feuilles de métal pour créer un nouvel alliage.

La mécanique des pères.

Jeanne songeait à la machine agricole, aux hurlements de la femme en couches, aux saccades du moteur qui exprimaient, symboliquement, l'engrenage fatal dont était issu l'enfant-loup...

La péniche rouillée glissait dans la nuit depuis plusieurs heures, alors que des escouades de chauves-souris claquaient des ailes au-dessus des têtes. Le froid était de retour. Tous les passagers s'étaient regroupés autour des braseros. Chacun parlait à voix basse.

Jeanne et Féraud grelottaient sur place. On leur avait remis des couvertures. On leur avait donné à manger. À la lueur vacillante du feu, ils n'avaient pas vu ce qu'ils mâchaient. Trop fatigués pour éprouver ni goût ni dégoût...

Blottie sous sa couverture, Jeanne scrutait maintenant l'obscurité autour d'elle. Elle ne voyait rien. Les parois de la forêt constituaient une seconde nuit encastrée dans la première, plus dense, plus noire, ajoutant encore une épaisseur particulière aux ténèbres.

Les rives du fleuve paraissaient s'être rapprochées. Elles avaient gagné en présence, en parfums, en bruissements. Maintenant, les Indiens chantaient pour la lune. Peut-être les « Non-Nés » étaient-ils déjà là, scrutant la barge qui passait ? Et Joachim ? Comment se rendait-il, avec son père, auprès de son peuple ? Possédaient-ils leur propre embarcation ?

Soudain, elle aperçut des lucioles virevoltant parmi les feuillages. Elle était étonnée de les distinguer aussi nettement. L'impression se précisa. Non. Pas des lucioles. Ces lumières étaient fixes... En écho à cette remarque, un bourdonnement se fit entendre. Un bruit qu'elle aurait reconnu entre mille. Celui d'un générateur électrique tournant à plein régime.

Elle se leva et rejoignit, encore une fois, la cabine du capitaine. Il roucoulait avec deux jeunes Indiennes sur ses genoux. L'ambiance n'était plus au viol. Plus du tout.

— Ces lumières, là-bas, c'est quoi ?

— *Tranquila, mujercita...* Vous allez pas sursauter à chaque fois qu'on croise une baraque.

— Quelle baraque ?

— Une estancia.

— Il y a une estancia dans la forêt ?

— On est en Argentine. Y a toujours une estancia
quelque part.

— À qui appartient-elle ?

— Je sais pas. Un richard. Un Espagnol.

Pensées automatiques. Douche. Repas. Ravitaillement. Porteurs... Cette estancia constituait l'étape
idéale avant de plonger dans l'inconnu. Il y aurait
forcément moyen de négocier avec le propriétaire ou
le gérant du domaine...

— On peut s'arrêter ?

— Vous avez la tête dure. Cette barge, c'est pas
un omnibus. Pas de stop avant le Paraguay.

— On s'est déjà arrangés une fois.

Le pilote soupira. Christophe Colomb, sur son
tee-shirt, observait Jeanne d'un œil mauvais. Les
deux filles ricanèrent. Elle fouilla ses poches et plaça
une nouvelle poignée de billets sur le tableau de
bord.

— Gardez votre argent. Je peux plus m'arrêter.
Trop de courant. La manœuvre consommerait trop
de carburant.

— Et si on utilise l'annexe ?

L'homme la fusilla du regard.

— L'estancia a forcément un ponton, insista-
t-elle. Quand nous y sommes, vous nous prévenez.
On saute dans le Zodiac avec le gars de tout à
l'heure. Il nous dépose. Il vous rattrape. Vous ne
vous arrêtez pas.

Le capitaine tendit le bras et empocha le fric.

— Je vous fais signe quand on croise la digue.

— Dans combien de temps ?

Il lança un regard par le hublot, comme s'il pouvait voir dans les ténèbres.

— Dix minutes.

Tout alla très vite. Ils se jetèrent dans l'annexe, le moteur ronronnant le long de la barge qui filait. Ils récupérèrent leurs bagages qu'on leur lança du pont. En moins de cinq minutes, le Zodiac avait rejoint les quelques planches à demi immergées qui jouaient le rôle de jetée. Ils bondirent sur le bois vermoulu. Encore une fois, Féraud trébucha et manqua de tomber dans la flotte. En guise d'adieu, ils reçurent une gerbe d'eau glacée dans le dos. L'annexe repartait déjà. Les traînées d'écume dessinaient deux sillages fantômes qui s'amenuisaient dans l'obscurité.

Jeanne repéra la piste qui menait à l'estancia. Elle mesurait l'absurdité de l'instant. Ils étaient seuls. Ils n'avaient plus ni équipement ni carte ni guide. Perdus à des milliers de kilomètres de tout repère civilisé, sans la moindre idée d'où ils allaient. Elle, son sac à l'épaule contenant seulement son Macintosh, son dossier d'enquête, son *Totem y Tabú*. Féraud, traînant sa valise à roulettes dans la boue. Absolument ridicules.

— Jeanne.

Elle se retourna : son compagnon n'avançait plus.

— Je vois plus rien.

— Moi non plus.

— Non. Vraiment...

Elle revint sur ses pas. Le psy était cramponné à sa valise. Elle s'approcha de son visage – elle était aussi grande que lui. Même dans l'obscurité, elle pouvait discerner que le blanc de ses yeux était injecté de sang. Un voile infecté couvrait sa cornée.

— Cela fait combien de temps que tu as ça ?

— Je ne sais pas.

— C'est douloureux ?

— Non. Mais je vois de plus en plus mal.

Il ne manquait plus que cette galère. Elle plaça le bras gauche de Féraud autour de ses épaules, puis attrapa la valise de sa main gauche. Ils reprirent la route, avançant en crabe comme deux blessés de guerre. Une idée traversa son esprit. L'infection de Féraud lui offrait un prétexte idéal pour l'abandonner dans l'estancia.

Elle se rendrait seule dans la forêt des Mânes.

Ils marchèrent près d'une demi-heure. Le ronronnement du générateur scandait leurs pas et s'amplifiait. La forêt, comme dérangée dans son intimité, se réveillait. Hurlait. Craquait. S'agitait. À moins que cela ne fût Jeanne qui perdît sa lucidité. Les arbres paraissaient éclater de rire. Les cimes se refermaient sur eux et devenaient liquides. Jeanne ne songeait plus qu'à placer un pas devant l'autre. Elle avait l'impression d'évoluer dans une forêt de contes. Une jungle qui n'avait ni centre ni frontière, mais dont chaque détail vivait, pensait, murmurait...

Enfin, les contours de la propriété se révélèrent distinctement. Une sorte de terrain de football cerné par les flancs de la jungle. Au-dessus, la voûte étoilée resplendissait, plus vive, plus intense que les éclairages terrestres. Au fond de la clairière, Jeanne discernait les bâtiments plats à toit de tôle. Des enclos. Des granges. Des silos. Ils étaient arrivés.

Des chevaux hennirent. Des chiens aboyèrent. Jeanne ne s'arrêta pas, soutenant toujours Féraud. Trop épuisée pour avoir peur. Du bruit sous la véranda du bâtiment central – sans doute la *posada*, la ferme-habitation. La silhouette d'un homme se profila.

Une voix rauque retentit, en écho au claquement d'un fusil qu'on arme :

— *Quien es ?*

Quelques minutes plus tard, Jeanne essuyait un gros rire, aussi violent qu'une explosion de dynamite. Elle venait d'expliquer au gérant de l'estancia leur situation. Elle finit par rire elle aussi. Et Féraud en chœur. C'était assez comique, en effet... Et encore, elle n'avait pas osé donner leur destination finale, de peur de provoquer une nouvelle rafale.

L'homme les invita à l'intérieur. Gros, petit, très brun, il avait une tête lourde et noire. Sa peau mate était craquelée. Jeanne songea aux buffles argentins qui se couvrent de fange pour se protéger des insectes. Sa voix grasse et son accent âpre renforçaient cette impression de boue séchée. Un genre de mammifère local jailli des palmiers, cuit au soleil.

Il s'appelait Fernando. Il veillait sur la propriété et ses troupeaux. Il travaillait pour le compte d'un jeune Catalan écolo qui avait fait fortune avec Internet. À mesure qu'il parlait et décrivait son quotidien, Jeanne songeait à un gardien de phare. C'était bien de ça qu'il s'agissait. Elle revoyait la carte dépliée à Formosa. L'estancia était le dernier poste avant l'océan vert...

Fernando leur proposa d'exhumer quelques restes du dîner – des fragments de viande reposaient encore sur le gril. Ils déclinèrent l'offre. Il leur fit ensuite visiter leurs chambres respectives. Puis il s'improvisa infirmier, proposant de soigner les yeux de Féraud.

Jeanne les abandonna. S'enferma dans sa chambre. Quatre murs passés à la chaux. Un lit de fer. Un crucifix. Exactement ce qu'il lui fallait. Elle s'écroula sur le lit, sans ôter ses vêtements.

Ses yeux se fermèrent aussi sec.

Ce fut comme un rideau qui s'abaissait sur le monde.

À moins que ce ne soit l'inverse.

Que le spectacle ne fasse que commencer.

81

7 heures du matin.

Jeanne ouvrit les volets. Sa fenêtre donnait sur la clairière, dont les premières lignes étaient ombragées par des palmiers. Main en visière, elle balaya du regard les environs. Le lieu avait un air familier, avec ses bâtiments agricoles, ses enclos, sa basse-cour… Mais l'ensemble était morne, déprimant. Tout ce qui n'était pas vert était gris. Tout ce qui n'était pas boue était poussière. Le terrain dans son ensemble évoquait une plaie béante, creusée dans la chair de la forêt. Une blessure qui ne demandait qu'à cicatriser – à retourner à sa luxuriance d'origine.

— Bien dormi ?

Jeanne se pencha vers la droite, sous la véranda. Fernando était installé derrière une table de camping dos au soleil.

— Venez prendre un café.

Quelques minutes plus tard, elle était attablée, alors que le scintillement du jour éclaboussait tout. Une clarté organique, pleine de rosée, semblait s'injecter dans chaque tige d'herbe, chaque épine des broussailles. Une sève de lumière.

Café pour elle.

Maté pour lui.

— Qu'est-ce que vous cherchez au juste ?

Fernando avait oublié l'usage des précautions oratoires. Cette franchise plut à Jeanne. Elle répondit avec la même brusquerie :

— Je cherche un tueur.

— Où ?

— Dans la forêt des Mânes.

— Il y en a beaucoup. Des hors-la-loi, des brigands, des fuyards. Mais ils sont tous morts.

— Vous vivez ici toute l'année ?

— Avec quelques gauchos, pour les chevaux. Je suis le gardien des Enfers.

Dès qu'il ne parlait plus, Fernando revenait à sa paille chromée.

— Vous avez entendu parler d'un peuple qui survivrait dans la forêt ?

— Dans la région, on ne parle que de ça. Des légendes.

Jeanne baissa les yeux. Ses mains tremblaient. Comme si son corps sentait l'imminence du danger alors que son esprit l'ignorait encore. Elle songea aux chevaux qui pressentent l'orage alors qu'aucun signe extérieur ne prévient la conscience humaine. Son corps était sa part animale.

— Parlez-moi de ces légendes.

Fernando attrapa une thermos posée par terre. Lentement, il versa de l'eau chaude dans son gobelet de métal. En écho, derrière lui, la lumière verticale semblait déjà s'écouler des palmes en un fluide brûlant.

— Au-delà de cette estancia, il n'y a plus rien d'humain. Sur des centaines de kilomètres. La forêt des Mânes. La forêt des Non-Nés.

— Avez-vous constaté, vous, les signes d'une... présence ?

— Moi non. Mais mon père, qui travaillait déjà ici, aimait raconter une histoire. Un jour qu'il s'était aventuré dans la lagune, il a vu quelque chose... Imaginez le décor. Des eaux qui ne bougent pas. Des forêts de roseaux qui vous dépassent d'une tête. Des terres qui dérivent sans que vous vous en rendiez compte... C'est l'aube. La lumière baigne le paysage dans une espèce de halo magique. Mon père, c'est comme ça qu'il raconte, entre au pays des songes. Soudain, il découvre une clairière. Il sent alors une présence derrière lui. Il se retourne et voit une silhouette à contre-jour. Immense. Des cheveux dans les yeux. À moins que ça ne soit des plis de chair. Des cicatrices... Mon père variait son histoire. Parfois, l'intrus avait un nez rongé, comme s'il était atteint par la syphilis. Une autre fois, ses dents étaient taillées en pointe. À chaque fois qu'il la racontait, la créature changeait de gueule. Mais le temps qu'il s'approche, tout avait disparu. Voilà tout ce que je sais sur les Non-Nés.

Jeanne but son café. Machinalement, elle attrapa une des tartines brunes qui s'empilaient sur la table. Elle croqua. Le goût amer lui rappela le pain complet de ses petits déjeuners parisiens. *Irréel.*

Fernando rit tout à coup, secouant ses lourdes épaules.

— Ne me dites pas que vous êtes un de ces fêlés qui cherchent ici une sorte de yéti ou je ne sais quoi.

— Des fêlés, il y en a eu beaucoup ?

— Ces derniers temps, au moins deux.

— Niels Agosto. Jorge De Almeida. Le premier venait du Nicaragua. Le deuxième de Tucumán.

— Vous êtes bien renseignée. Je sais pas ce qu'ils sont devenus.

Jeanne était déjà en sueur. Les cigales grinçaient aux alentours. Elle songea à une lame crissant sur une vitre.

— Comment je peux pénétrer dans la lagune ?

— C'est du suicide.

— Comment y aller ?

L'homme sourit sous ses rides.

— Ça sert à rien de vous raisonner, hein ?

— À rien.

— Je m'en doutais.

Fernando sortit de sa poche de veste, posée sur le dossier de sa chaise, un document tracé au feutre et l'étala sur la table. La carte de la forêt des Mânes.

— Pour pénétrer là-dedans, il n'y a qu'un seul moyen, attaqua-t-il. Connu, je veux dire. Il faut remonter plein nord, ici, par la lagune.

— En bateau ?

— En bateau, oui. Un de mes gauchos peut vous emmener. Ensuite, y a une piste. La voie qu'utilisent les rangers quand ils viennent recenser les espèces animales. Vous marchez dans cette direction une journée. Ensuite, vous devrez stopper. Impossible d'aller plus loin. Une autre journée pour le retour. Fin du voyage.

— Votre homme m'accompagnera ?

— Il ne foutra pas les pieds dans la forêt, *comprende* ? Tout ce que je peux faire, c'est vous le renvoyer après-demain, en fin d'après-midi, au départ de la piste. Vous marchez une journée. Vous respirez l'atmosphère. Vous revenez. Si vous vous écartez de ce programme, si vous vous aventurez plus loin que le sentier, c'est foutu. Plus personne ne pourra rien pour vous.

Jeanne observait le plan dessiné. Des rivières s'infiltraient dans la forêt. L'auteur de la carte, pour figurer la jungle, avait tracé des silhouettes d'arbres. Ironie du détail : ces dessins ressemblaient aux signes de Joachim – l'alphabet occulte des scènes de crime.

— Cette croix, là, qu'est-ce que c'est ?

— L'estancia de Palin.

Elle tressaillit.

— L'amiral Alfonso Palin ?

— Vous le connaissez ? Il possède la lagune.

Elle encaissa le choc, se sentant submergée par un flot d'éléments qui prenaient d'un coup leur signification. Comment n'avait-elle pas appris auparavant ce fait essentiel ? Cette zone inexplorée. Ce peuple solitaire. Tout cela vivait *sous la protection de Palin*. Ce monde interdit *appartenait* à l'amiral.

— Alfonso Palin a fait fortune pendant la dictature, expliqua Fernando. On sait pas trop comment. Après la guerre des Malouines, il s'est exilé ici et a obtenu du gouvernement qu'on lui vende cette région. Sans difficulté. Qui aurait voulu d'un bourbier non cultivable ? Il en a fait une réserve naturelle. On dit que Palin a beaucoup de morts sur la conscience. Maintenant, il protège des arbres et des crocodiles.

Tout prenait corps. Tout prenait sens. Jeanne percevait les véritables motivations de l'officier de marine. Il avait, purement et simplement, *acheté* le biosystème de son fils.

— Alfonso Palin, fit-elle d'une voix blanche, il vit là-bas ?

— Il vient quelquefois, c'est tout.

— Par où passe-t-il ?

— Par le ciel. Il a construit une piste près de sa villa. On entend son avion privé.

— Il y est actuellement ?

— J'en sais rien. Y a des semaines qu'on a pas entendu son jet. Mais ça veut rien dire. Tout dépend du vent.

— Où est son estancia ? Je parle de la *posada*, là où il habite.

— Du côté du sentier dont je vous ai parlé. Au bout, il existe un autre chemin sur la droite. Mais je n'y suis jamais allé. C'est vraiment la zone à éviter. L'homme est dangereux.

— Je sais.

Fernando sourit.

— Des vieux comptes à régler ?

Jeanne ne répondit pas. Fernando devait penser qu'elle était la fille d'un *desaparecido*. Une enfant volée de la dictature revenue se venger.

— Vous partez dans deux heures, fit-il en se levant. Je vais demander qu'on prépare la *lancha* et qu'on vous équipe pour dormir en forêt.

Jeanne se leva à son tour.

— Je peux vous demander un service ?

— Je croyais que c'était déjà fait.

— Mon ami, Antoine Féraud, vous pouvez l'héberger pendant mon voyage ?

— Vous voulez partir seule ?

637

— Je serai plus forte sans lui.

Fernando lâcha son rire gras et s'attrapa l'entrejambe.

— *Gringa*, pardonnez-moi l'expression, mais vous en avez...

— C'est d'accord ?

Des pas sous la véranda l'empêchèrent de répondre.

— Je suis prêt.

Jeanne se retourna et découvrit Féraud vêtu en explorateur, le visage fermé derrière des lunettes noires.

— Mes yeux sont guéris, fit-il pour couper court à toute remarque. Ou presque. En tout cas, je peux partir.

Elle ne répondit pas. Son silence pouvait passer pour un assentiment.

— Mangez, fit Fernando en désignant la table au psychiatre. Vous aurez besoin de forces. Je dois montrer quelque chose à la *señora*.

Féraud s'installa, sans un mot. Jeanne suivit l'Argentin jusqu'à une annexe du bâtiment principal. Fernando déverrouilla un système de fermeture blindée.

La pièce ne comportait aucun meuble. Seulement des râteliers fixés aux murs qui soutenaient des fusils. Pas des fusils de chasse. Des engins d'assaut. Jeanne détestait les armes à feu mais elle avait suivi plusieurs stages de tir et de balistique afin de connaître ce sujet *de l'intérieur*. Au premier coup d'œil, elle reconnut la plupart des modèles. Pistolet mitrailleur HK MP5 SD6 9 × 19 mm, avec aide à la visée holographique. Arme longue SIG 551 Commando

5.556 × 46 mm OTAN. Fusil à lunette Hecate II PGM, arme de sniping lourd, capable de stopper un véhicule à une distance de 2 000 mètres. Fusil à pompe Remington, cal. 12 Mag, tir à balle parkerisé. Il y avait aussi des semi-automatiques, des revolvers de tous calibres...

Fernando ne croyait peut-être pas aux Non-Nés de la lagune. Mais il était armé pour les affronter en cas d'attaque.

Il s'approcha des armes de poing et décrocha un HK USP semi-automatique 9 × 19 mm Para. Un classique. D'un geste, il éjecta le chargeur. Vérifia son contenu. L'enfonça à nouveau.

Il posa son index le long du canon et tendit la crosse à Jeanne.

— C'est un pistolet semi-automatique.

— Je connais, fit-elle en saisissant l'arme.

— Le système amortisseur de recul, je vous explique ?

— Pas la peine.

— Vous me le rendrez au retour.

Jeanne vérifia le cran de sécurité, puis glissa le calibre dans son dos. Fernando lui donna quatre chargeurs supplémentaires. Elle les fourra dans ses poches de veste.

L'homme-buffle n'avait pas la tête d'un ange gardien.

C'était pourtant le sien.

Elle écarta une mèche qui lui poissait le front.

— Merci. Vous n'auriez pas préféré donner cette arme à l'homme de l'équipe ?

— C'est ce que je viens de faire.

82

Ici, la terre était plate.

40 centimètres de dénivellation tous les 10 kilomètres. Le pilote du bateau leur avait donné le chiffre. Un monde stagnant dont la végétation agissait comme un filtre et en renouvelait l'oxygène. Les *esteros* – les lagunes – se déployaient donc, à perte de vue. L'eau et la terre y faisaient l'amour, à l'horizontale. Les animaux glissaient parmi les nénuphars et les herbes sauvages, invisibles. Ici, le temps ne passait pas. Et la brume couvrait tout, comme pour sceller cet univers pétrifié.

Assise à la proue de la *lancha*, une embarcation effilée creusée dans un seul tronc d'arbre et équipée d'un moteur, Jeanne éprouvait la même sensation que lorsqu'on s'enfonce dans un bain trop chaud. L'air épais et brûlant était immobile. Chaque geste avait la valeur d'un cutter tranchant une bande d'adhésif. On s'immergeait dans cette atmosphère comme les îlots de végétation s'immergeaient dans les eaux noires. Elle ressentait aussi un sentiment de pureté. Le pilote avait expliqué que seule la pluie alimente ces marais. Les lagunes ne sont irriguées par aucun fleuve, ce qui les protège de toute pollution.

L'homme était un gaucho. Cette simple remarque rappela à Jeanne le comble de son voyage : parvenue aux confins de l'Argentine, elle n'avait pratiquement jamais croisé de chevaux. Ni entendu une mesure de tango.

Quant à ce gaucho, il n'avait rien à voir avec l'image d'Épinal – large chapeau et grosse moustache. C'était un Indien à peau brune et bec de faucon. Il portait une casquette de base-ball rouge et nageait dans un tee-shirt troué. Seul son pantalon, une espèce de sarouel bouffant à l'entrejambe, et ses bottes de cuir rappelaient son statut de cavalier professionnel.

La *lancha* se faufilait à travers les bras morts des marécages, traversant une savane semi-aquatique. Parmi les franges de joncs et de roseaux, des oiseaux aquatiques marchaient délicatement. Au-delà, c'était la forêt. Pour l'instant une muraille semblable à celle qui les avait accompagnés au fil du fleuve.

Jeanne observait les eaux et apercevait parfois des créatures qui avaient la couleur et la texture de l'environnement. Du gris. Du vert. Du dilué. Des caïmans énormes, immobiles comme des dolmens. Des reptiles discrets, aveugles et ligneux. Des serpents qui se confondaient avec un simple sillon d'eau... « *La forêt non née* », se répétait Jeanne. Un écosystème en voie de formation, encore plongé dans son liquide amniotique.

Ils plongèrent sous la voûte végétale. Les rais des canaux s'enfonçaient parmi les herbes comme les crans d'un peigne dans une chevelure. Le brouillard semblait s'épaissir. Jeanne scrutait en silence les rives, les racines détrempées, les terres visqueuses qui ressemblaient à des lèvres humides. Il planait ici des odeurs de poisson, de vase putréfiée, d'écorces humides.

Inexplicablement, elle sentait qu'ils étaient là. Les Non-Nés. Ils s'étaient retranchés ici, au fond de ce labyrinthe inaccessible, derrière cette brume qui évoquait une gigantesque gaze couvrant une plaie. À cet instant, comme une réponse, des hurlements retentirent. Des cris rauques que Jeanne reconnut aussitôt. Les singes hurleurs. Les *carayás*. Leurs cris se mêlaient, se répondaient, s'affrontaient, en un concert qui déchirait le ventre.

Jeanne lança un regard à Féraud. Ils se comprenaient. Ils parvenaient sur le territoire des hommes de Thanatos.

Les singes étaient leurs sentinelles.

Leur système d'alarme.

83

— Merde !

Jeanne se retint de se frapper la nuque. Surtout ne jamais écraser une sangsue : ses appendices bucaux restent alors dans la chair et s'infectent. Depuis trois heures qu'ils marchaient sur la piste, les saloperies ne cessaient de tomber des arbres à leur passage, sentant l'odeur du sang. Elles leur perçaient la peau comme des agrafes puis se gonflaient de sang jusqu'à se laisser tomber une nouvelle fois. Jeanne détacha la bestiole avec précaution. Puis elle la frappa de toutes ses forces avec sa machette. Les fragments continuaient à vivre, se tordant dans la boue. Elle s'acharna à coups de talon.

Sans un mot, elle reprit sa marche. Féraud suivait. Toujours inexpressif derrière ses lunettes noires. Jeanne commençait à se demander si, en même temps que la vue, il n'était pas en train de perdre la boule...

Ils avaient dormi une première nuit à l'entrée du sentier, en compagnie du gaucho. Rien à signaler. Depuis l'aube, ils suivaient une piste étroite dévorée par les feuilles et les fougères arborescentes. Parfois, il y avait des oasis. De longues plages d'herbes souples à demi immergées. Puis la jungle revenait. À la fois immense et intime. Saturée de vie et de pourriture...

Jeanne marchait les poings serrés, tendant le dos sous son paquetage – Fernando avait eu la main généreuse : toiles de tente, trousse médicale de survie, bottes, vêtements de rechange, couteaux, machettes, cantine, réchaud... Pourtant, elle se sentait légère. Invincible.

Limbes vertes. Terre rouge. Flaques noires. Elle pressentait, au-dessus d'elle, les hautes cimes des arbres géants. Elle songeait aux fondations d'un écosystème vertigineux. Les troncs en étaient les piliers. La canopée en était le ciel... Mais surtout, elle éprouvait une sensation plus profonde. Viscérale. Elle sillonnait un organisme. Un réseau complexe d'intérêts, d'associations, de rivalités. Les arbustes puisaient leur vie dans les arbres morts qui pourrissaient à leurs pieds. Les fleurs naissaient de la décomposition des fruits crevés. Les plantes épiphytes se nourrissaient de l'eau contenue dans les lianes, elles-mêmes suçant l'écorce des arbres...

Plus ils s'avançaient, plus les obstacles se multipliaient. Taillis inextricables. Treillis de lianes. Racines transversales. Termitières... Parfois, des rivières glauques et tièdes. D'autres fois, des torrents plus frais, plus clairs. Ou des sources de boue écarlate, dans lesquelles Jeanne et Féraud s'enfonçaient jusqu'à la taille.

La nuit tomba. Selon Fernando, l'estancia d'Alfonso Palin était à une journée de marche depuis l'ouverture de la piste. S'ils ne s'étaient pas trompés de direction, ils étaient donc tout proches du repaire du Centaure. Ils stoppèrent dans une clairière.

Ils montèrent la tente et déroulèrent leurs sacs de couchage. Ils ôtèrent leurs vêtements trempés. Les étendirent sur les buissons alentour. Vaine illusion. Avec un taux d'hygrométrie proche de 100 %, rien ne pouvait sécher ici. Ils puisèrent d'autres vêtements dans leurs sacs. Tous kaki. Jeanne sortit le petit bidon d'essence qu'on leur avait donné et traça un cercle autour du campement pour éloigner les fourmis et les scorpions, comme l'avait fait la veille le gaucho.

Ils s'installèrent sous la tente. Jeanne n'avait plus la moindre notion du temps ni de l'espace. Allongée sur le dos tout habillée dans son sac de couchage, elle considérait le tracé lumineux des lucioles qui filaient à travers les arbres. La fatigue lui tenait lieu de pensée. Impossible d'envisager le lendemain. Ni même la nuit à venir. Et toujours pas la moindre peur. Peut-être que le contact de son HK 9 mm dans son dos y était pour quelque chose...

Presque endormie, elle pensa à Féraud, immobile à ses côtés, portant toujours ses lunettes noires. Elle se souvint de ses grands rêves d'amour avec cet homme, assise sur un banc des jardins des Champs-Élysées. Elle se remémora chaque détail et eut envie de rire dans l'obscurité. La voix de François Taine. *Je parie que tu ne connais même pas une histoire drôle.*

Si, elle en connaissait une.

La sienne.

84

Le lendemain matin, les paquetages avaient disparu.

Plus le moindre équipement.

Ils avaient pourtant pris soin de tout placer à l'intérieur. Cela signifiait qu'*on* avait ouvert la tente, pénétré dessous, volé les sacs, puis refermé la toile. Pourquoi ? S'il s'agissait des *Autres*, pourquoi ne les avaient-ils pas tués ? Féraud se taisait derrière ses lunettes noires.

Jeanne comprenait le message. Ils devaient arriver nus, sans protection, et d'une certaine façon, *purs de toute modernité*, sur les terres d'Alfonso Palin. Elle en était maintenant convaincue. Les Non-Nés évoluaient sous les ordres du vieux Centaure. Et vénéraient son fils : Joachim.

— Sortons, fit Jeanne.

Ils jetèrent un coup d'œil dehors puis s'extirpèrent de la tente. Une brume verdâtre régnait partout. Leurs vêtements posés sur les buissons avaient aussi disparu. Aucune empreinte. Aucun signe de passage. Pas de feuillage arraché ni de branche brisée. À croire que les voleurs étaient des êtres de fumée, aussi immatériels que le brouillard qui les entourait.

Jeanne rejoignit la piste à quelques mètres de là. Personne. Elle se raisonna encore. S'ils n'étaient pas déjà morts, c'était qu'on voulait qu'ils parviennent à destination.

Et cette destination était toute proche…

Suivre le chemin de latérite, sur la droite.

Le fil rouge jusqu'au repaire des Enfers.

Ils se mirent en route, frissonnants, le ventre vide, sans prendre la peine de plier leur tente. Une heure. Deux heures peut-être. Ni l'un ni l'autre n'avait l'idée de regarder sa montre. Ils marchaient comme des somnambules à travers les nappes de vapeur. Jeanne imaginait le souffle dantesque d'un monstre. Cette brume, c'était son haleine. Ils évoluaient dans sa gueule en forme de cratère…

Soudain apparut un grand terrain plat et déboisé planté de quelques palmiers. Le lieu rappelait l'estancia de la veille sauf qu'après ces kilomètres de jungle, sa netteté et sa propreté le faisaient ressembler à un gigantesque *crop circle*. Un signe géant, un avertissement révélant une puissance supérieure.

Avec prudence, ils s'acheminèrent à découvert. Depuis le départ, ils n'avaient pas échangé un mot. La jungle avait rendu caduc l'usage du langage. Au fond de la clairière, se dessina bientôt un groupe d'édifices. Des granges de briques rouges. Des enclos de bois blanc. Quelques chevaux à la crinière coupée en brosse.

Un tableau totalement inoffensif.

Et un calme absolu.

Pas de chiens. Pas de sentinelles. Pas le moindre élément menaçant. Du regard, Jeanne cherchait la piste d'atterrissage. Elle l'aperçut sur la droite, à travers des buissons d'eucalyptus. Pas d'avion en vue. L'amiral et son fils n'étaient donc pas là... *Impossible.*

Les herbes sauvages cédaient maintenant le terrain à des pelouses récemment tondues. Parmi les bâtiments, Jeanne repéra la villa. De grands murs blanchis à la chaux, des toits de tôle... Elle se tourna vers Féraud, qui acquiesça de la tête. Ils y étaient parvenus. Bon Dieu, *ils l'avaient fait...*

Jeanne lança un dernier coup d'œil autour d'elle. Pas un cri d'oiseau. Pas un bourdonnement d'insecte. La solitude des lieux revêtait maintenant une puissance écrasante. Tout semblait figé par une menace imminente...

Elle grimpa les marches. Ouvrit la porte protégée par une moustiquaire : pas verrouillée. Découvrit le salon typique d'une ferme de maître. Dalles de terre cuite au sol. Haute cheminée cadrée de bois. Peaux de crocodiles et de cerfs suspendues aux murs. Fauteuils et canapé autour d'une table basse de bois noir jonchée de télécommandes orientées vers un écran large installé dans un coin. Quoi de plus banal ? Jeanne n'imaginait pas ainsi l'antre du Centaure.

Ils s'orientèrent vers le couloir. Jeanne croisa un miroir. Elle ne put se persuader que l'image qui apparaissait, c'était elle. Un squelette flottant dans des fringues de toile kaki. Un visage gris creusé et souligné de cernes. Elle qui se sentait seulement fatiguée, et curieusement à l'abri de tout danger, n'était qu'un cadavre en sursis.

Féraud la dépassa dans le corridor. Jeanne le suivit. À chaque pas, un sentiment diffus l'accompagnait. Quelque chose ne collait pas. Tout était trop facile. Une porte ouverte. Féraud s'arrêta. Jeanne le rejoignit sur le seuil.

Le bureau d'Alfonso Palin.

Jeanne dépassa Féraud et entra. Murs de crépi blanc. Plancher de chêne ciré. Mobilier de style castillan. Un bureau trônait à l'oblique, faisant angle avec une cheminée de pierre. Des baies vitrées s'ouvraient sur les enclos du dehors. Le soleil matinal pénétrait ici avec violence, charriant des rêves de petits déjeuners, de journées prometteuses, de balades à cheval...

La climatisation tournait à plein régime. À vous glacer les os. Jeanne avança. Un détail l'intriguait. Les étagères qui couraient le long des murs supportaient de nombreuses photos encadrées. Elle pouvait discerner des scènes de famille représentant toujours un père et son gamin – ou le gamin seul.

Elle ne respirait plus, la poitrine oppressée.

Elle savait que la clé de toute l'histoire se trouvait sur ces photos.

Alfonso Palin et Joachim.

Le Centaure et son fils illégitime.

Un pas encore et elle saisit un cadre.

Alors seulement, elle comprit la vérité.

Une évidence.

Pourtant, l'idée ne l'avait même jamais traversée.

Derrière elle, la voix de Joachim s'éleva.

La chose qui était en lui chantait :

— ... *se irán contigo / Me olvidarás, me olvidarás /*
Junto a la estación lloraré igual que un niño / Porque
te vas, porque te vas...

Saisie par un calme incompréhensible, inhumain,
Jeanne reposa le portrait du père et de son enfant.
Sans se retourner.

Alfonso Palin dit de sa voix rugueuse, en
espagnol :

— Tais-toi, Joachim. Jeanne doit connaître la
vérité.

Elle serra les poings et se retourna enfin.

Il n'y avait personne face à elle.

Personne, à l'exception d'Antoine Féraud.

Antoine Féraud qui était aussi, adolescent, sur
tous les murs, en tenue de polo, en uniforme d'écolier de grande école, sur un voilier, à skis...

Ou dans les bras de son père.

85

Le jeune homme ôta ses lunettes noires. Ses yeux étaient injectés de sang.

— À chaque fois que je reviens chez moi, je perds la vue. Mes yeux pleurent du sang. Le syndrome d'Œdipe, sans doute. Le coupable qui ne peut supporter la violence de ses fautes...

Jeanne se concentra sur un portrait en noir et blanc posé à sa droite. Alfonso Palin, grand homme à chevelure d'argent, serrait contre lui son fils, adolescent malingre, sourcils en coups de fouet. Le psychiatre, vingt ans plus jeune.

— Quand as-tu tué ton père ? demanda-t-elle en espagnol.

— Je l'ai sacrifié et dévoré en 1994. Ici même. À l'époque, j'étais inscrit à l'université de Buenos Aires, en droit et en paléo-anthropologie. Je lisais beaucoup. *Totem et tabou*, en priorité. Il n'a même pas résisté. Tout cela était écrit, tu comprends ? Le sacrifice initial. La faute originelle. D'ailleurs, il n'est pas mort ce jour-là. Il s'est intégré en moi. Il vit toujours. (Il se frappa le torse.) Ici.

En tant que juge, Jeanne avait encore beaucoup à apprendre. Elle s'était fait avoir comme une bleue. Tout avait commencé avec un enregistrement. Le disque numérique du vendredi 6 juin 2008. Trois voix. Antoine Féraud. Alfonso Palin. Joachim Palin. Et même quatre, si on comptait l'enfant-loup caché au fond de l'avocat argentin. Elle n'avait jamais vu ces personnages. Elle les avait inventés, imaginés, construits de toutes pièces, autour du seul être qu'elle avait réellement rencontré : le psychiatre.

Mais il n'y avait qu'un seul homme.

Habité par plusieurs personnalités. Celles qui avaient ponctué son existence et qui s'étaient greffées, année après année, au fond de sa psyché. Mentalement, Jeanne les « désemboîta » comme elle aurait fait avec des poupées russes peintes en rouge sang. L'enfant cannibale de Campo Alegre. L'adolescent *well educated* de Buenos Aires, devenu avocat. Le père amiral, dévoré dans la forêt des Mânes. Et enfin Antoine Féraud, le psychiatre parisien, craintif, radin, végétarien, l'imposteur qui écoutait patiemment le discours des autres, observait leurs névroses comme on observe des reptiles dans un vivarium. Des personnalités distinctes, parfois contradictoires, qui entraient en conflit mais plus souvent encore s'ignoraient. Dans la tête de Joachim, l'hémisphère droit ignorait ce que faisait l'hémisphère gauche...

Jeanne se tenait immobile dans une flaque de lumière. Elle flottait dans ses vêtements trop larges. Elle n'avait pas peur. Toujours pas. La fascination supplantait tout autre sentiment. Elle observait Antoine Féraud qui saisissait les cadres photographiques l'un après l'autre. Les contemplait. Les reposait. À cet instant, il ressemblait, trait pour trait, au jeune homme séduisant qu'elle avait suivi un soir de juin à travers l'exposition au Grand Palais.

— Raconte-moi ton histoire, ordonna-t-elle en français.

Il se tourna vers elle. Son visage se transforma. Ses traits se creusèrent. Se plissèrent. D'un coup, il parut avoir quarante ans de plus. Il était Alfonso Palin, amiral sanguinaire à la retraite.

— Quelle est votre monnaie d'échange ? demanda-t-il en espagnol.

— Ma vie.

Alfonso Palin sourit. Son visage se modifia encore. Il retrouva une douceur, une jeunesse disparues l'instant précédent. Il était de nouveau Antoine Féraud.

— Vous monnayez ce que nous possédons déjà.

Non. Pas Féraud. Son timbre venait de démentir son impression. Joachim Palin, l'avocat de Buenos Aires, défenseur des associations humanitaires. Jeanne conserva le tutoiement :

— Alors, considère ça comme une dernière faveur. La cigarette du condamné.

L'homme sourit. Et retrouva la familiarité d'Antoine Féraud. Ces changements de voix, de faciès, d'identité, étaient captivants. Un être dont le patrimoine génétique ne serait pas définitivement fixé...

— Tu as raison. Après tout, si nous t'avons amenée jusqu'ici, c'est bien pour te révéler la vérité. *Toute la vérité.*

Le psychiatre se mit à table. Au fil de son discours, sa voix, son visage, son langage, son point de vue changèrent. Traits tirés pour le médecin. Sourire épanoui pour l'avocat. Figure cendrée pour Alfonso Palin. Et aussi, parfois, gueule simiesque pour l'enfant-loup. Ce dernier était terrifiant. Un rictus déformait son visage. Comme un hameçon qui lui aurait tiré toute la figure d'un côté. La narration perdait alors toute cohérence. Les symptômes d'autisme revenaient en force.

Puis l'expression changeait encore et les mots retrouvaient leur logique.

Jeanne imaginait : le soir, dans son cabinet, Antoine Féraud libérait ses personnalités. Jouait chaque rôle. Des identités se reflétant comme des miroirs déformants. Des vraies séances de catharsis. C'était une de ces séances qu'elle avait enregistrée, un soir de juin...

Ces aveux n'apprirent rien à Jeanne. Elle connaissait chacun des épisodes – et soupçonnait Féraud de mentir encore. De se conformer à la version qu'ils avaient patiemment élaborée tous les deux au fil de leur enquête. Le schizophrène préservait encore des angles d'ombre dans son histoire.

En vraie juge d'instruction, elle se concentra sur son dossier. Les faits qui entraient dans son territoire de saisine. Celui qu'elle s'était fixé elle-même à la mort de François Taine.

— Les meurtres parisiens, souffla-t-elle, pourquoi ?

La voix éraillée du père répondit en français, avec un fort accent :

— Simple convergence d'événements. Notre peuple était menacé.

— Nelly Barjac et Francesca Tercia représentaient un danger pour votre secret. Mais Marion Cantelau ? Qu'a-t-elle à voir là-dedans ?

— Elle avait surpris nos… symptômes.

— Où ?

— À l'institut Bettelheim.

— J'ai vérifié. Joachim n'a jamais séjourné là-bas.

Alfonso Palin sourit et releva sa mèche.

Antoine Féraud.

— Aucun de nous n'y a été soigné. Mais moi, j'y soigne les autres. J'assure là-bas une consultation. L'autisme me passionne. C'est compréhensible, non ? Je peux faire bénéficier les autres de mon expérience…

Quelle conne. Elle s'était focalisée sur la liste des enfants soignés à Bettelheim. Jamais elle n'avait vérifié la liste du personnel soignant. Si elle l'avait fait, elle aurait tout de suite remarqué le nom d'Antoine Féraud. *Encore une leçon.*

— Un jour, Marion m'a surpris en pleine crise. Elle a compris que je souffrais moi-même du syndrome d'autisme…

— Et que tu étais un imposteur. Joachim a peut-être une formation d'avocat et de paléo-anthropologue, mais Antoine Féraud n'est pas psychiatre. Antoine Féraud n'existe pas.

— Tu sais ce qu'on dit, fit-il en souriant, un psychiatre, c'est un fou qui a raté sa vocation…

— Nelly Barjac, comment l'as-tu connue ?

— Joachim. Je l'ai rencontrée lors d'un colloque sur le patrimoine génétique des peuples d'Amérique latine. Plus tard, elle m'a appelé et m'a parlé de l'échantillon sanguin de Manzarena. Elle savait que je venais du Nordeste argentin. La même région que le fragment…

— Francesca Tercia.

— Francesca était une amie de longue date. Je l'ai connue à l'UBA, en cours de paléo-anthropologie. Avec Jorge De Almeida. Nous étions dans la même classe.

La cerise sur le gâteau. Si elle avait regardé plus attentivement la photo de groupe sur le campus – celle où De Almeida avait écrit « *TE QUIERO* » –, elle aurait reconnu... Antoine Féraud lui-même. Merde. Merde. Merde. Elle possédait donc les indices, depuis toujours ou presque.

— Elle aussi m'a parlé. Le crâne. Les fouilles de De Almeida. Mais je ne savais pas qu'elle travaillait à une sculpture...

Jeanne cochait mentalement chaque cas, chaque histoire. Les faits ne différaient pas tellement de ce qu'elle avait imaginé.

— François Taine.

— Lui, c'est encore plus simple. Il nous a appelés.

— Lequel d'entre vous ?

— Joachim Palin. Il avait comparé les agendas électroniques de Nelly Barjac et de Francesca Tercia. Le nom de Joachim s'y trouvait sur les deux. Il m'a téléphoné le dimanche matin. Il était à son bureau. On s'est donné rendez-vous dans les jardins du Luxembourg. Il avait déjà appelé Eduardo Manzarena à Managua. Daniel Taïeb à l'institut agronomique de Tucumán. Il avait compris que la clé des meurtres était une possible découverte paléontologique dans le Nordeste argentin. J'ai dû lui rendre visite, le soir même...

Jeanne s'appuya contre le mur. Son dos poissait de sueur malgré l'air conditionné. Elle avait vérifié la liste des appels passés de son portable mais pas de son cabinet – encore une faute. La suite se passait de commentaires. Joachim avait fini le ménage au Nicaragua. Puis il était retourné aux sources... En sa compagnie.

Un détail, un seul, ne cadrait pas.

— Le lundi 9 juin, reprit-elle, Antoine Féraud a pris un vol pour Managua, via Madrid. Le soir, j'ai été attaquée dans son cabinet par Joachim. Vous êtes plusieurs mais vous ne possédez pas le don d'ubiquité.

Le psychiatre sourit. Avec ses yeux rouges, il paraissait sorti d'un film d'horreur des années soixante où les vampires sont de jolis garçons assoiffés de sang.

— Nous avons réservé le vol mais nous ne l'avons pas pris.

— Pourquoi ?

— À Roissy, nous sommes tombés sur l'édition du *Monde* de l'après-midi. Le journal évoquait la mort de Taine. L'article parlait aussi d'une magistrate qui avait risqué sa peau dans les flammes. Il y avait sa photo. Nous t'avons tout de suite reconnue. La jeune femme du Grand Palais. Qui nous avait donc copieusement menti. Nous sommes revenus. Nous t'avons guettée au TGI de Nanterre. Nous t'avons suivie jusqu'à la rue Le Goff. Nous avions choisi la manière douce pour toi. Féraud et son discours charmeur... Mais Joachim, l'enfant de Campo Alegre, a pris le pouvoir. Et tu nous as échappé... Nous sommes partis le soir même pour Managua. Après tout, que pouvais-tu contre nous ?

— Pourquoi m'avoir épargnée ensuite ?

— Appelons ça... de la curiosité. Et même de l'admiration. Quand nous t'avons vue, avec les flics nicaraguayens, chez Manzarena, nous nous sommes dit que tu n'étais pas une adversaire ordinaire.

— Mais j'aurais pu être un obstacle.

— Durant la préhistoire, les hommes qui peignaient au fond des grottes utilisaient les fissures, les accidents de la roche. Ils les intégraient dans leur fresque. Tu as été notre accident. Nous avons décidé de t'utiliser. De t'intégrer dans notre fresque. Tu pouvais nous servir à mieux nous connaître. À découvrir des éléments de notre histoire que nous ignorions nous-mêmes.

Son angoisse montait maintenant en puissance. Des tremblements la secouaient. La vérité la traversait comme la lumière traverse une plante.

— Maintenant ?

— Nous sommes parvenus dans la forêt, ma belle. Le lieu de l'unité. Et du sacrifice.

Un, deux, trois..., compta Jeanne dans sa tête. Elle aussi était parvenue à sa source. Depuis la mort de sa sœur, elle était destinée à cette quête.

Traquer le mal dans la forêt de silence.

Trouver la vérité au fond des ténèbres.

La lumière noire était désormais là, entre ses mains.

— Ton peuple ? murmura-t-elle. (Les mots tremblaient entre ses lèvres.) Où est-il ?

— Mais il est là, autour de moi... Les Non-Nés...

Une à une, les ombres apparurent dans la pièce, se glissant par la porte. Un seul regard lui suffit pour reconnaître la supercherie. Il ne s'agissait pas d'un peuple primitif. Seulement d'infirmes couturés, blessés, couverts de débris de feuilles et de fragments d'écorces, marchant d'une démarche maladroite.

L'un d'eux avait la face écrasée d'un côté, comme au fer à repasser. Un autre arborait de longues cicatrices qui lui boursouflaient le bas du visage. Un autre portait des lambeaux de chair en guise de favoris et ses yeux n'étaient pas à la même hauteur. Il y avait des hommes et des femmes, indifféremment sales et monstrueux. Les plus âgés étaient les plus balafrés. Les plus jeunes souffraient de déformations de la boîte crânienne – qui avaient sans doute été effectuées dès les premiers jours de leur vie, lorsque les os sont encore souples. Ainsi, leurs traits simiesques avaient été modelés artificiellement.

Joachim avait créé, de toutes pièces, un peuple primitif. Une mascarade archaïque. Jeanne songea aux *Comprachicos* de *L'Homme qui rit* de Victor Hugo, qui achetaient les enfants à bas prix, les mutilaient et les déformaient avant d'en faire des monstres de foire.

Toute cette histoire reposait sur un délire collectif. Il n'y avait jamais eu de peuple génétiquement différent. Ni de morphologie spécifique. Tout cela n'avait existé que dans le cerveau dément de Joachim – et dans les esprits trop enthousiastes de Nelly Barjac, Francesca Tercia, Niels Agosto, Eduardo Manzarena, Jorge De Almeida, ce dernier ayant sans doute été sacrifié par ces figures de foire, au fond de la lagune.

Les Non-Nés avançaient. Jeanne recula. La violence de leurs chairs couturées, repliées, déformées, dans ce décor civilisé, était insoutenable. Elle s'était attendue à tout – embuscades en forêt, lutte à mains nues, pièges hérissés de pieux – mais pas à ça.

— Qui sont-ils ?

— Les rescapés des *vuelos*, chuhota le vieux Palin en espagnol. L'homme a une capacité à survivre... effrayante. Les caïmans ont pu les attaquer. Leur bouffer des morceaux. Ils ont survécu. Ils se sont reproduits. Ils sont devenus fous dans les marais. En quelques années, ils ont remonté toute l'histoire de l'homme. Ils sont redevenus de purs sauvages.

Féraud reprit la parole, en français :

— *La mécanique des pères*, Jeanne. Ce sont les enfants du Mal. Les fils de la peur. Ils viennent de la violence et y retournent. Le peuple de Thanatos ! Qui ne connaît que l'inceste, le viol, le parricide, le cannibalisme...

Jeanne saisit soudain que Joachim n'avait jamais été une victime.

— C'est toi, enfant, qui as assassiné tes parents adoptifs, les Garcia.

— Pendant leur sacrifice, *Por que te vas* passait à la radio...

— C'est toi qui as initié les survivants des marais aux pratiques cannibales.

— Il n'y a pas eu beaucoup d'efforts à faire. Leur régression était en marche.

— C'est toi qui as guidé ce groupe vers la violence, la cruauté, les instincts les plus violents... Dès ta naissance, tu as été placé sous le signe du carnage.

Le vieux Palin déclama, dressant un index crochu :

— C'est notre armée, *juanita*. Le cœur de la violence... Comme on parle du cœur dans une centrale atomique. Nous avons remonté le temps. Nous sommes retournés à la nuit originelle. Nous sommes voués à répéter l'acte fondateur. Encore et encore... L'inceste. Le meurtre du père. Le cannibalisme. *Ceci est mon corps... Ceci est mon sang...*

La pièce tourna autour d'elle. Des éclipses battaient sous ses paupières. Si elle tombait dans les vapes, elle était foutue.

Joachim bondit sur elle mais s'arrêta net.

Elle braquait devant son visage son HK USP 9 mm.

Le seul détail dont Antoine Féraud ignorait l'existence.

La bête s'immobilisa, penchant bizarrement la tête de côté. Jeanne recula vers la fenêtre et l'ouvrit. Deux pensées, presque simultanées. La première. Elle n'avait pas fait monter de balle dans le canon. La seconde. Elle n'avait pas levé le cran de sécurité de son arme.

Son 9 mm était à peu près aussi dangereux qu'un pistolet à eau.

Si l'un des barbares effectuait le moindre geste contre elle, elle était morte.

Elle enjamba le châssis sans cesser de viser la horde.

— Tu n'as aucune chance contre nous, murmura Joachim. Nous n'habitons pas la forêt. C'est la forêt qui nous habite. Si tu fuis dans la lagune, tu ne feras que te rapprocher de nous. Nous sommes déjà en toi. Nous sommes déjà *toi* ! Nous...

Jeanne n'entendit pas la fin de l'avertissement.

Elle courait à travers la plaine brûlée de soleil.

86

Elle suivait le sentier.

Et c'était la pire des conneries.

Le premier itinéraire que les Non-Nés surveilleraient. Dans la boue, ils repéreraient ses empreintes et la suivraient à la trace. En réalité, ils la localiseraient partout. Ils connaissaient aussi bien la piste que ses environs. Ou que n'importe quel coin de la lagune. *Nous n'habitons pas la forêt. C'est la forêt qui nous habite...* Jeanne courait. Une brûlure dans la poitrine. Une vérité au fond de sa tête : *elle n'avait aucune chance.*

Elle s'accrochait pourtant à une idée. Une seule. Le pilote de la *lancha* avait dit : « Je reviens demain soir, même heure, même endroit. » Atteindre la rivière avant la fin de la journée. Guetter l'arrivée du canot. Embarquer. Et *adios.*

Elle courait toujours. Elle avait réglé son rythme. Petites foulées, respiration courte. Ses joggings au jardin du Luxembourg allaient enfin lui servir à quelque chose... Racines. Lianes. Flaques... *Attention où tu mets les pieds, ma fille.*

Elle s'étala dans un marigot. Elle voulut hurler mais l'eau rouge s'engouffra dans sa bouche. Elle cracha, se cambra, pataugea. Elle imaginait des lézards, des serpents, des anguilles se glissant dans les eaux noires, sous ses vêtements, dans les orifices de sa chair... En quelques secondes, elle avait atteint l'autre rive.

Elle empoigna les herbes du bord et se hissa à la surface. Elle retomba sur la terre ferme. Elle cherchait son souffle, prenant soudain conscience de la cacophonie de cris qui résonnaient autour d'elle. Volatiles. Primates. Crapauds... Et, plus près encore, l'infernal bourdonnement des insectes... Elle ne s'en sortirait jamais...

Elle se remit debout. Reprit sa course. Midi. Elle avait cinq heures pour rejoindre la rivière. Si elle maintenait sa cadence. Si personne ne l'attaquait... Si...

Elle prit conscience du choc après coup.

Elle gisait de nouveau dans la boue, la tête résonnant de mille parcelles de pensées, de peur et d'incompréhension. Un trou noir, pixellisé d'étoiles. Puis la réalité reflua vers elle. Le ciel. La terre. La forêt. Une violente douleur traversait sa mâchoire inférieure.

Elle leva les yeux.

Le sang, visqueux, lui coulait sur le visage.

Un Non-Né se tenait devant elle.

Il portait des haillons et une gibecière en peau de cerf. Cheveux rigides de latérite. Peau couverte de boue séchée. Un crâne de buffle abaissé sur le visage. Jeanne n'apercevait que ses yeux au fond des trous d'os. Il leva de nouveau son arme. Une masse. Un bâton. Un marteau. Elle eut juste le temps de rouler sur elle-même et de plonger sa main dans son dos.

Pas d'automatique.

Tombé dans sa chute.

La masse repartait déjà en sens inverse. Jeanne, à quatre pattes, cherchait le HK parmi les taillis. PFFFFFFFFFFF !!!!!!! Le souffle de la masse, quelques centimètres au-dessus de sa tête. Elle aperçut le calibre. L'empoigna, se retourna et appuya sur la détente. Rien. PFFFFFFFFFFF !!!!!!! La masse lui frôla le visage. Elle tira sur la culasse. Le tueur à gueule d'os grognait. Dans un éclair, elle remarqua que son arme était une mâchoire de caïman hérissée de toutes ses dents.

Détente. Rien. Elle hurla. Le cran de sûreté. Elle l'avait oublié. Coup de pouce vers le bas. La mâchoire revint encore une fois, avec la force d'une torsion de branche.

Jeanne bloqua sa respiration. Visa. Tira. Le crâne se troua d'un troisième orbite. Jeanne tira encore. Et encore. Trois trous sanglants dans le crâne de buffle. L'ennemi s'écroula.

Jeanne recula, toujours assise. Couverte du sang qui avait giclé par les orifices du crâne. À moins que cela ne fût sa propre blessure qui coulât encore... Elle roula à nouveau parmi les herbes et tira par maladresse. Une balle pour rien. Elle se remit debout. *Surtout, ne pas s'éterniser...* Les coups de feu avaient prévenu les autres.

Nouveau départ. À cette allure, elle pouvait couvrir les cinq heures de route en trois heures. Elle avait tâté sa blessure. Superficielle. Elle pouvait s'en sortir. *Bon Dieu, elle le pouvait...*

Le couloir végétal s'ouvrait devant elle. Un tunnel vert et rouge qui parfois s'étiolait en joncs et roseaux clairs, puis replongeait dans ses tons d'émeraude. Jeanne pensait à ses munitions. Elle avait tiré quatre balles. Il lui en restait douze. Ses autres chargeurs n'étaient plus dans sa veste. Perdus dans l'une ou l'autre chute.

14 heures.

Elle avalait les kilomètres sans réfléchir. Un seul fait l'inquiétait : pas un seul chasseur à l'horizon. Que préparaient-ils ? Des pièges ? Voulaient-ils la capturer vivante ?

15 heures.

L'espoir était revenu. Une molécule mystérieuse circulait dans son sang, ses fibres, ses neurones – et lui donnait une énergie redoublée. *Elle allait y parvenir. Elle allait...*

Elle s'arrêta net.

Ils étaient là. À trente mètres. Bloquant le chemin et ses alentours. Se déployant parmi les arbres, les souches, les lianes. Vêtus de hardes, hirsutes, déformés, couturés, ils portaient des parures sauvages. Des crânes d'animaux sur la tête. Des ossements humains autour du cou. Des petites choses organiques séchées, enfilées sur des lanières de cuir, en bandoulière sur le torse. Avec la lumière verdâtre qui leur tombait dessus, ils ressemblaient à des reptiles.

Jeanne brandit son 9 mm. Le geste lui procura un certain réconfort. Celui de la violence de la civilisation, supérieure à celle de l'animal.

Les hommes-reptiles ne bougeaient pas. Ils tenaient des armes grossières, sculptées dans des os, du bois, de la pierre. Jeanne partit sur la droite, s'enfouissant parmi les feuillages. Elle savait qu'elle ne devait pas s'écarter de la piste mais peut-être pouvait-elle les semer parmi cette végétation et pratiquer une large boucle, jusqu'à retrouver le chemin du salut. *On avait le droit de rêver...*

Elle tomba parmi les joncs. Elle continua à quatre pattes, barbotant dans les mares stagnantes et les jacinthes d'eau. Une clairière semi-immergée s'ouvrait devant elle. Elle se releva. Perdit à nouveau son aplomb. Elle n'avait plus aucun sens de l'équilibre. Que se passait-il ?

Alors, elle comprit.

Elle ne fuyait pas la piste. C'était la piste qui la fuyait. La terre spongieuse se mouvait sous ses pieds. Les *embalsados*. Les îlots flottants. Elle était au cœur d'un de ces méandres instables dont lui avait parlé Beto.

En guise de confirmation, elle aperçut, au-dessus des bosquets, d'autres îles qui filaient. À leur bord, les Non-Nés se tenaient debout. Leurs pirogues étaient des langues de nénuphars et de roseaux. Les hommes archaïques paraissaient capables de les diriger. *Des âmes errantes sur des terres errantes...*

Ils la visaient maintenant avec des arcs d'os. Sans réfléchir, elle braqua son bras armé perpendiculairement à son torse et tira. La détonation pétrifia les ennemis. Il lui était impossible de viser. Son île dérivait et lui interdisait toute stabilité. Mais elle tira, et tira encore. Pour les effrayer.

Un sifflement sur sa gauche. Puis sur sa droite. Les flèches. Malhabiles. Imprécises. Le manque de stabilité désavantageait aussi l'ennemi. Elle s'accroupit. S'allongea, ventre dans l'eau, et noua ses deux mains pour trouver un meilleur appui. Détente. Détonation. Détente. Détonation. Elle ne voyait rien. Les arbres, les roseaux, les lianes passaient au fil de l'eau à mesure que les terres se dispersaient, se dilataient.

Elle allait bientôt être à cours de munitions. Surtout, elle savait que la mort rapide qu'elle évitait à chaque flèche ne la dispensait pas de l'autre mort : la dérive de son île. Si elle s'éloignait trop de la piste, si elle laissait le paysage se transformer et se reformer d'une autre façon, elle ne retrouverait jamais son chemin.

Elle recula en rampant, se releva, crut reconnaître, au loin, la ligne de palmiers et de caroubiers qui marquait le bord de la piste. Si elle s'orientait dans cette direction, sautant d'île en île, elle pourrait retrouver la terre ferme. Sans hésiter, elle prit son élan et sauta. Une grenouille sur ses nénuphars. Une grenouille qui n'aurait pas su, à chaque bond, si la surface de réception allait tenir le coup. Elle sautait. Rebondissait. Les flèches sifflaient autour d'elle.

Elle rejoignit la berge.

Et retrouva la piste de latérite.

Coup d'œil derrière elle. Les Non-Nés dérivaient toujours sur leurs pirogues végétales. À tort ou à raison, elle se sentit hors d'atteinte. Elle consulta sa montre. 15 h 30. L'objectif – la *lancha* – était toujours accessible. Tout en courant, elle éjecta le chargeur du 9 mm pour mesurer l'ampleur du gaspillage. Il ne lui restait plus qu'une seule balle.

Elle retrouva son rythme. Palmes, fougères, roseaux... Et le rouge sang de la terre. Combien de kilomètres lui restait-il à parcourir ? Aucune idée. Pas plus qu'elle ne savait si d'autres specimens dégénérés étaient sur ses pas...

Bruissements d'herbes et de feuillages aux quatre coins de la plaine. C'était la réponse. Les frottements, les craquements se répétaient parmi les roseaux, les ajoncs, derrière les arbres. Les assaillants ne prenaient aucune précaution en avançant. Ils lui faisaient volontairement peur. Ils savaient que son pire ennemi, c'était sa trouille. Cette trouille qui allait la paralyser. Lui faire perdre ses derniers moyens.

Ou bien alors, c'était une battue.

Ils la forçaient à se diriger vers un piège...

Elle courut encore. Tout droit. Elle repéra un arbre dont le tronc se divisait à environ deux mètres de hauteur, creusant un refuge idéal pour se cacher. Elle se précipita, agrippant les lianes pour monter. Se ravisa. La planque était trop belle. Les Non-Nés remarqueraient que ses empreintes finissaient ici. Ils n'auraient qu'à scruter les arbres autour d'eux pour repérer sa cachette.

Elle se souvint de bouquins qu'elle avait lus sur les affrontements entre snipers solitaires durant les conflits majeurs du XXe siècle. Une des ruses favorites de ces chasseurs était de trouver une planque – mais de ne pas s'y cacher. Ils la surveillaient au contraire, de loin, sachant que l'ennemi s'en approcherait, croyant y surprendre l'adversaire...

Jeanne recula dans la boue, plaçant ses pas dans ses propres empreintes, et s'écarta de la piste, s'enfouissant dans une jonchaie qui la dépassait de plusieurs têtes. Elle découvrit un autre refuge possible. Moins accessible, mais offrant aussi une niche à quelques mètres de hauteur. Un fût noir, brûlé, qui se creusait en une cavité en S avant de déployer ses branches et ses feuillages. Elle s'accrocha aux lianes qui couvraient le tronc calciné. En quelques tractions, elle était à hauteur de la crevasse. Elle s'y enfonça et se recroquevilla façon fœtus, évitant de penser à toutes les bestioles, insectes et parasites, qui rampaient là-dedans.

Avant de s'enfouir complètement, elle arracha un fragment de mousse de cinquante centimètres de long. Un filet verdâtre dont elle se couvrit le visage. Parfaite cagoule de camouflage pour jeter, au moindre bruit, un regard sur la piste sans être repérée.

Elle s'écrasa dans le nid de lianes. Elle avait l'impression d'être portée comme un bébé dans des bras de sève et de feuilles. De la même façon qu'elle avait calé son corps, elle cala son esprit.

Et attendit.

Elle n'avait plus conscience du temps qui passait. Seulement de l'air chaud et mou qui ne bougeait pas. Elle observait, en sueur sous sa cagoule, les nervures des feuilles, les sillons de l'écorce, la marche des fourmis... Elle se sentait en osmose avec la nature. Dotée d'une conscience aiguë, développée, presque paranormale... Elle était plongée dans une intimité bouleversante. Comme si elle avait fait l'amour avec cet arbre noir. Avec la forêt. Avec...

Du bruit.

Des pas. Elle risqua un œil. Ils étaient là. Quatre. Cinq. Six... Ils ne portaient plus de parures ni d'ossements. Leur peau était couverte de boue écarlate. Leurs corps ne se détachaient de la piste que lorsqu'ils bougeaient. *Une cellule d'élite.* Ils ne parlaient pas. Ne faisaient aucun geste. Paraissaient communiquer entre eux par la pensée.

Ils allaient scruter l'arbre creux près du sentier. Ils verraient qu'elle n'y était pas. *So what* ? Ils rayonneraient de part et d'autre de la piste et la trouveraient sans doute dans sa cachette...

Elle se rencogna dans son trou d'écorce. Le jour déclinait. Plus qu'une heure pour atteindre la rivière. Encore faisable. À condition que les chasseurs ne restent pas. Et qu'elle ne rencontre plus aucun autre obstacle.

Frôlements de feuilles. Froissements d'herbes. S'approchaient-ils ? L'avaient-ils sentie ? Coup d'œil au-dehors. Ils avaient disparu. Continuaient-ils vers la rivière ? Revenaient-ils sur leurs pas ? Pas le moment de s'interroger ni d'hésiter.

Elle s'enfonça dans sa cavité, juste une seconde, puisant encore quelques forces dans cet utérus d'écorce. Plus que jamais, elle percevait une chaleur, une respiration, une intimité troublante entre les « bras » de ce puits végétal.

Son cœur s'arrêta.

Les lianes avaient augmenté leur pression. L'anfractuosité avait bougé, la faisant basculer vers l'arrière puis vers l'avant. Le temps qu'elle analyse cette sensation, elle obtint une réponse. *Hallucinante.* La paroi noire, face à elle, venait d'ouvrir les yeux. Les lianes étaient, réellement, des bras.

Elle arracha sa cagoule de mousse et vit.

Les reliefs d'écorce dessinaient un visage.

Joachim.

Depuis une heure, il se tenait devant elle, dans la cavité. Parfaitement immobile, intégré, avec sa peau noire et verte, aux accidents de l'arbre. *Nous n'habitons pas la forêt. C'est la forêt qui nous habite...*

Elle voyait maintenant. Son visage. La peau tendue sur les os et les cartilages. Les traits encroûtés de scories et de salive.

Et les yeux. Injectés. Voilés. Brûlants...

Elle voulut lever son arme.

Joachim serrait déjà son poignet.

Elle pouvait sentir ses doigts inversés sur son bras.

Elle voulut frapper.

Il immobilisa son autre main.

Elle se pencha avec douceur vers Joachim. L'enfant-loup, surpris, ne résista pas. Comme dans son rêve, il sentait l'humus, les racines, le sang. Une pellicule rosâtre couvrait ses yeux comme ceux d'un singe. Elle s'approcha encore, pour nicher sa tête au creux de sa nuque. Tendresse. Sensualité. Langueur...

Elle arracha son oreille d'un coup de dents.

Joachim hurla.

Elle dégagea sa main gauche et enfonça son pouce dans son orbite droite. L'œil sauta à moitié. Nouveau hurlement. Jeanne voulut libérer sa main armée. L'enfant-loup ne la lâchait pas. Il chercha à la mordre à son tour. Elle n'eut que le temps de se reculer, dos enfoncé contre les feuilles. Joachim bondit et l'attaqua à la gorge.

Dans la lutte, son poignet droit se libéra. Elle tendit le HK vers le ciel puis revint vers son agresseur. Une liane stoppa son geste. Joachim lui mordit l'épaule gauche. Elle pensa aux maladies. Elle pensa à un vampire. Elle pensa qu'elle était en train de mourir.

Elle tira d'un coup sec son bras en arrière et délivra sa main armée. Joachim la mordait toujours. Elle n'était plus qu'à une respiration de s'évanouir. Le canon. Faire revenir le canon. Sur la tempe de Joachim. Une balle. Une seule. Ce serait la bonne…

Par réflexe, Joachim lâcha sa proie et rugit en direction de l'arme. Comme pour effrayer le tube strié d'acier. Mais, dans le monde de la mécanique moderne, les choses ne fonctionnent pas ainsi. Jeanne fourra son 9 mm dans sa bouche et appuya sur la détente. Le crâne de Joachim explosa. Elle en eut le souffle coupé. Des parcelles de chair, des débris d'os s'étaient plaqués sur son visage.

Elle se ressaisit. La piste. L'embarcadère. La *lancha*. Elle essuya le cadran de sa montre couvert de chairs sanguinolentes. 16 h 30. Une demi-heure. Elle avait une demi-heure pour rejoindre la rivière…

Le corps de Joachim pesait sur elle. Elle s'en dégagea comme d'une gangue organique. S'accrocha au rebord de la cavité. Parvint à se redresser. Descendre de son perchoir. Courir vers la rivière. S'extraire de la forêt des Mânes…

Quelques secondes plus tard, ses pieds foulaient la terre du sentier. La chose la plus solide qu'elle ait jamais sentie. Elle reprit sa course. Étonnée que ses membres lui répondent. Que son souffle s'économise. Cette surprise en appela une autre. Sa blessure.

Elle s'arrêta et porta la main au côté gauche de sa gorge. La plaie était superficielle. Joachim n'avait pas eu le temps d'enfoncer ses crocs en profondeur. Sans trop savoir ce qu'elle faisait, elle ramassa de la boue. La plaqua sur la morsure. Elle n'avait aucune idée de l'efficacité d'une telle méthode mais l'idée la rassurait.

À cet instant, des grognements s'élevèrent. Puis des hurlements qui donnaient le sentiment que les entrailles de la forêt s'ouvraient. Des cordes vocales qui auraient été comme des racines arrachées à la terre. Les cris se multipliaient. Déchiraient les cimes. Rivalisaient d'intensité. Les Non-Nés avaient découvert le corps de leur chef. Allaient-ils emporter la dépouille de leur maître et retourner à leur tourbe d'origine ? Ou au contraire s'acharner sur la coupable ?

Elle ne préféra pas parier sur l'une ou l'autre solution.

Elle ne voyait toujours pas la rivière. Elle se demanda si elle n'était pas tout simplement perdue. *Hors course.* Elle allait finir par se tuer elle-même en s'égarant dans ce labyrinthe.

17 heures.

Courir. Courir. Courir.

Toujours pas de Non-Nés...

Elle titubait maintenant. Plus de conscience. Plus de sensation. Plus rien. Les Autres n'étaient pas là. Les Autres l'avaient oubliée. Les Autres étaient retournés à leur monde de violence et de fange...

Soudain, elle aperçut un ruban couleur cuivre. L'idée eut de la peine à se former dans son cerveau.

La terre, le sang, en séchant, lui paralysaient les neurones.

Mais si.

La rivière était là, au bout de la boue...

— C'est du sang ?

Le gaucho se dressait dans la barque, à moitié dissimulé par les roseaux. Elle eut envie de l'embrasser, de l'étreindre, de se prosterner à ses pieds.

— De la boue, dit-elle simplement. Je suis tombée.

— Où est votre ami ?

— Il est resté.

— Resté ?

— Je vous expliquerai.

Le gaucho lui tendit la main. Elle embarqua. Elle eut l'impression qu'un fragment de la berge se détachait. Le fragment, c'était elle. Elle redevenait humaine.

Elle s'effondra au fond de la *lancha*. Sur le dos. Visage tendu vers le ciel. Avec ses petits nuages, rose coton, extraits des tableaux anciens. Elle ferma les yeux. L'infini s'ouvrit en elle. Pure délectation. Elle savourait chaque battement cardiaque. Chaque poussée de sang. Chaque signe de vie...

Le gaucho dut croire qu'elle s'endormait. Il se mit à chanter, à voix basse, comme pour la bercer.

Paupières fermées, elle se remémora ses soirées solitaires, à Paris. Son riz blanc. Son thé vert. *Grey's Anatomy*. Ses Lexomil arrosés de vin blanc...

La vie, simplement.

Pas si mal, après tout.

Photocomposition Nord Compo
59650 Villeneuve-d'Ascq

Achevé d'imprimer par N.I.I.A.G.
en juillet 2010
pour le compte de France Loisirs, Paris

Nº d'éditeur : 60590
Dépôt légal : juin 2010
Imprimé en Italie